KNAUR

Von Ulf Schiewe sind bereits folgende Titel erschienen:

Der Bastard von Tolosa
Die Comtessa
Die Hure Babylon

Das Schwert der Normannen
Die Rache der Normannen
Der Schwur des Normannen
Der Sturm des Normannen

Bucht der Schmuggler
Gold des Südens (nur als E-Book)

Herrscher des Nordens – Thors Hammer

Über den Autor:

Ulf Schiewe wurde 1947 geboren. Er begann seine Berufskarriere als Software-Entwickler und war später in mehreren europäischen Ländern als Marketingmanager internationaler Softwarehersteller tätig. Ulf Schiewe war schon immer eine Leseratte, die spannende Geschichten in exotischer Umgebung faszinierten. Im Laufe der Jahre wuchs der Wunsch, selbst historische Romane zu schreiben. So entstand »Der Bastard von Tolosa«, sein erster Roman, dem inzwischen eine ganze Reihe weiterer, gut recherchierter und vor allem spannender Abenteuerromane folgten. Ulf Schiewe ist verheiratet, hat drei erwachsene Kinder und lebt in München.

ULF SCHIEWE

ODINS BLUT RABEN

HERRSCHER DES NORDENS

ROMAN

Besuchen Sie uns im Internet:
www.knaur.de

Originalausgabe Dezember 2017
Knaur Taschenbuch
© 2017 Knaur Verlag
Ein Imprint der Verlagsgruppe
Droemer Knaur GmbH & Co. KG, München
Alle Rechte vorbehalten. Das Werk darf – auch teilweise –
nur mit Genehmigung des Verlags wiedergegeben werden.
Dieses Werk wurde vermittelt durch die
Literarische Agentur Thomas Schlück GmbH, 30827 Garbsen.
Zitate aus der Edda: *Die Edda, Die großen Geschichten
der Menschheit*, Becksche Reihe, München
Redaktion: Ilse Wagner
Covergestaltung: ZERO Werbeagentur, München
Coverabbildung: FinePic / shutterstock
Rabe im Innenteil: Marcin Perkowski / Shutterstock.com
Satz: Adobe InDesign im Verlag
Druck und Bindung: CPI books GmbH, Leck
ISBN 978-3-426-52003-1

2   4   5   3   1

INHALT

TEIL I

TEIL II

TEIL III

Ich bin Harald, Sigurds Sohn, und dies ist meine Geschichte.

Fünf Jahre sind seit der großen Schlacht bei Stikla Stad vergangen, bei der mein Halbbruder Olaf Königreich und Leben verlor. Auch ich, erst fünfzehnjährig, wurde schwer verwundet und musste mich vor meinen Feinden in der Wildnis verstecken. Sie sehen in mir Olafs natürlichen Nachfolger und damit eine Gefahr für sich selbst. Allen voran ein Mann namens Sigurd Erlingsson, der mir Blutrache geschworen hat.

Doch nicht mir gebührt der Thron, sondern Olafs inzwischen elfjährigem Sohn Magnus, den er zur Sicherheit in Garðarike bei Jarisleif, dem Großfürsten der Rus, zurückgelassen hat. Den Jungen zu beschützen und für seine Rechte zu kämpfen, habe ich geschworen. Also begab ich mich ebenfalls nach Garðarike auf einem Schiff, das mir mein Schwager, der Schwedenkönig Anund, geschenkt hat, und mit einer Mannschaft, die aus Olafs überlebenden Gefährten besteht. Darunter auch die einstige Sklavin Aila, der ich in Liebe verbunden bin.

Im Norden, unter finnischen Pelzjägern, trafen wir auf Sigurd und seine Männer. Er hatte sich einem abtrünnigen Jarl angeschlossen, um zu plündern und dem Großfürsten die wertvollen, ihm geschuldeten Pelze zu stehlen. Es kam zum Kampf, den wir gewannen. Doch Sigurd konnte entkommen. Fürst Jarisleif zeigte sich erkenntlich und nahm mich und meine Gefährten in seine Dienste auf.

Seitdem kämpfen wir für Jarisleif, um seine Feinde zu besiegen und sein Reich zu schützen. Im Sommer geht es gegen die Polen im Westen oder gegen Bulgaren im Osten. Im Winter ziehen wir über die vereisten Flüsse gen Norden, um bei den Tschuden, Finnen und Ugriern den Tribut an Pelzen einzufordern. Denn dies ist der Reichtum der Rus.

Seit fünf Jahren also lebe ich in diesem Land mit der Frau, die ich liebe, unter Gefährten, denen ich in Freundschaft verbunden bin. Es mangelt mir nicht an Silber oder dem Wohlwollen meines Fürsten. Nur Kinder sind uns verwehrt geblieben. Und ich habe auch nicht vergessen, dass ich von königlichem Blut bin, dass die Heimat auf mich wartet. Und dass es Sigurd Erlingsson immer noch nach meinem Tod dürstet.

TEIL I

Aus Ymirs Fleisch wurde die Erde geschaffen
und aus dem Blut das Meer,
die Felsen aus den Knochen,
die Bäume aus den Haaren und aus dem Schädel
der Himmel.

aus der »Gylfaginning«,
dem Ursprung der Welt

Unerwartetes Wiedersehen

Schwere, bleigraue Wolken hängen über dem zugefrorenen Fluss. Durch die kahlen Bäume am Ufer fegt ein eisiger Nordwind und treibt Schneeflocken vor sich her. Es steht uns wieder eine Nacht bevor, in der man vor Kälte kaum schlafen kann.

»Dieser Scheißwinter will nicht aufhören«, flucht Thorberg Arnason, seine Wangen rot vom Biss der scharfen Luft und sein blonder Bart weiß von Eiskristallen. »Langsam hab ich genug davon.«

Er reibt sich die Hände vor den noch spärlichen Flammen des Lagerfeuers, das wir in Gang kriegen konnten. Was bei dem Wind nicht so einfach ist. Wir mussten eine Stelle von Schnee befreien und uns dann alle Rücken an Rücken davorhocken, bis es Bogdan endlich gelang, etwas trockenes Moos und dürre Zweiglein in Brand zu setzen. Und schließlich dickere Zweige und kleine Aststücke nachzulegen, ohne die Flämmchen gleich wieder zu ersticken.

Bogdan hebt den Kopf. Seine Augen tränen vom Qualm des feuchten Holzes. »Ich dachte, du bist Norweger«, lästert er. »Da müsstest du doch ein bisschen Kälte gewohnt sein.«

»Ich schwör dir, bei uns an der Westküste ist es nicht so kalt«, knurrt Thorberg. »Um diese Jahreszeit blühen daheim schon die Wiesen.«

Was er sagt, ist richtig. In Norðvegr sind die Jahreszeiten milder, besonders an der Küste. Aber hier in Garðarike, so weit im nordöstlichen Inland, wo wir uns wochenlang herumgetrieben haben, kommt man im Sommer um vor Hitze, wenn einen die Mücken nicht vorher umbringen, und im Winter ist es so kalt, dass beim Pinkeln die Pisse gefriert, bevor sie auch nur den Boden berührt.

Eigentlich sollte es längst Frühling sein, aber die Götter oder der Teufel selbst haben uns noch einmal einen solchen Kälteeinbruch beschert, dass den Männern das Mark in den Knochen klirrt. Sie sind erschöpft und hungrig. Jagen ist wegen des Wetters nicht möglich, so dass wir seit zehn Tagen nur halbe Rationen zu uns nehmen konnten.

Vor acht oder neun Wochen sind wir mit etwa hundert Mann ausgezogen. Unterwegs mussten wir Verluste hinnehmen. Ein halbes Dutzend guter Kameraden haben ihr Leben verloren. Und dann sind da auch noch Verwundete, um die wir uns kümmern müssen. Einer mit einer eiternden Pfeilwunde am Hals, der andere im Oberschenkel. Beide fiebern und leiden unter Schüttelfrost, obwohl wir sie auf einem der Schlitten dick in Felle gepackt haben. Ein Dritter hat ein Auge verloren, aber der kann wenigstens laufen.

Der Fluss macht hier eine Schlaufe und bildet so etwas wie eine baumfreie Landzunge, wo es unter dem Schnee sogar etwas Wintergras für die Pferde gibt. Man muss es nur freischaufeln. Die meisten von uns sind dabei, Zeltplanen gegen das Schneetreiben zu errichten, die Pferde zu versorgen und wie Bogdan ein Feuer anzuzünden. Andere suchen im Unterholz nach Zweigen und Ästen, die noch einigermaßen trocken sind, oder teilen den mageren Proviant aus und versorgen die beiden Schwerverwundeten.

Thorbergs älterer Bruder Finn hat Männer für die Nachtwache eingeteilt. Jetzt hockt er sich zu uns und reibt sich die vom Frost roten Hände. »Ihr seht aus wie ausgekotzt, wenn ich das sagen darf.« Er lacht, als hätte er einen Scherz gemacht.

Unwillkürlich blicke ich in die Runde. Nein, wie siegreiche *væringjar* sehen wir nicht gerade aus. Thorkel hat eine blutverkrustete Braue über bleichen, eingefallenen Wangen. Von Thorbergs Nase löst sich die Haut ab, und seine Augen triefen. Snorri hat ein Geschwür an der Lippe, und Thjodolf, der Barde, trägt einen dreckigen Verband um die linke Hand gewickelt. Mürrische, niedergeschlagene Mienen machen sie alle.

»Sprich für dich selbst«, knurrt Ragnar. Er ist in einen Berg von Pelzen gehüllt, so dass er aussieht wie ein zotteliges Urviech. »Du bist so vom Fleisch gefallen, da wundert's einen, dass du überhaupt noch in der Lage bist, deine klapprigen Knochen durch die Gegend zu schieben.«

»Mach dir keine Sorgen um meine Knochen«, erwidert Finn. »Die halten noch 'ne Weile.«

»Ihr müsst zugeben, das war der verdammt härteste Raubzug, den wir je unternommen haben«, meint Thorberg und spuckt seinen Rotz in die Flammen.

»Das kannst du zweimal sagen«, knurrt Ragnar. Der kalte Wind zerrt an seinem Bart, und er schüttelt sich, verkriecht sich tiefer in seine Pelze.

»Was seid ihr doch für Weicheier!«, knurrt Bogdan verächtlich. »Für uns Rus ist das hier ein Spaziergang!«

»Ach ja? Dann erinnere dich, du Großmaul, dass wir dir die Zehen am Feuer rösten mussten, sonst wären sie dir abgefallen!«, brummt Ragnar, der sich auf einem Schiff wohler fühlt, als durch verschneite Wälder zu stapfen. Trotzdem hat er sich besser gehalten als erwartet. Besser als manch anderer.

»Das war nur, weil ich vergessen hatte, dicke Socken mitzunehmen.«

»Was brauchst du Socken, wenn du so ein harter Kerl bist?«, fragt Thorkel und grinst spöttisch. »Einer wie du läuft barfuß durch den Schnee.«

»Ja, ja, ist ja schon gut. Aber von euch Memmen hat sich jedenfalls keiner getraut, im Eiswasser zu baden.«

»Wir sind ja auch nicht lebensmüde.«

Wenigstens haben sie noch die Kraft, sich gegenseitig aufzuziehen, fährt mir durch den Sinn, während ich mich wie Ragnar fester in mein Bärenfell hülle. Niemand würde mich im Leben dazu bringen, in so ein verdammtes Eisloch zu springen. Ich glaube, mein Herz wäre stehengeblieben, und mit Sicherheit wären mir sofort die Eier abgefallen. Aber genau das hat der verrückte Kerl getan, hat vor ein paar Tagen ein Loch ins Eis gehackt und ist ins eisige Flusswasser gesprungen. Dann hat er auch noch getönt, wie herrlich es wäre, bis wir ihn wenig später blau gefroren rausziehen mussten, sonst wäre er uns verreckt. Bewundern muss man den Kerl dafür trotzdem. Aber Nachahmer hat er nicht gefunden.

Bogdan bricht noch mehr Äste in Stücke und legt sie aufs Feuer, das langsam zu wärmen beginnt. Aber nur halbseitig, denn vorn röstet man, hinten friert man. »Also gut«, sagt er, »ich gebe zu, dieser Raubzug war schlimmer als sonst. Aber eher wegen den wilden Bastarden da in den Wäldern.«

Bis fast zum Ural waren wir vorgestoßen, zum Teil zu Fuß, aber meist auf Skiern, begleitet von drei Pferde- und einem Hundeschlitten. Winter ist im Grunde die beste Jahreszeit dafür, denn auf den zugefrorenen Wasserläufen kommt man gut voran. Die Winterfelle der Pelztiere sind außerdem dichter und wesentlich edler als zu anderen Jahreszeiten. Denn das ist es, hinter was wir her sind. Kostbare Pelze.

Großfürst Jarisleif nennt das »Tribut einfordern«, aber Raubzug wäre das treffendere Wort, denn so weit ins Landesinnere, wie wir vorgedrungen sind, ist bisher selten ein Rus gekommen. Die wenigen Menschen, die in dieser Wildnis in ihren winzigen, weit verstreuten Siedlungen leben, Ugrier oder andere Finnenvölker, sind Jäger und Flussfischer und schulden außer ihren Waldgeistern niemandem Tribut. Tierfelle verwenden sie nur zum eigenen Gebrauch, um sich zu kleiden oder ein wenig mit den Volgabulgaren zu tauschen, die sich gelegentlich bis in den Norden wagen.

Dass wir gekommen sind, um ihnen ihre Pelze zu nehmen, ohne viel dafür zu bieten, hat sie zum Widerstand aufgestachelt. Wie zu erwarten, ist die Sache nicht ohne Blutvergießen abgegangen. Diese Leute sind seltsame Wesen, eins mit ihrer Natur. Sie sind hellhäutig, nicht sehr groß, aber zäh und flink. Einen offenen Kampf scheuen sie. Dafür sind wir zu gut bewaffnet. Wenn man denkt, man kann sie packen, dann verschwinden sie spurlos wie von Geisterhand. Nur, um an unerwarteter Stelle wieder aufzutauchen und uns aus dem Hinterhalt mit Pfeilen zu beschießen. Und so ist es zu den Verlusten gekommen.

Ihnen nachzulaufen ist sinnlos. In den dichten Wäldern, abseits des Weges, wären wir nur noch verwundbarer gewesen. Es hat auch nichts genutzt, dass wir zur Strafe ein paar ihrer Dörfer abgefackelt haben. Die bestehen ohnehin nur aus einfachen, schilfgedeckten Hütten oder mit Tierhaut abgedichteten Unterkünften, oft halb unter der Erde. Nichts, was man nicht schnell ersetzen kann.

»Seid froh, dass nicht mehr von uns draufgegangen sind«, meint Snorri, der selbst Jäger ist und genau weiß, wie schwierig es ist, gegen einen Feind zu kämpfen, der im Wald zu Hause ist und sich praktisch unsichtbar machen kann.

Bogdan nickt. »Nicht umsonst nennt man die Gegend die Eiserne Pforte. Denn weiter als bis zum Pechora-Fluss kommt man nicht. Eine Gruppe hat es vor Jahren versucht. Keiner von denen ist je wieder aufgetaucht.«

»Und wozu die ganze Mühe? Hat es sich etwa gelohnt?«, knurrt Finn.

Nun, es ist nicht besonders viel, was wir erbeutet haben. Nicht mehr als ein Pferdeschlitten und ein Hundegespann mit Fellen. Der zweite Pferdeschlitten ist für die Verwundeten, und den dritten mussten wir zurücklassen, da die Gäule den Pfeilen der Waldmenschen zum Opfer gefallen sind. Wegen der geringen Ausbeute war er ohnehin nutzlos geworden. Auch die Beschaffenheit der Felle, die wir erbeutet haben, ist nicht, wie man es gewohnt ist, denn die Ugrier sind in der Verarbeitung weniger geschickt als die Tschuden vom Ladogasee. Aber immerhin müssen wir nicht mit leeren Händen heimkehren.

Was die Pferde betrifft, die haben uns ehrlich gesagt oft genug behindert, an Stellen, wo der Schnee ihnen bis zum Bauch stand. Ein paarmal mussten wir sie regelrecht ausgraben. Da ist Kaukos leichter Schlitten mit seinen acht starken Zughunden, die wie in Wolle verpackte Wölfe aussehen, nützlicher gewesen. Es ist das erste Mal, dass ich es mit einem Hundegespann zu tun habe, und ich bin erstaunt, wie klug und eifrig die Tiere ihre Arbeit tun. Wir hätten mehr Hundeschlitten mitnehmen und auf die Pferde verzichten sollen.

Ja, unser alter Freund Kauko aus Ailas Tschudendorf am Ladogasee ist wieder bei uns. Einige Zeit nach dem Kampf gegen Sigurd vor vier Jahren war er in seinem Einbaum in Holmgarð aufgetaucht mit der Bitte, sich meinen Männern anschließen zu dürfen. Es sei ihm daheim zu langweilig geworden, hat er gemeint und dazu breit gegrinst, so dass seine Zahnlücke nicht zu übersehen war. Er hatte sich zuvor von seinem *goði* noch ein paar zusätzliche Tätowierungen machen lassen, als Schutz gegen Feinde und böse Geister. Nun sei er bestens gewappnet, es mit allem aufzunehmen. Ich mag den verdammten Kerl und hätte es ihm nicht abschlagen können. Inzwischen hat er genug von unserer Sprache gelernt, dass er sich gut verständigen kann.

Snorri blickt zu mir herüber. »He, Harald! Du sagst ja nichts. Bist du etwa auch unzufrieden mit dem, was wir eingesammelt haben?«

Ich deute mit dem Kopf zu den Schlitten hinüber, die unter den Uferbäumen stehen, und zu den Hunden, die zusammengerollt im Schnee liegen. Die Viecher scheinen sich bei dem Wetter sauwohl zu fühlen. Ganz im Gegensatz zu uns.

»Ich will nicht klagen«, erwidere ich. »Es hätte schlechter kommen können. Doch wir haben zu viele Männer verloren. Und das bei der mageren Ausbeute. Jeder Tote und jede Verwundung reut mich mehr, als ich sagen kann.«

Ragnar nickt. »Es muss was Besseres geben, als in verschneiten Wäldern herumzutrampeln, Tierfelle zu rauben und sich dabei mit Pfeilen beschießen zu lassen. Noch dazu von Wilden, die in einer Zunge sülzen, dass einem die Ohren abfallen.«

Thorkel grinst belustigt. »Gerade du musst das sagen. Dein rüdes Kauderwelsch versteht ja auch kaum einer.« Ragnar stammt aus einer Gegend im Norden, die ihre eigene, nicht immer leicht verständliche Mundart hat. Außerdem flucht er gern so grässlich, dass einem die Ohren abfallen.

Ragnar funkelt Thorkel an. »Wart's ab, bis wir wieder segeln«, knurrt er. »Wer dann meint, meine Befehle nicht zu verstehen, der kriegt das Tauende über den faulen Arsch, bis ihm die Eier blau anlaufen.« Das sorgt für Gelächter.

Aber die Verständigung mit den Ugriern ist tatsächlich fast unmöglich. Zum Glück haben wir Kauko dabei. Der kann sich ein wenig verständlich machen, denn seine Sprache und die der Ugrier ähneln sich.

»Und dann will ich euch noch was sagen«, grollt Ragnar in seinem heiseren Bass. »Wir hätten ein paar von ihren Weibern mitnehmen sollen. Von den jungen, meine ich.« Er zeichnet etwas Rundes in die Luft und verdrehte lüstern die Augen.

»Aber Harald war ja dagegen.« Er starrt mich herausfordernd an. »Warum eigentlich?«

»Die hätten uns nur aufgehalten«, sage ich. »Und es hätte die Ugrier noch wütender gemacht.«

Das ist eine Ausrede. Jeder andere hätte ein paar hübsche Mädchen mitgenommen. Auch junge, kräftige Kerle. Damit kann man gutes Silber verdienen. Der Handel mit Sklaven ist ein äußerst gewinnbringendes Geschäft. Und das nicht nur bei den Rus. Daheim auf der Wallburg halten wir schließlich auch Sklaven. Die verrichten einen Großteil der Arbeit, die bei uns anfällt. Aber besonders im Süden, bei den Arabern oder in Miðgarð im Grikaland, sind die weiße Haut und die blonden Haare der Mädchen aus dem hohen Norden äußerst beliebt. Ganz verrückt sind sie danach. Allein schon deshalb reisen ihre Händler oft bis nach Kiew und sogar bis Holmgarð.

Aber der Gedanke will mir nicht behagen, noch halbe Kinder aus ihren Familien und ihrer vertrauten Umgebung zu reißen und in die Fremde zu verschleppen. Wahrscheinlich wegen Aila, die als Kind selbst geraubt worden war. Sie und ihre Zwillingsschwester Impi. Sie hat mir oft genug von dem Schrecken und der Angst und der rauhen Behandlung durch ihre Entführer erzählt. Außerdem bin ich in ihrem Dorf am Ladogasee gewesen, woher auch Kauko stammt, habe die Gastfreundschaft ihrer Tante, ja, des ganzen Dorfes genossen. Menschen wie diese versklaven? Nein, das behagt mir nicht.

Olaf, mein Halbbruder, hätte natürlich über mich gelacht, wenn er noch leben würde, hätte gemeint, ich müsse härter werden, mich nicht so anstellen. Sklaverei wäre schließlich etwas ganz Normales. Die meisten Sklaven würden gut behandelt, gehörten nach einer Weile sogar zur Familie.

Und damit hätte er recht gehabt. So dachten alle. Und auch ich besitze zwei Sklaven daheim, die Aila zur Hand gehen. Aber die sind wenigstens seit langem an ihr Leben gewöhnt. Doch mit dem Verschleppen von Kindern oder Halbwüchsigen kann ich mich nicht anfreunden. Da verzichte ich lieber auf den Gewinn, auch wenn Männer wie Ragnar darüber den Kopf schütteln.

Wir schmelzen Schnee in einem Kessel über dem Feuer und kochen Bohnen darin. Als Würze ein wenig Salz, mehr gibt es nicht. Speck ist uns schon seit langem ausgegangen. Nachdem jeder seinen Anteil hinuntergeschlungen hat, bereiten wir unser Nachtlager. Die meisten besitzen ein wasserdichtes Stück Robbenhaut als Unterlage. Darauf rollen wir uns wie die Hunde in unsere Schafsfelle und Pelze ein. Mein Umhang aus Bärenfell leistet beste Dienste.

Selbst im tiefen Schnee lässt sich so einigermaßen schlafen. Doch in dieser Nacht rüttelt der Wind unermüdlich an den Zeltplanen, dass man Angst hat, sie werden wegfliegen. Meine Füße fühlen sich an wie Eisklumpen. Und dann fangen auch noch Wölfe an zu heulen. Erst einer, noch weit entfernt, dann ein zweiter, schon näher, und noch einer. Man kann ihre Stimmen gut auseinanderhalten. Es hört sich an, als redeten sie miteinander, sprächen sich gegenseitig ab. Ab und zu wiehern die Gäule und zerren ängstlich an den Leinen, mit denen sie angehalftert sind. Die Wölfe haben es zweifellos auf unsere Pferde abgesehen. Aber sie trauen sich nicht näher heran, denn sie riechen zu viele von uns Zweibeinern, um einen Angriff zu wagen. Auch die Feuer halten sie ab, und die Wachen, die mit geschulterten Speeren die Runde machen.

Ich denke an Aila und wünsche mich in ihr warmes Bett, stelle mir vor, wie sie sich an mich schmiegt. Mit einem Mal vermisse ich sie so sehr, dass es weh tut.

✳ ✳ ✳

19

Als die Männer am Morgen erwachen und die Feuer von neuem schüren, stellen sie fest, das der Kamerad mit der Halswunde in der Nacht verschieden ist. Offensichtlich schon vor Stunden, denn sein lebloser Körper ist steif wie ein Brett gefroren. Wir hüllen ihn in seinen Mantel ein und tragen ihn zum Ufer. Die Leiche in der Erde zu bestatten ist unmöglich. Der Boden ist zu hart. Wir hacken ein Loch ins Eis, um ihm ein Seemannsgrab zu geben. Leider ist kein *goði* unter uns. Es ist also an mir, ein paar Worte an Allvater Oðin zu richten, ihn zu bitten, unseren Freund in der ewigen Halle der Helden aufzunehmen, wie es ein tapferer Krieger verdient. Ich lege ihm seinen Schwertgriff in die steifen Hände, damit er *Valhöll* nicht ohne Waffe betreten muss. Dann hüllen wir ihn zusammen mit ein paar schweren Steinen in seine Zeltplane und schieben den Leichnam unter das Eis.

Der Wind hat sich zum Glück gelegt, und es schneit auch nicht mehr. Wir brechen das Lager ab und machen uns wieder auf den Weg. Wir kommen einigermaßen gut voran, und am übernächsten Tag reißt sogar die Wolkendecke endlich auf, die Sonne füllt die kahle weiße Landschaft mit Farben. Es wird warm und beginnt heftig zu tauen. Nach drei weiteren Tagesmärschen über matschige Flussufer erreichen wir ein Dorf verbündeter Wepsen, die uns freundlich empfangen und mit besserer Nahrung versorgen als der karge Fraß der letzten Wochen.

Das Eis des Flüsschens, an dem das Dorf liegt, ist nicht mehr sicher genug, und so setzen wir unseren Weg auf Waldwegen fort, die immer noch schneebedeckt genug sind, dass wir ohne Schwierigkeiten mit den Schlitten durchkommen. Schließlich erreichen wir den breiten Wolchow und erblicken bald darauf Ruriks Festung und den ursprünglichen Handelsposten diesseits des Flusses. Und dann die Stadt selbst auf dem gegenüberliegenden Ufer. Holmgarð in unserer Sprache. Oder Nowgorod, die neue Stadt, wie die Slawen sie nennen.

Der Anblick der Palisaden und Kirchtürme belebt die Männer und erscheint ihnen wie eine Erlösung. Sie wissen, dort gibt es schäumendes Bier und gutes Essen, ein weiches Bett und hoffentlich auch ein dralles Weib darin, an dem ein Kerl sich die müden Knochen wärmen kann.

Auf dem Wolchow sind trotz Treibeis viele Boote unterwegs. Und so finden sich Fährleute, die gegen etwas Silber bereit sind, uns überzusetzen. Ich steige mit der ersten Fähre ans Ufer und werde gleich von Kameraden in Empfang genommen. Allen voran Ivar Kjeldsson, dem Steuermann der *Fálki*, dem Schiff, das wir Sigurd abgenommen haben. Und Halldor Snorrason, der den Befehl über die etwa achtzig Mann hat, die wir in Holmgarð zurückgelassen haben.

»Bei Thor, ich bin froh, euch zu sehen«, sagt Halldor, nachdem wir uns umarmt haben. »Wir hatten uns Sorgen gemacht. In der Stadt wird geunkt, von der Eisernen Pforte kehrt niemand lebend zurück.«

»Wie du siehst, sind wir die Ausnahme. Aber nochmal möchte ich die Reise nicht machen. Ein verdammt wildes Volk, das dort lebt. Wir haben Verluste gehabt.«

Halldor ist ein isländischer Abenteurer, der sich uns vor zwei Jahren im Kampf gegen die Polen angeschlossen hat. Er ist mittelgroß, schlank und sehnig, aber mit breiten Schultern und eisblauen Augen, denen wenig entgeht. Er hat sich als umsichtig und tapfer erwiesen. Und er ist einer, der nachdenkt, bevor er spricht oder handelt. Die Männer respektieren ihn. Ich habe ihn deshalb neben Finn Arnason zum Unterführer gemacht.

Halldor runzelt die Stirn. »Verluste? Wie viele?«

»Sieben Mann.« Ich nenne ihm die Namen der Gefallenen. »Dazu zwei Verwundete. Und viel erbeutet haben wir auch nicht.«

Inzwischen ist die zweite Fähre angekommen, und die Männer entladen unsere Beute in zwei Karren, die Ivar hat herbeischaffen lassen. Finn ist am anderen Ufer zurückgeblieben, um die Einschiffung der restlichen Mannschaft zu beaufsichtigen. Dafür kommen gerade Thorkel und Ragnar und ein Dutzend anderer Kerle an und springen an Land.

»Ich hoffe, ihr Landratten habt gut auf mein Schiff aufgepasst«, lässt Ragnar als Erstes hören. Er ist der Steuermann meiner stolzen *Bloð-hrafn*, des Schiffs, das der Schwedenkönig Anund mir geschenkt hat.

»Immer noch auf dem Trockenen und gut aufgebockt, so wie du es verlassen hast«, erwidert Halldor und grinst. Zu mir sagt er: »Eifersüchtiger auf sein Schiff als auf ein Weib.«

»Worauf du dich verlassen kannst«, knurrt Ragnar. »Weiber gibt's genug, aber kein Schiff wie meine *Bloð-hrafn*.« Dann fügt er mit einem Blick auf mich hinzu: »Auch wenn sie Harald gehört.«

»Wenn wir schon von Weibern reden«, sage ich, »ich bin hundemüde und will endlich zu meinem. Kümmere dich um alles, Halldor. Vor allem, dass die Beute sicher zum Palast des Fürsten gelangt.«

»Keine Sorge, wir machen das. Ihr solltet jetzt lieber in eure Quartiere verschwinden und euch erholen. Ihr seht ziemlich mitgenommen aus.«

»So fühlen wir uns auch«, meint Thorberg, der in Bogdans Begleitung herangetreten ist.

Ich wende mich zum Gehen, aber Halldor hält mich auf. »Gestern sind zwei Schiffe aus Norðvegr gekommen. Die ersten, die in diesem Jahr über die Ostsee gesegelt sind. Sieht aus, als hätten sie's eilig gehabt.«

»Und?«

»Ihr ratet nicht, wer es ist.«

»Nun mach's nicht so spannend!«, knurrt Thorkel.

Halldor sieht mich bedeutungsvoll an. »Kalfr Arnason.«

»Was sagst du da?«, entfährt es mir.

»Unser Bruder ist hier?«, faucht Thorberg und packt Halldor am Arm. »Was, zum Teufel, hat der hier zu suchen?«

»Ich weiß es nicht«, erwidert Halldor.

Im Streit um die Krone ist ein gewaltiger Riss durch diese Familie gegangen. Finn und Thorberg Arnason sind Olaf treu geblieben und gehören nun zu meiner Gefolgschaft. Ihr ältester Bruder Kalfr aber hatte sich Olafs Feinden angeschlossen und dem Dänenkönig Knut gehuldigt. Mehr als das, er war der Anführer des Heeres der abtrünnigen Jarls und *bóndi* gewesen, die uns bei Stikla Stad vernichtet haben. Und kein anderer als dieser Kalfr hat den Streich geführt, der meinen Bruder letztendlich das Leben gekostet hat. Ich selbst habe mit ansehen müssen, wie Kalfrs Axt sich in Olafs Nacken grub und ihn fällte.

Ich glaube, ich bin bleich geworden. Für einen Augenblick verschlägt es mir die Sprache, und die Erinnerungen überwältigen mich. Der Mörder meines Bruders hier in Holmgarð? Mein Herz schlägt heftig. Was, zum Teufel, hat der Bastard hier zu suchen? Jedermann weiß doch, dass Jarisleif kein Freund des Dänenkönigs ist und dass er damals Olaf unterstützt und mit Kämpfern und Silber ausgestattet hatte. Gegen die Dänen, die unser Land gestohlen haben.

Halldor mustert mich aufmerksam. Auch Thorkel und Ragnar. Diese beiden waren dabei, als meine Brüder wie Vieh abgeschlachtet wurden. Und sie selbst waren es, die mich schwer verwundet vom Schlachtfeld geschleppt haben. Sie blicken mich an und ahnen, was in mir vorgeht. Ich fühle mich auf einmal entsetzlich müde, will im Grunde mit dieser verdammten Vergangenheit nichts mehr zu tun haben. Zumindest nicht heute.

»Versucht rauszufinden, um was es geht«, sage ich mit müder Stimme. »Aber vor morgen früh soll mich niemand stören, habt ihr verstanden?«

Damit lasse ich sie stehen und marschiere durchs Stadttor, um endlich zu meinem Haus zu gelangen. Und zu Aila.

＊　＊　＊

Als ich unser Haus, das in einer ruhigen Gasse liegt, erreiche, ist Aila zu meiner Enttäuschung nicht daheim.

»Die Herrin ist bei Alfhild«, klärt Enni, unsere Sklavin, mich auf. »Soll ich hinüberlaufen und sie holen?«

Magnus' Mutter Alfhild und ihr Mann, mein Freund Ragnwald, wohnen nicht weit. Ich schüttele den Kopf. »Lass nur. Sie wird sicher bald kommen. Mach mir inzwischen Wasser heiß, damit ich mich waschen kann.«

Enni ist noch jung, aber ein gelehriges Mädchen. Sie ist Tschudin wie Aila. Manchmal sprechen sie in ihrer gemeinsamen Sprache miteinander, obwohl Ennis Wortschatz begrenzt ist, denn sie wurde schon als Sklavin in Holmgarð geboren.

Sie nimmt mir meinen runden Schild ab und hilft mir aus dem Bärenfellumhang. Dann entledige ich mich meines Helms und Schwertgürtels. Mit einiger Mühe ziehe ich mir den *hringabrynja*, den Kettenpanzer, über den Kopf und lasse ihn achtlos zu Boden plumpsen. Dann das gefütterte und nach altem Schweiß stinkende Lederwams. Ich stöhne erleichtert auf, endlich das Gewicht von Ringpanzer und Waffen loszuwerden. Fast hätte ich tanzen können. Stattdessen trete ich in unsere Kammer, ziehe mir zum ersten Mal seit Wochen die dreckigen Stiefel aus und lasse mich mit einem wohligen Seufzer auf das breite Lager fallen. Enni bringt mir einen Becher Bier und eilt gleich wieder davon, um einen Kessel mit Wasser aufs Feuer zu stellen.

»Was gibt es zu essen?«, rufe ich hinter ihr her.

»Ein Stück geräucherte Elchschulter«, schallt es aus der Küche. »Aber ich werde dir besser etwas Warmes kochen.«

»Bring mir schon mal von der Elchschulter. Ich komme um vor Hunger.«

Ich nehme einen tiefen Schluck aus dem Becher und schließe die Augen. So ist es schon viel besser. Das Bett ist weich, das Haus warm. Seit vier Jahren leben wir hier. Das Haus ist nicht groß, aber Aila hat es wohnlich eingerichtet und mit allen Bequemlichkeiten ausgestattet. Es besteht aus einem großen Raum mit einer Feuerstelle, um die man Freunde versammeln kann, einer Küche, mehreren Kammern, auch für das Gesinde, dazu ein Pferdestall hinter dem Haus und ein kleiner Gemüsegarten, um den sich Aila mit Begeisterung kümmert.

Wir sind glücklich hier. Das heißt, wenn ich nicht immer so häufig für den Großfürsten unterwegs sein müsste. Und wenn unsere beiden Kinder nicht so früh, schon im Säuglingsalter, verstorben wären. Ihr Tod hängt wie eine dunkle Wolke über uns, wie ein Fluch der Götter. Es schmerzt, und ich will mich gar nicht an ihre Namen erinnern, obwohl Aila häufig von ihnen spricht. Eine Zeitlang hat sie nicht mehr schwanger werden wollen. Doch das scheint sie inzwischen überwunden zu haben.

Ich bin schon fast dabei, einzuschlafen, als ich höre, wie jemand die Eingangstür aufreißt. Ich öffne die Augen, und da steht sie in der Kammertür und strahlt mich an.

»Ragnwald hatte also recht. Ihr seid zurück!«, ruft Aila, rot vor Freude.

Bevor ich antworten kann, stürzt sie sich mit einem Jubelschrei auf mich und bedeckt mein Gesicht mit so heftigen Küssen, dass es mir den Atem raubt und ich vorgebe, um Hilfe zu rufen. Sie fährt erschrocken hoch, so dass sie rittlings auf mir sitzt, und betastet voller Sorge meinen Oberkörper.

»Du bist doch nicht verwundet, oder?«

»Nein. Mir geht es gut.«

»Aber mager siehst du aus.«

Ich lache. »Die gebratenen Tauben sind uns leider ausgegangen.«

»Mach dich nur lustig über mich«, sagt sie, zieht mit einem Ruck ihr Gewand über den Kopf und wirft es achtlos zur Seite. Dann folgt das leinene Unterkleid. Ich greife nach ihren herrlichen Brüsten, aber sie wehrt ab und beginnt, ungeduldig an meinem *kyrtill* zu zerren.

»Nun mach schon, zieh das verdammte Ding aus!«

»Willst du, dass Enni uns zusieht?«

»Enni!«, ruft sie über die Schulter. »Mach sofort die Tür zu!«

Kaum gesagt, sehe ich schon Ennis grinsendes Gesicht im Rahmen, dann schließt sich leise die Tür hinter ihr. Hat die Magd etwa gelauscht? Mit Sicherheit.

»Aber ich bin dreckig und stinke wie ein Ziegenbock.«

»Das ist mir gleich«, keucht sie und küsst mich ungestüm. »Ich will dich in mir spüren. Jetzt sofort!«

Sie zerrt wieder an meinen Kleidern, kann es nicht abwarten. Ich helfe ihr, bis ich genauso nackt bin wie sie, schlinge meine Arme um ihre Hüften, küsse ihre Brüste. Sie wirft sich auf den Rücken, spreizt die Beine und zieht mich an sich. Es dauert nicht lange, und wir atmen heftig vor Liebesglut. Bei Freya, wie hatte ich sie vermisst! Ihre Küsse, ihren wollüstigen Leib, das vor Leidenschaft gerötete Gesicht, die halb geöffneten Lippen, ihren stoßweise gehenden Atem, ihr anfeuerndes Stöhnen, ihre halbgeschlossenen Augen, feucht vor Begehren und vor Glück, dass wir wieder vereint sind.

Nachdem wir uns fürs Erste erschöpft haben, liegen wir lange eng umschlungen, ohne etwas zu sagen. Zum Glück fragt sie nicht, wie es mir ergangen ist, denn ich habe noch keine

Lust, von meiner Reise zu erzählen. Und auch nicht, dass Kalfr in der Stadt ist. All das soll heute draußen bleiben und uns in Ruhe lassen. Meine Hand streicht über ihr Haar. Einst war es kurz, wie es sich für Sklavinnen gehört, inzwischen ist es aber zu einer rötlich blonden Pracht gewachsen, die ihr bis zu den Hüften fällt. Ihre Haut ist so glatt und weich, kein Wunder, dass meine Hand schon wieder zu wandern beginnt.

Doch sie richtet sich auf und entzieht sich mir. »Schluss jetzt, Harald. Du stinkst wirklich erbärmlich.« Sie zwickt mich in die Nase und lacht. »Ich mag ja ein bisschen Männerschweiß, aber das ist zu viel des Guten. Zeit für dein Bad!«

Nachdem ich mich endlich vom Schmutz der langen Reise gereinigt habe, tischt Enni das Essen auf, nicht ohne ein Grinsen auf ihrem jungen Gesicht. Wahrscheinlich sind wir nicht gerade leise gewesen. Ich weiß nicht, ob es das Bier ist oder meine allgemeine Müdigkeit, aber nach dem Essen schaffe ich es kaum, mich bis in die Kammer zu schleppen, bevor mir die Augen zufallen.

Irgendwann, tief in der Nacht, werde ich plötzlich wach. Da sitzt Aila in ihrem dünnen Unterkleid beim Licht einer Kerze am Bett und hat mir anscheinend beim Schlafen zugesehen. Als sie merkt, dass ich wach bin, beugt sie sich vor und küsst mich sanft.

»Du siehst so friedlich aus, wenn du schläfst. Wie ein kleiner Junge und gar nicht kriegerisch.« Sie lächelt. »Man möchte dich in die Tasche stecken und überallhin mitnehmen.«

Ich muss lachen. »Da hättest du aber was zu schleppen.«

Ich mache ihr Platz, und sie legt sich zu mir. Den Kopf auf meiner Schulter, streichelt sie meine Brust. »Nun erzähl schon. Wie war euer Raubzug? War es schlimm?«

In kurzen Zügen berichte ich, was wir erlebt haben. Die gefährlichsten Ereignisse behalte ich für mich. Kein Grund, sie zu ängstigen.

»Und du? Wie ist es dir ergangen?«

»Ach, wie immer. Ich war viel mit Alfhild zusammen. Die ist ja genauso oft allein wie ich.«

Alfhild war vor Jahren Olafs Sklavin gewesen, Beute eines Raubzugs im Dänenland. Ihren Rang als Nebenfrau verdankt sie der Tatsache, dass sie ihm einen Sohn geboren hat. Während seines dreijährigen Aufenthalts in Garðarike hatte er seine Gemahlin Astrid bei ihrem Bruder in Svearike gelassen, dafür aber Alfhild und den Jungen mit nach Holmgarð genommen, wo später beide geblieben sind, während er erneut aufgebrochen war, um sein Königreich zurückzuerobern.

Nach Olafs Tod hat sie dann meinen Freund Ragnwald geheiratet, der meinem Bruder sein Leben lang treu gedient hatte. Ragnwald ist der Sohn eines Jarls von den Orkney-Inseln. Auch er hat in Stikla Stad gekämpft und mich, zusammen mit Thorkel und Ragnar, hinterher im Wald bei dem Jäger versteckt, wo ich mich von meinen Wunden erholen konnte.

Danach bin auch ich nach Garðarike gekommen, in der Hoffnung, im Dienst des Großfürsten genug Beute zu machen, um irgendwann heimzukehren und Magnus' Anspruch auf den Thron durchzusetzen. Einen gewissen Silberhort habe ich schon zusammen, aber es ist bei weitem nicht genug. So wie es jetzt aussieht, wird es noch viele Jahre dauern, bis ich in der Lage bin, ein ganzes Heer auszurüsten. Wenn überhaupt jemals. Manchmal denke ich, mein ganzes Leben ist irgendwie nutzlos. Ich versuche, alles zu tun, um Magnus den Thron zu ermöglichen, und mache keine Fortschritte. Oder um selbst den Thron zu erobern, wie ich mir heimlich wünsche. Aber das ist natürlich völlig unmöglich. Und auch nicht denkbar. Es wäre Eidbruch gegenüber Olaf, meinem Bruder.

Ragnwald ist inzwischen Mitglied der Druschina, der besonderen Schutztruppe des Großfürsten. Sie sind die besten Krieger des Reiches und immer an Jarisleifs Seite. Deshalb ist mein Freund ebenfalls häufig abwesend.

»Alfhild ist in letzter Zeit häufig bei Hof«, sagt Aila. »Sie und dein Neffe Magnus. Die Fürstin scheint einen Narren an ihm gefressen zu haben.«

»Und du begleitest sie?«

Sie schüttelt den Kopf. »Du weißt, die Fürstin mag mich nicht.«

»Ach was! Wie kommst du darauf?«

»Ich weiß es einfach. Ich bin eine ehemalige Sklavin. Das passt ihr nicht.«

»Alfhild war auch Sklavin.«

»Ja. Aber Magnus hat Anspruch auf den norwegischen Thron. Und sie ist seine Mutter. Das ist der Unterschied.«

»Aber du bist doch schon öfter im Palast gewesen.«

»In deiner Begleitung. Das ist was anderes. Du bist schließlich der Sohn eines Königs.«

»Nur der Sohn eines Kleinkönigs von Hringaríke.«

»Mach dich nicht kleiner, als du bist. Du bist der Bruder des Königs von Norðvegr. Du darfst mitbringen, wen du möchtest. Aber ich allein …«

»Ich denke, du bildest dir das ein. Ingegerd ist doch sehr freundlich. Warum sollte sie etwas gegen dich haben?«

»Es gibt Dinge, die du nicht weißt.«

Aila setzt sich wieder auf. Ihre Miene ist auf einmal ernst geworden. Ich warte, dass sie sich erklärt, aber sie schweigt nachdenklich, als erwäge sie, wie viel sie mir erzählen soll.

»Nun sag schon. Warum sollte sie etwas gegen dich haben?«

Aila blickt zur Seite und spielt mit der Kerze, die neben dem Bett brennt. »Weil sie eifersüchtig ist«, flüstert sie schließlich und schnippt ein Stückchen Wachs weg, das sie abgebrochen hat.

Wir haben nie über ihre Vergangenheit gesprochen. Ihre und die ihrer verstorbenen Zwillingsschwester Impi. Beide betörende Schönheiten. Einzelheiten aus ihrer Zeit als Sklavin sind einfach nie zur Sprache gekommen, als scheuten wir beide davor zurück. Ist jetzt der Augenblick da, darüber zu reden?

»Eifersüchtig? Aber warum?«

Sie holt tief Luft, wie um sich Mut zu machen. Ihre Unterlippe zittert ein wenig. Ich habe sie noch nie so verunsichert gesehen. »Du weißt doch, Impi und ich waren Olafs Sklavinnen, als er nach Svearíke kam und wir dir begegnet sind.«

»Natürlich.«

Ich sehe die Zwillinge noch vor mir bei unserer ersten Begegnung. Beide in seidene Tuniken gekleidet, feine Sandalen aus dünnen Riemen an den schlanken Füßen, mit Schmuck behängt. Der abschätzende Blick, mit dem sie mich bedachten. Zwei Schönheiten, die sich ähnelten wie ein Ei dem anderen. Außergewöhnlich und begehrenswert.

Aila vermeidet meinen Blick. »Olaf hat uns nicht auf dem Sklavenmarkt gekauft«, sagt sie. »Wir waren ein Geschenk.«

Ich erinnere mich. Er hatte so etwas erwähnt. Damals schien es keine Bedeutung zu haben. Jetzt aber fange ich an zu begreifen. Vielleicht habe ich es schon immer geahnt und nur verdrängt, weil der Gedanke mir unangenehm ist. Ein Geschenk ihres früheren Besitzers. Und wie jeder weiß, sind Sklavinnen nicht nur für die Hausarbeit da. Sie erfüllen auch andere Bedürfnisse, besonders die hübschen. Kein Wunder, dass die Fürstin eifersüchtig ist.

»Ein Geschenk von Jarisleif«, sage ich leise.

Sie sieht mich an und nickt. Ihre Augen füllen sich mit Tränen. Sie schlägt die Hände vors Gesicht.

Einen Augenblick lang bin ich wie gelähmt. Etwas Kaltes greift nach meinem Herzen. Aber dann erinnere ich mich, dass die Zwillinge dieses Leben nicht gewählt haben, dass man sie als Kinder aus ihrem Tschudendorf verschleppt hat. Und natürlich wusste ich das schon, als ich Aila die Freiheit geschenkt und sie zu meiner Gefährtin gemacht habe. Es hat mich damals nicht gestört, warum also heute? Plötzlich überfällt mich ein Schuldgefühl. Ailas Schwester war ihre Stütze gewesen. Aber Impi ist tot. Nun hat sie niemanden außer mir. Es ist nicht genug, dass sie nur meine Geliebte ist. Ich sollte sie endlich heiraten.

Ich setze mich auf und legte meine Arme um sie. »Ist schon gut, mein Herz«, flüsterte ich ihr ins Ohr. »Ich wusste doch schon alles. Seit langem. Es hat keine Bedeutung für uns. Weder für dich noch für mich. Wir gehören zusammen. Das ist alles, was zählt.«

Sie klammert sich an mich und weint nur noch mehr.

✴   ✴   ✴

Am Vormittag, die Sonne steht schon hoch, werden wir von Enni geweckt, die uns Ragnwalds Besuch ankündigt. Ich ziehe mir eine alte Tunika über und betrete den Hauptraum des Hauses, wo mein Freund mir mit ausgebreiteten Armen entgegenkommt.

»Du bist zurück!« Er packt mich an den Schultern und grinst übers ganze Gesicht. Ragnwald ist kein schöner Mann, man kann ihn eher hässlich nennen mit seinem breiten Schädel, der schiefen Nase und den hohen Wangenknochen. Aber wenn er lacht, dann strahlt die Sonne, und man schließt ihn gleich ins Herz.

Nach der Begrüßung wird er ernst. »Hab gehört, ihr hattet es nicht leicht.«

»Ich sage dir, das ist eine von allen Göttern verfluchte Gegend. Eine Wildnis ohne Ende. Taugt höchstens zum Bären-

und Wölfejagen. Und die Ugrier stechen zu wie aufgeschreckte Wespen.«

»Ihr habt Männer verloren. Das tut mir leid. Umso froher bin ich, dich unbeschadet zu sehen.«

»Ich bin immer noch hundemüde, aber sonst geht es mir gut. Möchtest du mit uns essen? Aila würde sich freuen.«

»Keine Zeit. Ich komme vom Palast. Jarisleif verlangt nach dir. Und zwar sofort. Ich vermute, es hat mit Kalfr Arnason zu tun. Du weißt, dass er vor kurzem angekommen ist, oder?« Er wirft mir einen besorgten Blick zu, unsicher, wie ich mich verhalten werde.

»Ich hab's erfahren.« Beim Gedanken an diesen Kalfr steigt mir das Blut ins Gesicht. »Möchte wissen, was der Bastard hier zu suchen hat. Der Kerl ist ein Verräter. Er hat Olaf auf dem Gewissen. Ich sollte ihn zum Zweikampf fordern, ihn töten und seinen Kopf auf einen Pfahl stecken, damit alle sehen, wie man mit einem Königsmörder umgeht.«

Ragnwald schüttelt den Kopf. »Verdient hätte er es. Aber das wird Jarisleif nicht zulassen. Schließlich genießt der Mann hier Gastrecht. Nein, vergiss deine Rache für heute und mach dich rasch fertig. Ich warte auf dich.«

Zurück in der Kammer, ziehe ich wollene Beinkleider über, eine saubere Tunika und meinen besten *kyrtill*, dazu kalbslederne Stiefel. Ich versuche, mein Haar mit einer Bürste zu bändigen. Eigentlich gehört mein Bart gestutzt, bevor ich mich im Palast sehen lasse. Aila, die sich noch schläfrig im Bett rekelt, will wissen, warum ich es so eilig habe.

»Jarisleif verlangt nach mir. Stell dir vor, Kalfr Arnason ist vorgestern angekommen.«

Jetzt ist sie hellwach und stützt sich auf einen Ellbogen. »Was sagst du da? Der Mann, der Olaf umgebracht hat? Ist das dein Ernst?«

»Genau der«, erwidere ich grimmig. »Hab gute Lust, ihm die Kehle aufzuschlitzen.«

Aila springt aus dem Bett und streift ihr Unterkleid über. »Sei kein Hitzkopf, Harald. Tu nichts Unüberlegtes, ich bitte dich!«

Sie will ihre Arme um mich legen, aber ich schiebe sie zur Seite und gürte mein Schwert *Gunnlogi*. Dazu stecke ich *Leggbitr* in den Gürtel, den Sax meines Vaters. Beide ausgezeichnete Waffen. Nein, ich habe nicht vor, den Kerl herauszufordern. Nicht am Hofe des Großfürsten. Aber man kann nie wissen. Außerdem geht ein Nordmann nicht ohne sein Schwert aus dem Haus.

Aila packt mich am Arm. »Sei vernünftig, Harald.« Sie macht sich Sorgen und sieht mich flehentlich an. »Ich will nicht, dass dir etwas geschieht. Versprich mir, dass du ruhig bleibst. Sonst komme ich mit.« Sie bückt sich nach dem Bündel Kleider am Boden, die sie am Vorabend achtlos hat liegenlassen. »Ja, ich komme mit. Ich lass dich nicht allein gehen.«

Ich halte sie fest und ziehe sie an mich. »Mach dir keine Sorgen. Ich werde nichts Unüberlegtes tun. Ich verspreche es.«

Sie nimmt mein Gesicht zwischen beide Hände und küsst mich auf die Lippen. »Gut. Dann geh. Und nachher erzählst du mir alles.«

Ragnwald wartet schon ungeduldig. Auf dem Weg zum Palast wechseln wir kaum ein Wort. Ich bin immer noch aufgebracht und frage mich, was mich erwartet. Ist es wirklich wegen Kalfr? Vielleicht will Jarisleif nur über unseren Raubzug bei den Ugriern reden. Doch das hätte sicher auch noch später Zeit. Beim Gedanken an Jarisleif fällt mir natürlich wieder ein, was Aila in der Nacht gestanden hat. Der Fürst und die Zwillinge. Bei der Vorstellung dreht sich mir der Magen um, und ich bin versucht, auf der Stelle umzukehren.

Doch dann rede ich mir ein, dass es keine Bedeutung hat. Sklavinnen sind für die meisten Männer, besonders für Fürsten wie Jarisleif, nur Spielzeug, ein vorübergehendes Vergnügen. Darin war auch Olaf keine Ausnahme, dessen Weibergeschichten meine Schwägerin Astrid um den Schlaf gebracht haben. Alfhild war auch eine seiner Geschichten. Und mir hat er damals großzügig eine Nacht mit den Zwillingen geschenkt, einfach so aus Spaß, weil er mich nicht unerfahren in die Schlacht ziehen lassen wollte. Nein, in Wirklichkeit haben die beiden ihm wenig bedeutet. Und umgekehrt noch weniger. Mit Jarisleifs Ausschweifungen ist es sicher nicht anders. Besser, nicht mehr darüber zu grübeln.

Zumindest bin ich jetzt ruhiger, was die Begegnung mit Kalfr angeht. Aila hat recht. Es ist nicht gut, sich von Zorn leiten zu lassen. Als kleiner Junge habe ich einmal auf seinem Schoß gesessen und ihn nach der Narbe gefragt, die seine Wange verunziert. Und dass ich mir ein Schiff wünschen würde mit vielen Kampfgefährten darin. Olaf hat gelacht und gemeint, ich würde bestimmt ein großer Krieger werden. Ja, sie waren Freunde gewesen. Wie konnte es dann sein, dass daraus tödliche Feindschaft geworden war? Mit dreizehn hatte ich Kalfr kurz wiedergesehen, während Olaf auf der Flucht zu den Rus war und sie ihn gesucht hatten. Und dann drei Jahre später im Schlachtgetümmel, blutbespritzt und axtschwingend mit wutverzerrtem Gesicht. Das sind meine Erinnerungen an Kalfr.

Wir marschieren an den Wachen vorbei durchs Tor und in den Innenhof des Palastes. Ein bärtiger Mönch nimmt uns in Empfang, Jarisleifs Schreiber. Ein nicht unwichtiger Mann. Er trägt ein langes Gewand so schwarz wie sein Bart und ein silbernes Kreuz auf der Brust. Ich glaube, er ist Grieche, wie die meisten Christenpriester in Holmgarð, spricht aber fließend die Sprache der Rus und auch die der Slawen. Er führt uns nicht wie erwartet in die große Halle, sondern in ein kleineres Gemach, das der Großfürst für Besprechungen benutzt. Mit einem Kribbeln im Magen betrete ich den Raum.

»Na endlich!«, knurrt Jarisleif. Er wirft mir einen missbilligenden Blick zu. »Man sollte meinen, um diese Tageszeit hat ein Mann ausgeschlafen.«

Der Großfürst spricht in der Mundart der Rus, die aber für uns Nordmänner immer noch verständlich ist. Er zeigt sich gern etwas grob, meint es aber meist nicht so. Er ist ein beeindruckender Mann von Mitte fünfzig mit einem hageren Gesicht, einer scharfen Adlernase und durchdringenden blauen Augen. Der Bart ist grau, aber aus seinem Haar ist noch nicht alles Blond verschwunden. Er ist unverkennbar ein Nordmann und der direkte Nachfahre jenes schwedischen *væringjar* Rurik, der einst die Flüsse befahren und Holmgarð als Handelsposten gegründet hatte. Auf der anderen Seite des Wolchow steht noch die kleine Festung, an der wir gestern vorbeigekommen sind, die erste Niederlassung der Rus in dieser Gegend.

Ich lasse einen schnellen Blick über die Anwesenden schweifen. Neben Jarisleif sind noch sechs weitere Männer zugegen, darunter zu meiner Überraschung Finn und Thorberg. Obwohl ich es mir natürlich hätte denken können, denn es geht ja wahrscheinlich um ihren Bruder. Thorberg ist rot im Gesicht. Man scheint sich gestritten zu haben. Überhaupt liegt eine gewisse Anspannung über dem Raum. Jetzt aber sind aller Augen auf uns gerichtet. Auf mich, genauer gesagt. Und dann erkenne ich ihn, obwohl Jahre vergangen sind. Kalfr Arnason. Er hat sich erhoben und nickt mir mit ernster Miene zu.

Bei seinem Anblick steigt der Zorn in mir hoch, schnürt mir die Kehle zu, so dass ich keinen Ton hervorbringe, geschweige denn eine Begrüßung. Auch seine beiden Brüder sitzen mit versteinerten Mienen auf ihren Stühlen, ohne Kalfr eines Blickes zu würdigen. Bilder der Schlacht flackern mir durch den Sinn: Olaf blutüberströmt und Kalfr über ihm mit der blutigen Axt in der Faust. Ich wünsche mich sonst wohin, nur nicht in diesen Raum, in Anwesenheit dieses Mannes. Aber ich bezwinge mich.

Kalfr ist immer noch schlank und aufrecht. Auch die weiße Narbe, die von der Schläfe bis in den Bart läuft, ist deutlich sichtbar. Er ist früh ergraut, obwohl ich ihn erst auf Anfang vierzig schätze. So alt, wie Olaf inzwischen wäre. Der aufmerksame, prüfende Blick, der auf mir liegt, ist ruhig und gelassen. Diesen Mann kann wenig aus der Fassung bringen.

»Ich nehme an, ihr beide kennt euch«, sagt Jarisleif in seinem tiefen Bass. »Und dann ist hier auch noch der gute Bischof Grimkell. Er sagt, ihr seid euch ebenfalls schon begegnet.«

Ich reiße mich von Kalfr Arnasons Augen los und hefte meinen Blick auf den dürren Christenpriester mit dem großen Adamsapfel, der neben Finn sitzt. Ich hatte ihn gleich erkannt, obwohl er mir kleiner vorkommt, als ich ihn in Erinnerung habe. Die Furchen um seine Mundwinkel haben sich vertieft, wie mir scheint. Er ist in ein prächtiges Ornat gekleidet. Der Mann war Olafs Bischof, ein verdammter Eiferer, der ihn ständig angestachelt hat, die Norweger zum Glauben an den Weißen Christ zu bekehren. Ganz gleich, ob sie es wollten oder nicht. Wenn nötig mit Gewalt. Was hat der jetzt mit Kalfr zu tun? Ich hätte eher gedacht, dass sie Gegner wären.

»Gott zum Gruß, Harald!«, höre ich ihn sagen. »Ich erinnere mich noch gut an meinen Besuch bei euch in Hringaríke, bei deiner Mutter Åsta. Ich hoffe, es geht ihr gut und sie ist wohlauf.«

»Hab sie seit fünf Jahren nicht gesehen«, knurre ich unwirsch.

»Das tut mir leid«, sagt Grimkell und stellt mir dann einen älteren Mann von Mitte fünfzig vor.

»Das ist Jarl Einar Eindridesson Thambarskelfir. Vielleicht kennst du ihn.«

Der Mann ist groß, aber auch breit wie ein Scheunentor, mit schlohweißem Haar und rotem Gesicht. Und einem umfangreichen Bauch. Daher wahrscheinlich sein Beiname *wabbeliger Bauch*. Ich weiß, wer der Kerl ist. Ich bin dem Bastard zwar nie begegnet, aber ich habe von ihm gehört. Ein mächtiger Jarl und neben Kalfr hauptsächlich derjenige, der damals die freien Bauern gegen Olaf aufgewiegelt hat, obwohl er in Stikla Stad nicht dabei gewesen ist. Da war er in Englaland bei König Knut.

»Was will der hier?«, frage ich, doch niemand antwortet mir. Einars durchdringende, auffallend blaue Augen mustern mich abschätzend. Er sagt nichts, nickt mir nur unmerklich zu. Seine Miene bleibt dabei ausdruckslos.

Und dann fällt mein Blick auf einen weiteren Fremden, ein gut gekleideter Mann Ende zwanzig mit rotbraunem, sorgfältig gestutztem Bart, mittelgroß, ein wenig untersetzt und stämmig. Er mustert mich aufmerksam. Etwas an ihm kommt mir vertraut vor.

»Das ist Thorer Erlingsson«, stellt der Großfürst den Mann vor. »Er führt jetzt die Familie, nachdem sein älterer Bruder verstorben ist.«

Erlingsson. Natürlich. Die Ähnlichkeit ist unverkennbar. Noch einer unserer Erzfeinde. Kalfr, Einar und jetzt auch noch ein Erlingsson! Das wird ja immer schöner.

»Ich grüße dich, Harald«, sagt Thorer ernst, aber nicht unfreundlich. »Ich habe gehört, du hattest eine Auseinandersetzung mit unserem Bruder Sigurd. Das tut mir leid.«

Ich funkele ihn an. »Er hat den Großfürsten bestohlen. Und umbringen wollte er mich. Aber es ist ihm nicht gelungen, wie du siehst. Und seitdem ist er auf der Flucht.«

Thorer lächelt verlegen. »Ja, Sigurd war schon immer ein Hitzkopf. Aber ich kann dir versichern, er spricht nicht für die Familie.«

»Soll mich das jetzt beruhigen? Was, zum Teufel, habt ihr eigentlich hier zu suchen?« Ich deute auf den alten Einar. »Und was will der hier? Was soll diese Versammlung?«

Ich werfe Jarisleif einen vorwurfsvollen Blick zu, warte auf eine Erklärung. Aber der nickt nur Kalfr zu, überlässt es ihm. Der tritt einen Schritt vor und mustert mich aus klugen Augen. Dabei setzt er ein vorsichtig freundliches Lächeln auf. »Es ist gut, dich gesund zu sehen, Harald. Bei Oðin, aus dir ist ja ein richtiger Kerl geworden. Nicht mehr der Junge, den ich noch in Erinnerung habe.«

»Hör zu, Kalfr!«, fauche ich. »Das schöne Gerede verfängt nicht. Ich bin nicht hier, um zu plauschen. Nicht mit dem Mörder meines Bruders.«

Ein schmerzlicher Ausdruck tritt auf sein Gesicht. »Ich bin kein Mörder, Harald. Und du weißt das. Olaf fiel in der Schlacht. Im offenen Kampf.«

»Von deiner Hand!«

»Ja, von meiner Hand. Aber es hätte auch jeder andere sein können. Ihr seid mit einem Heer gekommen, und wir haben uns gewehrt. Ich bin sicher, auch du hast an diesem Tag Männer getötet. Wie es so ist im Krieg. Niemand wird dich dafür zur Rechenschaft ziehen. Verurteile deshalb auch mich nicht.«

Doch ich starrte ihn weiter feindselig an. »Ihr seid alle Verräter an eurem König. Und du bist ihr Anführer. Dabei warst du einmal Olafs Freund. Er hat dir vertraut.«

»Ich kann verstehen, wenn du mich dafür hasst«, erwidert Kalfr ruhig. »Doch es gab gute Gründe, warum dein Bruder und ich getrennte Wege gegangen sind. Ich will sie dir gern erklären.«

»Nicht jetzt!«, fährt Jarisleif dazwischen. »Außerdem sind die Gründe hinlänglich bekannt. Olaf ist tot und wird auch vom vielen Reden nicht wieder lebendig. Beschäftigen wir uns lieber mit dem Hier und Heute. Und ich warne dich, Harald, wage es nicht, meine Gäste zu beleidigen oder gar anzugreifen, solange sie sich in meiner Stadt aufhalten. Sie sind hier, um eine Botschaft zu überbringen und einen Vorschlag zu machen. Den solltest du dir anhören. Und zwar unvoreingenommen. Das gilt auch für dich, Ragnwald.«

Ein Vorschlag? Ragnwald und ich sehen uns an. »Also gut«, sagt schließlich mein Freund, »dann lasst hören, was ihr uns zu sagen habt.«

Kalfr leckt sich kurz über die Lippen, wie um zu überlegen, wie er beginnen soll. »Sobald die Eisschmelze es zuließ, sind wir zu euch hergekommen«, sagt er dann. »Und dies trotz der Gefahren durch treibende Eisschollen. Denn es ist Eile geboten. Ich nehme an, ihr habt die große Neuigkeit noch gar nicht erfahren.«

»Welche Neuigkeit?«

»König Knut ist vor kurzem gestorben.«

»König Knut ist tot?«, fragt Ragnwald. »Aber er war noch jung.«

»Was heißt jung? Etwa so alt wie ich«, erwidert Kalfr achselzuckend. »Niemand ist gegen Krankheit gefeit.«

»Wenn Gott uns zu sich ruft …«, hebt Bischof Grimkell an.

Ich unterbreche den Bischof barsch: »Was geht mich der Tod dieses Dänen an?« Grimkell wirft mir einen gereizten Blick zu. Aber es ist mir gleich, was er von mir denkt. »Ihr habt doch nicht den weiten Weg gemacht, nur um uns das mitzuteilen?«

»Du verstehst vielleicht die Bedeutung nicht«, sagt Kalfr. »Knut hat in seinem Leben ein großes Reich zusammengerafft. Er ist König der Dänen und König von Englaland. Und von Norwegen, wie du weißt.«

»Mit deiner verdammten Hilfe!«

Er nickt. »Das ist richtig. Aber jetzt werden sie sich um sein Erbe prügeln. Die Nachfolge ist nicht eindeutig. Knuts Eheweib musste schon aus Englaland fliehen. Sein Sohn hat sogar mit den Dänen alle Hände voll zu tun, um sich zu behaupten. Jetzt ist die Gelegenheit gekommen, uns vom dänischen Joch zu befreien.«

»Ach, jetzt ist es plötzlich das Dänenjoch?«, rufe ich aufgebracht. »Ihr wolltet doch unbedingt diesem Knut den Arsch küssen und ihm das ganze Land vor die Füße legen. Dafür habt ihr doch gegen uns gekämpft. Gegen euren rechtmäßigen König. Oder hab ich das alles falsch verstanden? Wovon, zum Teufel, redest du?«

»Ganz ruhig, Harald«, ermahnt mich Jarisleif. »Lass sie erklären.«

Zum ersten Mal ergreift Einar Thambarskelfir das Wort. »Lass es mich erklären, Harald«, sagt er. Seine Stimme ist tief und wohlklingend. Beinahe vertrauenerweckend, wenn ich nicht wüsste, dass auch er ein Verräter ist. »Du musst wissen, daheim hat sich einiges verändert. Nachdem dein Bruder den Tod gefunden hatte, entschied Knut, sein erstes Weib Álfífa und ihren gemeinsamen Sohn Svein als Herrscher über Norwegen einzusetzen. Anfänglich war das Volk auf ihrer Seite. Schließlich hatten wir mit Knuts Hilfe gewonnen. Doch bald hat sich das Blatt gewendet, denn Álfífa ist ein gieriges und hartherziges Weib. Wir bekamen ihre Knute zu spüren. Diese Hündin hatte nichts anderes im Sinn, als sich zu bereichern. Die Steuerlast wurde unerträglich. Ihre Strafen mehr als grausam. Wir mussten einsehen, dass wir uns in Knut getäuscht hatten. Er hatte viel versprochen, wenig gehalten. Álfífas Büttel sind mit grausamer Härte vorgegangen. Wenn ein Bauer nicht in Silber zahlen konnte, haben sie gleich sein Vieh weggetrieben. Du kannst dir vorstellen, dass die *bóndi* sich so was nicht gern gefallen lassen. An vielen Orten ist es zu Widerstand und Aufständen gekommen. Mit einem Wort, das Volk ist unzufrieden.«

»Das Volk oder die Jarls? Hat Knut euch nicht genug vom Kuchen überlassen?«

»Ja, auch die Jarls sind unzufrieden. Es wurden Versprechen gebrochen und Entscheidungen ohne unsere Mitsprache getroffen. Du weißt, das ist nicht, was freie Norweger sich gefallen lassen.·Ob Jarls oder *bóndi*, wir alle haben genug von dänischen Herren. Das ganze Land stand kurz davor, sich zu erheben. Als uns vor einigen Wochen die Kunde von Knuts Tod erreichte, da war kein Halten mehr. Álfífa und ihr Sohn können froh sein, dass wir sie nur verbannt und nicht umgebracht haben.«

»Ihr seid ja geübt darin, eure Herrscher zu vertreiben«, sage ich gehässig. Aber Einar zuckt nur mit den Schultern.

Dafür ergreift Kalfr das Wort. »Du denkst an Stikla Stad, Harald. Und vielleicht wünschst du dir Rache für das, was deine Familie erlitten hat. Ich verstehe das. Aber auch andere Familien haben Männer verloren. Wir sollten jetzt besser an unser Land denken. Mit Knuts Tod ist die Zeit reif für den Wandel. Seine Erben balgen sich um den Thron. In Englaland ist der offene Aufstand ausgebrochen. Auch in Dänemark ist die Lage unklar. Für uns ist die Zeit zum Handeln gekommen.«

»Ich habe es immer gesagt«, mischt Grimkell sich ein, nicht ohne eine gewisse Genugtuung in seiner Miene, »mit Olaf wäre das alles nicht so gekommen. Er war ein Heiliger. Ein König, der die Zeichen der Zeit verstanden hat und nichts anderes wollte, als Christus den Weg zu ebnen. Zum Wohle des Landes.«

Kalfr runzelt ungehalten die Brauen. »Wie dem auch sei, Bischof, hinterher sind alle klüger. Es geht nicht darum, nach Fehlern zu suchen, sondern den besten Weg in die Zukunft zu finden.« Er wendet sich an mich. »Allerorten versammeln sich die Things. Volk und Jarls sind sich so einig wie noch nie. Wir brauchen wieder einen König. Aber einen Norweger, einen, der von unserem Blut ist und das Recht der Nachfolge für sich in Anspruch nehmen kann. Einen, mit dem alle im Land einverstanden wären, hinter dem sie stehen können.«

»Und einer, der Gott ehrt«, kann Grimkell sich nicht verkneifen hinzuzufügen.

Sie sehen mich erwartungsvoll an. Ich bin, ehrlich gesagt, sprachlos. Alles hätte ich erwartet, nur nicht das. Und auch nicht, dass Grimkell es geschafft hat, sich bei den Jarls einzuschmeicheln. Dabei waren die meisten doch immer gegen seinen Christus gewesen. Einen König wollen sie also, von ihrem Blut.

»Ihr denkt doch wohl nicht an mich?«, stammele ich.

Kalfr lächelt verlegen und windet sich ein wenig. »Nein, nicht an dich. In den Köpfen der Leute bist du viel zu sehr mit Olaf verbunden. Du weißt selbst, wie viele Feinde er sich gemacht hat.«

»Ja, an wen dann?«

Kalfr blickt zum alten Einar hinüber, anscheinend zu verlegen, es selbst auszusprechen. Einar räuspert sich umständlich, dann heftet er seine blauen Augen auf mich. »Magnus«, sagt er. »Wir wollen Magnus als König. Das ist der Wille der Things.«

»Was?«, ruft Ragnwald. »Aber Magnus ist noch ein Kind!«

»Er wird bald zwölf, soviel ich weiß«, wirft Thorer Erlingsson ein. »Mit zwölf Jahren können wir ihn krönen.«

Ich schüttele ungläubig den Kopf. »Ist es zu fassen? Olaf habt ihr bekriegt, und nun wollt ihr seinen Sohn zum König machen? Das ist doch verrückt!«

»Nein, ist es nicht!«, sagt Kalfr. »Der Junge besitzt das Erbrecht, und er hat mit der Vergangenheit nichts zu tun. Ebendeshalb werden alle für ihn stimmen und ihm als ihrem König huldigen. Hinter Magnus können sich alle Norweger guten Gewissens vereinen und den Dänen die Stirn bieten, sollte es zum Krieg kommen.«

Ich starre ihn ungläubig an. Irgendwie will mir die Sache nicht in den Kopf. Es kommt mir so unwirklich vor. In Stikla Stad haben wir uns bis zum letzten Blutstropfen bekämpft. Mit Tausenden Toten auf dem Schlachtfeld. Wer weiß, wie viele Weiber immer noch um ihre Männer trauern, Mütter um ihre Söhne. Und nun soll das alles vergessen sein?

»Fürchtet ihr nicht, Magnus könnte sich eines Tages an den Feinden seines Vaters rächen?«

Grimkell hebt die Hand, bevor Kalfr ihn unterbrechen kann. »Ich werde mich um seine Erziehung kümmern, Harald. Ich werde ihn die Liebe und die Barmherzigkeit Gottes lehren. Liebe deinen Nächsten und vergib denen, die sich schuldig gemacht haben, so spricht der Herr. Wir werden einen ganz neuen Anfang machen. Mit Magnus wird eine Zeit des Friedens anbrechen.«

Ein neuer Anfang? Vergebung? Ist es das, was sie suchen? Doch wohl kaum meine Vergebung. Sie haben einfach vor, den Jungen so zu formen und zu bevormunden, wie es ihren Plänen nach passt. Einen Strohkönig wollen sie aus ihm machen. Und dahinter wird kein anderer als Kalfr die Fäden ziehen. Oder der alte Einar.

»Wie sollen wir das verstehen?«, fragt Ragnwald, der mir schon einen Schritt voraus ist. »Seid ihr etwa gekommen, um ihn mitzunehmen?«

Kalfr nickt. »Ihn und seine Mutter Alfhild. Und wen er sich sonst noch als Begleitung wünscht. Wie gesagt, Eile ist geboten, um das Land hinter seinem neuen König zu einen, bevor die Dänen eingreifen können.«

Jahrelang habe ich mir den Kopf zerbrochen, wie ich meinem Neffen sein Recht auf den Thron sichern könnte, ohne aber eine Lösung zu finden. Keine, die nicht Krieg hieße, viel Silber kosten würde und den Tod unzähliger Männer. Und da kommen sie daher und bieten die Krone auf dem Tablett an, ganz ohne Forderungen. Das kann ich nicht glauben. Es muss eine List sein, um seiner habhaft zu werden und ihn am Ende vielleicht sogar umzubringen. Das darf ich auf keinen Fall zulassen.

»Du bist sein Oheim«, mischt sich Fürst Jarisleif ein. »Die Entscheidung liegt also bei dir, Harald. Aber ich würde dir raten, das Angebot anzunehmen. Allen wäre damit geholfen. Dein Neffe wird König. Und sicher wirst auch du mit ihm heimkehren können. Deine Familie wiedersehen.«

Doch da räuspert sich Einar verlegen. »Nein, Fürst, das wird nicht möglich sein.« Es klingt fast wie eine Entschuldigung. Aber dann spricht er in ruhigem Ton weiter. »Harald ist in den Augen der Westnorweger und *bóndi* zu sehr Olafs Mann. Für sie ist er immer noch ihr Feind. Man würde ihm nicht trauen. Und das würde die ganze Sache erschweren, wenn nicht gar unmöglich machen. Vielleicht in einigen Jahren, wenn sich alles beruhigt hat, dann kann er heimkehren und seinen Platz an Magnus' Seite einnehmen, wenn ihm immer noch der Sinn danach steht.«

»Ich sehe nicht, warum …«, beginnt Ragnwald.

Ich schneide ihm das Wort ab. »Nein! Kommt nicht in Frage«, rufe ich entschlossen. »Magnus bleibt hier. Und ihr solltet lieber auf euer Schiff steigen und heimfahren.«

Damit stolziere ich aus dem Raum.

Eine heikle Entscheidung

Verdrossen grübelnd verbringe ich den Nachmittag in unserem Haus. Ich bin strikt gegen ihren Plan. Die Sache stinkt zum Himmel. Olaf war ihnen verhasst. Wie können sie plötzlich Magnus zum König machen wollen, wenn sie seinen Vater bekriegt und umgebracht haben? Es muss etwas anderes dahinterstecken als ihre langatmigen Erklärungen.

Und die Dänen? Werden die einfach zusehen und es hinnehmen? Wohl kaum. Die werden eine Flotte schicken und im Land einfallen. Mit blutigem Ausgang.

Und doch meldet sich auch ein kleiner Zweifel in mir. Kann es sein, dass ich unrecht habe? Stelle ich mich gar den Ansprüchen des Jungen in den Weg? Die Sache ist so unerwartet gekommen, dass mir der Kopf schwirrt. Ich brauche eine Weile, um nachzudenken und mit mir ins Reine zu kommen. Selbst mit Ragnwald will ich heute nicht darüber reden. Ich habe ihn gebeten, erst am Abend zu mir zu kommen. Und Aila erzähle ich nur das Nötigste.

Dass Jarisleif für Kalfrs Vorschlag ist, kann ich verstehen. Und dass auch Einar und Thorer, beides bedeutende Jarls, dahinterstehen, macht es für den Großfürsten mehr als glaubwürdig. Er will sich mit allen Seiten gutstellen. Die Rus leben nicht nur vom Handel mit Grikaland und dem fernen Arabien, sie handeln natürlich auch mit Dänen, Schweden, Franken, Friesen und den Sachsen in Englaland. Sprache und Abstammung machen sie zu natürlichen Verbündeten der Nordmänner. Jarisleifs Ehe mit Anunds Schwester Ingegerd hat sein Bündnis mit Svearíke gefestigt. Und schon lange versucht er, sich auch an uns Norweger enger zu binden. Deshalb seine Unterstützung für Olaf und der Schutz, den er Magnus gewährt hat. Magnus auf dem Thron der Norweger, ein Junge, der praktisch bei den Rus aufgewachsen ist, das kann ihm nur Vorteile bringen, so wird er sich sagen.

Nach einer Weile setzt sich Aila zu mir und unterbricht mein Schweigen. »Hast du nicht immer gewollt, dass Magnus seinem Vater auf den Thron folgt? Warum bist du jetzt dagegen?«

»Weil ich den Bastarden nicht traue«, knurre ich. »Das geht mir zu schnell und zu glatt. Ich wette, Kalfr führt etwas im Schilde. Und die Erlingssons haben schließlich allen Grund, uns zu hassen. Es war Olafs Mann, der Sigurds Vater hinterrücks erschlagen hat. Dass Olaf das nie gewollt hat, macht für sie keinen Unterschied. Der Tod des alten Erling, nachdem er sich Olaf schon ergeben hatte, das hat damals mit dazu beigetragen, dass es zum Aufstand kam. Und es ist auch der Grund, warum Sigurd mir Blutrache geschworen hat. Nach der Schlacht haben sie nach mir gesucht. Auch mich wollten sie aus dem Weg räumen. Weil sie fürchteten, ich könnte Rache nehmen. Und jetzt soll sich alles in Wohlgefallen aufgelöst haben? Das kann ich nicht glauben. Warum sollte ich ausgerechnet diesen Männern trauen?«

»Das war vor fünf Jahren, Harald. Inzwischen ist König Knut gestorben, und die Dinge haben sich bestimmt geändert, die Gemüter beruhigt.«

»Das behaupten sie. Aber wer sagt mir, ob es wahr ist? Ist der Junge erstmal in ihrer Hand, kann ich nichts mehr für ihn tun.«

»Dann begleite ihn mit deinen Männern.«

»Gerade das wollen sie nicht. Weil sie mir genauso wenig trauen wie ich ihnen.«

Sie überlegt eine Weile, während ich verdrossen mein Bier trinke. »Ich denke, ihr solltet in Ruhe miteinander reden«, sagt sie dann. »Du und Kalfr und diese anderen beiden. Es klingt doch alles vernünftig, was sie sagen. So wie du es mir erzählt hast.«

»Wozu? Die haben uns einmal verraten, sie können es wieder tun. Was ist, wenn es nur eine List ist, um sich des Jungen zu bemächtigen und ihn dann zu beseitigen?«

»Und wenn sie es ehrlich meinen? Was hast du zu verlieren, mit ihnen zu reden? Stikla Stad ist fünf Jahre her. Vielleicht ist es an der Zeit, den Hass zu begraben und Frieden zu schließen.«

»Und das sagst du? Hast du Impi schon vergessen?«

Kaum habe ich das gesagt, tut es mir leid. Ich habe an ihrer schlimmsten Wunde gerührt. Aila sieht mich an, und in ihren Augen steht der Schmerz. Ich beiße mir auf die Unterlippe. Warum, zum Teufel, muss ich sie ausgerechnet an den Tod ihrer geliebten Schwester erinnern? Im Grunde hat sie den Verlust noch nicht verwunden. Im Durcheinander nach der verlorenen Schlacht war Impi brutal geschändet und ermordet worden. Und das vor Ailas Augen. Es hilft auch nicht, dass es ihr gelungen war, den Kerl nachher zu überrumpeln und mit einem Stein zu erschlagen. Noch lange Zeit danach war sie von Albträumen geplagt worden.

Gereizt wende ich mich ab. »Schluss mit dem Gerede! Der Junge bleibt hier, und mehr ist nicht zu sagen.«

»Was bist du doch für ein verdammter Sturkopf!«, ruft sie verärgert und lässt mich allein vor dem Feuer sitzen, wo ich verdrießlich Ennis frisch gebrautes Bier trinke.

Ein paar Stunden später erhalte ich Besuch von zwei Männern, Norweger aus dem Westen des Landes, wo es die großen Fjorde gibt. Es stellt sich heraus, dass sie zwar zusammen mit Kalfrs Schiff angekommen sind, aber nicht zu ihm gehören. Beide sind kräftige, hochgewachsene Kerle, einer fast so groß wie ich. Es entgeht mir auch nicht, dass sie teure Schwerter an den Hüften tragen.

»Ich heiße Svein Hákonsson«, sagt der eine, der ihr Wortführer zu sein scheint. »Svein Langhaar nennen mich die meisten.«

Tatsächlich hat er eine wunderbare blonde Haarpracht, die ihm bis auf den Rücken reicht und nur von einem dünnen Lederband gehalten wird. Er deutet auf seinen um ein paar Zoll größeren Begleiter. »Mein Freund hier ist Gunnar Karlsson. Er ist der beste Steuermann, den man sich nur wünschen kann, ganz gleich, ob im Kampf oder bei einem Unwetter auf hoher See. Wir haben ein gutes Schiff und siebzig Mann Besatzung. Alles erfahrene Leute. Wir würden uns gern als Söldner verdingen. Der Fürst sagt mir, ich soll mit dir reden. Vielleicht kannst du uns gebrauchen.«

Ich lasse sie ins Haus und heiße Enni, ihnen Bier vorzusetzen. Wir stoßen an, und ich bitte sie, mir von sich zu erzählen, damit ich mir ein Bild machen kann. Dieser Svein behauptet, ein Jarl von einer der Inseln im Westen des Landes zu sein. Seine Insel sei aber leider karg, und vom Ackerbau allein lebe es sich dort schlecht. Deshalb gingen die Männer schon seit Generationen der Seeräuberei nach. Auch sie hätten sich jahrelang als *vikingr* auf den Meeren herumgetrieben und viel erlebt.

»Aber die Seeräuberei ist nicht mehr, was sie mal war«, meint Svein und zuckt bedauernd mit den Schultern. »Die goldenen Zeiten sind vorbei. Heutzutage sind die Siedlungen überall mit Mauern und Türmen befestigt. Selbst die verdammten Klöster, wo man früher noch richtig Gold abgreifen konnte. Deshalb wollen wir es als Söldner versuchen. Der Fürst sagt, ihr könnt gute Männer gebrauchen.«

»Das hängt davon ab, was für diesen Sommer an Feldzügen geplant ist. Ich denke mal, in den nächsten Tagen werden wir mehr erfahren, bis dahin müsst ihr euch gedulden.«

»Du bist König Olafs Halbbruder, hab ich gehört«, sagt Svein. »Und dass du einen Bären mit bloßen Händen getötet hast.«

Ich muss lachen. »Mit einem Saustecher, nicht mit bloßen Händen.«

»Immerhin!« Svein zeigt sich beeindruckt. »Und dabei bist du noch ziemlich jung. Zumindest für einen Heerführer. Aber besser zu jung als zu alt, hab ich recht?« Er lacht nun ebenfalls und hebt seinen Becher, um mir zuzutrinken. Dann wird seine Miene wieder ernst. »Hör zu, Harald. Wir hatten mit dem Aufstand der *bóndi* nichts zu tun. Das möchte ich nur gesagt haben. Wir waren zu der Zeit nicht mal im Land.«

»Und wieso seid ihr dann mit Kalfr gesegelt?«

»Reiner Zufall. Wir sind ihnen auf der Ostsee begegnet. Auf dem Meerbusen treiben um diese Jahreszeit noch Eisschollen. Besser zu zweit, falls etwas passiert.«

Die beiden machen einen ordentlichen Eindruck auf mich. Abenteurer, aber nicht von der schlechten Sorte. »Ich schau mir dieser Tage gern euer Schiff an«, sagte ich. »Vielleicht wird es ja was mit uns.«

Kaum haben sie sich verabschiedet, da erscheint Ragnwald in Begleitung seiner Frau Alfhild. Beide sind aufgeregt, besonders Alfhild, und wollen unbedingt über Kalfrs Vorschlag reden. Ich kann es ihnen schlecht abschlagen und bitte sie ins Haus. Auch Aila hat sich beruhigt und setzt sich zu uns.

»Du solltest es dir überlegen, Harald«, sagt Ragnwald sofort. »Eine solche Gelegenheit kommt vielleicht nie wieder. Wenn du sie wegschickst und sie einen anderen zum König wählen, dann ist es vorbei mit Magnus' Ansprüchen.«

»Außer, wir holen uns die Krone mit Waffengewalt. So wie es seit langem geplant war.«

»Glaubst du wirklich noch daran? Soll Oðin dir die *Wilde Jagd* leihen, oder woher willst du die Heerscharen nehmen, die du dafür bräuchtest?«

»Mach dich nur lustig über mich«, grolle ich mürrisch.

»Nein, ich will mich nicht über dich lustig machen. Aber sei ehrlich mit dir selber. Du verdienst guten Sold bei Jarisleif und eine Beteiligung am Ende des Jahres. Aber reicht das aus, ein ganzes Heer aufzustellen? Ich denke nicht. Weder jetzt noch in absehbarer Zukunft.«

Ich antworte ihm nicht. Was hätte ich auch sagen sollen? Er hat ja recht, auch wenn ich es mir ungern eingestehe. Überhaupt bin ich in letzter Zeit unzufrieden mit meinem Leben. Tribute einsammeln, gegen Polen kämpfen, Aufstände niederschlagen, Jarisleifs Brüder in Schach halten, die sich ab und zu gegen ihn auflehnen. Das tun wir jetzt schon seit fünf Jahren. Wenn wenigstens Reichtümer dabei herausgesprungen wären. Ich bin beileibe nicht arm. Einiges an Silber hat sich schon angesammelt. Aber für ein großes Heer, dazu sind ganz andere Reichtümer nötig. Im Grunde kann ich nichts für Magnus tun. Und für mich selbst auch nicht, außer heimkehren und Bauer werden wie mein älterer Bruder Guttorm, der *konungr* unserer heimatlichen Wallburg in Hringaríke ist. Bauer, nein das ist nichts für mich.

»Warum meint ihr Männer immer, alles mit dem Schwert zu regeln«, lässt Alfhild sich, nicht ohne Bitterkeit, vernehmen. »Olaf war genauso. Immer nur mit Kampf und Gewalt, als gäbe es keine anderen Mittel. Und hat es ihm etwa genutzt?« Sie sieht mich vorwurfsvoll an. Wir beide wissen, dass es ihm wahrlich nicht genutzt hat. »Ich will nicht, dass meinen Sohn das gleiche Schicksal ereilt wie seinen Vater.« Sie blickt zu Ragnwald auf, der ihr den Arm um die Schultern legt.

»Natürlich nicht«, sage ich. »Das will keiner von uns. Aber gerade deshalb weigere ich mich, Kalfrs süßen Worten zu glauben. Willst du deinen Sohn in die Hände eines Mannes geben, der seinen Vater erschlagen hat? Denk mal darüber nach.«

Darauf weiß sie nichts zu antworten, sieht mich nur mit sorgenvollen Augen an.

»Ich denke, die Lage hat sich geändert, Harald«, sagt Ragnwald. »Ich glaube, Kalfr und Einar meinen es ehrlich. Und du siehst, selbst Thorer Erlingsson trägt dir nichts nach.«

»Und ich dachte immer, gerade du hast ihnen den Verrat nie verziehen? Was ist auf einmal anders?«

Er zuckt mit den Schultern. »Ich weiß nicht. Vielleicht nur ein Gefühl. Ich denke, sie meinen es ehrlich.«

»Das sagtest du schon.«

»Und dass Grimkell sie begleitet, spricht ebenfalls dafür.«

»Dieser blöde Christenpriester? Der immer nur von seinem gekreuzigten Gott blökt, dass einem die Ohren weh tun?«

»Ich kenne ihn besser als du. Er ist kein schlechter Mann und war Olaf sehr ergeben. Er hat inzwischen eine Kirche gebaut. An der Stelle, wo Olaf gefallen ist.«

»Ihr solltet wirklich miteinander reden«, mischt Aila sich ein.

»Das denke ich auch«, stimmt Ragnwald zu.

Alfhild hat auf einmal Tränen in den Augen. »Ich weiß, dass du als sein Oheim das alleinige Recht hast, die Sache zu entscheiden, Harald. Aber bedenke, es geht um Magnus, nicht um dich!«

Um Magnus geht es, sagt sie, nicht um mich. Diese Worte treffen mich mehr als alles andere, was bisher zu dieser Sache gesagt wurde. Natürlich geht es mir nicht um mich. Oder doch? Gönne ich dem Jungen etwa nicht die Krone?

✳ ✳ ✳

Am nächsten Morgen erreicht mich die Aufforderung, erneut im Palast zu erscheinen. Diesmal ist der Bote einer der Sklaven der Fürstin Ingegerd. Ich soll ihr doch bitte meine Aufwartung machen. Zu einem späten Morgenmahl, nur im engsten Kreis der Familie. Und Ailas Anwesenheit sei natürlich ebenfalls willkommen. Unmöglich, eine solche Einladung auszuschlagen.

»Die Fürstin? Was hat das zu bedeuten?«, fragt Aila.

»Sie wollen mich weichkochen.«

»Aber es ist nett, dass sie mich auch eingeladen hat.«

»Sie wissen, dass ich auf dich höre.«

Sie stemmt eine Hand in die Hüfte. »Du und auf mich hören? Das wäre ja ganz was Neues!«

Die Fürstin Ingegerd ist Astrids Halbschwester und somit Olafs Schwägerin und irgendwie auch meine. Es hätte nicht viel gefehlt, und sie selbst hätte Olaf vor vielen Jahren geheiratet. Aber ihr Vater Olof Skötkunung, der König von Svearíke, hatte etwas gegen meinen Bruder. Er hat es vorgezogen, sie mit dem Großfürsten der Rus zu verehelichen, der über Gesandte um sie geworben hatte. Auch Astrid hätte Olaf eigentlich nicht heiraten dürfen, sich aber Hals über Kopf in ihn verliebt, war ihm heimlich entgegengereist und hatte sich von ihm entführen lassen. Die Hochzeit fand wenige Tage später ohne Zustimmung des Vaters statt. Anscheinend konnte Olaf nicht abwarten, sie ins Bett zu kriegen.

Ingegerd kann mich gut leiden. Und ich sie. Das ist mit Sicherheit der Grund, warum der Fürst sich darauf verlegt hat, mich mit ihrer Hilfe zu beeinflussen. Meiner Aila dagegen hat sie in den letzten fünf Jahren noch nie besondere Aufmerksamkeit geschenkt oder sie jemals persönlich eingeladen. Aus Gründen, die mir nun klargeworden sind. Dass sie es diesmal tut, spricht dafür, dass eine Absicht dahintersteckt.

Doch Aila scheint sich darüber zu freuen, lässt sich von Enni die Haare kunstvoll flechten und wechselt dreimal ihr Gewand, bevor wir es endlich aus dem Haus schaffen. Kein Wunder, dass die Fürstin etwas ungehalten ist, als man uns endlich in ihre Gemächer führt.

»Wir haben schon angefangen«, sagt sie leicht gereizt und weist uns unsere Plätze an der Tafel zu. Aila darf an ihrer rechten Seite sitzen, ich einen Stuhl weiter. Doch bald schon scheint Ingegerd den Unmut über unser spätes Erscheinen vergessen zu haben, denn sie bemüht sich sehr, uns das Gefühl zu geben, dass wir willkommen sind.

Ingegerd hat mausfarbene bis dunkle Haare, wahrscheinlich von ihrer Mutter, einer Fürstentochter vom Volk der Obroditen am Südufer der Ostsee. Sie ist auch nicht ganz so hübsch wie ihre Halbschwester Astrid in Sithun, und doch, trotz ihres Alters von Ende dreißig und der vielen Kinder, die sie dem Großfürsten geboren hat, ist sie immer noch schlank und fraulich anziehend. Vor allem aber kann sie Menschen für sich gewinnen, wenn sie es darauf anlegt. Ihr ist ein freundliches Wesen eigen und ein Lächeln, dem man sich nicht entziehen kann. Äußerst zuvorkommend kümmert sie sich nun um Aila, schenkt ihr Wein ein, bietet ihr Köstlichkeiten aus der fürstlichen Küche an und ist voll des Lobes über das dunkelblaue Seidengewand, für das Aila sich am Ende entschieden hat und das wirklich gut zu ihren rotblonden Haaren passt.

Im engsten Kreis der Familie, hieß es in der Einladung. Deshalb hatte ich natürlich neben der Fürstin auch Jarisleif erwartet. Ganz sicher auch Magnus und seine Mutter Alfhild. Um diese beiden geht es ja schließlich. Aber am Tisch sitzen nur Ingegerds Kinder. Alle gesund und wohlgenährt, die meisten blond wie ihre schwedische Verwandtschaft, mit klaren blauen Augen und roten Wangen. Einen Augenblick lang mustern sie uns neugierig, wenden sich dann aber anderen Dingen zu. Sie essen, lachen und tuscheln untereinander und kümmern sich wenig um die Großen.

Ich erkenne Ingegerds ältesten Sohn Wladimir, schon fast erwachsen mit seinen fünfzehn Jahren und bereits mit dem

Titel Prinz von Nowgorod ausgezeichnet. Dann Ingegerds wunderschöne Tochter Elisif, ein Jahr jünger als Wladimir. Neben ihr die pausbäckige Anastasia, zwölf Jahre alt. Ihr gegenüber der elfjährige Isjaslaw, ein Knabe mit etwas vorstehenden Zähnen und einem wilden Haarschopf, und neben ihm Swjatoslaw, acht Jahre alt, der mich bei jeder Gelegenheit treuherzig angrinst.

Damit nicht genug, sitzt noch eine Kinderfrau am Tisch, die einen Fünfjährigen auf dem Schoß hält, Wsewolod mit Namen, der unentwegt mit seinem Becher Milch herumspielt, bis sich der Inhalt über das feine Tischtuch ergießt und Ingegerd ihn scharf zurechtweist. Trotz dieses kleinen Unglücks fühlt sie sich sichtlich wohl inmitten ihrer Kinderschar, und es scheint sie auch nicht zu stören, dass alle durcheinanderreden, dass zwei der Jungen sich gerade streiten und versuchen, sich gegenseitig vom Stuhl zu schubsen, oder dass Wsewolod plötzlich zu weinen anfängt, weil man mit ihm geschimpft hat.

Ingegerd lacht nur, steht auf, geht zu dem Kleinen und drückt ihm einen Kuss auf die Wange. Dann seufzt sie lächelnd. »So geht es den ganzen Tag. Man kommt nicht zur Ruhe mit den kleinen Biestern.«

Aber offensichtlich ist sie stolz auf ihre kleinen Biester. Ich weiß nicht, warum sie uns unbedingt ihre ganze Kinderschar vorstellen wollte. Vielleicht denkt sie, eine entspannte, familiäre Stimmung wäre die beste Voraussetzung für das, was sie uns zweifellos bald zu sagen hat. Doch ich muss dabei an meine eigene Familie denken, an uns Kinder zu Hause in Hringaríke, an meine aufrechte Mutter, an Tante Guðrun und ihre Geschichten, an meine sanfte Schwester Ingerid. Einen Augenblick lang überfällt mich schreckliches Heimweh, und ich wünschte, ich könnte am nächsten Morgen mein Schiff besteigen und nach Hause segeln.

Auch Aila sitzt während des ganzen Mahls mit einem etwas festgefrorenen Lächeln am Tisch, so dass ich ihr ein paarmal beruhigend die Hand aufs Knie lege, denn ich kann mir denken, wie sehr sie dieser Beweis fruchtbarer Mutterschaft schmerzen muss. Sie, die sich Kinder sehnlichst wünscht und immer noch unter dem Verlust unserer beiden Kleinen leidet, die so früh verstorben sind.

Nach dem Essen unterhält sich der junge Prinz Wladimir höflich mit mir, erkundigt sich besonders nach unserer langen Reise zu den Ugriern. Während ich berichte, lauscht auch seine Schwester Elisif aufmerksam der Erzählung, die leider von den jüngeren Kindern und ihrem Geschrei häufig unterbrochen wird. Die haben aus Langeweile begonnen, sich mit Brotresten zu bewerfen, bis Ingegerd schließlich energisch in die Hände klatscht und sie hinausschickt. Nur Wladimir, Elisif und Anastasia dürfen bleiben.

Elisif war schon immer ein hübsches Kind, doch inzwischen ist sie zu einer wahren Schönheit herangewachsen, obwohl ihr Leib noch unentwickelt und kindlich schlank wirkt. Sie hat eine helle, fast durchsichtige Haut. Das lange blonde Haar, das sie offen trägt, wie es bei jungen Mädchen üblich ist, umrahmt ein fein geschnittenes, ovales Gesicht, aus dem hellblaue Augen etwas verträumt in die Welt schauen. Das heißt, besonders mich scheint sie an diesem Morgen im Blick zu haben. So sehr, dass ich schon fast verlegen werde.

Es wird Zeit, dass wir zur Sache kommen, denke ich und wende mich an unsere Gastgeberin. »Ich nehme an, du hast uns nicht nur zum Essen eingeladen.« Da wir verschwägert sind, herrscht das formlose Du zwischen uns. »Vermutlich geht es um Magnus' Zukunft.«

»Ist er immer so direkt?«, fragt die Fürstin, an Aila gewandt, nicht ohne ein Augenzwinkern in meine Richtung.

»Nein, nicht immer«, erwidert Aila und fasst besitzergreifend nach meiner Hand. »Manchmal weiß man überhaupt nicht, was er denkt. Bis er einen mit irgendeinem wilden Plan überrascht.«

Die Fürstin lächelt. »Nun, heute geht es eher um eine wohl zu überlegende Entscheidung.« Bevor sie weiterspricht, trinkt sie einen Schluck von ihrem mit Wasser verdünnten Wein. »Vielleicht hätte ich auch Kalfr einladen sollen, aber ich dachte, es ist besser, wir sprechen erstmal unter uns, schließlich sind wir eine Familie.«

»Ehrlich gesagt bin ich froh, dass Kalfr nicht hier ist.«

»Das habe ich mir gedacht, Harald. Ich weiß ja, dass ihr euch nicht grün seid, aber ich denke schon, er ist ein Mann von Ehre.«

»Nicht grün ist wirklich untertrieben, Ingegerd«, erwidere ich. »Er hat die Seiten gewechselt und ist zu den Verrätern übergelaufen. Außerdem ist er derjenige, der Olaf eigenhändig getötet hat.«

»Oje! Das wusste ich gar nicht.« Sie sieht in der Tat erschrocken aus, denn Olafs Tod ist ihr ebenfalls sehr schmerzlich gewesen, schließlich hat er drei Jahre an ihrem Hof verbracht.

»Und mich haben sie lange gesucht, weil sie mich auch umbringen wollten. Nur dank treuer Freunde habe ich überleben können. Wie soll ich da diesem Mann trauen? Magnus steht unter meinem Schutz. Ich habe Olaf einen Eid geschworen, mich um ihn zu kümmern. Und nun soll ich ihn unseren Feinden ausliefern?«

»So betrachtet, kann ich dich natürlich verstehen«, sagt Ingegerd und schweigt einen Augenblick, wie um ihre Gedanken zu sammeln. »Aber vielleicht solltest du einsehen, dass sie nicht mehr deine Feinde sind. Kalfr und auch dieser Thorer Erlingsson haben mir auf Knien geschworen, dass sie es ehrlich meinen und dass dem Jungen kein Haar gekrümmt wird. Ganz im Gegenteil. Sie wollen nur das Beste für ihn. Auch der gute Bischof Grimkell hat sich dafür verbürgt. Gestern haben alle drei ein langes Gespräch mit Jarisleif geführt. Ich war dabei. Und ich muss sagen, ich vertraue ihnen. In einem Jahr werden sie ihn zum König krönen. Und Grimkell wird einen guten Christen aus ihm machen. Die Norweger sind des Krieges müde, Harald. Sie wollen die Ordnung wiederherstellen und in Frieden leben.«

Ich bin wenig überzeugt. »Ich weiß nicht. Zumindest hätten sie mir im Tausch ein Pfand anbieten sollen, eine Geisel. Einen von Kalfrs Söhnen, zum Beispiel. Als Sicherheit.«

Sie nickt. »Ja, vielleicht. Das will ich nicht abstreiten. Was soll ich sagen? Eine Geisel hat er nicht angeboten. Aus welchem Grund auch immer.« Sie sieht mich an und lächelt. »Aber wir haben einen anderen Vorschlag von ihm, der das vielleicht unnötig macht. Du weißt, schon immer wollte Jarisleif mit Norwegen enger zusammenrücken. Auch Kalfr und die Gro-ßen des Landes wünschen sich ein Bündnis mit unserem Haus. Er hat deshalb vorgeschlagen« – sie wirft einen kurzen Blick auf ihre älteste Tochter, bevor sie weiterspricht –, »also, er hat vor-geschlagen, dass wir Magnus und meine Elisif miteinander ver-heiraten. Niemand wird auf den Gedanken kommen, dem Schwiegersohn des Großfürsten der Rus etwas antun zu wol-len, da wirst du mir doch zustimmen, oder? Ich denke, das ist eigentlich noch mehr Sicherheit als eine Geisel. Das Verlöbnis könnten wir schon vor seiner Abreise feiern. Was hältst du davon?« Wieder lächelt sie mich an, diesmal ganz freudig, als wäre damit alles geklärt.

Aila sieht mich an. Sie ist genauso überrascht wie ich. Damit hatten wir nicht gerechnet. Dabei liegt es auf der Hand. Die Rus hätten endlich ihr Bündnis mit den Norwegern, und Kalfr und seine Unterstützer wären damit dem Großfürsten als Bürge für die Abmachung verpflichtet. Falschspiel wäre natürlich nicht ausgeschlossen, aber doch sehr unwahrscheinlich.

Noch bevor ich mich dazu äußern kann, muckt Elisif plötzlich auf. Sie ist rot geworden, ihre Brauen sind vor Zorn verknotet und ihre Augen plötzlich gar nicht mehr so sanft. »Du weißt, was ich davon halte, Mutter!«, ruft sie etwas schrill. »Magnus ist ein Kind. Denkst du, ich will ein Kind heiraten?«

»Aber in ein paar Jahren ist er ein junger Mann«, erwidert Ingegerd, ungerührt über den Ausbruch ihrer Tochter. »Und außerdem König! Eine bessere Verbindung kannst du dir doch gar nicht wünschen.«

Doch Elisif blickt wie gehetzt von einem zum anderen. Dann wendet sie sich hilfesuchend ausgerechnet an mich. »Es tut mir leid, Harald, er ist dein Neffe, aber ich mag ihn nicht«, stößt sie hervor. »Sag bitte meiner Mutter, dass es nur Unglück bringt. Und eigentlich will ich überhaupt niemanden heiraten.« Letzteres hat wie ein verzweifelter Hilfeschrei geklungen.

Doch die Fürstin hat kein Verständnis. »Jetzt hör mir mal gut zu, Töchterchen! Du bist kein Bauerntrampel, das sich vielleicht ihren Kerl aussuchen kann. Du bist die Tochter des Großfürsten der Rus und wirst heiraten, wen dein Vater für dich bestimmt. Und versuch ja nicht, ihn um den Finger zu wickeln. Ich weiß, du bist eine Meisterin darin, aber diesmal bleibe ich hart. Hast du mich verstanden?«

Das Mädchen hat plötzlich Tränen des Zorns in den Augen. Sie springt auf und faucht ihre Mutter an: »Nur wenn du mich in Ketten legst, Mutter! Nur in Ketten!«

»Wenn nötig, dann auch das, mein Kind!«, ist die harsche Antwort. Peinlich berührt sehen Aila und ich zu, wie Elisif vor Wut ihren Becher umstößt und schluchzend aus dem Zimmer rennt.

Ingegerd ist genervt. »Halbwüchsige! Immer rebellisch, dieses Kind. Immer will sie ihren Kopf durchsetzen. Aber diesmal nicht, das schwöre ich euch!«

❧ ❧ ❧

Nach Elisifs rebellischem Auftritt verabschieden sich auch der junge Prinz und seine Schwester Anastasia, so dass wir mit der Fürstin allein bleiben.

»Keine Sorge«, sagt sie, »unsere Tochter wird sich am Ende fügen. Dann musst du dir um Magnus' Sicherheit keine Gedanken mehr machen.« Sie schweigt eine Weile, schüttelt dann aber ärgerlich den Kopf. »Wenn ich gewagt hätte, so mit meiner Mutter zu reden …« Sie lässt den Satz unvollendet, scheint jedoch sichtlich verärgert.

Wenig später betritt der Großfürst den Raum. »Was ist mit Elisif?«, fragt er. »Sie ist ganz aufgelöst zu mir gekommen.«

»Dann wird sie dir ja schon alles berichtet haben«, entgegnet Ingegerd patzig. »Ich hoffe, du lässt dich nicht schon wieder erweichen.«

Jarisleif grinst verlegen und setzt sich. Sein Blick ruht kurz auf Aila, ein wenig erstaunt, sie hier zu sehen. Dann heftet er seine Adleraugen auf mich. »Na, was ist, Harald? Hast du es dir schon überlegt? Die Sache ist außerordentlich wichtig. Nicht nur für deinen Neffen. Für alle Beteiligten. Auch für dich. Ich hoffe, das ist dir klar.«

Sein durchdringender Blick verunsichert mich. »Ich bin immer noch dagegen«, erwidere ich dennoch betont ruhig.

Leicht gereizt schüttelt er den Kopf. »Was seid ihr doch so störrisch, ihr jungen Leute! Dabei will man nur das Beste für euch.« Er langt nach der Weinkaraffe und füllt einen Becher. Trotz der frühen Stunde mischt er kein Wasser dazu.

Nachdem er sich einen guten Schluck genehmigt hat, sieht er mich an. »Hör zu, mein Junge, ich weiß, ihr hattet eine rauhe Zeit bei den Ugriern. Anscheinend ist da auch nicht viel zu holen. Ich werde nicht weiter darauf bestehen, euch in diese Wildnis zu schicken. Alles in allem aber muss ich sagen, du und deine Männer haben diese letzten Jahre gute Dienste für mich geleistet. Du bist ein ausgezeichneter Anführer. Könnte mir keinen besseren wünschen. Aber ich denke, dass ihr mal eine Abwechslung braucht, einen leichteren Dienst, was meinst du? Und vielleicht auch ein bisschen bessere Entlohnung.«

Aha, denke ich. Jetzt will er mich bestechen.

»Hast du schon mal vom Schlangenbollwerk gehört?«, fragt er mich.

Ich nicke. »Die Verteidigungslinie südlich von Kiew.«

»Ganz recht. Wurde zuerst von meinem Vater Wladimir in Angriff genommen. Schon vor langer Zeit. Als Schutz gegen die Petschenegen, diesem elenden Reitervolk. Ich denke, Berichte über das Unwesen, das sie gelegentlich treiben, müssen dir zu Ohren gekommen sein. Und die Angst, die das Bauernvolk erfüllt, wenn man nur ihren Namen nennt.«

Ich nicke. »Ich kenne die Geschichten.«

»Der Schrecken der Steppe, diese Ausgeburten des Teufels. Die sind mal hier, mal dort, immer auf der Suche nach fruchtbaren Weiden und Gelegenheiten zum Plündern. Oft bleiben sie für lange Zeit verschwunden. Dann tauchen sie wie aus dem Nichts wieder auf, töten unsere Bauern, meist auf die grausamste Weise, treiben das Vieh weg und hinterlassen niedergebrannte Dörfer. Eine Plage, sage ich dir. Wir haben deshalb schon vor vielen Jahren die Linie weiter ausgebaut. Eigentlich sind es mehrere Verteidigungswälle, gestaffelt, einer hinter dem anderen. Dazwischen haben wir Äcker angelegt und kleine, befestigte Ortschaften gegründet. Dort wurden polnische Bauern angesiedelt, besonders nach den jüngsten Feldzügen. Die haben weitere Felder gerodet und verpflegen die Festungsmannschaften mit Nahrung. Und im Notfall können sie helfen, die Wälle zu verteidigen.«

»Kluge Idee. Aber was hat das mit mir zu tun?«

»Nun, die Petschenegen sind, wie ich schon sagte, eine Bedrohung. Auch für Kiew. Aber seit einigen Jahren ist alles ruhig geblieben. Die Gegend ist so sicher wie nirgends in meinem Reich. Du kannst dich dort erstmal ausruhen von deinen Strapazen, Pferde züchten, auf die Jagd gehen. Ich würde dich nämlich zum Hauptmann der gesamten Befestigungslinie machen. Auch was die Verteidigung von Kiew betrifft. Du kannst noch weitere *væringjar* anheuern, um die Mannschaften aufzustocken. Da ist doch gerade ein Schiff mit Norwegern angekommen, hab ich mir sagen lassen. Ich zahle euch für die nächsten zwölf Monate doppelten Sold. Und falls ihr gegen die Petschenegen oder Bulgaren zieht, gehört alles, was du erbeuten kannst, dir. Wichtig ist nur, dass du darauf achtest, dass die Wege der Kaufleute gesichert sind. Denn die Stadt lebt vom Handel. Natürlich wird mein Sohn Ilya den Oberbefehl über Kiew behalten. Du kennst ihn ja. Tut ihm mal gut, ein wenig Verantwortung zu übernehmen. Aber alles Militärische lege ich in deine Hände.« Er hebt die buschigen Brauen und sieht mich erwartungsvoll an. »Na? Was sagst du dazu?«

»Ich nehme an, das hängt von meiner Entscheidung, was Magnus angeht, ab.«

Jarisleif schweigt für einen Augenblick, doch ohne die Augen von mir abzuwenden. Dann nickt er unmerklich. »Ein wenig Vernunft und Einsicht würde ich mir schon von dir erhoffen.«

Sein Angebot, was mich persönlich betrifft, ist äußerst großzügig. In Kiew wäre ich nicht länger sein Tributeintreiber oder dienstbarer Geist, wenn es darum geht, rebellische Dörfer zu befrieden oder bei den Polen zu plündern. Zum ersten Mal wäre ich militärischer Befehlshaber für ein wichtiges Gebiet. Nein, eigentlich das allerwichtigste Gebiet der Rus, mit dem reichen Kiew in seiner Mitte, dem bedeutendsten Handelsplatz des Landes und Tor zum Süden. Jahrelang haben Jarisleif und seine Brüder um den Besitz dieser Stadt gerungen, bis er sich am Ende durchsetzen konnte. Ein besseres Angebot kann er mir also gar nicht machen. Und mit seinem ältesten Sohn Ilya aus erster Ehe verstehe ich mich gut. Er kümmert sich um die Verwaltung und kann mir die Kiewer Bojaren vom Leib halten. Das sieht also nach einer guten Aufgabenteilung aus.

Ich nage unschlüssig an der Unterlippe und starre auf die Essensreste auf meinem Teller, ohne sie wirklich wahrzunehmen. Was soll ich tun? Ich spüre die erwartungsvollen Blicke der anderen auf mir ruhen, auch Ailas. Dabei bin ich ihr dankbar, dass sie sich nicht einmischt, denn in Wirklichkeit bin ich noch nicht bereit, mich hier und jetzt zu entscheiden.

Ich hole tief Luft und erhebe mich von der Tafel. »Ich danke dir, Großfürst. Ein wirklich gutes Angebot. Und ich werde es sorgsam überdenken.«

Dann verbeuge ich mich vor dem Fürstenpaar und verlasse mit Aila, die sich ebenfalls hastig verabschiedet, den Palast.

»Wirst du sein Angebot annehmen?«, fragt sie unterwegs.

»Ich muss nachdenken.«

Sie wirft mir einen verständnislosen Blick zu. »Du wärst dumm, wenn du's nicht tätest. Magnus wird König. Das ist doch, was du immer gewollt hast. Und du wirst Befehlshaber der Kiewer Region und ein mächtiger Mann. In so jungen Jahren. Außerdem wärst du nicht dauernd auf diesen gefährlichen Feldzügen unterwegs. Und ich nicht immer allein. Nimm sein Angebot an! Was gibt es da noch nachzudenken?«

»Sein Angebot ist gut. Aber es geht nicht um uns, Aila, sondern um Magnus. Das war doch, was Alfhild gesagt hat. Du erinnerst dich. Es geht um Olafs Sohn und sein Königreich. Ich frage mich, was mein Bruder in meiner Lage tun würde. Ob er Kalfrs schönen Worten Glauben schenken würde? Ich weiß auch nicht, was ich von diesem Einar halten soll. Ob es richtig ist, Olafs Sohn schutzlos in die Hände dieser Männer zu geben? Das ist, was mich bedrückt.«

»Aber Kalfr hat doch selbst die Heirat mit Ingegerds Tochter angeboten. Damit ist sein guter Wille bewiesen. Sie ist der Garant für Magnus' Sicherheit.«

»Aber sie will ihn nicht heiraten. Du hast sie doch gehört. In meiner Familie setzt man sich nicht so leicht über die Wünsche seiner Kinder hinweg.«

Sie wirft mir plötzlich einen giftigen Blick zu. »Ich weiß, warum sie ihn nicht will. Weil das kleine Luder es auf dich abgesehen hat.«

Ich bleibe stehen. »Was sagst du da?«

»Komm, tu nicht so. Ich hab doch gesehen, mit welchen Kuhaugen sie dich die ganze Zeit anglotzt. Und nicht nur heute. Jedes Mal, wenn sie anwesend ist, hat sie nichts Besseres zu tun, als dich anzustarren. Und du machst den strahlenden jungen Helden.«

Ich muss über so viel Unsinn lachen. »Sag mal, bist du irre? Was sollte ich denn mit der? Seit wann bist du eifersüchtig auf ein Kind?«

»Ein ziemlich reifes Kind!«, zischt Aila wütend. »Und sag mir bloß nicht, dass du sie in ihrem Starrsinn auch noch bestärken willst.«

Wütend lässt sie mich stehen und marschiert erhobenen Hauptes allein weiter. Ich muss mich beeilen, sie einzuholen, und packe sie am Arm. »Langsam reicht's mir mit dieser verdammten Geschichte. Scheint, alle Welt ist gegen mich. Fang du nicht auch noch an. Das hat mir gerade noch gefehlt. Dabei versuche ich nur, das Richtige zu tun.«

Sie fährt zu mir herum. »Dann denk auch mal an mich!«

Sie macht sich los und geht schnellen Schrittes weiter. Ich weiß, wenn sie in dieser Stimmung ist, ist es sinnlos, mit ihr zu streiten. Schweigend und wütend legen wir den Rest des Weges zurück. Ich begleite sie bis vor unsere Haustür und beschließe dann, mich an einen Ort zurückzuziehen, wo ich mich ungestört weiß und endlich zum Nachdenken komme.

Ich verlasse die Stadt und wandere zu Fuß durch die angrenzenden Felder. Es ist eigentlich ein schöner Frühlingstag, wie mir mit einem Mal bewusst wird. Vorher hatte ich nicht darauf geachtet, war zu sehr in Gedanken gewesen. Die ersten Blumen blühen auf den Wiesen, und auf den Bäumen sprießt helles, zartes Frühlingsgrün. Bauern treiben ihre Ochsen an, um mit Hackpflügen die dunkle Scholle aufzureißen. Eine mühselige, rückenbrechende Arbeit. Ganze Scharen von Vögeln picken in den frischen Furchen nach Würmern. Einige der Feldarbeiter halten inne, als ich vorbeikomme, und grüßen mich. Sie scheinen mich zu kennen. Bei ihrem Anblick muss ich an meinen Bruder Guttorm denken, der daheim jetzt ebenfalls mit Pflügen und Eggen und der Beaufsichtigung der Aussaat beschäftigt sein müsste.

Nach den Feldern geht es weiter an Feuchtwiesen und Sümpfen vorbei, die es an vielen Stellen rund um Holmgarð gibt, und schließlich folge ich einem schmalen Pfad in den Wald hinein. Manche Bäume sind noch kahl, andere mit frischem Grün überzogen. An Wäldern mangelt es wahrlich nicht in der Gegend. Die meisten sind undurchdringliche Forste von Ulmen, Eschen und Birken. Am Boden dichtes Unterholz und verrottende Stämme. Hier und da sumpfige Lichtungen. Und auf trockenerem Boden dunkle Tannenwälder, in die kaum ein Lichtstrahl dringt.

Nach einem längeren Fußmarsch erreiche ich mein Ziel. Auf einer Lichtung, mitten im Wald und umgeben von mächtigen Eichen, steht ein altes Heiligtum. Dort, in Gegenwart der Götter, hoffe ich, in Ruhe zu einer Entscheidung zu kommen.

In Kiew herrscht *hvítakristr*, der Weiße Christ. Ich weiß, es ist eine verächtliche Bezeichnung, denn mit weiß bezeichnen wir Nordleute jemanden, der mit Männern liegt oder feige ist. Ein Gott, der sich widerstandslos an ein Kreuz nageln lässt, ist kein Gott für Menschen, die an Thor oder Oðin glauben. Das ist ein Gott für Schwächlinge.

Die Rus aber huldigen seit Jarisleifs Vater dem Weißen Christ. Erst wenige, dann immer mehr. Sie haben ihm Kirchen errichtet, in denen griechische Priester die Messe feiern und aus der Bibel lesen. Das heißt, für jene wenigen, die der griechischen Sprache mächtig sind. Aber ich denke, viele Rus tun nur so, als ob sie an Christus glauben. Heimlich huldigen sie noch den alten Göttern. Genauso wie die Slawen daheim auch immer noch ihren Göttern opfern. Und ganz besonders die Tschuden und Wepsen, die zu ihren Wald- und Tiergeistern beten. Für sie gibt es keinen Christus.

Das alte Heiligtum ist nur ein riesiger, mitten in der Lichtung aufgepflanzter, mit Schnitzwerk versehener und einst bemalter Pfahl, obwohl die Farben längst verblichen sind. Es sieht aus wie das aufgerichtete Glied eines Riesen. Eine Huldigung an Freyr, den Gott, der für Fruchtbarkeit und Wachstum steht, für Erfolg und Wohlstand. Um das Heiligtum herum ist ein Ring aus Steinen angelegt. Auf einen dieser Steine lasse ich mich nieder.

Es ist niemand da, außer einer jungen Frau und einer alten Vettel, wahrscheinlich ihre Großmutter, die gekommen sind, um Frühlingsblumen am Fuß des Standbildes niederzulegen. Vielleicht flehen sie den Gott an, die Saat auf ihren Feldern aufgehen und gedeihen zu lassen, bitten um Gesundheit oder um ein Kind. Auch andere haben hier Kränze und Gebinde aus Feldblumen hinterlassen. Manche kleine Tonfiguren.

Die Alte sieht ängstlich zu mir herüber. Sie sind es wohl nicht gewohnt, einen bewaffneten Krieger hier vorzufinden, an einem Ort, der eher von Frauen besucht wird. Aber Freyr ist mir ganz recht, auch wenn ich mein Leben Allvater Oðin geweiht habe. Denn es geht ja diesmal nicht um Krieg, sondern um Magnus und das Wohlergehen meiner Heimat.

Nachdem die beiden ihres Weges gegangen sind, schließe ich die Augen und versuche, nur auf meinen Herzschlag zu lauschen. Dann bitte ich Freyr um Schutz und Hilfe für meinen Neffen, um Erfolg und Wohlstand für ihn und meine Familie. Ich bitte den Gott, die Nornen für Magnus günstig zu stimmen, damit sie ihm einen langen und glücklichen Lebensweg gewähren. Und ich bete auch zu Allvater Oðin, der sich einst ans Geäst des Weltenbaums Yggdrasil fesselte, um aus den Wurzeln des Baumes alle Erkenntnisse der Welt zu ziehen. Sogar ein Auge hat er für das Erlangen ewiger Weisheit gegeben. Und seine Raben Hugin und Munin erforschen täglich die Welt, um zu berichten, wie es um die Menschen steht. Ihn bitte ich auch für mich selbst um ein wenig Weisheit und vor allem um ein Zeichen, das geeignet ist, mir den Weg zu weisen.

Nach meinen Gebeten sitze ich eine Weile still auf dem Stein und lausche dem Gesang der Vögel und dem Rauschen des Windes in den Blättern der alten Eichen. Kann es sein, dass die Götter mir etwas zuflüstern? Was auch immer es ist, es erschließt sich mir nicht. Und doch hat es eine beruhigende Wirkung. Der Wind streichelt meine Wangen. Ich fühle mich seltsam eins mit allem Leben hier im Wald. Mein Gefährte Snorri, ein hervorra-

gender Bogenschütze, hat mir beigebracht, die Augen zu schließen und auf die Geräusche des Waldes zu achten, auf das Flir-
ren der Vögel von Ast zu Ast, auf das Zirpen der Grillen, das
Rascheln einer Maus im Unterholz. Nicht zu vergessen die
Gerüche. Der modrige Geruch von faulem Laub, der Geruch
feuchter Niederungen, der von Tannennadeln oder einer son-
nendurchfluteten Lichtung. Und der feine Duft, den die Erde
verströmt, wenn frischer Regen einsetzt.

Ich weiß nicht mehr genau, wie lange ich dort schon sitze, da
sendet Oðin mir das erhoffte Zeichen. Denn hinter mir vernehme ich leise Schritte. Als ich mich umdrehe, steht Magnus
da und lächelt. Zuerst erschrecke ich und denke, es ist ein *seiðr*,
eine magische Erscheinung, so unerwartet ist sein plötzliches
Auftauchen. Aber er setzt sich zu mir und legt vertrauensvoll
seine Hand in meine. In diesem Augenblick, in dem ich diese
noch weichen Jungenhände spüre, fällt jegliche Unsicherheit
von mir ab, und ich weiß, wie ich mich zu entscheiden habe.

»Wie kommt es, dass du mich hier gefunden hast?«

»Ragnwald kennt das Heiligtum. Er hat sich schon gedacht,
dass du hier sein könntest.«

Ich werfe einen Blick über die Schulter. Da steht mein Freund
am Waldrand und winkt zu uns herüber. Doch gleich darauf
macht er ein Zeichen, dass er uns nicht stören will.

»Ich bin froh, dass du mein Oheim bist«, sagt Magnus. »Du
bist stark und furchtlos. Ich will so werden wie du.«

Er sieht zu mir auf und grinst scheu. Seine Augen sind von
einem tiefen Blau. Auf der Nase hat er Sommersprossen, und
seine Zähne sind ein wenig schief. Aber es ist ein schönes,
freundliches Jungengesicht. Er ist mit seinen elf Jahren im
Grunde noch ein Knabe und doch auch kein Kind mehr. Wenn
ich ihn anschaue, sehe ich Olaf vor mir. Helles, etwas zerzaustes
Haar, ein rundes Gesicht, kräftige Hände für sein Alter.

Ich lege meinen Arm um seine Schultern. »Weißt du, Magnus, genauso habe ich früher über deinen Vater gedacht. Ich hab ihn immer sehr bewundert. Er war mutig und tapfer und dabei ein fröhlicher Mann. Man hat ihn selten schlechter Laune gesehen. Bei seinen Männern war er sehr beliebt. Ragnwald und Finn und Thorberg. Sie und viele andere waren seine Freunde und haben für ihn gekämpft. Aber du warst ihm das Allerwichtigste in der Welt. Für dich wollte er sein Königreich zurückerobern.«

»Und jetzt wollen sie es mir geben«, sagt er. »Ohne Kampf. Ragnwald meint, mein Vater war ein guter König. Aber er hat auch Fehler gemacht. Stimmt das?«

»Ja. Einige schon. Die haben ihn die Krone gekostet.«

»Dann will ich versuchen, alles richtig zu machen. Und ich wünschte, du könntest mitkommen und mir helfen.«

»Ich denke, Ragnwald wird dich begleiten. Und deine Mutter.«

»Ja, Ragnwald und Mutter kommen mit. Finn und Thorberg haben sich inzwischen auch schon mit ihrem Bruder vertragen. Sie segeln mit uns auf dem Schiff und wollen mir die Treue schwören, wenn ich König bin.«

Ich muss lächeln, denn es klingt etwas seltsam in meinen Ohren, so wie er es sagt. Erwachsene Männer, die ihm die Treue schwören. Aber er meint es ganz ernst. »Na, dann bin ich ja beruhigt«, erwidere ich. »Dann kann dir ja nichts passieren. Denn Finn und Thorberg und natürlich Ragnwald, die sind die Besten der Besten.«

Er packt meine Hand fester. »Sobald sie es erlauben, kommst du nach, nicht wahr? Dann herrschen wir gemeinsam, du und ich.«

Ich spüre, wie meine Augen feucht werden, und ich drücke ihn fest an mich. »Ganz bestimmt. Dann herrschen wir gemeinsam.«

Die rebellische Tochter

Wie zu erwarten, löst mein Einverständnis im Palast große Freude aus. Großfürst Jarisleif lädt gleich zu einem Fest, das am folgenden Tag stattfinden soll, um Magnus' Abreise zu feiern. Ein Fest, bei dem auch das Verlöbnis der beiden jungen Leute verkündet werden soll. Und Aila hat sich wieder mit mir versöhnt, obwohl ein paar Tage lang Frost zwischen uns geherrscht hat.

Magnus' Mutter Alfhild ist mir unendlich dankbar, dass ich am Ende meine Zustimmung gegeben habe. Natürlich ist sie aufgeregt und auch etwas ängstlich, in wenigen Tagen mit fremden Männern auf ein Schiff zu steigen und sich die weite Reise über die rauhe See zuzumuten. Dazu die Unsicherheit, was sie in Norðvegr erwartet.

»Seit acht Jahren leben wir in Holmgarð«, sagt sie bei ihrem Besuch bei uns. »Magnus ist hier herangewachsen, hat Freunde in der Nachbarschaft, hat sogar die slawische Sprache gelernt.« Sie hat plötzlich Tränen in den Augen. »Es ist nicht leicht, das alles hinter uns zu lassen, die Menschen, die vertraute Umgebung, unser Haus. Sie haben gesagt, auf dem Schiff wäre nicht viel Platz. Wir dürfen nur das Nötigste packen. Nicht einmal meine Magd darf ich mitnehmen.«

Aila legt verständnisvoll die Arme um sie, versucht, sie zu trösten. Ich vermute, es ist nicht nur der Abschied, der Alfhild Kummer bereitet, sondern die bange Frage, welches Schicksal die Götter für sie und ihren Sohn bereithalten. Ob sie sich in eine ungewisse Zukunft oder gar in Gefahr begeben trotz aller Beteuerungen des Gegenteils. Mir geht es im Grunde nicht anders. Doch was auch immer geschieht, es ist entschieden.

»Du hast deinen Mann«, sage ich zu ihr. »Auf Ragnwald kannst du zählen wie auf keinen anderen.«

Ragnwald hat mir geschworen, sich um Magnus zu kümmern und dem Jungen wie bisher ein guter Ziehvater und Ratgeber zu sein. So leid es mir tut, mich von ihm, von Finn und Thorberg Arnason, meinen drei treuen Kampfgefährten, zu verabschieden, so bin ich doch beruhigt, dass diese tapferen Kerle an Magnus' Seite bleiben und ihn in Norðvegr beschützen werden.

»Ach, du hast so recht, Harald. Ragnwald ist die Liebe meines Lebens und eine große Stütze. Ohne ihn wäre ich in all dem verloren.« Sie wischt sich eine Träne von der Wange und setzt ein vorsichtiges Lächeln auf. »Wir fangen ein neues Leben an. Und vielleicht kommen große Zeiten auf uns zu. Dabei kann ich mich an Nideros kaum noch erinnern. Es ist lange her, dass ich dort mit Olaf war. Der Ort ist nicht besonders groß. Nicht wie Holmgarð.«

Nideros im Trøndelag, im Nordwesten des Landes, ist wirklich nicht besonders groß und erst seit Olaf Tryggvasons Zeiten Sitz der norwegischen Könige. Ich selbst bin noch nie dort gewesen, aber es heißt, es bestehe hauptsächlich aus der befestigten Wallburg mit den königlichen Gebäuden darin. Dazu das ursprüngliche Fischerdorf, das in den Jahren angewachsen ist, Hufschmiede, Sattler und andere Handwerker beherbergt und sich inzwischen zu einem nicht unbedeutenden Marktplatz entwickelt hat.

»Du wirst sehen, es wird sich alles zum Guten wenden«, sagt Aila. »Ich hoffe nur, dass du uns nicht vergessen wirst.«

Alfhild greift nach ihrer Hand und drückt sie dankbar. »Sag so was nicht. Wie kann ich dich vergessen. Du warst mir die beste Freundin in diesen Jahren. Und das Gleiche gilt für dich, Harald. Ich erinnere mich an dich, als du noch ein Junge warst. Und jetzt, schau dich an: ein berühmter Krieger.«

Ich muss lachen. »Ich denke, das wird eher Magnus sein, dein Sohn. Und du bist bald Königsmutter, stell dir vor!«

Sie legt die Hand aufs Herz. »Ich wage gar nicht, daran zu denken.«

»Es wird alles gut, Alfhild«, sagt Aila noch einmal und drückt ihr einen Kuss auf die Wange.

Alfhild lächelt. »Ich denke auch, Aila. Magnus ist schon ganz aufgeregt. Er hat eigenhändig sein Bündel gepackt und würde am liebsten noch heute in See stechen.« Schon wieder glänzen ihre Augen feucht. »Ich werde euch so vermissen. Versprecht mir, dass ihr bald nachkommt.«

»Sobald die Lage es zulässt«, sage ich und weiß, dass es in Wirklichkeit lange dauern wird.

Ich hatte erwartet, eigentlich eher befürchtet, dass Kalfr Arnason mich nach Bekanntwerden meiner Entscheidung aufsuchen würde. Ich sage befürchtet, weil mir nicht klar ist, wie ich mich verhalten soll. Aber weder er noch Thorer lassen sich bei mir blicken. Dafür besucht mich Bischof Grimkell am Morgen vor dem Fest.

»Ich weiß, du hast es dir nicht leichtgemacht, mein Sohn«, sagt er, »aber es war die einzig richtige Entscheidung. Gott hat dich erleuchtet, und er wird es dir danken.«

»Kann man nicht ein einziges Mal mit dir reden, ohne dass du deinen Gott anrufst?«, frage ich ein wenig gereizt.

Ich warte auf eine Zurechtweisung, doch er nimmt es gelassen. »Tut mir leid, Harald. Macht der Gewohnheit. Seit so vielen Jahren predige ich als Missionar, versuche, die Menschen auf den Pfad Gottes zu führen, da kommen einem solche Worte ganz von allein über die Lippen. Leider nicht immer im rechten Augenblick.« Er lächelt entwaffnend. »Ich habe schon gehört, dass du nicht viel von Christus hältst, deshalb will ich dich auch nicht damit langweilen. Jeder soll selbst zum rechten Glauben finden. Vielleicht reden wir ja ein andermal darüber. Nur eines möchte ich dir ans Herz legen, und deshalb bin ich heute gekommen: Vergiss deine Rache und lass dich von dem Gefühl der Nächstenliebe leiten. Öffne dein Herz für Vergebung.«

Ich runzele die Stirn. »Genügt es nicht, dass ich Magnus erlaube, nach Nideros zu reisen? Soll ich jetzt auch noch Kalfr und seiner Bande von Verrätern vergeben? Dafür, dass sie meine Brüder umgebracht haben?«

»Sie sind nicht ermordet worden, Harald, sondern im Krieg gefallen. Das ist etwas ganz anderes, und du weißt das. Dieser Krieg hat viele Opfer gekostet, nicht nur in deiner Familie. Viele Mütter haben Söhne verloren. Und vergiss nicht, es war Olaf selbst, der mit einem Heer angerückt ist.«

»Um für sein Recht zu kämpfen. Und du warst ja auch dabei. Ich kann mich noch gut erinnern, wie du uns vor der Schlacht angefeuert hast.«

Er nickt. »Ja, ich war auch dabei. Weil ich das Christentum verteidigen wollte. Wenn nötig, mit dem Schwert. Inzwischen sehe ich ein, dass dies vielleicht ein Fehler gewesen ist.«

»Du bereust den Feldzug?«

»Da ist vieles, das es zu bereuen gibt. Auf beiden Seiten. Auch Kalfr würde gern so manches ungeschehen machen.«

»Glaubst du das wirklich?«

»Ich weiß es«, sagt er mit Bestimmtheit. »Kalfr ist ein guter Mann. Außerdem hat er sehr viel Einfluss im Land. Die Menschen hören auf ihn. Eigentlich könnte er sich vielleicht sogar selbst zum König machen. Aber das weist er entschieden von sich. Er will, dass es nach Recht und Gesetz zugeht. Und Magnus besitzt das Erbrecht. Das ist ihm heilig. Im Land kann nur Ordnung herrschen, wenn die Großen das Recht achten. Kalfr weiß das.«

»Denken alle so?«

»Nein, nicht alle. Aber die meisten. Besonders diejenigen, auf die es ankommt. Trotzdem wird Magnus Kalfrs Unterstützung brauchen. Deshalb vergib ihm den Tod deines Bruders und versöhne dich mit ihm. Es wäre für uns alle die Gelegenheit, einen neuen Anfang zu wagen. Für eine bessere Zukunft.«

»Was ist mit diesem Einar? Ich kann ihn nicht einschätzen.«

»Auch er war gegen Olaf. Aber er sieht ein, dass es ein Fehler war, Knut die Treue zu schwören.«

Ich starre eine Weile schweigend vor mich hin. Die Worte des Bischofs klingen ehrlich. Vor allem haben sie mich überrascht. Nein, er selbst hat mich überrascht. Bisher hatte ich ihn nie ernst genommen. Doch plötzlich sehe ich ihn in einem anderen Licht und beginne zu ahnen, warum er so viel Einfluss auf Olaf hatte und jetzt wohl auch auf Kalfr. Es stimmt, ich halte nichts von seinem Weißen Christ. Grimkells Worte sind jedoch nicht ohne Wirkung, wenn ich ehrlich bin. Sie haben an etwas gerührt, das vielleicht schon lange in mir geschlummert hat. Der unbewusste Wunsch nach einem Ende dieser langen Feindschaft. Und doch fällt es mir schwer, es zuzugeben. Vielleicht aus Treue zu Olaf, als wäre es Verrat, seinen Feinden die Hand zu reichen.

»Und wie stellst du dir das vor? Was erwartest du von mir? Ich kann doch nicht einfach zu Kalfr gehen und ihm meine Vergebung anbieten.«

Er lächelt. »Ich weiß. Es fällt dir nicht leicht. Überlass die Sache vorerst mir. Ich werde sehen, wie wir das am besten bewerkstelligen. Auf jeden Fall so, dass jeder sein Gesicht wahren kann.«

Am Ende ist es gar nicht so schwierig. Während das Fest im Palast des Großfürsten schon in vollem Gange ist, gibt Bischof Grimkell mir vom Rand des turbulenten Geschehens ein Zeichen. Ich zwänge mich durch die Menge der fröhlichen Zecher und folge ihm in eine ruhige Kammer, abseits der Halle, wo Kalfr schon auf mich wartet. Hinter ihm Einar Thambarskelfirs breite Gestalt. Kalfrs Miene ist ernst. Einen Augenblick lang starren wir uns an, ohne etwas zu sagen.

73

»Sollte meinem Neffen etwas geschehen, dann bring ich dich um«, sage ich schließlich. »Ganz gleich, wohin du dich verkriechst.«

»Das weiß ich, Harald. Aber ich versichere dir, es wird ihm nichts geschehen. Ganz im Gegenteil. Dafür verbürge ich mich.«

Ich starre ihm prüfend in die Augen, versuche, in ihnen zu lesen, und kann doch keine Hinterlist entdecken. Nein, sein Blick ist ruhig und, wie mir scheint, aufrichtig.

»Gut«, sage ich schließlich und strecke meine Hand aus. »Dann soll jetzt Frieden zwischen uns herrschen.«

Kalfr packt die angebotene Hand. »Ja, Harald. Frieden!«

»Und Vergebung«, höre ich Grimkell hinter uns sagen. »Ihr sollt euch gegenseitig vergeben.«

Ob ich ihm wirklich vergeben kann, weiß ich nicht. Der Schmerz über seinen Verrat sitzt zu tief. Aber ich will Magnus' Zukunft nicht im Wege stehen. Trotzdem muss ich noch einmal Luft holen, bevor mir die Worte endlich über die Lippen kommen.

»Ich vergebe dir, Kalfr.«

»Ehrlich?«

»Ja. Ehrlich. Olafs Tod wird nicht länger zwischen uns stehen.«

Es ist eine Lüge. Nie werde ich ihm wirklich vergeben. Allein Magnus' wegen sage ich diese Worte. Und er glaubt mir. Er wagt sogar ein Lächeln. »Danke. Das bedeutet mir viel.« Er scheint tatsächlich erleichtert zu sein. »Ich wünschte, ich könnte dir ebenfalls Vergebung anbieten, Harald, aber ganz ehrlich, ich wüsste nicht, was es da zu vergeben gäbe. Vielleicht ist es zu viel verlangt, dich um deine Freundschaft zu bitten, aber zumindest bin ich froh, dass wir die Sache endlich hinter uns gebracht haben.«

Zu meiner Überraschung breitet er mit einem Mal seine Arme aus. Wir umarmen uns kurz, wenn auch meinerseits etwas förmlich und hölzern, aber immerhin. Einar reicht mir seine schwielige Pranke zu einem festen Händedruck. Und dann bemerke ich Thorer Erlingsson, der im Schatten steht und nun einen Schritt näher tritt. Auch er besteht darauf, mich zu umarmen. Danach grinsen wir uns alle gegenseitig an, wenn auch noch etwas verlegen.

Bischof Grimkell hat der allgemeinen Versöhnung mit froher Miene beigewohnt und besteht sogar darauf, uns zu segnen. Meinetwegen, denke ich, solange er keinen Zauber über uns wirft. Aber es sieht nicht so aus, und nach weiteren freundlichen Worten gehen wir auseinander.

Ich setze mich wieder an meinen Platz inmitten der fröhlichen Leute, die diese kleine Zusammenkunft gar nicht bemerkt haben. Noch einmal muss ich durchatmen, wie um mich zu beruhigen. Ich greife nach meinem Becher und gieße mir einen großen Schluck des schweren Griechenweins in die Kehle. Der wärmt sofort meine Brust. Und mit einem Mal fühlt es sich an, als hätte man mir ein Gewicht von den Schultern genommen.

»Was ist los?«, fragt Aila neben mir und wirft mir einen misstrauischen Blick zu. »Was wollte der Bischof von dir?«

»Ein Treffen mit Kalfr. Wir haben uns versöhnt.«

»Wirklich?« Sie strahlt übers ganze Gesicht, beugt sich zu mir herüber und küsst mich ungestüm. »Das ist wirklich die beste Nachricht seit langem. Ich bin so froh!«

In der Halle ist es laut von den fröhlichen Stimmen der Gäste. Sie sitzen an langen Tafeln, schütten Wein und Bier in großen Mengen in sich hinein und lassen sich von Sklaven bedienen, die köstliche Speisen in einem ständigen Strom aus der Küche heranschleppen und auf dem Rückweg leere Platten und Teller mitnehmen. Gebratene Forellen, gegrillte Flusskrebse, Lammrücken, Wildschweinrippen, Wachteln und Fasan. Alles wunderbar hergerichtet, so dass auch das Auge seine Freude hat. Es heißt, der Großfürst beschäftige Köche aus *Miðgarð*, der großen Stadt der Griechen und Nabel der Welt, wie manche sie nennen.

Die meisten der Geladenen sind langbärtige Bojaren mit ihren edel gekleideten und mit Schmuck behängten Gemahlinnen. Man greift mit den Fingern nach Fleisch, kaut auf frisch gebackenem Brot und löffelt gewürztes Gemüse aus silbernen Schalen. Es wird geschmatzt und geschlürft, die Lippen glänzen vom Bratfett, in den Bärten klebt Brei oder Sauce. Ab und zu taucht einer die Finger in ein Wasserbecken und trocknet sie an Leinen, das die Sklaven reichen.

Die Mengen an Wein und Bier, die in den Kehlen der Leute verschwinden, ist erstaunlich. Wir Nordmänner können trinken, das weiß jeder, aber gegen die Rus kommen selbst wir nicht an.

Entsprechend heiter geht es zu. Witze und lustige Geschichten machen die Runde. Und je betrunkener die Männer werden, desto derber fallen diese aus. Mein Eindruck ist, nur die Anwesenheit ihrer Weiber hält die Kerle davon ab, den Sklavinnen an den Hintern zu fassen. Doch selbst die ehrbaren Damen scheuen sich nicht, zur allgemeinen Erheiterung Schlüpfriges zum Besten zu geben, und das, ganz ohne rot zu werden. Ich muss an meine Mutter denken und was sie wohl dazu sagen würde.

Auch ein paar meiner eigenen Männer befinden sich unter den Gästen, genauso wie die Anführer der berühmten Druschina. Deren Befehlshaber Borislaw ist. Der war Olaf damals mit dreihundert Ruskriegern nach Norðvegr gefolgt und hatte bei Stikla Stad ebenfalls gekämpft. Er sitzt zu weit von mir entfernt, als dass man sich bei dem Stimmengewirr verstehen könnte. Aber er hebt seinen Weinbecher und trinkt mir augenzwinkernd zu.

Dann fällt mein Blick auf Magnus. In den vergangenen Jahren hat das Fürstenpaar nicht besonders viel Aufhebens um ihn gemacht, doch heute ist ihm der Ehrenplatz gewiss. Er sitzt zwischen Jarisleif und seiner Gemahlin Ingegerd, die ihn die ganze Zeit mit Leckereien versorgt, als wollte sie ihn mästen. Dem Jungen gefällt die Aufmerksamkeit. Er grinst in einem fort und nickt zu allem, was sie sagt. Es ist ein großer Tag für Magnus, und ich freue mich für ihn.

Doch so, wie es aussieht, scheint es kein glücklicher Tag für die Prinzessin Elisif zu sein, die eingezwängt zwischen ihrer Mutter und dem griechischen Patriarchen von Holmgarð sitzt und ein tief unglückliches Gesicht macht. Der Patriarch beugt sich zu ihr, um sich mit ihr zu unterhalten, doch sie beachtet ihn kaum. Auch von ihrem Essen hat sie noch nichts angerührt.

Der Großfürst unterhält sich derweil mit Alfhild und Ragnwald, die neben ihm sitzen. Bischof Grimkell tritt dazu und flüstert ihm etwas ins Ohr. Beide blicken zu mir herüber, und Jarisleif nickt mir wohlwollend zu. Grimkell muss ihm von der Versöhnung mit Kalfr und Thorer berichtet haben.

Ich sehe mich nach Kalfr um, aber der steht etwas abseits an einen der mächtigen Holzpfeiler gelehnt und unterhält sich mit dem jungen Prinzen Ilya. Da taucht Elisif an der Seite ihres Halbbruders auf. Ich hatte gar nicht bemerkt, dass sie ihren Platz verlassen hat. Sie ist bleich und scheint fast zu zittern, während sie mit ihm spricht. Ilya legt schützend den Arm um ihre schmalen Schultern und nickt bekümmert. Sie redet eine ganze Weile beschwörend auf ihn ein. Kalfr, der danebensteht, macht ein betretenes Gesicht. Dann sieht er sich suchend um, entdeckt mich in der Menge der Tafelnden und gibt mir einen Wink. Er will mich sprechen.

»Was ist denn jetzt los?«, fragt Aila. Außer uns beiden scheint niemand im Saal etwas bemerkt zu haben.

»Ich kann es mir denken.« Ich erhebe mich, zwänge mich an den zechenden Gästen vorbei und geselle mich zu Kalfr.

Seine Miene ist ernst. »Es gibt Schwierigkeiten«, raunt er mir zu.

»Ich weiß. Sie will sich nicht verloben. Und wahrscheinlich hat sie gerade Hilfe bei ihrem Bruder gesucht.«

Kalfr nickt grimmig. »Wir müssen das Verlöbnis verschieben. Wenn wir heute darauf bestehen, macht sie einen öffentlichen Aufstand.«

»Das hat sie angedroht?«

»Ja. Sie will den ganzen Saal zusammenschreien.«

Ich muss lachen. »Entschlossenes Mädchen.«

»Wir müssen ihr mehr Zeit geben.«

Elisif steht nur wenige Schritte von uns entfernt. Ihre Augen in dem bleichen Gesicht sind gerötet. Als ob sie geweint hätte. Sie blickt zu mir herüber, flehentlich und irgendwie auch hoffnungsvoll, als hinge ihr Schicksal allein von mir ab. Plötzlich habe ich Mitleid mit ihr.

»Wir sollten sie nicht zwingen«, sage ich zu Kalfr.

»Aber ich dachte, du bestehst darauf.«

»Haben sie dir das erzählt?«

Er nickt. »Sie haben gesagt, es sei deine Bedingung gewesen.«

Ich schüttele den Kopf. »Dann ist es gut, dass wir darüber sprechen. Natürlich hätte ich nichts gegen diese Ehe. Im Gegenteil. Aber denkst du, ich werde Magnus zwingen, ein Mädchen zu heiraten, das ihn auf keinen Fall will? Ich werde den Jungen doch nicht unglücklich machen.«

Kalfr grinst erleichtert. »Also gut. Dann vergessen wir die Sache mit der Verlobung. Wer bringt es dem Großfürsten bei?«

»Überlass das mir«, sage ich und lächele Elisif beruhigend zu.

*　　*　　*

78

Ich setze mich wieder zu Aila und erkläre ihr die Lage.

»Das habe ich mir doch fast gedacht«, bemerkt sie schnippisch. »Und du willst jetzt ihren Retter spielen, hab ich recht?«

»Ich hatte dabei eher an dich gedacht. Du könntest mir helfen und mit der Fürstin reden. So von Frau zu Frau. Ich glaube, es ist wichtig, vor allem Ingegerd zu überzeugen.«

Sie schüttelt energisch den Kopf. »Auf keinen Fall. Ich will damit nichts zu tun haben. Außerdem, ich hab dir doch gesagt, die Fürstin mag mich nicht. Und lass dich nicht von ihrem schönen Getue letztens täuschen. Nein, das musst du schon selber tun. Dir frisst sie doch aus der Hand.«

»Bist du immer noch eifersüchtig auf eine Halbwüchsige?«

»Ich bin nicht eifersüchtig«, erwiderte sie hitzig. »Ich denke nur, sie ist ein verwöhntes Gör. Sie ist hübsch und reich, und dank ihres Standes genießt sie alle Vorteile der Welt. Nur die Pflichten dieser Stellung, die will sie anscheinend nicht erfüllen.«

»Vielleicht hast du recht«, sage ich um des lieben Friedens willen. Ich will nicht schon wieder einen Streit mit Aila anfangen. »Aber für heute müssen wir die Sache abblasen.«

Natürlich frage ich mich selbst auch, warum Elisif so verbissen gegen eine Vermählung mit Magnus ist. Aber gleichwohl aus welchem Grund, mein Neffe hat es nicht verdient, dass man ihm eine Frau aufbürdet, die sich so sehr dagegen wehrt.

Um den Großfürsten mache ich mir weniger Sorgen. Ich kenne ihn inzwischen gut genug. Er poltert gern, gibt sich oft grob, aber meint es im Grunde nicht so. Elisif ist sein Augapfel. Er würde sie nicht unglücklich machen wollen. Nur gut, dass Kalfr und ich uns einig sind. Denn schwieriger wird es mit Ingegerd werden. Zwischen ihr und ihrer Tochter scheint so eine Art Willenskrieg zu herrschen. Jede ist darauf erpicht, sich durchzusetzen. Dabei hat niemand Magnus selbst gefragt, sondern nur über seinen Kopf hinweg bestimmt.

Es ist nicht ganz einfach, noch während des Festes eine passende Gelegenheit für ein Gespräch mit dem Fürstenpaar zu finden, ohne dass den Leuten in der Halle auffällt, dass etwas Seltsames vor sich geht. Kalfr und ich sprechen zuerst die Geistlichen an, Bischof Grimkell und den Patriarchen. Die flüstern jeweils Jarisleif und Ingegerd zu, dass bezüglich der Verlobung noch Dinge geklärt werden müssen, bevor man sie bekanntgibt. Jarisleif macht ein erstauntes Gesicht, nickt dann aber seine Zustimmung. Ingegerd dagegen wirft ihrer Tochter einen vernichtenden Blick zu. Sie hat sofort begriffen, woher der Wind weht. Erst nachdem einige der Gäste gegangen sind und der Rest zu betrunken ist, um viel mitzukriegen, findet eine heimliche Zusammenkunft im Empfangszimmer des Großfürsten statt, zu der ich auch Magnus und seine Mutter einlade. Und natürlich Aila.

»Was geht hier vor?«, fragt Ingegerd mit scharfer Stimme, kaum dass sich alle gesetzt haben. Sie funkelt ihre Tochter wütend an. Die sitzt mit schuldbewusster und doch auch trotziger Miene neben ihrem Vater.

Der Großfürst hebt die Brauen und wirft Kalfr und mir einen gereizten Blick zu. »Und ich hatte gedacht, ihr ward euch einig.«

»Das sind wir auch«, beginnt Kalfr und wendet sich an alle Beteiligten. »Wir sind uns in der Tat einig, dass eine Verbindung des zukünftigen norwegischen Königs mit dem herrschenden Haus der Rus für beide Seiten von Vorteil wäre. Großfürst Jarisleif und ich haben die Einzelheiten verabredet, und auch Harald Sigurdsson als Magnus' Munt ist damit einverstanden. Doch nun stellt sich heraus, dass es vonseiten der Prinzessin Einwände gibt.«

Es herrscht einen Augenblick lang Schweigen, während Jarisleif die Augen verdreht und noch genervter seufzt, den Kopf schüttelt und sich auf seinem Sessel zurücklehnt. »Hab ich's doch geahnt«, murmelt er verdrossen.

»Unsere Tochter will nur wieder ihren dummen, kleinen Kopf durchsetzen«, bemerkt Ingegerd bissig. »Darauf muss man nichts geben. In ein paar Tagen wird sie wieder anders denken. Man weiß ja, wie Mädchen in diesem Alter sind.«

Aller Augen richten sich nun auf Elisif. Die sagt nichts, starrt nur düster vor sich hin, die dünnen Arme vor der Brust verschränkt.

»Was hast du dagegen, Königin von Norðvegr zu werden, mein Kind?«, fragt ihr Vater nun deutlich sanfter, als man es von ihm gewohnt ist.

Elisif öffnet den Mund, aber es fällt ihr wohl keine rechte Antwort ein, und sie wirft ausgerechnet mir einen hilfesuchenden Blick zu.

»Vielleicht sollte man die Sache nicht übereilen«, springe ich ihr bei. »Sie sind beide noch sehr jung. Man muss das nicht heute und jetzt festmachen. In ein paar Jahren ist auch noch Zeit genug, sollten beide Seiten sich dann weiterhin einig sein.«

Von der Fürstin ernte ich einen vernichtenden Blick. »Warum aufschieben?«, fragt sie ungeduldig. »Wir sind uns doch alle einig. Also lieber jetzt als später!«

Plötzlich hat Elisif ihre Sprache wiedergefunden. »Weder jetzt noch später!«, platzt es aus ihr heraus. »Ich will niemanden heiraten. Besonders nicht Magnus!« Dabei starrt sie ausgerechnet mich wieder an, als läge es in meiner Macht, ihr zu helfen.

Natürlich könnte ich eine solche Verbindung ablehnen, denn ich bin ja immer noch Magnus' Munt. Doch eine Weigerung meinerseits käme einer Beleidigung des Fürstenpaares gleich, dem sehr daran gelegen ist.

»Das ist sehr enttäuschend für mich, Tochter«, lässt der Großfürst hören. »Wir haben doch darüber gesprochen.«

Sie schlägt die Augen nieder. »Ich weiß, Vater«, haucht sie und wischt sich eine Träne von der Wange. »Bitte zwing mich nicht.«

»Und was hast du gegen eine Ehe mit Magnus?«

Sie vermeidet es, meinen Neffen anzusehen. »Nichts«, sagt sie und zuckt mit den Schultern.

»Nichts?«, fragt Jarisleif ungehalten. »Was heißt hier nichts? Er ist ein netter, gesunder Bursche, der außerdem bald König sein wird. Was könnte dir daran nicht passen?«

Sie hat die Hände im Schoß, knetet aufgeregt die Finger der Linken, auf ihrem Gesicht sind rote Flecken aufgetaucht. »Er ist ein Kind!«, stößt sie trotzig hervor. »Soll ich etwa ein Kind heiraten?«

»Dummes Zeug!«, ruft ihre Mutter. »Die Ehe wird erst in ein paar Jahren vollzogen. Dann ist er ein Mann. Also Schluss mit diesem Unsinn!«

»Wir entscheiden hier über das Leben zweier junger Menschen«, versuche ich zu vermitteln. »Wir haben Elisif gehört. Es ist nur recht, dass wir auch meinen Neffen dazu befragen.« Magnus hat bisher aufmerksam gelauscht, aber bis jetzt nur still neben dem Stuhl seiner Mutter gestanden. »Was hältst du davon, Magnus? Würdest du Elisif gern heiraten?«

Er sieht zu ihr hinüber. Beider Blicke kreuzen sich für einen Augenblick. Magnus leckt sich über die Lippen und lächelt verlegen. Die Gegenwart der versammelten Erwachsenen muss ihn einschüchtern. Aber gleich darauf merke ich, dass dies nicht der Fall ist.

»Heiraten?«, fragt er mit klarer Jungenstimme. »Meine Mutter sagt, es gehört sich für einen König, eine Frau zu haben und Erben zu zeugen. Aber warum ist das gerade jetzt so wichtig? Und warum ausgerechnet Elisif? Was soll ich mit der?«

»Sie ist die Tochter des Großfürsten«, erklärt Kalfr geduldig. »Es wäre gut für Norðvegr. Und für Garðarike ebenso.«

»Na gut«, erwidert er wenig begeistert, »wenn's denn sein muss. Aber ich mag sie nicht besonders.«

»Sie ist doch eine ansehnliche Jungfrau, gut erzogen …«

»Gut erzogen?«, unterbricht Magnus mit geringschätziger Miene. »Sie ist eine blöde Ziege, wenn du's wissen willst. Macht sich immer lustig über mich. Denkt, sie ist was Besseres. Außerdem hab ich jetzt keine Zeit für Mädchen. Wir haben doch Wichtigeres zu tun. Ich dachte, wir stechen bald in See.«

Mir zucken die Mundwinkel, und ich muss mich beherrschen, um nicht laut loszulachen. Dabei bin ich nicht der Einzige, der sich ein Grinsen verkneifen muss. Nur Alfhild windet sich vor Verlegenheit.

Elisif aber fühlt sich beleidigt. Sie wirft ihm einen empörten Blick zu. »Und was bist du? Ein kleiner Rotzlümmel. Und noch dazu ein Bastard.«

Da ist sie wieder, diese Herabsetzung, die ihm ein Leben lang anhängen wird, weil er nicht im Ehebett gezeugt wurde.

Jarisleif ist peinlich berührt. »Das gehört sich nicht«, rügt er seine Tochter. »Du solltest dich sofort entschuldigen.«

Doch Magnus lacht nur. Die Beleidigung scheint ihn nicht getroffen zu haben. »Sie kann mich nennen, wie sie will. Es ist mir gleich. Unsere Tante Astrid ist auch das Kind einer Nebenfrau. Und trotzdem war sie gut genug, um meinen Vater zu heiraten.«

Damit hat er natürlich recht. Gut für ihn, denke ich und erkenne in ihm die Stärke seines Vaters. Auch Olaf hätte sich über solche Anfeindungen mit einem unbekümmerten Lachen hinweggesetzt.

Jetzt mischt sich Ilya ein. »Sie sind beide noch zu jung, Vater. Vor allem Magnus. Lass ein paar Jahre vergehen. Dann kann man immer noch darüber reden. Oder Magnus heiratet später Anastasia. Sie ist schließlich nur ein Jahr älter als er.«

Aber Elisifs Mutter will das nicht gelten lassen. »Das reicht mir jetzt langsam mit diesen Kindereien!«, faucht sie sichtlich aufgebracht. »Töchter haben in diesen Dingen nichts zu sagen. Sie haben zu tun, was man für sie beschließt. Was gut für sie ist.«

An der Seite des Großfürsten sitzt der Patriarch der Stadt. Er ist ein gewichtiger Mann in einem golddurchwirkten Ornat mit einem langen grauen Bart unter dem Kinn. Er räuspert sich jetzt. »Die Kirche, werte Fürstin, verlangt allerdings das Einverständnis beider Zukünftigen«, sagt er in seinem griechisch gefärbten Rus. »Das scheint mir hier nicht gegeben zu sein.« Er wendet sich mit einem fragenden Blick an Bischof Grimkell.

Der nickt zustimmend. »Das ist auch die Sicht der römischen Kirche. Ohne Zustimmung der zu Trauenden sollte es keine Hochzeit geben.«

»Das ist mir neu«, ruft Ingegerd empört. »Bei uns in Svearíke haben immer noch die Eltern das letzte Wort.«

Elisif wirft ihrer Mutter einen giftigen Blick zu. »Nur weil man dich gezwungen hat, musst du mir nicht das Gleiche antun!«

Da wird Ingegerd rot vor Zorn. Doch bevor sie ihre Tochter zurechtweisen kann, tut es der Fürst. »Ich wünsche nicht, dass du so mit deiner Mutter sprichst«, sagt er in scharfem Ton. Dann steht er auf. »Schluss jetzt, genug für heute! Wir reden morgen weiter.« Damit scheucht er uns alle aus dem Raum.

Ich verabschiede mich von Kalfr, nehme Aila bei der Hand, und wir machen uns auf den Heimweg durch die nächtliche Stadt. Ich bin sicher, dass Aila mir Vorwürfe macht, aber das tut sie nicht. »Wie denkst du, wird der Fürst entscheiden?«, fragt sie stattdessen.

»Ich weiß nicht. Morgen werden wir weitersehen.«

Doch tags darauf redet niemand mehr über dieses Verlöbnis, als hätte es die Angelegenheit nie gegeben. Elisif hat sich durchgesetzt. Und Magnus ist natürlich froh darüber, denn er hat jetzt ganz andere Dinge im Kopf als zickige Mädchen. Auf einem Schiff zu segeln, das Meer zu bezwingen und endlich das ferne Norðvegr zu erreichen, die Heimat seines Vaters, das ist für einen Elfjährigen viel wichtiger und aufregender, als sich mit einer schlechtgelaunten Elisif abzugeben.

Ein paar Tage später, früh am Morgen, ist der Augenblick des Abschieds gekommen. Die halbe Stadt tummelt sich dafür auf dem Strand. Es kommt ja nicht gerade häufig vor, dass ein Junge auf die Reise geht, um sich zum König wählen zu lassen.

Jarisleif ist in Begleitung seiner Söhne Ilya und Wladimir erschienen. Auch Borislaw, der Anführer der Druschina, sowie der Patriarch von Holmgarð sind zugegen. Der Patriarch will Schiff und Mannschaft, aber vor allem Magnus vor der Abreise segnen. Und natürlich sind auch die meisten meiner Männer anwesend, um sich von ihren Kameraden zu verabschieden. Ragnar, Bogdan, Snorri, Thorkel, Kauko, Ivar und viele mehr. Nur die Fürstin Ingegerd lässt sich nicht blicken. Vermutlich schmollt sie in ihrer Kammer.

Ernst ergreift der Großfürst Magnus' Hand und wünscht ihm Glück und Gottes Segen. Und dass er bei den Rus immer willkommen sei, lässt er ihn wissen. Falls er es sich doch noch überlegen sollte, dürfe er jederzeit eine seiner Töchter heiraten.

Der Abschied berührt mich mehr als erwartet. Aber nicht nur mich, sondern auch Aila kann die Tränen kaum zurückhalten, als wir auf dem Flussufer stehen und unseren Freunden guten Wind und eine glückliche Reise wünschen.

Kalfrs Schiff ist zur Abfahrt bereit, das Gepäck ist verladen, ebenso einige Waren, die seine Mannschaft erstanden hat. Ich habe Magnus ein schönes Jagdmesser geschenkt, aus gemasertem Damaszenerstahl mit einem silbernen Griff. Es stammt aus Serkland, dem Land der Muselmanen.

»Behalt mich in guter Erinnerung«, sage ich zu ihm mit belegter Stimme und drücke ihn noch einmal fest an mich. »Und falls du nach Hringaríke kommst, grüß alle von mir, besonders meine Mutter. Sag ihr, dass es mir gutgeht und dass ich sie liebe.«

»Ich verspreche es, Oheim Harald«, erwidert er artig, obwohl ich weiß, dass sein ungeduldiger Geist sich schon längst auf dem Schiff befindet.

Seine Mutter Alfhild ergreift meine Hand. »Ich danke dir und Aila für alles.« Sie hat Tränen in den Augen, und als Aila sie küsst, kann sie nicht mehr an sich halten und muss weinen. Aber es dauert nur einen Augenblick, dann zwingt sie sich zu einem letzten Lächeln und lässt sich von Seeleuten an Bord helfen.

»Ich werde auf die beiden gut aufpassen«, sagt Ragnwald, als wir uns umarmen.

»Und wann reist du zu den Orkneys, deinen Vater besuchen?«

Ragnwald lacht und zuckt mit den Schultern. »Irgendwann. Vielleicht, wenn du wieder in Norðvegr bist. Gib auf dich acht, Harald. Die Heimat wartet auf dich.« Er hilft Magnus hinauf aufs Deck und klettert dann selbst aufs Schiff.

»Ganz recht«, meint Thorberg mit breitem Grinsen, als er an der Reihe ist, sich zu verabschieden. »Sieh zu, dass wir dich gesund wiedersehen. Und gib's den Petschenegen. Zeig ihnen, was eine nordische Schildwand ist. Lass sie sich die Zähne dran ausbeißen.« Er lacht ausgelassen, doch als er mich und Aila umarmt, hat auch er feuchte Augen. Seinem Bruder Finn geht es nicht anders.

Zuletzt reicht ihr Bruder Kalfr mir die Hand. »Mach dir keine Sorgen, Harald. Alles wird gut. Und wenn es so weit ist, dass du heimkehren kannst, dann schicke ich dir ein Schiff. Das ist versprochen.«

Dann klettert er an Bord, und meine Männer stemmen sich gegen den Bug, um das Schiff mit knirschendem Kiel tiefer in den Strom zu schieben, bis es frei treibt und die sanfte Strömung es erfasst. Die Riemen werden ausgelegt, und die Ruderer beginnen sich ins Zeug zu legen. Langsam wendet das Schiff und nimmt Fahrt auf. Magnus steht neben seiner Mutter am Heck und winkt uns noch einmal zu. Noch lange bleiben wir am Ufer stehen und starren dem Schiff hinterher, das immer kleiner wird und bald hinter der nächsten Flussbiegung verschwindet. Möge Rán die Wogen für sie glätten und Njördr ihnen eine angenehme Reise bescheren.

Auf dem Heimweg zu unserem Haus rede ich lange Zeit kein Wort. Ich habe immer noch das Bild des sich flussabwärts entfernenden Schiffs vor Augen, mit Magnus an Bord, auf dem Weg in die Heimat, die ich so lange vermisst habe. Und bald wird er König sein. Man denke, mit gerade einmal zwölf Jahren. Er hat nicht mal gelernt, mit Waffen umzugehen und in der Schildwand zu stehen, und wird doch schon über ein ganzes Land herrschen. Natürlich mit Männern wie Kalfr Arnason, Thorer Erlingsson, Einar Thambarskelfir und Ragnwald an seiner Seite als Berater sollte ich mir keine Sorgen machen. Ich sollte froh für ihn sein.

Und doch verspüre ich ein seltsames Gefühl der Leere in meiner Brust. Als ob mir etwas weggenommen wurde. Bin ich etwa eifersüchtig? Ja, bei allen Göttern, das bin ich, ich gebe es zu. König des Landes, Olafs Nachfolger zu werden, das ist seit langem auch mein geheimer Wunsch. Zumindest seit Olaf davon gesprochen hat. Aber es ist mir nicht gegeben. Und statt die heimatlichen Berge wiederzusehen, die Fjorde mit ihrem glasklaren Wasser und die wilde Nordsee, statt selbst das Zepter zu ergreifen, treibe ich mich hier als Söldner unter den Rus und Slawen herum. Irgendwie ziellos.

Ich denke an die Wallburg daheim am Hønefoss, an den Wasserfall in der Biegung der Begna, an unsere Wälder und Berge. Mir fällt die Jagd auf den gewaltigen Bären ein, der unser Vieh gerissen hatte. Den Umhang aus seinem Fell besitze ich noch immer. Ingerid, meine Schwester, hat ihn mir zugeschnitten und genäht. Ein nützliches Stück, besonders in der klirrenden Kälte der hiesigen Winter. Ich denke auch an meine stolze Mutter. Was hätte ich in diesem Augenblick nicht dafür gegeben, sie in die Arme zu schließen. Und natürlich auch Guðrun, meine warmherzige, abergläubische Tante.

Dann fällt mir meine Begegnung mit Elisif am Tag nach dem Fest ein. Ich hatte mich in den Palast begeben, um mit Jarisleifs Verwaltern meine Jahresabrechnung zu machen, da läuft sie mir plötzlich über den Weg. Es ist, als hätte sie mir aufgelauert. Sie dankt mir für meine Unterstützung. Und dabei legt sie mir wie zufällig die Hand auf den Arm, merkt aber gleich, dass eine solche Berührung unpassend ist, und zuckt zurück, wird rot. Da stehen wir voreinander und sind beide verlegen, bis ich lachen muss.

»Du bist so schweigsam«, sagt Aila. »Woran denkst du?«

Ich fühle mich von ihr ertappt. Dabei ist Elisif doch nur ein Kind, eine Halbwüchsige. »Nichts Wichtiges«, beeile ich mich zu sagen. »Ich frage mich nur, wie es Magnus ergehen wird. Ja, und an zu Hause musste ich auch denken. Ich gebe zu, ich habe Heimweh.«

Sie hakt sich unter und drückt mir mitfühlend den Arm. »Bestimmt wirst du deine Familie bald wiedersehen. Kalfr und Magnus werden den Weg für dich bereiten.«

Ich seufze. »Aber zuerst müssen wir nach Kiew.«

»Wann geht es los?«

»Sobald ich mit den Verwaltern fertig bin.«

Der Söldnervertrag läuft immer für ein Jahr. Die Hälfte des Soldes im Voraus, der Rest am Ende des Jahres. Dazu noch eine Beteiligung an der Beute oder den Tributen, die wir jeweils im vergangenen Jahr eingesammelt haben. Die griechischen Mönche schreiben alles in ihre dicken Bücher aus Pergament. Auch wenn man sich Geld leiht oder Waffen aus dem Bestand des Großfürsten entnimmt, wird es aufgeschrieben und am Ende verrechnet.

Aila legt den Arm um meine Taille und schaut mit fröhlichem Lächeln zu mir auf. »Du wirst sehen, es wird uns guttun, von Holmgarð wegzukommen. Im Grunde mag ich diese Stadt nicht. Jetzt bin ich neugierig auf das große Kiew und kann es kaum erwarten.«

KAUKOS TRAUM

Die engsten Gefährten sind um mich versammelt. Wir hocken am Ufer des Wolchow bei meinen Schiffen, *Fálki* und *Bloð-hrafn*, die immer noch, mit großen Holzkeilen abgestützt, auf dem Trockenen liegen, so wie sie unter Planen überwintert haben.

Die Männer sitzen im Kreis um mich herum. Einige haben am Vorabend die Schenken von Holmgarð unsicher gemacht. Anscheinend gab es ein Wettsaufen zwischen unseren Jungs und den Neuen, Svein Langhaars Männern. Aber unsere scheinen verloren zu haben, so grässlich, wie sie aussehen, grün im Gesicht und mit blutunterlaufenen Augen. Ragnar ist nah dran, gleich wieder einzuschlafen, jedenfalls hat er Schwierigkeiten, die Augen offen zu halten.

»Ihr habt euch also mal wieder volllaufen lassen.« Ich kann mir ein schadenfrohes Grinsen nicht verkneifen.

»Ganz recht«, stöhnt Thjodolf Arnorsson, der es anscheinend ziemlich bunt getrieben hat. Er hält sich jedenfalls die ganze Zeit den schmerzenden Kopf. »Wozu sonst gibt es Schenken und Hurenhäuser? Nicht zum Beten, würd ich sagen.« Er erntet ein paar Lacher von denen, die noch die Kraft dazu haben. »Und wo warst du gestern Abend? Wir haben dich vermisst.«

»Während ihr euren Spaß hattet, musste ich den Abend im Palast verbringen und Befehle entgegennehmen. Wie ihr wisst, sollen wir bei Kiew das Schlangenbollwerk verstärken.«

Obwohl die Verlobung zwischen Magnus und der Tochter des Großfürsten geplatzt ist, hat Jarisleif sein Angebot, mich mit meinen Männern nach Kiew zu beordern, aufrechterhalten.

»Rühren sich denn die Petschenegen?«, fragt Thorkel.

»Nein. Alles ist ruhig. Aber die Befestigungen südlich von Kiew sollen erweitert werden. Prinz Ilya wird uns begleiten. Er soll die nächsten Jahre über Stadt und Land herrschen.«

»Stimmt es, dass du jetzt für die gesamte südliche Verteidigung zuständig bist?«, fragte Thjodolf. »Ich habe so was gehört.«

»So ist es. Wir sollten jetzt unsere Vorbereitungen besprechen, auch wenn einige aussehen, als würden sie lieber kotzen. Ragnar, zum Beispiel.«

Ragnar fährt hoch. »Was? Hast du was gesagt?«

Alle lachen.

Ich lasse den Blick über sie wandern. Da ist Thorkel, mein ältester und bester Freund, mit seinem wilden Haarschopf und den leicht abstehenden Ohren, die er gern darunter versteckt. Auch er ein Bastard wie mein Neffe. Doch im Gegensatz zu Magnus leidet er seit jeher unter seiner zweifelhaften Geburt, ist manchmal in dunkler Stimmung und betrachtet die Welt mit Argwohn und Vorbehalten. Gerade deshalb aber schätze ich seinen Rat, denn übergroße Zuversicht kann einen Mann schneller umbringen als alles andere. Mein Bruder Olaf ist das beste Beispiel dafür.

»Wir sind jetzt ein paar mehr.« Thorkel nickt in Sveins und Gunnars Richtung. »Trotzdem keine große Truppe, um den ganzen Süden zu verteidigen. Bulgaren, Khasaren, Petschenegen. Die würden sich doch alle gern eine Stadt wie Kiew schnappen, wenn es stimmt, was man so hört.«

Ich nicke dazu. »Du hast recht. Die Verteidigung der Stadt hat natürlich Vorrang.«

»Mit Harald an der Spitze mach ich mir da keine Gedanken«, meint Thjodolf und lehnt sich zurück.

Er ist Skalde und stammt aus Island, jener wilden Insel voll Eis und Feuer. Thjodolf ist im Gegensatz zu seiner kalten Heimat ein fröhlicher Geselle, immer zu Spott und Scherzen aufgelegt und eher das Gegenstück zu Thorkel. Er strotzt geradezu vor Unbekümmertheit und Zuversicht, obwohl seine Lieder von blutigen Schlachten erzählen und oft traurig enden. Mich nennt er den Rabenfütterer. Wahrscheinlich, weil wir in den Jahren meist siegreich gewesen sind und nicht wenige Frauen zu Witwen gemacht haben.

»Wichtig, dass wir mit Umsicht vorgehen, die Truppe zusammenhalten und keine Männer verlieren«, lässt Halldor Snorrason, ebenfalls Isländer, hören. Halldor ist ein harter Kerl. Nicht grausam, aber klug und entschlossen im Kampf. Ein guter Anführer.

Zum inneren Kreis gehören auch die beiden Jäger unter uns. Da ist der schlanke, sehnige Snorri, dessen weißblonde Haare ihm in langen Zöpfen über die Schultern fallen. Beim ihm und seiner Schwester hatte ich mich nach der großen Schlacht von Stikla Stad von meiner Verwundung erholt. Er ist ein junger Kerl von ruhigem Gemüt, der auf fast magische Weise Fährten erspürt, wo andere nicht das Geringste entdecken können. Er ergreift nicht oft das Wort, aber wenn, dann lohnt es sich, zuzuhören, denn er hat meist eine besondere Sicht der Dinge anzubieten.

»Es wird sich zeigen, wie es dort steht«, meint er. »Aber besser, wir sind auf alles vorbereitet. Sie sagen, es ist sicher dort. Aber wer weiß? Die Petschenegen, nach allem, was ich gehört habe, sind nicht zu unterschätzen. Wann brechen wir auf?«

»So bald wie möglich.«

Der andere Waldläufer ist Kauko, der tätowierte Tschude. Er steht Snorri in nichts nach und kann sich in jeder Natur unsichtbar machen. Beide sind ausgezeichnete Bogenschützen. Kauko ist älter als die anderen, aber immer noch zäh und ausdauernd. Und lebenserfahren. Er beteiligt sich selten an unseren Beratungen, doch wenn ihm etwas nicht gefällt, lässt er es mich wissen.

Auch meine Bootsführer sind in der Runde. Sie halten neben den Anführern eine besondere Stellung unter den Männern. Ragnar Gormsson ist Steuermann der *Bloð-hrafn*, ein Kerl mit breitem Kreuz und wiegendem Gang, ganz wie ein tapsiger Bär, dessen Kraft man nicht unterschätzen sollte. Er ist nicht nur ein großer Seemann, sondern hat auch ein loses Lästermaul, kann allein ein Fass Bier aussaufen, ohne umzufallen, und wirft gern mit schillernden Flüchen um sich.

Der zweite Schiffsführer ist Ivar Kjeldsson, Steuermann der *Fálki*, die wir gekapert haben, denn sie war ehemals Sigurd Erlingssons Schiff. Ivar ist Mitte dreißig, ein guter Seemann, aber auch im Kampf mehr als erfahren, wie seine vielen Narben beweisen. Und dann ist da noch Bogdan, ebenfalls Schiffsführer. Er hat sich uns in Svearíke angeschlossen, ist halb Rus, halb Slawe und kennt sich überall in Garðaríke, dem Reich der Rus, aus.

Svein und sein Bootsführer Gunnar sind die beiden neuen in unserer Mitte. Svein ist ein lebhafter Kerl, der gern redet, sich heute aber zurückhält und erstmal zuhört. Gunnar dagegen hat eine bedächtige Art, aber ein Gesicht, das Vertrauen einflößt. Sie sind beide schon etwas älter als die meisten.

»Was heißt, so bald wie möglich?«, fragt Thorkel.

»Sobald wir die Schiffe ausgerüstet und im Wasser haben. Vielleicht noch einen Tag zum Laden von Proviant und was wir sonst noch benötigen. Dann könnt ihr euch von euren Liebchen verabschieden.«

Thjodolf stöhnt herzzerreißend auf. »Das holde Weib, von der Brust des Helden gerissen«, intoniert er mit tragender Stimme, »fragt sich bangend und in Tränen zerflossen, ob sie ihn jemals wiedersehen wird.«

Alles lacht. »He, Mann, in Wirklichkeit verdrückt sich der Bastard und lässt sie schnöde sitzen«, grunzt Ragnar, der inzwischen wieder wach geworden ist. »Wie schon so viele Mädels vor ihr, wette ich. Und wenn die Maid Pech hat, hat er ihr noch ein kleines Abschiedsgeschenk hinterlassen. Ihr wisst schon, was ich meine.«

Thorkel findet das nicht witzig, wie man an seiner sauren Miene erkennen kann. Nach der Schlacht von Stikla Stad, während wir uns vor meinen Feinden in der Hütte von Snorris Vater im Wald versteckt hielten, hatte er sich in Snorris Schwester Sigríð verliebt. Ein Engel von einem Mädchen. Die Trennung von ihr muss ihn immer noch schmerzen.

Aber die anderen lachen und witzeln über Ragnars Bemerkung. Nur Thjodolf stöhnt, sie sollen aufhören, Witze zu reißen, sein Kopf würde ihm sonst noch platzen.

Als sich die Heiterkeit gelegt hat, fragt Bogdan: »Wozu willst du denn die Schiffe herrichten, Harald? Lass sie doch auf dem Strand liegen, bis wir zurückkommen. Besser, wir beschaffen uns kleine Flussboote.«

»Wer weiß, wann wir zurückkommen. Und ich will verdammt sein, wenn ich mich von meinen Schiffen trenne. Außerdem, du weißt, wie das ist, wenn sie zu lange auf dem Strand liegen. Das Holz trocknet aus, und die Spanten verbiegen sich.«

»Ganz recht«, knurrt Ragnar. »Dann taugen sie nur noch als Feuerholz.«

»Ich bin dagegen«, sagt Bogdan. »Und ich sage euch auch warum.«

Er sei schon dreimal in Kiew gewesen, sagt er und erklärt uns die Route dorthin. Wir würden den üblichen Handelsweg der Rus nach Süden nehmen, auf den breiten Flüssen, die das weite Land durchziehen. Hier bei Holmgarð zuerst in den Ilmensee, dann auf dem Lowat flussaufwärts, später auf einem Nebenfluss zu der Stelle hin, wo die Boote zur Überwindung der Wasserscheide über einen meilenlangen Knüppeldamm geschafft werden müssen, bis zu einem Zufluss der Dvina. Dazu stellt man sie anscheinend auf einen hölzernen Untersatz, eine Art Schlitten, und zieht sie mit Ochsengespannen über den Knüppeldamm. Natürlich sind es keine Knüppel, sondern abgeflachte und sorgfältig geglättete Baumstämme.

An beiden Enden der Strecke gebe es Siedlungen und Männer, die für gutes Silber die benötigten Zugochsen und Schlitten stellen, berichtet Bogdan weiter. Danach auf der Dvina eine kurze Strecke flussaufwärts nach Osten, dann auf einem zweiten Nebenfluss nach Süden bis zu einer anderen Landestelle, wo nochmal ein meilenlanger Knüppeldamm bis endlich zum Dnjeper führt. Im Ganzen ein mühseliger, umständlicher Weg. Doch hat man erst den Dnjeper erreicht, dann ist das weitere Fortkommen einfach, selbst für größere Schiffe.

Bogdan kratzt sich am Bart. »Ich hoffe, ihr habt jetzt kapiert, warum das nicht geht, Leute. Unsere Schiffe sind einfach zu groß und zu schwer, um sie über Land zu schaffen.«

»Die *Bloð-hrafn* ist fünfundsiebzig Fuß lang und etwas über sechzehn breit mit zwanzig Riemen auf jeder Seite. Die *Fálki* etwas kleiner mit achtzehn Riemen.« Ich wende mich an Svein. »Und dein Schiff?«

»Etwa so wie die *Fálki*. Vielleicht etwas breiter.«

»Das ist ja, was ich sage, Harald«, sagt Bogdan. »Die sind viel zu groß. Du musst wissen, an den oberen Flussläufen, nahe der Wasserscheide, ist es verdammt flach. Aber selbst wenn wir die Untiefen überwinden, wie willst du die Schiffe über Land schaffen? Bei dem Gewicht.«

»Ich weiß es nicht«, erwidere ich ungerührt. »Sag du's mir.«

»Verdammte Scheiße«, murmelt Bogdan. »Warum, glaubt ihr, nehmen die Händler kleine Boote für die Reise nach Kiew? Oder diese ausgebauten Einbäume der Slawen.«

»Sicher aus gutem Grund. Aber ich lasse meine Schiffe nicht hier verrotten. Also denk dir was aus.«

»Das seh ich genauso«, meint Svein. »Die *Boðvarr* ist seit Jahren unsere Heimat, was, Gunnar? Wir haben nicht vor, sie zurückzulassen.«

Bogdan schüttelt den Kopf. »Ihr seid verrückt.« Er kaut eine Weile unschlüssig auf der Unterlippe. »Aber wenn ihr darauf besteht, dann sollten wir möglichst wenig laden. Den Tiefgang so gering wie möglich halten. Aber selbst dann.« Er flucht nochmal ausgiebig vor sich hin. »Und dann erst auf dem verdammten Knüppeldamm! So viele Zugochsen gibt's da gar nicht, wie wir brauchen.«

»Dann hängen wir uns eben selbst in die Seile«, sage ich. »Wir sind zweihundertdreißig Mann. Die können schon was wegziehen.«

»Und wenn's doch nicht geht?«

»Dann nehmen wir die Schiffe teilweise auseinander und fügen sie am anderen Ende wieder zusammen. Wäre nicht das erste Mal, dass so was gemacht wird. Lasst uns dafür die rechten Werkzeuge mitnehmen.«

Ragnar lacht ausgelassen, während Bogdan nicht aufhören will zu fluchen. »Das ist überhaupt nicht witzig«, knurrt er. »Hab noch nie gehört, dass einer Drachenschiffe bis nach Kiew gebracht hat.«

»Du schaffst das, Mann. Wir vertrauen dir«, meint Ragnar und grinst ihn fröhlich an. Selbst Thorkel, der sonst gern vor Gefahren und Schwierigkeiten warnt, lächelt über Bogdans verzweifelte Miene.

Während der nächsten Tage machen wir die Schiffe klar, schieben sie ins Wasser, tauschen wo nötig Leinen aus, flicken Segel, stopfen undichte Stellen mit in Kiefernpech getauchten Tierhaaren und führen weitere, kleine Ausbesserungen durch.

Dann laden wir das Nötigste an Proviant und Waffen, ganze Bündel von Pfeilen und Wurfspeeren. Alles andere, auch warme Kleidung und Zelte, lassen wir zurück, nehmen aber lange Taue an Bord sowie Fässer von Schweinetalg. Das soll gut sein, um die Kufen der derben Holzschlitten zu schmieren, auf denen die Schiffe über Land gezogen werden. Und natürlich Werkzeug und Schiffsnägel, sollten wir sie brauchen.

Bogdan schüttelt den Kopf. »Das ist alles viel zu viel Gewicht. Aber ihr wollt ja nicht auf mich hören.«

Prinz Ilya zeigt sich am Flussufer, um unsere Vorbereitungen in Augenschein zu nehmen. »Du willst wirklich die Drachenschiffe mitnehmen?«, fragt er mich ungläubig.

»Fest entschlossen.«

»Das wird schwierig werden. Wahrscheinlich sogar unmöglich.« Er überlegt eine Weile. »In jedem Fall solltest du aber auch kleinere, flusstaugliche Boote dabeihaben. Damit wir nicht umkehren müssen, falls wir mit den großen Schiffen nicht durchkommen.«

»Du meinst, falls wir sie liegen lassen müssen.«

Er grinst spöttisch. »Ich denke, es wird so kommen. Du nicht?«

Er glaubt also auch, dass mein Vorhaben verrückt ist. Dabei hatte ich eher gehofft, dass er mich unterstützen würde. Ein paar gute Schiffe auf dem Dnjeper werden sicher nützlich sein. Aber Boote mitzuschleppen, das ist gar nicht so dumm. Das würde die Schiffe entlasten, und sie hätten weniger Tiefgang. Also erwerbe ich drei große Flussboote, eines für jede *hirð*, und wir laden so einiges um. Das erlaubt uns auch, unsere Zelte mitzunehmen.

Ilya ist der Sohn der ersten Frau des Großfürsten und einige Jahre älter als ich. Er ist schlank, nicht ganz so groß wie Jarisleif, hat aber das gleiche scharf geschnittene Gesicht und die durchdringenden Augen seines Vaters. Auch von uns Norwegern ist er kaum zu unterscheiden, außer, dass sein Haar etwas dunkler ist.

Seine Mutter ist unter tragischen Umständen bei einem der Polenfeldzüge verschollen. Das Lager wurde überfallen, Geiseln verschleppt. Darunter auch Ilyas Mutter, denn eine Leiche hat man nie finden können. Für andere Weiber hatten die Polen Lösegeld verlangt, nicht für sie. Ilya vermutet, dass einer der polnischen Anführer sie als Sklavin für sich behalten hat. Jedenfalls blieb sie für immer verschwunden. Einige Jahre später hat Jarisleif sich dann zu einer neuen Ehe entschlossen und Ingegerd von Schweden geheiratet.

Als alles vorbereitet ist, berufe ich eine Versammlung der Männer ein, zur langersehnten Auszahlung des Restsolds und des Beuteanteils des vergangenen Jahres. Auch der halbe Sold des kommenden Jahres ist fällig. Sie hocken erwartungsvoll am Flussufer. Unsere Söldnergruppe ist natürlich nicht die einzige, die in diesen Tagen ausbezahlt wird. Eine Menge an Silber, Gold, feinen Pelzen und Edelsteinen findet ihren Weg von den Amtsstuben in die Hände der Söldner.

Im Kriegsfall, wie während des Feldzugs gegen die Polen, werden natürlich auch slawische Bauern rekrutiert, um die Ränge zu füllen. Doch das Rückgrat des Heeres bilden Krieger der Rus, vor allem aber wir *væringjar*, fremde Söldner aus den Nordländern, so wie meine Truppe. Der Name *væringjar* bedeutet, dass wir eine Gefolgschaft eingeschworener und einander zur Treue verpflichteter Kameraden sind. Eine solche Schwurgemeinschaft ist eine ernste Sache, solange sie besteht. Die Treue zu seiner *hirð* bedeutet einem *væringi* mehr als Land oder Klan. Schließlich hängt sein Leben von der Gemeinschaft der Kameraden ab.

Meine Truppe ist in drei *hirðs* eingeteilt, jede einem der drei Schiffe zugehörig. Da ist meine *Bloð-hrafn*, in der wir damals von Sithun nach Garðarike gesegelt sind. Dann die *Fálki*, das schnelle Schiff, das wir im Kampf gegen Sigurd Erlingsson erobert haben. Und nun auch Svein Langhaars Schiff, die *Boðvarr*, schon etwas älter, an deren Bordwand die Spuren von Stürmen und Schlachten nicht zu übersehen sind. Trotzdem durchaus in gutem Zustand. Genauso wie ihre Mannschaft, eine *hirð* von harten und kampferfahrenen Kerlen, die für uns eine Bereicherung darstellen.

Wir sind eine gemischte Bande. Die meisten natürlich Norweger, aber aus verschiedenen Gegenden. Darunter Veteranen der Schlacht bei Stikla Stad, die sowohl auf der einen wie der anderen Seite gekämpft haben. Auch Sveins Leute sind Norweger. Die haben sich in den letzten Jahren als *vikingr*, also Seeräuber, durchgeschlagen. Es sind aber auch einige abenteuerlustige Schweden unter uns. Einer von ihnen, ein gewaltiger Kerl namens Bjorn Skallagrimsson, ist mein Bannerträger. Wir zählen auch Rus in unseren Reihen, ein paar Slawen und natürlich Kauko, unseren Tschuden.

Die Schreiber des Großfürsten machen Eintragungen in ihren Büchern, verteilen Silber und lassen sich den Empfang bestätigen. Manche Männer haben mehr erwartet, aber das letzte Jahr war nicht so ergiebig. Doch fast alle sind zufrieden, besonders über den neuen verdoppelten Sold für die Dienste des anstehenden Jahres.

Ein guter Teil des gesamten Solds und der Beute sind mir gutgeschrieben. Davon habe ich das meiste zur Sicherheit bei Jarisleifs Verwaltern hinterlegt. Vom Rest mache ich großzügige Geschenke, um die besten der Männer für besondere Leistungen oder Tapferkeit zu ehren. Begehrt sind silberne Armreifen, die für jeden sichtbar als Zeichen meiner Wertschätzung getragen werden. Männer wie Ragnar, Thorkel oder Snorri haben bereits mehrere solcher Armreifen vorzuweisen.

»Ich weiß, ihr könnt es nicht abwarten, euer Silber in die Schenken zu tragen«, rufe ich den Männern zu, als die Versammlung beendet ist. »Aber versauft nicht gleich alles. Ich gebe euch zwei Tage zum Feiern. Im Morgengrauen des dritten Tages brechen wir auf. Wer dann nicht an Bord ist, hat das Nachsehen. Es wird auf niemanden gewartet.«

Natürlich verlieren wir ab und zu ein paar Leute aus der Mannschaft, wenn das Jahr zu Ende ist. Nach langem Kriegerdasein hat so mancher Heimweh oder einfach genug vom Abenteuerleben, will mit seinem Silber ein Stück Land in der Heimat kaufen, seine Jugendliebe heiraten und sich niederlassen. Vielleicht nicht einmal in der Heimat, sondern hier in Garðarike, wo er eine hübsche Slowenin gefunden hat. Aber die allermeisten werden wieder rechtzeitig zur Stelle sein, das weiß ich aus Erfahrung. Wenn auch nur, weil sie ihr Silber verspielt haben, ihnen das Mädchen davongelaufen ist oder weil ihnen einfach die Kameraden und das Abenteuer fehlen.

Am Vorabend der Abreise verabschiede ich mich von der Fürstenfamilie. Ingegerd hat mir verziehen. Sie umarmt mich herzlich und wünscht mir Glück. Der junge Wladimir, ihr Sohn, ist zugegen, und auch Elisif lässt es sich nicht nehmen, mir eine gute Reise zu wünschen. Ihre Miene ist ernst, und sie sagt nur wenig, doch eine leichte Röte liegt auf ihrem Gesicht, während sie kurz mit mir spricht. Auch danach noch verfolgen mich heimlich ihre Blicke. Es ist mir ein wenig peinlich, denn Ingegerd ist die Aufmerksamkeit ihrer Tochter für mich nicht entgangen, auch wenn sie nichts dazu sagt. Ich erinnere mich an Ailas Worte, Elisif hätte es auf mich abgesehen. Sollte sie recht haben? Aber ich denke, es ist nur eine Schwärmerei, jugendliche Begeisterung für einen Krieger ihres Vaters, so wie ich früher Olaf bewundert habe. Bestimmt nicht mehr. Dennoch kann ich nicht umhin, mich geschmeichelt zu fühlen.

»Willst du wirklich deine Schiffe über die Wasserscheide schleppen?«, fragt mich der Großfürst.

»Ich habe ihm schon gesagt, dass das unmöglich ist«, sagt Prinz Ilya mit einem selbstgefälligen Grinsen. »Aber er hört ja nicht auf mich.«

Jarisleif wirft ihm einen gereizten Blick zu. »Harald wird schon wissen, was er tut. Er ist jung, aber ein erfahrener *væringi* und Anführer. Also achte seine Meinung. Außerdem trägt er für alles Militärische die Verantwortung. Du tust gut daran, seine Entscheidungen mitzutragen.«

Ilya zuckt unter der Zurechtweisung zusammen. Sein Gesicht rötet sich vor Scham, aber er wagt nicht, seinem Vater zu widersprechen. Der legt ihm jetzt wie zur Versöhnung den Arm um die Schultern. »Ihr habt beide mein vollstes Vertrauen, Ilya. Du wirst genug mit der Verwaltung der Stadt zu tun haben, mein Sohn, mit der Gerichtsbarkeit und den Streitereien unter den Adeligen. Überlass das Kriegerische Harald. Er wird dir eine große Hilfe sein, nicht wahr, Harald?«

»Natürlich«, erwidere ich.

Jarisleif grinst breit. »Dann alles Gute, ihr beiden.«

Damit wendet er sich ab und gibt seinem Sohn Ilya noch ein paar gutgemeinte Ratschläge, bevor wir uns endgültig verabschieden. Ilyas Gepäck ist schon an Bord. Ich erinnere ihn noch einmal daran, dass wir bei erstem Licht aufbrechen wollen. Er werde zur rechten Zeit da sein, erwidert er ein wenig frostig.

Es ist mir unangenehm, dass Jarisleif meinte, seinen Sohn zurechtweisen zu müssen. Ausgerechnet, was mich betrifft. Und das auch noch in meiner Gegenwart. Oðin weiß, zwischen Vätern und Söhnen kommt es oft genug zu Spannungen. Mir sind sie erspart geblieben, denn mein Vater Sigurd verstarb, bevor ich vier Jahre alt war. Dafür musste ich mich gegen meine älteren Brüder behaupten. Nun, ich kann nur hoffen, dass der Vorfall mein bisher gutes Verhältnis mit Ilya nicht trüben wird.

Der Morgen graut feucht und kalt. Ein leichter Dunst liegt über dem Wasser. Es ist windstill. Wir werden also rudern müssen. Die Schiffe sind am Steg vertäut und mit allem beladen, was wir brauchen werden. Die meisten Männer stehen schon bereit, als Aila und ich dazustoßen. Ich trage meinen Umhang aus Bärenfell gegen die Morgenkühle. Auch Aila ist in warme Wolle gehüllt. Die Männer nicken uns schweigend zu, denn für eitles Geschwätz ist es noch zu früh am Morgen. Besonders für die Zecher vom Vorabend.

Nach und nach tauchen noch mehr mit ihren Seekisten auf der Schulter auf, verstauen sie an Bord und hängen ihre Schilde über die Bordwand.

Als wir durchzählen, fehlen fünf Mann. Das war zu erwarten gewesen. Irgendeiner verpennt immer. Anscheinend auch Prinz Ilya, denn er hat sich noch nicht sehen lassen. Gereizt hieve ich mein Bündel und meinen Schild an Deck. Dann helfe ich Aila aufs Schiff. Auch die Letzten klettern an Bord und richten sich auf ihren Ruderplätzen ein. Im Heck liegt Ragnar, halb betrunken. Er blinzelt mir kurz zu und schließt gleich wieder die Augen. Anscheinend hat er sich nochmal kräftig ausgetobt und ist von irgendeiner Kaschemme direkt an Bord gegangen. Also stelle ich mich selbst ans Ruder.

In der Hoffnung auf etwas Wind lasse ich die Masten aufrichten und mein Rabenbanner hissen. Auf der *Bloð-hrafn* sitzen die Ruderer bereits auf ihren Plätzen und halten die Riemen bereit. Nur von Ilya ist immer noch nichts zu sehen. Wo, zum Teufel, bleibt er? Auf einmal lassen mich wilde Rufe aufschauen. Drei Mann kommen, das Schild auf dem Rücken und ihre Habseligkeiten auf der Schulter, angerannt und schreien, wir sollen, verdammt nochmal, warten. Sie reichen ihre Seekisten rüber und klettern heftig atmend an Bord.

»Ihr habt Glück, dass wir noch auf den Prinzen warten«, knurre ich ungehalten. »Sonst wären wir schon weg.«

Wenn ich eines hasse, dann ist es Warten. Besonders auf andere. Wir haben eine verdammt lange Wegstrecke vor uns. Je länger wir untätig am Ufer herumsitzen, umso weniger schaffen wir an diesem ersten Tag. Ich hoffe, das ist kein Omen für den Rest der Reise. Aber meine Geduld wird noch länger auf die Probe gestellt. Die Männer langweilen sich, holen Würfel heraus, um sich die Zeit zu vertreiben, einige reißen Witze, ein paar rollen sich an Deck auf die Seite, um etwas Schlaf nachzuholen. Ragnar schnarcht zum Erbarmen. Nichts scheint ihn aufwecken zu können. Und ich koche vor Wut.

Endlich, ich will gerade einen Mann zum Palast schicken, geruht Prinz Ilya doch noch aufzutauchen, begleitet von einem jungen Diener. Der schleppt einen großen Rucksack, den er mit an Bord nimmt. Anscheinend soll der Bursche mitreisen. Als hätten wir nicht schon genug an Bord.

Ohne ein Wort der Entschuldigung lässt sich nun auch Ilya auf die *Bloð-hrafn* helfen. Er nickt mir kurz zu und sagt: »Also los! Worauf warten wir?«

Innerlich kochend, gebe ich den Befehl, die Leinen loszumachen. Endlich stoßen wir ab, ich brülle Befehle, die Riemen beißen, und wir bewegen uns langsam flussabwärts auf den Ilmensee zu.

»Beruhige dich«, raunt Thorkel mir zu. »Er will nur zeigen, wer der Herr ist.«

Ich presse die Lippen zusammen. Vermutlich hat Thorkel recht. Als ob wir solche Kindereien nötig hätten! Es hat mit Jarisleifs Zurechtweisung zu tun, so viel ist sicher. Aber das wirft einen Schatten auf die Reise. Kein guter Anfang.

Über dem Wasser hängt noch ein dünner Schleier von Frühnebel. Am östlichen Horizont aber bricht bereits die Sonne durch die Wolken. Es verspricht, ein warmer Tag zu werden, und die Ruderer werden schwitzen müssen. Jedes unserer drei kühnen Drachenschiffe schleppt ein langes Flussboot hinter sich her, das mit einem Teil der Ausrüstung beladen ist. Thjodolf stimmt ein bekanntes Heldenlied an, zu dessen Rhythmus sich gut rudern lässt. Ich drehe mich um. Im Kielwasser der *Bloð-hrafn* folgt Sveins Schiff *Boðvarr*. Als ich die Hand hebe, winkt er zurück. Neben ihm steht Gunnar am Ruder. Von der *Fálki* weiter hinten tönt ein »Heil, Harald!« herüber. Ich schlucke meinen Ärger hinunter. Alles ist bestens, und wir sind auf dem Weg nach Süden.

Nach einer Weile kommt Ilya nach achtern und gesellt sich zu mir. Er hält sich am Achterstag fest und grinst, als wäre nichts gewesen. »Du bist beliebt bei deinen Männern. Das sieht man in ihren Gesichtern.«

Ich zucke mit den Schultern. »Wir haben schon einiges gemeinsam durchgemacht. Das schweißt zusammen.«

Thjodolf stimmt ein neues Lied an. Man hört seine klare Stimme, begleitet vom Ächzen der Ruderer und dem rhythmischen Klatschen der Riemen im Wasser. Dächer und Kirchtürme von Holmgarð hinter uns schrumpfen und verblassen im Morgendunst. Das flache Ufer ist bald nur noch als grauer Streifen erkennbar, je weiter wir auf dem See vorankommen.

Fünf lange Jahre haben Aila und ich hier gelebt, uns geliebt, gestritten und leider auch unsere Kinder begraben. Gemischte Gefühle verbinden mich mit dieser Stadt. Irgendwie bin ich froh, von hier wegzukommen, einen neuen Lebensabschnitt zu beginnen. Und doch verspüre ich auch eine gewisse Wehmut. Werden wir jemals zurückkehren? Nicht nur Holmgarð scheint sich mit jedem Ruderschlag zu entfernen, auch meine Heimat

Norðvegr. Magnus wird dort bald König sein. Ich aber, als Olafs Bruder und Mitkämpfer, bin nicht willkommen, wie man mir deutlich gemacht hat.

Was haben die Götter mit uns vor?, frage ich mich. Wohin wird es uns verschlagen? Für immer nach Kiew? Vielleicht eines Tages sogar nach Miðgarð, der prächtigen Stadt der Griechen, von der ich so viel gehört habe. Wollte ich deshalb unbedingt meine Schiffe mitnehmen? Ich weiß es nicht. Nur so eine Eingebung. Und überhaupt, wer kann schon die Zukunft deuten?

Ich blicke zum Mast empor. Über uns bewegt sich das Rabenbanner im Fahrtwind. Das Banner, das meine Mutter eigenhändig genäht und bestickt hat. Dabei war es für Olaf gedacht gewesen. So ein Banner schützt den Besitzer in der Schlacht, vorausgesetzt, es ist die eigene Mutter, die es genäht hat. Doch Olaf hatte es verschmäht und das Kreuz bevorzugt. Und war gefallen.

Und so ist das Banner zu mir gekommen. Solange es sichtbar ist, wissen die Männer, dass Harald Sigurdsson lebt und für sie kämpft. Es ist eine kunstvolle Stickarbeit und stellt Oðins Blutraben dar. Schwarz auf hellem Grund. So wie der geschnitzte Rabenkopf mit dem bluttriefenden Schnabel auf dem Vordersteven meines Schiffs.

Aila sitzt aufrecht und mit gekreuzten Beinen an der Bordwand, nur ein paar Schritte von mir entfernt. Das Haar hängt ihr lose über die Schultern. Ein paar Strähnen wehen im Fahrtwind. Neben ihr hockt die Sklavin Enni, die sich mit großen Augen ein wenig ängstlich umschaut. Die Reise an Bord eines Schiffs ist ihr nicht ganz geheuer.

Aila dagegen ist bester Laune, wenn auch etwas aufgeregt. Denn zum ersten Mal seit Jahren ist sie wieder mit uns an Bord und wird nicht zu Hause auf mich warten müssen. Vielleicht um zu zeigen, dass sie nicht vorhat, den Männern zur Last zu fallen, hat sie auf Röcke verzichtet und trägt bauschige Hosen, wie sie bei den Slawen üblich sind. Darüber einen leichten dunkelblauen *kyrtill*. Und um die Taille einen silberverzierten Gürtel, in dem ein Sax steckt. Fast wie eine wehrhafte Schildmaid sieht sie aus, eine *skjaldmær*, wie wir sie aus den Sagen kennen.

Ich betrachte dieses hübsche Gesicht, das ich so liebe. Ihre kecke Nase und die wachen blauen Katzenaugen, mit denen sie alles um sich herum beobachtet. Als sie meinen Blick spürt, schenkt sie mir ein strahlendes Lächeln. Wenn die Männer nicht wären, würde ich sie auf der Stelle küssen.

Wind ist aufgekommen und kräuselt die Oberfläche des Sees. Ich lasse die Riemen verstauen und das Segel hochziehen.

»Nun gib mir schon das verdammte Ruder«, knurrt Ragnar, der vom Knattern des Segels wach geworden ist und stöhnend auf die Beine kommt. »Oder meinst du, du kannst es besser?«

Ich muss lachen. »Wie könnte ich das jemals denken?«

Das Segel füllt sich, die *Bloð-hrafn* legt sich leicht auf die Seite und nimmt Fahrt auf. Schon rauscht das blaue Wasser am Rumpf entlang. Ich spüre den Wind in den Haaren. Breitbeinig steht Ragnar neben mir, das Steuerruder fest in der kräftigen Faust. »So lässt's sich leben, Mann«, sagt er und grinst mir zu. »Endlich wieder Wasser unter dem Kiel.«

* * *

Bogdan hat recht behalten. Innerlich fluche ich schon über mein leichtsinniges Beharren, die Drachenschiffe mitzunehmen. Denn die Sache ist viel schwieriger, als ich in meiner Blauäugigkeit erwartet hatte.

Den Ilmensee, nach einer Nacht am Ufer, haben wir längst hinter uns gelassen. Auf dem Lowat mussten wir wieder rudern. Das Wetter hat inzwischen aufgeklart, die Sonne brennt auf uns herunter, und es wird ungewöhnlich warm für die Jahreszeit. Die Männer rudern mit nacktem Oberkörper, was manche, deren Haut rot wie Flusskrebse geworden ist und wie Feuer brennt, am Abend bereuen.

Auf dem Lowat sind wir anfänglich ohne Schwierigkeiten vorangekommen. Aber je weiter wir nach Süden vordringen, umso schmaler und flacher wird der Nebenfluss, auf dem wir uns jetzt bewegen. Das leicht hügelige Gelände rings um uns herum beginnt kaum merklich, aber stetig anzusteigen. Die Wasserscheide ist kein Bergzug, so wie man es bei uns daheim in Norðvegr erwarten würde, sondern nur eine leichte Erhebung der Landmasse. Und doch genügt es, um die Wasser der Dvina und des Lowat nach Westen und Norden abfließen zu lassen und die des Dnjeper und der Wolga nach Südwesten und Südosten.

Wir sind nicht die Einzigen unterwegs. Die Männer auf ihren Flussbooten, die uns begegnen, staunen nicht schlecht, als sie plötzlich Drachenschiffe vor Augen haben. Manche schütteln den Kopf und tippen sich an die Stirn, aber die meisten rufen uns Warnungen zu oder gute Ratschläge, was den Flussverlauf betrifft und worauf wir achten sollen. Es scheint so eine Art Bruderschaft der Flussschiffer zu geben.

Damit wir nicht auf eine Sandbank laufen oder an einem unter der Wasseroberfläche verborgenen Felsbrocken hängenbleiben, besetzen wir die kleineren Boote mit Ruderern und schicken sie zur Erkundung voraus. An einem schwülen Vormittag, es ist richtig drückend geworden, kommen wir mit einem Mal nicht weiter. Eine seichte Stelle, so ähnlich wie eine Furt, hält uns auf. Selbst nachdem alle Mann von Bord sind, ist kein Durchkommen.

Es bleibt uns nichts anderes übrig, als die Schiffe zu entladen. Dann mit vereinten Kräften, die einen ziehen, die anderen stemmen sich gegen das Heck, gelingt es, ein Schiff nach dem anderen in tieferes Wasser zu ziehen. Die Ladung, die wir am

Ufer gelassen hatten, verteilen wir, so gut es geht, auf die kleineren Boote und nehmen die Fahrt wieder auf.

Am Nachmittag desselben Tages bleiben wir erneut stecken. Diese Stelle ist noch seichter und zudem schlammig, so dass der Kiel des führenden Schiffs, der *Bloð-hrafn*, sich im Flussbett festsaugt, je mehr wir an den Tauen ziehen. Von fremden, an uns vorübergleitenden Booten heißt es, die Landestelle für den Knüppeldamm sei nicht mehr weit. Höchstens ein paar Meilen. Doch das hilft uns wenig, denn was auch immer wir versuchen, wir sitzen fest.

Am Ende entfernen wir sämtliche Ballaststeine und stapeln sie am Ufer auf. Jedes seetüchtige Schiff hat eine Menge davon tief in der Bilge liegen, um dem Rumpf, besonders beim Segeln, Stabilität und Steifheit zu verleihen. Wir entladen also den Ballast und lassen dann alle Mann an langen Tauen ziehen. Andere stemmen sich, im Fluss stehend, gegen die Bordwand. Natürlich sind wir bald von oben bis unten pitschnass. Zum Glück ist es warm, so dass einem das kalte Wasser nichts ausmacht. Wir rammen die Füße in den schlammigen Grund, zerren an den Seilen, bis wir nicht mehr können. Doch vergeblich.

»Wollt ihr wohl ziehen, ihr Schlappschwänze?«, flucht Ragnar. »Los, nochmal!«

Immer wieder feuert er uns an, brüllt Befehle, damit wir gleichzeitig und ruckartig ziehen, um irgendwie den Rumpf aus dem Schlick zu befreien. Wir mühen uns das Herz aus dem Leib. Aber es hilft nichts. Die *Bloð-hrafn* steckt fest und bewegt sich keine Daumenbreite. Weder vorwärts noch rückwärts.

»Es bringt nichts«, stöhnt Halldor erschöpft, nachdem wir uns zwei Stunden lang vergeblich abgemüht haben.

»Gib's zu, Harald«, keucht Thorkel, »wir hätten die Schiffe in Holmgarð lassen sollen. Sie mitzunehmen war eine saublöde Idee.«

»Du warst aber auch einverstanden. Schon vergessen?«

»Ich weiß. Deshalb war es trotzdem eine blöde Idee. Selbst wenn wir es hier schaffen, auf den nächsten Streckenabschnitten kann es nur noch schlimmer werden. Am Ende werden wir sie doch irgendwo liegen lassen müssen.«

»Kommt nicht in Frage«, knurre ich.

Aber vielleicht hat er recht. Auf dem Strand von Holmgarð wären die Schiffe sicherer gewesen, wären sogar von Jarisleifs Männern bewacht worden. Sie hier zurückzulassen schneidet mir ins Herz. Sie werden langsam verrotten. Oder man wird sie stehlen, ausschlachten. Doch umkehren kommt auch nicht in Frage. Die Erkenntnis, eine Dummheit begangen zu haben, ist bitter, auch wenn ich noch nicht bereit bin, es zuzugeben.

»Könnten wir sie nicht irgendwie anheben?«, fragt Thjodolf.

Halldor wirft ihm einen vernichtenden Blick zu. »Und wie? Hast du vielleicht Handgriffe am Rumpf gesehen?«

»Die Riemen unter den Kiel schieben und anheben?«

Wir denken einen Moment darüber nach. Verwerfen den Gedanken aber gleich wieder als unpraktisch. Wir sind von der Arbeit hundemüde. Die Handflächen sind roh vom Tauziehen. Ivar hat sich den Rücken verrenkt. Und Bjorn Skallagrimsson, mein Bannerträger, ist wütend und frustriert, dass nicht einmal seine gewaltige Muskelkraft das Geringste bewirken konnte. Er sitzt am Ufer und macht ein Gesicht, als wollte er jemanden umbringen.

»Das Gute an Harald ist, dass er niemals aufgibt«, meint Snorri mit feinem Spott. »Ich bin sicher, morgen werden wir zweimal so hart arbeiten müssen. Freut euch schon drauf, Jungs.«

Alles stöhnt auf. Nur Thjodolf grinst. »Da können nur die Götter helfen. Sprich mit Loki, Harald. Vielleicht fällt dem was ein.«

Loki, der listigste und verschlagenste der Götter, muss oft für solche Sprüche herhalten. »Ja, macht euch nur lustig«, knurre ich müde, selbst am Ende meiner Kräfte. »Jetzt schlagen wir erstmal das Lager auf und überschlafen die Sache.«

Das Flussufer ist fast überall von Schilf gesäumt, dahinter mannshohe Büsche, die in tiefen Wald übergehen. Viel Platz zum Lagern gibt es nicht. Die meisten werden sich ein Fleckchen zwischen Büschen oder im Wald suchen müssen. Nur wenige besitzen mehr als eine einfache Plane gegen Regen. Prinz Ilya allerdings hat ein prächtiges Zelt mitgebracht, das sein Diener täglich für ihn aufbaut. Auch ich habe mir in Holmgarð ein vernünftiges Zelt machen lassen, in dem Aila und ich einigermaßen ungestört schlafen können.

Müde und mit mürrischen Mienen lesen die Männer Fallholz unter den Bäumen auf und entzünden am Ufer ein Feuer. Während wir unser einfaches Mahl aus gebratenem Speck, Gerstenbrei und Bohnen hinunterschlingen, muss ich noch weitere beißende Bemerkungen über mich ergehen lassen. Lacht nur, denke ich grimmig, aber irgendwie muss es einen Weg geben. Wir haben ihn nur noch nicht gefunden. Zum Glück beteiligt sich Ilya nicht an den Spötteleien. Dafür bin ich ihm dankbar.

Der Himmel hat sich am Abend zugezogen. Es ist unangenehm schwül geworden. Die Luft ist so dick, dass man kaum atmen kann. Die ersten Mücken des Jahres beginnen wie verrückt zu stechen. Immer wieder klatscht sich einer auf Arm oder Bein und flucht dazu. Nur dicht an einem der Feuer ist man vor den Biestern sicher.

»Sieht nach Regen aus«, meint Bogdan.

»Hast du wirklich keine Idee, wie wir hier durchkommen?«, frage ich ihn, immer noch nicht bereit, aufzugeben.

»Vielleicht müssen wir einen Kanal durch den Schlamm graben. In jedem Fall ist es nicht mehr weit bis zur Landestelle.«

»Graben würde helfen?«, fragt Prinz Ilya, der mit uns am Feuer hockt.

»Wäre nicht das erste Mal«, lautet Bogdans Antwort. »Ist aber eine Sauarbeit.«

»Und wenn wir den verdammten Fluss aufstauen?«, fragt Ragnar.

»Wie das denn?«

»Wir fällen flussabwärts Bäume und bauen einen Damm.«

»Auch nicht schlecht«, meint Bogdan.

Als es dunkel wird, kriechen Aila und ich in unser Zelt. »Knüpf schnell die Plane zu«, sagt sie, »bevor die Mücken reinkommen.«

Im Innern ist es stickig, aber zumindest sind wir vor fremden Blicken sicher. Und vor der Mückenplage. Trotz der späten Stunde ist es immer noch so warm, dass wir uns nackt ausziehen. Aila merkt mir meine schlechte Laune an und schmiegt sich an meine Seite.

»Es wird dir schon was einfallen«, murmelt sie.

Sie nimmt meine Hand, legt sie sich auf ihre nackte Brust und küsst mich. Es dauert nicht lange, und sie hat mich so weit, dass ich die Schiffe und den verdammten Fluss vergesse und nichts anderes will, als ihre Haut zu spüren, die Finger in ihre Brüste und weichen Hüften zu graben und mich ihren Liebkosungen hinzugeben.

»Ich liebe dich«, flüstere ich ihr ins Ohr.

Sie hält abrupt inne. »Das hast du noch nie gesagt.«

»Ich sage es jetzt. Ich liebe dich über alles in der Welt.«

»Oh, Harald!«, flüstert sie in der Dunkelheit. Und dann küsst sie mich noch ungestümer, ihre Bewegungen werden wilder, bis sie vor Lust wimmert, um nicht laut aufzuschreien.

Hinterher kichert sie verlegen. »Glaubst du, die haben uns gehört?«

»Klar haben sie.«

»Sei's drum«, murmelt sie und legt den Kopf auf meine Brust. Es dauert nicht lange, und sie ist fest eingeschlafen, während ich mir das Hirn zermartere, wie, zum Teufel, wir die Schiffe freibekommen.

Irgendwann in der Nacht reißt mich ein gewaltiger Donnerschlag aus dem Schlaf. Unmittelbar über uns blitzt und kracht es. Der Wind heult durch die Bäume und rüttelt so heftig am Zelt, dass ich Angst habe, es könnte wegfliegen. Dann prasselt Regen herunter. Nein, was sage ich, kein Regen, sondern eine gewaltige Flut, die da vom Himmel stürzt. Aila fährt erschrocken hoch und klammert sich an mich, als ein naher Blitz die Zeltplane aufflackern lässt und der Donnerschlag, der kurz darauf folgt, einem fast das Trommelfell zerreißt.

Unwillkürlich finden meine Finger Thors Hammer, das Amulett meiner Mutter, das ich um den Hals trage. Wie zur Beschwörung, dass er uns verschonen möge. Denn dass es Thors Werk ist, dass er es ist, der über uns tobt, davon bin ich überzeugt. Oder vielleicht sogar Oðins *Wilde Jagd*. Blitze zucken, der Regen rauscht tosend herunter, es heult der Wind. Im nahen Wald kracht es von brechenden Ästen. Es hört sich an, als stürmten die Furien der Unterwelt über uns hinweg und die heulenden Wölfe in Oðins Gefolge.

Aila zittert vor Angst. »Vielleicht erschlägt uns ein Baum«, wimmert sie.

Ich versuche, sie zu beruhigen. »Nur ein Gewitter, mein Herz. Es hört bestimmt gleich auf.«

Aber es hört nicht auf. Zwar zieht das Donnergetöse langsam weiter, aber der sturzbachähnliche Regen hält unvermindert an. Ich höre Männer fluchen, die plötzlich in Pfützen liegen, deren Zeltplanen unter den Wassermassen zusammengebrochen sind oder vom Sturm davongerissen wurden. Auch in unser Zelt läuft das Wasser. Aila und ich hocken eng beieinander. Ich ziehe mein Bärenfell über uns beide, denn es ist plötzlich kalt geworden. Noch lange trommelt der Regen auf das Lager herab. Zumindest hat der Wind nachgelassen, und wir müssen uns nicht länger vor Blitzen fürchten.

»Harald!«, höre ich jemanden rufen. Es ist Bogdan.

Ich stecke den Kopf aus dem Zelt. »Was ist?«

In der Dunkelheit sehe ich ihn vor mir im Regen stehen. Er ist völlig durchnässt. Seine langen Haare kleben ihm im Gesicht. »Der Fluss ist angestiegen, Harald«, sagt er. »Ich hab nachgeschaut. Wir sollten jetzt die Männer zusammenrufen und es noch einmal versuchen. Bei diesem Wetter kann eh keiner schlafen.«

»Können wir nicht bis zum Morgen warten?«

»Natürlich. Aber wer weiß, ob es dann nicht schon abgeflossen ist. Besser, wir tun es gleich.«

Es dauert eine Weile, bis wir die Männer aufgescheucht und in der Dunkelheit und im strömenden Regen die Seile am Schiff vertäut und alle in Gruppen eingeteilt haben. Der Wasserstand scheint wirklich gestiegen zu sein. Man sieht es am Uferschilf. Auch die Strömung ist stärker geworden und zerrt an unseren Beinen. Ragnar brüllt Befehle, und wir legen uns ins Zeug. An die zweihundert Mann ziehen auf zwei Seiten gleichzeitig an den Tauen, während der Rest sich gegen den Rumpf stemmt. Ich habe meine Zweifel, denn wir müssen jetzt das Schiff auch noch gegen die Strömung ziehen. Aber dann kommt es urplötzlich frei. Und zwar so unerwartet, dass viele ins Wasser taumeln. Ein Jubelschrei bricht aus hundert Kehlen. Langsam ziehen wir die *Bloð-hrafn* in tieferes Wasser und vertäuen sie am Ufer. Ich bin unglaublich erleichtert.

Die beiden anderen Schiffe haben einen geringeren Tiefgang und lassen sich bei diesem Wasserstand ganz leicht über die seichte Stelle ziehen. Auch sie machen wir fest und werfen uns dann erschöpft, aber glücklich ins nasse Ufergras. Erstmal durchschnaufen.

»Siehst du«, frohlockt Aila und schlingt den Arm um mich. Auch sie ist völlig durchnässt. »Wir haben es geschafft. Ich wusste es.«

»Fürs Erste jedenfalls. Noch haben wir nicht den Dnjeper erreicht. Aber es ist schon mal ein Fortschritt.«

Als der Tag graut, regnet es noch immer. Feuermachen ist unmöglich. »Besser, wir rudern gleich weiter, solange der Fluss hoch steht«, rät Bogdan. Und das tun wir.

Es regnet drei Tage lang ohne Unterbrechung. So viel Wasser habe ich noch nie in meinem Leben vom Himmel fallen sehen. Für uns ist es ein Geschenk der Götter, denn wir haben trotz der sonst so flachen Gewässer keine weiteren Schwierigkeiten. Im Gegenteil, überall sind Bäche und Flüsse angeschwollen, weite Uferauen überflutet.

Mühsam wird es erst wieder, als wir den Knüppeldamm erreichen. Die Uferstelle, wo Boote aus dem Fluss gezogen werden, hat einen sanften Anstieg. Flache Bohlen, durch tief in den Boden verankerte Pflöcke und eiserne Klammern zusammengehalten, bilden eine zwölf Fuß breite Straße, die aus dem Fluss aufs Ufer und weiter führt. Dies ist der hölzerne Damm, auf dem die Boote über Land gezogen werden, ein wahres Wunderwerk der Zimmerleute.

Natürlich müssen wir für die Benutzung zahlen. Und ziemlich kräftig sogar. Die Männer aus dem anliegenden Dorf haben allerdings Bedenken, ob die Schiffe nicht zu groß sind. Aber sie sind trotzdem bereit, es zu versuchen. Sie schicken einen Reiter entlang der Strecke, um sicherzustellen, dass uns keine Boote auf dem Damm entgegenkommen.

Mit vereinten Kräften, bringen wir den breiten Schlitten aus mächtigen Bohlen unter dem Kiel des ersten Schiffs an und ziehen es mit Hilfe von zwölf Zugochsen und viel menschlicher Muskelkraft vorsichtig auf den regennassen Damm. Nacheinander gelingt es gleichermaßen, die beiden anderen Schiffe auf den Damm zu ziehen. Einer der Männer hat sich den Daumen so arg zerquetscht, dass es besser ist, ihn abzunehmen. Mit zusammengepressten Zähnen lässt er den Eingriff über sich ergehen.

»Wenigstens nur der linke Daumen«, knurrt er hinterher. »Auf den kann man verzichten.«

Einige, darunter auch ich, haben sich Abschürfungen geholt oder Splitter in die Hände gezogen. Aila hilft, sie zu entfernen, und verbindet Wunden.

Dann geht es weiter. Unter Ragnars lauten Anfeuerungen legen wir uns in die Seile, um die Ochsen zu unterstützen. Tatsächlich bewegen sich die Schiffe vorwärts. Dicke Seitenplanken halten die Schlitten in der Spur. Immer wieder schmieren wir Fett vor die Kufen, damit sie gleiten.

Kauko kann sich nicht einkriegen vor Staunen. Für ihn sind unsere Schiffe sowieso schon ein Wunderwerk menschlicher Fertigkeit. Und dass wir sie jetzt auch noch über Land fahren lassen, scheint fast zu viel für seinen Verstand zu sein. Es ist eine schreckliche Plackerei, aber wir kommen stetig voran, bis wir nach einem Dutzend Meilen den nächsten Fluss erreicht haben. Es ist Abend geworden, und wir schlagen unser Lager auf.

Prinz Ilya schüttelt den Kopf über unseren Erfolg. »Ich hätte es nie für möglich gehalten. Aber der Regen hat natürlich geholfen.«

Die zweite Wasserscheide, noch länger als die erste, überqueren wir ebenso mit viel Mühe, aber ohne größere Schwierigkeiten. Außer dass Sveins Schiff einmal beinahe vom Schlitten gerutscht und einen Mann unter sich zermalmt hätte. Die von den Tauen wundgescheuerten Rücken und abgerissenen Fingernägel will ich dabei gar nicht zählen. Es ist schon eine unglaubliche Sache, drei große Drachenschiffe, noch dazu die kleineren Boote, über sanfte Hügel und durch dichte Wälder zu ziehen. Welch ein Anblick!

Man muss nicht denken, dass alle Händler nur auf diese Weise ihre Waren verfrachten. Viele mieten große, bemannte Einbäume an, mit denen sie die Flüsse befahren, und wenn es nicht mehr weitergeht, laden sie ihre Waren auf Ponys um – neben dem Damm verläuft ein breiter Saumpfad –, um dann auf der anderen Seite erneut ein paar Boote anzumieten. Ein während der eisfreien Zeit einträgliches Einkommen für die slawischen Fährleute. Leider hört man auch Geschichten, dass Kaufleute dabei bestohlen oder gar ermordet werden. Deshalb reisen die meisten Händler nicht ohne den Schutz bewaffneter Krieger.

An einem Ort namens Gnesdowo erreichen wir schließlich den Dnjeper, wo wir drei Tage lagern, um uns von den Strapazen zu erholen. Ich kaufe zwei Ochsen, um den Göttern ein Blutopfer zu bringen. Besonders für Thor, der uns das rettende Gewitter gebracht hat.

Prinz Ilya, der Christ ist, sieht dem Opfer mit missbilligend gerunzelter Stirn zu. »Ihr solltet Christus danken«, sagt er nachher zu mir. »Nicht diesen Heidengöttern. Denn ich war es, der in jener Nacht zu Gott gebetet hat, und er hat mich erhört.«

»Für dich hat uns vielleicht Christus erhört. Aber für uns war es Thor, der das Gewitter geschickt hat. Hast du nicht seinen Hammer in der Nacht gesehen? Der ganze Wald hat davon gekracht und gebebt.«

Er deutet auf das Amulett an meinem Hals. »Mjölnir. Thors Hammer. Du glaubst also immer noch an diese Dinge.«

»Wie die meisten von uns.«

»Aber dein Bruder Olaf war doch Christ.«

»Du hast recht«, erwidere ich, nicht ohne ein Grinsen. »Und das hat alle in der Familie verwundert. Aber wir haben es ihm nicht übelgenommen.«

Er erwidert meine flapsige Antwort mit einem gönnerhaften, herablassenden Lächeln. »Wir Rus haben nichts mehr übrig für euren Aberglauben.«

Ich sollte den Mund halten, denn ob Christus oder Thor, die verdammten Schiffe schwimmen jetzt im Dnjepr. Das ist, was zählt. Aber sein Ton reizt mich, und ich kann mir eine Erwiderung nicht verkneifen. »Dass wir es bis hierher geschafft haben, ist einfach *urðr*, das Schicksal, das die Götter uns bescheren und dem kein Sterblicher entrinnen kann. Mal gut, mal schlecht. Je nach ihrer Laune. Genau wie die Nornen, die unseren Lebensfaden knüpfen. Das müsstest du eigentlich wissen. Oder habt ihr Rus das alles schon vergessen?«

Er zuckt geringschätzig mit den Schultern. »Vergessen nicht. Aber es hat keine Bedeutung mehr. Nicht im Licht des Christ, der für uns alle gestorben ist.«

Wir belassen es dabei. Über das, was Menschen glauben wollen, sollte man besser nicht streiten. Das habe ich in Garðarike gelernt.

Über großen Feuern braten die Kameraden das Fleisch der Opfertiere. Es werden Unmengen an Bier hinuntergespült, das die Dorfbewohner liefern. Schließlich haben wir etwas zu feiern. Thjodolf unterhält das Lager mit seinen Liedern und gibt gleich ein paar lustige Verse zum Besten, in denen er die Fahrt der Schiffe durch Wälder und Auen würdigt. Ich gestehe, auch ich bin irgendwann ziemlich betrunken. Aila muss mir ins Zelt helfen. Ich hätte es allein nicht mehr gefunden.

Leider kommt es in der Nacht zu einem hässlichen Zwischenfall. Nicht im Lager, sondern im Dorf. Einer unserer

Männer, weiß der Teufel, was er dort gesucht hat, bricht im betrunkenen Zustand einen wilden Streit mit einem Rus vom Zaun und erschlägt den Kerl mit der Kriegsaxt. Der Dorfälteste verlangt am nächsten Morgen Wergeld für die Witwe. Ganz zu Recht, schließlich muss sie ihre vier Kinder die nächsten Jahre über den Winter bringen. Aber natürlich besitzt der Schuldige nicht genug Silber, um der Gerechtigkeit Genüge zu tun, so dass ich ihm den Gegenwert von fünf Kühen vorstrecken muss. Ich ermahne ihn streng, dass ich ein solches Benehmen nicht ein zweites Mal dulden werde.

Da die große Handelsroute von Holmgarð nach Kiew und weiter bis Miðgarð durch dieses Gnesdowo führt, hat sich der Ort mit der Zeit zu einem Umschlagplatz für die nähere Umgebung und zu einem Rastplatz für Reisende entwickelt. Viehzüchter und Bauern bringen Gemüse und Schlachttiere auf den Markt. Handwerker haben sich angesiedelt, um reisende Händler mit allem Nötigen zu versorgen. Und von weit her kommen Leute, um Tuche, Waffen oder Werkzeug zu kaufen oder Seife, Hornkämme und auch ein wenig Schmuck für die Weiber. Manche der Händler scheuen den beschwerlichen Weg über die Wasserscheide bis Holmgarð und verkaufen ihre Waren schon hier an andere, die zu diesem Zweck aus dem Norden kommen. Als Zahlungsmittel ist alles Mögliche willkommen – Hacksilber, Bernstein, feine Pelze oder Münzen. Am beliebtesten sind Silbermünzen mit arabischer Prägung oder auch byzantinische Goldmünzen, obwohl die seltener anzutreffen sind.

Gnesdowo hat sogar eine von Graben und Palisade geschützte Burg, in der ein lokaler Bojar, ein adeliger Großgrundbesitzer, mit seiner Familie und seinen *húskarlar* haust. Der verlangt von den Händlern einen bescheidenen Wegzoll. Der gegenwärtige Herr dieser Burg ist ein beleibter Kerl mit einem gewaltigen Bauch. Begleitet von drei Bewaffneten, besucht er unser Lager und bewundert die Schiffe. Er will wissen, wer wir sind. Als er erfährt, dass ich König Olafs Bruder bin und im Auftrag des Großfürsten reise, wird er sehr unterwürfig und verzichtet auf den Wegzoll. Ich hätte ihm ohnehin keinen gezahlt, denn wie gesagt, reisen wir im Auftrag des Großfürsten, und mit seiner wackeligen, kleinen Holzburg hätten wir überhaupt keine Schwierigkeiten.

Am dritten Tag in Gnesdowo kommt Bogdan allerdings mit schlechten Nachrichten zu mir. Er habe sich mit einem Händler aus Kiew unterhalten, der behauptet, die Petschenegen wären nach Jahren wieder aufgetaucht. Sie hätten ein paar Dörfer überfallen und nichts als Leichen und Verwüstungen hinterlassen.

»Bring mir den Kerl. Ich will selbst mit ihm reden.«

Der Mann ist ein älterer Slawe, beherrscht aber die Sprache der Rus. Er hat ein sonnengebräuntes, offenes Gesicht mit Krähenfüßen an den Augen. Er scheint wohlhabend genug zu sein, denn er ist gut gekleidet. Auch die Waffen, die er am Gürtel trägt, sind von guter Schmiedekunst, soweit ich das beurteilen kann. Neben seinem halbwüchsigen Sohn begleiten ihn noch zwei andere Kaufleute.

»Es ist wahr, Herr«, sagt er. »Die verdammten Nomaden sind wieder da. Sie bedrohen die ganze Gegend, schlagen mal hier zu, mal da. Es ist gut, dass der Großfürst euch schickt, denn selbst Kiew könnte bedroht sein.«

Zu Prinz Ilya, der zugehört hat, sage ich: »Es ist im Süden also nicht so ruhig, wie dein Vater behauptet hat.«

»Es war ruhig, Herr«, mischt sich einer der Kaufleute ein. »Fünf Jahre lang haben wir nichts von ihnen gehört oder gesehen. Erst jetzt im Frühjahr sind sie wieder aufgetaucht.«

»Wie viele sind es?«, fragt Ilya.

»Schwer zu sagen. Bis jetzt sind es nur kleinere Gruppen von berittenen Kriegern auf Beutezug. Aber es sind schon einige

Flüchtlinge in die Stadt gekommen. Und die berichten von mehreren großen Lagern draußen in der Steppe, östlich des Dnjepers. Vielleicht sind sie auf dem Weg nach Westen, zu den Ungarn, wo es saftige Wiesen für ihre Pferde geben soll. Vielleicht haben sie es aber auch auf Kiew abgesehen.«

»Die Petschenegen sind Steppenkrieger, Herr«, ergreift der Slawe wieder das Wort. »Sie sind den ganzen Tag im Sattel, auf kleinen, zähen Pferden. Und sie zählen Tausende. Sogar die Weiber reiten und kämpfen. Sie sind wahre Teufel. Wenn sie ihre Bögen abschießen, verdunkelt sich der Himmel. Niemand kann diesen Reitern widerstehen.«

»Aber Kiew ist doch befestigt«, sage ich. »Oder haben sie Belagerungsmaschinen?«

»Das nicht, aber es scheint in der Stadt an genügend Söldnern zu fehlen. Der Befehlshaber ist verstorben. Und seitdem haben sie Streit untereinander.«

»Streit?«, fragt Ilya. »Was fürn Streit?«

»Ich weiß nicht, um was es ging, Herr. Aber es hat Straßenkämpfe gegeben.«

Ilya und ich wechseln einen besorgten Blick.

»Mir ist Kiew zu unsicher geworden«, sagt der Rus. »Ich habe alle meine Waren auf ein großes Boot gepackt, Frau und Kind und meine zwei Bewaffneten dazu. Ich denke, in Holmgarð lässt sich genauso gut Handel treiben.«

Als ich sie nach den Petschenegen ausfrage, bekomme ich fürchterliche Geschichten zu hören, von ihrer Grausamkeit und Wildheit, von Schändungen, abgehackten Gliedern, von Menschen, die sie angeblich lebend auf zugespitzte Pfähle stecken, von Häutungen und Entleibungen. Alles, um an das bisschen ersparte Silber zu kommen, das die Leute in den Dörfern zur Sicherheit vergraben haben. Wahrscheinlich ist das maßlos übertrieben, aber Prinz Ilya scheint nicht besonders überrascht.

»Ein grausames Volk«, sagt er. »Sie kommen, wenn man sie am wenigsten erwartet. Wie eine Heuschreckenplage.«

»Heuschreckenplage?«, fragte ich.

»Wie in der Bibel. Millionen von ihnen, die alles kahlfressen.«

»Ich glaube dir«, erwidere ich, obwohl ich von einer solchen Plage noch nie gehört habe. Ist wohl eine Christensage und bestimmt übertrieben wie die meisten ihrer Erzählungen von Wundern und Auferstehungen. Ilya hat sich über meinen Aberglauben lustig gemacht. Sein Glaube aber erscheint mir noch viel haarsträubender. Ein Mann, der gekreuzigt wird und sich dann aus seinem Grab erhebt und zum Gott wird. Und der auch noch über Wasser gehen kann, Tausende mit einem einzigen Brot füttert und Wasser in Wein verwandeln kann. Entweder ist das blanker Unsinn, oder der Kerl war ein Magier, wie ihn die Welt noch nie gesehen hat.

»Am meisten beunruhigen mich die Straßenkämpfe«, sagt Ilya. »Ich frage mich, was da los ist.«

Nun meldet sich der dritte der Kaufleute zu Wort. »Es sollen auch *væringjar* unter den Petschenegen sein.«

»Was sagst du da?«, rufe ich. »Nordleute bei den Nomaden? Wohl kaum möglich.«

»Doch, Herr. Abtrünnige, Gesetzlose. Ich weiß nicht, ob es stimmt, aber ich habe es sagen hören.«

Ich werfe Ilya einen Blick zu. »Kann das sein?«

Er zuckt mit den Schultern. »Wäre nicht das erste Mal. Du selbst hast doch Erfahrung damit gemacht. Im Norden bei den Tschuden.«

»Meinst du Jarl Eilif und Sigurd Erlingsson?«

Er nickt. »Dort haben sie Pelze gestohlen. Wer sagt, dass es nicht noch andere gibt, die im Süden ihr Unwesen treiben und sich vielleicht sogar den Nomaden anschließen, um mit ihrer Hilfe plündern zu können?«

121

Von Sigurd Erlingsson habe ich lange Zeit nichts gehört. Eine Bande Halsabschneider soll er um sich versammelt haben. Solche Gerüchte erzählen sich die Leute. Aber nichts Bestimmtes. Vielleicht ist auch gar nichts dran, und Sigurd befindet sich längst wieder bei seiner Familie in Norðvegr. Ich danke den Kaufleuten für ihre Berichte.

»Es ist keine Zeit zu verlieren«, sagt Ilya. Die schlechten Nachrichten beunruhigen ihn sichtlich. »Wir müssen uns gleich auf den Weg machen. Und du solltest diesen Kaufleuten einen deiner Männer mitgeben. Damit sie meinem Vater berichten. Er muss wissen, was sich da im Süden zusammenbraut.«

»Einverstanden.« Ich wende mich wieder an die Kaufleute. »Ich werde euch einen Mann schicken, damit er mit euch reist, wenn's recht ist.«

Sie haben nichts dagegen. Ich wünsche ihnen eine sichere Weiterreise und lasse dann Thorkel, Halldor und Svein zu mir rufen. »Keine guten Nachrichten aus Kiew. Im Morgengrauen brechen wir auf.«

✻　✻　✻

Der Dnjeper ist ein mächtiger Strom. Bei Gnesdowo nimmt er sich noch bescheiden aus, misst vielleicht sechzig Schritt von einem Ufer zum anderen. Aber er hat viele Zuflüsse, und je weiter wir flussabwärts gelangen, umso breiter wird er. Am Ende, in der Nähe von Kiew, ist er seine dreihundert bis vierhundert Schritt breit. Da das Land sehr flach ist, windet er sich an vielen Stellen wie eine Schlange in immer neuen Biegungen, die die Gesamtstrecke gewiss mehr als verdoppeln. Es gibt natürlich auch Saumpfade, die einen etwas geraderen Verlauf nehmen. Aber wenn es regnet, verwandeln die sich schnell in Schlammpfuhle. Außerdem sind sie unsicher. Wegelagerer bedrohen den

Wanderer. Der Fluss ist deshalb immer noch der sicherste und schnellste Weg, durch dieses riesige Land zu reisen.

Bogdan steht meist am Bug und hält Ausschau nach Untiefen, während Ragnar steuert. Dichtauf folgen die beiden anderen Schiffe mit jeweils Ivar und Gunnar am Steuerruder. Die Boote benötigen wir nicht mehr und haben sie verkauft.

Von Gnesdowo, wo wir den weiteren Teil unserer Reise in Angriff nehmen, fließt der Dnjeper zunächst nach Westen und Südwesten, dann nach Süden. Die vielen Biegungen, die er schlägt, sind oft so vollständig, dass er wieder auf sich selbst trifft, so dass tote Schlaufen entstehen, in denen Tausende von Wasservögeln brüten. An manchen Orten verzweigt er sich in mehrere Nebenläufe, bildet Inseln oder bewässert weitläufige Auen, lässt ganze Sumpflandschaften entstehen, in denen Sumpfgras und Schilf gedeihen. Die Fahrt ist ziemlich eintönig, denn außer flacher Landschaft, Wald und Schilf bekommt man wenig zu sehen. Gelegentlich Weiden, ein paar Äcker und ein Dorf. Vor allem aber endloser Wald.

Die meiste Zeit ernähren wir uns von Fisch, der leicht zu fangen ist, denn der Fluss ist reich an allerlei Kreaturen. Snorri erlegt zur Abwechslung auch Enten und andere Wasserhühner oder in der Morgendämmerung ein Reh, das sich aus dem Wald getraut hat. Abends vertäuen wir die Schiffe an einer offenen Uferstelle, groß genug für einen Lagerplatz, errichten unsere Zelte und machen Feuer.

An einem dieser Abende sitzen Thorkel und ich etwas abseits vom Lager und halten Angelhaken ins Wasser. Am gegenüberliegenden Ufer steht die Sonne schon tief über dem Wald. Ihre Strahlen blenden uns ein wenig. Längere Zeit haben wir kein Wort gewechselt, nur die Angeln im Auge behalten. Es ist wie in alten Zeiten, als wir noch Jungen waren und im Fluss gefischt haben.

»Ich frage mich, wie es Sigríð geht«, sagt er auf einmal. Ich bin überrascht. Er hat sie seit langem nicht mehr erwähnt. »Ich wette, sie ist verheiratet und hat Kinder. Was denkst du?«

»Die gute Sigríð. Wenn du nicht gewesen wärst, hätte ich sie wahrscheinlich selbst geheiratet«, sage ich halb im Scherz.

Er seufzt und starrt eine Weile schweigend auf die Angel. »Vielleicht hätte ich sie mitnehmen sollen«, sagt er dann. »Snorri ist ja auch mit uns gekommen.«

»Sie hätte ihren Vater niemals allein gelassen.«

»Ja. Das sage ich mir auch. Erinnerst du dich, als wir von Sithun gesegelt sind? Da hast du gesagt, wir kämen bald zurück. Aber nun sind es schon fünf Jahre. Und es sieht nicht so aus, als ob wir so bald zurückkehren würden. Im Gegenteil. Wir entfernen uns noch mehr.«

»Bereust du, dass du mir gefolgt bist?«

»Nein. Ich bereue es nicht. Ich bereue nur, dass ich sie nicht mitgenommen habe. So wie du deine Aila. Ich hätte sie überreden sollen.«

So wie Thorkel geht es vielen. Das ist das Los des Kriegers. Einerseits frei und unbeschwert, nur den Kameraden verpflichtet und auf der Suche nach Abenteuer, Ruhm und Reichtum. Andererseits fern von der Heimat, fern von denen, die man liebt und die man, wenn die Götter es so fügen, niemals wiedersehen wird, weil der frühe Tod einen holt. Mit Glück sind es die *valkyrjar*, Oðins Schlachtjungfern, die alle Tapferen in die ewigen Hallen tragen. Aber selbst wenn man dem Tod entgeht und, mit Ehren und Silber bedeckt, heimkehrt, hat die Jugendliebe längst einen anderen, ist gestorben oder alt und fett geworden.

Ich sage: »Vielleicht wartet sie auf dich.«

Er schüttelt den Kopf. »Dann wäre sie dumm. Und Sigríð ist alles andere als dumm. Nein, das glaube ich nicht.«

Als wir mit unserem Fang ins Lager zurückkehren, ist Kauko verschwunden. Später, als es dunkel ist, lässt sich tief im Wald der Schein eines Feuers erkennen. Der Abendwind trägt von weitem seine Stimme zu uns herüber. Er scheint zu singen und um die Flammen zu tanzen. Manchmal stößt er wilde Schreie aus. Urschreie. Wolfsgeheul.

»Was tut er da?«, frage ich Aila, die aus demselben Dorf wie Kauko stammt.

»Er ruft die Geister des Waldes und der Tiere. Vielleicht spricht er auch mit seinen Vorfahren.«

»Mit seinen Vorfahren?«

Der Gedanke jagt mir einen Schauer über den Rücken, denn wir Nordleute fürchten uns weniger vor den Lebenden als vor den Verstorbenen. Ich muss an die *haugbúi* denken, Tote, die nicht zur Ruhe kommen und sich in ihren Gräbern wälzen. Oder gar Untote, die wir *draugr* nennen, die des nachts aus der Erde steigen, um Unruhe zu stiften oder sich an den Lebenden für erlittenes Leid zu rächen, oft gewaltige Kreaturen, mit halbverfaulter Haut und schwarzen Höhlen statt Augen.

»Wozu, um alles in der Welt, will er denn Tote wecken?«, frage ich. »Die lässt man besser ruhen.«

Aila lächelt über die Besorgnis in meiner Stimme. »Wahrscheinlich will er sie befragen, was uns in Kiew erwartet. Bei uns Tschuden sind die Vorfahren unsere Freunde und Beschützer. Wir können mit ihnen reden. Sie warnen uns vor Gefahren.«

»Ihr redet mit ihnen? Und wie?«

»So wie Kauko es tut. Mit Tanz und Gesang. Wahrscheinlich nimmt er auch etwas zu sich, das ihn dem Schattenreich näher bringt. Hast du nicht gesehen, dass er einen kleinen Lederbeutel um den Hals trägt?«

»Und was soll da drin sein?«

»Getrocknete Pilze. Von einer besonderen Art. Schon ein wenig davon genügt, und man fällt in einen Traum und nähert sich einem Ort zwischen den Welten. Mit Glück antworten die Vorfahren, und man sieht Dinge, die einem sonst verborgen bleiben.«

»Hast du es selbst probiert?«

Sie schüttelt den Kopf. »Nein. Es ist nicht ungefährlich.«

Pilze. Ja, das ist mir nicht ganz unbekannt. Auch unser *goði* daheim kann Magie mit Pilzen wirken. Und mit den Göttern reden. Aber das ist nur dem *goði* erlaubt.

Am Morgen, als wir das Lager abbrechen, ist Kauko wieder da. Ich beobachte ihn misstrauisch. Er kommt mir ernst und in sich gekehrt vor, macht ansonsten aber einen ganz normalen Eindruck. Ich bitte Aila, mit ihm zu reden. Vielleicht hat er ja etwas erfahren, das uns alle angeht. Besonders jetzt, da wir an einen uns fremden Ort reisen, wo vielleicht die Petschenegen ihr Unwesen treiben.

Sie kommt bleich und verstört zurück. »Was ist?«, frage ich besorgt. »Was hat er gesehen?«

Einen Augenblick lang scheint es ihr schwerzufallen, darüber zu reden. Aber dann gibt sie sich einen Ruck. »Blut«, flüstert sie. Ihre Augen sind weit aufgerissen und voller Furcht. »Er sagt, er hat Unmengen von Blut gesehen. Es rann von den Bäumen herab, tropfte von Dächern, sammelte sich in Pfützen. Und überall dieser Gestank. Von Blut und Gedärmen.« Ein Schauer lässt sie erbeben. Sie klammert sich an mich.

Auch ich bin erschrocken. »Blut? Aber wessen Blut?« Ich packe sie rauh am Arm. »Wessen Blut soll es denn gewesen sein?«

»Er weiß es nicht«, haucht sie. »Er kann es nicht sagen. Aber es hat ihn sehr erschreckt. Als würde ein Unglück über uns kommen.«

Wir stehen eine Weile eng umschlungen am Flussufer. Träge fließt der Strom gen Süden, dorthin, wo das Schicksal auf uns wartet, was immer es uns bringen mag, was immer Kauko gesehen hat. Die alte Hexe vom See fällt mir ein, der ich als Junge begegnet war. Fast hatte ich ihren Spruch vergessen, aber auf einmal erinnere ich mich wieder: *Einer von ihnen wird der Sonne Verderber sein. Er labt sich an den Leibern todgeweihter Männer, färbt der Götter Sitz mit rotem Blut.*

Wessen Blut? Und wer ist der Sonne Verderber? Ich schüttele den Kopf, um die Erinnerung zu vertreiben. Es ist doch nur ein blödsinniger Spruch. Ich weiß nicht, ob er mit irgendeiner Magie in Verbindung steht, aber wenn, dann hat sie mir noch nie geschadet. Und mit Kaukos Traum hat das überhaupt nichts zu tun. Oder doch?

Gegen *urðr* kann man nichts machen, denke ich. Gegen sein Schicksal ist der Mensch machtlos. Besser, sich nicht erschrecken zu lassen, sondern allem Ungemach mit breiter Brust entgegentreten. Das ist die Weise des Kriegers. Ich atme tief durch und drücke Aila beruhigend an mich, versuche, ein unbekümmertes Grinsen aufzusetzen.

»Ich wette, es ist das Blut der Petschenegen. Ja, das wird es sein. Wir werden sie besiegen und vertreiben. Du wirst sehen.« Sie nickt, als ob sie mir glaubt. Doch ihre bekümmerte Miene sagt etwas anderes.

Wir brechen das Lager ab und setzen die Reise fort. Obwohl wir es eilig haben, lohnt es sich bei den vielen Windungen des Flusses nicht, Segel zu setzen, denn kaum zieht es, muss man es schon wieder wegnehmen. Also wird von früh bis spät gerudert, bis die Muskeln an Schultern und Rücken qualvoll schmerzen und man abends kaum noch die Finger auseinanderbekommt. Ragnar, der weiß, dass wir es eilig haben, lässt es jeden spüren, der es sich zu leicht macht oder den Gleichtakt der Ruderblätter stört.

»Was tut der Nordmann am liebsten?«, brüllt er übers Deck.

»Rudern!«, hallt es zurück.

»Wie war das? Ich kann euch, verdammt nochmal, kaum hören, Mädels!«

»Rudern!« Diesmal deutlich lauter.

»Seid ihr schwach auf der Brust? Ich höre immer noch nichts!«

»Rudern!«, donnert es ihm entgegen.

»Dann rudert, ihr faulen Säcke, ihr Weicheier und Faulenzer. Das heißt, wenn ihr dieses Jahr überhaupt noch ankommen wollt. Hört auf, das Wasser so sanft zu streicheln! Zieht durch, ihr Schlappschwänze! Zeigt mir endlich, was rudern heißt.«

»Rudern!«, brüllen sie im Rhythmus der schwingenden Riemen, die weit ausholen, sauber eintauchen und dann kräftig durchgezogen werden und den Schiffsrumpf vorwärtstreiben.

»Ganz recht. Rudert, bis euch das Fleisch von den Schultern fällt, bis euch die Hände abfallen und das Kreuz bricht. Wer nicht mithält, bekommt von mir die Peitsche zu spüren. Und zu fressen kriegt er heute auch nichts mehr, das schwöre ich bei Loki und bei allen Teufeln aus *Hel*. Also nochmal: Was tut der Nordmann am liebsten?«

»Rudern!«

»Sag ich doch! Dann zeigt mir endlich, dass ihr's draufhabt!«

So geht es den ganzen Tag. Und die Schiffe schießen förmlich durchs Wasser und an den schilfbewachsenen Uferbänken vorbei. Vierzig Mann, zwanzig auf jeder Seite, können ein schlankes Drachenschiff richtig in Fahrt bringen. Und die Strömung hilft natürlich. Ragnar muss aufpassen, dass er kein entgegenkommendes Boot rammt. Zum Glück ist der Fluss breit. Alle zwei Stunden wechseln wir uns ab. So kommen wir gut voran, auch wenn es elende Knochenschinderei ist. Ich selbst tue ebenfalls Dienst an den Riemen. Es ist eine gute Übung.

Sogar Prinz Ilya versucht sich einmal auf der Ruderbank. Vielleicht will er sich bei den Männern beliebt machen. Es gelingt ihm recht gut, im Takt zu bleiben. Aber es dauert nicht lange, und er hat Blasen an den Händen. Trotzdem will er nicht aufgeben. Erst als seine Handflächen zu bluten beginnen, lässt er es gut sein. Ich reiße eine seiner Hände in die Höhe, um sie den Kameraden zu zeigen.

»Blut, Männer«, rufe ich. »Jetzt ist der Prinz einer von uns. Wenn er rudern kann, ist er ein *væringi*. Zollt ihm Respekt!«

Die Männer jubeln ihm zu. Und Ilya grinst übers ganze Gesicht. Aila wäscht seine Wunden aus, schmiert Gänsefett darauf und verbindet ihm die Hände. Ich bin froh, dass sich unsere Beziehung wieder gebessert hat. Der Rüffel, den er wegen mir von seinem Vater erhalten hat, scheint vergessen zu sein.

Auf einem Schiff gibt es keine Geheimnisse. Wir sind über achtzig Mann an Bord. Und doch kennt jeder jeden, weiß, was er von jedem Einzelnen zu halten hat. Im Dunkeln würden wir einander schon am Schweißgeruch erkennen. Wer Blähungen hat, wird zum Gespött der anderen. Zur Notdurft pinkelt man über die Seite oder hängt den Hintern über die Bordwand. Nur Aila darf sich auf dem Achterdeck eines Eimers bedienen. Diese ständige Nähe, wie auch das Zusammenstehen im Kampf, das Vertrauen, sich unbesehen auf die anderen verlassen zu können, das schweißt eine *hirð* oft enger zusammen als Familienbande. Zumindest auf Zeit.

Ailas Fröhlichkeit der ersten Tage ist seit Kaukos seltsamem Traum verflogen. Sie spricht nicht darüber, aber ich spüre, dass die Sache sie noch immer verfolgt. Sie ist einsilbig geworden, als läge eine Last auf ihrer Seele. Ich kann es ihr allerdings nachfühlen. Sie hat die Greuel einer Schlacht aus nächster Nähe miterlebt. Ihre Schwester wurde im Durcheinander der Niederlage im Trøndelag geschändet und erschlagen, ohne dass sie ihr hat helfen können. Danach ist sie allein durch die Wildnis geflohen, hat Angst vor jedem Schatten gehabt. Über Kaukos Traum will sie nicht reden. Als ich selbst den Tschuden auf die Bedeutung seiner Erscheinung anspreche, zuckt der nur mit den Schultern und schweigt beharrlich. Vielleicht weiß er es nicht, oder er will nichts sagen. Seltsam.

Es ist Frühsommer, als wir uns endlich Kiew nähern. Oder Kiänugarð, wie die Stadt in der nordischen Sprache heißt. Aber alle Welt nennt sie jetzt bei ihrem slawischen Namen. Die Dinge ändern sich, besonders, was Sprachen angeht. Die Rus redeten früher gutes Nordisch, ganz ähnlich wie die Leute in Svearíke und Gothland. Aber inzwischen hat sich so viel Slawisch, Finnisch, Tschudisch, Polnisch und Griechisch eingemischt, dass man seine liebe Mühe hat, sie noch zu verstehen. Vermutlich wird bald auch niemand mehr Holmgarð sagen, sondern nur noch von Nowgorod sprechen.

Was das Griechische betrifft, so handelt es ich dabei um eine Sprache, die nichts mit der unseren gemein hat. Sehr wohlklingend allerdings. Ich habe mich sogar schon des Öfteren in eine ihrer christlichen Kirchen gesetzt, um der Messe auf Griechisch zu lauschen. Natürlich verstand ich anfänglich kein Wort, aber es hörte sich gut an. Die Mönche beeindrucken mich vor allem mit ihrer Fähigkeit, Bücher zu lesen und Texte zu schreiben. Wir haben natürlich unsere Runen, aber damit verfasst man keine Bücher. Die Mönche aber füllen ganze Folianten.

Ich bin schon seit einiger Zeit neugierig auf die Magie der Buchstaben. Schreiben ist sehr praktisch, wenn man es recht betrachtet. Man kann genaue Botschaften verschicken, die jeden Irrtum ausschließen. Oder seine Geschichte für die Nachwelt aufschreiben lassen. So wie die Christen in ihren Büchern über die Leiden ihrer Märtyrer berichten oder die Taten ihrer Könige in Chroniken niederschreiben.

Einer der Priester hatte irgendwann meine Neugierde bemerkt und vorgeschlagen, mir die griechische Sprache beizubringen und sogar das Geheimnis der Buchstaben. Nun, besonders weit habe ich es noch nicht damit gebracht. Aber ein wenig kann ich mich schon verständlich machen. Nur mit dem Schreiben hapert es noch. In Kiew wird es sicher Gelegenheit geben, meine Bemühungen zu vertiefen.

Auf der letzten Strecke, bevor man Kiew erreicht, dehnt sich der Dnjeper zu gewaltiger Breite aus. Hier gleicht er eher einem langgezogenen See als einem Fluss. Wir nutzen einen steten Westwind, um die Segel zu setzen und uns eine wohlverdiente Unterbrechung vom Rudern zu gönnen. Die Landschaft beginnt sich von hier an unmerklich zu verändern. Dichter Wald wird immer öfter von größeren Grasflächen unterbrochen, die als Viehweide, aber auch als Ackerland genutzt werden. Wir können einzelne Bauernhöfe ausmachen, aber auch ganze Dörfer. Jedenfalls weitaus zahlreicher als bisher auf unserer Reise.

Am Ende verengt sich der Dnjeper wieder zu normaler Breite, teilt sich jedoch in mehrere Ströme. Wir nehmen den westlichen Flussarm. Er ist für alle, die von Norden kommen, am besten geeignet, um die Stadt zu erreichen. Wir holen das Segel ein und greifen erneut zu den Riemen. Um den Verantwortlichen der Stadt Gelegenheit zu geben, den Prinzen gebührend zu empfangen, lasse ich das Banner des Großfürsten hissen. Es stellt einen Wolf auf rotem Grund dar, der eine Schlange an der Gurgel hat, die sich ihm um den Leib windet. Darunter mein eigenes, dem Allvater Oðin geweihtes Rabenbanner.

Es ist früher Nachmittag. Das Wetter der letzten Tage ist trocken und sonnig gewesen. Auch an diesem Tag scheint die Sonne von einem tiefblauen Himmel herab, an dem weiße Wolken dahinsegeln. Die Schiffe gleiten an sattgrünen Auen vorbei.

Manche stehen unter Wasser oder gehen in Sumpfland über. Und schließlich, als eine Lücke zwischen vereinzelten Waldstücken es erlaubt, kommen – ganz in der Ferne und erst noch winzig – die Türme und Befestigungen der großen Stadt in Sicht. Kiew liegt auf einer leichten Erhebung am Westufer des Dnjeper, auf deren höchster Stelle ein Kirchturm zu erkennen ist. Die Kirche der heiligen Sophia, laut Prinz Ilya.

Endlich sind wir also angekommen. Ich verspüre ein gewisses Flattern in der Magengegend. Nur natürlich, dass man beim Erreichen eines Ortes, der einem noch fremd ist, aber bedeutsam zu werden verspricht, ein wenig aufgeregt ist. Oder ist es doch Kaukos Omen, das mich immer noch bedrückt? Aila steht neben mir auf den Deckplanken und hält meine Hand. Auch sie blickt schweigend zur fernen Stadt hinüber, die sich langsam, aber stetig mit jedem Ruderschlag nähert. Was erwartet uns in Kiew? Glück, Reichtum, Gefahr? Das Blut, das Kauko gesehen hat? Wir wissen es nicht. Und das ist vielleicht auch besser so.

»Da sind Reiter am Ufer!«, höre ich plötzlich Snorri rufen.

Er deutet steuerbord voraus, aber landeinwärts, auf eine Stelle am Westufer. Jetzt sehe ich sie auch. Dunkle Punkte auf dem Grün einer weitläufigen Grasfläche, ganz in der Nähe eines Waldes. Allmählich können wir die Reiter deutlicher ausmachen. Sie stehen in Gruppen zusammen, weshalb sie nicht leicht zu zählen sind. Vielleicht zwanzig oder dreißig. Sie scheinen uns gesehen zu haben, denn sie setzen sich in Bewegung, um zum Ufer aufzuschließen. Bald sind sie weniger als eine halbe Meile entfernt.

»Die wollen was von uns«, meint Thorkel.

»Vielleicht ein herzlicher Empfang der Stadtwache«, scherzt Thjodolf.

»Wohl kaum.« Bogdan schüttelt den Kopf. »Seht ihr die kleinen, runden Schilde? Und die dunklen Gesichter? Ich wette, das sind Petschenegen.«

Ilya macht große Augen. »Bist du sicher, Mann?«

»Hört auf zu rudern!«, rufe ich den Männern zu. »Und haltet eure Schilde bereit. Könnte sein, dass sie auf uns schießen.«

Aber es sieht nicht so aus. Unsere Fahrt verlangsamt sich. Trotzdem trägt uns die gemächliche Strömung weiter. Soweit ich es erkennen kann, hält keiner der Reiter einen Bogen in der Hand. Nur die Spitzen ihrer leichten Reiterspeere glänzen in der Sonne. Und der Stahl ihrer Helme. Trotzdem nehme auch ich meinen Schild zur Hand und rate Aila, sich hinter die Bordwand zu ducken. Die beiden anderen Schiffe folgen der *Bloð-hrafn* in einigem Abstand. Thorkel ruft ihnen eine Warnung zu.

Ich bin neugierig geworden und will mir diese Krieger von nahem ansehen. »Näher ans Ufer, Ragnar!«

Auf seinen Befehl hin tauchen die Ruderer sachte die Riemen ins Wasser, um ein wenig Fahrt zum Steuern aufzunehmen, und das Schiff treibt näher ans Ufer heran. Als wir genauere Einzelheiten ausmachen können, fällt mir in vorderster Reihe eine Handvoll Krieger auf, die sich stark von den Nomaden unterscheiden. Sie tragen Lederpanzer und Helme wie die unseren, darunter von der Sonne verbrannte, rote Gesichter und blonde Bärte.

»Sollen mich doch *Hels* Hunde holen!«, knurrt Ragnar, dem dies ebenfalls nicht entgangen ist. »Aber das sind ja *væringjar*. Was haben denn die bei den Petschenegen zu suchen?«

Einer dieser *væringjar* lenkt sein Pferd die Uferböschung hinunter bis dicht ans Wasser. Er lässt seinen Gaul saufen, winkt dabei aber mit beiden Armen herüber zum Zeichen, dass er reden will.

»Harald Sigurdsson!«, tönt es schon von weitem übers Wasser. »Ich nehme an, du bist es, Harald. Kenne nur einen, der ein Rabenbanner führt.«

Der Reiter hat eine mächtige Stimme. Aber wieso kennt er mich? Dann dämmert es mir. Ist es denn möglich? Trügen mich meine Augen? Aber die stämmige Gestalt, die Haltung, mit der dieser Mann im Sattel sitzt, und vor allem der unverkennbare feuerrote Bart. Der kann, verdammt nochmal, nur einem gehören: meinem verschollenen, langjährigen Erzfeind, Grünauge Sigurd Erlingsson.

»Bei Freyas goldener Möse!«, stößt Ragnar hervor. »Täusche ich mich, oder seht ihr auch, was meine triefenden Augen sehen?«

»Das ist doch Erlingsson, der verdammte Bastard«, murmelt Thorkel.

»Der Mann, der uns im Norden bestohlen hat?«, fragt Ilya.

»Kein anderer«, erwidere ich. Und zu Ragnar: »Halte das Schiff auf gleicher Höhe mit dem Kerl.«

Ragnar gibt den Befehl an die Ruderer weiter. Wir treiben näher heran. Die Riemen senken sich ins Wasser, um langsam gegen den Strom zu rudern, genug, um die *Bloð-hrafn* auf der Stelle zu halten. Sigurds Helm und die stählernen Ringe seiner *brynja* glänzen in der Sonne, der runde Schild hängt friedlich vom Sattel herab. Er sieht immer noch so aus, wie ich ihn in Erinnerung habe – ein kräftiger Kerl mit breitem Kreuz, hohen Wangenknochen und dazu dieser feuerrote Bart. Sogar die Brauen sind von gleicher Farbe. Den roten Teufel haben die Tschuden ihn im Norden genannt.

»Grünauge Erlingsson!«, rufe ich zu ihm hinüber. »Mich trifft der Schlag! Ausgerechnet hier. Ich gebe zu, das kommt unerwartet.«

»Grünauge nennst du mich?« Er lacht grimmig. »Nicht schlecht. Ich bin aber eher unter anderen Beinamen bekannt.«

»Wie wär's mit: Dieb, Schlächter oder Frauenschänder?«

Er runzelt ärgerlich die Stirn. »Die ersten beiden will ich gelten lassen. Aber eine Frau hab ich noch nie geschändet.«

»Da hab ich anderes gehört. Aber das kann ja noch werden. Was, zum Teufel, hast du hier zu suchen?«

»Das Gleiche könnte ich dich fragen.«

Seine grünen Augen mustern mich, eher abschätzend als feindselig. Das letzte Mal standen wir uns im Kampf gegenüber. Und das Mal davor hat er vor Wut geschäumt und gedroht, mich auf der Stelle zu erschlagen. Noch weiter davor, in der Schlacht bei Stikla Stad, wäre es ihm beinahe gelungen. Auch meine Brüder hat er gedroht umzubringen, meine Schwester in die Sklaverei zu verkaufen und meine Mutter von seinen Männern schänden zu lassen. Dieser Kerl hasst mich, seit ich ihm als Dreizehnjähriger zum ersten Mal die Stirn geboten habe. Und ganz gewiss noch mehr, seit ich der Grund bin, dass er sich als Gesetzloser durchschlagen muss und sogar von seiner Familie verstoßen wurde.

Auch ich hasse den Bastard, wünsche ihm die Pest an den Hals. Freunde sind wir wahrlich nicht und werden es auch nie werden. Überraschenderweise geifert er nicht vor Wut bei meinem Anblick, so wie ich ihn eigentlich kenne. Und er hätte ja auch allen Grund dazu nach unserer letzten Begegnung. Nein, er betrachtet mich vielmehr mit spöttischer Neugierde. Dann beschattet er die Augen mit der Hand und blickt zur *Fálki* hinüber, die fünfzig Schritt weiter flussaufwärts ihre Stellung gegen die Strömung hält.

»Ich sehe, du hast immer noch mein schönes Schiff. Ich hoffe, es hat dir gute Dienste geleistet. Ist Ivar noch Steuermann?«

»Das ist er.«

Er nickt. »Ivar ist ein guter Mann.« Er blickt wieder zu mir herüber und entdeckt dabei Aila, die hinter den Schilden an der Bordwand kauert. »Sieh da!«, ruft er grinsend. »Dein goldenes Mädchen ist auch noch bei dir. Die hübsche Tschudin. Du bist ein glücklicher Mann, Harald Sigurdsson.« Er lacht, dass seine Zähne in der Sonne blitzen.

»Wie kommt es, dass wir uns so ruhig unterhalten? Das letzte Mal hast du geschäumt und wolltest mich umbringen.«

»Nein, du warst es, der mich beim letzten Mal umbringen wollte. Aber es stimmt, ich war leicht reizbar. Bin es manchmal immer noch. Aber mit den Jahren wird man doch etwas ruhiger.«

Ich ziehe spöttisch die Mundwinkel herunter. »Hat die Härte des Lebens dich etwa Demut gelehrt?«

»Demut?« Er lacht kurz auf. »Das wohl kaum. Aber man muss das Schicksal nehmen, wie es kommt, hab ich nicht recht? Doch du hast meine Frage nicht beantwortet. Was, bei *Hels* Kriegern, bringt dich nach Kiew?«

»Sag mir lieber, was du mit diesen Wilden zu tun hast.«

»Vorsicht, Harald, beleidige nicht meine Freunde. Das sind nette Kerle.« Er deutet auf einen der Männer hinter ihm, der in stolzer Haltung auf seinem kleinen, aber muskulösen Pferd sitzt. »Das hier ist der große Khan Badur, ein gewaltiger Krieger und Anführer des größten Stammes der Steppenreiter.«

Ich sehe mir den Mann genauer an. Er ist mittelgroß, breit in den Schultern und kräftig gebaut und ganz in dunkles Leder gekleidet, mit weiten Hosen und hohen Reitstiefeln. In der Faust hält er einen Speer, an der Seite hängt ein langes, leicht gekrümmtes Schwert, und aus einer Art Ledertasche am Sattel ragt ein gespannter Bogen. Einer dieser kurzen Bögen der Steppenreiter, aus Holz, Horn und Sehnen zusammengeleimt, aber von enormer Durchschlagskraft. Köcher und Schild hat er über den Rücken geschlungen.

Auch die anderen Petschenegen sind ähnlich bewaffnet. Er jedoch ist der Einzige, der einen Schuppenpanzer trägt. Von seinem Gesicht unter dem Helm ist nicht viel zu sehen, da es von einem buschigen schwarzen Bart bedeckt ist. Außer dass er eine kräftige Nase hat, dicke Brauen und pechschwarze Augen, mit denen er aufmerksam das Schiff betrachtet. Dann sieht er zu mir herüber. Mich trifft ein kalter, durchdringender Blick wie der eines Raubtieres. Dieser Mann ist nicht zu unterschätzen.

Zwei von seinen Kriegern zielen mit Pfeilen auf mich. Die Steppenreiter sollen Meisterschützen sein. Und ihre Bögen sind besser als unsere. Auf die kurze Entfernung würde auch mein Ringpanzer nicht helfen. Trotzdem will ich mich nicht einschüchtern lassen. Angst zeigen hat noch niemandem geholfen.

»Nun sag schon, Grünauge, was ihr hier zu suchen habt.«

Er hebt leicht die Schultern und lächelt. »Wir sind ein Spähtrupp. Schauen uns einfach mal um.«

»Dies hier ist Kiewer Gebiet. Habt ihr keine Angst, dass sie euch erwischen?«

Sigurd grinst verächtlich. »Die schicken schon lange keine berittenen Krieger mehr aus. Und Fürst Jarisleif hockt in seinem fernen Holmgarð bequem hinterm Ofen und besamt täglich seine Ingegerd. Wie viele Blagen hat er eigentlich schon? Sieben oder acht? Hier lässt er sich jedenfalls nie blicken. Und seit Mstislaw nicht mehr herrscht, ist Kiew schwach.«

Ich habe genug von dieser Plauderei. »Nur damit du's weißt, dein Bruder Thorer war in Holmgarð, und wir haben Frieden geschlossen. Er sagt, deine Leute sind alles andere als stolz auf dich. Die sind auch auf deine Heimkehr wenig erpicht. Aber dass du jetzt auch noch mit dem Feind paktierst …«

Er macht ein ärgerliches Gesicht. »Red keinen Unsinn, Harald. Ich war nie ein Freund deines verdammten Großfürsten. Und Thorer kann mir den Arsch küssen. Der war schon immer ein Weichei. Was mich betrifft: Hier gibt's zwar wenig Pelze, dafür aber Kaufleute, die man überfallen kann. Ein Mann muss schließlich leben. Und in den Dörfern fehlt es nicht an hübschen Weibern. Die finden immer noch begeisterte Abnehmer im fernen Grikaland.«

»Euer Geschäft ist also Plündern und Sklaven. Deshalb seid ihr hier. Und in den Petschenegen hast du willige Helfer gefunden.«

»Tu nicht so scheinheilig. Nordmänner sind seit eh und je auf Raubfahrt gegangen. Was soll daran verwerflich sein? Dein geliebter Bruder Olaf hat auch nichts anderes gemacht, als er jünger war. In Englaland und bei den Dänen. Bis er es uns verbieten wollte. Wegen seinem verfluchten Christengott. Ich wette, du hast bei den Polen auch geplündert, hab ich recht?«

»Sind noch mehr Gesetzlose bei dir?«

»Gesetzlose nennst du sie? Es sind freie Männer, Harald. Keine Soldsklaven des Großfürsten so wie ihr. Und wir sind mehr, als du denkst. Die Rus in ihrer schönen Stadt« – er weist auf das ferne Kiew –, »die haben ihre *væringjar* schlecht bezahlt. Nein, was sage ich, sie haben sie betrogen und um ihren gerechten Sold gebracht. Nun holen die Männer sich, was man ihnen vorenthalten hat.«

»Wie soll ich das verstehen?«

»Kiew ist eine reiche Stadt. Der Großfürst hat sie aber vernachlässigt. Sie sehnt sich nach einem neuen Herrn und ist reif zum Pflücken.« Er lacht gehässig.

»Soll das eine Drohung sein?«

Er beantwortet die Frage nicht, sondern deutet auf die Banner am Mast der *Bloð-hrafn*. »Und wenn wir schon von Jarisleif sprechen … ist er an Bord?«

»Nein. Aber sein Sohn.« Ich weise auf den Prinzen, der bisher keine Anstalten gemacht hat, sich an dem Gespräch zu beteiligen. »Dies ist Prinz Ilya, ältester Sohn des Großfürsten. Er wird ab jetzt in Kiew herrschen und andere Saiten aufziehen, das kann ich euch versprechen. Also seht euch vor.«

»Mit deiner Hilfe, nehme ich an.« Sigurd grinst verächtlich.

»Ganz recht. Mit meiner Hilfe.«

»Na, dann werden wir uns sicher bald wiedersehen. Aber mit dem Schwert in der Faust.« Er deutet eine Verbeugung in Richtung des Prinzen an. »Habe die Ehre, Prinz Ilya.«

Er wendet sein Pferd und lenkt es wieder die Uferböschung hinauf, um sich zu seinem Trupp zu gesellen. Bei ihnen angekommen, dreht er sich noch einmal um. »Du weißt, Harald, mein Schiff hole ich mir auf jeden Fall zurück. Also geh vorsichtig damit um.« Man hört ihn lachen, dann spornen sie ihre Gäule an und galoppieren davon.

TEIL II

Loki sagt:
»Hinein wied ich gehn in Ägirs Hallen,
das Gelage anzusehn;
Schimpf und Hass bring ich den Söhnen der Asen,
und misch ihnen so Schaden in den Met.«

aus Lokis Spottrede

DER STREIT

Dieser Sigurd macht mir Angst«, flüstert Aila mir zu.
»Keine Sorge.« Ich deute auf die *Fálki* hinter uns, das
Schiff, das ich ihm abgenommen habe. »Ich habe ihn schon ein-
mal besiegt. Und werde es wieder tun.«

Ragnar brüllt Befehle übers Deck. Die Riemen tauchen ein,
und das Schiff nimmt Fahrt auf. Prinz Ilya zieht sich seinen
wollenen Umhang von den Schultern. Anscheinend ist ihm in
der Sonne warm geworden.

»Das ist also Sigurd Erlingsson«, meint er. »Hochmütiger
Kerl. Schade, dass er dir damals entwischt ist. Sein Kopf hätte
sonst das Stadttor verziert. Wie das seiner Komplizen.«

»Der Mann ist gefährlich und nicht zu unterschätzen. Und
dass er sich mit den Petschenegen verbündet hast, verheißt
nichts Gutes.«

»Was meinst du? Nichts Gutes für dich oder für Kiew?«

»Für Kiew.«

»Ach was. Was sollen diese Nomaden mit ihren Pferden denn
schon gegen Palisaden und Mauern ausrichten? Das ist doch
lächerlich.«

Aila wirft mir einen besorgten Blick zu. Ich will sie nicht
unnötig beunruhigen, doch Ilyas Bemerkung kann man nicht
so stehenlassen. Einen Feind zu unterschätzen ist der schnellste
Weg zum Ruin. Sein Vater würde das noch besser verstehen als

ich. Nicht umsonst hat Jarisleif Jahrzehnte blutiger Machtkämpfe überlebt.

»Er hat anscheinend *væringjar* in seiner Truppe, die in Kiew gedient haben«, erinnere ich den Prinzen. »Wir wissen nicht, wie viele. Aber diese Männer kennen alle Schwachstellen der Befestigungen. Außerdem ist Sigurd Erlingsson ein gewissenloser Bastard. Dem ist einiges zuzutrauen. Wo Gold oder Silber zu holen ist, da schreckt er vor nichts zurück. Und davon wird es genug in Kiew geben.«

Wir schweigen eine Weile, während Ilya nachdenklich dem davonreitenden Spähtrupp der Petschenegen hinterherschaut. »Nur damit eines klar ist«, sagt er. »Ich habe nichts mit deiner Familienfehde zu tun. Lass deine Feindschaften gefälligst außerhalb der Palisade.«

»Natürlich.«

Die beiden anderen Langschiffe kommen näher heran. Svein und Halldor wollen wissen, um was es gerade ging. »Eine Kampfansage«, rufe ich zu ihnen hinüber. »Das war Sigurd Erlingsson, ein alter Feind meiner Familie. Macht jetzt gemeinsame Sache mit den Steppenkriegern.«

Lange Jahre habe ich außer ein paar vagen Gerüchten nichts mehr von Sigurd gehört. Keine Ahnung, wo er sich herumgetrieben hat. Jetzt ist er plötzlich wieder da und bedroht nicht nur mich, sondern auch Kiew. Auch wenn Prinz Ilya die Sache nicht ernst nimmt. Ich tue es.

Mstislaw, den er gerade erwähnt hat, war Jarisleifs Bruder und bis vor ein paar Jahren noch Herrscher über Kiew gewesen. Der Vater der beiden, Großfürst Wladimir, ein unersättlicher Weiberheld mit angeblich zweihundert Nebenfrauen, hat in seinem Leben unzählige Kinder gezeugt, aber keine klare Nachfolge bestimmt. Jeden seiner vielen Söhne schickte er in ein anderes Gebiet des großen Reiches, um dort die Herrschaft der

Rus aufrechtzuerhalten. Nach seinem Tod haben die Söhne sich dann jahrzehntelang bekriegt und gegenseitig umgebracht.

Jarisleif ist derjenige, der sich am Ende behaupten konnte. Er hat von Anfang an Holmgarð im Norden beherrscht. Sein unerbittlichster Feind war lange Zeit sein Halbbruder Swiatopolk, den sie den Verfluchten nennen, Bastardsohn einer griechischen Nonne. Ein ziemlich übler Geselle, wie erzählt wird. Der konnte Kiew mit Hilfe von ebendiesen Petschenegen erobern und für sich beanspruchen und war darin von seinem Schwiegervater Boleslaw, dem König der Polen, unterstützt worden. Es gab mehrfach Krieg zwischen Jarisleif und Swiatopolk. Mit wechselndem Kriegsglück. Auch gegen die Polen. Am letzten Polenfeldzug habe ich selbst teilgenommen.

Nach Swiatopolks Tod konnte dann Mstislaw Kiew an sich reißen. Er war der letzte Überlebende von Wladimirs Söhnen. Statt sich erneut zu bekriegen, war man diesmal zu einer friedlichen Übereinkunft gekommen. Jarisleif sollte im Norden und Westen herrschen, Mstislaw im Süden. Vor einigen Jahren war Mstislaw dann aber verstorben, so dass Kiew und der ganze Süden nun ebenfalls zu Jarisleifs Reich gehörten.

Wenn man Sigurds Worten Glauben schenken will, scheinen die Dinge in Kiew nicht zum Besten zu stehen. Jarisleif hätte sich schon eher um die Stadt kümmern sollen. Ich frage mich, wie stark das Heer der Steppenkrieger wirklich ist und wie viele der *væringjar* zu Sigurd übergelaufen sind. Ich frage mich auch, wer gefährlicher ist, Sigurd oder dieser Khan Badur mit seinen kalten Augen. Der Kerl sah aus, als ob er sich nicht scheuen würde, bei Bedarf der eigenen Mutter die Kehle durchzuschneiden.

Nach einer weiteren Stunde Rudern erreichen wir unser Ziel. Auf den ersten Blick kommt mir Kiew nicht viel anders als Holmgarð vor, nur wesentlich größer. Ein flacher Flussstrand an der Nordseite der Stadt, auf dem viele Boote liegen, ein paar

Stege, die in den Strom ragen, und ein langer, auf mächtigen Pfählen ruhender Kai, an dem Handelsschiffe vertäut sind. Etwa hundert Schritt hinter dem Strand erheben sich die schützenden Befestigungen. Sie umschließen nicht nur die Stadt, sondern schirmen am Nord- und Südende auch den Strand mit den Bootsliegeplätzen vom angrenzenden Land ab und bestehen aus einem nicht besonders hohen Wall, gekrönt von einer Palisade. Davor ein tiefer Graben, in kurzen Abständen Wachtürme und gegenüber dem Kai, an dem wir anlegen, ein großes Tor, das Nordtor. Über der Palisade ein Gewirr von Dächern, die meisten strohgedeckt.

Am Südende der Stadt, auf einer Hügelkuppe und wie ein weithin sichtbares Wahrzeichen, sind Dach und Türme der Kirche der heiligen Sophia zu erkennen. Der gesamte Hügel, auf dem die Kirche steht, ist laut Ilya von einer hohen Steinmauer umgeben und enthält neben dem Gotteshaus auch Palast und Verwaltung des Großfürsten wie auch die des Metropoliten von Kiew.

»Mein Vater hat vor, die Palisade rund um die Stadt durch eine feste Steinmauer zu ersetzen«, sagt der Prinz. »Obwohl ich es kaum für nötig halte. Außerdem wären die Kosten viel zu hoch. Auch die Kirche soll weiter ausgebaut werden.«

Boote liegen nicht nur auf der Nordseite, von wo aus wir uns nähern, sondern auch entlang des gesamten Ufers. Darunter eine Menge kleinerer Flusskähne und natürlich die üblichen, schlanken Einbäume, so zahlreich auf den Flüssen des Landes. Die Griechen nennen sie *monoxylon*. Manche sind sogar mit Masten und Segeln ausgestattet und an den Seiten mit Planken erhöht. Auch größere Ruderboote liegen am Kai mit fremdartigen Verzierungen am Bug. Überall auf dem Uferstrand ist reges Treiben zu beobachten: Flussschiffer, Händler, Lastenträger, sogar Fuhrwerke.

Ragnar befiehlt, die Riemen zu bergen. Einige Männer an Land nehmen die Leinen, die wir ihnen zuwerfen, ziehen die *Bloð-hrafn* an den Kai heran und helfen, sie festzumachen. Da der Platz beschränkt ist, legen wir ein Schiff ans andere, sichern aber ein jedes gegen die Strömung mit seiner eigenen Leine zum Kai. Wer vom letzten Schiff an Land gehen will, muss über die Decks der anderen klettern.

»Die Stadt steht also noch«, sagt Prinz Ilya spöttisch. »Keine Petschenegen zu sehen.« Er weist auf eine Gruppe Bewaffneter auf dem Kai. »Sieht aus, als hätte man uns erwartet.«

Er springt als Erster von Bord, gefolgt von mir, meinen Unterführern Halldor und Svein und natürlich Thorkel, den ich immer gern bei mir habe. Einer der Krieger löst sich aus der Gruppe der Bewaffneten und begrüßt uns. Er ist ein gutgebauter, breitschultriger Bursche und stellt sich als Dragan vor, offensichtlich ein Slawe, noch jung an Jahren, aber mit entschlossenen Gesichtszügen. Als ich ihm Ilya vorstelle, sinkt er auf ein Knie und küsst dem Prinzen ehrerbietig die Hand.

»Ihr müsst leider mit mir vorliebnehmen, Hoheit«, sagt er, nachdem er sich wieder erhoben hat. »Unser Kommandant ist vor zwei Wochen verstorben. Seitdem habe ich den Befehl über die Besatzung. Vorübergehend zumindest.«

»Wir haben von einem Streit unter den *væringjar* gehört«, erwidert Ilya. »Sogar ein paar Straßenkämpfe soll es gegeben haben.«

»Mehr als das, Hoheit. Es stimmt, einige der Söldner waren schon seit längerem aufmüpfig. Aber nach dem Tod des Kommandanten ist es zu richtigen Unruhen gekommen.«

»Und weshalb?«

»Es ging wohl um den Sold des letzten Jahres. Ich glaube, die Männer hatten mehr erwartet. Ihre Wut hat sich gegen den Kommandanten gerichtet. Sie haben ihn erschlagen. Und danach haben sie angefangen zu plündern.«

»Ein Aufstand wegen einer Handvoll Silber?« Ilya ist schockiert.

Dragan macht ein verlegenes Gesicht. »Es ging wohl um mehr als eine Handvoll, Herr«, sagt er. »Nach dem Mord haben sie sich gestritten. Die Rädelsführer des Aufstands wollten die ganze Stadt an sich reißen. Aber ein Teil der *væringjar* ist uns treu geblieben. Die haben sich dann in der Nordstadt verschanzt, während die Rebellen anfingen, Häuser und Kontore zu plündern. Sogar die Festung wurde von ihnen belagert. Wir, die *húskarlar* des Palastes, konnten sie zurückschlagen, aber leider nicht die Ausschreitungen in der Stadt verhindern.«

»Herr im Himmel! Und sind die Verräter immer noch in der Stadt?«

»Nein, Herr. Sie haben sich drei Tage lang betrunken, haben geraubt, ein paar Leute erschlagen und Frauen geschändet. Schließlich ist es gelungen, uns mit denen in der Nordstadt zu vereinen und die Aufständischen aus der Stadt zu jagen.«

Mich scheint der Prinz gänzlich vergessen zu haben. »Hat der Kommandant etwa einen Teil des Soldes unterschlagen?«, mische ich mich ein. »So was soll vorkommen.«

Dragan wirft mir einen unsicheren Blick zu. »Das kann ich mir nicht vorstellen. Er war ein Mann des Vertrauens.« Und zum Prinzen sagt er: »Er hat Eurer Familie immer treu gedient, Hoheit.«

Ich wette, der Kerl hat sich seit Jahren am Sold der *væringjar* bereichert. Wäre nicht das erste Mal. Die Versuchung ist oft zu groß. Und die Männer haben sich schließlich gerächt.

»Oh, dies ist übrigens Harald Sigurdsson«, beeilt sich Ilya mich endlich vorzustellen. »Er übernimmt ab sofort den Befehl über alle Truppen, deine *húskarlar* eingeschlossen. Nicht nur in der Stadt, sondern auch, was das gesamte Schlangenbollwerk im Süden betrifft. Unter meinem Befehl natürlich.«

Dragan mustert mich verstohlen. Vielleicht auch ein wenig misstrauisch. Was ich ihm nicht verdenken kann. Auch mir würde es kaum gefallen, plötzlich einen Fremden vor die Nase gesetzt zu bekommen. Ich frage mich, was das für einer ist, dieser Dragan. Sein Gesicht kommt mir ehrlich genug vor. Etwas naiv vielleicht. Obwohl ich wahrscheinlich noch jünger als er bin. Aber ich habe schon mehr erlebt, da bin ich mir sicher.

»Wie Ihr befehlt, Hoheit«, sagt Dragan schließlich und beugt kurz den Kopf.

»Und wo sind die Rebellen jetzt?«, frage ich. »Einfach so verschwunden? Uns ist zu Ohren gekommen, dass einige sich den Petschenegen angeschlossen haben?«

»Den Petschenegen? Nein, das glaube ich nicht.«

»Aber es sind doch Petschenegen in der Gegend, oder?«

Er nickt. »Ja. Es hat ein paar Überfälle gegeben. Im Südwesten. Aber nichts mehr in den letzten Wochen. Ich glaube, die meisten Rebellen haben Boote gestohlen und sich flussabwärts auf dem Dnjeper davongemacht.«

»Hast du eine Ahnung, wohin sie sich gewandt haben könnten?«

»Ich vermute nach Miðgarð. Es hat mit den Werbern zu tun.«

»Was für Werber?«

»Griechen. Sie haben Gold versprochen. Für alle, die dem Kaiser in Grikaland dienen wollen. Ich glaube, wegen der Werber ist es überhaupt erst zu dem Aufstand gekommen. Die haben mit ihrem Gerede die Gier der Männer angestachelt. Und jetzt sind sie selbst verschwunden.«

»Das wird ja immer schöner«, faucht Ilya voller Zorn. »Auch noch griechische Werber. Das würde gut zu Byzanz passen, falls es stimmt. Ein hinterlistiges Volk, diese Griechen. Sie glauben, mit ihrem verdammten Gold können sie alles und jeden kaufen. Und wenn ihr Angebot so gut war, warum hast du dich bei der Gelegenheit nicht auch anwerben lassen?« Fast feindselig starrt er Dragan ins Gesicht.

Dessen Miene verfinsterte sich. »Was denkt Ihr von mir, Herr? Ich habe einen Eid auf den Großfürsten geschworen und nicht vor, ihn zu brechen. Außerdem bin ich kein *væringi*.«

Ilya fixiert ihn mit Unmut. Dragan aber lässt sich nicht einschüchtern, sondern hält Ilyas bohrendem Blick stand. Schließlich entspannt sich dessen Miene wieder. »Tut mir leid, Mann«, murmelt er. »War nicht so gemeint.«

»Wie viele Krieger sind dir geblieben, Dragan?«, frage ich.

»Wir hatten Verluste. Aber wir *húskarlar* sind noch etwa fünfzig Mann. Und von den *væringjar* an die hundert in der Stadt. Das sind die, die zu uns gehalten haben. Wir haben die Leute in der Stadt beruhigt und die Toten begraben. Die Verwundeten werden in der Kirche von den Mönchen versorgt. Leider sind nur einheimische Kaufleute geblieben. Die anderen sind geflohen.«

»Wir müssen uns bedanken, dass du für Ordnung gesorgt hast«, sage ich und lächle ihm freundlich zu. »Ich denke, wir werden gut miteinander auskommen, Dragan.« Ich biete ihm meine Hand an.

Er blickt mir forschend in die Augen, nickt dann und wagt zum ersten Mal ein vorsichtiges Lächeln. Schließlich schlägt er ein. »Willkommen in Kiew. Wie viele seid ihr?«

»Zweihundertdreißig Mann. Alles erfahrene Kämpfer.«

»Die können wir gut gebrauchen.« Er wendet sich wieder an Ilya. »Wie gesagt, von den Petschenegen war in den letzten Wochen nichts zu sehen, aber uns wurde berichtet, dass sie weit im Süden von hier einige Dörfer überfallen haben. Wir hatten wegen des Aufstands noch keine Zeit, Kundschafter auszuschicken. Vermutlich lagern die Petschenegen irgendwo da draußen in der südlichen Steppe.«

»Wir sind ihnen begegnet«, sage ich.

Dragan hebt erstaunt die Brauen. »Wirklich? Wo?«

»Keine Pferdestunde von hier entfernt. Ein Spähtrupp. Und wie es aussieht, sind einige eurer Söldner zu ihnen übergelaufen. Jedenfalls haben wir *væringjar* bei ihnen gesehen. Wir wissen nur noch nicht, wie viele.«

Dragan macht ein betroffenes Gesicht. »Besser, ich lasse sofort die Tore schließen.« Er ruft einen Mann zu sich und schickt ihn mit dem entsprechenden Befehl in die Stadt. Und noch einen zweiten, den er beauftragt, sich um Schlafstellen für meine Leute zu kümmern. »Besondere Wünsche?«, fragt er mich.

»Die üblichen Mannschaftsunterkünfte. Aber dazu auch etwas Besseres für ein Dutzend Unterführer und natürlich ein Haus für mich und mein Weib.«

Dragan nickt. »Wir haben Platz genug.«

»Hoffentlich nicht wieder solche Schweineställe wie in Holmgarð«, knurrt Thorkel. »Kämpfer für Garðarike sollten ordentlich untergebracht sein.«

»Nun ja.« Dragan macht ein verlegenes Gesicht. »Die letzten Bewohner der Unterkünfte haben ein ziemliches Durcheinander hinterlassen. Aber wir werden alles richten.« Er gibt seinem Mann den Auftrag, sich darum zu kümmern.

»Geh besser mit ihm, Thorkel, und schau es dir selber an.«

Die beiden machen sich auf den Weg. Ich bitte Svein und Halldor, eine Wacheinteilung für die Schiffe aufzustellen, denn es haben sich Schaulustige angesammelt, Hafenarbeiter, Fischer, Bootsleute, die uns und besonders die fremdartigen Schiffe neugierig beäugen. Darunter auch ein paar abgerissene, zwielichtige Gestalten. Vielleicht nur Bettler oder auch jene Flüchtlinge, von denen die Kaufleute in Gnesdowo gesprochen hatten.

Dragan wendet sich an den Prinzen. »Wenn Ihr erlaubt, Herr, sollte ich Euch jetzt zum Patriarchen begleiten. Er wird hocherfreut sein, Euch zu sehen. Besonders, da Ihr Verstärkung bringt in diesen unruhigen Zeiten.«

»Gut, gehen wir«, erwidert Ilya. Zu mir sagt er: »Ich nehme an, du wirst bei deinen Männern bleiben wollen. Lass mein Gepäck in den Palast bringen. Mein Diener soll ein Auge darauf haben.«

Er wendet sich zum Gehen. Offensichtlich bin ich entlassen, werde nicht länger benötigt. Das missfällt mir. Und so leicht will ich mich nicht abfertigen lassen.

»Ich werde mitkommen«, sage ich und bitte Thorkel, sich um des Prinzen Gepäck zu kümmern, und Aila, auf mich zu warten.

Der Prinz sieht mich erstaunt an. »Aber wozu?«

»Ich denke, der Patriarch ist ein bedeutender Mann. Ich würde ihn gern kennenlernen. Vor allem sollte ich hören, was er zur Lage in Kiew zu sagen hat. Es könnte wichtig sein.«

»Wenn du meinst.« Ilya klingt nicht sehr begeistert.

Wir folgen Dragan zum Nordtor, begleitet von mehreren *húskarlar*, die uns die geschäftigen Gassen der Stadt frei machen sollen. Auf dem Weg durch das Tor habe ich Gelegenheit, einen kurzen Blick auf die Palisaden zu werfen. Sie scheinen nicht im besten Zustand zu sein und sehen aus, als hätte man seit vielen Jahren nichts erneuert. An einigen Stellen sind sie von Kletterpflanzen überwuchert, an anderen bröckelt das Holz. Wahrscheinlich morsch. Einer der dicken Pfähle hängt schief wie ein betrunkener Seemann.

Dragan ist meine Musterung nicht entgangen. »Es müsste einiges ausgebessert werden«, sagt er, sichtlich verlegen.

»Dein verstorbener Kommandant, wer auch immer er war, scheint ein wenig nachlässig gewesen zu sein.« Nachlässig und vielleicht sogar ein Dieb.

»Er hieß Darko und war mein Oheim.«

»Oh. Das tut mir leid für dich und deine Familie.«

Ich werde das Gefühl nicht los, dass der Tod dieses Mannes und die Hintergründe dazu es verdienen, näher untersucht zu werden. Vielleicht kann ich etwas herausfinden.

In dem nördlichen Viertel, durch das wir gehen, wo sich auch die Unterkünfte der Söldner befinden, gibt es eine Menge ärmliche Hütten, mit Schilf oder Stroh gedeckt, die Wände aus einfachem mit Lehm beworfenem Flechtwerk. Im Innern ein einziger Raum, ob zum Kochen oder zum Schlafen. Meist auch noch Unterkunft für ein paar Hühner, eine magere Ziege oder ein Schwein. In den Gassen liegen Unrat und Tierkot. Nackte Kinder spielen mit Hunden in stinkenden Rinnsalen. Ihre Mütter hocken im Hütteneingang mit Neugeborenen an der Brust und beäugen uns misstrauisch. Zwischen den Hütten, wo gerade Platz ist, haben sich Flüchtlinge eingenistet. Ich nehme mir vor, später einige von ihnen zu befragen.

Je weiter wir auf der Hauptgasse vorankommen, umso größer und solider werden die Häuser. In der Nähe der fürstlichen Festung gibt es nicht wenige, die sogar aus Stein errichtet sind. Hier herrscht der Wohlstand reicher Kaufleute und Handwerker. Das lässt sich nicht nur an den Häusern erkennen, sondern auch an den einigermaßen sauberen und zum Teil mit hölzernen Gehsteigen versehenen Gassen. Von den Unruhen und Kämpfen in der Stadt ist nicht mehr viel zu sehen. Im Gegenteil. Man hat aufgeräumt, und die Dinge scheinen ihren gewohnten Gang zu gehen.

Und doch müssen es gerade die Häuser der Wohlhabenden gewesen sein, die unter den Plünderungen gelitten haben. Hier und da sieht man noch zertrümmerte Türen, die nur notdürftig mit darübergenagelten Brettern ausgebessert sind.

Ich kann mir vorstellen, wie betrunkene und wütende Krieger auf der Suche nach Wertvollem eingedrungen sind. Wie sie

Möbel zertrümmert und Truhen geleert, sich über die Weiber des Hauses hergemacht haben, vielleicht sogar deren Männer erschlagen oder gefoltert haben, damit sie das Versteck des Familiensilbers verraten. Zum Glück hat es kein Feuer gegeben, meint Dragan, sonst wäre bei den vielen Holzhäusern und strohgedeckten Hütten die halbe Stadt abgebrannt.

Der große Marktplatz, den wir überqueren, ist voller Menschen. Sie scheinen ihren üblichen Geschäften nachzugehen, obwohl Dragan behauptet, viele Händler hätten der Stadt den Rücken gekehrt. Auf der einen Hälfte des Platzes gehen Frauen mit Körben am Arm von einem Stand zum anderen. Dort befindet sich der übliche Gemüse-, Fleisch- und Fischmarkt. Gegenüber bieten Handwerker ihre Waren feil. In einer Ecke gibt es einen Sklavenmarkt, und etwas abseits in den dunklen Kontoren ringsum wird um die teuren Fernwaren gefeilscht.

Kiew ist der Ort, an dem sich zwei Welten treffen. Aus dem Norden erreichen edle Pelze, Honig, Wachs und Bernstein die Stadt. Dazu Waffen, Eisen, Kupfer, Zinn und Blei. All das wird gegen Silberbarren, Edelsteine und Glasperlen getauscht, gegen Seide, Wein und Gewürze, gegen Elfenbein und duftendes Sandelholz und Goldschmuck aus Byzanz und Serkland. Fremde Trachten fallen mir auf. Es seien bulgarische, byzantinische und persische, erklärt mir Dragan. Seltsame Helme und Kopfbekleidungen, bunte Turbane und die weiten Kopftücher und langen Gewänder von bärtigen, dunkelhäutigen Männern. Das seien Araber, wird mir gesagt. Alles sehr beeindruckend. Und auch etwas verwirrend.

Doch trotz dieser Geschäftigkeit kommt es mir vor, als läge eine gedrückte Stimmung über dem Platz. Marktschreier scheinen ihre Waren nicht besonders lustvoll anzupreisen, die Leute sprechen mit gedämpften Stimmen und werfen uns misstrauische Blicke zu. Besonders mir. Oder bilde ich mir das ein?

Das hohe Tor der inneren Festung wird von schwerbewaffneten *húskarlar* bewacht. Die steinerne Ringmauer ist mindestens fünfzehn Fuß hoch. Kein Wunder, dass es den aufständischen Söldnern nicht gelungen ist, sie zu bezwingen. Die Festungsanlage dahinter ist eine kleine Stadt für sich. Die Gasse schlängelt sich zur Kirche der heiligen Sophia empor. Etwas unterhalb davon befindet sich der fürstliche Palast. Ringsum verschiedene andere Gebäude: Unterkünfte der *húskarlar* und der Bediensteten des Palastes, Werkstätten für Handwerker, Amtsstuben der fürstlichen Verwaltung, Stallungen, Vorratsschuppen, Lagerhäuser.

Aus einer Ansammlung zusammenhängender Gebäude, die ihr eigenes Portal haben, dringt christlicher Männergesang. Ein Kloster, erklärt Ilya. Nicht weit vom Palast ein weiteres, großes Gebäude. Hier wohnt der Patriarch, der Metropolit von Kiew. Und dorthin führt uns Dragan.

Der Patriarch empfängt uns mit überschwenglicher Freude. Er ist ein alter Grieche mit kahlem Haupt, aber gewaltigem weißem Bart, der bis zum Gürtel seiner schlichten schwarzen Robe reicht. Ilya hatte mir unterwegs zugesteckt, dass er Johannes heißt und seit Ewigkeiten im Amt ist. Alle Patriarchen und Bischöfe im Land der Rus, wie auch die meisten Mönche, sind Griechen. Als traute man den Einheimischen noch nicht bei so wichtigen Dingen wie der Festigung und weiteren Verbreitung des Christenglaubens. Vielleicht mit Recht, denn das Christentum gibt es erst seit Jarisleifs Vater Wladimir, dem es irgendwann in den Sinn gekommen ist, sich taufen zu lassen.

Nachdem Ilya das Knie gebeugt und dem Patriarchen die dargebotenen Hände geküsst hat, umarmt der Alte den jungen Prinzen mit einem strahlenden Lächeln. Sie kennen sich, denn dies ist nicht Ilyas erster Besuch in Kiew.

»Ach, was bin ich froh, dass du gekommen bist, mein Sohn«, sagt der Priesterfürst, nachdem er erfahren hat, dass Ilya auf Geheiß seines Vaters die Herrschaft über die Stadt übernehmen wird. »Die letzten Wochen waren eine schwere Prüfung. Erst die Kunde von den Greueltaten dieser wilden Barbaren aus der Steppe, die Flüchtlinge und ihre schrecklichen Geschichten und schließlich auch noch der Aufstand der Söldner. Gott sei uns gnädig! Ich weiß gar nicht, wie es dazu kommen konnte.« Er bekreuzigt sich. »Täglich kommen alle her und verlangen Entscheidungen von mir. Dabei bin ich ein alter Mann. Es genügt schon, dass ich mich um die kirchlichen Dinge kümmern muss. Ich kann nicht auch noch die ganze Stadt verwalten.« Er nimmt Ilyas Hand in die seine. »Aber nun bist du ja hier.«

»Keine Sorge, ehrwürdiger Vater. Diese Bürde kann ich Euch abnehmen. Von nun an werde ich mich um alles kümmern.«

»Das ist gut, mein Sohn. Gott hat dich gesandt.«

»Mein Vater lässt Euch übrigens herzlich grüßen. Wie auch meine Stiefmutter Ingegerd und der Patriarch von Nowgorod.«

»Ich danke dir. Es geht allen hoffentlich gut in der Familie?«

Sie tauschen Neuigkeiten über Würdenträger und gemeinsame Bekannte aus. Mich, der im Hintergrund steht, scheinen sie vergessen zu haben. Überhaupt hat sich Ilyas Verhalten mir gegenüber verändert, seit wir in Kiew angekommen sind. Auf der Reise war er freundlich gewesen. Aber hier behandelt er mich von oben herab, beachtet mich kaum, gibt mir Anweisungen in einem Ton, als wäre ich sein Diener. Auch jetzt hält er es nicht für nötig, mich vorzustellen. Doch nach einer Weile blickt der Patriarch in meine Richtung und fragt Ilya, wer ich sei.

»Harald Sigurdsson, ehrwürdiger Vater. König Olafs Bruder.«

Der alte Priester mustert mich aufmerksam. Dabei kneift er ein wenig die Augen zusammen wie jemand, dessen Sehkraft nicht mehr die beste ist. »Olaf? Welcher Olaf? Der von Schweden?«

»Nein. Der von Schweden ist doch der Vater meiner Stiefmutter Ingegerd, du erinnerst dich? Und der ist schon lange tot, Gott hab ihn selig. Haralds Bruder aber war König von Norðvegr, leider inzwischen ebenfalls verstorben.«

»Ah, verstehe«, erwidert der Alte. »Hat es nicht eine große Schlacht gegeben? Ich meine, mich zu erinnern.«

»Ganz recht, ehrwürdiger Vater«, sage ich. Anscheinend nennt man ihn so. »In dieser Schlacht ist mein Bruder Olaf gefallen. Sein kleiner Sohn Magnus wird nun bald das Erbe antreten.«

»Soso. Dann bist du also von königlichem Blut. Sei herzlich willkommen in unserer armen, gequälten Stadt. Führt dich ein besonderer Grund hierher?«

»Harald wird sich um das Militärische kümmern«, erklärt Ilya.

»Soso. Ein Krieger also.« Johannes tritt noch einen Schritt näher, um mich besser betrachten zu können. Er mustert mich von oben bis unten. »Er ist ein stattlicher Mann, Ilya«, sagt er und nickt zufrieden. »Bist du Christ, Harald? Betest du zu Gott?«

»Nein, ehrwürdiger Vater.«

Das scheint ihn zu betrüben. Er seufzt, senkt den Blick zu Boden und schweigt eine Weile, dann wendet er sich wieder an Ilya: »Wir lassen Heiden für uns kämpfen, mein Sohn. Fremde und Heiden. Das kann Gott nicht gefallen. Vielleicht ist das der Grund für die Prüfungen, die er uns auferlegt.«

»Vielleicht. Aber mein Vater hat schon immer *væringjar* beschäftigt. Du weißt das. Und Großvater Wladimir ebenfalls. Daran wird es wohl nicht liegen. Außerdem bringt Harald uns über zweihundert erfahrene Kämpfer.«

»Zweihundert, sagst du? Die wird er wohl brauchen, Ilya. Denn ich glaube, uns stehen schwere Zeiten bevor.«

✳   ✳   ✳

Die nächsten Tage bin ich damit beschäftigt, mir von allem ein Bild zu machen. Zunächst begehen wir die Befestigungen rund um die Stadt. Es ist leider, wie ich befürchtet habe. Viele der Palisadenstämme sind morsch, angefault oder stecken einfach zu locker im Erdwall. Der Wall selbst ist an zwei Stellen vom Regenwasser durchweicht, zum Teil unterspült. Hat vielleicht mit dem sumpfigen Gelände nordwestlich der Stadt zu tun.

Diese Schwachstellen sind nicht so offenkundig, denn die Befestigungen sind mit Unkraut und Gestrüpp überwuchert. Die Palisade ist mancherorts so dicht mit Kletterpflanzen bewachsen, dass man das Holz darunter kaum begutachten kann. Viele der Stämme hätten schon vor Jahren ersetzt werden müssen. Sie sind schwarz vor Feuchtigkeit und Fäulnis. In einen kann ich meinen Sax so leicht hineinstechen, als handelte es sich um einen Klumpen Butter.

Im Süden der Stadt befindet sich ein gewaltiges, aus Stein gemauertes Tor, das Goldene Tor genannt. Wozu das Prachttor dienen soll, ist mir nicht klar, außer, um Reisende zu beeindrucken, die vom Süden her Kiew betreten. Für Verteidigungszwecke ist das Tor zu groß, die Torflügel wären leicht aus den Angeln zu brechen, die Türme zu beiden Seiten sind nicht besonders gut ausgerichtet, um Bogenschützen freies Schussfeld auf Angreifer mit Rammböcken zu geben. Und auch die Hafenseite am nördlichen Uferstrand ist ungenügend gesichert. Sollten Angreifer per Schiff kommen, würde es schwierig werden.

Als Nächstes mache ich mich mit jenen *væringjar* vertraut, die treu geblieben sind und zusammen mit Dragan die Stadt gegen die Rebellen verteidigt haben. Ein Mann um die dreißig namens Ulfr Ospaksson, der aus Vestfold stammt, ist ihr Anführer, ein ungeschlachter, grober Kerl, der nicht viel spricht und mich misstrauisch mustert. Ich halte ihn für verschlagen und bauernschlau.

Er sei nicht immer einfach im Umgang, hat Dragan ihn mir beschrieben, aber ehrlich und verlässlich. Und seine Männer vertrauen ihm, das ist offensichtlich, als ich mich mit ihnen unterhalte. Sie sind wie so oft unter nordischen Söldnern eine aus verschiedenen Gegenden zusammengewürfelte Bande. Auch Dänen sind darunter, zwei aus Englaland, dazu ein Orkney-Mann, dem ich zu seiner Begeisterung von meinem einstigen Besuch auf den Inseln erzähle, und einige von der baltischen Küste. Sogar ein krausköpfiger Ire ist dabei, dessen Gesicht und Arme von Sommersprossen übersät sind und der fast so rothaarig ist wie Sigurd.

Ich habe es so eingerichtet, dass ich mit Ulfr allein sprechen kann, ohne Dragan oder Prinz Ilya. »Was ist hier wirklich los gewesen?«, frage ich ihn, während wir in einer Taverne beim Bier hocken. »Warum der Aufstand?«

Zunächst will er nicht so recht mit der Sprache raus, starrt mich eine Weile wortlos und abschätzend an, als müsste er sich eine Meinung bilden, was für ein Kerl ihm da gegenübersitzt.

»Keine Sorge, Mann«, beruhige ich ihn. »Ich stamme zwar aus adeliger Familie, aber für meine Herkunft kann ich nichts. Bin genauso Söldner wie du. Wir sitzen also im selben Boot und sollten uns gegenseitig unterstützen. Also sag schon. Haben sie euch betrogen? Ich hab da so was gehört.«

Er fischt den Holzsplitter aus den Zähnen, auf dem er gekaut hat, zieht den Rotz durch die Nase und spuckt verächtlich zur Seite. »Verdammt wahr, dass sie uns betrogen haben. Und das seit langem.«

Er starrt auf seine Stiefel. Ich sage nichts, sondern warte, bis er weiterspricht. »Dieser heuchlerische Bastard Darko hat jede Menge für sich selbst abgezweigt«, knurrt er schließlich. »Viel mehr, als ihm zustand. Hat ja keiner hingeschaut. Und dem Patriarchen ist er täglich in den Arsch gekrochen. Wir haben uns natürlich beschwert. Genutzt hat es nichts. Wer glaubt schon ein paar ungewaschenen Söldnern?« Er lacht bitter.

»Was ist mit diesem Dragan?«

Ulfr runzelt nachdenklich die Stirn. »Schwer zu sagen«, erwidert er. »Der Junge bemüht sich. Kein schlechter Kerl. Andererseits ist er Darkos Neffe.« Er zuckt mit den Schultern. »Weiß der Teufel! Musst du selber wissen, was du davon hältst.«

»Und warum habt ihr bei den Aufrührern nicht mitgemacht?«

»Meine Jungs wollten ja. Besonders, nachdem die anderen Darko das Licht ausgepustet haben. Und dann waren da auch noch die griechischen Werber. Die haben den Männern in den Ohren gelegen, sie sollten hier nicht ihre Zeit verschwenden. In Miðgarð würden sie alle reich werden. Da wären sogar die Dächer mit Gold gedeckt.« Er schüttelt den Kopf über so viel Unsinn. »Ich hab meinen Leuten gesagt, sie sollen nicht blöd sein. Die Griechen scheißen auch keinen Eimer voll. Und ob es in Grikaland besser ist, wer kann das schon sagen? Ich habe nämlich auch schon anderes gehört. Und als Gesetzloser herumlaufen, das kann nur böse enden. Wird man erwischt, geht's gleich an den nächsten Baum zum Halsverlängern.«

Ich muss lachen. »Da hast du nicht unrecht.«

»Weiß ich doch«, knurrt er. »Und jetzt, wo dieser verpisste Aufstand vorbei ist, kann es für uns eigentlich nur besser werden. Wenigstens haben die da oben mal aufgehorcht.«

Mit die da oben sind wohl Ilya, der Metropolit, die verwaltenden Mönche und irgendwelche Bojaren gemeint, die in der Stadt das Sagen hatten.

»Ich bin froh, dass deine Männer auf dich gehört haben.«

Er nickt. »Wir sind schon lange zusammen. Alles gute Jungs.« Dann grinst er verschmitzt. »Das heißt, wenn man sie richtig anpackt. Bei mir gibt's keinen Scheiß. Und das wissen sie.«

Ich fange an, den Burschen zu mögen.

»Die Befestigungen sind in einem traurigen Zustand. Wie konnte es dazu kommen?«

»Die sollten schon längst ausgebessert werden. Das Silber dafür hat sich der Bastard Darko bestimmt auch eingesteckt. Hat doch keiner auf nichts aufgepasst. Mstislaw hatte zuletzt nur noch seine Bequemlichkeiten und seine verdammten Weiber im Kopf. Kein Grund, sich zu sorgen, war ja Frieden. Und seit seinem Tod ist Jarisleif nur ein einziges Mal hier gewesen. Danach hat er sich nicht mehr blicken lassen. Nur sein Welpe, dieser Ilya, der war schon ein paarmal hier. Aber der hat doch keine Ahnung von nix.« Er kratzt sich den breiten Schädel. »Ich höre, der ist der älteste Sohn. Soll der jetzt hier herrschen? Kommst du mit dem zurecht?«

Ich zucke mit den Schultern. »So weit kann ich nicht klagen. Ich werde mal nachforschen, was mit eurem Sold ist. Die Mönche müssen alles aufgeschrieben haben. Wir werden sehen.«

»Die Mönche! Weiß der Teufel, was die so aufschreiben.«

»Ich kann nichts versprechen, aber ich werde mich bemühen. Am schnellsten brauche ich ein paar gute Zimmerleute. Und deine Männer, um uns zu helfen, die Palisaden instand zu setzen.«

»Kannst du gerne haben.«

»Bevor uns die Petschenegen auf die Pelle rücken.«

»Ah. Du hast also schon davon gehört« Er grinst. »Die verfluchten Steppenteufel. Die Bastarde können reiten, sage ich dir, so was hast du noch nicht gesehen. Und ihre Pfeile sind tödlich.«

»Wie wird man mit ihnen fertig?«

Er lacht. »Indem man sie meidet.«

»Im Ernst.«

»Solange sie auf ihren Gäulen sitzen, kannst du's vergessen. Die sind schneller wieder weg, als du spucken kannst. Aber

161

vorher haben sie die Hälfte deiner Männer mit Pfeilen gespickt. Nein, man muss sie in einen Hinterhalt locken, sie einkesseln und dann draufhauen, bevor sie zu viel Schaden mit ihren Bögen anrichten. Mann gegen Mann sind wir den Kerlen überlegen.«

»Wie man das angeht, wirst du mir und meinen Anführern erklären müssen. Und dann werden wir es planen und üben.«

Ein anerkennendes Grinsen fliegt über sein Gesicht. »Endlich mal ein vernünftiges Wort in dieser verdammten Stadt.«

Als Nächstes befrage ich einige der Flüchtlinge aus dem Süden. Ulfrs Leute haben sie für uns ausgesucht. Wir sitzen in der Runde bei den Schiffen. Ich will, dass auch Halldor, Svein, Thorkel und andere hören, was sie zu sagen haben. Zuerst befragen wir polnische Bauern aus zwei verschiedenen Dörfern im Bereich des Schlangenbollwerks. Ihr Rus ist so fürchterlich, dass einer von Ulfrs Männern aushelfen muss.

Das Schlangenbollwerk besteht aus gestaffelten Reihen meilenlanger, im Inneren mit Baumstämmen befestigter Wälle, zu hoch, um von Pferden überwunden zu werden. Sie liegen weit auseinander, aber immer noch nah genug, dass man entlang des Walls und von einem zum anderen Feuersignale geben kann. Der Gedanke war wohl, Steppenkrieger, die die ersten Befestigungslinien überwunden haben, von zwei Seiten einkesseln und aufreiben zu können. Großfürst Wladimir hatte mit dem Bau begonnen, um vor allem Kiew zu schützen, aber auch das umliegende Bauernland. Angeblich erfolgreich.

In großen Abständen gibt es *borgs*, kleine, aus Holz errichtete Forts, im Grunde nur Wachtürme mit ein paar Ställen und Mannschaftsunterkünften dahinter. In denen sollten eigentlich ständig Söldner einquartiert sein, aber Ulfr meint, nur wenige davon sind tatsächlich besetzt. Wenn überhaupt, dann nur an der vordersten, südlichen Linie.

In den weiten Abständen zwischen den Wällen hatte Jarisleif schon vor Jahren damit begonnen, Bauern aus Gebieten umzusiedeln, die er dem polnischen Königreich entrissen hat. Die sollen die fruchtbare Steppe urbar machen und gleichzeitig Nahrung und Kämpfer für die Befestigungen liefern. Wie wirkungsvoll diese Maßnahmen sind, werde ich herausfinden müssen.

Das Dorf, aus dem einer der Bauern mit seiner Frau geflüchtet ist, hat einem Überfall jedenfalls nicht widerstanden. Die Petschenegen kamen in der Nacht. Anscheinend konnten sie sich zwischen den Wällen frei bewegen. Wahrscheinlich, weil die Anlage ungenügend besetzt ist. Über die Angreifer selbst hat der Bauer kaum Neues zu berichten, außer, dass es ein Trupp von etwa hundert Mann gewesen sein muss. Sie haben das Dorf überfallen, als alle schliefen, haben die Hütten ausgeplündert und niedergebrannt. Viele der Dörfler seien ihrer Barbarei zum Opfer gefallen. Vieh und Vorräte hätten sie mitgenommen, Verletzte, Leichen und geschändete Weiber zurückgelassen.

»Habt ihr euch nicht gewehrt?«, frage ich.

Doch, hätten sie, sagt der Mann. Aber alles sei so überraschend gekommen. Jeder Versuch von Gegenwehr sei vergebens gewesen. Die wenigen, die nach den Waffen greifen konnten, seien schnell überwältigt und niedergemacht worden. Dann hätten sie sich über die Frauen hergemacht, den Dorfältesten und viele andere gefoltert, um die Verstecke ihrer Wertsachen herauszubekommen. Nur eine Handvoll, darunter er und seine Frau, seien mit Gottes Hilfe entkommen. Leider hätten sie ihre beiden Töchter nicht retten können. Die seien von den Wilden verschleppt worden. Ihm laufen Tränen übers Gesicht. Er kann nicht weitersprechen, als ihn die Erinnerungen übermannen.

»Habt ihr *væringjar* unter den Angreifern gesehen?«, will ich wissen. Aber das verneint er.

Ein zweiter Bauer, den wir befragen, kommt aus einem anderen Dorf. Er erzählt eine ähnliche Geschichte, die sich aber zwei Wochen später zugetragen hat. Diesmal seien die Bauern vorbereitet gewesen, hätten nachts Wachen aufgestellt. Ein paar von den Bastarden hätten sie auch getötet, aber am Ende seien sie genauso überwältigt und ausgeplündert worden.

»Wir haben nicht genug Waffen in den Dörfern. Und es braucht einfach mehr Krieger auf den Wällen und in den Türmen, Herr«, lässt der Mann mir sagen. »Dann wäre man gewarnt gewesen, hätte sich zusammenschließen und besser zur Wehr setzen können.«

»Das Bollwerk ist zum großen Teil unbewacht«, meint Ulfr. »Jahrelang ist es hier ruhig gewesen, und da hat man an Mannschaften gespart.«

Als Nächstes lassen wir Männer aus Dörfern zu Wort kommen, die südlich des Bollwerks liegen. Auch sie haben Ähnliches erlebt. Mit dem Unterschied, dass es dort weniger Tote zu beklagen gab. Weil man gar nicht erst versucht hat, sich zur Wehr zu setzen, nur zugesehen, wie die gesamte Habe, das Vieh und die Vorräte geplündert wurden. Viele sind daraufhin nach Kiew geflüchtet, um nicht zu verhungern.

»Wie viele Krieger haben die Petschenegen?«, frage ich immer wieder.

»Oh, es sind Hunderttausende«, sagt einer und rollt vor Furcht die Augen.

»Und hast du diese Hunderttausende gesehen?«, fragt Thorkel.

»Hab ich, Herr!« Der Mann nickt heftig.

»Ich wette, du weißt nicht mal, wie hunderttausend aussehen.«

»Doch, doch, ich schwör's. Sie tragen Hörner auf dem Kopf, und ihre Augen sind wie glühende Kohlen.«

»Und wo genau hast du sie gesehen?«

»Im Süden, in der Steppe. Tausende und Tausende von Zelten.«

»Dummes Zeug!«, knurrt Ulfr. »Gar nichts hat er gesehen. Petschenegen haben keine Zelte.«

»Nein, haben sie nicht«, sagt ein alter Rus. Er ist klein und mager. Sein Gesicht unter den weißen Haaren ist sonnenverbrannt und von tausend Falten durchzogen. »Sie haben runde Hütten, die sie abbauen und überallhin mitnehmen können. Die sind mit Filz und Leder bedeckt und nennen sich Jurten. Sehr bequem. Ich war selbst mal vor langer Zeit in so einem beweglichen Haus.«

»Und wer bist du?«, fragt Thorkel.

»Ich bin Hirte. Ich treibe Rinderherden über die Steppe. Ich kenne die Petschenegen. Sie lassen mich in Ruhe.«

»Und warum bist du dann unter den Flüchtlingen?«

»Ich bin kein Flüchtling. Ich bin hier, um ein paar Rinder zu verkaufen.«

»Was kannst du uns denn über die Nomaden sagen?«

»Sie sind wild. Das ist wahr. Aber es wird auch viel übertrieben. Nur der Khan, den sie jetzt zum Anführer gewählt haben, der ist sehr ehrgeizig. Mit Gewalt hat er mehrere Klans unter seiner Führung vereinigt.«

»Khan Badur?«, frage ich. »Wir sind ihm begegnet.«

Der Rindermann sieht mich erstaunt an. »Dann wisst Ihr vielleicht, dass der Mann ein Teufel ist. Es genügt ihm nicht, sein Volk zu neuen Weiden zu führen. Er hat sich in den Kopf gesetzt, Kiew zu erobern. Das habe ich einige Petschenegen sagen hören.«

»Und warum hast du es nicht gemeldet?«

»Bin erst gestern angekommen.«

»Was weißt du noch?«

»Eine Gruppe *væringjar* soll sich mit ihm verbündet haben. Es sind wohl die, die hier einen Aufstand angezettelt haben. So wurde mir berichtet.«

»Und von wem hast du das?«

»Ich hab ihnen vor Tagen Rinder verkauft. Sie kennen mich von früher.«

Verdammt. Dieser Khan Badur weiß also ganz genau, wie es hier um uns steht, kennt die Schwächen der Befestigung, kennt auch die Stärke unserer Besatzung. Nur ich weiß nichts über ihn und sein Heer und was er wirklich vorhat.

»Was ist seine Stärke? Mit wie vielen müssen wir rechnen?«

Der Alte wiegt den Kopf. »Schwer zu sagen. Aber weniger als fünf- oder sechstausend Berittene werden es wohl nicht sein.«

»Bei Thors Nüssen!«, flucht Ragnar. »*Valhöll*, ich komme!«

Fünftausend Reiter oder mehr? Entsetzt sehen wir einander an.

»Wie kommst du auf diese Zahl?«, fragt Thorkel, der sich als Erster von dem Schreck erholt.

»Man muss nur sehen, über welche Flächen sich ihre Pferdeherden ausdehnen. Jeder ihrer Krieger besitzt mindestens drei Pferde. Deshalb brauchen sie so viel Grasland. Und ist die eine Gegend abgegrast, ziehen sie weiter.«

»Und hast du Khan Badurs Lager gesehen?«

»Nur eines. Es gibt mehrere. Weit im Süden und Osten. Was sie bisher geschickt haben, waren nur kleine Späh- und Beutetrupps. Schwer zu sagen, wann sie zuschlagen. Ich denke mal, sie bereiten sich vor. Das heißt, falls sie es wirklich auf Kiew abgesehen haben.«

»Ich danke dir für die Auskunft«, sage ich und reiche dem Alten eine Handvoll Silber. Auch die Flüchtlinge lasse ich nicht zu kurz kommen. Selbst der Kerl, der uns den Unsinn erzählt hat, bekommt eine Silbermünze.

»Und? Wie siehst du das?«, fragt Halldor.

»Wie Ragnar schon sagt«, erwidere ich grimmig. »In *Valhöll* dürfen sie für uns schon mal die Pforten öffnen und das Bier ansetzen. Wenn es wirklich so viele sind, sieht es verdammt schlecht für uns aus.«

✳ ✳ ✳

Noch am selben Tag lasse ich Zimmerleute, Schmiede und Fuhrleute zusammenrufen, um mit den Arbeiten an den Palisaden zu beginnen. Natürlich werden auch sämtliche Söldner eingespannt. Sogar die Flüchtlinge müssen helfen. Wir teilen allein hundert Mann ein, um in den nahen Wäldern Holz zu schlagen und mit den verfügbaren Zugtieren in die Stadt zu bringen.

Wir planen und verteilen noch viele andere Arbeiten. Die Stadttore müssen verstärkt werden, Gräben sind zu vertiefen, Wälle zum Teil neu aufzuwerfen, morsches Holz muss durch frische Stämme ersetzt werden. Wir entwerfen Pläne für Pferdefallen, das heißt verdeckte Löcher im Boden, die wir vor den Befestigungen ausheben und mit eingegrabenen, spitzen Pflöcken versehen.

Ich gebe außerdem Anweisungen für die Fertigung von Schilden, Wurfspeeren und einer großen Menge von Bögen und Pfeilen. Die Wehrgänge sind auszubessern, Steine als Wurfgeschosse sollen darauf gelagert werden, dazu Öl und Pech für Brandpfeile. Wurfmaschinen wären nützlich gewesen, aber die besitzen wir nicht.

Mir ist klar, dass all diese Vorbereitungen keine Angelegenheit von ein paar Tagen sind. Allein das Nötigste wird Wochen in Anspruch nehmen. Und vielleicht ist es ohnehin zu spät, vielleicht überraschen uns die Petschenegen mit einem Angriff schon in den nächsten Tagen. Aber wir müssen uns zumindest die größte Mühe geben. Ich halte allen Beteiligten eine anfeuernde Rede. Danach führen Halldor, Ivar, Bogdan, Ragnar, Svein und Ulfr ihre Männer in diesen Wettlauf gegen die Zeit.

Kaum haben die Arbeiten begonnen, ereilt mich die Aufforderung, sofort im Palast zu erscheinen. Ich kann mir denken, warum.

Der fürstliche Palast von Kiew ist anders als der in Holmgarð. Vor allem größer und nicht aus Holz, sondern aus Stein gebaut. Die Halle kommt mir weiter und höher vor, wenn auch nicht unbedingt prächtiger. Kurz nach unserer Ankunft in Kiew hatte Prinz Ilya mir Gemächer im Palast angeboten, doch ich habe ein bescheideneres Haus im Nordteil der Stadt in der Nähe meiner Männer bezogen. Vielleicht ist er deshalb schlecht auf mich zu sprechen. Weil ich es vorziehe, beim Pöbel zu wohnen.

Dass unser Verhältnis nicht mehr so herzlich ist wie in Holmgarð, ist inzwischen deutlich geworden. Ich bin mir nicht sicher, warum, höchstens, dass ich ihm nicht genug huldige in seiner neuen Stellung, ihn nicht um Rat oder Erlaubnis frage, bevor ich handele.

Er blickt mir ungehalten entgegen, als ich die Halle betrete, nimmt meinen höflichen Gruß kaum zur Kenntnis und stellt mich auch den Anwesenden nicht vor. Denn wir sind nicht allein. Kiewer Bojaren, edel gekleidet und mit Gold und Silber behängt, sind bei meinem Eintritt in Gespräche vertieft, verstummen aber, als sie mich wahrnehmen, und beäugen mich mit Blicken, die man fast feindselig nennen könnte. Neben Ilyas Thronstuhl steht der junge Dragan. Auch der gütige Patriarch Johannes ist zugegen. Seine Miene sieht aus, als wäre ihm eine Maus in die Milch gefallen. Das alles verheißt nichts Gutes.

Wieso ich dazu käme, ohne seine Zustimmung sämtliche Handwerker von ihren Arbeiten abzuziehen, will Ilya in ziemlich scharfem Ton wissen.

»Die Befestigungen sind in einem jämmerlichen Zustand«, erkläre ich. »Wir brauchen jeden Mann, um sie auszubessern. Besonders die Handwerker. Aber auch Fuhrleute und Lastenträger. Natürlich packen meine Söldner mit an.«

»Aber wir bauen doch gerade eine neue Kirche«, äußert sich der Patriarch vorwurfsvoll, fast ein wenig bockig wie ein Kind, dem man das Spielzeug genommen hat. »Zu Ehren der heiligen Mutter unseres Erlösers. Die Handwerker werden dafür gebraucht. Besonders die Zimmerleute. Ich kann sie nicht entbehren.«

»Sobald wir fertig sind, könnt Ihr sie wiederhaben, ehrwürdiger Vater. Aber viele der Palisadenpfähle sind morsch und müssen ersetzt werden, Tore müssen besser gesichert und Wehrgänge zum Teil erneuert werden.«

»Als Heide wirst du das vielleicht nicht verstehen«, erwidert der Patriarch. »Aber wir vertrauen voll und ganz auf Gott. Und deshalb hat der Dienst an unserem Herrn Jesus Christus Vorrang vor allen weltlichen Bedürfnissen. Es gibt noch viele Seelen zu bekehren und auf den rechten Pfad Gottes zu führen.« Und dann fügt er etwas bissig hinzu: »Auch die deine, möchte ich anmerken.«

»Vorrang?« Ich ziehe die Brauen hoch. »Nicht, wenn Ihr am Leben bleiben wollt, ehrwürdiger Vater. Jederzeit können die Petschenegen über Kiew herfallen. Ihr Khan hat geschworen, die Stadt einzunehmen und auszuplündern.«

»Aber nein, Harald, in dieser Stadt herrscht Gott. Er wird Kiew beschützen. Wir alle müssen unsere Sünden beichten und täglich zu ihm beten. Auch du, mein Sohn. Dann wird uns nichts geschehen.«

»Ich denke nicht, dass Beten hilft, wenn Feinde die Palisade einreißen und in die Stadt strömen, um zu plündern und zu töten. Das Christenkreuz wird sie wohl kaum daran hindern. Nur Waffengewalt und eine starke Festung.«

Verunsichert blickt der Patriarch zu Prinz Ilya hinüber, der sich daraufhin genötigt sieht, ihm zu Hilfe zu kommen. »Ich denke, du siehst die Lage falsch, Harald. Die Petschenegen sind Nomaden. Sie suchen nur frisches Gras für ihre Pferde. Bald werden sie weiterziehen. Warum sollten sie sich hier blutige Nasen holen?«

Wie kann der Mann so reden? Er weiß doch, wie kriegerisch die Petschenegen sind. Er selbst hat Khan Badur gesehen und dem Gespräch mit Sigurd gelauscht. Dessen Drohung war unmissverständlich. Nicht umsonst haben sie die Umgebung der Stadt ausgespäht. Wieso lässt er sich von dem dummen Gewäsch dieses Christenpriesters einwickeln?

»Wir haben Berichte von Augenzeugen«, sage ich, »die besagen, dass sie einen Angriff auf die Stadt planen. Und der Spähtrupp, dem wir begegnet sind, hat das auch bestätigt.«

»Wir haben davon gehört«, sagt einer der Bojaren. Seine Stimme klingt geringschätzig. »Eine Handvoll Krieger und ein paar Gesetzlose.«

»Kiew hat bisher immer standgehalten«, murrt ein anderer, ein älterer Mann mit einem beträchtlichen Bauch über dem Gürtel. »Eine Bande von Steppenreitern wird daran nichts ändern.«

»Bande?«, rufe ich ungeduldig. »Ich habe Berichte, die von mindestens fünftausend Kriegern sprechen. Fünftausend! Und es könnten sogar noch mehr sein. Das ist keine Bande, sondern ein gewaltiges Heer.«

Die Bojaren wechseln unruhige Blicke. Meine Worte haben zumindest bei einigen Eindruck gemacht. Natürlich kann ich für diese Zahl keine Hand ins Feuer legen. Ich verlasse mich da auf die Schätzung eines einzigen Mannes. Doch seine Aussage hat vernünftig geklungen. Und es wäre in jedem Fall ein Fehler, den Feind zu unterschätzen.

»Fünftausend, sagst du?« Prinz Ilya grinst spöttisch und macht eine wegwerfende Handbewegung. »Das glaube ich nicht. Ich denke, das ist bei weitem übertrieben.«

»Du selbst hast die Petschenegen mit der Geschichte aus eurer Bibel verglichen«, erinnere ich ihn. »Eine Heuschreckenplage hast du sie genannt, die über das ganze Land herfällt und alles kahlfrisst.«

»Nun ja.« Er macht ein verlegenes Gesicht. »Das habe ich im Grunde nicht so gemeint. Diese Klans sind untereinander meist zerstritten. Sie leben mit und von ihren Herden. Mit Städten können sie nichts anfangen. Die weite Steppe ist ihre Heimat. Nur leider tauchen ab und zu einige ihrer Stämme auf, so wie jetzt, um Vieh zu stehlen und ungeschützte Dörfer auszurauben. Das können wir natürlich nicht zulassen. Aber eine wirkliche Gefahr sind sie nicht.«

Er blickt in die Runde der Bojaren, wie um sich Zustimmung zu holen. Die er auch prompt bekommt. Wir sollen sie vertreiben, höre ich, die Grenzen sichern, die Petschenegen am Übergang des Ros hindern, am besten, bevor sie überhaupt das Bollwerk erreichen. Langsam verstehe ich. Diese Männer sind alle Großgrundbesitzer. Die wollen ihre Dörfer, Äcker und Viehherden schützen. Das ist ihnen wichtiger als die Palisaden von Kiew.

Neben den Landbesitzern melden sich nun auch reiche Kaufleute zu Wort und klagen, dass der Aufstand in der Stadt bereits fremde Händler vergrault hat. Und jetzt auch noch diese beunruhigenden Gerüchte. Das sei äußerst schlecht für den Handel, von dem die Stadt lebt. Es gebe nur eines: Die Ros-Linie müsse verteidigt werden.

»Und wie wollt ihr das anstellen?«, frage ich. »Es gibt in der Stadt nicht mal Pferde für ein Viertel meiner Männer.«

»Pferde können wir liefern«, erwidert einer.

Ich schüttele den Kopf. »Das ist gut, aber wir sind nicht in der Lage, es mit den Petschenegen im Reiterkampf aufzunehmen. Darin haben wir weder Erfahrung noch die Zeit, es zu lernen. Und auch nicht genug Männer.«

»Wir leben mit den Petschenegen, seit ich denken kann«, knurrt einer der Bojaren ungehalten. »Wir brauchen keinen wie dich, um uns zu sagen, wie man mit ihnen fertig wird.«

»Kann es sein, dass du zu feige bist, es mit ihnen aufzunehmen?«, lässt sich eine Stimme aus dem Hintergrund vernehmen.

Mir steigt das Blut ins Gesicht. Wie kommt der Kerl dazu, mich feige zu nennen? Nur mit Mühe beherrsche ich mich. »Ich habe nicht mehr als dreihundert Mann«, sage ich. »Mit den *húskarlar* kommen noch fünfzig dazu. Wie sollen wir damit Kiew bewachen und noch dazu ein Heer von fünftausend Reitern schlagen? Kann mir das einer erklären? Oder könnt ihr Bojaren mir vielleicht noch ein paar tausend erfahrene Krieger leihen?«

»Wir haben nicht mal genug, um unsere eigenen Ländereien zu schützen«, sagt der Mann mit dem Dickwanst. »Da können wir niemanden erübrigen. Kiew ist, verdammt nochmal, deine Verantwortung, Ilya. Nicht unsere.«

»Gerade deshalb müssen wir die Schlangenlinie halten«, erwidert der Prinz. Er wirft mir einen strengen Blick zu. »Und das ist ja auch dein Auftrag, Harald. Das hat mein Vater dir ans Herz gelegt. Um die Stadt musst du dich nicht kümmern. Kiew ist befestigt genug. Ich befehle dir deshalb, sobald ihr genügend Pferde habt, deine Männer nach Süden ins Bollwerk zu verlegen. Dort gehören sie hin.«

Ich kann kaum glauben, was ich da höre. »Das Bollwerk an der Ros ist nur teilweise besetzt, wie ich gehört habe. Und um eine Strecke wie die Schlangenlinie wirksam zu schützen, braucht es weit mehr Männer, als ich zur Verfügung habe. Leider sind uns wegen des Aufstands auch noch weitere zweihundert Mann verlorengegangen.« Ich wende mich an die Bojaren. »Ich nehme an, ihr alle besitzt Ländereien da draußen. Häuser, Bauernhöfe und natürlich Sklaven, die eure Felder bestellen. Ich kann verstehen, dass ihr den Besitz verteidigen wollt.«

»Verdammt richtig«, erwidert der Fettwanst in einem herablassenden Ton. »Deshalb sollst du ja auch das Bollwerk sichern. Damit unser Land und unsere Dörfer nicht geschädigt werden. Damit die Petschenegen gar nicht erst herkommen. Das ist doch nicht schwer zu begreifen.«

»Aber ich sagte doch gerade, dazu fehlt es uns an Mannschaften. Das Bollwerk wird sie nicht aufhalten. Da draußen werden wir nur noch mehr Männer verlieren und schließlich überrannt werden. Und wenn ihr dann mit euren Weibern und Kindern Zuflucht in Kiew sucht, dann steht zwischen euch und fünftausend mordlustigen Petschenegen, die nur darauf warten, die Kirchen zu plündern, euer Silber zu stehlen und sich an euren Weibern zu vergehen, nur noch diese halb morsche Palisade und eine Handvoll *húskarlar*.«

Das sorgt für betretenes Schweigen. Doch der Fettwanst lässt sich nicht beirren. »Ich glaube nicht an deine fünftausend. Das ist bei weitem übertrieben. Außerdem haben sie keine Belagerungsmaschinen, und gegen die Palisade sind ihre Pferde nutzlos.«

»Ich kann nur wiederholen, die Palisade ist in schlechtem Zustand«, sage ich, inzwischen schon ziemlich gereizt. »Und von den *væringjar*, die hier den Aufstand angezettelt haben, sind viele zu Khan Badur übergelaufen. Diese Männer wissen genau, wo die Schwachstellen unserer Verteidigung liegen.«

Nun sehe ich doch einige besorgte Mienen. Doch die Mehrheit starrt mich weiter trotzig an. Diese Holzköpfe wollen einfach nicht verstehen. Prinz Ilya hat schweigend zugehört, doch seine Miene sagt mir, auch ihn habe ich nicht wirklich überzeugt. Trotzdem wendet er sich jetzt an die Bojaren mit den Worten: »Lassen wir Harald wenigstens erklären, was sein Plan ist.« Und zu mir: »Also, was schlägst du vor?«

»Als Erstes werde ich Boten zum Großfürsten entsenden, damit er uns die dringend nötigen Verstärkungen schickt. Man kann nur hoffen, dass sie rechtzeitig eintreffen.«

Dann zähle ich in allen Einzelheiten auf, was zur Verteidigung der Stadt zu tun und vorzubereiten ist. Ilyas Gesicht wird immer länger. Statt zu überzeugen, scheinen meine Erklärungen ihn noch mehr gegen meinen Plan aufzubringen. Schließlich hebt er genervt die Arme in die Höhe.

»Mein Gott! Das wird ja ein Vermögen kosten. Wer, zum Teufel, soll das alles bezahlen? Ich müsste eine Sonderabgabe erheben.«

»Ich denke mal, die Stadt ist reich genug«, erwidere ich. »Allein, was in dieser Halle an Gold und Edelsteinen zur Schau gestellt wird, würde fürs Erste reichen.«

Diese spöttische Bemerkung war dumm von mir. Sie beschert mir nicht nur empörte Blicke, sondern heftigen Widerspruch und anhaltendes Gemurre. Käme gar nicht in Frage, sie würden schon genug an Abgaben leisten. Für Kiew seien sie schließlich nicht zuständig.

Prinz Ilya unterbricht das Gerede und fragt: »Und wie lange würdest du für diese Arbeiten brauchen?«

Ich zucke mit den Schultern. »Das hängt von den Petschenegen ab. Kann sein, dass sie schon morgen vor den Toren stehen. Dann hat sich alles erübrigt. Oder sie kommen übermorgen oder nächste Woche. Vielleicht erst in einem Monat. Aber sie werden kommen. Davon bin ich überzeugt. Du hast Sigurd gehört. Und ich habe die Gier in den Augen dieses Khan gesehen. Bis es so weit ist, werden wir ununterbrochen arbeiten, um die Stadt so sicher wie nur irgend möglich zu machen. Sobald Verstärkungen eintreffen, können wir auch daran denken, das Bollwerk zu besetzen.«

Ilya schüttelt den Kopf. »Ich kann das nicht zulassen. Niemand hat je von einem Heer von fünftausend Petschenegen gehört. Außerdem ist die Stadt in meinen Augen sicher genug. Für unnötige Ausbesserungen haben wir keine Mittel. Und neue Abgaben werde ich auch nicht einfordern. Ersetze meinetwegen ein paar morsche Pfähle, und das war's. Spätestens in einer Woche macht ihr euch auf den Weg zum Bollwerk. Und ich warne dich, Harald. Das ist mein letztes Wort.«

»Und was ist mit meiner Kirche?«, fragt der Patriarch.

»In einer Woche, Vater, kannst du wieder deine Zimmerleute haben.«

»Danke, mein Sohn. Der Herr sei gelobt.«

Ich brodele innerlich vor Wut. Der dicke Bojar, er scheint so eine Art Fürsprecher der anderen zu sein, grinst mich hämisch an, als hätte er einen Sieg über mich errungen. Ich bin kurz davor, Ilya daran zu erinnern, dass er kein Recht hat, sich in militärische Fragen einzumischen, aber dann würde es vor diesen Adeligen zu einem hässlichen Streit kommen. Ich halte mich also zurück. Allerdings nur mit Mühe.

Es ist offensichtlich, dass Ilya sich bei den Bojaren einschmeicheln will. Vielleicht fühlt er sich doch nicht so sicher in seiner Stellung, dass er das nötig hat. Und dass sein Vater ihm einen wie mich zur Seite gestellt hat, der ihm auch noch widerspricht, muss ihn ärgern.

»Also gut«, sage ich, »aber da ist noch eine Angelegenheit.«

»Was denn noch?«

»Nur unter vier Augen.«

Ilya sieht aus, als wollte er mich am liebsten zum Teufel schicken. »Kann das nicht warten?«, fragt er ungehalten.

»Tut mir leid. Es ist wichtig.«

»Also gut.« Er bedeutet den Bojaren, dass die Versammlung beendet ist, und wendet sich zum Gehen. »Dann komm mit«, wirft er über die Schulter. »Und du auch, Dragan.«

»Ich hatte gesagt, unter vier Augen.«

»Dragan berät mich, was das Militärische angeht«, ist die Antwort. »Schließlich ist er von hier und kennt die Gegebenheiten am besten.«

Ach, so ist das. Hat er jetzt einen Arschkriecher gefunden? Doch ich unterdrücke eine ärgerliche Antwort. Ilya führt uns in einen Raum, der wohl als privates Empfangszimmer dient. Er lässt sich auf einem Stuhl nieder. Uns bietet er keine Sitzgelegenheit an.

»Du weißt, dass eine Woche nicht genug ist«, sage ich. »Nicht mal im Entferntesten.«

»Ich dachte, ich hätte mich klar genug ausgedrückt«, erwidert Ilya gereizt.

»Hast du. Aber zu viele Jahre ist hier nichts gemacht worden. Wall und Palisade sehen aus, als wenn sie noch von deinem Großvater stammen. Die Bojaren denken nur an ihre Besitzungen. Wir können aber nicht Kiew und gleichzeitig das Bollwerk halten. Wir müssen uns entscheiden. Aber ich will verdammt sein, die Stadt wegen ein paar Kühen deiner Bojaren zu verlieren.«

»Mein Gott, bist du hartnäckig.« Er seufzt genervt. »Also gut. Ich gebe dir noch eine Woche dazu, Harald, mehr nicht. Such an Arbeiten aus, was dir am wichtigsten erscheint. Danach gehen die Handwerker und Fuhrleute wieder ihren gewöhnlichen Aufgaben nach. Das muss einfach genug sein. Und du reitest mit deinen Männern, um das Bollwerk zu besetzen.«

»Aber …«

»Ich will es so!«, fährt er mich an.

»Wir haben nicht genug Pferde.«

»Du hast doch gehört. An Pferden soll es nicht mangeln!«

Wir starren uns gegenseitig wütend an. Ist er wirklich so hirnlos, dass er nicht das Offensichtliche sieht? Dass er sich von diesen selbstsüchtigen Bojaren gängeln lässt, die nur an ihre Ländereien denken? Aber das kann ich ihm natürlich nicht sagen. Und zwei Wochen sind besser als gar nichts.

»Also gut. Zwei Wochen. Und ich werde Boten nach Holmgarð schicken und in den nächsten Tagen einen Spähtrupp anführen, um mir entlang der Linie am Ros einen Überblick zu verschaffen. Danach sehen wir weiter.«

»Einverstanden.« Er nickt, jetzt wieder gnädiger gestimmt. »Und was ist so wichtig, dass du es mir nur unter vier Augen sagen kannst?«

Ich werfe Dragan, der neben mir steht, einen kurzen Blick zu, denn was ich auf dem Herzen habe, betrifft in gewisser Weise auch ihn. Er hat bisher kein Wort geäußert, nur aufmerksam zugehört.

»Ist dir eigentlich bewusst, wieso es zu diesem Aufstand kam?«, frage ich Ilya.

»Anscheinend waren sie unzufrieden mit ihrem Sold. Aber das ist ja nicht ungewöhnlich. Söldner maulen doch immer.«

»Man hat sie betrogen«, sage ich.

»Ach, dummes Zeug, Harald. Du glaubst doch nicht, was diese Kerle dir erzählen. Wir haben Verwalter für die Auszahlungen. Unsere Mönche führen Buch. Es wird alles genau abgerechnet. Niemand wird betrogen.«

»Ja, so kenne ich es auch von deinem Vater. Deshalb habe ich nachgeprüft. Ich habe wahllos zehn Mann aus Ulfrs Truppe ausgewählt und mir von jedem getrennt sagen lassen, wie viel

Unzen an Münz- oder Hacksilber er bekommen hat. Im Grunde war es bei allen in etwa das Gleiche. Und auch Ulfr hat die Menge bestätigt. Er war bei der Auszahlung dabei. Ulfr ist ein ehrlicher Mann. Außerdem hat er für die Stadt gekämpft und das Schlimmste verhindern helfen. Das solltest du bedenken.«

»Und? Was willst du mir damit sagen?«

»Ich habe mir von den zuständigen Mönchen ihre Einträge in den Büchern zeigen lassen. Daraus geht hervor, dass sie in Wirklichkeit das Doppelte gezahlt haben. Aber nicht direkt an die Söldner, sondern an seinen Oheim.« Ich deute auf Dragan, der bei meinen Worten merklich zusammenzuckt. »Dieser Darko hat dann die Bezahlung der Söldner selbst durchgeführt, ihnen aber nur die Hälfte ausgehändigt und den Rest für sich behalten.«

Ilya sieht Dragan an. »Kann das wahr sein?«, fragt er streng.

Dragan zögert. Bestimmt hat er davon gewusst und überlegt nun, ob er es einfach abstreiten soll. Aber er weiß natürlich, dass über die Soldzahlungen Buch geführt wird. Dass man alles nachprüfen kann und dass es für ihn persönlich klüger wäre, sich nicht vor seinen Onkel zu stellen.

»Ich bin mir nicht sicher, Hoheit. Ich habe mit diesen Dingen nichts zu tun. Aber es hat Gerüchte gegeben, das gebe ich zu. Über Unregelmäßigkeiten.«

Ilya pfeift ärgerlich durch die Zähne und starrt Dragan wütend an, bis der den Blick auf seine Stiefel senkt. »Verdammte Scheiße«, murmelt Ilya und schüttelt den Kopf, als könnte er es nicht glauben. »Deshalb haben sie den Kerl also umgebracht.«

»Das hätten sie natürlich nicht tun dürfen«, erwidere ich. »Aber die Männer waren äußerst aufgebracht. Denn es betraf nicht nur den Sold des letzten Jahres. Die Sache geht noch weiter zurück. Sie haben sich wiederholt beim Patriarchen beschwert. Aber nichts ist geschehen.«

Es herrscht betretenes Schweigen. Besonders Dragan scheint sich sichtlich unwohl zu fühlen. Schließlich sieht Ilya zu mir auf und zuckt mit den Schultern. »Das ist natürlich sehr bedauerlich. Aber was können wir jetzt noch tun?«

»Die Angelegenheit muss bereinigt werden. Ich habe es den Männern versprochen.«

Er runzelt die Stirn. »Das war aber vorschnell, Harald. Wie stellst du dir das vor? Ich werde doch nicht zweimal zahlen.«

»Dann hol es dir von Dragans Familie. Dort muss es doch irgendwo sein. Oder hat der Mann schon alles verprasst?«

Dragan protestiert. »Niemand in meiner Familie hat davon gewusst.«

»Das bezweifle ich«, sage ich, was mir einen bösen Blick von ihm einbringt.

»Der Mann ist tot«, sagt Ilya. »Und Dragans Familie gehört zu den angesehensten in der Stadt. Ich werde sie jetzt nicht nachträglich mit solchen Anschuldigungen beleidigen oder sie gar berauben. Anschuldigungen, die wir nicht einmal eindeutig beweisen können. Du hast dich heute bei den Bojaren nicht gerade beliebt gemacht, Harald. Also schlag dir das aus dem Kopf. Ich kann nur dafür sorgen, dass so etwas nicht noch einmal vorkommt. Für Ulfrs Männer tut es mir leid, aber mehr ist nicht drin.«

Ich kann es nicht fassen. Er ist zu feige, der Sache auf den Grund zu gehen. Aus Angst, er könnte diese angesehene Familie beleidigen. Genauso wie er den Bojaren nach dem Mund redet. Was für ein Herrscher will er eigentlich sein?

»Du erlaubst, dass diese Männer bestohlen werden? Und dann sollen sie für dich kämpfen? Wie stellst du dir das vor? Und was ist mit meinen eigenen Männern, wenn es sich herumspricht, wie hier mit den Söldnern umgegangen wird?«

»Verdammt nochmal, Harald!«, faucht Ilya. »Das entscheide allein ich und nicht du. Und ich lass mir von deinen dreckigen

Söldnern nicht vorschreiben, was zu tun ist. Hast du verstanden?«

Dreckige Söldner? Ich bin sprachlos. Und wütend. Wir beide funkeln uns ziemlich zornig an. Ich glaube, Dragan wagt kaum, sich zu rühren. Ich höre eine einsame Fliege durch den Raum brummen. Ansonsten ist es still. Selbst von der Halle her hört man keine Stimmen mehr. Die Bojaren müssen den Palast verlassen haben. Aber die Anspannung im Raum ist mit Händen zu greifen.

Wie soll ich mich verhalten? Nachgeben? Einen weiteren Streit vermeiden? Aber das geht nicht. Dann würde ich den Respekt meiner Krieger verlieren. Plötzlich erinnere ich mich an das, was ich mir nach der verlorenen Schlacht bei Stikla Stad geschworen hatte. Mir niemals mehr Dinge aufzwingen zu lassen, zu denen ich nicht stehen kann. Besonders nicht, wenn es um das Leben meiner Leute geht.

»Wenn das so ist, Ilya«, sage ich eisig, »dann schlage ich vor, du holst dir deine Krieger bei den edlen Bojaren, die du nicht vor den Kopf stoßen kannst. Denn auf mich und meine Männer wirst du verzichten müssen. Morgen früh kehren wir nach Holmgarð zurück. Ich denke, Ulfr wird sich mir anschließen.«

Er springt auf. »Das kannst du nicht machen!«, ruft er aufgebracht. »Du hast den Befehl meines Vaters. Du sollst das Schlangenbollwerk verteidigen. Und außerdem bin ich es, der für die Stadt verantwortlich ist. Du bist mir unterstellt. Ich verbiete dir, Kiew zu verlassen.« Er ist ganz rot im Gesicht geworden.

»Ich erinnere mich noch sehr gut an das, was dein Vater gesagt hat. Alles Militärische solltest du mir überlassen, das waren seine Worte. Und ich habe jetzt genug von deinen dummen Entscheidungen. Wenn du das Bollwerk bewachen willst, kannst du es selber tun. Wir kehren nach Holmgarð zurück.

Und wenn Kiew fällt, wird dein Vater wissen, dass sein Sohn unfähig ist, das Richtige zu tun.«

Damit verlasse ich den Raum und den Palast.

Doch bereits auf dem Weg zu den Mannschaftsquartieren frage ich mich, ob ich im Zorn nicht viel zu voreilig reagiert habe. In meiner Unbeherrschtheit habe ich mir Ilya zum Feind gemacht. Wie konnte ich nur so blöd sein? Vor allem würde es Jarisleif nicht gefallen, dass ich seinen Sohn während der Bedrohung eines Petschenegen-Überfalls im Stich lasse. Aber jetzt kann ich keinen Rückzieher machen, ohne Dreck zu fressen und das Gesicht zu verlieren. Schon fange ich an, mich innerlich einen Hornochsen zu schimpfen, da höre ich eine Stimme hinter mir und eilige Schritte. Als ich mich umdrehe, ist es Dragan, ganz außer Atem. Er muss gerannt sein.

»Was ist los?«, frage ich.

»Er stimmt zu«, sagt er keuchend.

»Was?«

»Der Prinz. Er bezahlt den Fehlbetrag. Gleich morgen.«

»Bestimmt? Wie sicher ist das?«

»Ziemlich sicher.« Er atmet immer noch heftig. »Weil wir es aufbringen müssen. Meine ganze Sippe.« Er starrt mich ärgerlich an. »Wir müssen jetzt den Schlamassel ausbaden.«

Ich zucke gleichmütig die Schultern. »Dein Onkel hat es euch eingebrockt, nicht ich. Also holt es euch von seiner Witwe. Die sitzt doch bestimmt auf dem gestohlenen Schatz.«

»Du bist schon ein rechter Bastard!«, faucht er mich an.

Aber ich lache nur und lasse ihn stehen. Doch nach ein paar Schritten drehe ich mich noch einmal um. »Ich bin nicht hier, um allen zu gefallen, sondern um die Stadt zu beschützen.«

DAS SCHLANGENBOLLWERK

Aila ist wütend auf mich. »Wie kannst du nur so dumm sein und dir den Zorn des Prinzen zuziehen?«

»Er hat nachgegeben.«

»Aber er wird sich rächen.«

Es ist schon spät. Die Sklavin Enni hat abgeräumt und ist zu Bett gegangen. Wir sitzen noch bei Kerzenlicht und einem Becher Wein. Es war tagsüber warm gewesen, und Aila trägt auch jetzt nur ein leichtes Leinenhemd mit einem Wolltuch, lose um die Schultern gelegt, gegen die Nachtkühle. Ich denke, sie ist nicht wirklich wütend, denn ihre nackten Füße liegen immer noch in meinem Schoß. Aber sie ist besorgt.

»Er braucht mich«, sage ich.

»Er braucht deine Männer.«

»Das läuft aufs Gleiche hinaus.«

»Er könnte dich durch diesen Dragan ersetzen.«

»Wohl kaum. Denkst du, meine Jungs lassen mich im Stich?«

Sie runzelt die Stirn. »Alles ist denkbar, Harald. Für genug Silber. Er könnte dich zum Beispiel ermorden lassen.«

»Was für düstere Gedanken du hast!«

»Erinnere dich an Kaukos Traum.«

»Ach, vergiss den dummen Traum.« Ich hebe einen ihrer Füße hoch und knabbere zum Spaß an ihren Zehen.

»He, lass das!« Sie nimmt die Beine von meinem Schoß. »Ich meine es ernst.«

»Wenn er mich ermorden ließe, dann hätte er gleich noch einen weiteren Aufstand am Hals. Nein, der Mann lässt sich nur allzu leicht beeinflussen. Er will den Bojaren zeigen, dass er ihnen ein guter und entschlossener Herrscher ist, er ihre Belange verteidigt.«

»Und gerade deshalb solltest du dich nicht mit ihm anlegen.«

»Aber Ilya ist kein Kerl wie sein Vater. Er schmeichelt sich gern bei Leuten ein, hast du das noch nicht bemerkt? Das hat er bei mir zuerst auch getan. Dann bei den Männern auf der *Bloð-hrafn*. Er wollte unbedingt zeigen, dass er rudern kann. Wollte sich beliebt machen. Und jetzt redet er den Bojaren nach dem Mund, statt das Vernünftige zu tun. Ihm ist es lieber, Ulfrs Männer ungerecht zu behandeln, als Dragans ach so wichtige Familie vor den Kopf zu stoßen.«

»Schwache Menschen können am gefährlichsten sein. Weil sie einem ins Gesicht schöntun und hinterrücks zustechen.«

»Jetzt hör aber auf mit diesen trüben Gedanken. Ich gebe zu, Ilya hat sich verändert, seit wir hier sind. Aber das wird sich schon wieder einrenken. Ich denke, er ist im Grunde kein schlechter Kerl.«

»Gib einem Menschen Macht, und du wirst sein wahres Wesen erkennen.«

»Komm mal her«, sage ich lächelnd und ziehe sie auf meinen Schoß. »Du machst dir zu viele Sorgen. Und woher hast du all diese Weisheiten?«

»Als Sklave lernst du schnell, wie es ist, wenn einer Macht über dich hat.« Aber dann bemerkt sie das Grinsen auf meinem Gesicht. »Ja, mach dich nur lustig über mich«, schmollt sie. »Ich will doch nur, dass dir nichts geschieht. Dass du dir nicht unnötig Feinde machst.«

Ich küsse sie sanft. Und dann noch einmal, diesmal weniger sanft, dafür umso begehrlicher. Meine Hand gleitet unter ihren Rock, und sie lässt es geschehen. Bald spüre ich ihren Atem heftiger werden. Dann steht sie auf, nimmt mich am Arm und zieht mich in unsere Kammer. Wir lieben uns lang und ausgiebig, ohne Hast und in großer Vertrautheit. Ich kenne inzwischen jede Falte und jede Pore ihres Leibes. Ihr geht es gewiss nicht anders. Ganz ohne Scheu verfallen wir in die gewohnten Liebkosungen, wohl wissend, was dem anderen gefällt, welches Spiel die Lust ins Unermessliche steigert. Vertraut und aufregend zugleich. Ich kenne nur Aila, hatte noch nie eine andere Frau. Aber sie ist mir genug, die Einzige, die ich begehre.

Wir liegen Seite an Seite. Der Schweiß kühlt die erhitzte Haut. Ich spüre ihre Hand, die sanft über meinen Bauch streicht. »Ich bin mit Kind«, sagt sie leise.

Abrupt stütze ich mich auf einen Ellbogen. »Wirklich? Bist du sicher?«

Sie nickt. »Seit wir Holmgarð verlassen haben, hatte ich keine Blutungen mehr.«

»Vielleicht haben sie sich verspätet.«

»Nein. Es ist ja nicht das erste Mal, dass ich schwanger bin. Man spürt es. Etwas verändert sich.«

Ich nehme ihr Gesicht zwischen beide Hände und küsse sie. »Na endlich. Darauf habe ich schon lange gewartet.«

»Ich auch«, höre ich sie in der Dunkelheit flüstern. »Aber ich fürchte mich auch. Nach dem, was mit den anderen passiert ist.«

»Diesmal nicht. Diesmal wird alles gut.« Ich nehme sie in meine Arme und bin glücklich. Sanft streiche ich ihr über den Bauch, wie um das neue Leben zu erkunden. Es ist mir gleich, ob es ein Haraldsson oder eine Haraldsdóttir wird, solange es gesund bleibt. »Wir sollten endlich heiraten, Aila. Der Patriarch, dieser alte Narr, kann uns trauen.«

»Der wird uns nicht in seine Kirche lassen. Für ihn sind wir doch Heiden.«

»Du vielleicht. Aber ich bin getauft«, sage ich und muss grinsen, als sie sich erstaunt von mir löst.

»Du bist Christ?«

»Bei uns zu Hause hat Harald Tryggvason, Olafs Vorgänger auf dem Thron, meine Eltern zwangsweise taufen lassen und unter Strafe verlangt, dass sie dies auch mit ihren Bauern und Kindern tun. Meiner Mutter war es gleich. Das bisschen Wasser schadet nichts, hat sie oft gesagt. Nur, in eine Kirche sind wir nie gegangen. Im Gegenteil. Niemand bei uns hat sich von den alten Bräuchen losgesagt. Vom Christentum weiß ich wenig bis gar nichts. Außer, was ich bei den Griechen in Holmgarð gelernt habe, die mir die Sprache beigebracht haben. Aber wenn es drauf ankommt, kann ich behaupten, Christ zu sein.« Ich nehme ihre Hand in die meine. »Also, einer Heirat steht nichts im Wege. Höchstens, dass du dich auch taufen lassen müsstest.«

Sie antwortet nicht gleich, scheint nachzudenken. »Heiraten. Das wäre schön«, sagt sie nach einer Weile und seufzt. »Aber ich möchte nicht.«

»Warum denn nicht?«

»Ich bin eine Freigelassene. Und du bist von königlichem Blut. Das passt nicht zusammen.«

»Red keinen Unsinn! Was kümmert uns meine oder deine Abstammung? Wir gehören zusammen, das weißt du doch. Und das allein zählt.«

»Nicht in den Augen der Leute, Harald. Ich weiß, dass du mich liebst. Und ich dich. Mehr als alles in der Welt. Aber ich bin keine Frau für einen Harald Sigurdsson. Du bist der Bruder und bald auch der Oheim eines Königs. Man würde dich für eine solche Ehe verachten.«

Ich ziehe sie an mich. »Niemals, mein Herz. Niemand wird uns verachten. Außerdem ist es mir völlig gleich, was die Leute denken.«

Doch sie schüttelt den Kopf. »Irgendwann wirst du standesgemäß heiraten müssen. Das weiß ich schon lange. Und dann ist es wichtig, dass du die richtige Frau wählst. Elisif, zum Beispiel, wäre eine gute Wahl, eine Prinzessin der Rus. Sie würde dir Ländereien, Ansehen und Einfluss verschaffen. Und sie mag dich.«

»Was redest du da? Bist du verrückt? Ich will keine Elisif. Ich will dich in meinem Leben. Für immer.«

»Kannst du ja auch.« Sie schlingt die Arme um meinen Nacken und schmiegt sich lustvoll an mich. »Alle Fürsten haben Nebenfrauen.«

»Ich bin kein Fürst.«

»Aber du wirst einer werden. Da bin ich mir sicher. Und dann will ich deine Zweitfrau sein, deine Geliebte. Du kannst mir so viele Kinder machen, wie du willst.« Ich höre sie leise lachen. »Aber nur, wenn du jede Nacht mit mir tust, was wir gerade gemacht haben. Versprochen?«

»Jede Nacht?«

»Jede Nacht. Und am besten fängst du gleich wieder damit an.« Sie kichert. »Damit du nicht aus der Übung kommst.«

* * *

Mit dem Spähtrupp will ich noch warten, bis Ilya sein Versprechen eingelöst hat, Ulfrs Männern den fehlenden Sold auszuhändigen. In der Zwischenzeit treiben wir die Arbeiten voran. Der für das Holzfällen zuständige Trupp ist schon in aller Frühe losgezogen. Thorkel beaufsichtigt eine zweite Gruppe, die Pferdefallen anlegen sollen. Wir sind gerade dabei, ihnen zu zeigen, wie das zu machen ist, als einer von Ulfrs Männern sich zu Wort meldet.

»Wir könnten Krähenfüße schmieden lassen.«

Thorkel sieht ihn erstaunt an. »Was ist das?«

»Ich war vor Jahren in Miðgarð«, erklärt der Mann. »Die Griechen benutzen die schon seit Ewigkeiten. Der große Alexander hat sie erfunden, heißt es. Gegen Reiter, aber auch gegen Fußkämpfer.«

»Und was sind das für Dinger?«

»Im Grunde eine leichte Schmiedearbeit. Man nimmt zwei kurze, dünne Eisenstäbe, an beiden Enden mit scharfen Spitzen versehen. Es gibt auch welche mit Widerhaken. Die macht man glühend und verdreht sie ineinander, so dass die Spitzen wie die Eckpunkte eines gleichmäßigen Dreiecks zueinander stehen. Ganz gleich, wie man das Ding auf den Boden wirft, eine Spitze zeigt immer nach oben, während es auf den anderen dreien zu stehen kommt.« Mit seinem Messer ritzt er eine Zeichnung in den Boden.

»Verstehe«, sagte ich. »Und wie groß?«

»Nicht groß. Nicht mehr als eine Handbreit für jede Spitze.«

»Und damit kann man Reiter aufhalten?«

»Ich sag euch, das sind teuflisch bösartige Dinger. Ich möchte so was nicht in den Fuß kriegen. Besonders nicht die mit Widerhaken. Und ein Gaul, der sich das in den Huf tritt, der läuft nicht weiter. Man muss nur genug davon schmieden und sie über eine größere Fläche verteilen.«

Thorkel und ich sehen uns an. »Warum nicht?«, sage ich. »Versuchen können wir's. Rede mit den Schmieden, damit sie die Dinger herstellen. Die anderen aber machen mit den Pferdefallen weiter wie besprochen.«

In den Ställen der Stadt sind an die hundert Pferde untergebracht. Die beschlagnahme ich für unsere Zwecke samt Sätteln und Zaumzeug. Wir wählen einige der besten Reiter aus, um sie als Kundschafter in verschiedene Richtungen auszusenden. Zwei von ihnen haben sogar den Befehl, sich über den Fluss setzen zu lassen. Von dort ist eigentlich kein Angriff zu erwarten, aber ich will jede Überraschung vermeiden.

Am Nachmittag werden Ulfr und ich zum Palast gerufen. Dragan wartet bereits an der Pforte auf uns, begleitet wird er von zwei Mönchen und mehreren *húskarlar*, die eine eisenbeschlagene Kiste bewachen. Sie scheinen tatsächlich das nötige

Silber zusammengekratzt zu haben. Dragan muss mir nicht sagen, bei wem. Seine finstere Miene ist beredt genug. Die Mönche zeigen Ulfr anhand ihres Soldbuches, wie viel insgesamt an Fehlbetrag zu zahlen ist. Er kann wie ich nicht lesen, aber die Zahlen sind unmissverständlich.

»Einverstanden«, sagt er. »Aber was ist mit den zwei Jahren davor? Da haben sie uns auch reingelegt.«

»Übertreiben wir's nicht«, raune ich ihm zu. »Es hat schon genug böses Blut gegeben, um das hier aus ihnen herauszupressen.«

»Also gut«, brummt Ulfr.

Die Mönche wiegen das Silber vor unseren Augen ab. Das meiste ist Hacksilber unterschiedlichster Größe. Aber auch Münzgeld ist darunter, Armreifen, ein wenig Silberschmuck. Verteilen sollen wir es gefälligst selbst, knurrt Dragan grimmig und zieht mit seinen Männern und den Mönchen wieder ab.

»Ich weiß nicht, wie du das zustande gekriegt hast«, meint Ulfr lachend, als er sich die Kiste auf die Schulter wuchtet. »Aber meine Kerle werden dir die Füße küssen.«

»Schick sie lieber an die Arbeit. Es gibt zu tun.«

Am Abend stelle ich einen Trupp von fünfzig Mann zusammen, die am nächsten Morgen mit mir das Bollwerk besichtigen werden. Bjorn Skallagrimsson, mein Bannerträger, wird uns begleiten, und Snorri und Kauko, die beiden Fährtenleser. Kauko ist das Reiten nicht gewohnt. Er ist eher ein Mann des Waldes, aber zumindest kann er sich im Sattel halten, ohne runterzufallen. Ich biete auch Svein Langhaar an, mit uns zu reiten, da ich eine Gelegenheit suche, ihn näher kennenzulernen.

»Ich komme auch mit«, sagt Aila, als ich ihr am Abend berichte, was wir vorhaben.

»Auf keinen Fall! Du bist schwanger.«

»Na und? Ich bin schwanger, aber nicht krank.«

»Es könnte gefährlich werden. Wer weiß, auf wen wir unterwegs stoßen.«

»Warum kannst du dich in Gefahr begeben und ich nicht?«

»Weil ich dich liebe. Und weil es meine Aufgabe ist.«

»Wenn die Petschenegen angreifen, ist es hier auch gefährlich.«

»Sei vernünftig, Aila. Ich fühle mich wohler, wenn du hierbleibst.«

Ich weiß, dass sie reiten kann. Schließlich ist sie vor fünf Jahren auf meinem Pferd vom norwegischen Nordwesten bist nach Sithun im Osten von Svearíke geritten. Und das ganz allein. Aber ich habe ein ungutes Gefühl bei der Sache. Es ist, als ob ein Gott mir eine Warnung zuflüstern will.

»Du hast gesagt, wir gehören zusammen«, sagt sie.

»Natürlich tun wir das.«

»Dann sterben wir auch zusammen.« Sie hat plötzlich feuchte Augen bekommen. »Wenn dir etwas passiert, will ich allein nicht weiterleben.«

Plötzlich spüre ich einen Kloß im Hals. Was, zum Teufel, kann man darauf antworten? Wir sehen uns lange an. In ihren Augen spiegelt sich das Kerzenlicht. Wie schön sie ist, denke ich und streiche ihr über die Wange. Auch ich kann mir ein Leben ohne sie nicht mehr vorstellen.

»Also gut.«

✻   ✻   ✻

Die Landschaft südlich von Kiew verändert sich und geht allmählich in Steppe über. Einzelne Waldstücke werden rarer, bilden Inseln in einem leicht hügeligen Meer von kniehohem Gras. Je weiter nach Süden man kommt, umso mehr erinnert das Land tatsächlich an die weite See, denn der Blick reicht von

Horizont zu Horizont mit nur wenig Abwechslung. Außer dem Spiel der Wolken in einem unendlichen Himmel, den sanften Bodenwellen oder den vereinzelten Klumpen von dichtem Gestrüpp, das entlang eines Bachlaufs wuchert, oder Baumgruppen, die dem Reiter Schatten bieten, der hier sein Pferd zur Tränke führt.

Denn dies ist Pferdeland. Heiß im Sommer, bitterkalt im Winter, so bietet es doch genug Nahrung für die Herden der Nomaden und Freiheit für diese Menschen, dorthin zu ziehen, wohin die Eingebung sie treibt, wo das Gras grüner ist oder wo es etwas zu rauben und zu plündern gibt. Dies ist das Land, in dem der Steppenkrieger herrscht.

Wir nennen sie Nomaden. Dabei bin ich selbst einer, ebenso wie meine Kameraden. Ohne festen Wohnsitz, im Dienst eines fremden Herrn und in der Hoffnung, Ruhm und Beute anzuhäufen, um eines Tages als Held heimzukehren. Oder, wie so viele weniger Glückliche, meine letzte Ruhe in fremder Erde zu finden. Plötzlich wird mir die seltsame Stimmung bewusst, die mich erfasst hat. Es muss die Landschaft sein, diese schier endlose Weite, in der man tagelang reiten kann, ohne dass sich etwas verändert, in der ein Mensch sich klein und unbedeutend vorkommt.

Am Abend verlasse ich unser Feldlager und bete allein zu Allvater Oðin. Auf dass er mir die nötige Weisheit schenkt, die richtigen Entscheidungen zu treffen. Aber ich werde das Gefühl nicht los, dass der Einfluss unserer Götter langsam schwindet, je weiter wir uns von der Heimat entfernen und nach Süden vordringen. Eine Ahnung davon hatte ich schon in Holmgarð verspürt, mehr noch in Kiew. Seltsamerweise ist es nicht der Christengott, der sie verdrängt. Hier in der Steppe glaube ich, den Einfluss anderer, unbekannter Geister zu verspüren, nicht weniger mächtig. Umso mehr bemühe ich mich, unsere eigenen Götter anzurufen. Thor, den gewaltigen Kämpfer gegen die

Riesen. Tyr, dem der Krieg heilig ist. Nicht zu vergessen Freya, um Aila und ihre Leibesfrucht zu schützen. Aila, die darauf bestanden hat, mit uns zu reiten. Aber vor allem bete ich zu dem Einäugigen, dem weisen und allwissenden Oðin, dem ich mich als Krieger verschrieben habe, und verspreche ihm bei nächster Gelegenheit ein Blutopfer.

Als ich mich wieder zu den anderen setze, höre ich zu, wie sie über die Petschenegen reden. »Sie auf freiem Feld zu bekämpfen ist aussichtslos«, sagt Ulfr, der schon einige Jahren in der Gegend gedient hat. »Wir Nordmänner kämpfen zu Fuß oder auf einem Schiff, aber nicht auf verdammten Gäulen. Ihre Pfeile sind tödlich, da hilft nur, sich in einer *skjaldborg*, einer dichten Schildburg, einzuigeln. Und selbst dann gibt es genug Verluste. Und wenn man zum Gegenangriff übergeht, sind sie schneller weg als ein Schwarm Spatzen. Aber nur bis zum nächsten Angriff. Verfolgen ist gefährlich. Da läuft man Gefahr, in einen Hinterhalt zu geraten. In die Steppe sind schon viele geritten, um nie wiederzukommen.«

Ähnliches habe ich auch von anderen gehört. Für uns aus dem Norden sind Pferde nur ein Mittel, um schneller irgendwohin zu gelangen. Der Reiterkampf ist uns fremd. Das verlangt Taktiken, die wir nicht kennen, und vor allem freien Raum, den es im Norden wegen der Berge und der dichten Wälder nicht gibt. Deshalb steigen Nordmänner zur Schlacht aus dem Sattel und formen eine feste Schildreihe, die Flanken am besten gegen einen Fels oder ein Stück Wald gesichert. Das ist unsere Art zu kämpfen. Doch gegen Steppenkrieger anscheinend wirkungslos.

»Irgendwie müssen sie doch zu bezwingen sein«, meint Svein Langhaar.

Ulfr wischt das Messer, mit dem er sein Fleisch zerkleinert hat, an seinem nicht mehr ganz sauberen *kyrtill* ab. »Natürlich«, brummt er. »Im Nahkampf Mann gegen Mann mit Schild und Rüstung, da sind wir ihnen überlegen. Aber dazu muss man sie einkesseln, ihnen jede Fluchtmöglichkeit abschneiden, ihnen vor allem die Gelegenheit nehmen, die Bögen zu nutzen. Nicht ganz einfach.«

»Nahkampf?« Ich lasse meinen Arm über die Landschaft schweifen. »Wohl kaum möglich in dieser Steppe. Selbst wenn wir eine Schildreihe bilden, wie könnte man die Flanken schützen? Oder verhindern, dass sie uns von hinten angreifen?«

»Deshalb ja das Bollwerk«, erwidert Ulfr. »Gut besetzt, können Truppen von einem Ort zum anderen eilen, wo auch immer sie gebraucht werden. Eindringlinge lassen sich leichter einkesseln, oder man kann sich zum nächsten Wall zurückziehen und von dort dem Angreifer weitere Verluste zufügen.«

»Mit genug Mannschaften.«

»So ist es. Ich denke mal, tausend Mann müssten es mindestens sein, um ihnen das Vordringen bis Kiew unmöglich zu machen. Zumindest zu erschweren.«

Das erste Bollwerk, noch in der Nähe der Stadt, haben wir tags zuvor passiert. Sein Wall ist nicht besonders hoch, zusammen mit dem flachen Graben davor aber immerhin mehr als Mannshöhe. An einigen Stellen hat der Regen das Erdreich ausgewaschen, so dass die Baumstämme hervorlugen, die den Wall von innen stützen. Trotz der bescheidenen Höhe beeindruckt die Anlage durch ihre schier meilenweite Länge. In regelmäßigen Abständen befinden sich von Palisaden geschützte Kampfplattformen. Dazwischen wuchert dichtes Dornengestrüpp auf der Wallkrone. Nicht unüberwindlich und doch ein Hindernis, das einen Angriff verlangsamen oder aufhalten würde, bis Verstärkung zur Stelle ist. Allerdings ist diese hinterste Linie zurzeit überhaupt nicht besetzt.

Auch der zweite Wall ist unbewacht. Wir sind einige Meilen an ihm entlanggeritten und haben in den drei *borgs*, die wir besuchten, niemand vorgefunden. Die Tore, die hier jeweils den Wall durchschneiden, sind in schlechtem Zustand und halb verrottet. Kein Wunder, dass es den Spähtrupps der Petschenegen ein Leichtes ist, unbemerkt einzudringen. Überhaupt kommt einem alles sehr verlassen vor, wären da nicht die wenigen Dörfer, umgeben von Äckern und selbst ebenfalls mit Holzstämmen und Dornenhecken geschützt. Wir reden mit den Bauern. Von Petschenegen haben sie nichts gesehen, aber die Leute sind sehr beunruhigt, haben sie doch von Überfällen an anderen Orten gehört. Sie fragen, wann endlich Verstärkung kommt. Ich muss sie leider enttäuschen.

Am Abend lagern wir an einer dieser verlassenen *borgs*. Hier verläuft der Wall entlang eines Bachs. Wie lassen die Pferde grasen, machen Feuer und essen unsere mitgebrachte Verpflegung. Später klettern einige von uns auf den hölzernen Turm und betrachten den glühend roten Sonnenuntergang über der westlichen Steppe. Dann blicke ich nach Süden, wo man die dünne Linie des nächsten Walls erkennen kann. Dazwischen leeres, grasbedecktes Land. Irgendwo ein paar Hütten polnischer Bauern, von denen dünne Rauchsäulen in den Abendhimmel steigen. Auch dort sitzt man beim Abendmahl. Alles ist ruhig, kein Feind in Sicht.

»Denkst du noch manchmal an die Heimat?«, fragt mich Svein ganz unerwartet. »Du bist doch schon lange in Garðarike.«

»Ab und zu.«

»Fehlen dir nicht die Berge und die See? Hier ist alles flach. Vor allem kein Meer.«

»Stimmt. Aber was mir am meisten fehlt, ist die Familie. Meine Schwester Ingerid, meine Mutter, mein Bruder.«

Er nickt. »Ja. Die Familie. Mir geht es ähnlich.«

»Hast du denn Familie daheim?«, fragt Aila.

»Meine Eltern leben noch, soviel ich weiß. Dann ist da meine Schwester und viele Vettern.«

»Ich meinte ein Weib, das auf dich wartet. Und Kinder.«

Er starrt eine Weile schweigend in die Ferne. Schließlich wendet er sich ihr zu mit einem schmerzlichen Lächeln auf den Lippen. »Ja, ich hatte mal ein Weib. So hübsch wie du. Und einen kleinen Sohn. Der müsste jetzt fünf oder sechs Jahre alt sein.«

»Was ist passiert?«

»Sind beide verschollen. Durch meine eigene Schuld.«

Er fängt an, uns seine Geschichte zu erzählen. Seltsamerweise heißt sein Weib Åsta, genau wie meine Mutter. Obwohl es natürlich kein ungewöhnlicher Name ist. Svein hatte sich bereits einen gewissen Ruhm als *vikingr* gesichert, als er sich in seine Åsta verliebte. Doch ihre Familie war gegen eine Eheschließung. Da hat er sie kurzerhand mit Gunnars Hilfe entführt. Fünf Jahre lang hat sie ihn auf seinen Seefahrten begleitet, ihm einen Sohn geboren, den sie nach Åstas Großvater benannt haben. Brynjarr, was *der Gewappnete* bedeutet. Und dann hat er den Fehler begangen, in Frankia bei den Normannen zu plündern.

»Dort sind sie gegen *vikingr* gut gerüstet, sag ich euch. Wir hatten an der Küste ein Kloster überfallen und lagen danach nicht weit entfernt mit drei Schiffen am Strand, um die Beute zu teilen. Wir hätten allerdings gleich in See stechen sollen, aber ich fühlte mich zu sicher. Die Beute war nicht mal besonders großartig gewesen. Eine hübsche Monstranz, ein paar Goldkelche, ein bisschen Silber. Dann haben sie uns entdeckt und in der Nacht überfallen. Viele meiner Männer sind dabei draufgegangen. Der Strand war voller Leichen. Zwei Schiffe konnten wir retten, das dritte mussten wir zurücklassen, zusammen mit einem Dutzend Kameraden, darunter auch Åsta und mein Kind.«

»Wieso war sie auf diesem Schiff und du woanders?«, fragt Snorri.

»Åsta und Brynjarr hatten sich auf dem Schiff bereits zum Schlafen niedergelegt. Und ich saß noch bei den Männern am Feuer, als der Feind zuschlug. Wir wurden getrennt. Natürlich haben wir alles versucht, um sie freizukämpfen, aber vergebens.«

»Sind beide umgekommen?« Ailas Stimme ist voller Mitgefühl.

Er schüttelt den Kopf. »Ich glaube nicht. Ich meine, noch gesehen zu haben, wie man sie weggeführt hat. Aber ich kann mich auch irren. Es war in der Nacht.«

Sie legt ihm die Hand auf den Arm. »Ich kann mir vorstellen, wie du dich fühlen musst.«

»Das Schlimme dabei ist die Ungewissheit. Mehr als ein Jahr lang habe ich sie gesucht. Wir haben uns mehrmals an Land geschlichen, Gunnar, ein paar Gefährten und ich, und Dutzende Dörfer abgesucht. Wobei das nicht ungefährlich war. In der Normandie werden *vikingr* sofort gehängt, wenn man sie erwischt. Aber wir haben sie nicht gefunden, nicht die geringste Spur. Inzwischen denke ich, dass sie den Überfall nicht überlebt haben. Aber nur die Götter wissen, ob das stimmt. Vielleicht wächst mein Sohn irgendwo als Normanne auf. Und meine Åsta …« Er redet nicht weiter.

Wir stehen schweigend auf dem Turm und beobachten, wie die Sonnenscheibe sich langsam hinter den Horizont schiebt, noch einmal aufblitzt und dann versinkt. Lange noch bleibt der Himmel feuerrot, färbt sich schließlich violett, wird dunkler. Wir steigen vom Turm und setzen uns zu den anderen ans Lagerfeuer.

»Ob er sie jemals findet?«, flüstert Aila später, als wir unter meinem Bärenfell liegen und in den von Sternen übersäten Nachthimmel starren.

»Wohl kaum«, sage ich und lege meinen Arm um sie. »Aber wer weiß? Die Wege der Götter sind seltsam und unvorhersehbar.«

»Ich bete, dass er sie findet«, murmelt sie und schmiegt sich an mich.

* * *

Am Morgen reiten wir weiter und erreichen bald den nächsten Wall, wo wir endlich auf ein Fort treffen, das mit Söldnern besetzt ist. Zwanzig Mann tun hier Dienst. Ich erkläre dem Anführer, wer ich bin und warum wir die Lage erkunden wollen. Er berichtet, dass an diesem Wall, an dem wir uns gerade befinden, auch einige andere *borgs* besetzt sind. Ebenso am vordersten Wall entlang des Ros, eines kleinen Nebenflusses des Dnjeper.

»Habt ihr Petschenegen gesehen?«

Er nickt. »Vor einigen Wochen. Da haben sich Reitertrupps in der Nacht eingeschlichen und Dörfer überfallen.«

»Davon habe ich gehört.«

»Wir haben es zu spät bemerkt. Aber verhindern hätten wir es ohnehin nicht können. Dazu sind die Wälle zu lang und wir zu wenige. Man kann nie wissen, wo sie als Nächstes zuschlagen.«

»Aber wie kommen sie mit ihren Pferden über die Wälle?«

»Die meisten *borgs* sind unbewacht und die Tore nicht gesichert. Sie erkunden entlang des Walls, bis sie eine Lücke finden.«

»Und wie viele Männer habt ihr insgesamt auf den Wällen?«

»An die hundertfünfzig, würde ich sagen.«

Ich schüttele den Kopf. »Das ist viel zu wenig.«

»Wir haben immer wieder um Verstärkung gebeten, aber bis jetzt hat man uns niemand geschickt.«

»Ich weiß. Man hat die Warnungen nicht ernst genommen. Was mir jetzt aber besonders Sorgen macht, sind Gerüchte, dass sich südlich von hier ein ganzes Heer der Petschenegen sammelt.«

»Das sind nicht nur Gerüchte, Herr. Hirten und Flussfahrer haben berichtet, dass sie in Massen über den Dnjeper setzen und bereits auf unserer Seite Lager errichten. Sie haben einen neuen Khan, heißt es.«

»Khan Badur. Hab von ihm gehört. Der soll kürzlich einen Spähtrupp bis nördlich von Kiew begleitet haben.« Dass wir ihm und Sigurd begegnet sind, muss nicht jeder wissen.

»So weit haben sie sich also schon vorgewagt? Ich weiß nicht, was die in Kiew sich denken, Herr. Sollten die Nomaden in Stärke angreifen, können wir sie nicht aufhalten. Mehr als euch in Kiew warnen ist nicht drin.«

»Auch das ist schon viel wert. Haltet die Augen offen. Wir brauchen Kunde von jeder feindlichen Bewegung. Sollten sie wirklich in großen Mengen auftauchen, dann zieht euch besser bis Kiew zurück. Kein falsches Heldentum. Es hilft niemandem, wenn ihr euch unnötig abschlachten lässt.«

»Danke, Herr.« Der Mann grinst erleichtert.

»Sende Boten aus, damit auch die anderen Besatzungen Bescheid wissen. Im Übrigen schätze ich eure Treue hier am Bollwerk und werde es nicht vergessen. Und noch etwas: Seid auf der Hut, denn abtrünnige *væringjar* sollen sich dem Feind angeschlossen haben. Nicht, dass ihr euch täuschen lasst.«

Wir setzen unseren Weg fort und gelangen zum vordersten der Wälle. Dort, in einem der hölzernen Forts, finden wir den Befehlshaber des gesamten Bollwerks, einen Rus namens Kolbjorn. Ein erfahrener Mann. Er redet etwas bedächtig, denkt länger nach, bevor er antwortet, macht aber den Eindruck eines soliden Anführers. Sein Bericht bringt jedoch nicht viel Neues.

Ich steige mit ihm auf den Holzturm. Unter uns fließt der Ros, ein kleiner Strom, der durch sein Bett und die Uferböschungen die Befestigungen der vordersten Linie noch verstärkt. An seinen mit dichten Sträuchern bewachsenen Ufern verläuft die Südgrenze von Garðarike.

Ich lasse meinen Blick über die weite Steppe schweifen. Ich weiß nicht, was ich erwartet habe. Vielleicht das Heer der Petschenegen irgendwo da draußen in der Ferne, ein Dorf aus ihren seltsamen Jurten oder wenigstens die Reiter eines Spähtrupps. Aber da ist nichts, nur das sich im Steppenwind wiegende Gras, so weit das Auge reicht. Rollendes Grasland bis zum Horizont, gelegentlich unterbrochen von Sträuchern oder einem Wäldchen. Darüber ein blauer Himmel, und im Hintergrund, wie auf einer Kette aufgereiht, weiße, bauschige Wolken. Fast unheimlich, diese Leere. Ein Feind, der nicht zu sehen und nicht zu greifen ist, aber dessen bedrohliche Gegenwart man dennoch spürt.

»Wo, zum Teufel, stecken sie?«

»Seit Wochen haben sie sich nicht mehr gezeigt«, erwidert Kolbjorn. »Ein paar alte, vom Regen ausgewaschene Spuren haben wir gefunden, sonst nichts.«

»Aber sie sind da draußen. Und sie sammeln ihre Krieger.«

Er nickt. »Das haben unsere Späher bestätigt.«

»Und wo sind ihre Lager?«

Er deutet nach Süden. »Zwei oder drei Tagesritte entfernt. Es gibt anscheinend mehrere. Jeder ihrer Klans hat sein eigenes. In der Nähe des Dnjeper liegt eines der größten. Dort sollen sich eine Menge Krieger sammeln. Und mehr sind unterwegs.«

»Woher willst du das wissen?«

»Von Bootsleuten auf dem Dnjeper. Die berichten, dass die Petschenegen in Flößen übersetzen. Ganze Heerscharen mit Pferden, Frauen und Kindern.«

»Das hört sich nicht gut an. Ich weiß, es fehlt dir an Kämpfern. Trotzdem. Wie lange könntest du den Wall halten?«

Er sieht mich an und schüttelt den Kopf. »Ein oder zwei Tage. Länger nicht. Und auch nur, wenn wir alle hier an der Ros-Linie zusammenziehen. Wir brauchen dringend Verstärkung.« Die Sorge steht ihm ins Gesicht geschrieben.

»Tut mir leid, Kolbjorn, aber ich kann dir keine Verstärkungen schicken. Wir haben kaum genug Männer, um Kiew zu schützen. Und so, wie es aussieht, würden selbst alle Söldner von Kiew nicht ausreichen, das Bollwerk zu verteidigen. Ich hoffe, du verstehst, dass ich die Stadt nicht ohne Schutz lassen kann.«

»Was, zum Teufel, erwartest du dann von uns?«

»Sollten sie wirklich in großer Stärke kommen, dann benachrichtigt uns und zieht euch selbst Schritt für Schritt zurück, ohne ihnen in die Falle zu gehen.«

»Meine Männer sind weit verstreut.«

Ich überlege einen Augenblick. »Am besten ziehst du sie zusammen. Es hat keinen Zweck, sämtliche *borgs* zu verteidigen. Stattdessen solltest du lieber überall Späher unterwegs haben, um den Feind zu beobachten und zu berichten. Ich brauche eine gute Einschätzung ihrer Stärke, an welchen Stellen sie das Bollwerk durchbrechen und wann und von wo ein Angriff zu erwarten ist. Dazu müsst ihr lang genug an ihnen dranbleiben, sie am besten ein wenig aufhalten. Denn wir arbeiten immer noch mit Feuereifer an den Befestigungen der Stadt. Aber spielt nicht die Helden. Ich möchte so wenige Männer wie möglich verlieren.«

Kolbjorn macht kein glückliches Gesicht. Aber er stimmt zu. »Geht in Ordnung, Harald. Du kannst dich auf uns verlassen.«

Ich wiederhole meine Warnung, was die abtrünnigen *væringjar* betrifft. »Also vergiss nicht«, sage ich abschließend, »du und deine Leute hier, ihr seid meine Augen. Das ist eure wichtigste Aufgabe.«

Er nickt grimmig. »Viel mehr können wir auch nicht tun.«

Die Nacht verbringen wir im Schatten von Kolbjorns *borg*. Auch sie hat nur eine kleine Besatzung, nicht mehr als zwei Dutzend Krieger samt Pferden und ein paar Sklaven, die für die Verpflegung sorgen.

Am Morgen machen wir uns bereit, nach Kiew zurückzukehren, als einer der berittenen Späher von Spuren berichtet, die er am frühen Morgen gesichtet hat. Etwas weiter westlich von unserem Standort hat in der Nacht ein feindlicher Trupp den Fluss überquert, den Wall in beide Richtungen besichtigt, ist dann durch eines der verlassenen Tore eingedrungen und der Befestigungslinie auf der Innenseite gefolgt, aber nicht sehr weit. Danach haben sie sich durch dasselbe Tor wieder zurückgezogen.

»Sie erkunden die Wälle, um herauszufinden, wo sie ohne Widerstand eindringen können. Wahrscheinlich, um wieder zu plündern.«

»Wie viele waren es?«, frage ich den Späher.

»Weiß nicht genau, Herr. Aber viele können es nicht gewesen sein.«

»Sind die Spuren frisch?«

»Denke ja. Ich war vorgestern schon mal dort. Da war noch nichts zu sehen gewesen.«

»Dann müssten sie auch draußen im Grasland zu erkennen sein.«

Im dichten Gras würden bei oberflächlicher Prüfung die Hufabdrücke selbst nicht unbedingt sichtbar sein, aber der Verlauf umgeknickter und zur Seite gedrückter Halme schon. Wenigstens für einige Meilen.

»Was hast du vor?«, fragt Snorri, der mich gleich verstanden hat.

»Ich denke, wir sollten der Spur eine Weile folgen. Um zu sehen, wohin sie führt.« Ich will mir ein Bild machen, den Feind beobachten, vielleicht sogar selbst eines dieser Lager in Augenschein nehmen. Was wir bisher von ihnen wissen, ist zu dürftig. Gegen einen Feind zu kämpfen, von dem man kaum etwas weiß, ist nicht besonders klug.

»Das ist gefährlich«, warnt Kolbjorn.

»Die Petschenegen schicken doch auch Spähtrupps aus. Es wird Zeit, dass wir das Gleiche tun.«

Kolbjorn runzelt die Stirn. »Denkst du etwa, wir haben keine Kundschafter ausgeschickt? Mehrere sogar. Aber ein paar sind nicht zurückgekehrt. Sie müssen den Bastarden in die Hände gefallen sein. Ich wollte nicht noch mehr Männer verlieren.«

»Das tut mir leid. Und ich will dich auch nicht tadeln. Aber was uns betrifft, wir sind fünfzig Mann und haben gute Pferde. Uns wird nichts geschehen. Ich bitte dich aber, dass du mir einen deiner Männer mitgibst, der sich hier auskennt. Und mein Weib möchte ich bis zu unserer Rückkehr in deiner Obhut lassen.«

»Natürlich gern. Hier ist sie sicher.«

Ich bitte Kauko, der ohnehin kein großer Reiter ist, bei ihr zu bleiben. Im Wald ist er unschlagbar, aber im Sattel fühlt er sich nicht wohl. Er tut ein bisschen beleidigt, dass ich ihm den Ritt nicht zutraue. Aber im Grunde ist er erleichtert, da bin ich mir sicher.

Als ich Aila erkläre, was ich vorhabe, ist sie dagegen. Sie hat dunkle Schatten unter den Augen. Anscheinend hat sie schlecht geschlafen. Aber sie will nicht zurückbleiben, will wie zuvor an meiner Seite reiten. Wir wechseln heftige Worte. Doch ich habe mich entschieden und bleibe stur. Schließlich lenkt sie ein.

»Wie lange bleibt ihr fort?«

»Ein paar Tage höchstens.«

Wir satteln also die Pferde, füllen die Wasserschläuche am Fluss und setzen unsere Helme auf. Wie immer sind wir gut gewappnet. Die meisten tragen ein *hringa-brynja*, ein Kettenhemd über einem dicken, wattierten Lederwams. Den runden Schild mit dem eisernen Buckel in der Mitte schlingen wir uns auf den Rücken. Jeder trägt Axt oder Schwert an der Seite, den Sax im Gürtel und einen Speer in der Faust. Ein Dutzend Kerle, so wie Snorri, haben noch Bögen und einen Köcher mit Pfeilen am Sattel hängen.

Ich bin ähnlich gewappnet. Mich unterscheidet höchstens mein besonders kunstvoll und mit Silber verzierter Helm, mein kostbares Ulfberht-Schwert *Gunnlogi*, ein Geschenk des schwedischen Königs. Und mein Sax *Leggbitr*, Erbstück meines Vaters. Eine Waffe, die in der Enge der Schildwand nützlicher ist als ein langes Schwert.

»Sei vorsichtig«, mahnt Aila.

»Bin ich doch immer.«

Wir küssen uns, bevor ich aufs Pferd steige. Ailas schlanke Gestalt wirkt verloren, als wir durchs Tor reiten. Neben ihr Kauko, der uns zum Abschied noch einmal zuwinkt. Dann schließt sich das Tor hinter uns.

Wir führen die Pferde durch das flache Wasser des Ros, erklimmen die Böschung auf der anderen Seite und folgen in einer langen Kolonne Kolbjorns Späher, der uns zu den Spuren führen soll. Die Sonne, von einem dünnen Wolkenschleier überzogen, wirft ein seltsames Licht über die Steppe. Als läge ein *seiðr* über der Landschaft, ein Zauber, der die Farben ausbleicht und alles unwirklich erscheinen lässt. Die Christen behaupten, es gäbe keine Magie. Aber wir Nordleute wissen es besser.

Nach etwa einer Stunde treffen wir in der Nähe eines Wachturms auf Hufspuren. Durch das halbverfallene Tor sind in der

Nacht die feindlichen Späher eingedrungen. Snorri steigt vom Pferd und sieht sich die Spuren genauer an, verfolgt sie bis hinter den Wall. Dann kommt er wieder heraus und untersucht die Abdrücke am Ufer des Ros, watet durch das Flussbett, sieht sich auch die Hufmale am anderen Ufer an und verfolgt die Spur noch ein Stück weit in die Steppe hinaus. Dann kommt er zurück.

Zwölf bis fünfzehn Reiter, lautet sein Urteil. »Die Pferde sind unbeschlagen, wie jeder sehen kann. Eines lahmt ein wenig, zwei sind noch junge Gäule. Hinter dem Wall hab ich Pferdekot gefunden. Der war noch ziemlich frisch. Sieht mir alles danach aus, dass sie gestern in der Abenddämmerung aufgetaucht sind, die Gegend hinter dem Wall erkundet haben und noch in der Nacht wieder in der Steppe verschwunden sind. Vielleicht vor sechs oder sieben Stunden.«

Er zieht sich wieder in den Sattel, und wir machen uns daran, der Spur nach Süden zu folgen. Was nicht schwierig ist, denn die niedergetrampelten Gräser haben sich noch kaum aufgerichtet. Snorri reitet voraus, ich selbst kurz hinter ihm mit Bjorn Skallagrimsson an meiner Seite, obwohl er heute nicht das Rabenbanner trägt. Falls wir beobachtet werden, muss nicht gleich jeder wissen, wer hier durch die Steppe reitet. Ich denke da an Sigurd und seine Leute.

Über Stunden geht es mit kleinen Abweichungen immer weiter nach Süden. Ich frage mich, ob wir auf eines ihrer Lager stoßen werden. Natürlich müssen wir vorsichtig sein. Ich habe nicht vor, in eine Falle zu geraten oder unbedacht einer größeren Reiterschar zu begegnen. Wir halten deshalb von Zeit zu Zeit an, um den Horizont abzusuchen. Am Nachmittag, die Sonne hat inzwischen den seltsamen Zauberschleier und die dünne Wolkenschicht vertrieben, taucht vor uns eine lange Linie von Sträuchern und vereinzelten Bäumen auf.

»Ein Bach«, meint unser Späher. »Ich bin schon ein paarmal hier gewesen. Ich wette, dort haben sie ihre Pferde getränkt.«

Wir nehmen vorsichtshalber die Schilde vom Rücken und nähern uns mit Bedacht dem quer durch die weite Landschaft verlaufenden Hain. Es könnten dort feindliche Krieger warten, um uns mit einem Pfeilhagel zu begrüßen. Als wir auf etwa hundert Schritt herangekommen sind, schicke ich zwei Freiwillige vor, um die Lage zu erkunden. Die Spannung wächst, während wir warten.

Aber schon bald winken sie uns zu sich. Das Bachufer ist verlassen. Außer uns ist niemand hier. Nur ein paar Krähen erheben sich ärgerlich zeternd in die Luft, als wir uns dem Bach nähern.

»Die haben hier gerastet«, meint Snorri und deutet auf die Spuren am Bachrand. Dann blickt er zum anderen Ufer hinüber. »Scheiße«, höre ich ihn murmeln.

»Was ist?«

Er antwortet nicht, sondern lässt sich vom Pferd gleiten und planscht durch den Bach. Dann sehe auch ich es. Auf der gegenüberliegenden Seite, einer großen, von Gebüsch freien Fläche, ist das Gras überall zerdrückt und niedergetrampelt. Hier haben sie also gelagert. Aber es müssen wesentlich mehr gewesen sein als nur der Spähtrupp, dem wir gefolgt sind.

»Wie viele, Snorri?«, rufe ich ihm zu.

Er antwortet nicht gleich, wandert ein paar Schritte über die niedergetretene Wiese, blickt sich um, geht langsam von einer Seite zur anderen, bückt sich und prüft etwas auf dem Boden. Es scheinen die Reste eines Lagerfeuers zu sein. Dann kommt er zurück zum Bachufer.

»Schwer zu sagen. Hier liegen zu viele Spuren übereinander. Aber die Lagerfläche ist groß. Man kann gut erkennen, wo sie genächtigt haben. Und weiter da drüben, da haben ihre Pferde gegrast. Es könnten an die hundert Krieger gewesen sein. Sicher nicht viel weniger.«

Svein pfeift durch die Zähne und wirft mir einen bedeutungsvollen Blick zu. »Der Haupttrupp hat also hier gewartet, während die Späher den Wall erkundet haben. Die wollten sehen, wie gut er in dieser Gegend besetzt ist.«

»Und mit wie viel Gegenwehr zu rechnen ist.«

»Ich frage mich, ob sie wissen, dass das verfluchte Bollwerk gar kein so großes Hindernis ist. Auch wenn es beeindruckend aussieht.«

»Ich wette, sie wissen es«, erwidere ich. »Unser Freund Sigurd Erlingsson wird es ihnen geflüstert haben.«

»Worauf warten sie dann? Warum haben sie nicht längst angegriffen?«

»Vielleicht sammeln sie noch ihre Krieger.«

Während wir die Pferde saufen lassen, sucht Snorri weiter. Dann kommt er zu mir und deutet nach Süden. »Von dort sind sie gekommen. Und dann, wahrscheinlich heute Morgen, sind sie dem Bach nach Westen gefolgt.«

»Die ganze Truppe?«

Er nickt. »Ich schätze, die wollen noch mehr vom Bollwerk erkunden.«

Oder sie planen wieder einen Raubzug. Wie vor Wochen. Diesmal weiter westlich. Eigentlich hatten wir nach Süden reiten wollen, um herauszufinden, wo sich ihre Lager befinden, und um mehr über ihre Stärke zu erfahren. Aber ich kann keinen feindlichen Trupp von hundert Mann unbeobachtet in unserem Rücken lassen. Und dann denke ich an Aila in Kolbjorns *borg*. Vielleicht sollten wir besser umkehren. Andererseits, nach dem, was wir hier entdeckt haben, sind die Petschenegen nach Westen unterwegs. Das Fort scheint also nicht ihr Ziel zu sein. Ich mache mir vielleicht unnötig Sorgen.

»Wir werden ihnen weiter folgen«, sage ich.

Diesmal lassen wir die Pferde schneller traben. Snorri und zwei andere reiten voraus und bilden die Vorhut, um uns vor einem Hinterhalt zu warnen. Die breite Fährte führt für eine ganze Weile am Bach entlang. Dann erreichen wir eine Stelle, wo die Männer den Bach überquert und sich wieder nach Norden gewandt haben. Das kommt mir seltsam vor. Denn falls sie zurück zum Bollwerk geritten sind, hätten wir ihnen doch direkt in die Arme laufen müssen. Snorri überprüft noch einmal den Stand der Sonne. Die Spur führt eher in eine nordwestliche Richtung, lautet sein Urteil. Das würde erklären, warum wir uns verfehlt haben. Außerdem ist das Gras hoch und der Boden zu feucht, um viel Staub aufzuwirbeln. Unsere Wege haben sich also gekreuzt, ohne dass es uns aufgefallen ist.

Wir beraten kurz. Der kleine Spähtrupp hat zuerst ein verlassenes Tor nicht weit von Kolbjorns Fort ausgekundschaftet. Und nun ist der ganze Trupp in ungefähr nördlicher Richtung unterwegs. Was sagt uns das?

»Ist doch klar«, meint Svein. »Das Tor ist ihr Ziel. Wahrscheinlich schlagen sie nur einen Bogen, um nicht von Kolbjorns Leuten entdeckt zu werden.«

Snorri nickt. »Und bis sie dort angekommen sind, wird es dunkel sein. Dann können sie unbemerkt durch den Wall schlüpfen.«

»Aber dann könnten sie Kolbjorn von hinten angreifen«, lässt Bjorn Skallagrimsson sich vernehmen.

Wir starren ihn erschrocken an. Verdammt, er hat recht! Obwohl es ziemlich warm ist, wird mein Herz von einem kalten Hauch erfasst. Wie aus *Hels* eisigem Totenreich. Ich packe die Zügel fester. »Nichts wie los! Wir müssen sie einholen.«

Wir spornen die Pferde zu einem leichten Galopp an. Falls sie immer noch fünf Stunden Vorsprung haben, wie Snorri es einschätzt, müssen wir uns wirklich beeilen. Der feindliche Trupp ist uns zahlenmäßig überlegen. Und doch müssen wir verhindern, dass sie Kolbjorns *borg* angreifen. Wie, das wird sich zeigen, vorausgesetzt, dass es uns gelingt, sie einzuholen. Stunden vergehen, in denen die Sonne nach Westen wandert. Die Spur der Petschenegen führt tatsächlich zuerst nach Nordosten, dann nach Norden direkt auf den Wall am Ros zu.

Nach langem Ritt werden unsere Pferde langsam müde. Snorri hebt die Hand und hält an. »Zeit für eine Rast«, ruft er mir zu. »Die Gäule müssen sich erholen.«

Unsere Kolonne kommt zum Stehen. »Also gut«, sage ich und steige widerstrebend vom Pferd.

Natürlich hat Snorri recht. Wir müssen die Tiere schonen. Auch wenn es mich drängt, auf jede Rast zu verzichten und in fliegendem Galopp weiterzureiten. Ich lasse meinen Blick über den Horizont schweifen und glaube schon, den Wall zu erkennen. Aber vielleicht täusche ich mich auch, denn eigentlich sind wir noch zu weit entfernt. Von den Petschenegen ist nichts zu sehen. Nun, das hatte ich auch nicht erwartet. Sie müssen uns trotz der Eile noch weit voraus sein.

Inzwischen mache ich mir schreckliche Sorgen. Und heftige Vorwürfe. Warum nur habe ich auf diesen unsinnigen Erkundungsritt bestanden? Und ausgerechnet Aila habe ich zurückgelassen. Doch wer hätte ahnen können, dass es zu dieser Verfolgungsjagd kommen würde? Nein, wir dürfen die Tiere nicht ermüden. Besonders nicht mit Steppenkriegern in der Nähe, denen wir im Reiterkampf ohnehin unterlegen sind. Aber vielleicht sind unsere Befürchtungen ja auch unbegründet, und sie haben etwas ganz anderes vor.

»Ich denke, wir haben aufgeholt«, meint Snorri, der die Rast genutzt hat, um die Spuren der Petschenegen zu untersuchen. Er deutet auf ein Häuflein Pferdekot. »Der ist noch warm innen. Mehr als drei Stunden können sie uns nicht voraus sein.«

Unsere Gäule atmen jetzt ruhiger, rupfen sogar wieder am Gras. Sie müssen durstig sein, aber Wasser gibt es hier nicht. Wir sitzen auf und nehmen die Verfolgung wieder auf. Um die Tiere zu schonen, lassen wir sie in einem zügigen Trab laufen, aber nicht schneller. Die Sonne nähert sich langsam dem westlichen Horizont. In wenigen Stunden wird es Nacht sein. Ein leichter Ostwind ist aufgekommen und kühlt die Gesichter.

Endlich kommt in der Ferne die Linie des Schlangenbollwerks in Sicht. Nicht nur die Bäume, die am Flussufer wachsen, auch der Wall selbst lässt sich erkennen. Plötzlich biegt die Spur ab und hält genau auf das Tor zu, das ihre Späher in der Nacht ausgekundschaftet hatten. Das kann nur einen Grund haben. Sie haben vor, unbemerkt hinter den Wall zu schlüpfen. Planen sie also doch einen Angriff auf Kolbjorns *borg*? Mit Schrecken erinnere ich mich an Kaukos bösen Traum. Mir wird siedend heiß unter dem dicken Lederwams der Rüstung.

Ohne auf die anderen zu achten, sporne ich meinen Braunen an und galoppiere allen voraus. Der Gaul, obwohl müde, streckt die Beine und fegt mit keuchendem Atem durch das Steppengras. Schaumfetzen fliegen ihm vom Maul, aber ich lasse nicht ab, das Tier anzutreiben. Bis Snorri mich kurz vor dem Wachturm einholt.

»Verdammt, Harald!«, schreit er mir zu. »Willst du die Gäule zuschanden reiten? Ohne Pferde sind wir hier verloren.«

Ich brülle wild vor Frust und Wut. Aber alles Fluchen hilft nichts. Snorri hat recht. Ich zügele den Braunen. Der kommt heftig keuchend, mit gesenktem Kopf und bebenden, schweißgetränkten Flanken zum Stehen. Kein Wunder, dass das arme Tier erschöpft ist, denn ich bin bei meiner Größe schwerer als die meisten. Der arme Gaul hat sich fast zu Tode gelaufen. Auch mein Herz hämmert gegen die Rippen, jedoch nicht aus Überanstrengung.

Ich deute auf das morsche Tor. »Da sind sie durch. Aber vielleicht kommen wir ja noch rechtzeitig.«

»Warte hier! Ich seh mir das an. So viel Zeit muss sein.«

Snorri treibt sein Pferd durch den Fluss und verschwindet auf dem anderen Ufer durch das Tor. Auch der Rest der Kameraden hat uns inzwischen eingeholt und neben mir angehalten. Die Pferde rollen wild die Augen, Schaum tropft von Flanken und Mäulern. Sie machen einen völlig abgekämpften Eindruck.

Ich versuche, durchzuatmen und mich zu beruhigen. Die Sonne ist schon lange untergegangen. Der Himmel ist zwar noch einigermaßen hell, doch eine graue Dämmerung hat sich über die Steppe gelegt. Bald wird es Nacht sein. Der Turm von Kolbjorns *borg* ist trotz des schlechten Lichts noch zu erkennen. Darüber hängt ein schmutziger Fleck. Nein, kein Fleck. Da steigt etwas in den Himmel auf, das wie Rauch aussieht. Zwar vom Wind verweht, und doch kann es nichts anderes sein. Vielleicht nur ein Kochfeuer. Aber dafür ist es zu viel Rauch, und er scheint sogar noch dicker zu werden. Das kann kein Kochfeuer sein.

Während ich noch wie gebannt auf den fernen Rauch starre, kommt Snorri zurück durchs Tor und zügelt seinen Gaul am Ufer. »Sie sind nach Osten«, ruft er herüber. »Auf Kolbjorns *borg* zu.«

»Scheiße, Scheiße, Scheiße!«, höre ich Svein fluchen. Es ist das, was wir befürchtet haben.

»Ist das Feuer?«, fragt einer und deutet zum Fort hinüber.

»Natürlich ist das Feuer«, knurrt Svein. »Was, zum Teufel, soll es denn sonst sein? Da schlagen schon die Flammen aus dem Turm.«

Jetzt sehe ich es auch, und mein Herz gefriert. Ein winziger, leuchtender Punkt flackert auf dem Turm. Dann noch einer und noch einer. Ich sitze wie versteinert auf dem Pferd und kann meinen Blick nicht von dem brennenden Turm lösen.

Denn nun ist alles klar. Die Petschenegen haben Brandpfeile abgeschossen. Hundert Mann mit Bögen gegen zwei Dutzend überraschte Söldner, die jetzt in einem brennenden Fort um ihr Leben kämpfen. Das heißt, wenn sie nicht schon tot sind. Und meine Aila mittendrin. Mein Herz schlägt wie wild. Ich muss sie retten, koste es, was es wolle! Ich reiße am Zügel meines Braunen und will ihn die Böschung hinunter durch den Fluss treiben, als mich ein Ruf zurückhält.

»Warte, Harald! Da kommen noch mehr von den Bastarden!«

Der Mann deutet nach Süden und Südosten. Und wirklich! Dunkle Punkte auf der weiten Steppe. Dutzende an manchen Stellen, an anderen noch viel mehr. Sie kommen einzeln und in langen Kolonnen, in breiter Front oder in wilden Haufen. Und das, so weit das Auge reicht. Ich verstehe. Das muss das Hauptheer der Petschenegen sein. Ihr Angriff hat begonnen. Die Bande, die wir den ganzen Tag lang verfolgt haben, ist nur ihr Voraustrupp, um den Zugang zum Bollwerk zu sichern. Jetzt sieht man es deutlich. Eine schier unendliche Masse von Reitern bewegt sich auf die Ros-Linie zu. Und der brennende Turm, in diesem verfluchten Meer aus Gras, dient ihnen als Leuchtfeuer.

Ich kann mich kaum losreißen vom Anblick des Feindes. Die Ersten werden bald den Fluss erreicht haben. Diese Welle von Steppenkriegern wird alles niederwalzen, was sich ihnen in den Weg stellt. Weder das Bollwerk noch seine weit verstreuten Verteidiger werden sie aufhalten können.

»Harald! Wir müssen hier weg«, höre ich Snorri brüllen.

Ja, wir müssen weg. Und ich muss Aila retten!

Ich reiße den Kopf des Braunen herum und treibe ihn durch den Fluss und auf das Tor zu, ohne mich um die anderen zu kümmern. Aber sie folgen mir, denn hinter mir höre ich die

Hufe ihrer Gäule durchs Wasser spritzen, die Böschung hinauf-stampfen. Aber ich achte nicht darauf. Ich muss Aila retten. Irgendwie. An etwas anderes kann ich nicht mehr denken. Und den treuen Kauko. Wir galoppieren am Wall entlang. Der Braune keucht, Steine fliegen von den Hufen. Trotz der äußersten Anstrengung des geschundenen Gauls kommt es mir unendlich lang vor, bis wir uns endlich dem Fort nähern.

Schon von weitem ist klar, dass im Grunde nichts mehr zu retten ist, auch wenn ich es nicht wahrhaben will. Die hölzerne Feste steht in Flammen. Die Feuersbrunst lodert hoch in den immer dunkler werdenden Himmel. Davor bewegen sich win-zig anmutende Gestalten von Mensch und Tier. Flüche und Schreie schallen herüber und übertönen das Trommeln der Hufe und das Knistern und Rauschen des Feuers. Tränen laufen mir über die Wangen. Ich weiß, wir sind zu spät gekommen, und will trotzdem nicht aufgeben, treibe meinen Braunen zur letzten Kraftanstrengung an.

Noch zweihundert Schritt. Aber jetzt haben sie mich ent-deckt, jetzt fliegen mir die ersten Pfeile um die Ohren. Einer streift meinen Helm. Noch einer prallt vom Ringpanzer an der Schulter ab. Mitten im wilden Galopp reiße ich den Schild vom Rücken, halte ihn vor die Brust. Gerade rechtzeitig, um zwei ihrer Geschosse abzufangen, die mich tödlich getroffen hätten.

Der Gaul hat weniger Glück. Ich spüre, wie ihm zwei Pfeile in die ungeschützte Brust fahren, wie er stolpert, sich zu fangen sucht, weiterläuft und schließlich mit schrillem Wiehern in die Knie bricht. Ich hebe gerade noch rechtzeitig das Bein über sei-nen Hals und springe frei. Das rettet mir abermals das Leben, denn ich kann am Nacken den Luftzug spüren, als ein Pfeil mich um Daumenbreite verfehlt.

Ich lande hart. Der Schmerz im linken Knie lässt mich auf-schreien. Aber gebrochen ist nichts. Ich hocke am Boden, halte den Schild vor mich und spähe über den Rand zur *borg* hinüber. Die lodernden Flammen beleuchten die Umgebung des brennenden Turms. Da sind die Palisade auf dem Wall und das offene Tor. Bogenschützen zielen nach mir, treffen aber nicht. Wahrscheinlich, weil ich mich nicht mehr bewege und in der Dunkelheit schwer auszumachen bin.

Im Feuerschein sehe ich Leichen am Boden liegen. Johlende Krieger gehen reihum und stechen Verwundete ab. Andere laufen zu ihren Pferden. Gleich werden sie heranpreschen, um auch mich zu töten. Ich sollte mich in Sicherheit bringen.

Aber ich bin wie erstarrt. Aila, meine Aila ist da in diesem Chaos. Doch jeder Versuch, sie zu retten, ist sinnlos geworden. Das Fort brennt lichterloh, die Besatzung ist tot oder gefangen, das Tor weit geöffnet, um das Heer der Petschenegen einzulassen. Kaukos blutiger Traum hat uns eingeholt.

»Harald, komm zurück!«, höre ich jemanden hinter mir brüllen. »Es ist nichts mehr zu machen.«

Ein Pfeil trifft meinen Schild. Dann noch einer. Anscheinend haben die Schützen mich wieder entdeckt. Aber ich kann mich nicht von dem brennenden Fort losreißen. Wo ist Aila? Ich brülle ihren Namen in die Nacht hinaus, kann sie nirgends entdecken. Ist sie tot? Gefangen? Wo, zum Teufel, ist sie? Ich kann sie doch nicht einfach zurücklassen!

Also stehe ich auf, obwohl mein Knie schmerzt, packe den Schild fester. Mein Kiefer tut weh, so fest beiße ich die Zähne aufeinander. Ich muss sie holen. Nur daran kann ich denken und mache den ersten Schritt. Ein Pfeil fliegt so knapp an mir vorbei, dass ich ihn an der Wange vorbeizischen höre.

Und dann ist plötzlich Snorri da. Mein guter Snorri. Und noch zwei verrückte Kerle, die mich nicht im Stich lassen wollen. Noch einer springt neben mir aus dem Sattel und packt mich am Kragen. Es ist Bjorn Skallagrimsson. Ich wehre mich, aber der verdammte Kerl ist stärker. Eh ich es mich versehe, hebt er mich samt Schild hoch und wirft mich so heftig auf seinen Gaul, dass mir die Luft wegbleibt. Ich will mich befreien, aber Snorri hält mich fest. Und Bjorn packt die Zügel des Pferds. Beide rennen mit dem Gaul und mir, so schnell sie können, davon, gefolgt von den beiden anderen, die uns mit ihren Schilden Deckung geben.

AILAS HEIMKEHR

Snorri und seine Bogenschützen lassen in schneller Folge Pfeile gegen den Gegner fliegen. Drei oder vier von den Bastarden haben sie anscheinend erwischt. Jedenfalls verzichten die Petschenegen auf eine weitere Verfolgung. Die Flammen der *borg* haben ihre Nachsicht zerstört. In der Dunkelheit können sie nicht wissen, wie viele wir sind. Aber man hört sie johlen und pfeifen und Verwünschungen ausstoßen.

Man gibt mir ein Pferd. Völlig benommen steige ich auf. Das Herz in meiner Brust wiegt wie ein schwerer Stein, nimmt mir den Atem und ist doch fast gefühllos, wie betäubt. Halb blind vor Tränen, hocke ich im Sattel und nehme die Dinge um mich herum nur undeutlich wahr, wie durch einen Nebel, der die Sicht einschränkt und Geräusche dämpft. Wenn überhaupt, sehe ich nur die Feuer des Forts vor mir. Irgendwo dort hinten, inmitten des lodernden Chaos, muss Aila sein. Sie schreit nach mir, streckt ihre Hand nach mir aus. Doch ich kann ihr nicht helfen.

Meine Seele ist starr und wie losgelöst von der Welt und besonders von diesem hilflosen Kerl, der da im Sattel sitzt und die Zügel hält, während wir uns davonmachen. Ich drehe mich häufig um, kann mich nicht losreißen vom Anblick der brennenden *borg,* die immer kleiner wird und doch noch lange wie ein Leuchtfeuer in der Nacht diesen verfluchten Ort markiert.

Von den Verwegenen, die mich gerettet haben, ist einem, genau wie mir, der Gaul unterm Hintern gestorben. Er selbst trug eine Pfeilwunde am Arm davon. Und trotz Beschuss nahm sich ein Zweiter sogar noch die Zeit, meine Bettrolle und mein Bärenfell zu bergen. Die beiden Kameraden, die jetzt ohne Reittier sind, teilen sich den Sattel mit zwei anderen. Im Grunde haben wir Glück. Denn mit unseren müden Gäulen hätten sie uns schnell eingeholt. Aber die Ankunft ihres gewaltigen Heeres hat sie abgelenkt. Sie haben Wichtigeres zu tun, als einen Spähtrupp der Rus zu verfolgen.

Während des langen Ritts kommt mir alles unwirklich vor. Das bleiche Mondlicht über dem Grasland, die Schatten des Walls, das Trommeln der Hufe und das Schnauben der Pferde. An einer der *borgs*, die wir passierten, gibt es frische Reittiere für uns. Svein und Snorri haben übernommen und erteilen der Besatzung Befehle, die anderen Mannschaften an den Wällen zu warnen, sich zu sammeln, den Feind im Blick zu behalten, sich aber langsam nach Kiew zurückzuziehen. Dinge, die ich auch Kolbjorn aufgetragen hatte. Kolbjorn, der jetzt tot ist.

Ich bin meinen Kameraden dankbar, dass sie sich um alles kümmern, denn für Stunden bin ich kaum eines klaren Gedankens fähig, kann nur an Aila denken. Ihr Gesicht vor mir beim Abschied, ihre schlanke Gestalt, als sie etwas verloren dasteht und mir nachblickt. Es ist allein meine Schuld. Niemals hätte ich sie zurücklassen dürfen.

Ich wage mir kaum ihre Angst auszumalen, ihre Panik, als plötzlich Petschenegen auftauchen. Dann der Horror des Gemetzels, die Toten, die fürchterlichen Wunden, das viele Blut. Wie sie sich fürchten muss in der Gewalt dieser Wilden, während wir davonreiten und ihr nicht helfen können. Das heißt, wenn sie überhaupt noch am Leben ist. Doch daran klammere ich mich mit aller Kraft, obwohl der Verstand mir etwas anderes sagt.

Denn dass sie tot sein könnte, das will und kann ich nicht hinnehmen. Noch nicht. Bestimmt ist sie nur gefangen. Eine hübsche Frau wie Aila ist schließlich wertvoll. So eine werden die Bastarde doch nicht töten. Aber Aila verschleppt zu wissen, in der Macht eines verfluchten Klanführers, der sie zu seinem Vergnügen missbraucht – der Gedanke ist fast genauso schlimm. Dennoch klammert sich mein Herz an das bisschen Hoffnung und will nicht loslassen. Ja, sie lebt. Sie muss am Leben sein. Etwas anderes will ich gar nicht wahrhaben. Außerdem ist sie schwanger mit unserem Kind. Bei Oðin, das hätte ich fast vergessen. Das Kind, in das wir unsere Hoffnungen gesetzt hatten.

Und natürlich sehe ich auch noch Kauko vor mir, diesen wilden Kerl aus den Wäldern am Ladogasee. Ich habe ihn geliebt. Die unbekümmerte Art, sein geringschätziges Grinsen, die Weisheiten der Tschuden, die er ab und zu von sich gibt, seine Fähigkeiten als Jäger und Fährtenleser. Er ist mit Sicherheit tot. Schon allein, weil er Aila bis zum letzten Blutstropfen verteidigt hätte. Wie habe ich nur so dumm sein können? Bei mir sei sie am sichersten, hatte Aila gesagt. Im Nachhinein treffen mich ihre Worte wie Hohn. Ich lebe, und sie …?

Dann fällt mir ein, dass ich Oðin ein Blutopfer versprochen habe. Ist der Allvater etwa ungeduldig geworden? Hat er sich sein Opfer selbst gewählt? Trotz des scharfen Ritts durch die Nacht fange ich an zu zittern. Und es ist nicht die Nachtkühle, die mich zittern macht.

Snorri und Svein wissen, dass wir so schnell wir möglich Kiew erreichen und warnen müssen. Also reiten wir, ohne Rast zu halten, tauschen unterwegs die Pferde an den *borgs*. Und langsam gelingt es mir, klarere Gedanken zu fassen, Kopf von Herz zu trennen, den dumpfen Schmerz in meiner Brust in Schach zu halten. Die Stadt muss gesichert, Entscheidungen müssen getroffen werden, tausend Dinge sind zu tun. Ich muss mich zusammennehmen. Zu viele Leben hängen davon ab.

Als wir am frühen Morgen die Pferde an einem Bach tränken, bedanke ich mich bei Bjorn und den anderen, die mich so selbstlos und unerschrocken vor den Pfeilen der Petschenegen gerettet haben.

»Ich bin ein bisschen rauh mit dir umgegangen«, sagt Bjorn und grinst verlegen. »Aber du warst nicht ganz bei Sinnen.«

Ich nicke grimmig. »Ich habe uns alle in Gefahr gebracht.«

Snorri wirft mir einen besorgten Blick zu. »Es ist nicht deine Schuld.«

»Natürlich ist es meine Schuld. Wessen sonst?«

»Es ist *urðr*, Harald. Schicksal.«

Svein, der neben uns steht, nickt ernst. »Ja, *urðr*. Wer hätte wissen können, dass die Petschenegen ausgerechnet jetzt angreifen? Es ist die Willkür der Götter. Dagegen sind wir machtlos.«

Doch ich schüttele den Kopf. »Ich hätte es wissen müssen.«

Es ist zu einfach, die Götter für alles verantwortlich zu machen. Sie mögen ein Unwetter, eine unerwartete Begegnung schicken, einen Zauber über uns werfen. Aber für unser eigenes Tun tragen wir selbst die Verantwortung. Es war allein meine Entscheidung, diesen verdammten Spähtrupp zu verfolgen und Aila und Kauko zurückzulassen. Wären wir geblieben, wäre die Sache anders ausgegangen. Ich hole tief Luft. Nun muss ich sehen, dass nicht noch mehr Menschen durch falsche Entscheidungen zu Schaden kommen.

Es ist Mittag, als wir Kiew erreichen. Wir sind müde. Seit dem Morgen des Vortags hat keiner von uns geschlafen. Auch jetzt ist keine Zeit dafür. Ich rufe Thorkel, Halldor und die anderen Unterführer zusammen und lasse Svein berichten, was uns widerfahren ist. Mit großer Betroffenheit hören sie zu. Für einen Krieger wie Kauko ist der Tod nichts Unerwartetes. Aber Aila? Sie ist bei den Männern beliebt. Ihr Verlust lässt selbst harte Kerle bestürzt schweigen. Sogar Thjodolf, sonst so unbekümmert, hat feuchte Augen.

Dann bringen sie mich auf den neuesten Stand, was die Arbeiten an den Befestigungen betrifft. In der Zwischenzeit ist Holz geschlagen worden, es wurden Baumstämme herangeschafft und Bretter gesägt, aber es wurde noch nicht damit begonnen, einzelne Palisadenpfähle auszuwechseln. Da ein Angriff bald bevorsteht, entscheide ich, fürs Erste darauf zu verzichten und lieber mit anderen Arbeiten fortzufahren. Die Vertiefung des Grabens muss so schnell wie möglich fertiggestellt werden, ebenso der Streifen Pferdefallen fünfzig Schritt davor. Thorkel verspricht, dies in ein oder zwei Tagen zu schaffen. Ich kann nur hoffen, dass uns die Zeit nicht davonläuft. Ulfrs Mann, der sich um das Schmieden der Krähenfüße kümmert, berichtet, dass etwa dreihundert Stück davon fertig sind.

»Dann legt die Hälfte aus«, ordne ich an. »Den Rest heben wir auf. Die können wir später nach Bedarf von den Wehrgängen aus vor den Graben werfen. Und hört nicht auf, neue zu schmieden.«

»Was die Wehrgänge angeht, die sollten wir schnellstens ausbessern«, rät Halldor.

»Aber erst nach den anderen Arbeiten. Denn an den Wehrgängen können wir sogar noch während der Belagerung arbeiten.«

Dass wir belagert werden, ist allen klar. Belagerung. Ein schreckliches Wort. Es bedeutet, Tage, Wochen oder sogar Monate eingekesselt zu sein. Es bedeutet Angriffe, die selbst die tapferste Besatzung zermürben. Es bedeutet Tote und Verwundete, Hunger und Entbehrung, vielleicht sogar Seuchen.

Zum Glück liegt die Stadt am Fluss. Wir haben also Zugang zu Trinkwasser. Und vielleicht können wir per Boot versorgt werden. Außer, den Petschenegen gelingt es, den Fluss zu blockieren, was eher unwahrscheinlich ist. Denn sie haben keine Boote. Dennoch beauftrage ich Ulfr, so viel wie möglich an Getreide, Bohnen und Viehzeug in die Stadt zu bringen. Es sind mindestens fünf- oder sechstausend Menschen zu ernähren. Und täglich werden es mehr, denn immer mehr Flüchtlinge erreichen die Stadt.

Ragnar und Ivar, die sich mit Schiffsproviant auskennen, bitte ich, Scheunen und Vorratslager einzurichten, zu bewachen und Rationierungen vorzubereiten. Bei längerer Belagerung werden wir zur Not auch die Pferde schlachten müssen. Und sie sollen mit Dragan reden, die Stadtväter und andere wichtige Leute auf dem Marktplatz versammeln, damit ich ihnen die Lage erklären kann.

Nachdem das Nötigste geregelt ist, will ich schon zum Palast eilen, als Thorkel mich zur Seite nimmt. »Wir haben noch gar nicht reden können, Bruder«, sagt er und legt mir den Arm um die Schultern. »Es ist schrecklich, was geschehen ist. Ich kann mir vorstellen, wie du dich fühlst. Wir alle leiden mit dir. Aber vielleicht finden wir Aila wieder. Bestimmt verlangen die Bastarde Lösegeld. Die Jungs werden zusammenlegen. Ich gebe dir alles, was ich besitze. Und es gibt keinen unter den Kameraden, der nicht das Gleiche tun würde. Darauf kannst du dich verlassen.«

Meine Augen werden feucht, obwohl ich versuche, mich nicht von meinem Kummer überwältigen zu lassen. »Danke, Thorkel«, flüstere ich. »Sicher hast du recht. Ich denke auch, dass sie Lösegeld verlangen werden.«

Natürlich. Aila wird ihnen sagen, wer sie ist und was sie mir wert ist. Sigurd, der Verräter, wird es bestätigen. Ich werde ihr Gewicht in Silber aufwiegen. Thorkels Worte haben neue Hoffnung aufkeimen lassen.

Als ich den Palast erreiche, erwartet Prinz Ilya mich schon ungeduldig in Begleitung des Patriarchen und einiger Bojaren.

»Wie sieht es aus am Ros?«, fragt er. »Was hast du herausgefunden?«

Kein Wort über Aila. Aber vielleicht hat er es ja noch nicht erfahren. Ich werde auch meinerseits nichts erwähnen. Ilyas Mitleid ist das Letzte, was ich jetzt gebrauchen kann. Ich wende mich an die Bojaren. »Wenn ihr noch Angehörige auf dem Land habt, solltet ihr sie schleunigst in die Stadt holen.«

»Warum?«, fragt mein Freund, der Fettwanst. »Was, zum Teufel, ist los?«

»Die Petschenegen sind los«, erwidere ich. »Wie ich schon vermutet hatte, ist das Bollwerk unmöglich zu halten. Nicht mit lächerlichen hundertfünfzig Mann. An machen Stellen ist der Wall vom Regen ausgewaschen, Tore sind halb verfallen. Alles ist vernachlässigt worden. Nur jede dritte oder vierte *borg* war überhaupt besetzt.«

»War?«

»Ich habe die Männer abgezogen.«

»Wie kommst du dazu?«, fragt Fettwanst aufgebracht.

»Es nützt niemandem, sie zu opfern. Während wir noch am Ros waren, hat der große Angriff begonnen. Die Petschenegen zählen in die Tausende. Ich habe sie selbst gesehen. Die Steppe war schwarz von Reitern. Eines der Forts haben sie niedergebrannt. Kolbjorn, der Befehlshaber des Bollwerks, und seine Leute sind dabei umgekommen. Wir selbst konnten nur mit knapper Not entkommen.«

Mein Bericht löst Bestürzung aus. Die Bojaren werfen einander ängstliche Blicke zu, mehrere bekreuzigen sich.

»Wir müssen alle beten«, ruft der Patriarch Johannes. »Gott wird uns beistehen, wenn wir nur stark genug im Glauben sind.«

»Lasst lieber eure Glocken läuten, ehrwürdiger Vater«, sage ich. »Wir müssen die Leute auf dem Marktplatz versammeln und ihnen mitteilen, was uns allen bevorsteht. Wehrfähige Männer müssen sich bewaffnen, Lebensmittel sind zu rationieren. Wir werden allen sagen, was zu tun ist. Vielleicht solltet Ihr selbst zu ihnen sprechen, um Panik zu vermeiden.«

Ilya hat wie erstarrt dagestanden und gebannt zugehört. Jetzt aber scheint er aufgewacht zu sein. Sein Gesicht wird rot, eine

Ader pocht auf der Stirn. Wütend funkelt er mich an. »Wer, zum Teufel, denkst du, dass du bist, hier allen Befehle zu erteilen?«, brüllt er. »Wenn du mit deinen Männern gleich zur Ros-Linie marschiert wärst, wie ich dir befohlen hatte, hättest du die Barbaren aufhalten können. Du allein bist schuld, dass es so weit kommen konnte.«

»Niemand hätte sie aufhalten können. Meine paar hundert Mann wären da draußen genauso wie Kolbjorns Leute niedergemetzelt worden. Also sei froh, dass es überhaupt noch Krieger in der Stadt gibt. Die sind nämlich jetzt die einzige Hoffnung, die uns außer diesen morschen Palisaden noch bleibt!«

Mit diesen Worten verlasse ich den Palast.

Mein Auftritt war nicht gerade taktvoll, und mein Verhältnis zu Ilya ist kaum noch zu retten. Aber ich habe verdammt keine Zeit zum Beten und für hirnloses Geschwätz. Besonders nicht, mich mit seinem Unverstand herumzuschlagen. Denn jederzeit erwarte ich, dass Hörner von den Türmen die Ankunft des Feindes verkünden.

»Du siehst müde aus«, sagt Halldor, als ich das Südtor erreiche, wo wir ein geräumiges Gebäude beschlagnahmt haben, das uns als Hauptquartier dient. »Bis jetzt ist alles ruhig. Leg dich schlafen. Wir holen dich, sobald sich etwas tut.«

Ich befolge seinen Rat und wandere durch die Gassen bis in den nördlichen Stadtteil, wo mein Haus liegt. Überall starren die Leute mich an. Sie wissen, wer ich bin, und sind doch zu scheu, um mich anzusprechen. Obwohl die ganze Stadt mittlerweile weiß, dass die Petschenegen durchgebrochen sind.

Mich um die Verteidigung der Stadt zu kümmern hat mir gutgetan. Es hat mich abgelenkt. Doch der Anblick von Ennis verweinten Augen, anscheinend weiß sie schon alles, ruft mir sofort wieder die Ereignisse der vergangenen Nacht ins Gedächtnis. Das brennende Fort, die Toten. Besonders Aila, umgeben von Horden wilder Petschenegen. Bei dieser Vorstellung wird mir beinahe schlecht. Und als ich auf unserem Bett auch noch ihre Kleider verstreut liegen sehe, da kann ich es in diesem Haus nicht mehr aushalten. Ich wandere durch die Stadt, an besorgten Gesichtern vorbei, hocke mich irgendwo in die Ecke einer Schenke und trinke Wein, bis mir die Augen zufallen. Ich schlafe so fest, dass ich nicht einmal die Glocken höre, die die Kiewer zum Marktplatz rufen.

Stunden später wird es laut in der Schenke, und ich wache erschrocken auf. Es ist bereits dunkel. Die Schankgäste um mich herum reden ängstlich über die bevorstehende Belagerung. Anscheinend hat der Feind sich noch nicht blicken lassen. Ich werfe dem Wirt ein Silberstück zu und gehe heim. Schließlich kann ich das Haus nicht ewig meiden.

Enni hat aufgeräumt und Essen gekocht. In ihren Augen steht der Schmerz. Sie ist Tschudin wie Aila und ihr sehr verbunden. Ich nehme sie in die Arme. So verharren wir eine Weile, während sie an meiner Schulter schluchzt. Dann erkläre ich ihr, dass es vielleicht Hoffnung gibt, Aila auszulösen.

Ich lade sie ein, sich zu mir zu setzen. Wir essen schweigend. Enni wagt kaum, mich anzusehen. Einmal tut sie es doch, und sofort füllen sich ihre Augen erneut mit Tränen. Aber jetzt ertrage ich es besser und drücke ihre Hand, dankbar dafür, dass sie hier ist und mir Gesellschaft leistet. Nach dem Essen wasche ich mich im Hof und lege mich dann in der Kammer aufs Bett. Lange liege ich wach und höre zu, wie Enni leise in der Küche hantiert. Dann werden mir die Lider schwer, und ich schlafe ein. Doch es ist ein unruhiger Schlaf, voll von Feuersbrunst und Schlachtenlärm, von Blut, das von den Dächern tropft, von Leichen ohne Gesichter.

٭ ٭ ٭

Im Morgengrauen ziehe ich frische Kleider an und wappne mich, während Enni mir ein Morgenmahl bereitet. Ich esse diesmal allein, hänge mir danach meinen Schild über den Rücken und verlasse das Haus. Am Südtor treffe ich auf Thorkel, Halldor und Ulfr. Wir klettern auf einen der Wachtürme.

»Noch nichts zu sehen von den Bastarden«, meint Halldor. »Außer das da.« Er deutet nach Süden und Südwesten, wo in der Ferne schmutzige Rauchsäulen in den Himmel steigen. »Und das sind keine Lagerfeuer, das kannst du mir glauben.«

Ich weiß nur zu gut, was es ist. Wir kennen das von unserem Polenfeldzug. Auch da brannten Siedlungen. Und wir selbst waren es gewesen, die sie angesteckt hatten. Die Polen, die hier in den südlichen Bereichen des Bollwerks zwangsangesiedelt wurden, können einem leidtun. Erst hat Jarisleif ihre Dörfer angezündet und sie hierher verschleppt. Und nun tun es die Petschenegen.

»Die sind noch mit Plündern beschäftigt«, sagt Ulfr. »Aber ich schätze, in zwei Tagen sind sie hier.«

»Wie kommst du mit den Pferdefallen voran?«, frage ich Thorkel.

»Am nördlichen Wall wird noch gearbeitet. Aber die Süd- und Westseite sind fertig.«

»Man sieht nichts.«

Er grinst. »Soll man ja auch nicht.« Er deutet nach unten. »Einen größeren Bereich vor den Toren haben wir frei gelassen, falls du einen Ausfall planst. Ansonsten, etwa fünfzig Schritt vom Graben entfernt, haben wir Löcher ausgehoben, die Erde weggekarrt und die Grasnarbe lose darübergelegt. Wer da reintritt, ob Mann oder Pferd, wird keinen Spaß haben.«

Es ist zu erwarten, dass die Petschenegen gemäß ihrer üblichen Kampfweise zu Pferde heranpreschen, Pfeile auf unsere

Wehrgänge abschießen und sich dann wieder zurückziehen. Deshalb die Pferdefallen. Natürlich werden sie irgendwann auch zu Fuß kommen und eiserne Wurfhaken über die Palisade werfen, um sie einzureißen. Sie werden mit Leitern kommen oder Feuer legen. Deshalb die eisernen Krähenfüße vor dem Graben. Wir werden es ihnen so schwer wie möglich machen.

»Die Tore sind jetzt auch verstärkt«, sagt Halldor. »Nur das Hafentor haben wir so belassen, wie es ist. Da ist ein Angriff unwahrscheinlich.«

»Und im Norden?« Ich frage deshalb, weil wegen der Nähe eines größeren Sumpfgebiets der Boden besonders feucht ist und wir dort die größten Schäden an der Palisade festgestellt hatten.

»Die ganze Nordseite ist schwach und müsste ersetzt werden. Aber dazu fehlt uns die Zeit. Wir haben zumindest die schlimmsten Stellen mit Holzstämmen abgestützt und mit Brettern verstärkt. Ob es hält, wissen allein die Götter.«

»Gut. Mehr war in der Kürze wohl nicht zu schaffen. Noch etwas: Die Männer auf den Wehrgängen brauchen Schutz vor Pfeilen.«

»Die Zimmerleute arbeiten schon daran.«

Keiner von ihnen erwähnt Aila. Dafür bin ich dankbar, denn es fällt mir immer noch schwer, darüber zu reden. Außerdem brauche ich jetzt einen klaren Verstand, um alles zu planen und nichts zu vergessen. Als Svein zu uns stößt, besprechen wir, wie die Mannschaften auf den Wehrgängen zu verteilen sind.

»Meine *hirð* behalten wir als Reserve«, sage ich. »Und Gunnar soll mit zwei Dutzend Mann die Flussseite bewachen. Nicht, dass ich da viel erwarte.«

»Was ist mit Dragan und seinen *húskarlar*?«, fragt Thorkel.

»Sag ihm, er soll wie gehabt den Palast bewachen«, erwidere ich. Dann fällt mir noch etwas ein. »Wir müssen unsere Mannschaften schnell von einem Ort zum anderen bewegen können. Reißt deshalb alle Hütten oder Häuser ab, die zu dicht am Wall stehen.« Die Besitzer werden sich bitter beklagen, aber das ist nicht zu ändern.

Viel mehr können wir im Augenblick nicht tun. Zusammen mit Ulfrs Kriegern sind wir etwas über dreihundert Mann. Verdammt wenig für die Länge der Palisade und die Tausenden von Steppenkriegern, die an mehreren Stellen gleichzeitig angreifen können. Die Befestigungen werden sie aufhalten, aber für wie lange? Ich kann nur hoffen, dass die Besatzungen des Bollwerks noch zu uns stoßen und uns verstärken. Und natürlich frage ich mich, ob meine Boten zu Jarisleif durchgekommen sind, ob wir auf Hilfe vertrauen können. Aber Holmgarð ist weit. Es wird dauern, ein Heer zu sammeln. Und dann der lange Weg bis hierher. Weiß der Teufel, wann wir mit ihm rechnen können. Ob überhaupt.

»Der Fernhandel ist praktisch eingestellt«, sagt Thorkel, der sich wieder eingefunden hat. »Die fremden Händler sind mitsamt ihren Waren geflüchtet. Die Ratten verlassen das sinkende Schiff.«

»Noch sinken wir nicht.«

»Aber die See ist rauh geworden, und das Schiff leckt.«

»Wenn du schon davon sprichst: Wir sollten die jungen Männer von Kiew bewaffnen. Das sind zwar keine erfahrenen Kämpfer, aber sie können wenigstens die Lücken auf den Wehrgängen füllen.«

»Ich kümmere mich darum.«

Er wird ganz sicher Freiwillige finden. Überhaupt mangelt es nicht an Hilfe seitens der Bewohner der Stadt. Und das nicht nur von den Handwerkern. Männer allen Alters haben gearbeitet, um den Graben zu vertiefen, Palisaden und Tore zu verstärken, Vorräte zu sammeln und was sonst noch alles anfällt. Selbst die Frauen haben körbeweise Erde geschleppt und auf den Wall gekippt, den Männern Essen gebracht, Brandpfeile mit Lumpen umwickelt und in Pech getränkt. Tausend Hände sind zu Werke gewesen. In kurzer Zeit wurde mehr geschafft, als ich für möglich gehalten hätte.

Haben die Fernhändler die Stadt auf ihren Booten verlassen, so kommen nun immer mehr Flüchtlinge. Darunter Bauern aus der näheren Umgebung, die ihr Vieh in die Stadt treiben. Aber auch solche aus dem Süden, Menschen auf der Flucht, die nur ihre Haut retten konnten. Männer mit Kindern auf den Schultern, schwangere Frauen, die mich an Aila denken lassen. Im Grunde haben wir kaum Unterbringungsmöglichkeiten, denn Kiew platzt bereits jetzt aus allen Nähten. Zum Glück ist es Sommer. Die Neuankömmlinge können im Freien schlafen. Natürlich werden sie unsere Vorräte schmälern. Aber sollen wir sie etwa ihrem Schicksal überlassen?

Die Mönche spenden Decken für die Flüchtlinge und vor allem Brot. Und wir teilen Waffen aus, an alle Männer der Stadt, die bereit sind zu kämpfen. Alles, was wir auftreiben können, auch wenn es nur Heugabeln, Beile oder Fleischspieße sind. Diese Freiwilligen sind vielleicht unsere letzte Reserve im Kampf in den Gassen, sollte die Palisade überrannt werden.

Am Nachmittag taucht zu meiner Überraschung Patriarch Johannes auf, begleitet von Dragan, der ihn herumführt und ihm unsere Vorbereitungen zeigt. Dragan, nach seiner verschlossenen Miene zu urteilen, scheint sich immer noch nicht mit mir ausgesöhnt zu haben. Der alte Priester aber lässt sich alles erklären, spricht mit den Kiewern bei der Arbeit, nickt meinen Männern wohlwollend zu und lobt ihren Eifer.

»Ich muss mich bei dir entschuldigen, Harald«, sagt er zu mir. »Ich sehe, du versuchst alles, um unsere christliche Stadt zu beschützen. Hör nicht auf die hässlichen Stimmen, die anderes behaupten.«

Ich kann mir schon denken, wen er meint. »Danke, ehrwürdiger Vater.«

Auf seiner Stirn stehen tiefe Sorgenfalten. »Gibt es Hoffnung, mein Sohn? Oder werden wir alle sterben?«

Ich frage mich, ob er eine ehrliche Antwort erwartet oder nur beruhigt werden will. Ich entscheide mich für Letzteres. »Ich denke, wir können sie aufhalten. Die ganze Stadt hilft dabei.«

Er scheint erleichtert. »Der Herrgott selbst muss dich gesandt haben. Dabei bist du noch so jung. Aber in der Jugend liegt die Stärke.«

»Wir tun unser Bestes.«

»Knie nieder, mein Sohn.«

»Was?«

»Knie nieder. Ich will dich segnen. Hier vor allen Leuten.«

Ich tue, wie geheißen, und er schlägt ein Kreuz über meinem Haupt und murmelt etwas auf Griechisch. Ich verstehe nur die Wörter Vater und Sohn und dann noch etwas von einem Geist. War das ein Zauberspruch? Aber es ist sicher gut gemeint. Ich erhebe mich. Und zu meiner Überraschung küsst er mich auf beide Wangen.

»Wir alle vertrauen auf dich«, flüstert er mir ins Ohr.

»Es gibt viele Flüchtlinge in der Stadt«, sage ich. »Die müssen versorgt werden. Die Mönche verteilen Brot, aber das ist vielleicht nicht genug. Es sind Kinder und schwangere Frauen darunter, sogar Verwundete. Und meine Männer haben selbst schon alle Hände voll zu tun.«

»Sorge dich nicht«, entgegnet er und lächelt sanft. »Wir werden uns darum kümmern. Das verlangt die Nächstenliebe. Jetzt muss ich aber gehen. Die Gläubigen warten auf mich. Wir werden die heilige Messe feiern und für unsere Stadt beten.«

Er wendet sich den vielen Leuten zu, die um uns herumstehen und ihm die Hände entgegenstrecken, als erwarteten sie ihre Rettung von diesem Mann im Priestergewand. Er spricht ein kurzes Gebet und segnet sie. Dann macht er sich schweren Schrittes auf den Weg zu seinem Gotteshaus auf dem Hügel.

Während die Christen in ihre Kirchen drängen, opfere ich, umringt von meinen Männern, auf dem Marktplatz einen weißen Bullen, den Ragnar für uns besorgt hat. Ein Opfer für Oðin, wie ich es versprochen habe. Ein heidnische Opfer ist sicher nicht im Sinne des Patriarchen und der guten Christen der Stadt, aber niemand hindert uns daran. Vielleicht denken sie, in diesen Stunden kann ein Gebet an die alten Götter auch nicht schaden. Ich hebe die Hände zum Himmel und bitte den Allvater, uns die Klugheit und die Kraft zu schenken, die Steppenreiter zu besiegen. Im Stillen flehe ich auch um Ailas Rettung. Dann besprenge ich meine Kameraden mit dem heiligen Blut des Opfertiers, wie es bei uns Brauch ist. Zuletzt gebe ich Anweisung, das Fleisch unter die Flüchtlinge zu verteilen.

Gegen Mittag taucht ein größerer Reitertrupp auf und nähert sich dem Südtor. Es sind die Männer von den *borgs*. Einige sind verwundet. Nachdem man sie eingelassen hat, meldet sich ein gewisser Miran bei mir, um zu berichten. Er ist nicht viel älter als ich und behauptet, in einem anderen Fort Dienst getan zu haben, aber Kolbjorns Zweiter zu sein. Sie hätten, soweit möglich, meine Befehle befolgt und die Petschenegen beobachtet. Die wären aber immer weiter vorgedrungen. Eine Kolonne stünde bereits an dem Kiew nächstliegenden Wall.

»Dein Befehl war, die Verluste so gering wie möglich halten«, sagt er. »Leider ist ein Scharmützel nicht zu vermeiden gewesen. Dabei haben wir zwanzig Mann verloren, und ein Dutzend sind verwundet. Deshalb dachte ich, es wäre besser, wir ziehen uns zurück und unterstützen euch hier in Kiew.«

»Wie viele bringst du?«

»Knapp unter hundert. Ich habe aber noch zehn Reiter da draußen, die den Feind beobachten.«

Zusammen mit Kolbjorn haben wir also fast fünfzig Mann verloren. Mirans Reiter sind alles, was uns von den Besatzungen des Bollwerks geblieben ist.

»Du hast recht gehandelt, Miran. Wie sieht die Lage jetzt aus?«

»Sie nehmen sich Zeit, sämtliche Siedlungen zwischen hier und dem Ros zu plündern. Sie lassen keine Gnade walten, töten alles, was ihnen über den Weg läuft, Männer, Frauen, Kinder. Nur das Vieh treiben sie weg. Der Anblick der ausgeraubten Siedlungen, die Leichen …« Er kann nicht weitersprechen, sondern starrt schweigend auf seine Stiefelspitzen. Dann wischt er sich eine Träne von der Wange.

Ich winke Bogdan, der mit Thorkel spricht, zu uns heran. »Bogdan hier wird euch Unterkünfte zuweisen und alles erklären, was die Verteidigung der Stadt betrifft. Ich danke dir für deine Mühen, Miran. Ihr seid uns mehr als willkommen.«

Daheim, am Abend nach dem Essen, lässt Enni mich wissen, sie habe kein Silber mehr, um Vorräte zu kaufen. Es sei alles plötzlich teurer geworden. Händler sind dabei, sich an der Notlage zu bereichern. Und dann erzählt sie, dass in der Nachbarschaft die Leute Angst haben, die Stadt könnte fallen.

»Müssen wir alle sterben, Herr?«, fragt sie.

»Natürlich nicht«, versuche ich sie zu beruhigen und reiche ihr einen kleinen Beutel mit Hacksilber, das übliche Zahlungsmittel auf dem Markt.

»Und wenn dir etwas geschieht? Was wird aus mir?«

»Thorkel wird sich um dich kümmern. Aber mach dir keine unnötigen Sorgen. Mir geschieht nichts.«

Ich betrachte ihren schmalen Rücken, während sie die Teller wäscht. Für uns ist es selbstverständlich, dass Sklaven die Hausarbeit verrichten und uns bedienen. Wir denken nicht viel über sie nach. Und doch gehören sie zu unseren Familien, zu unserem Leben. Sie schleppen Wasser, leeren die Nachtgefäße, machen Feuer, kochen das Essen, waschen unsere Kleider und ziehen oft sogar unsere Kinder groß.

»Komm, Enni, setz dich her«, sage ich zu ihr.

Sie hockt sich zu mir und sieht mich mit Augen an, in denen sich das Kerzenlicht spiegelt. Sie ist nicht hässlich, ganz im Gegenteil, hat helles Haar, tiefblaue Augen und ein paar Sommersprossen auf der Nase.

»Du bist ein gutes Mädchen. Aila war immer sehr zufrieden mit dir.«

»Hat sie das gesagt?«, haucht sie und wird rot.

»Das hat sie. Und wenn das hier vorbei ist, werden wir dich freilassen. Du darfst weiter bei uns bleiben, wenn du möchtest, aber du bist dann keine Sklavin mehr.«

Sie macht große Augen. »Wirklich?« Doch gleich fügt sie ängstlich hinzu: »Aber ihr werdet mich doch nicht verstoßen?«

Ich lächele. »Auf keinen Fall.«

Wahrscheinlich hat sie Angst, wie so viele Frauen zu enden, die keine Familien haben – in einem Hurenhaus.

Ich lege mich früh schlafen. Wer weiß, was der morgige Tag bringt. Auf meinem Lager denke ich darüber nach, was ich zu Enni gesagt habe. Wir werden dich freilassen, habe ich gesagt. Als wäre es selbstverständlich, dass Aila zurückkommt.

* * *

Gegen Mittag verkünden Hörner von den Wachtürmen die Nachricht, vor der wir uns seit Tagen fürchten, und bestätigen, was Mirans Kundschafter schon berichtet haben. Der Feind ist im Anzug. Für weitere Vorbereitungen ist es zu spät. Wir werden uns zur Wehr setzen müssen mit dem, was wir haben.

Es regnet nicht, aber der Himmel über der Stadt ist verhangen, die Fernsicht jedoch klar. Auf einem der beiden Wachtürme über dem Goldenen Tor drängen sich nicht nur meine Anführer, sondern auch Prinz Ilya, Dragan und sogar der Patriarch Johannes. Sie sind gekommen, um einen ersten Blick auf den Feind zu werfen. Der Prinz hat mich mit einem kalten Blick begrüßt, will dennoch unsere Einschätzung der Lage vernehmen.

Das bebaute Bauernland rund um Kiew reicht bis zum Lybid, einem kleinen Fluss, der etwa eine Meile nordwestlich der Stadt das Sumpfland entwässert und von dort fast schnurgerade nach Südosten fließt, bevor er in den Dnjeper mündet. Jenseits seines Oberlaufs beginnt dichter Wald, der sich meilenweit erstreckt und im Norden in den genannten Sumpf übergeht. Anders sieht es am südlichen, unteren Lauf des Lybid aus. Dort beginnt, mit Ausnahme einiger bewaldeter Flecken, zum größten Teil die Steppe. Wer scharfe Augen hat, kann von Kiew aus gerade noch den ersten Wall des Bollwerks erkennen.

Wir alle starren in diese Richtung, über die Felder der Bauern und über die dünne Linie des Flüsschens hinweg, bis in die weite Graslandschaft zwischen Lybid und dem fernen Wall. Eine Landschaft, die mit einem Mal lebendig geworden ist, angefüllt mit winzigen Punkten, die in breiter Front oder auch in langen Kolonnen unendlich langsam näher kriechen, sich ausbreiten oder wieder vereinen in einem ungeordneten Vormarsch schier endloser Reiterscharen.

»Gott im Himmel!«, murmelt Ilya und bekreuzigt sich.

»Nun sag schon, was siehst du, mein Sohn?«, höre ich die ängstliche Stimme des Patriarchen, dessen alte Augen ihn im Stich lassen.

»Betet Vater, wie Ihr noch nie gebetet habt«, erwidert Ilya flüsternd. »Denn wenn der Herrgott uns kein Wunder schickt, dann sind wir verloren.«

Der Patriarch sieht ihn ängstlich an.

»Nicht, wenn ich etwas mitzureden habe«, erwidere ich dagegen trocken.

Johannes' Aufmerksamkeit wechselt zu mir. Er wirft mir einen dankbaren Blick zu. Ilya dagegen tut, als hätte er mich nicht gehört. Denkt er immer noch, dass ich allein schuld an allem bin? Nein, so dumm ist er nicht. Eher, dass er eingesehen hat, dass ich die ganze Zeit recht hatte, es aber nicht öffentlich zugeben will. Wer gibt schon gerne einen solchen Fehler zu?

Es herrscht angespannte Stille auf dem Turm. Wer genau hinsieht, erkennt Kundschafter, die der Masse der Reiter fächerförmig vorausreiten. Die Ersten von ihnen erreichen den drei Meilen entfernten, südlichen, kaum zwei Fuß tiefen Lauf des Lybid und setzen über. Sie nähern sich vorsichtig, als ob sie hinter jedem Gebüsch einen Hinterhalt vermuten. Bald sind weiter nördlich noch andere auf das Flüsschen gestoßen. Auch sie überqueren es erst nach vorsichtigem Ausspähen der Umgebung.

»Was ist das für ein Geräusch?«, fragt Thorkel. »Klingt wie Donnergrollen.«

»Kriegspauken«, sagt Ulfr. »Die sollen den Feind einschüchtern.«

Wir beobachten weiter ihren Aufmarsch. Die Kundschafter haben sich inzwischen auf einige hundert Schritt genähert und bleiben stehen. Aus Respekt vor unseren Bogenschützen. Und die Ersten der Hauptmacht haben nun ebenfalls den Lybid erreicht. Sie tränken entlang des Flüsschens ihre Pferde. Immer mehr strömen hinzu und sammeln sich an beiden Ufern. Die Paukenschläge sind deutlicher zu hören. Einer der Kundschafter reitet zurück, um zu berichten. Kurz darauf setzt sich das Reiterheer wieder in Bewegung und kommt langsam auf die Stadt zu. Dabei formen die Petschenegen eine breite, gleichmäßige Front, dahinter drängt sich eine ungeordnete Masse von

Reitern, die alles auf den Feldern niedertrampelt. Zum Glück haben wir schon geerntet, was zu ernten war.

»Das muss Sigurd sein.« Ich deute auf ihre linke Flanke, wo in vorderster Reihe die großen, runden Schilde einer Truppe *væringjar* zu erkennen sind. Etwa hundertfünfzig oder mehr.

»Hurensöhne!«, flucht Ilya. »Verdammte Verräter!«

»Wie viele sind es?«, fragt der Patriarch mit bebender Stimme.

»Die Verräter?«

»Nein, die Barbaren.«

»Schwer zu sagen, ehrwürdiger Vater«, mische ich mich ein und versuche, hundert von den Reitern abzuzählen und damit blockweise den Rest zu schätzen. »Ich komme auf viereinhalb- bis fünftausend«, sage ich schließlich.

Auch Ulfr ist mit Zählen beschäftigt. »Mindestens fünftausend«, sagt er schließlich. »Eher noch mehr.«

Der Patriarch bekreuzigt sich. Er schließt die Augen, und seine Lippen bewegen sich in stillem Gebet. Ich nehme an, zu seinem *hvítakristr*, als könnte der uns vor den Horden der Barbaren schützen.

Wir anderen blicken gebannt auf das Schauspiel, das sich vor uns entfaltet. Allein die Größe des Heeres ist atemberaubend. Wenn es Khan Badurs Absicht ist, uns zu beeindrucken, dann ist es ihm gelungen. Sein Gefolge besteht aber nicht nur aus Kriegern, sondern ein riesiger Tross an Packpferden hat an den Ufern des Lybid haltgemacht. Begleitet von Frauen und Kindern und einer ganzen Viehherde. Wahrscheinlich in den letzten Tagen zusammengeraubt.

Unter den Beobachtern auf dem Turm fällt lange Zeit kein Wort. Die gewaltige Masse Steppenreiter, die sich inzwischen dem Südtor genähert hat, bleibt auf einen Hornstoß hin etwa vierhundert Schritt entfernt stehen. Dort, außer Reichweite unserer Bögen, ordnen sie ihre Reihen. Vor allen anderen befindet sich ein einzelner Mann, der reglos und kerzengerade im Sattel sitzt. Das muss der Khan sein. Ebenfalls in vorderster Front befinden sich Reiter mit den großen Kesselpauken am Sattel. Ihr gleichmäßiger Rhythmus dröhnt wie Donnerschläge. Dabei scheinen sie unmerklich schneller und lauter zu werden, als strebten sie einem Höhepunkt zu.

»Die werden doch wohl nicht gleich angreifen«, murmelt Thorkel.

Aber so hört es sich an. Als ob sie gleich loslegen wollten. Ich blicke entlang der Palisade zu beiden Seiten des Tors. Überall auf den Wehrgängen sind die Helme und blonden Bärte meiner Männer zu sehen. Bogenschützen stehen bereit. Und auch meine eigene *hirð* hat sich hinter dem Tor versammelt, falls sie kurzfristig zum Einsatz kommen soll. Achtzig Mann, gewappnet mit Schild und Speer, bereit, jedem Befehl Folge zu leisten. Auf dem Turm über uns weht das Banner des Großfürsten, wie auch mein eigenes Rabenbanner. Sollen die Bastarde kommen. Wir werden sie heiß empfangen.

Aber sie haben gar nicht vor, die Palisaden zu stürmen. Im Gegenteil. Auf einmal verstummen die Kriegstrommeln so abrupt, dass die unerwartete Stille fast noch lauter hallt als die dumpfen Paukenschläge.

Dann löst sich aus der vordersten Reihe ein Reiter und bewegt sich im Schritt, einen Fetzen weißen Tuchs am Speer, auf unser Tor zu. Wollen sie verhandeln? Mein Herz schlägt plötzlich heftiger. Haben sie etwa vor, Aila auszulösen? So wie ich es sehnlichst erhofft hatte? Ich suche die feindlichen Reihen ab, kann sie aber nirgends entdecken.

Dem Reiter mit der weißen Flagge folgen zehn weitere, die in ihrer Mitte zwei Packpferde mitführen, von denen jedes einen großen, verschnürten Lederpacken auf dem Rücken trägt. Was, zum Teufel, hat das zu bedeuten?

Bevor ich es enträtseln kann, wird es noch seltsamer, denn ein großer Trupp der feindlichen *væringjar* verlässt nun ebenfalls die Reihen der Petschenegen. Nicht alle, aber an die siebzig oder achtzig Mann. An ihrer Spitze reitet ein Kerl mit rotem Bart. Unverkennbar Grünauge Sigurd. Soll er für den Khan verhandeln? Ja, das muss es sein. Schließlich spricht er unsere Sprache.

Aber wozu wird er von seinen Kriegern begleitet? Doch dann verstehe ich. Die sind zu seinem Schutz, sollten wir einen Ausfall wagen, um ihn und die Unterhändler gefangen zu nehmen. Ich bin froh, dass Thorkel auf Fallen vor dem Tor verzichtet hat, denn die wären jetzt vorzeitig entdeckt worden.

Zwanzig Schritt vor dem Tor bleibt der Mann mit der weißen Flagge stehen. Der Kerl hat einen dichten schwarzen Bart, und ebenso dunkle Haare schauen unter seinem Helm hervor. Im Gesicht ragt eine gewaltige Hakennase über dünne Lippen. Er redet nicht, sondern scheint auf etwas zu warten. Hinter ihm sind die anderen zehn Reiter zum Stehen gekommen.

Für die meisten auf dem Turm ist es das erste Mal, dass sie Petschenegen von nahem zu Gesicht bekommen. Die fremden Krieger sind nicht besonders groß, tragen Helme, einige auch nur lederne Schädelkappen und Panzer mit aufgenähten, eisernen Schuppen. Dazu diese kleinen, runden Schilde und lange, gebogene Schwerter an der Seite. Angeblich sind die gebogenen Klingen für den Reiterkampf geeigneter als unsere geraden Schwerter. Die dunklen, bärtigen Gesichter mit den schwarzen Augen und dichten Brauen wirken hart und grimmig. Besonders der bohrende Blick des Anführers, mit dem er uns mustert.

Ganz anders Sigurds hellhäutige, rotgesichtige Krieger, die jetzt hinter den Petschenegen ausschwärmen und ihre Tiere in einer Dreierreihe zum Stehen bringen. Die Männer sind fast zu groß für die Steppenpferde. Auch sie kampfbereit, mit Speeren in den Fäusten und den großen, runden Schilden der Nordmänner vor der Brust.

Sigurd reitet näher heran. Er selbst trägt seinen Schild unbekümmert auf dem Rücken, als müsste er sich vor Pfeilen nicht fürchten. Dann steigt er gemächlich vom Pferd und tritt neben den Mann mit der weißen Flagge. Er steht breitbeinig da, beide Daumen im Gürtel eingehakt. Aller Augen sind auf ihn gerichtet.

»Harald!«, tönt seine kräftige Stimme. »Ich erkenne dich da oben. Das ist gut, denn ich will mit dir reden, nicht mit deinem Furzgesicht von Prinzen.«

Ilya macht eine wütende Geste, hält sich aber zurück.

»Was willst du?«, rufe ich zurück.

»Stehen deine Männer bereit?«

»Direkt hinter dem Tor. Mit Äxten und Schwertern in der Faust.«

Er lacht. »Das hab ich mir gedacht.«

»Wo ist Aila?«, rufe ich ungeduldig. »Wollt ihr verhandeln?«

»Verhandeln? Nicht direkt, mein Freund. Der Khan hat mich beauftragt, dir eine Botschaft zu überbringen.«

»Was für eine Botschaft?«

»Keine besonders schöne, muss ich sagen. Ich persönlich hab ihm davon abgeraten. Ich finde so was unnötig, aber es ist ihre Art, hab ich mir sagen lassen. Bleib also ruhig, ganz gleich, was du jetzt siehst.«

Bei diesen Worten ist mir, als ob eine eiskalte Hand nach meinem Herzen greift. Das kann nur eine grausame Teufelei sein. Wie benommen sehe ich zu, wie Sigurd den zehn Reitern, die hinter ihm stehen, zunickt.

Zwei von ihnen bewegen ihre Tiere fünf Schritte vor, wobei einer eines der beiden Packpferd am Zügel führt. Der andere zieht ein langes Messer aus dem Gürtel und fängt an, die Verschnürungen an dem großen Lederpacken auf dem Rücken des Pferdes aufzuschneiden. Ich glaube, wir alle oben auf dem Turm halten den Atem an. Der Patriarch beugt sich über die Brüstung, um besser sehen zu können.

Kaum sind die Lederschnüre größtenteils durchtrennt, da purzelt auch schon etwas heraus. Was, bei Oðin, ist das? Und dann erkenne ich es. Es sind Menschenköpfe, die aus dem Packen fallen, hart auf dem Boden aufschlagen und zur Seite rollen. Abgeschnittene Köpfe mit blutigen blonden Bärten, manche noch mit offenen Augen. Ich glaube, Kaukos helle Zöpfe zu erkennen. Und dann Kolbjorns Gesicht, das zu einer schrecklichen Grimasse verzerrt ist und mich direkt anzustarren scheint.

Drei Schritte neben mir höre ich, wie Ilya sich geräuschvoll übergibt. Auch mir ist übel geworden, obwohl ich mich gerade noch beherrschen kann. Und gleich darauf schäme ich mich über die Erleichterung, dass keiner der Köpfe Aila ähnelt. Ich hole tief Luft, um Abscheu und Entsetzen zu überwinden.

»Dein Khan will uns wohl erschrecken«, rufe ich Sigurd zu, bemüht, ungerührt zu klingen.

»Ganz recht«, erwidert Sigurd. »Ich soll euch sagen, dass ihr alle genauso sterben werdet, wenn ihr nicht bis heute Abend die Tore öffnet.«

Ich lasse ein trockenes Lachen hören. »Das wird nicht geschehen.«

Er nickt. »Habe ich auch nicht erwartet. Aber ich soll euch ausrichten, aus der Hirnschale des Patriarchen wird er ein Trinkgefäß machen lassen. Für seine saure Stutenmilch. Und Prinz Ilyas Schädel hat er als Pisspott vorgesehen.«

»Heiliger Himmel!«, höre ich den Patriarchen flüstern. Auch Ilya ist sichtlich erschüttert. Er wischt sich die Kotze von den Lippen. Ich habe ihn noch nie so bleich gesehen.

Inzwischen habe ich den Schock überwunden. Und auch meine Stimme klingt beherrscht und selbstsicher. »Wir sind nicht beeindruckt, Sigurd. Sag deinem Khan, hier hat er es mit Harald Sigurdsson und mit Kriegern des Nordens zu tun. Sein Heer macht uns keine Angst. Im Gegenteil. Wir werden euch alle abschlachten. Und deinen Khan werden wir uns schnappen und an seinem lächerlich kleinen Schwanz aufhängen. Das heißt, wenn wir das Ding in seiner Hose überhaupt finden.«

Der Kerl mit der Flagge starrt mit gerunzelter Stirn zu mir hoch. Er sieht wütend aus. Vielleicht hat er verstanden. Sigurd aber lacht ausgelassen. »Ein guter Spruch, Harald. Der hätte auch von mir sein können. Und der Bastard hätte es sogar verdient.«

»Was ist in dem anderen Packen?« Ich deute auf das zweite Packpferd.

Sein Gesicht wird ernst. »Das willst du nicht wissen, mein Freund.«

Und dann hat er plötzlich seine Axt in der Hand. Mit der Linken reißt er den Petschenegen mit der Flagge vom Pferd und spaltet ihm mit einem wuchtigen Hieb den Schädel. Trotz dessen eisenbewehrten Lederhelms. Blut schießt hervor, als er die Axt herauszieht. Dann scheucht er das Pferd, das die Köpfe getragen hat, davon, packt aber die Zügel des anderen, bevor es folgen kann.

Als wäre es ein Signal gewesen, stürzen sich seine Männer auf die restlichen Steppenkrieger vor dem Tor, die so überrumpelt sind, dass sie zu spät zu den Waffen greifen. Es entsteht ein wildes, aber kurzes Handgemenge. Äxte und Schwertklingen blitzen auf, Männer schreien, Pferde wiehern in Panik. Rot spritzt das Blut der Petschenegen über Schuppenpanzer, Männer stürzen aus den Sätteln und geraten unter die Hufe. Was, bei allen Göttern, geht hier vor? Vor unseren überraschten Augen liegen elf Steppenkrieger tot in ihrem Blut, und ihre Gäule nehmen Reißaus.

Außer dem zweiten Packtier, dessen Zügel Sigurd fest in der Hand hält. »Harald!«, brüllt er jetzt. »Mach das verdammte Tor auf. Wir kommen rein und helfen euch gegen diese verfluchten Steppenhunde.«

Seine Männer springen von den Pferden, scheuchen die Tiere davon und beginnen, in Windeseile eine *skjaldborg* zu bilden. Sie stellen sich in drei Reihen dicht an dicht und halten ihre Schilde so, dass sie von Kopf bis Fuß von einer undurchdringlichen Wand geschützt sind. Und das Erstaunliche, die *skjaldborg* ist überhaupt nicht gegen uns gerichtet, sondern gegen die lange Front der vierhundert Schritt entfernten Petschenegen.

»Teufel noch eins!«, entfährt es mir.

»Mach das Tor auf, Harald!«, brüllt Sigurd wieder. »Lange werden wir uns nicht halten können.« Mit der blutigen Axt deutet er auf die Last des Packtiers, dessen Zügel er hält. »Du musst mir schon vertrauen, wenn du deiner Aila hier ein würdiges Begräbnis geben willst. Ich denke, das hat sie verdient.«

O ihr Götter! Endlich verstehe ich und verharre einen Augenblick lang wie gelähmt. Mir stockt der Atem. Denn das Pferd trägt ihren Leichnam! Wie sehr hatte ich gebangt und gehofft, dass sie doch noch am Leben sein möge. Eine trügerische Hoffnung. Und ausgerechnet Sigurd bringt sie zu mir. Sigurd, der mein Feind ist.

»Harald!«, höre ich ihn erneut. »Bist du taub?«

Ich erwache aus meiner Schockstarre. Sigurd muss es sich anders überlegt haben. Er will sich auf unsere Seite schlagen. Aber welch ein Wagnis ist er da eingegangen. Wenn wir ihn und seine Männer nicht sofort einlassen, werden sie vor unseren Augen sterben. Denn schon hören wir die Petschenegen vor Wut aufheulen. Dutzende preschen auf ihren kleinen Gäulen heran. Die ersten Pfeile kommen geflogen, schlagen hart in die Schildwand ein.

»Nun macht schon!«, brüllt Sigurd. »Wir meinen es ehrlich!«

»Warte!« Ich beuge mich auf der Stadtseite des Turms über die Brüstung. »Macht sofort das Tor auf und lasst sie ein!«, rufe ich meinen Leuten unten zu. »Schnell, schnell, beeilt euch, bevor die Petschenegen sie abschlachten. Und Vorsicht vor den Pfeilen.«

»Bist du verrückt?«, zischt Ilya mich an. »Das ist ein verdammter Trick. Die wollen uns überrumpeln.«

Er hat nicht unrecht. Sollte es Sigurd gelingen, lang genug das offene Tor zu halten, könnten die Petschenegen nachstoßen und uns überwältigen. Dann wäre Kiew verloren. Und natürlich ist Sigurd ein verdammter Bastard, der vor nichts zurückschreckt und dem so etwas zuzutrauen wäre. Und doch, in diesem Augenblick glaube ich ihm. Denn er steht, von uns aus gesehen, ungeschützt hinter seiner *skjaldborg*. Ein Befehl von mir, und unsere Schützen könnten ihn töten.

Ilya will sich ebenfalls über die Brüstung beugen, um meinen Befehl rückgängig zu machen. Aber da ist Thorkel zur Stelle und packt ihn am Kragen. »Nichts da, mein Prinz«, knurrt er. »Harald gibt uns Befehle, nicht du.«

Ilya will protestieren, aber Thorkel hält ihn am Kragen fest und starrt ihn so bedrohlich an, dass er klein beigibt. Selbst Dragan wagt nicht, seinem Herrn zu Hilfe zu kommen.

Immer mehr von den Petschenegen reiten heran und schießen ihre Pfeile auf die *skjaldborg* ab. Die Treffer auf den Schilden hallen wie Trommelschläge. Endlich, mit lautem Knarren, öffnet sich das Tor einen Spalt weit.

»Jetzt, Sigurd«, brülle ich ihm zu. »Beeilt euch!«

Er steckt zwei Finger in den Mund und stößt einen gellenden Pfiff aus. Dann rennt er mit dem Packpferd durchs halb offene

Tor. Einer nach dem anderen lösen sich seine Männer von der *skjaldborg*, werfen ihren Schild über den Rücken und rennen um ihr Leben. Die Petschenegen johlen vor Wut, reiten näher heran, hören nicht auf, sie zu beschießen. Ich sehe das Ganze schon in einer Katastrophe enden, wenn wir nicht eingreifen.

»Snorri!«, brülle ich zum Wehrgang hinunter. »Gib's den Hurensöhnen!«

Das lassen sich unsere Bogenschützen nicht zweimal sagen. Eine Salve holt gleich ein halbes Dutzend der Steppenkrieger aus dem Sattel. Doch sie lassen sich nicht aufhalten. Immer mehr jagen heran, schießen ihre Pfeile auf die Schildburg ab und galoppieren davon, um Platz für andere zu machen.

Aber auch unsere Schützen lassen nicht ab. Noch mehr Reiter werden getroffen, stürzen vom Pferd oder galoppieren mit Pfeilen in Schulter oder Bauch davon. Einem ist der Fuß im Steigbügel hängengeblieben, so dass der Gaul ihn wie eine tote Puppe hinter sich herschleift.

Trotz des Ansturms der Petschenegen hat die Schildburg einigermaßen gehalten. Auch dank unserer Bogenschützen, die nicht ablassen, die Reiter zu beharken und auf Entfernung zu halten. Doch je mehr Männer den Schutz der Schildburg verlassen, umso verwundbarer werden die anderen, die noch standhalten.

Einer schreit auf, greift sich an die Gurgel und fällt um. Kurz darauf ein zweiter. Als die Schildwand zur Hälfte auseinanderbricht und die Männer ihr Heil in der Flucht suchen, wird einer im Rücken getroffen, geht in die Knie. Ein Kamerad packt ihn am Arm und schleift ihn hinter sich her, nur um selbst ein Opfer des gegnerischen Pfeilhagels zu werden. Noch zwei andere schaffen es ebenfalls nicht.

Doch am Ende, verfolgt von Geschossen, die sich in ihre Schilde bohren, sind die meisten durchs Tor geschlüpft. Nur ein

Dutzend duckt sich noch immer hinter ihre Schilde und kriecht langsam rückwärts. Ich bewunderte ihre Tapferkeit, wie sie sich gegenseitig schützen und dabei auch noch ihre Toten und Verwundeten in Sicherheit ziehen und schließlich selbst durchs Tor entkommen. Während die Steppenkrieger draußen wütend johlen und ihre Fäuste recken, donnern die schweren Flügeltüren zu und werden sofort mit mächtigen Querbalken und Eisenstangen gesichert.

Ich stürme vom Turm hinab, immer zwei Stufen auf einmal nehmend. Unten angekommen, sehe ich Sigurd mitten unter seinen Leuten stehen und sich den Schweiß von der Stirn wischen. »Das war verdammt knapp«, murmelt er erleichtert und sieht mich an. »Das vergesse ich dir nicht, Harald. Du hast was gut bei mir.«

»Und ich dachte immer, wir wären Todfeinde.«

Er zuckt gleichmütig mit den Schultern und grinst. »Sind wir ja auch. Aber wir sind auch Norweger. Und ich hab die Schnauze voll von diesem Steppenvolk.«

Doch ich höre schon nicht mehr zu, sondern nähere mich dem Packpferd, das zitternd zwischen den Kriegern mit den Hufen scharrt und wild die Augen rollt. Ein Pfeil steckt ihm in der Hinterhand. Ich streiche dem Tier kurz über den Hals, bis es sich ein wenig beruhigt, und mache mich daran, Ailas Leichnam herunterzuheben. Mein Herz ist unendlich schwer, und doch bleiben meine Augen trocken.

Ich kann ihren Leib, den ich so gut kenne, unter der ledernen Umhüllung fühlen. Sie ist so leicht. Einen Augenblick lang vergesse ich die Männer um mich herum, bin ganz allein mit ihr. Ich trage sie ein paar Schritte weiter und lege sie vorsichtig auf eine Bank, auf der sich sonst die Torwachen ausruhen. Dann ziehe ich meinen Sax aus dem Gürtel, um die Verschnürung aufzuschneiden. Um sie ein letztes Mal anzusehen.

»Erspar dir das, Harald«, höre ich Sigurd hinter mir sagen. »Es ist kein schöner Anblick.«

Ich fahre herum. »Warum? Was haben sie mit ihr gemacht?«

»Wenn du es unbedingt wissen willst, und warum ich jetzt hier stehe, dann los, dann schau sie dir an. Schau dir an, was für Schweine das sind.«

Ich muss heftig schlucken. Das Blut weicht mir aus dem Gesicht.

»Sie haben sie …«

Er nickt. »Einer nach dem anderen, bis sie daran verreckt ist.«

Als seine Worte einsinken und ich endlich begriffen habe, was sie bedeuten, da höre ich mich selbst brüllen wie ein verwundetes Tier. Nein, nein, nicht das! Nicht das! Und dann ist Thorkel an meiner Seite und zerrt mich weg. »Komm, Harald, lass es gut sein, wir kümmern uns um alles.«

Aber ich stoße ihn von mir, fange an, die Schnüre durchzuschneiden. Ich muss es mit eigenen Augen sehen. Die Lederhülle fällt auseinander, und ihre weiße, nackte Haut kommt zum Vorschein. Nur ist sie nicht mehr so weiß und makellos. Ich stöhne auf, kann die Tränen nicht länger zurückhalten. Denn ihr Leib ist übersät mit dunklen Flecken, wo man sie geschlagen hat, mit Striemen und Kratzern am ganzen Körper. Zwischen den Beinen klebt getrocknetes schwarzes Blut. Eine Menge davon.

Und ihr Gesicht ist kaum wiederzuerkennen, die Nase gebrochen, die Augen zugeschwollen, ihre blutigen Lippen entblößen einen Mund voller abgebrochener Zähne. Das ist nicht mehr meine Aila, das ist ein brutal zu Tode gequältes Tier. Und schließlich der klaffende, hässlich rote Mund unter ihrem Kinn, der mich obszön angrinst, dort, wo man ihr die Kehle durchgeschnitten hat. Ich schlage die Hände vors Gesicht, kann mich nicht mehr beherrschen und kotze mir die Seele aus dem Leib.

Als ich mir den Mund abwische, packt mich jemand am Arm und zerrt mich weg. »Bedeckt sie, verflucht nochmal«, höre ich Thorkels Stimme.

Und dann legt er den Arm um meine Schultern und führt mich fort.

UNTER BELAGERUNG

Ailas Tod ist schlimm genug. Doch schier unerträglich ist der Anblick ihres gequälten Leibes. Die Bastarde haben sie nicht nur umgebracht. Oder vergewaltigt. Nein, solche Wunden und Entstellungen zeugen von weitaus bestialischeren Dingen, die man ihr angetan hat. Es bringt mich fast um den Verstand. Als hätte man jede dieser Verletzungen auch mir zugefügt. Nein, schlimmer noch, denn ich hätte es ertragen. Aber zu denken, dass ihr geliebter Leib … dass sie … entweiht und erniedrigt und geschunden … wie gern hätte ich all das auf mich genommen, um es ihr zu ersparen.

Gut, dass man sie wieder bedeckt hat. Ich kann unmöglich länger hinsehen, ohne verrückt zu werden. Ich kann sie nicht einmal mehr in die Arme nehmen, ohne vor all den fremden Augen zusammenzubrechen. Eine Menschenmenge hat sich angesammelt, alle starren mich an, starren auf die verhüllte Form. Frauen schluchzen. Ich weiß, die Leute sind da, aber ich sehe sie kaum. Stattdessen, obwohl ich mich längst abgewandt habe, bin ich wie taub und erstarrt, verfolgt mich das schreckliche Bild ihres gequälten Leibes. Ein Bild, das sich für immer in mein Hirn brennen wird, das ich nie mehr vergessen werde, solange ich lebe. Wie können sie so hassen, so unglaublich bösartig sein, einem armen Weib so etwas anzutun? Es fühlt sich an, als ob etwas in mir zerbricht.

Es dauert, bis es mir einigermaßen gelingt, die Fassung wiederzufinden. Nicht zuletzt dank Thorkel und Thjodolf, die mit mir ein paar Schritte durch die Gassen wandern, bis ich wieder Luft bekomme. Sie kann noch nicht lange tot sein, denke ich, nicht länger als einen Tag. Aber dann überkommt es mich aufs Neue, sobald ich an unser Kind in ihrem Bauch denke, auf das wir uns so gefreut hatten. Wieder überfällt mich das Bewusstsein ihrer schrecklichen Qualen. Und dass ich selbst es gewesen bin, der sie auf der *borg* zurückgelassen hat. Dieses Wissen erstickt mich fast.

»Mach dir keine Vorwürfe«, murmelt Thorkel, der schreckensbleich ist und ahnt, was in mir vorgeht. »Es ist dieser verfluchte Khan, der ihr das angetan hat. Er will dir den Mut nehmen, dich schwächen. Uns alle will er damit schwächen.«

Natürlich. Mit dieser grausigen Botschaft will er uns die Angst ins Herz pflanzen, uns den Mut rauben, unseren Kampfgeist schwächen. Wir sollen vor ihm kauern und zittern. Und gleichzeitig will er uns verhöhnen. Vor allem mich will er verhöhnen, das Liebste zerstören, das ich in der Welt besitze, mir zeigen, dass er stärker ist, dass er mir alles nehmen kann. Dass ich nichts bin. Trotz baut sich in mir auf. Kalter Hass stiehlt sich in mein Herz.

»Das soll ihm nicht gelingen, Thorkel. Wir werden uns wehren.«

»Mehr als das«, knurrt Thjodolf. »Wir werden die Bastarde in Stücke hauen und an die Hunde verfüttern.«

Vielleicht. Vielleicht auch nicht. Aber eines ist sicher: Ich werde alles daransetzen, diesen Badur eigenhändig umzubringen. Was auch immer sonst geschieht. Bis in *Hels* Unterwelt werde ich ihn verfolgen, bis ins eisige *Niflheim*, wenn nötig. Nichts anderes hat mehr Bedeutung. Ich will meine Hände um seinen Hals legen und zudrücken. Ich will sehen, wie seine Augen aus den Höhlen quellen, wie er nach Luft ringt, wie sein Gesicht sich blau färbt und er begreift, dass es mit ihm zu Ende geht.

Ich atme tief durch. »Ja, Thjodolf, ein Blutfest werden wir für sie anrichten, wie sie es noch nie erlebt haben.«

Schon seltsam, wie Hass einem neue Kraft geben kann. Eine kalte Entschlossenheit hat mich erfasst. Für diese Tat wird

Khan Badur sterben. Und so viele seiner Männer und Mittäter, wie wir nur erwischen können. Wie tolle Hunde werden wir sie erschlagen. Für das Leid, dass sie über uns gebracht haben, für die Bauern, die sie beraubt und gemeuchelt haben. Für die Weiber, mit denen sie ihre grausamen Spiele getrieben haben. Für Kolbjorn und Kauko. Aber vor allem für Aila.

Johannes, der Patriarch, ist uns gefolgt. »Es tut mir so leid für dich, mein Sohn. Man sagt, du hast sie sehr geliebt.« Er greift nach meiner Hand und hält sie in den seinen. Eigentlich bin ich noch viel zu benommen, um mit einem wie ihm zu reden. Doch in den kurzsichtigen, alten Augen liegt echtes Mitgefühl. Er seufzt. »Gott nimmt uns oft das Liebste in der Welt. Um uns zu prüfen, denke ich. Aber du bist stark, Harald. Wir alle vertrauen auf deine Stärke.«

Das sagt sich so leicht. Ich bin nicht stark. Nur der Hass in mir ist stark. »Wir werden kämpfen, ehrwürdiger Vater!«, stoße ich hervor. »Und wir werden siegen. Und über sie richten.«

Er nickt. »Gott ist auf unserer Seite, mein Sohn. Und sei unbesorgt, ich werde mich um ihr Begräbnis kümmern.«

»Danke.«

»Nur schade, dass wir keine Totenmesse für sie lesen dürfen.«

Ich horche auf. »Warum nicht?«

»Es tut mir leid, aber ihr seid doch Heiden. Deshalb darf sie auch nicht in geweihter Erde liegen.« Als er merkt, dass mir das nicht gefällt, fügt er eilig hinzu: »Aber wir werden schon einen würdevollen Ort finden. Das verspreche ich dir. Das hat sie verdient.«

»Ich will eine Messe, ehrwürdiger Vater.«

Er schüttelt traurig den Kopf. »Sie war keine Christin, Harald.«

»Aber ich bin Christ.«

Erstaunt sieht er mich an. »Aber ich dachte …«

»Ich lebe nicht Euren Glauben, aber ich bin getauft. Meine Mutter ließ alle Kinder taufen. Auf Befehl des Königs.«

»Wirklich? Wer hätte das gedacht?« Auf seinem Gesicht breitet sich ein erleichtertes Lächeln aus. »Es wird also ein Christ für Kiew kämpfen. Das beruhigt mich doch sehr. Und natürlich war Aila, als dein Weib, gewiss auch Christin. Oder?«

»Wir hatten vor, uns von Euch trauen zu lassen. Nun ist es leider zu spät.«

»Sie war also nicht getauft?« Er hält immer noch meine Hand und tätschelt sie sanft. »Ach, was soll's? Im Angesicht Gottes war sie dein Weib, auch wenn euer Bund noch nicht von der Kirche geheiligt werden konnte. Ihr seid also Christen. Das ändert alles. Und in gewisser Weise ist sie ja als Märtyrerin gestorben, von Barbaren gequält und ermordet. Ganz Kiew wird sie wie eine Heilige ehren. Morgen Vormittag werden wir die Messe für sie lesen und sie anschließend christlich beisetzen. Ihre Seele wird in den Himmel aufsteigen, wo ihr ewiges Leben gewiss ist. Und dort, an der Seite unseres Herrn, wirst du sie eines Tages wiedersehen. Hab Vertrauen, mein Sohn.« Er drückt noch einmal meine Hand. »Und heute Nacht werden wir die Totenwache abhalten.«

Die Totenwache. Was für ein schreckliches Wort. Es hört sich so endgültig an. Und wozu muss man ihren Leichnam bewachen? Damit die Dämonen die Seele nicht stehlen, bevor man sie in die Gruft legt? Oder damit sie nicht zum Wiedergänger wird, wie wir im Norden glauben? Aila als *draugr*, als Untote. Die Vorstellung versetzt mich zurück in den Aberglauben meiner Kindheit und lässt mich schaudern.

»Die Klageweiber werden sich kümmern«, höre ich Johannes sagen. Klageweiber. Ein griechischer Brauch. Und Aila eine Heilige. Ich begreife, dass er bereit ist, eine große Ausnahme für sie zu machen. Mir ist nur wichtig, dass man ihr ein würdevolles Begräbnis gewährt und ihrem Leichnam die letzte Ehre erweist. Ihren Tod werde ich in jedem Fall rächen, damit sie in Frieden ruhen kann und nicht zum *draugr* wird.

»Sie war mit Kind«, sage ich noch.

Er nickt betroffen, als hätte er es geahnt. »Ein schwerer Schlag für dich, mein Sohn. Aber im Himmelreich werden die beiden auf dich warten. Dessen sei gewiss.« Seine Worte sind genauso ein Unsinn wie die *draugr* meiner Kindheit. Aber doch irgendwie tröstlich.

Als wir zum Tor zurückkehren, ist Ailas Leichnam schon verschwunden. Mönche haben ihn zur Kirche hinaufgetragen, heißt es. Eine lange Menschenschlange ist ihnen gefolgt. Sie sei für Kiew gestorben, wird geflüstert. Am Bollwerk habe sie den barbarischen Heiden die Stirn geboten und dies mit ihrem Leben bezahlt. Nun wolle man für sie beten.

Die Tatsache, dass wir belagert werden, dass Johannes mich an meine Verantwortung erinnert hat, und nicht zuletzt der Durst nach Vergeltung helfen, meinen Schmerz vorübergehend in den Hintergrund zu drängen. Ich darf mich nicht gehenlassen. Wir müssen wachsam bleiben. Also klettere ich wieder auf den Turm.

Vor dem Tor liegen die Leichen der elf Petschenegen in der Nachmittagssonne, die durch die Wolkendecke bricht. Niemand ist gekommen, sie zu bergen. Ihren Kameraden ist es wohl zu gefährlich. Gut so. Sollen sie da draußen verrotten.

Ich blicke zum Lybid hinüber, wohin das feindliche Heer sich zurückgezogen hat. Anscheinend haben sie nicht vor, uns an diesem Tag anzugreifen, sondern sind damit beschäftigt, am gegenüberliegenden Ufer, wo es genug Wasser für Mensch und Tier gibt, ihr Lager zu errichten. Eine riesige Stadt aus Zelten und Jurten wächst aus der Steppe. Ihr Heer besteht ja nicht nur aus Kriegern. Auch die Familien sind ihnen gefolgt. Anscheinend betrachten sie uns auch nicht als Bedrohung. Ich wünsche der ganzen Bande die Pest an den Hals. Und kann nur hoffen, sie graben ihre verfluchten Latrinen dicht genug am Fluss. Damit sie an der Seuche krepieren!

Sigurd ist mir auf die Plattform gefolgt. Ich gebe zu, der Mann verwirrt mich. Er hat mir ewige Blutrache geschworen, mich einmal beinahe getötet. Wir haben uns bekämpft. Und doch hat er mir heute Ailas Leichnam gebracht. Angeblich, weil sie ein anständiges Begräbnis verdient. Und nun sollen wir sogar Verbündete sein. Lange sprechen wir kein Wort, starren nur zum Lager der Petschenegen hinüber.

»Bastarde«, murmelt er schließlich.

»Manche denken, du willst uns verraten.«

Entrüstet starrt er mich an. »Wer denkt das? Dein Prinz?«

»Warum hast du die Seiten gewechselt?«

Er zuckt mit den Schultern. »Ich will es dir sagen. Meine Jungs und ich hatten zuerst nichts dagegen, mit den Kerlen da drüben auf Raubzug zu gehen. Aber ihr Khan ist ein übler Hund. Eiskalt, sag ich dir. Außerdem ist ihm nicht zu trauen. Der bricht sein Wort schneller, als du mit den Augen zwinkern kannst. Und ich hab gesehen, wie sie mit den Leuten in den Dörfern umgesprungen sind. Greueltaten, wie du sie dir nicht vorstellen kannst. Scheint ihnen Spaß zu machen. Es tut mir verdammt leid, was sie deiner Aila angetan haben, aber sie ist das beste Beispiel dafür. Es macht einen krank, das mit ansehen zu müssen.«

Mich macht es weit mehr als krank, aber ich bezwinge mich. »Ich hatte dich nicht für besonders zimperlich gehalten.«

Er grinst verlegen. »Ich gebe zu, mein Ruf ist nicht der beste. Aber irgendwo ist eine Grenze.« Wir schweigen eine Weile, dann fügt er hinzu: »Außerdem ging es mir gegen den Strich, dass die Hurensöhne eine Stadt wie Kiew einnehmen. Das wäre das Ende. Die würden hier alles dem Erdboden gleichmachen.«

»Gut möglich, dass es ihnen gelingt. Gegen dieses Heer sind wir zu wenige.«

Er lacht. »Dann sei's drum. Ein guter Tod ist besser als ein langweiliges Leben!«

»Ist das dein Wahlspruch?«

Er runzelt die Stirn und starrt zum Lager der Steppenkrieger hinüber. »Dass eines klar ist, Harald Sigurdsson. Ich schätze dich als guten Mann. Aber hol mich der Teufel, wenn ich zulasse, dass du allein den ganzen Ruhm als Retter von Kiew einstreichst. Und glaub bloß nicht, dass ich ab jetzt dein bester Freund bin. Dein Bruder hat meinen Vater umgebracht und meiner Familie Schaden zugefügt. Im Moment sind wir Verbündete, aber wenn das hier vorbei ist, geht unsere Fehde weiter.«

»Oder sie endet, weil wir beide tot sind.«

Er sieht mich an. »Ach was! Wer wird denn gleich so düster sein?«

Sein roter Bart funkelt in der Sonne. Auf den Lippen liegt ein geringschätziges Grinsen. Er ist immer noch der gleiche grobschlächtige Kerl, der rücksichtslose Draufgänger, wie ich ihn in Erinnerung habe. Auch heute hat er es wieder bewiesen mit diesem Kunststück, sich zu uns durchzuschlagen. Und doch scheint er sich auch verändert zu haben. Wirklich zum Besseren? Oder ist es nur, weil ich plötzlich bereit bin, ihn mit anderen Augen zu sehen?

»Wie du sagst«, erwidere ich, »ein ehrenvoller Tod ist wichtiger als alles andere. Wir werden ihnen zeigen, zu was Nordländer fähig sind. Wir werden so viele nach *Helheim* schicken wie nur möglich.«

Während wir noch reden, ist im Lager der Petschenegen Geschrei laut geworden. Waffenlärm klingt herüber. Was geht da vor? Ganz offensichtlich wird gekämpft. Wenig später brechen Reiter aus dem Lager und galoppieren zuerst in unsere Richtung, dann nach Süden. Sie werden von einer zweiten, noch größeren Horde Petschenegen verfolgt.

»Verdammt«, knurrt Sigurd. »Hab ich's doch gewusst.«

»Was ist da los?«

»Das sind Roriks Männer.«

»Rorik?«

»Das ist der Kerl, der hier in Kiew den Aufstand angezettelt hat. Er war früher in meinem Haufen gewesen. Vor ein paar Jahren haben wir uns getrennt. Er hatte genug vom Wanderleben und ist hier Söldner geworden. Ich denke mal, jetzt, wo ich die Seiten gewechselt habe, traut der Khan keinem *væringi* mehr.«

»Du glaubst, sie haben sich entzweit?«

»Entzweit? Siehst du nicht, dass er sie alle umbringen will?«

Ich sehe genauer hin. Die galoppierenden Gäule wirbeln Staub auf, der die Sicht behindert. Aber tatsächlich wird die Zahl der fliehenden Reiter weniger. Einer nach dem anderen stürzt vom Pferd, mit Sicherheit von Pfeilen getroffen. Vor unseren Augen spielt sich ein gnadenloses Gemetzel ab.

Zum Schluss, die Letzten sind schon ziemlich weit weg, stellt sich eine Gruppe von Männern, um zu kämpfen. Aber auch sie werden schnell überwältigt. Zumindest hat ihr Heldentum die Verfolger lang genug aufgehalten, dass es einer kleinen Handvoll gelingt davonzukommen. Die setzen über den Fluss und halten auf die offene Steppe zu. Die Petschenegen lassen sie ziehen.

»Ich hab ihn gewarnt«, sagt Sigurd. »Dem Khan ist nicht zu trauen. Aber sie wollten nicht mitkommen. Hatten Angst, man würde sie hier an den Galgen bringen.«

»Du sagtest Rorik? Ich kannte mal einen Rorik.«

Sigurd lacht. »Ja, der Schönling, der das Feld deiner ehrenwerten Mutter gepflügt hat. Und den du vom Hof gejagt hast.«

Seine Buhlerin habt ihr auspeitschen lassen, wie er später erfahren hat. Ich sage dir, der hatte noch mehr Hass auf dich als ich. Jetzt hat's ihn also auch erwischt. Schade um den Kerl. Er war ein guter Krieger.«

Rorik. Natürlich erinnere ich mich an ihn. Hatte ihn nie gemocht. Aber Mutter war verrückt nach dem Kerl gewesen. Bis er sie mit der hübschen Æðelind betrogen hat. Nach der ich damals selbst gelechzt hatte. In den Jahren nach Stikla Stad hatte es Rorik also ebenfalls nach Kiew verschlagen. Nur um heute seinen Tod in der Steppe zu finden. Das ist *urðr*, des Menschen Schicksal, dem wir nicht entrinnen können.

Vielleicht wird in den nächsten Tagen auch mein Lebensfaden hier enden so wie Ailas. Fast wünsche ich es mir. Dann werden wir uns wiedersehen im Paradies des alten Johannes. Oder auf Freyas heiligen, mit Blumen übersäten Wiesen.

»Wenigstens kann er jetzt nicht mehr die morschen Stellen an den Palisaden verraten«, sage ich.

Sigurd runzelt die Stirn. »Morsche Stellen?«

»Ja. Mancherorts kann man ein Schwert reinstechen, als wär's Butter. Besonders an der Nordseite.«

»Scheiße, Mann! Und das sagst du mir erst jetzt?«

»Dachtest du, du wärst hier im sicheren Nest gelandet?«

✳   ✳   ✳

Über Ailas Beisetzung ist nicht viel zu sagen. Nur, dass alles getan worden war, um sie würdevoll zu bestatten. In einem Haus neben der Kirche war ihr Leichnam vor der Grablegung aufgebahrt worden. Die Klageweiber hatten sie gewaschen und hergerichtet und in ihr bestes Gewand gekleidet. Enni muss es ihnen gegeben haben. Die tiefe Wunde am Hals war mit einem Seidenschal bedeckt. Überhaupt hatten die Frauen sich Mühe gegeben, sie

253

sogar geschminkt, so dass im schwachen Licht der Kerzen nur noch wenig von ihren Wunden zu sehen gewesen war.

Meine Freunde haben die Nachtwache mit mir geteilt, wofür ich dankbar bin. Sogar Enni hatte mich gebeten, dabei sein zu dürfen. Die ganze Nacht hindurch saßen wir schweigend an ihrer Seite. Ich dachte in diesen Stunden an die gemeinsamen Jahre. An unsere erste Nacht in Olafs Zelt, zusammen mit ihrer Zwillingsschwester. Unser unerwartetes Wiedersehen in Sithun. Meine Befürchtung, sie könnte mich für ein Leben in ihrem Dorf verlassen. Dann unsere beiden Kinder, die so früh sterben mussten. Unsere Reisen.

Tränen hatte ich mir verboten. Aber ab und zu wurde der Schmerz so groß, das Grauen über das, was man ihr angetan hatte, so heftig, dass ich hätte schreien mögen wie ein verwundetes Tier. Nur mit Mühe gelang es mir, mich zu beherrschen.

Am Morgen wurde sie in die Kirche getragen. Der Andrang der Kiewer war so groß, dass viele draußen bleiben mussten. Sogar Ilya war gekommen, was ich ihm hoch anrechne. Der Patriarch sprach die Messe auf Griechisch, las aus seiner Bibel. Weihrauch waberte durch den Kirchenraum, Mönche sangen. Ich nahm alles nur undeutlich wahr. Besonders die vielen Gesichter, das Gemurmel tröstender Worte, die Hände, die mich berührten, während Aila aus der Kirche getragen und auf dem Friedhof nebenan in die Gruft gebettet wurde.

Wir nahmen Abschied, meine Männer, die Bojaren, die halbe Stadt. Als Tschudin des Waldes war sie geboren worden, als Kind entführt, als Sklavin missbraucht, bis sie mir begegnet war und ich ihr die Freiheit schenken konnte. Wir waren glücklich gewesen, wie ein Paar nur glücklich sein kann. Und nun hatte sie einen ähnlichen, sogar noch schlimmeren Tod als ihre Zwillingsschwester erleiden müssen. Wie seltsam ist doch das Leben. Und wie grausam. *Urðr.*

Zumindest hat sie ein ehrenvolles Begräbnis bekommen, auf dem Friedhof des Großfürsten, begleitet von den Menschen dieser Stadt, gesegnet vom Metropoliten. Eine Auszeichnung, die sie als Lebende nie genossen hatte.

»Wir werden sie rächen«, flüsterte Thorkel mir zu.

Der Priester sprach die letzten Worte, dann fiel die Erde auf ihren Sarg.

✳   ✳   ✳

Die Petschenegen nehmen sich Zeit. Die wollen uns aushungern, dachten wir zuerst. Aber es ist sicher nur der Regen der letzten Tage, der sie abwarten lässt. Bei nassem Wetter können Pferdehufe die Erde schnell in tiefen Schlamm verwandeln. Außerdem stehen die Gräben voll Wasser. Doch dann, an einem Nachmittag, das Wetter hat sich gebessert und den Boden getrocknet, da stürmen sie plötzlich in Massen heran, mit donnernden Hufen und wildem Geheul, als wollten sie die Palisade auf dem Rücken ihrer Gäule erstürmen.

Sie scheinen uns mit einem wahren Sturm von Pfeilen weichklopfen zu wollen. Der tödliche Hagel, der auf die Wehrgänge niedergeht, bringt uns Verluste bei. Ein Dutzend Kameraden, die sich nicht rechtzeitig hinter ihre Schilde ducken, werden getroffen. Drei so unglücklich, dass sie auf der Stelle tot sind. Zwei sterben später. Auch in der Gasse hinter dem Wall werden Leute überrascht und verwundet. Einer Frau, die aufschaut, fährt ein Pfeil ins Auge. Auch sie ist sofort tot.

Es wäre noch schlimmer gekommen, wenn der Feind nicht so ahnungslos in unsere Bodenfallen geritten wäre. Man kann das Knacken von Knochen hören, wenn ihre Gäule in die Löcher treten und sich die Beine brechen oder an den spitzen Pfählen verletzen. Pferde wälzten sich im Gras, begraben Reiter unter sich. Ihr schrilles, schmerzerfülltes Wiehern erfüllt die Luft. Andere Gäule stürzen über die am Boden liegenden. Männer brüllen vor Wut, vor Schmerz und kopfloser Panik. Besonders, als unsere Bogenschützen sie nun ebenfalls mit Pfeilen belegen. Aus einem wilden Durcheinander wird ein Gemetzel. Auch ich beteilige mich mit boshafter Befriedigung daran. Jeder Pfeil, den ich in eine Schulter oder einen Rücken versenke, ist Vergeltung.

Doch der Großteil der Angreifer kann sich retten und stürmt davon. Reiterlose Gäule rappeln sich auf und galoppieren hinter ihnen her. Jedoch mindestens hundert Männer liegen tot oder verwundet auf dem Feld. Wer von denen noch in der Lage ist, versucht, sich davonzustehlen. Einige humpelnd, andere kriechend, nur um zur leichten Zielscheibe für unsere Schützen zu werden. Schließlich halten wir inne. Wir haben ihnen einen gebührenden Empfang bereitet, sie in die Flucht geschlagen. Unsere Männer jubeln und brüllen den Fliehenden ihre Verachtung hinterher.

Danach ist den Petschenegen fürs Erste die Lust auf weitere Angriffe vergangen. Stattdessen hören wir stundenlang ihre Verwundeten stöhnen. Manche liegen unter Pferdekadavern begraben und können sich nicht befreien. In der Nacht, unter einem Silbermond, kommen Schatten über die Ebene geschlichen, Männer, die sich heranwagen, um ihre Kameraden zu bergen, die wenigen, die zu dieser Stunde noch am Leben sind. Wir könnten auf sie schießen, lassen sie aber gewähren.

Während der nächsten Tage geschieht nichts, außer dass Hunderte von ihnen mit ihren Pferden über den Dnjeper schwimmen, um auf der anderen Seite Dörfer zu plündern und uns vom Nachschub abzuschneiden. Das ist übel, denn dagegen können wir nichts unternehmen. Nun sind wir allein auf unsere Vorräte angewiesen.

Tagsüber bin ich zu beschäftigt, um über Ailas Tod zu grübeln. Ich verbringe Stunden damit, den Feind zu beobachten, seine nächsten Angriffe zu erraten, und wie wir diesen am besten begegnen sollen. Ich drehe meine Runden auf den Wehrgängen, ermutige die Männer, spreche mit den Handwerkern, die immer noch daran arbeiten, die Befestigungen zu verstärken oder Waffen zu fertigen. Ich sehe nach unseren Verwundeten, bedanke mich bei den vielen Frauen, die uns helfen.

Schlimm aber ist es nachts in meiner Kammer, wenn ich versuche, Schlaf zu finden. Oft liege ich stundenlang wach und quäle mich mit Schuldgefühlen. Kaum bin ich endlich eingeschlafen, werde ich von Albträumen heimgesucht, in denen ich hilflos zusehen muss, wie man mir Aila entreißt und fortschleppt, ohne dass ich etwas dagegen tun kann. Ich höre sie verzweifelt nach mir rufen, doch meine Füße scheinen im Boden verwurzelt zu sein, ich kann mich nicht rühren. Auch Kaukos Bluttraum verfolgt mich. In gewisser Weise hat er sich ja erfüllt.

Einmal, halb im Schlaf, spüre ich sanfte Berührungen, als läge Aila neben mir, als streckte sie ihre Hände nach mir aus. Hoffnungsvoll greife ich nach ihnen. Doch es ist nur Enni, die mir mit einem feuchten Tuch den Schweiß von der Stirn wischt. Ich hätte geschrien, murmelt sie, und bettet meinen Kopf in ihren Armen, als wäre ich ein Kind. Gleich darauf schlafe ich wieder ein, diesmal ruhiger.

Am Morgen wechseln wir kein Wort darüber. Schweigend bereitet sie mein Mahl zu so wie immer. Doch ihre verweinten Augen können niemanden täuschen. Auch sie ist von Ailas grausamem Tod gezeichnet. »Was, wenn die Petschenegen kommen?«, haucht sie mit zitternder Stimme. »Werden sie uns Frauen das Gleiche antun? Lieber hänge ich mich auf.«

Ich versuche sie zu beruhigen, aber es fällt mir schwer.

Beim nächsten Angriff der Petschenegen kommen die Bastarde zu Fuß. Mit langen Leitern aus jungen Stämmen, an denen sie mit Lederriemen Sprossen befestigt haben. Immer acht Mann auf jeder Seite schleppen jeweils eine Leiter. Auf einer breiten Front von fünfhundert Schritt stürmen sie in mehreren Reihen heran, insgesamt vielleicht tausend Mann auf einmal. Ihr Plan ist, so schnell und so viele Leitern wie möglich an der Palisade anzubringen und uns zu überwältigen. Hinter ihnen stehen schon andere bereit, sollte die erste Welle Erfolg haben.

»Heilige Scheiße«, murmelt Ragnar, »das wird ein heißer Tanz.«

Einen Augenblick lang starren wir wie gebannt auf die heranstürmende Masse und denken, nun ist alles verloren. Doch zu unserem Vorteil besitzen die meisten Petschenegen nur Leibschutz aus gekochtem Rindsleder, kein wirkungsvoller Schutz gegen Pfeile aus kurzer Entfernung. Noch während die Hörner lärmen, um alle Mann auf die Wehrgänge zu rufen, beginnen unsere Bogenschützen ihr blutiges Werk.

Die ersten Leiterträger wanken und stürzen mit Pfeilen in der Brust zu Boden, bevor sie überhaupt in die Nähe des Walls kommen, reißen dabei ihre Last mit, behindern die anderen. Außerdem müssen sie sich ihren Weg zwischen stinkenden Pferdekadavern, den Leichen gefallener Kameraden und den Pferdefallen suchen. Immer noch stolpern viele in diese Löcher, verletzen sich an den spitzen Pfählen oder brechen in bisher noch verborgene Fallen. Dabei schwirren ununterbrochen Pfeile heran und dünnen ihre Reihen aus. Es ist ein grausames Spießrutenlaufen.

Zwei Drittel der Leitergruppen schaffen es dennoch einigermaßen heil durch den Fallengürtel, nur um nun in die Krähenfüße zu treten, die überall verstreut vor dem Graben liegen. Schreiend stürzen die Ersten zu Boden, lassen die Leiter los und halten sich den durchbohrten Fuß, werden zu neuen Opfern der

Bogenschützen. Viele, die noch unverletzt sind, verlässt jetzt der Mut. Sie lassen die Leitern fallen und laufen weg.

Dennoch erreichen immer noch genug den Wall und legen ihre Leitern über den Graben hinweg gegen die Palisade. Auch dies unter fortwährendem Beschuss. Wer von unseren Männern keinen Bogen hat, wirft mit Speeren oder Steinen auf die Angreifer, von denen viele verwundet oder getötet werden und von den Leitern stürzen.

Doch trotz all dieser Verluste gelingt es den Petschenegen, mehr als ein Dutzend Leitern anzubringen und hinaufzuklettern, wo sie von unseren Kämpfern mit Axt und Speer blutig empfangen werden. An vier oder fünf Stellen schaffen sie es nicht nur bis auf den Wehrgang, sondern sie können sich dort sogar halten, erlauben anderen, nachzufolgen. Sie bilden einen Brückenkopf, den sie mit ihren krummen Säbeln verbissen verteidigen.

Immer mehr folgen über die Leitern. Nun wird nicht mehr mit Wurfgeschossen, sondern wild und blutig Mann gegen Mann gekämpft. Außer Snorri und einem Dutzend seiner Schützen, die sich auf den Dächern angrenzender Häuser verschanzt haben und mit tödlicher Sicherheit weiter ihre Bögen singen lassen. Es wird ein verzweifelter Kampf.

Halldor und Ragnar wüten wie wilde Eber. Auch ich stecke auf dem engen Wehrgang im Gewühl, zusammen mit Thorkel und Bjorn Skallagrimsson, und lasse *Gunnlogis* Klinge tanzen. Schild voraus, ein Hieb durch Muskel und Sehnen, ein Stich in eine Feindeskehle. Um uns herum Flüche und ohrenbetäubendes Geschrei. Blut und Schweiß rinnen in Strömen. Ich weiß nicht mehr, wie viele ich schon erschlagen habe. Und dann ist es auf einmal vorbei. Ragnar stößt den letzten der Angreifer vom Wehrgang in den Graben. Die Angriffswelle ist gebrochen, die überlebenden Petschenegen fliehen.

Wir sehen aus wie Schlachter. Nicht nur von Schilden und Schwertern tropft das Blut. Unsere Kettenpanzer sind besudelt. In roten Rinnsalen läuft es von den Pfählen der Palisade und versickert im Wall. Noch schlimmer ist der Anblick des Feldes vor dem Graben. Tote und stöhnende Verwundete liegen zwischen zurückgelassenen Leitern, Pferdekadavern und verwesenden Leichen. Wir konnten unseren zweiten Sieg erringen, doch der Ausgang stand auf der Kippe. Ohne die Fußfallen und Krähenfüße vor dem Graben wäre es sicher anders gekommen.

Aber auch unsere besseren Rüstungen und natürlich Snorris Bogenschützen waren am Ende entscheidend. Zum Glück haben die Verstärkungen der Wehrgänge gehalten. Doch beim Anblick des Gemetzels draußen vor dem Wall vergeht einem der Jubel. Besonders, da auch wir wieder Männer verloren haben. Wir, die Verluste am wenigsten verkraften können. Und natürlich wissen wir, dass der nächste Ansturm anders ausgehen könnte.

»Verflucht«, keucht Sigurd. »Noch ein paar solcher Angriffe, und sie brechen durch.« Er wischt sich das Blut aus dem Gesicht, wo ein Speer ihn leicht verletzt hat.

Er und seine Männer haben gut ausgeteilt. Es ist eine Bande ruppiger Gesellen, die er in den Jahren um sich geschart hat. Wie Halsabschneider und Mörder sehen sie aus, in ausgebleichten, abgerissenen Fetzen. Männer, die in der Wildnis gelebt, mit heimtückischen Stämmen und wilden Tieren gerungen haben, die nichts mehr erschrecken kann. Doch in diesen Tagen sind sie eine willkommene Bereicherung, denn sie können kämpfen wie kaum andere und stehen meinen Kerlen in nichts nach.

Aber worauf sie sich noch verstehen, ist saufen. Weil sie seit langem kein Bier mehr bekommen haben, meinen sie, einiges nachholen zu müssen, und saufen sich am Abend bewusstlos.

Da hat selbst Ragnar Schwierigkeiten mitzuhalten. An diesem Abend erlaube ich ihnen zu feiern, doch am nächsten Tag lasse ich unter wütenden Protesten sämtliche Bier- und Weinvorräte in der Stadt vernichten.

»Genügt es nicht, dass wir für dich kämpfen?«, grölt ein großer, ungeschlachter Kerl, einer von Sigurds Männern. »Willst du uns jetzt auch noch das verdammte Bier wegnehmen?« Der Mann ist wütend und sieht aus, als wollte er sich mit mir anlegen. »Gegen dich und deinen Bruder haben wir in Stikla Stad gekämpft. Von einem wie dir lass ich mir nichts sagen.«

Breitbeinig, die großen Fäuste in die Hüften gestemmt, baut er sich vor mir auf, sicher, dass seine Kameraden ihm den Rücken stärken. Sigurd steht grinsend dabei, neugierig, wie ich damit umgehe.

Mit einem freundlichen Grinsen trete ich näher an den Mann heran. »Sieh an. Du bist also ein Veteran von Stikla Stad.«

»Ganz recht. Da haben wir euch den Arsch versohlt.« Er lacht geringschätzig und mit sich selbst zufrieden. Auch seine Kameraden feixen.

»Dann haben wir ja noch 'ne Rechnung offen«, sage ich und schlage ihm die geballte Faust so heftig an die Schläfe, dass er wie ein geschlachteter Ochse zusammenbricht und bewusstlos liegen bleibt. »Hat noch einer was auf dem Herzen?«, frage ich die anderen.

Sie starren mich überrascht an. Die vorn stehen, treten einen Schritt zurück. Keiner protestiert. »Wollt ihr besoffen in eurer Kotze liegen, wenn die Petschenegen die Wälle stürmen?«, knurre ich sie an. »Wollt ihr wegen ein bisschen Bier sterben? Wir brauchen jeden Mann, der ein Schwert halten kann. Aber, verdammt nochmal, nüchtern!«

»Harald hat recht«, mischt Sigurd sich ein. »Schluss mit der Sauferei.«

Und so kommt es, dass ganz Kiew nur noch Wasser trinkt, obwohl ich selbst auch Lust gehabt hätte, mich zu betrinken. Schon um nachts schlafen zu können. Aber Trunkenheit können wir uns noch weniger leisten als Unaufmerksamkeit. Denn dass der nächste Angriff kommt, so viel ist sicher.

* * *

Drei Tage später gelingt es uns, einen weiteren Leitersturm abzuwehren. Als die Petschenegen sich zurückziehen, tanzt Thjodolf wie ein Verrückter auf dem Wehrgang und brüllt ihnen Obszönitäten hinterher. Feige Wichser seien sie, mutterlose Scheißhaufen und Missgeburten dreckiger Steppenhuren. Zuletzt zieht er sich sogar die Hosen runter und zeigt ihnen den nackten Arsch. Allerdings nicht lange, denn ein Pfeil der Abziehenden verfehlt seinen Hintern nur um Handbreite. Trotzdem gibt es Nachahmer unter meinen Kerlen, bis ich ihnen den Unsinn verbiete.

Nach diesem Angriff sind das Feld vor dem Wall und auch der Graben so voller Kadaver, Waffen und zurückgelassener Leitern, dass kaum ein Durchkommen ist. Ganze Schwärme von Krähen und Raben laben sich an den verwesenden Leichen, deren Bäuche sich in der Sonne wie Schweinsblasen aufblähen und einen fast unerträglichen Gestank verbreiten. Zuerst picken die Vögel die Augen aus, dann reißen sie an der Gesichtshaut. Wilde Hunde und sogar Füchse tauchen auf, um ihnen die Beute streitig zu machen, obwohl es, bei Oðin, daran nicht mangelt.

»Harald, der Rabenfütterer.« Thjodolf grinst anerkennend.

»Nicht witzig«, knurre ich. »Hör auf, mich so zu nennen.«

»Hast du nicht Oðins Blutraben auf deinem Banner? Und Blutrabe heißt dein Schiff, wenn ich mich nicht irre.« Er deutet auf das Schlachtfeld vor dem Wall und auf die Scharen von Vögeln, die am Aas herumpicken. »Rabenfütterer. Ist doch ein verdammt guter Beiname. Ob du willst oder nicht, den hast du jetzt weg. Sei stolz drauf.« Und dann macht er noch einen Vers daraus.

Ich wende mich angewidert ab und besuche Ailas Grab, wo ich auf einer Bank die Zeit bis zum frühen Abend verbringe. Man hat ein Holzkreuz aufgestellt mit ihrem Namen darauf. Das Grab selbst ist mit unzähligen Blumen geschmückt. Wo haben die Leute nur all die Blumen her? Und dies in einer belagerten Stadt. Sie sei eine Heilige, haben die Frauen geflüstert. Ich erinnere mich, wie sie während der Totenwache auf ihrer Bahre lag. So ruhig und der Welt entrückt. Alle Furcht hat sie nun hinter sich gelassen, während wir Lebenden immer noch kämpfen müssen. Ich betrachte meine Hände, die auch heute wieder getötet haben. Sie tragen die Spuren davon.

Auf dem kleinen Friedhof ist es still. Friedlich geradezu. Nur Singvögel sind zu hören, kein hässliches Rabengekrächze. Sie zwitschern, als wäre die Welt in Ordnung, als gäbe es keinen Krieg und keine Belagerung. Eine Insel der Ruhe ist dieser kleine Friedhof, auch wenn es eine trügerische Ruhe ist. Ennis Furcht vor den Petschenegen fällt mir ein. Frauen scheinen mehr Ängste mit sich herumzutragen als wir Männer. Die Sorge, den Ehemann oder den Sohn zu verlieren, die Furcht vor fremden Kriegern, oft vor Männern überhaupt. Aber für Aila gibt es jetzt nur noch Stille und ewigen Frieden. Ich wünschte, ich könnte mich zu ihr legen und die Augen schließen und alles um uns herum vergessen.

Thorkel kommt und setzt sich zu mir. »Wie kommst du zurecht?«

»Nicht gut.«

Er nickt. »Hab ich mir gedacht.« Er weist zu Ailas Grab hinüber. »Mir geht's auch beschissen. Das kannst du mir glauben.«

»Lass uns nicht darüber reden.«

Wir starren auf ihr Grab und schweigen. Nach einer Weile sagt er: »Bis jetzt haben wir uns gut geschlagen. Besser als erwartet. Aber wir haben heute wieder Männer verloren. Das ist dir klar, oder?«

Ich nicke niedergeschlagen. »Wie viele sind es? Zwanzig?«

»Etwas mehr. Davon acht Tote. Auch Svein wurde verwundet. Sogar Bjorn.«

»Ich hab's gesehen.« Svein hat einen tiefen Schnitt im Unterarm und Bjorn ein Auge verloren. Nun wird er mein einäugiger Bannerträger sein.

»Natürlich ist unsere Stellung auf den Wällen besser. Aber wie lange können wir sie aufhalten? Die Petschenegen haben Hunderte verloren. Doch ihr Heer ist einfach zu groß. Und diesem Khan scheint es gleichgültig zu sein, wie viele von seinen Männern draufgehen. Die können noch lange so weitermachen. Irgendwann wird es uns zu viel werden. Vielleicht sogar schon beim nächsten Angriff.«

»Ich weiß. Uns schwächt jeder Mann, den wir verlieren.«

»Ragnar hat jetzt strenge Rationierung befohlen. Die Vorräte schwinden schneller als erwartet. Es sind einfach zu viele Mäuler, die wir zu versorgen haben. Eigentlich müsste dieser Badur gar nichts tun, nur dasitzen und abwarten, bis wir uns ergeben. Oder vor Hunger krepieren.«

Das sind düstere Aussichten. Aber es nützt nichts, sich falsche Hoffnungen zu machen, auch wenn wir die ersten Angriffe erfolgreich abgewehrt haben. Früher oder später werden sie durchbrechen oder uns aushungern.

»Ich frage mich, wann Jarisleif endlich Hilfe schickt.«

Thorkel zuckt mit den Schultern. »Wenn überhaupt, dann müsste sie bald kommen. Aber ganz ehrlich, ich glaube an keine Wunder.«

»Denkst du, er lässt uns im Stich?«

»Das will ich nicht sagen, aber es dauert, ein großes Heer zu sammeln. Und dann ist es ein verdammt langer Weg. Bis dahin sind wir längst erledigt.«

»Du übertreibst.«

»Ich glaube nicht.«

Mit schweren Herzen wandern wir zurück zum Südtor und steigen auf den Turm. Westlich des feindlichen Lagers versinkt die Sonne hinter den Wäldern und taucht den Himmel in feuriges Gold. Es weht ein steter Steppenwind und trägt den Geruch ihrer Kochfeuer zu uns herüber. Sogar ihre fernen Stimmen kann man vernehmen. Und dann dreht der Wind und bläst uns wieder den Gestank der Leichen ins Gesicht.

»Es weht hier häufig von Westen, hast du das bemerkt?«, frage ich.

»Ja. Wie bei uns zu Hause. Südwest bringt oft schlechtes Wetter. Danach sieht es aber nicht aus.«

Westwind. Irgendetwas nagt an mir, als ob man mit diesem Umstand etwas anfangen könnte. Aber es will mir nicht einfallen.

Die Petschenegen haben es nicht eilig. Vielleicht hat die letzte Schlacht sie entmutigt. Oder sie zählen nicht darauf, dass man uns Hilfe schicken könnte. Die nächsten Tage lassen sie uns in Ruhe.

In der Zeit kümmern sie sich um ihre Pferdeherden, schneiden Holz für die Kochfeuer, senden von Packpferden begleitete Reitertrupps aus, um Nahrung zu sammeln oder zu plündern. Wenn sie zurückkehren, treiben sie nicht selten erbeutetes Vieh vor sich her. Wir können es jeden Abend riechen, wenn sie ganze Ochsen über den Lagerfeuern braten. Was in der Stadt nicht gerade die Stimmung hebt.

Und dann plötzlich ist Schluss mit der vorübergehenden Ruhe. Als Erstes versuchen sie, über den Dnjeper an die schwächere Befestigung auf der Strandseite zu gelangen. Sie haben Boote gekapert, aber nicht genug, um eine größere Truppe an Land zu setzen. Deshalb probieren sie es heimlich in der Nacht. Tatsächlich gelingt es ihnen, den Strand zu erreichen, bevor die Wachen es bemerken. In der Dunkelheit schleudern sie Wurfhaken über die Palisade und klettern an Seilen hoch. Doch der Angriff misslingt. Svein, der trotz seiner Verwundung den Hafen bewacht, schickt Männer durchs Nordtor, um ihnen in den Rücken zu fallen. Nicht einer ihrer waghalsigen Burschen überlebt den Angriff.

Und auch der nächste Versuch scheint eher aus unüberlegtem Frust geboren zu sein und erweist sich nicht wirklich als gefährlich. Diesmal kommen sie mit Feuer. Große Bündel von Zweigen und trockenem Gras setzen sie in Brand, schleppen diese im wilden Galopp heran und schleudern sie vors Südtor, in dem Versuch, die Torbohlen in Brand zu setzen. Andere lassen gleichzeitig Brandpfeile auf das Tor niederregnen. Eine dritte Gruppe beharkt den Wehrgang mit Pfeilen, um unsere Männer am Löschen zu hindern. Aber auch dieser Angriff misslingt. Dutzende Reiter, die sich zu nah heranwagen, verlieren ihr Leben. Und dank einer langen Eimerkette können wir die brennenden Bündel rasch löschen. Mehr als angekohlte Bohlen hat es dem Feind nicht gebracht.

Danach geschieht wieder tagelang nichts, so dass ich fast überzeugt bin, dass sie nicht noch mehr Männer opfern, sondern uns einfach aushungern wollen. Ich zerbreche mir den Kopf, wie wir Nahrungsmittel auftreiben können. Vielleicht sollten wir mit einem der Schiffe den Belagerungsring durchbrechen und den Fluss hinauf nach Norden segeln. Aber wie viel können wir tatsächlich auf dem Rückweg einschmuggeln? Genug, um die ganze Stadt zu versorgen?

Aber dann merke ich, dass ich mich getäuscht habe. Es ist anscheinend nicht Khan Badurs Art, tatenlos dazusitzen und abzuwarten, bis der Hunger uns bezwingt. Denn eines Nachts befiehlt er einen weiteren Angriff auf die Palisaden. Und diesmal gelingt es ihnen, in die Stadt einzudringen.

Irgendwie haben sie herausgefunden, dass die Nordseite der Befestigungen zum Teil aus morschen Pfählen besteht. Vermutlich durch Späher, die sich in den Nächten davor unbemerkt haben anschleichen können, um nach Schwachstellen zu suchen. Und dann, in einer besonders dunklen, mondfreien Nacht, unternehmen sie ihren Versuch. Und zwar kurz vor Morgengrauen, wenn die Menschen besonders tief schlafen und auch unsere Wachposten auf den Wehrgängen nicht besonders aufmerksam sind.

Auch diesmal benutzen sie eiserne Wurfhaken, an denen lange Seile befestigt sind. Nicht, um daran hochzuklettern, sondern um die Palisade einzureißen. Sie müssen an der Stelle heimlich die Krähenfüße entfernt haben, denn es gelingt ihnen, ein Dutzend dieser eisernen Haken über die Krone zu werfen und festzuzurren. Das Geräusch schreckt endlich unsere Wachen hoch, aber da ist es schon zu spät. Noch während der Alarm tönt, zerren Hunderte von Petschenegen an den Seilen. Das Knacken und Krachen der berstenden Pfähle ist bis in mein Haus zu hören, das sich ebenfalls im Norden der Stadt befindet.

Schlaftrunken und halbnackt springe ich aus dem Bett, schlüpfe hastig in die Stiefel, stülpe mir den Helm auf den Kopf und gürte eilig Sax und Schwert. Dann packe ich meinen Schild und stürme aus dem Haus. Mich richtig anzukleiden oder gar den Ringpanzer anzulegen, dazu ist keine Zeit. Hornrufe tönen ohne Unterlass und rufen unsere Männer zu der Stelle, wo einzelne Pfähle der Palisade bereits niedergerissen und Lücken entstanden sind, durch die sich immer mehr von den Petschenegen hindurchzwängen. Mindestens drei oder vier Dutzend füllen schon die Gasse hinter dem Wall und drängen die wenigen Verteidiger zurück. Ich sehe Kameraden tödlich getroffen am Boden liegen, andere wehren sich verzweifelt.

Ein großer, schwarzbärtiger Kerl ist unter denen, die durchgebrochen sind, und stürmt, gefolgt von fünf anderen, die Gasse herunter auf mich zu. Bin ich der Einzige, der ihnen im Weg steht? Keine Zeit, mich umzusehen, schon muss ich mich wehren.

Ich hole mit dem Schild aus und treffe den Kerl unterm Kinn. Doch sofort stößt er mit dem Speer zu. Der Kerl ist Linkshänder und hätte mich erwischt, wenn ich mich nicht im letzten Augenblick weggedreht hätte. Gleichzeitig schlage ich zu, und der scharfe Stahl meiner Ulfberht-Klinge schneidet durch Leder, Muskel und Knochen, als wäre es nichts. Bevor der Mann begreift, dass Blut aus seinem Armstumpf pumpt, habe ich *Gunnlogi* wieder hochgerissen und ihm mit der Spitze die Kehle aufgeschlitzt.

Die anderen weichen zurück. Aber nur für einen Augenblick, dann stürmen zwei von ihnen vor, mit ihren langen, gekrümmten Säbeln in der Faust. Ich fange einen Hieb mit dem Schild ab und pariere den nächsten mit dem Schwert. Dann trete ich einem der beiden ans Knie. Als er aufschreit und zurückstolpert, ramme ich ihm *Gunnlogi* tief in den Unterleib.

Ein Speer fliegt an mir vorbei und gräbt sich in die Brust eines dritten Angreifers. Thjodolf ist der Speerwerfer. Er zieht seine Axt und stellt sich neben mich. Sein Schild deckt meine rechte Seite. Schon taucht noch einer der Unseren auf, ein gewisser Ketil aus Svearíke, und vervollständigt unsere kleine Schildwand in der Gasse. Noch mehr drängen nach und stellen sich hinter uns. Auch der große Bjorn mit einem blutigen Verband um den Kopf.

»Was machst du hier? Du bist doch verwundet«, fahre ich ihn an.

»Nur mein Auge«, grunzt er. »Ich hab ja noch eins. Und wie es aussieht, könnt ihr mich gebrauchen.« Damit schlägt er über meinen Kopf hinweg die Axt in einen Petschenegen-Schädel.

Die Kameraden wurden wie ich aus dem Schlaf gerissen und sind spärlich bekleidet und nur halb gewappnet. Doch zumindest an dieser Stelle können wir die Bastarde aufhalten, denn die Gasse ist eng, und es nützt den Petschenegen nichts, dass sie zahlenmäßig überlegen sind. Außerdem ist der Kampf in der Schildwand nicht ihre Sache. Sie haben nicht mal Schilde, nur Speere oder ihre langen Säbel. Wir dagegen nutzen unseren Vorteil, töten einen nach dem anderen, rücken sogar Schritt für Schritt vor, drängen sie zurück.

Doch dann kommen wir nicht weiter, denn es zwängen sich immer mehr durch die Lücke in der Palisade. Sie dringen auch in eine andere Gasse vor, aus der nun ebenfalls Kampfeslärm dringt. Da sie nicht gegen uns vorankommen, verfallen sie darauf, in die anliegenden Häuser einzubrechen, um uns zu umgehen. Man hört die Schreie der überraschten Bewohner, als Petschenegen eindringen und sie niedermachen. Hinter uns wird ein Fenster aufgerissen, und einer meiner Männer bekommt einen Speer durch die Kehle. Zum Glück sind inzwischen mehr meiner Leute zur Stelle und dringen ebenfalls in das Haus ein, um uns den Rücken frei zu halten.

Die Wende kommt, als Pfeile in die dichtgepackten Reihen der Petschenegen fliegen. Snorri hat die Geistesgegenwart gehabt, mit anderen Schützen auf die umliegenden Dächer zu klettern. Der Feind kann sich gegen den Beschuss weder schützen noch wehren. Immer wieder schreit einer getroffen auf. Dabei stehen sie so dicht beieinander, dass die Verwundeten eingequetscht stehen bleiben.

Panik macht sich unter ihnen breit, als immer mehr Pfeile ihr Ziel finden. Sie merken, dass es sinnlos ist, sich zu opfern. Die Hintersten machen kehrt und schlüpfen durch die Palisade in die Nacht hinaus. Immer mehr folgen, während es weiter Pfeile regnet und wir schließlich vorstürmen, sie mit den Schilden zurückdrängen, in Schultern und Köpfe hacken und die Gasse freikämpften.

Thjodolf und ein Dutzend Krieger folgen ihnen durch die Lücke in der Palisade, die der Feind gerissen hat, und machen noch mehr der Fliehenden nieder. Bis ich sie zurückrufe. Aber auch dann brüllen sie dem Feind Verwünschungen und Beleidigungen hinterher. Erst als einer von einem Pfeil getroffen wird, machen sie kehrt. Den Verwundeten schleppen sie mit.

»Was sollte das?«, schnauze ich Thjodolf an. »Wir haben schon genug Verluste ohne deine Verrücktheiten.«

Tatsächlich haben wir in dieser Nacht wieder Kameraden verloren. Darunter Ivar Kjeldsson, ehemals Sigurds Steuermann auf der *Fálki*, der in den Jahren ein guter Freund und Kamerad geworden war. Ein Säbelhieb hat ihn tödlich am Hals getroffen. Viele, auch Sigurd, trauern um ihn. Die meisten Toten aber sind Petschenegen. Noch mehr Verwundete, die sich nicht mehr retten konnten. Wir zeigen kein Erbarmen und töten alle.

Ich bedanke mich bei Snorri und den anderen Schützen für ihre Umsicht. »Nur gut, dass wir von Anfang an einen großen Vorrat an Pfeilen angelegt haben«, sagt er.

»Und wie steht's damit?«

»Ist noch 'ne Menge übrig.«

Trotzdem machen seine Männer die Runde, um den Toten die Pfeile aus dem Fleisch zu ziehen.

Inzwischen ist die ganze Stadt auf den Beinen. Unsere Verwundeten werden zu den Mönchen ins Kloster getragen. Prinz Ilya taucht auf und dankt den Männern, die so tapfer gekämpft haben, auch wenn er mich keines Blickes würdigt. Dass ich mich seiner Autorität widersetzt habe, kann er anscheinend immer noch nicht vergessen. Obwohl oder gerade, weil ich recht hatte.

Am Morgen schleppen wir mit Hilfe von Pferdegespannen genug von den zuvor gelagerten Baumstämmen heran, um die beschädigte Palisade notdürftig abzudichten. Wieder sind wir noch einmal davongekommen. Und doch fühlt es sich an, als ob Khan Badur uns eine Schlinge um den Hals gelegt hat und sie langsam immer enger zieht.

Doch dann, zwei Tage später, erreicht uns Kunde, die neue Hoffnung aufkeimen lässt. Denn in der Nacht landet ein einfacher Einbaum am Strand, der einen Besucher zu uns bringt, mit dem wir nicht gerechnet haben.

KAMPF UM KIEW

Mitten in der Nacht rüttelt mich jemand wach. Es ist Thorkel. Neben ihm steht Enni mit einer brennenden Kerze in der Hand. Sie macht einen sehr angespannten Eindruck. Genau wie mein Freund. Seine Augen leuchten vor Aufregung. »Du rätst nicht, wer gerade angekommen ist.«

»Nun sag schon«, knurre ich und ziehe mir die Stiefel über. Anziehen muss ich mich nicht, denn seit dem letzten Angriff habe ich nur noch in voller Kleidung geschlafen, Waffen griffbereit neben dem Bett.

»Borislaw.«

»Was?« Entgeistert starre ich ihn an. »Borislaw? Bist du sicher?«

Thorkel lacht über meinen Gesichtsausdruck. »Denkst du, ich mache Witze?«

Borislaw! Ist das zu glauben? Er hatte damals meinen Bruder Olaf mit einer großen Truppe von Rus-Kämpfern unterstützt und an unserer Seite in Stikla Stad gekämpft. Seit einigen Jahren ist er Hauptmann der Druschina, der Eliteschutztruppe des Großfürsten. Sie sind die besten Reiterkämpfer des Fürstentums.

»Was, zum Teufel, macht der denn hier?«

»Er hat sich in einem Einbaum herbringen lassen. Heimlich, mit nur wenigen Getreuen. Und er hat uns was zu sagen.«

Wir eilen zum Strand. Im Licht einer Fackel, zwischen anderen Männern, steht doch tatsächlich dieser große, kräftige Kerl, wie wir ihn kennen, mit seinem für gewöhnlich ruhigen, aber selbstsicheren Auftreten, das Respekt verlangt. Eine gebrochene Nase ziert das bärtige Gesicht, und das gelbe Haar ist unter einer Kapuze versteckt, die er in den Nacken schiebt, als er mich erkennt.

Freudig grinsend breitet er die Arme aus. »Harald, du norwegischer Bastard!« Wir umarmen uns. »Ihr habt also ausgehalten. Und wir dachten schon, wir würden nur noch rauchende Trümmer vorfinden.«

»Wir?«

»Unser Heer, Harald. Angeführt vom Großfürsten persönlich.«

»Jarisleif?« Ich lege die Hand auf mein Herzt. »Bei Oðin! Das ist die beste Kunde, die du uns bringen konntest. Wir dachten schon, ihr kommt nicht mehr.«

»Wir haben uns beeilt, so schnell es ging. Unterwegs mussten wir weitere Truppen sammeln. Ein Teil ist per Boot gekommen, der Rest über die Saumpfade.«

»Und wo seid ihr jetzt? Warum die Heimlichkeit?«

»Wir wollten den Feind nicht frühzeitig warnen. Das Heer lagert zehn Meilen nördlich von hier. Auf dieser Seite des Flusses. Jarisleif wollte Späher aussenden, aber ich habe gedacht, ich komme selbst. Bin verdammt froh, dass ihr durchgehalten habt. Jetzt müssen wir alles besprechen und uns abstimmen. Wo ist der Prinz?«

»Der schläft wahrscheinlich.«

»Macht nichts. Lass ihn schlafen, denn wir haben wenig Zeit. Am besten, du erklärst mir, wie die Lage hier ist. Dann machen wir einen Plan.«

Ich führe ihn zu meinem Haus, wo Enni sich bemüht, gastfreundlich zu sein, indem sie unserem Besucher etwas Brot und gekochte Bohnen hinstellt, das wenige, das wir noch vorrätig haben. Doch er will nichts annehmen. Dann rennt sie los, um die anderen Anführer zu holen. Ich erzähle Borislaw unterdessen, wie es uns ergangen ist. Von Aila sage ich nichts. Darüber will ich jetzt nicht reden. Stattdessen berichte ich ihm über den Zustand des Bollwerks und meine Entscheidung, es aufzugeben. Über die Plündereien der Petschenegen und über ihren Aufmarsch. Dazu male ich mit etwas Herdkohle einen Überblick auf den Tisch – Kiew, am Dnjeper gelegen, den schmalen Lybid mit dem Lager der Petschenegen an seinem Ufer, den großen Wald im Westen und Nordwesten und das Sumpfgebiet im Norden. Ich zeige ihm, wo wir die Befestigungen verstärkt und die Pferdefallen und eisernen Krähenfüße platziert haben.

»Krähenfüße?«, fragt er. »Kenne ich nicht.«

Ich erkläre es ihm. Und auch die Verluste, die diese Fallen dem Feind beigebracht haben, die Leiterangriffe, die wir damit verhindern konnten. Ich verschweige auch nicht unsere eigenen Toten und Verwundeten.

»Dabei seid ihr noch gut weggekommen«, sagt er anerkennend. »Ich hätte Schlimmeres erwartet. Ich denke mal, die Fallen haben euch gerettet. Die Bastarde hätten euch sonst überrannt.«

Inzwischen sind auch die anderen eingetroffen, und ich stelle sie ihm kurz vor.

»Du hier?«, fragt er erstaunt, als Sigurd an der Reihe ist.

»Was dagegen?« Sigurd funkelt ihn an.

»Du weißt, was dir blüht, wenn der Großfürst dich erwischt.«

Wir alle kennen die Geschichte, wie Sigurd vor Jahren den Großfürsten und seine Gemahlin bestohlen hat. Seine Komplizen sind dafür erhängt und ihre Köpfe übers Stadttor von Holmgarð genagelt worden. Er selbst aber konnte entkommen und hat sich jahrelang als Gesetzloser herumgetrieben. Borislaw weiß, dass wir eigentlich Feinde sind, dass uns eine bittere Blutfehde verbindet.

»Sigurd und seine Männer sind freiwillig zu uns gekommen«, erkläre ich ihm. »Sie waren eine große Hilfe, haben tapfer gekämpft und sich ihren Platz an unserer Seite verdient. Ich werde mich bei Jarisleif verwirken, dass er ihn begnadigt.«

Sigurd blickt verwundert, sagt aber nichts. Im Grunde bin ich selbst erstaunt über meine Worte. Aber schließlich muss sein Einsatz für Kiew etwas zählen. Und vielleicht ist hier die Gelegenheit, unsere dumme Fehde zu begraben.

Borislaw macht ein nachdenkliches Gesicht. »Verstehe«, sagt er dann. »Nun, mir soll's recht sein. Ist nicht an mir, das zu beurteilen. Mir geht es nur darum, die verdammten Steppenkrieger zu schlagen. Und jeder, der ein Schwert führen kann, soll mir willkommen sein.«

Wir alle überlegen gemeinsam, wie wir es am besten angehen wollen. »Wir haben fünfhundert Reiter und zweitausend Mann Fußvolk«, erklärt uns Borislaw. »Die Reiter und die Hälfte der Fußkämpfer sind erfahrene Krieger. Der Rest … na ja, was wir in der Eile auftreiben konnten. Das heißt, zahlenmäßig sind sie uns immer noch weit überlegen.«

»Wir müssen sie überraschen«, sage ich. »Bist du sicher, sie ahnen nichts von eurem Heer?«

»Ich glaube nicht. Wir haben bei unserm Anmarsch immer Kundschafter vorausgeschickt. Die haben keinen von denen zu Gesicht bekommen.«

»In ihrem Lager hat sich auch nichts gerührt«, meint Halldor. »Ich denke, sie fühlen sich sicher.«

»Wir müssen sie einkesseln«, meldet sich Sigurd zu Wort. »Denn wenn die erstmal im Sattel sitzen und freies Feld haben, dann belegen sie uns mit Pfeilen, ohne dass wir sie packen können.«

»Ihr solltet euch durch den Wald nähern«, sage ich zu Borislaw. »Am besten nachts. Dann könnt ihr unbemerkt bis auf zweihundert Schritt an ihr Lager gelangen.«

Er nickt. »Das wäre machbar. Wir müssen nur das Sumpfland umgehen. Habt ihr jemanden, der uns führen kann?«

Ulfr räuspert sich. »Ich hätte den richtigen Mann für dich. Geht regelmäßig für uns jagen. Der kennt die Gegend wie kein anderer.«

»Gut. Ich nehme ihn gleich mit, wenn's recht ist.«

»Der Angriff sollte am besten im Morgengrauen erfolgen«, sage ich. »Ich werde euch mit meiner Truppe unterstützen, wenn es so weit ist. So können wir sie in die Zange nehmen.«

»Ich weiß nicht«, meint Borislaw. »Deine Aufgabe ist es, die Stadt zu sichern. Sollte der Angriff fehlschlagen, dann wollen wir nicht auch noch Kiew verlieren. Außerdem seid ihr zu wenige.«

»Nicht, wenn es gelingt, sie in Panik zu versetzen.«

»Der Nachtangriff auf ihr Lager sollte dafür genügen.«

»Ihr kommt von Norden und zu Fuß«, meldet sich jetzt Thorkel zu Wort. »Beim ersten Anzeichen eines Angriffs werden die sich auf ihre Gäule stürzen. Nahkampf ist nicht ihre Sache. Ihre Stärke liegt in der Beweglichkeit. Nur, das müssen wir verhindern.«

Borislaw sieht ihn an. »Du meinst, die lassen ihre Familien im Stich? Das glaube ich nicht.«

»Nein, die werden euch umkreisen und mit Pfeilen belegen.«

Wir schweigen eine Weile und denken nach. Dann sagt Sigurd: »Was ist mit euren Reitern? Im Wald sind sie nutzlos.«

»Ja. Daran denke ich auch gerade«, erwidert Borislaw. »Vielleicht lassen wir sie in der Nacht einen großen Bogen schlagen, um ihnen den Fluchtweg nach Süden abzuschneiden.«

»Fünfhundert Reiter?«, sage ich. »Das ist zu wenig.«

»Es sind gute Männer, Harald. Du weißt das.«

Borislaws Reiter sind die besten, besonders seine Druschina, die den Kern bildet. Aber sind sie auch gut genug gegen Tausende Petschenegen, sollten die wirklich aus dem Lager ausbrechen? Doch dann fällt mir plötzlich der Wind ein. Und wie wir ihn nutzen können.

»Hinter dem Lager der Petschenegen beginnt die Steppe«, erkläre ich Borislaw. »Das ist knie- bis teilweise hüfthohes Gras. In den letzten zwei Wochen hat es nicht geregnet. Es war im Gegenteil sommerlich heiß. Das Gras muss also knochentrocken sein.«

»Und?«, fragt er.

»Der Wind weht hier meist aus westlichen Richtungen. Deine Reiter könnten ein Feuer anzünden, so dass der Wind es auf das Lager der Petschenegen zutreibt. Besser noch auf die Pferdeweiden zu.« Ich deute auf die Stelle südlich des Lagers, wo zurzeit ihre Herden weiden. »Das würde die Tiere in Panik versetzen. Am besten treibt ihr sie nach Süden, vom Lager weg. Und macht alle Petschenegen nieder, die zu ihren Pferden wollen. Dann haben wir sie in der Falle.«

»Aber dann werden sie über den Lybid in unsere Richtung fliehen«, sagt Thorkel.

»Lass sie«, erwidere ich grimmig. »Das ist dann unsere Aufgabe. Wir werden sie gebührend empfangen.«

Borislaw überlegt. Eine tiefe Falte steht über seiner Nasenwurzel. »Ja, so machen wir es«, sagt er schließlich. »Aber du, Harald, bleibst mit deinen Männern hinter der Palisade. Unser Angriff auf das Lager und ihre Pferdeweiden muss genügen. Ich möchte nicht derjenige sein, der Kiew verloren hat.«

Ich will widersprechen, aber er schneidet mir sofort das Wort ab. »Dabei bleibt es, Harald. Kiew muss auf jeden Fall gesichert bleiben. Und das allein ist deine Aufgabe.«

Ich sehe das zwar anders, muss mich aber fügen. Wir besprechen weitere Einzelheiten, und dann verabschiedet sich Borislaw. Noch vor dem Morgengrauen will er zurück zum Heer rudern. Zwei von Ulfrs Männern stehen bereit, ihn zu begleiten. Der eine als Führer im Wald, der andere für die Reiter der Druschina. Auf dem Strand verabschieden wir uns.

»Gute Arbeit, Harald. Ohne euch wäre die Stadt verloren gewesen.«

»Prinz Ilya meint, ich hätte besser das Bollwerk verteidigen sollen. Er ist nicht gut auf mich zu sprechen.«

»Ach was. Ilya ist jung und hat kaum Kriegserfahrung. Ich denke, der Großfürst wird dir dankbar sein, ganz gleich, wie es ausgeht.«

»Ich wünsche dir den Sieg.«

Er schlägt mir mit einem aufmunternden Grinsen auf die Schulter. »Wir müssen siegen. Alles andere ist undenkbar.«

Seine Gefährten schieben den Einbaum ins Wasser und klettern hinein. Borislaw zieht sich als Letzter an Bord. Dann tauchen die Männer ihre Paddel ins Wasser. Ich sehe ihn auf dem dunklen Fluss noch einmal winken, dann hat die Nacht den Einbaum verschluckt.

Am nächsten Morgen habe ich vor, Prinz Ilya von dem nächtlichen Besuch zu berichten, doch zwei *húskarlar* treffen ein, bevor ich das Haus verlassen kann, mit dem Befehl, mich auf der Stelle im Palast einzufinden. Ich kann mir denken, warum.

»Wieso wurde ich nicht gerufen?«, fährt Ilya mich sofort an. Jemand muss ihn bereits unterrichtet haben.

»Borislaw hatte es eilig«, sage ich verlegen.

»Ich werde es nicht länger hinnehmen, dass du mich andauernd übergehst.«

»Das war nicht meine Absicht.«

»Es wird dir noch leidtun. Ich werde meinem Vater von deinem ungebührlichen Verhalten berichten, sobald er hier ist.«

»Du weißt also, dass er auf dem Weg zu uns ist?«

»Natürlich. Dragan hat mir berichtet. Er hat mit Borislaws Männern geredet. Wenigstens einer, auf den man sich verlassen kann.«

Ungewollt muss ich lachen. »Dragan? Was soll man von einem wie dem halten? Der hat sich nicht ein einziges Mal an der Verteidigung der Stadt beteiligt.«

»Natürlich nicht. Er hat schließlich die Festung zu beschützen.«

Und deinen verdammten Arsch, denke ich unwillkürlich. Aber ich will mir meinen Unmut nicht anmerken lassen. »Willst du wissen, was wir abgesprochen haben?«, frage ich stattdessen.

»Natürlich. Also red schon!« Es klingt ungehalten wie immer, wenn er mit mir spricht, seit wir in Kiew angekommen sind.

Überhaupt, in all den letzten Wochen hat er sich kein einziges Mal lobend geäußert. Trotz der erfolgreich zurückgeschlagenen Angriffe. Er hat nicht einmal die Verwundeten besucht. Auch jetzt hört er mir mit einem hochmütigen, misstrauischen Gesichtsausdruck zu, als wäre selbst Borislaw nicht in der Lage, einen vernünftigen Angriffsplan zu verabreden. Oder als fürchtete er, ich würde ihm etwas Falsches berichten. Manchmal frage ich mich, was in seinem Kopf vorgeht. Hält er mich wirklich für einen unfähigen Tölpel? Oder ist es nur seine eigene Unsicherheit und sein seltsames Bedürfnis, mich ständig zurechtzustutzen und auf meinen Platz zu verweisen?

»Das ist mir alles zu kompliziert«, sagt er. »Da kann viel schiefgehen. Was ist, wenn die Druschina entdeckt wird? Oder die Fußkämpfer im Wald? Und überhaupt. Was ist, wenn die Pferde durchgehen und unsere eigenen Leute behindern?«

Das sind durchaus vernünftige Fragen. Und ich kann nur hoffen, dass wir die richtigen Antworten darauf gefunden haben. Wenn nicht, könnte es zu einem heillosen Durcheinander kommen, mit vielen Verlusten.

»Was ist?«, fragt Ilya gereizt. »Was sagst du dazu?«

»Wir können nur hoffen, dass alles seinen geplanten Gang geht.«

»Hoffen?«, ruft er genervt. »Das ist ja wunderbar. Unser großer Krieger hofft, dass alles gutgeht.« Er läuft auf und ab, sichtlich erregt. Dann wendet er sich wieder mir zu. »Und was ist mit dir und deinen Männern?«

»Wir sollen weiter die Palisaden besetzen und die Stadt schützen.«

Misstrauisch starrt er mich an. »Ich wette, das passt dir nicht. Ich wette, du willst da draußen mitmischen, hab ich recht?«

Ich zucke mit den Schultern.

Er kommt auf mich zu und stößt mir mit dem Zeigefinger gegen die Brust. »Ich bin strikt dagegen, dass deine Männer sich an diesem Kampf beteiligen, hast du mich verstanden? Lass Borislaw tun, was er für richtig hält. Deine Aufgabe ist es, die Stadt zu verteidigen. Das ist ein Befehl!«

»Was, wenn Borislaw in Schwierigkeiten gerät? Sollen wir dann einfach zuschauen und ihn im Stich lassen?«

»Borislaw ist ein erfahrener Mann. Der wird schon wissen, was er tut. Wir müssen Kiew sichern. Alles andere ist unwichtig!«

Ich sehe ihn an, aber sage nichts. Im Krieg geschieht meist das Unerwartete und macht die besten Pläne zunichte. Ich achte Borislaw als guten Kriegsherrn, aber die Gefahr besteht, dass die Petschenegen zu zahlreich für ihn sind oder dass sie ohne größere Verluste nach Süden entkommen. Das müssen wir verhindern. Sonst werden sie wiederkommen. Und ein zweites Mal, ohne den Vorteil eines Überraschungsangriffs, werden wir sie nicht schlagen können. Es ist also zwingend notwendig, sie mit einem Schlag zu vernichten.

Ich erinnere mich an Stikla Stad. Damals hatte ich Olafs leichtsinnigem Angriffsplan ohne Widerspruch zugestimmt. So etwas soll nie wieder geschehen, das habe ich mir geschworen. Borislaws Plan ist gut, lässt aber den Petschenegen eine Lücke offen. Deshalb habe ich längst beschlossen, seinen Befehl zu missachten. Wir werden ausrücken und den Korken in die Flasche stopfen, damit der Bastard Badur nicht entkommen kann. Zumal ich mit dem Schwein eine Rechnung offen habe.

Ilya ist mein nachdenkliches Zögern nicht entgangen. »Ich sage es nochmal, Harald«, schreit er mir ins Gesicht. Es klingt irgendwie verzweifelt. »Du musst Kiew verteidigen. Das ist das Wichtigste.«

»Natürlich«, erwidere ich und lasse ihn stehen.

✳ ✳ ✳

Zwei unendlich lange Tage müssen wir noch ausharren. Das hat Borislaw sich ausbedungen. Die würden er und Jarisleif brauchen, um das Heer in Stellung zu bringen. Dann, im Morgengrauen des dritten Tages, soll der Angriff erfolgen. So haben wir es verabredet. Dabei können wir nur hoffen, dass die Petschenegen nicht schon vorher entdecken, was auf sie zukommt.

Mit Sorge beobachte ich daher ihr Lager. Aber es bleibt bei dem gewohnten Bild. Sie halten die Kochfeuer in Gang, kümmern sich um ihre Pferdeherden, schlachten ein paar Ochsen, veranstalten Ringkämpfe. Das scheint ein beliebter Sport bei ihnen zu sein, bei dem viel geschrien und angefeuert wird. Wahrscheinlich setzen sie Silber auf ihre jeweiligen Favoriten. Einmal beobachten wir auch eine Art Pferdewettkampf. Und am späten Nachmittag, sozusagen zur Abwechslung oder als Hinweis, dass sie uns nicht vergessen haben, reitet eine Abteilung Reiter heran und lässt einen Pfeilregen auf die Wehrgänge niederprasseln. Aber wir haben uns an solche Aufmerksamkeiten gewöhnt, und niemand wird verletzt.

281

Davon abgesehen lassen sie uns in Ruhe. Das Feld vor dem Graben, mit seinen stinkenden Kadavern und zurückgelassenen Leitern, ist kein guter Ort für eine erneute Leiterattacke. Die Stelle im Norden der Palisade, die sie vor Tagen einreißen konnten, ist jetzt mit Baumstämmen gesichert. Davor haben wir Krähenfüße geworfen. Und nachts brennen ständig Fackeln auf den Wehrgängen. Die Wachen gehen regelmäßig ihre Runden, um zu zeigen, dass wir wachsam sind. Ein weiteres Mal werden sie uns nicht überraschen, das muss auch Khan Badur klar sein. Aber die Untätigkeit scheint ihn nicht mehr zu stören. Wahrscheinlich hat er sich nun doch entschlossen, uns einfach auszuhungern.

Und ja, wir begnügen uns schon seit Tagen mit nur einer Mahlzeit am Tag. Einer äußerst kargen Mahlzeit. Die meisten Männer kommen mir inzwischen hohlwangig vor. Nicht weniger die Bewohner der Stadt, die Frauen, die wegen der unerträglichen Hitze den Kriegern auf den Wehrgängen Wasser bringen, die Kinder, die um ein Stück Brot betteln, das es nicht mehr gibt. Und all die anderen, die uns helfen.

Viele haben sich die seltsamsten Waffen angeeignet, bereit, Kiew bis zum Letzten mit dem eigenen Blut zu verteidigen. Unter ihnen eine Kerntruppe von zweihundert jungen Männern, mit Schild und Speeren ausgerüstet, denen wir auf die Schnelle das Nötigste beigebracht haben. Bogdan und Ragnar sind abgestellt, je eine Hundertschaft von ihnen zu führen.

Seit Wochen brennt eine unbarmherzige Sonne herab und lässt spätestens ab Mittag eine glühende Hitze von dem ausgetrockneten Boden aufsteigen. Die Leichen vor dem Graben stinken nicht nur erbärmlich, sie scheinen auch sämtliches Ungeziefer der ganzen Gegend anzuziehen. Immer noch herrscht ein Gezänk von Aasvögeln und Ratten. Dazu das ständige Brummen von Schmeißfliegen. Der ekelige Gestank dringt in alle Kleider, sogar in die Poren der Haut. Man wird ihn kaum los, selbst wenn man sich am Abend gründlich wäscht.

Zumindest liefert uns der Dnjeper Wasser im Überfluss. Es stillt sogar ein wenig den Hunger, wenn man den Magen damit füllt. Und natürlich haben wir noch Pferde in den Ställen als letzte Reserve. Doch ich habe strengstens verboten, eines davon zu schlachten. Denn wir brauchen sie noch für das, was ich vorhabe.

»Du willst also tatsächlich ausrücken, wenn es so weit ist?«, fragt Thorkel. »Obwohl Borislaw es untersagt hat?«

Ich grinse und gebe mich unbekümmert. »Borislaw ist nicht der Einzige, der es verboten hat.«

Thorkel weiß natürlich, wen ich meine. »Der sollte lieber selbst Schild und Schwert zur Hand nehmen, statt sich in seiner Festung zu verschanzen.«

»Du kannst es ihm ja vorschlagen. Aber ich glaube kaum, dass er darauf eingeht. Dem ist die eigene Haut am wichtigsten.«

Ich wende mich an Halldor, der dabei ist, eine Scharte in seinem Schwert auszubessern. »Wir haben noch etwa hundert Pferde«, sage ich. »Such dir deine Männer aus. Du weißt, was zu tun ist.«

Es ist allen klar, dass ich eigenmächtig handele, dass es ein Wagnis ist, die Befestigungen zu verlassen und sich dem Feind in offener Feldschlacht zu stellen. Dass sie vielleicht ihr Leben verlieren werden. Aber die Männer haben genug davon, nur auf den Wehrgängen zu hocken und den nächsten Angriff abzuwarten. Sie wollen endlich selbst den Kampf zu den Petschenegen tragen, es ihnen heimzahlen.

Ich habe vor, den Bastarden den Weg abzuschneiden, sollten sie aus der Umklammerung, die wir planen, sich nach Süden bewegen. Was ich für wahrscheinlich halte. Und natürlich wollen wir notfalls auch Borislaw zu Hilfe zu eilen, denn niemand weiß, ob unsere Überraschung gelingt. Und wenn nicht, dann wird er in großen Schwierigkeiten stecken. Denn seine Kämpfer sind weit in der Unterzahl.

Ich habe mich mit Svein abgesprochen. Die Verwundung hindert ihn nicht, die Wehrgänge mit den restlichen Freiwilligen besetzt zu halten. Sollten wir im Feld unser Leben lassen, dann sind sie die letzte Verteidigung. Selbst die Alten und die Frauen können Steine werfen oder sich mit Bogen oder Speer wehren, falls es wirklich zum Äußersten kommt. Es ist mir bewusst, dass es ein großes Wagnis ist, meine Krieger entgegen allen Befehlen in die Schlacht zu werfen. Es nicht zu tun, das erscheint mir aber das größere Wagnis.

Am frühen Abend kommt Dragan zu mir. »Ich habe genug davon, untätig herumzusitzen. Gib mir und meinen Männern einen Platz in der Schlachtreihe.«

Ich stelle mich dumm. »Schlachtreihe? Wovon redest du?«

»He! Ich weiß, was du vorhast. Die Männer reden. Ich will auch gegen die Bastarde da draußen kämpfen. Meinen Männern geht es ebenso. Besonders nach dem, was sie deinem Weib angetan haben. Es ist, als hätten sie ganz Kiew vergewaltigt. Und keine Sorge, der Prinz wird nichts erfahren.«

Will er mich reinlegen? Und dann zu Ilya laufen und ihm alles erzählen? Ich mustere ihn misstrauisch. »Ich dachte, du hasst mich.«

Verlegen starrt er einen Moment lang auf seine Fußspitzen. Dann hebt er den Blick. »Wir haben schlecht angefangen, du und ich. Aber im Grunde bin ich auf deiner Seite. Das wollte ich dir sagen. Du kannst mir vertrauen. Wir werden für dich kämpfen. Unter dem Rabenbanner.«

Er scheint es ernst zu meinen. Ich kann nichts Hinterhältiges in seinem offenen Gesicht entdecken. Im Gegenteil. »Also gut«,

sage ich und erkläre ihm mein Vorhaben und wo sich seine *húskarlar* nützlich machen können. »Ragnar und Bogdan führen
jeder etwa hundert Freiwillige an. Die solltet ihr unterstützen.«
Es ist nicht die glorreichste Aufgabe in der Schlachtreihe, aber
doch sehr wichtig, wie ich ihm erkläre. »Ich kann mich nicht
auf die Standfestigkeit der Freiwilligen verlassen. Du und deine
húskarlar, ihr müsst ihr Rückgrat sein.«

»Gut«, erwidert er. »Und danke, dass du mir vertraust.«

Im Grunde fühle ich mich unwohl, dem Prinzen auch noch
die *húskarlar* zu nehmen, die ja eigentlich seinen Palast schützen sollen. Er wird mich dafür kreuzigen, wenn er es erfährt.
Aber wir werden alle Kräfte brauchen, wenn wir siegen sollen.
Dafür bin ich bereit, alles auf eine Karte zu setzen. Und falls es
misslingt, werden die *húskarlar* ihn am Ende auch nicht retten
können.

So vergeht der erste Tag des Wartens.

Der zweite ist genauso heiß und trocken wie die Tage davor.
Und zu meinem Schrecken schläft auch noch der Wind ein.
Frühmorgens hat es noch ein wenig geweht, doch schon am
Vormittag regt sich kein Lüftchen mehr. Das Gras ist trocken
und vergilbt. Die weite Steppe da draußen glüht förmlich im
gleißenden Licht. Und die wenigen Bäume am Horizont
schwimmen in der flimmernden Luft wie auf einem See.

Brütende Hitze überall, auf dem Feld vor dem Graben, auf
den Wehrgängen, in den Gassen der Stadt. Jeder versucht, wenn
irgend möglich, im Schatten zu bleiben. Es ist eine Tortur, in
der Sonne einen Helm zu tragen. Und unter dem Ringpanzer
kocht man wie ein Flusskrebs im Sud. Aber das Schlimmste ist,
dass die Idee mit dem Feuer ohne Wind nicht klappen wird.
Wir können nur hoffen, dass es Borislaw trotzdem gelingt, die
Pferdeherden in Panik zu versetzen, denn wir müssen den
Feind unbedingt von seinen Reittieren trennen.

Am späten Nachmittag wird es erträglicher, denn zu unserer Erleichterung fängt es wieder an zu wehen und bringt so ein wenig Kühlung. Diesmal kommt der Wind aus Südwesten und ist bald kräftiger als zuvor. Die Fernsicht ist nicht mehr ganz so klar. Ein feiner Dunst liegt über der Steppe, und im Westen, hoch über dem Horizont, breiten sich dünne Schleierwolken aus. Das bedeutet schlechtes Wetter. Hoffentlich kommt es nicht zu schnell, denn Regen können wir gar nicht gebrauchen. Bei Regen würde der Angriff im schweren Boden und im Schlamm steckenbleiben.

Ich suche den Patriarchen Johannes auf und bitte ihn, sich um Enni zu kümmern, und sage ihm, dass sie als Freigelassene zu gelten hat, sollte mir etwas zustoßen.

»Wieso? Was hast du vor?«, fragt er sofort.

»Nichts, ehrwürdiger Vater. Ich wollte Euch schon seit Tagen darum bitten. Eigentlich seit die Belagerung begonnen hat. Enni ist ein gutes Mädchen. Fleißig und verlässlich. Jetzt, da Aila tot ist, hat sie niemanden außer mir. Ich möchte, dass es ihr gutgeht. Ihr könnt vielleicht eine Familie für sie finden.«

»Du verheimlichst mir etwas, mein Sohn«, sagt er. Anscheinend ist er schlauer, als ich dachte. »Nun geht es wohl ums Ganze. Sei ehrlich. Du hast etwas vor.«

»Es sollen nur wenige wissen, aber Jarisleif ist gekommen. Sein Heer lagert nicht weit von hier.«

Johannes nickt. »Das ist kein Geheimnis mehr. Es hat sich schon herumgesprochen. Und was ist euer Plan?« Als er merkt, dass ich herumdruckse, fügt er hinzu: »Schon gut, ich will es gar nicht wissen. Aber sag mir, werdet ihr siegen?«

»Der Feind ist stark. Wer weiß, wie es ausgeht.«

»Was auch geschieht, der Herr wird es zum Besten fügen. Denk daran, Harald, auch wenn uns seine Absichten nicht immer verständlich sind.« Mit seinen kurzsichtigen Augen sieht er zu mir auf. Seine Miene ist gefasst. Er scheint mehr innere Stärke zu besitzen, als ich ihm zugetraut hätte. »Ich kümmere mich um deine Sklavin. Sei unbesorgt. Aber vor allem vertraue auf Gott!« Dann segnet er mich.

Gottvertrauen nennen das die Christen. Aber kann man wirklich den Göttern vertrauen? So unberechenbar und bösartig, wie sie sich oft geben? Soll man sich etwa auf seinen *Hvítakristr* mehr verlassen als auf Thor oder Oðin? Um ehrlich zu sein, vertraue ich eher auf meinen schildbewehrten Arm, auf *Gunnlogi* und *Leggbitr* und auf die Tapferkeit meiner Kameraden. Vor allem ist zu hoffen, dass Borislaw und der Großfürst zur rechten Zeit zur Stelle sind und dass die Petschenegen weiter ahnungslos bleiben.

✳ ✳ ✳

Ich kehre zum Haus zurück und teile mit Enni unser letztes, angeschimmeltes Stück Brot. In der Stadt ist seit Tagen das Mehl ausgegangen. Von Gemüse oder Fleisch gar nicht zu reden. Ich erkläre Enni, was ich mit dem Patriarchen besprochen habe. Sie sieht mich mit großen, ängstlichen Augen an und nickt. Ich nehme ihre Hand in die meine und versuche, sie mit einem Lächeln aufzumuntern, sage ihr, sie solle sich keine Sorgen machen, so schnell hätte ich nicht vor, in Oðins ewige Hallen einzuziehen.

Doch ich muss nicht sehr überzeugend geklungen haben, denn ihre Augen füllen sich mit Tränen. Wir reden noch eine Weile. Dann ziehe ich mich in meine Kammer zurück.

Von uns Kriegern schlafen in dieser Nacht wohl die wenigsten. Und wenn, dann in voller Rüstung mit den Waffen in Reichweite. Oder sie schärfen zum zehnten Mal ihre Schwerter, Speerklingen und Äxte.

Ich liege auf meinem Lager und denke an Aila. Mehr als das. Ich rede mit ihr, flüstere ihr in der Dunkelheit zu, dass sie nicht umsonst gestorben ist, dass sie für die Menschen in Kiew zum Idol geworden ist, dass jeder unserer Männer sich für sie in die Schlacht werfen wird, aus Wut darüber, was man ihr angetan hat, aus einem tiefen Bedürfnis, sie zu rächen. Allen voran ich selbst, auch wenn ich dabei umkommen sollte.

Den Tod fürchte ich nicht. Nur dass unser Plan misslingen und wir die Schlacht verlieren könnten. Ich greife nach dem *taufr*, den ich um den Hals trage, Thors Hammer in Silber, das Amulett meiner Mutter. Ich bete zu ihm und zu Oðin, uns den Sieg zu schenken. Auch wenn ich nicht wirklich an ihre Hilfe glaube. Aber es ist das, was man vor einer Schlacht tut. Den Göttern in einer solchen Stunde die Aufmerksamkeit zu verweigern hieße, sie herauszufordern.

Schon lange vor dem ersten Hahnenschrei ist Bjorn Skallagrimsson zur Stelle, um mich abzuholen. Eine Binde bedeckt sein linkes Auge. Die Mönche haben sich um die wunde Augenhöhle gekümmert, die noch nicht verheilt ist, ihn aber nicht mehr stört. Das behauptet er jedenfalls.

»Einäugig wie Allvater Oðin«, sagt er und lacht. Er hat mein Rabenbanner an einer langen Lanze befestigt. An der Hüfte ein breites Schwert und im Gürtel seine Axt. Die hat er angeblich von seinem Vater geerbt. »Das gute Stück hat schon einiges erlebt«, meint er. »Und heute wird sie Petschenegen-Blut zu kosten kriegen. Für deine Aila.« Er grinst, als freute er sich schon darauf.

Rasch umarme ich Enni, die zitternd im Nachthemd steht und uns leuchtet. Sie will uns Glück wünschen, aber ihr bleiben die Worte in der Kehle stecken, und sie wendet sich ab. Wir machen uns auf den Weg.

Vor dem Südtor ist unser Sammelplatz. Jeder Mann ist mit dem Plan vertraut. Vor allem, dass wir heimlich ausziehen und, um den Feind nicht zu warnen, keinen Lärm machen dürfen. Es herrscht tiefe schwarze Nacht, denn der Mond ist längst untergegangen, und der Himmel hat sich zugezogen, so dass auch von den Sternen wenig zu sehen ist. Eine einsame Fackel lässt die Umrisse der Palisade erkennen und die dunklen Gestalten der Männer vor dem Tor. Von etwas weiter hinter uns in der Hauptgasse dringt leises Pferdeschnauben. Dort warten Halldors Reiter. Ansonsten herrscht fast geisterhafte Stille, nicht einmal das metallische Geräusch von Waffen ist zu hören, höchstens ein Raunen hier und da, ein Geflüster. Die Männer sind bereit.

Das große Tor öffnet sich mit leisem Scharren. Thorkel und Snorri führen uns an. Sie treten als Erste hinaus, gefolgt von Thjodolf, dem Skalden, und einem anderen Kameraden. Dicht dahinter kommen in Doppelreihe die Männer meiner eigenen *hirð*, abschließend Bjorn mit dem Rabenbanner und ich.

Hinter uns Sveins *hirð* unter Gunnars Führung, dann Ulfrs Krieger, danach Mirans Männer vom Bollwerk und Sigurds *hirð* der Gesetzlosen. Schließlich Dragan und seine *húskarlar* und Bogdan und Ragnar mit ihren Freiwilligen. Ganz zuletzt rücken Halldors Reiter aus.

Man hört das leise Schlurfen und Scharren von hundert Füßen auf dem Weg nach Süden. Sonst nichts. Trotz der Verluste der letzten Wochen sind wir immer noch fast vierhundert kampferfahrene Krieger. Dazu die zweihundert wohlmeinenden, wenn auch ängstlichen Freiwilligen, denen die fünfzig *húskarlar* hoffentlich den Rücken stärken werden.

Jetzt, da es in den Kampf geht, ist sämtliche Unsicherheit von mir abgefallen und einer kalten Entschlossenheit gewichen. Ich habe mich für diesen Pfad entschieden. Nun gibt es kein Zurück mehr. Die Nornen werden bestimmen, wer leben und wer sterben soll. Einen Augenblick lang denke ich an meine Mutter

Åsta, die das Rabenbanner gewirkt hat, unter dem wir kämpfen. Dann beschäftige ich mich nur noch mit dem, was wir vorhaben.

Der Plan ist, uns in Stellung zu bringen, bevor Borislaw die Schlacht eröffnet. Niemand wird etwas von unserer Anwesenheit ahnen. Unser Haufen ist nicht groß, aber kampfstark. Wir sind geübt, aufeinander eingestellt, Befehle können schnell übertragen und ausgeführt werden. Mit etwas Glück werden wir unerwartet eingreifen können, wo immer es am dienlichsten ist, und so den Ausgang der Schlacht vielleicht sogar entscheidend mitbestimmen. Davon bin ich überzeugt. Dass viele von uns an diesem Morgen sterben könnten, auch ich selbst, den Gedanken verdränge ich. Das ist Schicksal und nicht zu ändern.

Zum Glück bläst wieder ein kräftiger Wind über die Steppe. Er trägt Gerüche des Lagers der Petschenegen zu uns herüber. Im Dunkel der Nacht sind schwache Lichtpunkte zu erkennen. Das sind ihre heruntergebrannten Wachfeuer. Am östlichen Horizont, auf der anderen Seite des Dnjeper, zeigt sich ein erster, schwacher Hauch von Grau. Doch hier, wo wir marschieren, ist es so dunkel, dass man gerade eben den Wegrand erkennen kann, viel mehr nicht.

Ab und zu hört man einen Speer gegen einen Schild klappern oder einen leisen Fluch, wenn einer über einen Stein stolpert. Vor uns schrecken Vögel aus einem Gebüsch auf. Ein Hund bellt in der Nacht. Hoffentlich sind die Wachen der Petschenegen nicht besonders aufmerksam. Aber da der Wind nun kräftiger aus Westen bläst, werden sie wenig hören können.

Vom Südtor aus sind wir ein Stück weit nach Süden marschiert, haben dann den Weg verlassen und halten jetzt im fast rechten Winkel auf den Lybid zu. Schließlich hält Snorri vorn an. Einer nach dem anderen bleiben die Männer stehen. Wir lauschen. Das Flüsschen kann man weder sehen noch hören. Und doch riecht es im Wind nach Wasser und matschigem Flussufer, dort, wo die Steppenpferde in den letzten Wochen ihren Durst gestillt und die lehmige Böschung zertrampelt haben.

Ein Schatten nähert sich entlang der Kolonne. »Etwa hundertfünfzig Schritt voraus ist der Lybid«, raunt Snorri mir zu. »Dahinter erstrecken sich die Pferdekoppeln. Bei diesem Wind werden sie uns nicht riechen, aber näher heran würde ich nicht gehen. Wir sollten uns hier aufstellen.«

Ich gebe den Befehl dazu, der von Mund zu Mund weitergegeben wird, und ordne meine *hirð* zu einer kurzen Schlachtreihe mit Ausrichtung nach Norden. Was nicht schwierig ist, denn wir stehen ja schon in Doppelreihe. Eine nach der anderen rücken die übrigen Kampfgruppen näher heran, bis sich eine lange, ungefähre Linie von fast vierhundert Schritt gebildet hat, die Freiwilligen ganz am rechten Flügel, wo ich am wenigsten Gefahr erwarte.

Hinter uns ist das leise Stampfen von Hufen zu vernehmen, wo Halldor sich befindet, um je nach Bedarf die Flügel zu schützen. Wir lassen uns am Boden nieder. Denn nun heißt es warten. Außerdem sind wir so im ersten Morgengrauen schwerer zu erkennen. Da wir zahlenmäßig weit unterlegen sind, gründet sich alles darauf, den Feind zu überraschen. Das gilt für mich genauso wie für Jarisleifs Fußtruppen, die hoffentlich zu dieser Stunde, im Wald versteckt, bereitstehen. Und darauf, dass Borislaw und seine Druschina uns nicht im Stich lassen.

Besonders lange müssen wir nicht ausharren. Kaum ist der Himmel im Osten grauer geworden, so dass der Horizont zu erkennen ist und auch die schwachen Umrisse der Palisade von Kiew und der Hagia Sophia auf ihrem Hügel, als Bjorn mich anstößt und nach Westen deutet. »Da tut sich was«, murmelt er.

Ich starre in die Dunkelheit. Dann sehe ich es auch. Winzige rote Lichtpunkte. Sie werden rasch zahlreicher. Bald haben sie sich zu einer dünnen, feurigen Linie vereint, die breiter wird und schließlich, vom Wind erfasst, an mehreren Stellen hell auflodert. Wir hören, wie die Pferde der Petschenegen, die auf der anderen Seite des Lybid grasen, unruhig werden und ängstlich wiehern. Im Wind lässt sich feiner Brandgeruch erahnen. Auch vom feindlichen Lager schallen die ersten aufgeregten Rufe herüber. Ihre Wachen haben also nicht geschlafen.

Angefacht vom Wind, breiten sich die Flammen aus und kriechen näher. Ein unruhiges Stampfen von Hufen ist zu hören. Die ersten Tiere der riesigen Herde scheinen sich vom Steppenbrand wegzubewegen. Ich stehe auf, um besser sehen zu können. Es dauert nicht lange, und das Feuer ist voll entfacht und frisst sich durch das trockene Gras in unsere Richtung. Gegen den Hintergrund der Lohe sind immer mehr Pferde zu erkennen, die vor dem Feuer weichen. Sie sind noch nicht in Panik, aber man hört sie ängstlich wiehern.

Vom Nordende der Flammen her machen sich jetzt Gejohle und Pfiffe bemerkbar. Das müssen Borislaws Reiter sein, die versuchen, die Herde nach Süden zu treiben. Und die erschrockenen Rufe aus dem Lager mehren sich. Auf einmal hallen Waffenlärm und Schreie herüber. Das müssen Jarisleifs Leute sein. Der Angriff der Fußtruppen hat begonnen.

Inzwischen ist der Brandgeruch stärker geworden. Über den zuckenden Flammen steigt grell angeleuchteter gelbroter Rauch in den Nachthimmel. Man hört es rauschen und knistern. Dazwischen das schrille Wiehern der verängstigten Pferde, die jetzt in alle Richtungen sprengen, nur weg von der brennenden Steppe. Im Licht des Feuers bewegen sich Tausende von Pferdeköpfen hin und her. Manche Tiere rennen nach Norden, wo sie von Borislaws Reitern zurückgetrieben werden, mengen sich wieder in den Strom der Masse, werden von den anderen mitgerissen und folgen blind den Leitstuten nach Süden, weg von den Reitern und dorthin, wo kein Feuer brennt. Nicht wenige drängen sich auch in unsere Richtung.

»Verdammt!«, flucht Thorkel, der neben mir aufgetaucht ist. »Daran hätten wir denken sollen. Wenn wir nichts unternehmen, rennen die Gäule uns über den Haufen.«

Ich sehe mich um, wo im Feuerschein Halldors Reiter zu erkennen sind. Ich winke ihm zu und deute auf den Lybid. Er versteht sofort und prescht mit seinen Männern vor, um eine Linie am Ufer zu bilden und die aufgeschreckten Pferde daran zu hindern, den Fluss zu überqueren.

Doch ein Teil der Herde erreicht noch vor ihnen den Lybid. Sie setzen über die Böschung und ins Flussbett, peitschen mit ihren Hufen Fontänen von Spritzwasser hoch, erreichen das andere Ufer. Mit Pfiffen, Armeschwenken und Rufen gelingt es Halldors Männern, die meisten von ihnen nach Süden abzudrängen. Doch nicht wenige brechen durch und kommen direkt auf uns zu, nur um im letzten Augenblick abzuschwenken und mit wild rollenden Augen und donnernden Hufen an uns vorbeizugaloppieren.

Der Waffenlärm im Lager der Petschenegen hat zugenommen. Das Gebrüll der Kämpfenden hallt herüber, das irre Kreischen von Frauen und Kindern in Todesangst. Feuer flackert an mehreren Stellen. Die ersten Zelte und Jurten gehen in Flammen auf. Ist es das Werk unserer Fußkämpfer? Der Lärm, der herüberschallt, klingt immer verzweifelter. Schwerter und Speerspitzen blitzen im Schein der Feuer auf.

Aber wer sie schwingt, ist nicht auszumachen. Zumindest glaube ich, runde Schilde zu erkennen. Das können nur Jarisleifs *væringjar* sein. Menschen rennen wild durcheinander. Männer brüllen Befehle, Verwundete schreien, und immer wieder das Kreischen von Frauen und Kindern. Gewinnen wir die Oberhand? Ich weiß es nicht. Aber es tobt ein gnadenloser Kampf, der auf nichts Rücksicht zu nehmen scheint.

»Hoffentlich erreicht uns das verdammte Feuer nicht«, raunt Thorkel.

Erschrocken blicke ich zu der nahenden Feuersbrunst hinüber. Und bekomme es prompt mit der Angst zu tun. Das Flüsschen ist nicht besonders breit. Funken könnten überspringen. Dann würden sich die Flammen auch auf unserer Seite rasch ausbreiten. Man erntet, was man sät. Und wir haben Feuer gesät. Werden wir schnell genug laufen und uns retten können?

Halldor und seine Reiter ziehen sich zurück, als die Flammen an einigen Stellen bereits das Flussufer erreichen. Der heiße Wind, der uns ins Gesicht bläst, fühlt sich an wie der glühende Hauch aus der Hölle. Mit den letzten Gäulen, die an der Böschung entlanggaloppieren, erreicht die Lohe nun auch auf unserer Höhe das Ufer.

Die Männer werden unruhig, blicken besorgt in meine Richtung. Ich weiß, ich sollte, verdammt nochmal, den Befehl zum Rückzug geben. Und doch zögere ich, kann mich noch nicht entschließen, vor den Flammen davonzulaufen.

»Standfest, Männer!«, rufe ich.

Die Feuersbrunst flackert wild auf, erfasst Büsche und lässt sie im Nu in Flammen aufgehen. Funken fliegen im Wind und landen auf unserer Seite. Doch noch reicht der Funkenflug nicht aus, um das Gras zu entzünden. Es züngelt an einigen Stellen, aber die Flammen springen noch nicht wirklich über.

Und dann, entlang der gegenüberliegenden Uferböschungen, beginnt dem Feuer die Nahrung auszugehen. Es brennt herunter, verglüht, erfasst noch einmal hell auflodernd das Uferschilf und geht schließlich an vielen Stellen zischend aus. Ein paar Büsche brennen noch, aber die Gefahr ist gebannt. Was bleibt, ist der beißende Rauch, den der Wind herübertreibt und der die Augen tränen lässt.

Man hört, wie die Männer neben mir erleichtert aufatmen. »Dachte schon, wir werden lebend geröstet«, knurrt einer.

»*Væringjar* am Spieß«, spottet ein anderer.

»Du wärst jedenfalls ungenießbar, geröstet oder roh.«

Leises Gelächter.

Auch ich bin erleichtert. Doch nun droht neue Gefahr. Es ist inzwischen heller geworden, und wir können im frühen Morgengrauen Borislaws Reiter ausmachen, die auf der Westseite des Lagers angreifen. Im Nahkampf können die Petschenegen nur teilweise ihre Bögen gebrauchen. Von zwei Seiten bedrängt, weichen sie langsam zurück. Wir beobachten, wie Frauen und Kinder, sogar ihre Lagerhunde sich in unsere Richtung bewegen, um aus der Kampfzone zu kommen. Auch Krieger ziehen sich Stück für Stück zurück und folgen ihnen. Doch sie sind noch keineswegs geschlagen, auch wenn *væringjar* eilig nachsetzen und Borislaws Reiter ihre Schwerter tanzen lassen. Es sieht mir eher nach einem geordneten Rückzug der Petschenegen aus. Kämpfend verlassen sie ihr Lager. Zum Glück ohne Pferde.

Allerdings nicht ganz. Denn jetzt löst sich doch ein ganzer Haufen Berittener aus dem Kampfgewühl. Sie müssen ihre Pferde näher am Lager gehalten haben. Sie schießen ihre Bögen auf Borislaws Reiter und auf die *væringjar* ab. Einige Krieger der Druschina stürzen aus den Sätteln, doch nicht allzu viele. Dann reiten sie einen tapferen Gegenangriff und treiben einen Keil in die Masse der Petschenegen, die zu Fuß unterwegs sind. Frauen und Kinder laufen jetzt in Panik davon, während ihre Männer sich der Druschina und Jarisleifs Fußtruppen entgegenstellen, um sie aufzuhalten.

Die berittenen Petschenegen müssen den Kampf aufgegeben haben, denn sie reißen ihre Gäule herum und galoppieren in unsere Richtung. Bei dem noch schlechten Licht ist es nicht so leicht abzuschätzen, wie viele es sind. Hundert, hundertfünfzig oder mehr? Jedenfalls völlig ungeordnet kommen sie daher. Sieht wie eine Flucht aus. Oder ist es nur eine ihrer üblichen Finten?

Das Westufer des Lybid vermeiden sie, da dort an vielen Stellen noch Feuer lodern. Stattdessen überqueren sie den Fluss und kommen im Galopp auf uns zu. Noch haben sie uns im grauen Dämmerlicht der frühen Stunde nicht bemerkt, denn wir hocken im Gras. Und der Rauch, der über den Lybid weht, macht es schwer, uns zu sehen.

Endlich ist unser Augenblick gekommen. Aber ich warte noch, lasse sie näher herankommen, näher, noch näher …

Dann brülle ich, so laut ich kann: »Schildwand! Schildwand! Auf die Füße, Männer! Schildwand! Schildwand!«

Wie ein Mann springen die Kameraden auf und formen unsere Kampffreihe. Und wie zu erwarten, stemmen die ersten Gäule erschrocken die Hufe in die Erde, als fünfzig Schritt vor ihnen plötzlich eine breite Barriere aus Schilden aus dem Gras wächst, hinter denen Männer in Ringpanzern und eisernen Helmen stehen und ihnen Speere entgegenrecken.

Pferde würden nie gegen eine gut aufgestellte Schildwand anrennen, die ihnen wie eine Mauer aus Holz und Stahl vorkommt. Die Tiere scheuen und steigen hoch, Reiter stürzen. Für die Nachfolgenden kommt der plötzliche Halt noch unerwarteter, und sie prallen ungebremst auf die vor ihnen. Noch mehr Männer fallen ins Gras und geraten unter die Hufe der panischen Gäule.

»Im Laufschritt vorwärts!«, brülle ich, denn ich will das Chaos nutzen und sie überrumpeln, bevor sie die Richtung ändern und fliehen können. »Keine Lücken! Haltet die Schilde zusammen!«

Es ist gewagt und nicht leicht, gegen den Feind anzurennen, ohne klaffende Lücken in der Schildwand entstehen zu lassen. Doch solche Dinge haben wir oft genug geübt.

Das chaotische Knäuel der Reiter wird größer, da immer mehr von ihnen herangestürmt kommen. Nachzügler, die noch nicht begriffen haben, was weiter vorn geschieht, und die vorderen daran hindern, uns auszuweichen oder zu fliehen. Es wird viel geschrien und gebrüllt, Hufe stampfen, Pferde wiehern. Wir sind dicht dran, als die ersten Pfeile fliegen. Einem Kameraden neben mir fährt ein Pfeil in den Hals. Auch an anderen Stellen gehen Männer zu Boden, fallen verwundet zurück.

»Bloð-hrafn!«, rufe ich, so laut ich kann. »Macht sie fertig, Männer! Tötet sie! Keine Überlebenden!«

»Bloð-hrafn!«, hallt es wie ein Echo entlang der Schlachtreihe.

Unser Gebrüll erschreckt die Pferde nur noch mehr. Pfeile kommen geflogen, doch weniger als befürchtet. Die Reiter haben mehr mit ihren bockenden Gäulen zu kämpfen, als ihre Bögen zu benutzen. Die vordersten versuchen zurückzuweichen, werden aber von denen dahinter gehindert. Nur noch wenige Schritte trennen uns von ihnen.

»Für Aila!«, brüllt Bjorn und schwenkt das Rabenbanner.

Alle anderen nehmen den Ruf auf, und mit Ailas Namen auf den Lippen stürzen wir uns auf die Petschenegen. Bevor wir auf die Reiter prallen, merke ich noch, wie Dragan, gefolgt von den Freiwilligen, dabei ist, auf die linke Flanke des Feindes vorzurücken.

Die Schildwand löst sich auf. Jeder wirft sich auf den nächsten Gegner. Ich ramme den Speer in den Unterleib eines Reiters, der gellend aufschreit und seine Hände um den Schaft krallt. Sein Gaul bockt und wirft ihn ab, reißt zwei meiner Kameraden um, bevor er davongaloppiert. Links von mir stürzt ein Reiter blutend ins Gras und kommt unter die Hufe der anderen Pferde, die durch unseren Ansturm vollends in Panik geraten sind. Sie verkeilen sich untereinander und können nicht fliehen.

Unsere Männer wüten mit Axt und Speer, schlitzen Pferdebäuche auf, stechen Speere in Pferdehälse, reißen Reiter von den Gäulen und schlagen ihnen den Schädel ein. Äxte heben und senken sich, rot spritzt es von den Klingen. Ich schleudere meinen Speer in die Brust eines Reiters und kämpfe mit *Gunnlogi* in der Faust weiter, hacke in ein schreiendes Gesicht.

Ein Kamerad neben mir bekommt einen Pferdehuf ins Gesicht. Ein anderer schreit vor Schmerz und bricht mit einem Säbel in der Schulter in die Knie. Bjorn wütet mit der Axt, lässt Petschenegen-Blut fließen und hält doch mit der Schildhand das Rabenbanner hoch, für alle sichtbar.

In der Schlacht herrschen Lärm und Chaos. Staub wirbelt hoch, Blut spritzt, Hufe treten auf Leiber am Boden. Man sieht kaum mehr als den nächsten Gegner, spürt den Kameraden neben sich eher, als dass man ihn wahrnimmt, weiß nur, dass er einem die rechte Seite schützt, wie man es auch für den linken Nachbarn tut. Schild hoch, Hieb und Stich, töten und sich wehren, nichts anderes gilt in diesen Augenblicken. Und doch nehme ich vage wahr, dass Halldor und seine Männer die rechte Flanke der Petschenegen angreifen und viele von ihnen aus dem Sattel holen.

Im Nahkampf können die Petschenegen ihre Bögen nicht nutzen.

Schild und Panzerung geben uns den Vorteil. Das Knäuel der feindlichen Reiter löst sich auf. Immer mehr weichen zurück und ergreifen die Flucht. Unsere Schlachtreihe können sie nicht überwinden, und Halldor hindert sie daran, über den Lybid zu setzen. Also wenden sie sich nach Osten, wo sich in loser Ordnung die zwei Hundertschaften der Freiwilligen genähert haben.

Doch die verlieren den Mut, als sie die Petschenegen auf sich zustürmen sehen, und ergreifen die Flucht. Nur Dragan und seine *húskarlar* halten stand. Aber sie bilden keine Schildwand und sind überhaupt zu wenige. Sie werden gnadenlos niedergeritten und fallen den langen Säbeln zum Opfer. Im Nu ist die Masse der Reiter durchgebrochen und stürmt in wildem Galopp nach Süden. Reiterlose Pferde folgen.

Wir halten inne und schöpfen Atem. Vor uns verwundete Gäule, die ihr Herzblut ins Gras verströmen. Noch mehr erschlagene Petschenegen, stöhnende Verwundete, Hände, die sich hochrecken und um Gnade flehen. Doch nach Gnade steht uns nicht der Sinn. Meine Männer gehen umher und vollenden ihr blutiges Werk unter denen, die noch leben. Leider haben auch wir Kameraden verloren. Und von Dragans Männern stehen nur noch wenige.

Es ist heller geworden, der Himmel hat aufgeklart. Halldor ruft mir eine Warnung zu und deutet nach Norden, von wo aus sich eine gewaltige Menschenmasse nähert. Es ist also noch nicht vorüber. Und in diesem Augenblick bricht die Sonne über den östlichen Horizont und wirft Licht und lange Schatten über die Landschaft. Die Einzelheiten der Menge, die auf uns zukommt, sind besser zu erkennen.

Ganz vorn scheinen hauptsächlich Frauen zu sein, die ihre Kinder hinter sich herzerren. Sie müssen alles zurückgelassen haben und fliehen, um ihr Leben zu retten. Aber sie sind noch nicht geschlagen, ziehen sich in guter Ordnung zurück, geschützt von einem breiten Schirm von Kriegern, die sich gegen Jarisleifs Männer und Borislaws Reiter verteidigen. Die Petschenegen haben Verluste erlitten und ihre Pferde verloren, aber noch nicht ihre Kampfkraft.

Und selbst die Pferde können sie wieder einfangen, sollte es ihnen gelingen, die weite Steppe hinter uns zu erreichen. Nur meine Männer und ich stehen ihnen im Weg. Wie ich es erwartet hatte.

※　※　※

»Die werden uns gnadenlos niederrennen«, sagt Thorkel und wischt sich mit dem Ärmel Schweiß und Blut aus dem Gesicht.

Ich schüttele grimmig den Kopf. »Wir müssen sie aufhalten, bis Borislaw sein Werk vollenden kann.«

Thjodolf seufzt und hebt seinen Schild. »Also dann, Jungs. Was sein muss, muss sein. Wenigstens werden sie später Lieder über unseren Heldenmut singen können.«

»Nur Mut, Thjodolf«, knurrt Bjorn. »Du wirst es überleben. Schließlich brauchen wir immer noch einen wie dich zum Liederdichten.«

»Eher in *Valhöll,* Bruder.«

Bjorn nickt. »In Oðins Halle sehen wir uns wieder.«

Während wir noch auf die riesige Menge starren, die auf uns zukommt, bewegt sich etwas unter den Toten, die um uns herum liegen. Da ist doch tatsächlich einer, der sein Bein unter einem toten Gaul hervorzieht und auf die Füße kommt. Der Kerl hat seinen Helm verloren, ist blutbesudelt, scheint selbst aber nicht ernsthaft verletzt zu sein, so unbeschwert, wie er sich bewegt. In der Faust hält er seinen Reitersäbel, auch der blutverschmiert. Als er mir einen Blick zuwirft, erkenne ich ihn. Khan Badur!

»Arrald!«, stößt er hervor. Auch er hat mich erkannt.

Thorkel hebt seine Axt und will sich auf ihn stürzen. Aber ich halte ihn zurück. »Der Kerl gehört mir!«

Badur blickt wild um sich. Er sieht, dass seine Stammesbrüder nicht mehr weit sind, und unternimmt einen verzweifelten

Versuch, sie zu erreichen. Mit dem Säbel in der Hand rennt er los. Und er ist schnell, das muss man ihm lassen. Ohne nachzudenken, reiße ich mir den Schildriemen von der Schulter und setze ihm nach. Der Bastard soll mir nicht entkommen.

Ich bin größer und habe längere Beine. Langsam, langsam hole ich auf. Bald habe ich ihn. Und er weiß es, denn ab und zu wirft er einen gehetzten Blick über die Schulter. Doch die Petschenegen sind bedrohlich näher gekommen. Sie ahnen, wer da vor mir flieht. Auf einmal laufen nicht nur Frauen in vorderster Reihe, sondern Hunderte von Kriegern. Sie rennen uns entgegen, um ihren Khan zu retten.

Mein Atem geht keuchend, das Blut rauscht in meinen Ohren, Schweiß rinnt mir in die Augen und lässt sie tränen. Im Grunde ist es Irrsinn, den Kerl zu verfolgen. Wir werden beide sterben, so viel ist sicher. Ich töte den Bastard, und dann werden seine Leute mich in Stücke hacken. Aber es ist mir gleich. Wir sind ohnehin alle dem Tod geweiht. Vor dieser Heerschar können wir nicht bestehen. Und ich habe Aila versprochen, sie zu rächen. Denn dieser gnadenlose Hundesohn ist für Ailas Tod verantwortlich. Womöglich hat er sie als Erster geschändet. Ich versuche, schneller zu laufen, hab ihn fast erreicht, doch dann strauchele ich und falle fünf Schritte zurück.

In Verzweiflung schleudere ich *Gunnlogi* und treffe Badur zwischen den Schulterblättern. Leider nur mit dem Knauf. Doch die Wucht der schweren Waffe reicht aus, ihn stolpern und auf die Knie fallen zu lassen.

Ich bin schon heran, da hat er sich wieder gefangen. Noch halb auf Knien, dreht er sich und schwingt den Arm mit dem Säbel. Die lange Klinge hätte mir den Leib aufgeschlitzt, wenn nicht mein Ringpanzer dazwischen gewesen wäre. Aber es ist ein Hieb, der mir fast die Luft nimmt und ihn selbst aus dem Gleichgewicht bringt.

Der Schwung meines Laufs trägt mich einen Schritt an ihm vorbei. Irgendwie bekomme ich ihn von hinten an den Haaren zu packen. Ich stemme ihm das Knie in den Rücken, zerre seinen Kopf brutal zurück und reiße mit der Rechten *Leggbitr* aus der Scheide. Er schreit laut auf und versucht, meinem Griff zu entkommen. Doch ich halte eisern fest. Dann, ohne zu zögern, ziehe ich die scharfe Klinge mit voller Kraft durch Halsmuskeln, Adern und Knorpel.

Der Säbel gleitet ihm aus der Hand, und mit einem schrecklichen Röcheln krallt er die Hände in die Kehle, als könnte er den Blutschwall aufhalten, der aus der schrecklichen Wunde pumpt. Ich lasse los, und er bricht vollends in die Knie.

»Das ist für Aila, du Hurensohn«, keuche ich außer Atem und stoße ihn mit einem Tritt ins Gras. Er krümmt sich zusammen wie ein Kind. Ich höre noch seine letzten Atemzüge durch die durchtrennte Luftröhre blubbern, dann bewegt er sich nicht mehr.

Ich richte mich auf und hole tief Luft. Von der Klinge des langen Messers tropft Blut ins Gras. Die Petschenegen rennen auf mich zu. Es ist zu spät, um ihnen zu entkommen. Sie werden mich umbringen. Aber sollen sie doch. Aila ist gerächt, wie ich es geschworen habe. Der Patriarch hat gesagt, wir sehen uns im Christenhimmel wieder. An der Seite seines Gottes. Oder vielleicht in Freyas sanften Armen und inmitten ihrer blumenübersäten Wiesen.

Ich bücke mich, packe den Leichnam beim Schopf und säge endgültig durch Sehnen und Wirbel. Dann richte ich mich zu voller Größe auf und halte mit einem tierischen Schrei des Triumphs den verdammten Petschenegen das bluttriefende Haupt ihres Anführers entgegen.

»Hier ist er, euer verdammter Khan«, brülle ich. »Kommt und holt ihn euch!«

Die ersten der Petschenegen sind schon ganz nah. Jetzt werden sie über mich herfallen, denke ich. Doch sie zögern, bleiben stehen, starren mich entsetzt an, als ihnen bewusst wird, was mit ihrem Khan geschehen ist. Ich muss einen entsetzlichen Anblick bieten, vom Kampf besudelt, mit dem bluttriefenden Haupt in der Faust und dem kopflosen Leichnam im Gras.

Eine plötzliche Stille hat sich über das Schlachtfeld gelegt. Eine einzelne Frauenstimme stimmt ein kehliges Wehklagen an, begleitet von einem verunsicherten Raunen, das durch ihre Reihen geht. Hinter mir Hufschläge. Es sind Halldors Reiter, die gekommen sind, um mich zu holen.

Ich halte ihm den Kopf hin. »Da! Steck das Ding auf deinen Speer.«

Meinen Sax wische ich an Baldurs Kleidung sauber, hebe mein Schwert vom Boden auf und marschiere langsam zurück zu den Kameraden, die mich jubelnd empfangen.

Der Tod ihres Khans hat den Petschenegen jeden Mut zum Widerstand geraubt. Sie machen keinen Versuch, gegen uns anzurennen. Als Jarisleifs Fußkrieger aufholen und ihnen erneut in den Rücken fallen, nehmen sie die Beine in die Hand, überqueren den flachen Lybid und fliehen in Scharen nach Süden.

Schon während des Überraschungsangriffs auf ihr Lager haben Jarisleifs Söldner viele von ihnen töten können. Jetzt verfolgen seine Reiter sie noch lange und richten ein fürchterliches Blutbad unter ihnen an. Von der riesigen Heerschar der Petschenegen bleibt kaum mehr als ein Viertel übrig. Und diesen Überlebenden, meist Frauen und Kinder, ist ein Leben in der Sklaverei bestimmt. Kiew aber ist gerettet.

* * *

Nach der Schlacht herrscht ein großes Durcheinander. Während Reiter der Druschina die Fliehenden verfolgen und niedermachen, sind Fußtruppen dabei, das Lager der Petschenegen zu plündern und Frauen und Kinder, denen es nicht gelungen ist, zu fliehen, zusammenzutreiben. Ebenso die Verwundeten, die sich noch auf den Beinen halten können.

Wir sehen nach unseren eigenen Verletzten. Der junge Dragan ist tot, was mir besonders leidtut. Auch viele seiner *húskarlar* haben ihr Leben gelassen. Ragnar humpelt und flucht schrecklich. Ein Pferd ist ihm auf den Fuß getreten. Und Bogdan hat einen Pfeil in der Schulter stecken. Tote und Schwerverletzte werden auf Schilde gelegt, um sie in die Stadt zu tragen.

Während meine Männer die erschlagenen Petschenegen um uns herum nach Wertvollem durchsuchen, sehe ich mich nach Sigurd und seinen Männern um, die ich seit der Schlacht aus den Augen verloren habe. Doch bevor ich mir darüber Gedanken machen kann, taucht der Großfürst auf einem prächtigen Wallach auf und steigt aus dem Sattel.

»Harald!«, ruft er und lacht übers ganze Gesicht. »Wie froh ich bin, dich zu sehen.« Zu meiner Überraschung umarmt er mich überschwenglich, etwas, das er noch nie getan hat. »Wir haben gesiegt. Und du, mein Junge, hast meine Stadt gerettet. Ohne dich wäre es anders ausgegangen.« Er legt mir seinen Arm um die Schultern und lässt den Blick über das Schlachtfeld wandern. »Großartige Idee, das mit dem Feuer.« Er lächelt mich an. »Und wo ist Ilya, mein Sohn?«

»In der Stadt, denke ich.«

»Bei den Männern auf den Wehrgängen, nehme ich an.«

»Ganz recht.« Nicht nötig, ihm zu sagen, dass sein Sohn sich in keinster Weise an den Kämpfen beteiligt hat. Dass er alles andere als ein leuchtendes Beispiel für unsere Krieger gewesen ist.

Aber vielleicht hat Jarisleif etwas an meinem Ton bemerkt. Er runzelt die Stirn und wirft mir einen misstrauischen Blick zu. »Was ja eigentlich deine Aufgabe gewesen wäre. Borislaw sagt, sein Befehl sei eindeutig gewesen.«

»Ich weiß.«

»Was hattest du also hier draußen zu suchen?« Er mustert mich streng. Doch in Wirklichkeit scheint er nicht unbedingt auf eine Antwort zu warten, denn gleich darauf blitzt es schalkhaft in seinen Augen, und er grinst. »Nun, ich frage besser nicht, denn ohne deinen verdammten Eigensinn wäre uns der Khan wohl entwischt und unser Sieg nur ein halber gewesen. Wenn überhaupt einer. Ich muss mich also bei dir bedanken.«

Wir ziehen in die Stadt, wo die Menschen uns bejubeln und Frauen sich den Männern an den Hals werfen. Die Entbehrungen der letzten Wochen sind vorüber, die Erleichterung ist gewaltig. Und die Menschen erschauern und bekreuzigen sich vor dem blutigen Haupt des Khans, das Halldor, hoch zu Ross, auf seiner Lanze durch die Gassen trägt. Der abgeschnittene Kopf des Mannes, der so viel Leid über die Stadt gebracht hat.

Der Patriarch Johannes begrüßt und umarmt den Großfürsten und segnet ihn als Retter von Kiew. Als Nächster ist Prinz Ilya an der Reihe. Er küsst seinen Vater auf die Wangen. In diesem Trubel achtet niemand auf mich. Das ist mir nur recht, denn ich bin hundemüde. Es ist, als hätten mich mit einem Schlag die schlaflosen Nächte und die Anspannung der letzten Wochen eingeholt und schier überwältigt. Ich kann mich kaum noch auf den Beinen halten und nutze die Gelegenheit, mich unbemerkt davonzustehlen.

Auf dem Weg zu meinem Haus tritt mir ein Mann entgegen. Ein Fischer, nach seinem Aussehen zu urteilen. »Einen freundlichen Gruß von Sigurd Erlingsson«, sagt er zu meinem Erstaunen.

»Er schickt mir einen Gruß? Wo ist er?«

»Er sagt, er dankt Euch für Euer Vertrauen. Aber mit Großfürst Jarisleif in der Nähe sei es für ihn und seine Männer hier
ungesund geworden.«

»Was soll das heißen?«

»Sie sind fort. Mit dem Schiff.«

»Mit welchem Schiff?« Doch dann verstehe ich. »Meinst du
die *Fálki*?«

Der Mann nickt. »Er sagt, da es ja eigentlich sein Schiff sei,
würdet Ihr es sicher nicht vermissen. Er bedankt sich, dass Ihr
es so gut instand gehalten habt.« Jetzt lacht der Kerl auch noch.
Ich weiß nicht, ob über Sigurds Spott oder über meinen dummen Gesichtsausdruck.

»Hol mich der Teufel!«, rufe ich. »Dieser verdammte Bastard! Immer für eine Überraschung gut.«

Ich gebe dem Mann ein Silberstück für das Überbringen der
Botschaft. Sigurds Flucht auf der *Fálki*, wenn man es Flucht
nennen kann, war sicher seit langem geplant. Mit seinem guten
Benehmen hat er mich getäuscht und auf den rechten Augenblick gewartet, sich das Schiff zu schnappen und zu verschwinden.

»Da ist noch was, Herr.«

»Was denn noch?«

»Er sagt, ich soll Euch daran erinnern, dass ab jetzt wieder
Feindschaft zwischen euch herrscht.«

Nun muss ich doch lachen. Sigurd Erlingsson, mein ewiger
Gegenspieler, wie es scheint. Er ist ein Schatten aus meiner Vergangenheit, den ich nicht loswerden kann. Aber immerhin hat
er geholfen, Kiew zu verteidigen. Das muss ich ihm zugutehal-
ten.

Enni ist überglücklich, als sie mich sieht. Ich lege die blutver-
schmierte Rüstung ab und wasche mich. Dann schicke ich sie

los, um irgendetwas zu essen aufzutreiben. Vielleicht im Lager der Petschenegen. Die scheinen alles im Überfluss gehabt zu haben. Nach einer Weile kommt sie zurück mit Speck und etwas Getreide, das sie zu Mehl zerreibt. Jarisleifs Söldner haben es ihr für mich gegeben, sogar noch einen Schlauch Wein.

Nach dem Essen lege ich mich in der Kammer aufs Bett und versuche zu schlafen. Aber es gelingt mir nicht, trotz meiner Müdigkeit. Ich bin noch zu aufgeregt, die Bilder der Schlacht sind noch zu lebendig in meinem Kopf. Ich hätte jubeln sollen, dass wir gesiegt haben, dass ich Aila gerächt habe. Aber da ist kein Jubel in mir. Wenn überhaupt, dann nur eine grimmige Befriedigung, die schnell vergeht und nichts als Leere und Niedergeschlagenheit hinterlässt. Während der Belagerung hatte ich wenigstens eine Aufgabe. Jetzt ist nichts mehr davon übrig. Nur noch diese Leere. Vor mir ein Leben ohne Aila. Ohne Sinn und Richtung. So will es mir scheinen.

In den nächsten Tagen wird die Stadt wieder mit allem versorgt, was die Bauern aus der Gegend aufzubieten haben. Kaum sind die Toten begraben, da wird Bier gebraut, werden Reden gehalten, es wird getanzt und gefeiert und gesoffen, was das Zeug hält. Ich weiß nicht, woher plötzlich fassweise Wein aufgetaucht ist. Aber die Leute trinken sich halb bewusstlos nach all der Anspannung und dem glücklichen Ende der Belagerung. Mit den vielen Kriegern in der Stadt haben die Huren mehr Andrang, als sie abarbeiten können. Eine vorübergehende Sittenlosigkeit ist ausgebrochen, an der sich angeblich auch brave Bürger und Bürgerinnen beteiligen. Als wollten die Menschen nun maßlos das Leben feiern, nachdem sie dem Tod so knapp entkommen sind.

Auch ich betrinke mich. Aber nicht in fröhlicher Gesellschaft, sondern allein in meiner Kammer. Enni schickt die Freunde weg, die mich aufsuchen. Und sie versorgt mich. Das

Essen lasse ich stehen, bin aber nie ohne einen Becher Wein in der Hand. Und meistens stark benebelt. So sehr, dass Enni anfängt, sich Sorgen zu machen. Ich sehe es in ihren Augen. Aber der Wein ist das Einzige, das meine Albträume vorübergehend verbannt.

Nach Tagen, in denen ich trunken vor mich hin gedämmert habe, erscheint ein Bote mit dem Befehl, mich im Palast einzufinden. Der Großfürst wünscht mich zu sprechen. Ich raffe mich widerstrebend auf und wasche mir den tagealten Schweiß vom Leib. Enni schneidet mir die Haare, stutzt meinen Bart und gibt mir einen sauberen *kyrtill*. Halb verkatert mache ich mich auf den Weg.

Der Großfürst empfängt mich allein. »Seit der Schlacht haben wir dich nicht mehr gesehen«, sagt er. »Du hast dich auch nicht an den Festen beteiligt. Was ist los, mein Junge?«

»Mir war nicht nach Feiern zumute.«

Er mustert mich mit einem durchdringenden Blick. Ich denke, er ahnt, wie es um mich bestellt ist, aber er spricht es nicht aus, obwohl der Patriarch ihm von Ailas Tod berichtet haben muss. Umso seltsamer, was nun folgt: »Ich soll dir Grüße von meiner Tochter Elisif bestellen.«

»Elisif?«, frage ich verwundert.

»Ich weiß nicht, was in das Mädel gefahren ist, aber sie ist verrückt nach dir.«

»Das tut mir leid. Ich habe sie nicht darin ermutigt.«

»Das weiß ich.« Er schüttelt den Kopf und seufzt, als sei der Umgang mit Töchtern schwieriger, als einen Sack Flöhe zu hüten. »Und was hast du jetzt vor?«

Die Frage erstaunt mich. »Darüber habe ich noch nicht nachgedacht.«

»Ja, du warst ja auch damit beschäftigt, dich täglich zu besaufen, wie ich gehört habe.« Er sieht mich streng an. »Nichts im

Leben, auch keine Frau, ist es wert, dass man sich so gehenlässt, mein Sohn. Besonders nicht, wenn man Harald Sigurdsson heißt.«

»Was hat mein Name damit zu tun?«

»Du bist ein Anführer und ein Königssohn.«

»Nur der eines bedeutungslosen Kleinkönigs von Hringaríke.«

»Und der Bruder eines Königs.«

Ich lache geringschätzig. »Du meinst, eines toten Königs.«

»Warum gehst du nicht nach Norðvegr und hilfst deinem Neffen, das Land zu beherrschen? Er könnte deine Hilfe gebrauchen.«

»Dort bin ich nicht willkommen.«

»Oder zurück nach Holmgarð.«

»Was soll ich da?«

Er schweigt einen Augenblick und sieht mich an. »Elisif würde sich freuen«, sagt er schließlich.

Schon wieder Elisif. Was für ein seltsames Gespräch. Hat er mich nicht hergeschickt, um Kiew und Umgebung zu sichern? Was soll ich dann in Holmgarð? Oder versucht er, mich mit seiner Tochter zu verkuppeln? Aber wozu? Ich habe nicht vor, mich an irgendeine Frau zu ketten. Jedenfalls nicht in der nächsten Zeit. Wenn mir nach einem Weib sein sollte, dann gibt es dafür genug Dirnen in der Stadt. Aber auch danach steht mir im Augenblick nicht der Sinn. Und Elisif? Sie ist hübsch, aber viel zu jung. Nicht mehr als ein Küken.

»Die Prinzessin ist sehr schön«, erwidere ich vorsichtig. »Und ich fühle mich geehrt, dass sie meine Gesellschaft schätzt. Bitte richte ihr das aus, wenn du nach Holmgarð zurückkehrst.«

Jarisleif seufzt noch einmal. Er sieht plötzlich verlegen aus. »Hör zu, Harald. Johannes hat mir alles berichtet, was sich zugetragen hat. Ich bin dir zweifellos zu Dank verpflichtet.

Und das Ganze ist mir unangenehm … aber du kannst nicht in Kiew bleiben.«

»Warum nicht?«

»Die ganze Stadt weiß von deinem Streit mit meinem Sohn. Du hast seine Befehle verweigert und ihm gedroht, deine Männer abzuziehen, wenn er nicht den Sold nachzahlt. Dann hast du seinen und auch Borislaws Befehl, die Stadt zu sichern, in den Wind geschlagen und bist völlig eigenmächtig mit deinen Männern vor die Stadt gezogen. Ein großes Wagnis.«

»Es war zum Besten …«

»Ich weiß«, unterbricht er mich. »Im Nachhinein hat es sich als richtig erwiesen. Aber es hätte auch anders ausgehen können. Und meinen Sohn hast du damit bloßgestellt.«

Darum geht es also. Um Ilyas Ehre. »Es tut mir leid«, sage ich.

Er erlaubt sich ein kleines, wenn auch spöttisches Lächeln. »Nein, tut es nicht. Aber ich kann nicht die Autorität meines Sohnes untergraben. Er soll an meiner statt hier herrschen. Er hat noch einiges zu lernen, aber ich muss ihm schließlich auch die Gelegenheit dazu geben. Ich hoffe, du verstehst das. Und dann noch die Geschichte mit diesem Sigurd Erlingsson. Du hast einen Dieb und Gesetzlosen in die Stadt gebracht, einen Mann, der aufgeknüpft gehört. Die Bojaren verlangen dafür dein Blut.«

Ich sehe ihn an und schweige.

»Ich werde hier andere Truppen einquartieren«, sagt er. »Und du solltest mit mir zurück nach Holmgarð kommen.«

Zurück nach Holmgarð? Und dort das Gleiche tun, das ich schon fünf Jahre lang getan habe? »Du meinst, Tribute einsammeln so wie immer und vielleicht ein paar Gegenden befrieden?«

Er sieht, dass ich nicht begeistert bin. »Vielleicht wirst du eines Tages König von Norðvegr. Ich weiß, Magnus ist jung und könnte noch sehr lange leben. Vielleicht aber auch nicht.«

Er hat plötzlich diesen listigen Ausdruck in den Augen. »Wenn du meine Tochter heiratest, würde ich dich unterstützen. So wie Olaf damals.«

Mir stockt der Atem. Was, zum Teufel, meinte er damit? Soll ich mich gegen Magnus erheben? Auf keinen Fall! Ich habe Olaf geschworen, ihn zu beschützen. Aber vielleicht meint Jarisleif etwas anderes. Er sucht seit langem die Verbindung mit Norðvegr. Und da Elisif keinen Gefallen an meinem Neffen findet, warum sie nicht mit dem Onkel verkuppeln? Familie ist Familie.

Der Großfürst sieht mich erwartungsvoll an. Er will eine Antwort. Ich denke angestrengt nach. Soll ich wirklich seine Tochter heiraten? Das ist ein Angebot, das ich nicht leichtfertig ausschlagen darf, wenn ich mir seine Freundschaft erhalten will. Und doch habe ich keine Lust, mich von ihm abhängig zu machen. Gibt es noch einen anderen Weg?

»Ich danke dir. Dein Angebot ehrt mich«, sage ich nach längerer Überlegung. »Und dass du meine Heimkehr nach Norðvegr unterstützen willst und vielleicht sogar meinen Anspruch auf den Thron, sollte es sich ergeben, dafür bin dir sehr dankbar.«

»Aber …?«, fragt er.

»Wenn es für unsere Familien von Vorteil ist und wenn Elisif dazu bereit ist, werde ich sie mit Freuden heiraten. Das darfst du ihr ausrichten. Aber für eine Vermählung ist es noch zu früh. Ich habe gerade mein Weib verloren. Es schmerzt noch zu sehr. Und für eine Heimkehr nach Norðvegr, um dort selbst einmal zu herrschen, wenn die Götter es so fügen, dafür bräuchte ich Truhen voll Silber. Schließlich will ich nicht als Bettler heimkehren. Du bezahlst mich gut, aber es ist nicht genug.«

»Sag mir, was du brauchst …«, beginnt er.

Ich unterbreche ihn sofort. »Nein, ich muss es mir selbst verdienen. Das bin ich mir und meiner Ehre schuldig.«

»Was hast du vor?«

Der Gedanke ist mir gerade erst gekommen, erscheint mir aber als der einzige vernünftige Weg. Ich muss weg von Kiew, weg von den Erinnerungen an Ailas Tod. Und vor allem nicht zurück in die Vergangenheit. Auch nicht nach Holmgarð.

»Ich werde nach Miðgarð gehen«, sage ich, »und für den Kaiser der Griechen kämpfen. Es heißt, sie bezahlen nicht nur fürstlich, sondern die Möglichkeiten, reiche Beute zu machen, sind nirgendwo besser.«

Noch am Morgen hatte ich keine Ahnung, wie es mit meinem Leben weitergehen soll. Jetzt ist mit einem Mal alles klar. Ja, ich werde nach Miðgarð gehen und mich um Aufnahme in die berühmte Schutztruppe des Kaisers bewerben. Ich bringe ihnen eine gut eingespielte, kampferfahrene Mannschaft. Dass meine Leute mitkommen, daran hege ich keinen Zweifel. Wir werden gegen des Kaisers Feinde kämpfen und Reichtümer sammeln. Die Länder des Südens sind unglaublich wohlhabend, wie ich gehört habe. Persien, Arabien und Palästina, Samarkand und die Orte an der Seidenstraße. Überall gibt es reiche Handelsstädte. Gold und Silber im Überfluss. Aber auch Aufstände und Kriege. Kann es Besseres für einen Söldnerführer und seine Truppe geben?

Jarisleif sieht mich erstaunt an. »Als *væringi* bei den Griechen? Ich weiß, es wird viel erzählt, aber ob das alles stimmt, weiß der Teufel. Doch vielleicht hast du recht. Für einen wie dich gibt es dort mehr zu holen, als Pelze bei den Tschuden einzusammeln.« Er schüttelt den Kopf. »Elisif wird mich umbringen, wenn ich dich ziehen lasse.«

»Ein paar Jahre wird sie warten können«, sage ich. Und vielleicht hat sie es sich bis dahin anders überlegt, denke ich bei mir, und ich muss sie nicht mehr heiraten. »Ich habe nur eine Bitte. Deine Mönche verwalten meinen kleinen Silberhort in Holmgarð.«

»Soll ich ihn dir schicken?«

»Im Gegenteil. Ich bitte dich, ihn weiter für mich zu verwahren. Und sollte ich im Süden tatsächlich gute Beute machen, dann werde ich ab und zu Männer nach Norden schicken, um alles bei dir zu hinterlegen. In Holmgarð ist die Beute sicherer als bei mir in fremden Landen. Nur darum bitte ich dich.«

»Gut«, sagt er und erhebt sich, »dann wünsche ich dir Glück!«

»Danke, Jarisleif.«

Er droht mir mit dem Zeigefinger. »Bleib nicht zu lange weg. Und vergiss nicht dein Versprechen, was meine Tochter angeht.«

»Natürlich nicht.«

TEIL III

Mädchen flogen von Süden, durch den Myrkviðr,
junge, allwissend, das Schicksal zu vollziehen.
Am Seestrand ließen sie sich zu ruhen nieder,
die südlichen Frauen, sie spannen edles Linnen.

Eine von ihnen umarmte Egill,
die schöne Maid der Menschen, an der weißen Brust.
Die Zweite war Svanhvit, sie trug Schwanenfedern;
und die Dritte, ihre Schwester,
umschlang Völunds weißen Hals.

aus den Heldenliedern
der Lieder-Edda

MIÐGARÐ

Unsere Schiffe liegen im ruhigen Wasser des Goldenen Horns vor Anker. So nennen die Griechen den schmalen Fjord, der Miðgarð von Galata, dem kleinen, nördlichen Stadtteil, trennt und über dem ein alter Turm thront. Gegenüber erhebt sich die langgestreckte Stadtmauer mit ihren Wehrtürmen. Darüber die gleißende Kuppel der Hagia Sophia. Und weiter hinten die Dächer des kaiserlichen Palastes.

Auf dem Bosporus herrscht reger Schiffsverkehr. Handelsschiffe durchfahren die Meerenge, Fähren setzen zum asiatischen Ufer über. Eine massige *Dromone* ankert nicht weit von uns. Einer der Besatzung schmeißt Abfälle über Bord. Es ist Mittagszeit und unerträglich heiß. Das Wasser wirft die grelle Sonne so stark zurück, dass man die Lider zukneifen muss. Über dem abgesenkten Mast ist das Segel aufgespannt, um ein wenig Schatten zu haben. Darunter hocken die Männer und schwitzen. Wir sollen uns gedulden, heißt es vom Hafenmeister. Ein kaiserlicher Bediensteter würde sich um uns kümmern. Das war vor zwei Tagen.

Dabei können wir kaum abwarten, an Land zu gehen, um die größte Stadt der Welt zu erkunden. Ihre Ausmaße, soweit wir es von hier aus sehen können, sind gewaltig. Die hohe, mit Türmen bewehrte Stadtmauer entlang des Horns scheint kein Ende zu nehmen. Darüber der Hügel mit Tausenden von Dächern und Kirchtürmen. Alles aus Stein erbaut. So etwas hat noch keiner von uns zu Gesicht bekommen. Der Anblick raubt einem den Atem. Man kommt sich winzig dagegen vor. Das also ist Konstantinopel, wie die Griechen Miðgarð nennen.

»Die Pisser haben uns vergessen«, grummelt Ragnar.

Thjodolf grinst. »Oder keine Zeit für nordische Prinzen.«

Bruder Athanasios räuspert sich verlegen. »Vielleicht bereiten sie einen Empfang für Harald vor. Wir müssen geduldig sein.«

Athanasios ist Mönch im Dienst des Metropoliten von Kiew. Er soll uns als Übersetzer dienen. Außerdem hat er Botschaften seines christlichen Herrn für den Patriarchen von Konstantinopel in der Reisetasche. Er selbst hat das mit vielen Siegeln versehene Schreiben des Großfürsten aufgesetzt, das uns als Empfehlung dienen soll und das wir dem Hafenmeister übergeben haben, mit der Bitte, es an den Palast weiterzuleiten.

»Sieht eher so aus, als gäben sie einen Scheiß auf den Großfürsten der Rus«, meint Svein, der sich von seinem Schiff, der *Boðvarr*, hat herüberrudern lassen. Er hat sich von seiner Verwundung gut erholt. Aber eine frische, noch rote Narbe ziert seinen Arm. Dafür trägt er jetzt einen dicken goldenen Armreif darüber. Ein unfreiwilliges Geschenk der Petschenegen und eine Genugtuung für ihn.

»Ich sage, vergesst diese Griechen«, knurrt Ragnar. »Plündern wir auf eigene Faust. An der Küste soll es reiche Städte geben mit Klöstern voller Gold.« Als Athanasios ihm einen entrüsteten Blick zuwirft, lacht er ausgelassen. Schon während der ganzen Reise hierher hat er seinen Spaß mit dem armen Mönch getrieben. »Es soll auch Nonnen in den Klöstern geben«, fährt er mit einem listigen Blick auf Athanasios fort. »Die verkaufen wir an die Bulgaren. Ich wette, die sind ganz heiß auf byzantinische Nonnen. Sie mögen sie fett, hab ich gehört.«

Athanasios ist rot geworden. »Lass die lästerlichen Reden«, zischt er wütend. Was Ragnar natürlich nur zu neuem Lachen reizt.

Svein blickt zu mir herüber. »Also, was machen wir?«

»Wir warten«, sage ich.

Endlich, am späten Nachmittag, rudert ein Verantwortlicher zu uns heraus, ein dicker Dienstmann des Hofes. Auch der Hafenmeister begleitet ihn und noch ein knorriger Graubart, der sich als Nordmann entpuppt, obwohl er wie ein Grieche gekleidet ist.

»Ich heiße Folkbjorn«, stellt er sich vor. »Aber die Leute hier nennen mich Photios. Irgendwie kriegen sie Folkbjorn nicht über die Zunge.« Er lacht. Ihm fehlen zwei Schneidezähne im Oberkiefer, was sein Lispeln erklärt. »Ich bin schon so daran gewöhnt, dass ich meinen eigenen Namen fast vergessen habe. Also nennt mich Photios, wenn's recht ist.«

»Wie lange bist du schon hier?«, frage ich.

»Mehr als dreißig Jahre. Hab als *væringi* überall gekämpft. Zuletzt bei der Schutztruppe des Kaisers. Inzwischen bin ich zu alt, heißt es, und muss jetzt Kindermädchen spielen für solche wie euch, die hier Söldner werden wollen.« Er spuckt verächtlich über die Bordwand. Dann stellt er den Hofmann vor. »Das hier ist Demetrios Chrysanthopoulos. Ihr müsst euch den Namen nicht merken. Er ist nur ein kleines Licht bei Hofe. Aber er kümmert sich um euren Empfang morgen Vormittag.«

Ein kleines Licht mag er sein, aber so hochmütig, wie der Kerl sich umschaut, möchte man denken, er sei der Kaiser selbst. Er riecht nach kostbaren Salben, und seine Robe ist aus edler Seide. Er setzt sich nicht, sondern hält sich an den Wanten fest, als ob er Angst hätte, sein Gewand zu beschmutzen. Dabei sind Deck und Seekisten frisch mit Seewasser gescheuert.

»Welcher ist Araltes?«, höre ich ihn auf Griechisch fragen. Anscheinend hat er Schwierigkeiten, meinen Namen auszusprechen.

»Vielleicht meinst du mich«, erwidere ich ebenfalls auf Griechisch. Meine Sprachkenntnisse sind nicht großartig, aber für ein bisschen Unterhaltung reicht es. »Aber mein Name ist Harald Sigurdsson.«

Der Kerl zieht überrascht die gezupften Brauen hoch und betrachtet mich von oben bis unten, als wäre ich ein Bulle auf dem Viehmarkt. Dann nickt er gnädig.

Folkbjorn, dem die geringschätzige Musterung nicht entgangen ist, sagt mit einem Schulterzucken: »Seit einem halben Jahrhundert kämpfen wir für diese Bastarde. Trotzdem sind wir immer noch Barbaren für sie. Und unsere Namen verdrehen sie ständig. Aber mach dir nichts draus.« Dann fragt er: »Du sprichst ihre Sprache?«

»Nur ein wenig.« Ich stelle ihnen den Mönch Athanasios vor. »Er ist unser Schreiber und Übersetzer. Aber vielleicht übernimmst du das. Du kennst dich mit den Gepflogenheiten sicher besser aus.«

Folkbjorn oder Photios, wie er genannt werden möchte, nickt. »Das tue ich gern. Dafür bin ich da.«

»Und was ist das für ein Empfang?«

»Ich weiß nicht, wer du bist oder wie du's geschafft hast«, sagt er, »aber der Illustre selbst lässt sich herab, dich mit seiner Anwesenheit zu beehren.«

»Der Kaiser?«

»Ganz recht«, knurrt er. »Eigentlich unerhört. Ist noch nie vorgekommen. Aber wir haben ja jetzt einen neuen Kaiser. Vielleicht deshalb.«

Am Morgen holt er uns ab. Inzwischen hat man uns einen Liegeplatz für die beiden Schiffe angewiesen. In dem kleinen

Hafen, in dem wir liegen, werden Waren ausgeladen. Ochsen-karren stehen bereit, um sie in die Stadt zu bringen. Die nackten Oberkörper der Lastenträger und Seeleute glänzen vor Schweiß. Ein Schiffsführer treibt sie mit lautstarken Flüchen an. Dazwischen sind buntgekleidete, grell geschminkte Weiber aufgetaucht. Die Arbeiter rufen ihnen Bemerkungen zu, wahrscheinlich obszöne. Aber die Frauen achten nicht auf ihre Rufe und Pfiffe. Stattdessen kommen sie zu unseren Schiffen herüber, wohl wissend, dass bei fremden Söldnern das Silber lockerer sitzt als bei den Hafenarbeitern. Sie machen meinen Kerlen schöne Augen, stellen ihre nackten Brüste zur Schau. Eine hebt sogar ihren Rock, um uns einen tiefen Einblick zu gewähren. Die Männer sind begeistert und versuchen sich zu verständigen.

»Lasst die Finger von denen, Jungs!«, ruft Photios ihnen zu. »Außer, ihr wollt euch die Krätze holen.« Das dämpft die Begeisterung um einiges. »In der Stadt gibt's Besseres«, fügt er hinzu. »Aber da dürft ihr noch nicht hin.«

Athanasios ist schon zum Palast des Patriarchen geeilt. Wir verlassen nun ebenfalls das Schiff. Thorkel, Halldor, Svein und Thjodolf werden mich begleiten. Schließlich braucht ein Mann von Stand Gefolge. Ich trage meinen besten *kyrtill*, kalbslederne Stiefel und einen schönen, silberverzierten Gürtel. Auch die anderen haben ihr bestes Gewand angelegt. Ohne Schwert an der Seite fühlt man sich jedoch seltsam nackt, denn auf Photios' Anraten hin haben wir die Waffen auf dem Schiff gelassen. Die seien im Palast nicht erlaubt.

Wir betreten die Stadt durch das Neorion-Tor und wandern ein paar Straßenzüge durch einen Stadtteil, der für Kaufleute aus fremden Ländern bestimmt ist, wo sie ihre Waren stapeln und handeln können. Händler aus Ägypten, Syrien, Persien, Arabien oder aus Italia und Sicilia. Natürlich haben auch Rus hier ihre Lagerschuppen und Kontore.

»Es sind weder die Abgaben noch die Tribute der Provinzen, die Byzanz so reich machen«, meint Photios. »Es sind vielmehr der Handel und die Zölle, die sie darauf erheben. Die ganze Welt macht hier Geschäfte. Walrosszähne aus dem Norden, Seide aus China oder pechschwarze Sklaven aus dem tiefsten Afrika. Hier gibt's alles, was ihr euch nur vorstellen könnt, von jeder erdenklichen Ecke des Erdkreises.«

Er führt uns durch ein Gewirr von Gassen zwischen planlos errichteten, aufeinandergeklebten Häusern hindurch, mit aufgetürmten, zum Teil überhängenden Stockwerken, dass man befürchten muss, sie könnten einstürzen und die Bewohner unter sich begraben. Überall herrschen Bewegung und Stimmengewirr, Bettler hocken an den Ecken, Kinder spielen, alte Frauen sitzen hinter Ständen und bieten Obstsäfte an. Oder am Spieß gebratene Fleischstückchen. Es riecht danach, und nach frisch gebackenem Brot, aber auch nach Pisse und verfaultem Obst. Menschen aller Trachten und Hautfarben reden, verhandeln und streiten miteinander in den seltsamsten Sprachen. Uns schenkt man wenig Beachtung. An Fremde ist man hier gewöhnt.

Nach einer Weile öffnet sich der Blick, und wir betreten das Konstantin-Forum, einen gewaltigen Platz im Herzen Miðgarðs, weitläufig und doch erhaben, mit klaren Linien in seiner kreisrunden Form. Ringsum die Paläste reicher Familien. Ein krasser Gegensatz zum Gewühl der Gassen. Wir stehen mit offenen Mündern da und schauen uns um. In der Mitte ragt eine Säule in den Himmel. Auf der Spitze thront in Gestalt des Gottes Apollon, wie Photios erklärt, das marmorne Standbild des römischen Kaisers Konstantin, nach dem Forum und Stadt benannt sind. Um den Platz herum verteilt stehen steinerne Statuen bedeutender Männer aus vergangenen Zeiten.

Das Forum unterbricht den Verlauf der Mese, wie die breite, schnurgerade Prachtstraße Konstantinopels heißt, die, vom

Augustaion angefangen, quer durch die Stadt bis zum Goldenen Tor im äußeren, westlichen Befestigungsring verläuft. Steht man hier an der Konstantinsäule, hat man nach Westen den ungehinderten Blick bis zum Forum des Theodosius und darüber hinaus. Gegenüber sieht man bis zur Hagia Sophia und zum Hippodrom, hinter dem man die Dächer des kaiserlichen Palastes erkennen kann. Gesäumt ist die Mese von den Fassaden eindrucksvoller Häuser, Kirchen und Paläste.

Wir wandern weiter in Richtung Augustaion. Es herrscht reger Verkehr. Stadtwachen an allen Ecken. Auffällig sind die vielen Mönche und Priester mit ihren langen Bärten, die an uns vorbeihasten. Nonnen mit dunklen Umhängen und Kopfbedeckungen, die trotz der Hitze nur das Gesicht frei lassen.

Und jede Menge Sänften, von kräftigen Sklaven getragen, hinter deren Vorhängen sich laut Photios edle Damen verbergen oder Beamte des Hofes, die im Auftrag des Kaisers unterwegs sind. Eine Welt, so ganz anders als die meiner Heimat. Sogar Sithun in Svearíke, die erste größere Stadt, die ich zu Gesicht bekommen habe, ist nur ein dreckiges Dorf dagegen.

»Beamte?«, frage ich. »Was sind das für welche?«

»Hach«, meint er und grinst. »Daran wirst du dich gewöhnen müssen. Das ganze Reich wird von Beamten regiert. Mehr als vom Kaiser. Sie sind Bedienstete mit monatlichem Sold. Der wird sogar noch gezahlt, wenn sie alt sind und sich vom Staatsdienst zurückgezogen haben.«

»Das könnte mir gefallen«, sagt Thjodolf mit einem Augenzwinkern. »Wie wär's, Harald? Ich dichte dir herrliche Lieder, und du bezahlst mich für den Rest meines Lebens.«

»So großartig sind deine Verse nun auch wieder nicht«, spottet Halldor.

Thjodolf tut beleidigt. »Gut, dann streiche ich dich aus meiner Dichtung.«

»Soll mir recht sein«, meint Halldor. Aber dann boxt er Thjodolf in die Seite und grinst ihm zu. »Nur ein Scherz, Mann.«

Photios versucht uns weiter über die byzantinische Beamtenschaft aufzuklären: »Ihr wisst ja, wie's daheim zugeht. Da hat ein Herrscher eine Handvoll von Getreuen, die Abgaben für ihn einsammeln, ansonsten in seiner Halle saufen. Natürlich Sklaven für den Haushalt und eine Schar *húskarlar* für die Sicherheit seiner Familie. Will er Krieg führen, braucht er die Unterstützung der Adeligen und Bauern. In Byzanz ist alles anders. Dieses Reich ist riesig. In Konstantinopel allein leben wahrscheinlich mehr Menschen als in ganz Norðvegr. Hier gibt es Schulen und Bibliotheken, Wasserleitungen und Zisternen, die die ganze Stadt versorgen, Schiffswerften und jede Art von Handwerksbetrieben. Die Menschen leben in mehrstöckigen Mietshäusern. Es gibt die schönsten Kirchen und Klöster. Aber das Reich hat auch viele Feinde. Und wenn der Kaiser in den Krieg zieht, dann verfügt er über ein stehendes Heer und eine gewaltige Flotte. Das alles will verwaltet, geregelt und geordnet werden. Und ebendazu braucht man Beamte. Ein ganzes Heer davon.«

»Und die werden alle vom Kaiser bezahlt.«

»O ja. Sie kümmern sich um die Besoldung der Soldaten, um die Wasserversorgung der Stadt, um die Getreideeinfuhr, um öffentliche Bauten, einfach um alles. Kaiser kommen und gehen, aber die Beamten, die bleiben und sorgen dafür, dass hier alles seinen geordneten Gang geht. Es gibt Rangstufen unter den Beamten des Hofes, die man an ihren Gewändern erkennt. Und ich kann euch nur raten, verscherzt es euch nicht mit ihnen. Sie sind mächtig, verschlagen und vor allem bestechlich. Es gibt keinen, der nicht die Hand aufhält. Willst du hier vorankommen, selbst im Heer der *væringjar*, dann musst du immer fleißig Silber verteilen.«

Thorkel runzelt die Brauen. »Wir sind gekommen, um Silber zu verdienen, nicht um es zu verschenken.«

»Natürlich. Aber dazu braucht ihr ein Kommando und die Zuteilung zur kämpfenden Truppe in einem Feldzug. Und das entscheiden die Beamten. Oder ihr werdet irgendwann einmal der Schutztruppe des Kaisers zugeteilt. Da ist der Sold besonders gut. Aber nur wenige haben das Glück. Erst nachdem sie besondere Tapferkeit in der Schlacht bewiesen haben. Selbst dann muss man sich die Beamten gewogen halten.«

Es scheint also doch nicht alles so einfach zu sein, wie wir uns das vorgestellt hatten. »Und woher weiß man, wen man bestechen soll?«, frage ich. »Und mit wie viel? Gibt es dafür auch Regeln?«

Photios grinst listig. »Nein. Aber du wirst es schon noch herausfinden. Ich hab diesem Chrysanthopoulos in deinem Namen bereits etwas zugesteckt. Du kannst es mir später ersetzen.« Dann wird seine Miene ernst. »Noch eine Warnung. Keine Witze über Knabenliebe oder Eunuchen.«

»Und wieso?«, fragt Halldor.

»Bei uns im Norden ist Männerliebe verpönt und unehrenhaft. Aber bei den Griechen nichts Besonderes. Der eine nimmt sich eine Geliebte, der andere einen Knaben. Die schreiben sogar Gedichte über ihre holden Knaben.«

Wir sehen einander ungläubig an. Thjodolf lacht verlegen. »Die holen sich Knaben ins Bett? Bist du sicher, Mann?«

»Sonst würde ich euch ja nicht warnen. Natürlich tun das nicht alle, aber mehr, als man denkt. Jedenfalls ist es nicht ungewöhnlich, auch wenn es meist heimlich geschieht. Hier bieten nicht nur Weiber ihre Hurendienste an. Bei manchen weiß man nicht mal, welchen Geschlechts sie sind.«

Männer oder Knaben, die sich verkaufen? Wir brauchen eine Weile, um das zu verdauen. »Und was ist mit Eunuchen?«, frage ich schließlich.

»Wir sprachen gerade von Beamten«, erwidert Photios. »Nicht wundern, aber viele von denen sind Eunuchen.«

»Du meinst …«

»Ganz recht.« Er lacht, und man sieht wieder seine Zahnlücke. »Sie schneiden jungen Knaben die Eier ab. Oft noch mehr.«

»Scheiße!«, knurrt Halldor und macht ein Gesicht, als ob er gerade selbst die Schmerzen spürt. »Aber warum?«

»Eunuchen sind bei Hof beliebt. Kein Eheweib, keine Nachkommen, keine Erben. Also auch kein Ehrgeiz, einen Klan oder ein Fürstenhaus zu gründen. Oder einen Kaiser vom Thron zu stoßen. Verstanden? Man hält sie für vertrauenswürdiger, besonders was den persönlichen Dienst an der Kaiserfamilie betrifft. Vielleicht begegnet ihr ja heute einem. Johannes Orphanotrophus ist der Bruder des Kaisers und der eigentliche Herrscher hinter dem Thron.«

»Und der ist Eunuch?«

»Aber klar doch. Hat klein angefangen und ist dann bis in die höchsten Ebenen aufgestiegen. Dann hat er seinen kleinen Bruder Mikhaél mit der Kaiserin Zoë verkuppelt. Deshalb ist der jetzt Basileus geworden.«

Mir schwirrt der Kopf. »Kannst du das erklären?«

»Ich sehe, dir hat keiner gesagt, wie die Dinge hier laufen.« Er schüttelt verständnislos den Kopf. »Zoë und ihre Schwester Theodora sind *porphyrogenita*, in Purpur geboren. Das heißt, sie sind die eigentlichen und einzigen Erben des verstorbenen Kaisers. Der hatte leider keinen Sohn. Zoë ist die Ältere von beiden. Wen sie heiratet, der wird Kaiser oder Basileus. Bedeutet das Gleiche. Zoë hat viele Jahre im Kloster zugebracht. Aber als ihr Vater starb, hat man sie auf die Schnelle mit diesem Romanos verheiratet, einem ziemlich alten Kerl. Sie selbst ist natürlich auch nicht mehr die Jüngste, um es milde zu sagen.

Die große Liebe war es nicht, und Kinder gab es auch keine, obwohl die Ärzte alles versucht haben.«

»Aber dann ist doch Romanos Kaiser«, sage ich, immer noch verwirrt.

»Der war auch Kaiser. Inzwischen ist er tot. Es wird gemunkelt, sie haben ihn vergiftet.«

»Und wer?«

Photios sieht sich kurz um, ob uns auch niemand zuhört. Dann raunt er: »Na, Zoë natürlich und ihr lieber Mikhaél. Vor einem Jahr. Ihr müsst wissen, diese Zoë ist ein durchtriebenes Miststück. Da machen Geschichten die Runde, sag ich euch … na jedenfalls mag sie junge, hübsche Kerle, obwohl sie selbst schon Ende fünfzig ist. Und so ein hübscher Junge ist Mikhaél. Fast vierzig Jahre jünger. Sein Bruder, der Eunuch Johannes, hat ihn bei Hofe eingeführt, und sie ist prompt auf den geflogen.«

»Und jetzt ist er Kaiser.«

Photios nickt. »Jetzt ist er Kaiser. Romanos' Leiche war noch nicht kalt, da haben sie geheiratet. Gleich am nächsten Tag. Nur schwängern konnte er sie trotzdem nicht.«

»Oðin, rette mich!« Thorkel kann es nicht fassen. »Wo, bei allen Göttern, sind wir denn hier gelandet? Und diesem Knaben sollen wir dienen?«

Photios zuckt mit den Schultern. »So ist das hier. Gewöhn dich dran. Am besten schnell Griechisch lernen und immer schön den Silberbeutel offen halten.« Er lacht über Thorkels Gesicht. »Und nennt sie nicht Griechen. Sie sehen sich als Römer. Auch in dem Punkt sind sie empfindlich, verstanden?«

»Nicht wirklich.«

»Ist doch nicht schwer zu verstehen. Das hier ist das römische Reich. Das oströmische. Nie untergegangen.«

»Wenn du's sagst.«

Eines ist klar. Es ist eine andere Welt. Eine riesige Stadt, die ein Weltreich beherrscht. Griechen, die sich Römer nennen. Wasserleitungen und Prachtbauten. Beamte, die Eunuchen sind und die Hand aufhalten. Männer, die als Weiber verkleidet ihre Liebesdienste anbieten. Schöne Jünglinge, die Kaiser werden, weil sie ein altes Weib vögeln. Aber sie alle sind fromme Christen und lieben Jesus. Ich sehe schon, wir werden noch viel zu lernen haben.

Wir marschieren an Palästen vorbei. Einer prächtiger als der andere. Photios erklärt uns, wem sie gehören: Mitgliedern der kaiserlichen Familie, Generälen, hohen Beamten, Bischöfen, Kurtisanen. Man vergisst die Namen gleich wieder. Dann haben wir das Hippodrom erreicht, eine riesige Pferderennbahn von fünfhundert Schritt Länge und hundertfünfzig Schritt Breite, völlig umschlossen von Zuschauertribünen, mindestens sechs oder sieben Stockwerke hoch. Was für ein Bauwerk! Unfassbar!

Thjodolf starrt an der Fassade hoch. »Und das alles für ein paar Pferderennen?«

»Ein paar Pferderennen? Mann, hast du eine Ahnung!« Photios grinst herablassend. »Wenn hier Rennen sind, tobt die ganze Stadt. Manche verwetten ihr letztes Hemd. Und es geht auch nicht nur um die verdammten Gäule. Dahinter stehen sogar politische Parteien, die Blauen und die Grünen. Der Kaiser kann übrigens von seinen Gemächern aus direkt in seine Loge treten. Die Tribünen haben Platz für hunderttausend Zuschauer. Hast du schon mal hunderttausend Menschen brüllen hören? Da denkst du, dir platzt das Trommelfell.«

»Es wird geritten?«, frage ich.

»Nein. Wagenrennen. Vierspänner. Bis zu acht Wagen fahren um den Sieg. Die Wagenführer sind Volkshelden, von allen verehrt und angebetet. Die müssen nirgends bezahlen, werden überall eingeladen. Und die können sich die Weiber aussuchen, wie sie wollen, sag ich euch. Wenn man den Gerüchten Glauben schenkt, dann zahlen reiche Patrizierinnen ein Vermögen für eine einzige Nacht mit dem Sieger des wichtigsten Rennens des Jahres. Schade, das Hippodrom ist jetzt geschlossen, sonst würde ich es euch zeigen. Aber ihr werdet sicher bald Gelegenheit haben, eines der Rennen zu besuchen.«

Ich höre nur noch mit halbem Ohr zu. Mir schwirrt der Kopf von all dem Gerede und den Sehenswürdigkeiten, von der Größe der Stadt und den vielen Menschen, den Bauten und endlosen Straßen. Außerdem muss ich daran denken, dass wir bald vor dem Herrscher dieses Reiches stehen werden, dem Herrn all dieser Pracht und Herrlichkeit.

Inzwischen sind wir am Milion angekommen, einem Monument aus vier kleinen Rundbögen im Quadrat mit einer Kuppel darauf. Hier sind die Entfernungen zu allen Städten des Reiches eingemeißelt. In römischen Meilen. Dahinter öffnet sich das Augustaion, ein rechteckiger Platz für religiöse oder andere Veranstaltungen. Linker Hand die riesige Kirche mit dem gewaltigen Kuppeldach, die Hagia Sophia.

»Auch die müsst ihr unbedingt besuchen«, sagt Photios. »So etwas gibt es nur einmal auf der ganzen Welt. Aber jetzt wird es Zeit, dass wir uns in den Palast begeben.«

Am alten Badehaus vorbei gehen wir auf das große bronzene Palasttor zu. Hier stehen bewaffnete Wachen Spalier. Über dem Torbogen ein großes Mosaik, das den Weißen Christ in voller Größe darstellt, ein Buch in der einen Hand, die andere in der Geste des Segnens erhoben, um den Kopf ein runder, goldener Kreis. Ein Heiligenschein, sagt Photios, der seine Göttlichkeit veranschaulichen soll.

Die Wachen am Tor gehören zur Schutztruppe des Kaisers und sind nach ihrem Aussehen ganz offensichtlich Nordmänner, auch wenn ihre Tuniken eher byzantinisch sind. Sie scheinen Photios gut zu kennen und wechseln ein paar Worte mit uns, fragen, woher im Norden wir stammen. Es sind Dänen und Schweden darunter und ein Norweger. Beim Klang der vertrauten Laute fühle ich mich gleich wohler. Dann taucht der rundliche Demetrios Chrysanthopoulos auf. Er muss im Inneren des Torgewölbes auf uns gewartet haben. Er weist die Wachen an, dass wir passieren dürfen.

»Ihr seid spät dran«, murrt er gereizt und geht ohne ein weiteres Wort voraus.

»Ist der immer so schlecht drauf?«, fragt Thjodolf.

Photios winkt ab. »Macht euch um den keine Gedanken.«

Nach dem Tor passieren wir die Kaserne der *Excubitores*, so nennt man die Schutztruppe des Kaisers, und deren Übungshalle, die *Scholae Palatinae*. Photios erklärt uns, dass hier lediglich ein geringer Teil der Truppe untergebracht ist und dass die *Scholae* heutzutage mehr für Zeremonien als für Truppenübungen benutzt wird.

Dann betreten wir eine riesige, von Säulen getragene Halle. Fußboden und Wände sind mit wunderschönen Mosaiken geschmückt, Tierdarstellungen oder Jagdszenen. Große bronzene Kandelaber sorgen für Licht, obwohl die Halle im Augenblick eher dunkel wirkt, dafür aber im Gegensatz zur Hitze draußen angenehm kühl ist. Dies ist die Halle der *Neunzehn Accubita* – das sind große Speisesofas, lassen wir uns erklären –, in der große Empfänge und Festessen abgehalten werden. Anscheinend legen sich die Römer beim Essen auf Sofas. Seltsame Angewohnheiten, denke ich.

Wir gehen weiter. Der kaiserliche Palast besteht aus einer ganzen Reihe von Gebäuden, großen und kleinen, die ineinander übergehen oder durch Säulengänge verbunden sind. Ein Irrgarten von Fluren, Schreibstuben, Empfangsräumen, Unterkünften der zahlreichen Dienerschaft, der Leibärzte, Schneider, Astrologen, Hofdamen der Kaiserin. Dazwischen erhascht man einen Blick in Höfe oder kleine Gärten mit Blumenbeeten, Springbrunnen und Vögeln in vergoldeten Käfigen.

Überall stehen Wachen. Man soll nicht denken, dass es still ist. Es ist ein Kommen und Gehen. Stimmen hallen von den hohen Decken wider. Diener, aber vor allem Beamte in seidenen Gewändern hasten mit Pergamentrollen durch die Gänge, von denen bleierne Siegel herabhängen. Anscheinend hat jeder Beamte sein eigenes Siegel, an dem man seine Schriftstücke erkennen kann. Ich schwöre mir, endlich die Kunst der Buchstaben meistern zu lernen. Man kommt sich so dumm vor, wenn hier alle Welt des Lesens und Schreibens mächtig ist.

Wir betreten den Palast der Daphne, eine frühe kaiserliche Residenz, die jetzt hauptsächlich zur Verwaltung der Steuern genutzt wird. Anscheinend hat auch der oberste Eunuch hier seine Gemächer. In den Nischen finden sich die Büsten früherer Kaiser. Oder Standbilder von griechischen Gottheiten, obwohl niemand mehr an sie glaubt. Die Wände sind mit Mosaiken geschmückt, Darstellungen von Jesu Mutter oder anderen Heiligen. Ich muss an die geschnitzten Tierfiguren denken, die daheim die Halle meiner Mutter zieren. Wie primitiv die mir jetzt vorkommen im Vergleich zu diesen wunderbaren Mosaiken.

Linker Hand ein großer, rechteckiger Hof, auch der ganz mit Mosaiken ausgelegt. Dort sitzen Männer auf marmornen Bänken, im Gespräch versunken. Dann lassen wir das Chrysotriklinos hinter uns, den riesigen Thronsaal, der nur zu besonderen Gelegenheiten in Gebrauch ist, und betreten schließlich den Bukoleon-Palast am Südende der Palastanlage. Dieser ist neueren Datums, abgeschieden vom geschäftigen Rest der Anlage, und erlaubt einen Blick auf die blauen Wasser des Bosporus. Hier residiert die kaiserliche Familie.

Demetrios Chrysanthopoulos, immer noch schlecht gelaunt, führt uns in einen hohen Raum mit Bänken an den Wänden und heißt uns, zu warten. Er selbst verschwindet. Wir sind nicht die Einzigen, die hier ausharren. Greise Patrizier, edle Damen, Offiziere. Man betrachtet uns neugierig. Vor allem wegen unserer andersartigen Kleidung, denke ich, und unseren blonden Bärten. Um uns die Zeit zu vertreiben, erklärt Photios uns Einzelheiten des Palastbereichs, wann was gebaut wurde und zu welchem Zweck. Ich höre gar nicht mehr hin. Wer kann sich das alles merken?

Aber dann erzählt er von einem Kampfspiel zu Pferde, bei dem ein kleiner Ball mit langen Stöcken über den Platz gejagt wird. Er nennt es *chougan,* und es soll aus Persien stammen. An der Ostseite des Palastes, wo das Gelände terrassenförmig zum Meer absinkt, soll es einen solchen Platz geben, das Tzykanisterion. Wilde Wettkämpfe finden dort vor dem Hochadel des Reiches statt. Es sei eine Ehre, zu einem dieser Spiele eingeladen zu werden.

Es dauert lange. Alle scheinen vor uns an der Reihe zu sein. Ich bin ungeduldig und habe Lust zu verschwinden. Aber dann ist es endlich so weit. Demetrios taucht auf und winkt uns, ihm zu folgen.

Wir betreten einen großen Saal mit einer hohen, von Säulen getragenen Decke. Nicht so riesig wie der Thronsaal, aber doch groß genug, dass man sich klein fühlt. Besonders, wenn man auf diesem spiegelglatt polierten Marmorboden auf den erhöhten Thron eines Kaisers zumarschiert und jeder Schritt dabei von den Wänden widerhallt, während man die neugierigen Blicke aller Anwesenden spürt, die der Wachen in strammer Haltung, der Beamten, die neben dem Thron auf Hockern sitzen, und der in goldfarbener Seide gekleideten Frau auf einem der beiden hohen, vergoldeten Thronsessel.

Auch über ihrem Kopf ist ein Abbild des Christus Pantocrator zu sehen, der den Thron und die Macht des Kaisers zu segnen scheint. Überall in Miðgarð, besonders aber hier im Palast, wird diese Verbindung dargestellt – Christus und das Kaisertum oder eher noch das Kaisertum von Gottes Gnaden, eine Herrschaft, die ihre Berechtigung und ihre Macht von Gott selbst bezieht. Ich gebe zu, auch ich bin ein wenig eingeschüchtert.

Als wir uns dem Thron auf zehn Schritte genähert haben, bleibt Demetrios stehen, stößt mich ungeduldig in die Seite und deutet mit grimmiger Miene auf den marmornen Boden vor meinen Füßen. Zuerst weiß ich nicht, was er meint. Dann fällt mir ein, was Photios uns eingebleut hat – die vom Hofzeremoniell verlangte *proskynesis*. Ich gehe in die Knie, stütze mich auf beide Hände und lege mich dann mit ausgestreckten Armen flach auf den Boden, bis meine Stirn den kühlen Marmor berührt. Die Gefährten hinter mir tun das Gleiche. Ziemlich widerwillig, stelle ich mir vor, denn es ist eine verfluchte Erniedrigung. Besonders für Nordmänner, die sonst vor niemandem das Knie beugen. Aber so ist hier der Brauch, wenn man als Fremder vor den kaiserlichen Thron tritt. Man muss sich auf den verdammten Boden werfen wie vor einer Gottheit.

Ich verharre in dieser Haltung, bis eine hohe Männerstimme uns erlaubt, uns zu erheben. »Willkommen in Konstantinopel, Araltes aus dem Reich der nördlichen Barbaren.«

Ich erhebe mich. Die Stimme gehört einem beleibten Beamten, der neben dem Thron sitzt und mich mit einem spöttischen Lächeln mustert. Der Mann ist mittleren Alters, trägt kostbare Gewänder, hat glatt rasierte und geschminkte Wangen und gezupfte Brauen über Augen, denen nichts entgeht. Trotz seines gemütlichen Leibesumfangs und der für einen Mann ungewöhnlich hohen Stimme strahlt er Macht und Autorität aus.

Dies ist niemand, mit dem man sich anlegen sollte. Ich erinnere mich an Photios' Beschreibung. Es muss Johannes Orphanotrophus sein.

»Ich heiße Harald Sigurdsson«, sage ich.

»Ich weiß. Es steht hier geschrieben.« Er hebt kurz seine Hand, in der er Jarisleifs Empfehlungsschreiben hält. Er redet weiter, aber ich verstehe nur wenig.

Photios kommt mir zu Hilfe. »Seine Exzellenz, der oberste Minister, meint, der Name sei für griechische Zungen kaum aussprechbar. Er bittet daher um Verständnis und Duldsamkeit, dass man dich Araltes nennt. Das sei leichter und vielleicht auch wohlklingender. Zumindest könne man es sich besser merken.«

Ich denke, wer, zum Teufel, soll sich einen Namen wie Orphanotrophus merken? Aber stattdessen setze ich ein Lächeln auf und erkläre nickend meine Zustimmung. Jetzt bin ich also Araltes. Dann werfe ich einen kurzen Blick auf die Frau, die recht entspannt auf dem erhöhten Thron sitzt und mich betrachtet. Ihr goldenes Gewand funkelt vor Edelsteinen. Über dem dunklen Haar trägt sie einen dünnen, fast durchsichtigen weißen Schleier. Das muss die Kaiserin Zoë sein, obwohl sie keine Krone trägt. Aber nein, denke ich, die ist doch viel zu jung. Ich wage nicht, sie länger anzustarren, denn schon spricht der Eunuch weiter.

»Der Kaiser lässt sich entschuldigen. Eine wichtige Angelegenheit«, übersetzt Photios für ihn. Johannes lächelt kurz. »Aber das soll uns nicht hindern. Die Kaiserin ist erfreut, deine Bekanntschaft zu machen. Wir hören, du hast Schiffe gebracht. Nordische Kampfschiffe, wie man berichtet.«

»Zwei schnelle Segler«, sage ich. »Und fast zweihundert erfahrene Seeleute und Krieger. Dies hier sind meine Gefährten. Wir bieten unsere Dienste an.«

Der Eunuch Johannes hat eine Erwiderung auf der Zunge, doch die Kaiserin unterbricht ihn. »Du bist von königlichem Blut«, sagt sie, beugt sich lächelnd vor und mustert mich neugierig aus dunklen Augen.

Sie hat volle Lippen und ein hübsches, rundes Gesicht mit rosigen Wangen. Die mit Kohl geschwärzten Lider lassen ihre Augen besonders wirkungsvoll hervortreten. Die Nase ist ein wenig zu lang geraten, verleiht dafür aber ihrem Antlitz mehr als nur gefällige Schönheit. Sie ist weder mager noch dick. Unter der Seide ihres Gewandes lassen sich jedoch üppige Rundungen erahnen. Aber dann entdecke ich die feinen Falten um ihre Augen, die schon etwas lose Haut und das leichte Doppelkinn und merke, dass es geschickt aufgetragene Schminke ist, die sie jünger erscheinen lässt. Trotzdem ist sie eine anziehende Frau, keine Frage.

Der Eunuch Johannes runzelt die Stirn. Es missfällt ihm, dass sie das Gespräch übernommen hat. Ich lasse mich davon nicht stören und erzähle von meinem Bruder Olaf und von Magnus. Ich bin sicher, sie hat keine Ahnung, wo Norðvegr sich überhaupt befindet, und es ist ihr bestimmt auch gleichgültig. Aber da sie den Unmut ihres Ministers bemerkt hat, schiebt sie die Unterlippe wie ein trotziges Kind ein wenig vor, hört mir nun noch aufmerksamer zu und stellt allerlei Fragen über meine Familie und dann, als sei es nicht genug, auch noch über meinen Aufenthalt bei den Rus. Johannes ist sichtlich genervt, was sie mit einem katzenhaften Seitenblick befriedigt zur Kenntnis nimmt.

»Der Großfürst schreibt, du hast Kiew vor den Petschenegen gerettet«, übersetzt Photios ihre nächsten Worte, während sie mich mit einem Blick mustert, bei dem mir ungemütlich wird, denn ich weiß nicht, ob er dem Retter von Kiew gilt oder mir als Mann.

»Es war sein Heer, das zur rechten Zeit zur Stelle war.«

»Ich denke, du bist zu bescheiden«, erwidert sie und lächelt zuckersüß. Und wieder dieser Blick.

Dem Eunuchen wird es zu viel des Guten. »Ich denke, wir können Araltes' Männer in der Flotte gut gebrauchen«, mischt er sich wieder ein. »Ich nehme an, dass es dir recht ist, Zoë.«

»Natürlich«, flötet sie. »Wenn wir eines brauchen, dann tapfere Männer.« Noch einmal dieses süße Lächeln in meine Richtung, dann ordnet sie die Falten ihrer Robe und lehnt sich zurück.

Der Eunuch wendet sich an Demetrios und trägt ihm auf, mich zu seinem Schwager, dem Flottenführer Stephanos, zu führen. Der soll sich um unsere Musterung und Eingliederung in die Flotte kümmern. Ich frage, was für Einsätze uns möglicherweise erwarten.

»Das ist Stephanos' Entscheidung«, höre ich ihn sagen. »Aber mit deinen wendigen Schiffen, da geht es möglicherweise gegen Seeräuber. Die sind seit geraumer Zeit eine große Plage. Sehr verlustreich für den Handel.«

Eigentlich ist es mir gleich, gegen wen wir kämpfen. Hauptsache, es springt etwas dabei heraus. Schließlich sind wir nicht zum Spaß hier. Aber das Beste ist, dass wir nach so langer Zeit endlich wieder auf offener See unterwegs sein dürfen. Ich kann es kaum erwarten, den Wind in den Haaren zu spüren.

»Allerdings habe ich eine Bedingung«, sage ich.

Der Eunuch sieht mich stirnrunzelnd an. Bedingungen?

Ich deute auf Photios. »Ihn will ich an meiner Seite haben. Er soll mir unterstellt werden.«

»Was?«, knurrt Photios erschrocken. »Ein abgehalfterter Gaul wie ich?«

Ich grinse ihn an. »Keine Widerrede!«

Er schüttelt den Kopf. »Das wirst du noch bereuen, Junge.«

»Ich denke nicht.«

Er übersetzt mein Verlangen, und Johannes zuckt gleichgültig mit den Schultern. Was aus Photios wird, hat keine Bedeutung für ihn. Auch die Miene der Kaiserin ist jetzt ausdruckslos. Kein Lächeln mehr. Ich verbeuge mich tief vor den beiden und wende mich zum Gehen. Wir verlassen den Saal.

»Was, zum Teufel, verlangst du von mir?«, raunt Photios mir zu. »Ich bin zu alt, um wieder in den Krieg zu ziehen.«

»Nicht zu alt, um mich zu beraten. Besonders, was den Umgang mit diesen Griechen angeht.«

Er schüttelt den Kopf und brummt etwas Unverständliches. Aber nach einer Weile scheint er sich an den Gedanken zu gewöhnen. »Also gut. Meinetwegen. Aber nur, wenn ich meinen Anteil an der Beute kriege.«

»Abgemacht. Und wie ist es gerade gelaufen, deiner Meinung nach?«

»Bei dem Minister musst du vorsichtig sein. Aber ansonsten, denke ich, hast du Eindruck gemacht.«

»Womit?«

Er grinst verschmitzt. »Hab doch gesagt, sie mag hübsche Jungs.«

Piraten der Ägäis

Wir ankern in einer winzigen, versteckten Bucht im Südwesten Anatoliens. Hinter uns eine felsige, mit Pinien bewachsene Steilküste. Unter uns seichtes, türkisblaues und so klares Wasser, dass man alle Einzelheiten auf dem sandigen Grund erkennen kann. Auch die Fische, die unter dem Kiel hinweggleiten. Vor uns das weite Meer bis zum westlichen Horizont, dem sich die Sonne langsam nähert, denn es ist später Nachmittag.

Es war ein heißer Tag, doch inzwischen weht ein etwas kühlerer Seewind. Am Strand halten die Männer ein paar Kochfeuer in Gang, um unser Mahl zuzubereiten. Das Feuerholz ist trocken und macht wenig Rauch. Ich hoffe, dass man ihn nicht allzu weit sehen kann. Denn wir liegen hier seit Tagen auf der Lauer und warten auf unseren Einsatz.

Der schmale Strand ist steil und geht schnell in tiefes Wasser über. Deshalb ankern wir, statt die Schiffe mit dem Kiel auf den Sand zu legen. Ich hocke auf dem Achterdeck der *Bloð-hrafn* und schärfe mein Schwert. Eigentlich nur, um die Zeit zu vertreiben, denn im Grunde ist es scharf genug.

Sveins *Boðvarr* schwojt ebenfalls vor Anker. Und auch ein drittes Schiff, das Halldor befehligt. Wir haben es *Malm-hrið* genannt, Schlachtensturm. Es wurde auf einer griechischen Werft, mit der *Bloð-hrafn* als Vorlage, gebaut, allerdings von Arbeitern, die ihr Handwerk nicht so gut wie unsere Schiffsbauer daheim verstehen. Das Holz vergleicht sich nicht mit unserer heimischen Fichte, die Planken sind zu dick und der Kiel zu schwer. Die Taue sind aus Hanf statt aus Birkenbast oder Seehundshaut, aber wenigstens schwimmt das Ding. Es war auch nicht schwierig, eine Mannschaft zu finden, denn Ulfr und seine Leute hatten sich nachträglich entschlossen, uns nach Miðgarð zu folgen.

Svein und Ulfr sitzen neben mir, in eine Partie *hnefatafl* vertieft. Ihre Haare und Bärte sind von der Sonne gebleicht und bilden einen scharfen Gegensatz zu ihren dunkel gebräunten Gesichtern. Nach zwei Jahren auf südlichen Meeren sehen wir alle wie wettergegerbte Wilde aus. Thorkel ist braun wie eine Haselnuss. Thjodolf dagegen bleibt unverändert rot wie ein siedender Flusskrebs, und seine Nase schält sich ohne Unterlass. Er schmiert sich eine Paste aus Öl und Mehl darauf, um sie zu schützen, was ihn wie einen roten *draugr* aussehen lässt.

Ulfr flucht, als Sveins Figuren seinen König bedrängen. »Du kannst einen Kameraden auch mal gewinnen lassen«, knurrt er.

Svein lacht nur und nimmt beim nächsten Zug Ulfrs König gefangen.

»He, Harald, versuch du mal«, meint der genervt. »Irgendeiner muss den Kerl doch schlagen können.«

In diesem Augenblick umrundet ein Fischerboot mit einem großen Lateinersegel das Kap, hinter dem wir uns verstecken. Zu meiner Erleichterung erkenne ich Ragnar an der Ruderpinne. Schon von weitem winkt er uns zu. Noch zwei unserer Männer gehören zu seiner kleinen Mannschaft. Der Seewind treibt ihr Gefährt rasch näher. Im rechten Augenblick lassen sie das Segel fallen, das Boot verliert an Fahrt und läuft sanft auf den Strand auf.

Das Fischerboot gehört zu der Neuerung, die ich eingeführt habe. Bisher wurde immer versucht, Seeräuber mit vielen über den Horizont verteilten Schiffen aufzuspüren, vor sich herzutreiben, um sie dann einzukreisen und zu vernichten. Etwa so, wie man Fische mit einem Schleppnetz fängt. Aber das ist nicht sehr wirkungsvoll. Die schweren byzantinischen Dromonen sind zu langsam für die Seeräuberjagd. Und selbst den schlankeren Galeeren gelingt es selten, die wenigen Segelschiffe der Araber zu stellen und zu entern. Da hilft auch nicht das griechische Feuer, das sie an Bord haben und das in Seeschlachten so verheerenden Schaden anrichten kann.

Ich habe es daher aufgegeben, Piraten auf hoher See zu suchen. Wir spüren sie lieber in ihren Verstecken und verborgenen Stützpunkten auf. An dieser bergigen und zerklüfteten Küstenlinie gibt es unzählige Buchten, weit ins Meer hinausragende Kaps und Felssporne, felsige, schluchtenähnliche Fjorde und kleine Strände hinter vorgelagerten Inseln. Es ist ein wahres Paradies an Unterschlüpfen und geheimen Ankerplätzen. Taucht eine Flotte von Dromonen und Galeeren auf, ziehen sich die Piraten an diesen Küstenstrich zurück, verschwinden in der Dämmerung und sind nicht mehr auffindbar. Es gibt ganze Siedlungen, in denen sie ihre Beute stapeln und per Maultier ins Landesinnere bringen. Dort geben sie sich als harmlose Händler aus und versilbern ihr Diebesgut. Aber das meiste verschiffen sie weiter nach Syrien, Palästina und Ägypten.

Auch diese Araber haben nur einen Gott. Es heißt, in ihrem Eifer, den Glauben an den Gott ihres Mohammeds in alle Welt zu tragen, seien sie noch unnachgiebiger als die Christen. Sie haben ein riesiges Reich erobert und sind die gefährlichsten Feinde der Griechen. Unter dem Banner ihres Allahs kämpfen nicht nur Araber, sondern auch viele der von ihnen unterworfenen Völker.

Uns aus dem Norden ist es unverständlich, für einen Gott in den Krieg zu ziehen. Natürlich lohnt es sich, für Reichtum und Macht zu kämpfen, für Land und Besitz. Aber für einen Gott? Wir beten zu den Göttern, damit sie uns gewogen bleiben, uns reiche Ernte bescheren, uns vor Krankheiten schützen. Die Christen aber wollen von ihrem Gott geliebt werden. Und die

Moslems wollen nichts anderes, als sich ihm unterwerfen. Fünf-
mal am Tag. Nun, ich muss sie nicht verstehen, nur ihre Piraten
fangen.

Um die Bastarde aufzuspüren, habe ich fünf solcher Boote
erworben. Es sind unscheinbare Arbeitsboote, verdreckt und
abgenutzt, nicht zu unterscheiden von tausend anderen Booten, die in der Gegend unterwegs sind. Sie sind meine Augen,
denn wir können damit in jede Bucht segeln und unsere Netze
auslegen, ohne Verdacht zu erregen.

»Die Kerle sind immer noch da«, ruft Ragnar herüber.

»Gut«, sage ich. »Angriff dann im Morgengrauen.«

Unser oberster byzantinischer Befehlshaber ist Stephanos,
der Schwager des Eunuchen Johannes. Aber den Mann bekommen wir so gut wie nie zu Gesicht. Den einträglichen Posten
verdankt er dem mächtigen Bruder seiner Frau. Herr der Flotte
mag dieser Stephanos sein, aber ich habe meine Zweifel, ob er
jemals die Deckplanken eines Schiffs betreten hat. Angeblich
war er vorher Kalfaterer in einer Schiffswerft.

Das byzantinische Reich ist in Militärdistrikte aufgeteilt,
Themen genannt. Das *Thema*, in dem wir gerade Jagd machen,
nennt sich Cibyrrhaeot, und sein Kommandant oder *strategos*,
wie die Griechen sagen, ist ein gewisser Georgios Maniakes.
Ein gewaltiger Kerl, fast noch größer als ich, mit einer Stimme
wie Donnergrollen. Er ist Turkmene und hat mal ganz klein als
Lastenträger im Heer des Kaisers angefangen. Inzwischen ist er
zu einem der fähigsten Generäle des Reiches aufgestiegen.

Allerdings kann ich nicht sagen, dass ich ihn mag. Er ist ein
gewalttätiger, herrschsüchtiger Bastard. Bei jeder Gelegenheit
lässt er Leute auspeitschen. Am Anfang des Jahres mussten wir
ihm auf einem Feldzug nach Syrien bis zum Euphrat folgen.
Wir marschierten als seine Vorhut und konnten so einige kleinere Städte einnehmen, bevor die Hauptmacht nachgerückt

war. Wir sollten ihm unsere Beute aushändigen, was ich ihm aber verweigert habe.

Einmal hatten wir uns eine gute Hügelstellung als Lager ausgesucht. Die wollte er im Nachhinein für sich selbst beanspruchen. Auch das habe ich abgelehnt und ihm gesagt, wir würden unter Stephanos dienen und ich müsse mich von ihm nicht herumkommandieren lassen. Seitdem mag er mich nicht. Aber er ist auch klug genug, mich und meine Kameraden in Ruhe zu lassen, denn unsere Erfolge zählen auch für ihn. Besonders bei der Eroberung von Edessa waren wir die Ersten, die über die Mauer gelangt sind. Aber natürlich hat er den Ruhm dafür selbst eingeheimst. Wir aber haben gute Beute gemacht, bevor der Rest des Heeres die Stadt durchsucht hat.

Mit diesem Maniakes haben wir es also häufiger zu tun, denn bei ihm liefern wir jedes aufgebrachte Piratenschiff zur Registrierung ab. Die Schiffe selbst, wie auch sämtliche Beute, dürfen wir behalten, müssen aber jeweils die Gebühr von einem Gewicht von hundert Mark Silber zahlen. Das nehmen die Byzantiner sehr ernst, und gekaperte Schiffe zu unterschlagen könnte mich meinen Rang kosten. Was wir nicht behalten, wird meist sofort im Hafen von Ephesos versteigert. Unser neuer Freund Photios oder Folkbjorn kümmert sich darum. Ich habe ihm Bogdan zur Seite gestellt, damit er ehrlich bleibt.

Das byzantinische Reich – Grikaland, wie wir es nennen – ist mir im Grunde gleichgültig. Es wird von einer hinterhältigen und ränkesüchtigen Adelsschicht beherrscht, von bestechlichen Beamten und einer kaiserlichen Familie, die vor Mord nicht zurückschreckt und ansonsten nur an ihr Vergnügen denkt. Was sie tun und lassen, geht uns nichts an. Wir sind Söldner. Und solange sie uns bezahlen, kämpfen wir für sie.

Da mein Trick mit den Fischerbooten ziemlich erfolgreich ist, sitzen meine *hirðmen* inzwischen auf Seekisten, die halb voll Silber sind. Am meisten habe ich selbst angesammelt, denn die Hälfte der Beute geht an die Mannschaft, die andere Hälfte an mich. Die Männer sind hochzufrieden, auch weil ich häufig aus meinem Besitz Geschenke für besondere Leistungen verteile.

Nein, wir können uns wahrlich nicht beklagen. Zumal wir in den zwei Jahren, in denen wir auf Piratenfang sind, erst zwei Kameraden verloren haben. Das ist, weil wir unsere Angriffe sorgfältig planen, offene Kämpfe vermeiden und meist völlig überraschend zuschlagen. Zum Glück sind wir nicht in den Flottenverband eingebunden. Die Befehlshaber haben gemerkt, dass wir auf uns allein gestellt erfolgreicher sind.

In der Nacht schlafe ich schlecht, bin wie immer vor einem Einsatz etwas unruhig. Der Feind befindet sich in einer versteckten Bucht nicht weit von hier. Es scheint mehr als nur ein vorübergehender Unterschlupf zu sein, denn an Land haben wir Hütten ausgemacht. Sie haben Wasser, da dort ein kleiner Bach ins Meer fließt. Drei arabische *Dhaus* liegen am Strand. Das hat Ragnar berichtet. Allerdings hat er sich nicht zu nah herangetraut, deshalb wissen wir nicht, wie viele Kämpfer sie haben. Wir hoffen, sie im Morgengrauen überraschen zu können. Diese *Dhaus* sind gute Schiffe. Vielleicht sollten wir ein paar von ihnen einsetzen. Als Tarnung.

Ich denke an Aila, wie jede Nacht, wenn der Schlaf nicht kommen will. Ihr Verlust macht mir immer noch zu schaffen. Ich versuche, ihr Antlitz heraufzubeschwören. Aber ich kann mich immer nur an Einzelheiten erinnern, an ihre Hände, an die geschwungene Linie ihrer Hüfte oder an ihre in Unmut gerunzelten Brauen. Auch ihr Geruch ist mir noch gegenwärtig. Doch ein Gesamtbild ihrer Schönheit will sich nicht mehr einstellen, sosehr ich es auch versuche.

Während des ersten Jahres in Grikaland war ich bemüht, mich mit Wein und Huren abzulenken, nein, eher zu betäuben.

Meist waren Thorkel und Svein meine Begleiter. Svein, dessen Weib und Sohn seit Jahren verschollen sind, konnte noch am ehesten nachempfinden, wie mir zumute war. Aber auch Thorkel, obwohl er fast nie darüber spricht, trauert seiner Sigríð nach. Er hat ohnehin einen Hang zum Düsteren.

Wenn nicht auf See, trieben wir uns in verruchten Kaschemmen herum, je schlimmer, desto besser. Wir leisteten uns Ausschweifungen jeder Art, wovon die Welt des Orients viel zu bieten hat. In gewissen Spelunken im Hafen von Ephesos ist alles zu haben. Wir feierten trunkene Orgien mit willigen Weibern von wer weiß woher. Blonde, braune, schwarze. Sklavinnen die meisten. Man kann sich kaum deren Geschicklichkeit vorstellen, die Sinne zu reizen und die Lust ins Unermessliche zu steigern. Dabei berauschten wir uns mit Opium, rauchten arabisches Haschisch, probierten Mandragora oder Alraune, wie sie bei uns genannt wir. Ein paarmal war ich so betrunken, dass ich morgens in einer Gosse aufgewacht bin, ohne zu wissen, wie ich dahin gekommen bin.

Doch schon bald wurde ich der Huren überdrüssig, musste einsehen, dass solche Ausschweifungen den Schmerz nicht lindern, schon gar nicht das Verlangen nach einer verlorenen Liebe. Dass hirnloses Vögeln kein Ersatz ist und dass man sich am nächsten Morgen nur noch elender fühlt. Ich bin in mancher Hinsicht bitter geworden. Auch harscher im Umgang mit den Männern. Für vieles gefühllos. Piraten jagen und zur Abschreckung hinrichten, das ist alles, was im Augenblick für mich zählt.

Und natürlich Beute machen. Deshalb sind wir hier. Ich gehe vorsichtig mit meinem neuen Reichtum um, denn ich will den Hort so schnell wie möglich vergrößern. Einen Teil davon habe ich schon nach Holmgarð zur sicheren Aufbewahrung geschickt. Schließlich will ich den Byzantinern nicht ewig dienen. Ich habe anderes vor.

Ein paar Stunden später fahre ich aus einem unruhigen Schlaf hoch und sehe, dass wir verpennt haben. Der westliche Horizont liegt zwar noch in tiefer Dunkelheit, doch über den Bergen zeigt sich schon das erste Grau des neuen Tages. Verdammt! Um diese Zeit sollten wir längst an Ort und Stelle sein. Ich schnauze die Wache an, die sich selbst gerade verschlafen die Augen reibt. Dann mache ich die Runde und wecke alle auf. Wenn's sein muss, mit einem kräftigen Tritt.

Es dauert nicht lange, und die Männer holen den Anker vom Grund und legen die Riemen aus. Auch auf den anderen Schiffen meiner kleinen Seestreitmacht. Es weht eine leichte Landbrise, aber wir werden uns allein aufs Rudern verlassen. Die Fischerboote lassen wir am Strand zurück. Die können wir später holen.

Die Hälfte der Mannschaft rudert, während die Übrigen sich wappnen. Dann wird getauscht. Auf den anderen beiden Schiffen bereiten sich die Männer ebenfalls vor. Schaum spritzt vom Bug. Die *Bloð-hrafn* fliegt auf den sanften Wellen dahin. Nichts ist besser als hartes Rudern, um aufzuwachen. Im Kielwasser folgen ein paar Möwen. Die felsige Küste liegt noch im Dunkeln, doch über den Kämmen wird der Himmel langsam heller.

Ragnar steuert. Er kennt den Kurs, den wir nehmen müssen. Schließlich hat er die Lage erst gestern ausgespäht. Trotzdem ist mir unwohl, denn bei dem schwachen Licht lassen sich die Felsen, an denen wir vorbeirudern, nur erahnen. Aber Ragnar weiß, was er tut. Nach einer Weile steuert er das Schiff auf eine Durchfahrt zwischen dem Festland und einer vorgelagerten Insel zu. Es ist eine schmale Lücke, und der Wind fährt in sie hinein wie in einen Trichter und frischt merklich auf. Gischt spritzt am Bug hoch. Wellen brechen sich schäumend rechts und links an den dunklen Felsen.

»Keine Angst«, raunt Ragnar, als hätte er meine Gedanken erraten, »hier gibt's keine Riffe. Das Wasser ist tief.«

An sich ist die Seefahrt in diesem Meer denkbar einfach. Keine Strömung oder Tidenhub, keine Sandbänke. Selbst auf offener See ist es von einer Insel oder Küste zur nächsten selten mehr als eine Tagesreise. Und Stürme kommen meist nur im Herbst oder Winter vor. Auf Ragnar ist Verlass. Ich versuche mich zu entspannen.

Für den heutigen Angriff sind die *Bloð-hrafn* und die *Boðvarr* zuständig. Halldors *Malm-hrið* wird zurückbleiben und die Zugänge zur Bucht bewachen, um den Piraten jede Fluchtmöglichkeit abzuschneiden. Die Männer sind bereit. Wer nicht rudert, hat Schild und Axt zur Hand genommen. Wir werden als Erste über Bord springen und den Angriff beginnen.

Die Ruderer, sobald Schiff und Riemen gesichert sind, werden dann als zweite Angriffswelle an Land stürmen. So haben wir es schon häufig gemacht, darin sind wir geübt. Auch heute erwarte ich keine Schwierigkeiten, außer, dass wir spät dran sind.

Das Felsenkap kommt in Sicht, hinter dem sich die Piratenbucht verbirgt. Noch ein paar Riemenschläge, und wir werden ihre kleine Siedlung zu Gesicht bekommen. Ich lege mir den Schildriemen um und prüfe, ob mein Helm richtig sitzt. Aber dann, noch bevor wir das Kap umrunden, merke ich, dass etwas nicht stimmt. Man hört dünne Schreie, fernes Gebrüll. Und als wir endlich in die Bucht einfahren, leuchten Feuer an Land, Hütten, die in Flammen stehen. Vor ihrem Schein sind Krieger zu erkennen, die Menschen zusammentreiben.

»Was, zum Teufel …?«, entfährt es mir.

»Da ist uns einer zuvorgekommen«, murmelt Thorkel an meiner Seite.

Vor dem Strand die dunklen Umrisse der drei ankernden *Dhaus*, von denen Ragnar berichtet hat. Aber daneben liegen noch zwei Schiffe am Strand. Die Flammen lassen ihre Umrisse erkennen. Hohe Vordersteven so wie unsere. Und eines der beiden kenne ich. Es ist die *Fálki*, verdammt nochmal!

»Großmaul Erlingsson!«, knurrt Ragnar wütend. Er springt auf. Seine Stimme bebt vor Zorn. »Die reißen sich unsere Beute untern Nagel, Harald. Das dürfen wir nicht zulassen.«

Auch andere an Bord haben begriffen, was da vor sich geht, heben entrüstet ihre Waffen oder recken die Fäuste. »Die Bastarde wollen sich ins gemachte Nest setzen«, brüllt einer. »Diese Piraten sind unsere. Wir haben sie aufgespürt.«

Ganz recht. Wir haben sie aufgespürt. In tagelanger Arbeit. Aber Sigurd muss uns dabei beobachtet und seine Schlüsse gezogen haben. Der Kerl ist ein Fuchs, das muss man ihm lassen. Er hat schneller zugeschlagen als wir.

Ragnar packt mich am Arm. »Das hat der Hurensohn schon mal gemacht. Wir können uns nicht auf der Nase herumtanzen lassen. Es wird Zeit, die Wichser fertigzumachen. Ihnen eine Lehre zu erteilen.«

Tatsächlich hat auch Sigurd bei den Griechen angeheuert, wie ich bald nach unserer Ankunft in Miðgarð feststellen musste. Samt seiner alten *hirð* von Halsabschneidern. Und auch er hat noch ein Schiff bauen lassen und wurde genau wie wir auf Piraten angesetzt. Was nur natürlich ist, denn wir Nordmänner sind nicht nur Seefahrer, sondern wissen auch, wie man zur See kämpft. Und dies mit Schiffen, wie es sie nirgendwo auf der Welt gibt. Schnell unter Segel und doch unabhängig vom Wind. Schiffe, die hundert Krieger überallhin tragen können und dank ihres niedrigen Tiefgangs sogar in flache Gewässer. Ideal für die Suche nach Piraten in einsamen Buchten und Flussmündungen.

Aber das Meer ist weit, und auf offener See sind wir Sigurd und seinen Leuten bisher nur selten begegnet. Dafür treffen wir sie ab und an in Ephesos, wo sie wie wir ihren neuesten Fang versilbern. Dabei hat sich eine Art Wettkampf zwischen uns entwickelt, wer von uns mehr Piratenschiffe aufbringt. Bis jetzt liegen wir klar in Führung. Doch schon einmal hat er uns auf ähnliche Weise die Beute vor der Nase weggeschnappt. Die Erinnerung daran stößt immer noch übel auf. Nicht nur der Mannschaft, vor allem mir. Dass der Kerl uns heute zum zweiten Mal reinlegen will, ärgert mich gewaltig.

»Also was ist, Harald? Greifen wir an?«

Ja, ich habe Lust, diesem Bastard eine Lehre zu erteilen. Ich sollte Halldor ein Zeichen geben, sich am Kampf zu beteiligen. Dann wären wir in der Überzahl. Sigurds Leute sind gerade beschäftigt und auf einen Angriff von See kaum vorbereitet. Zumal es aussieht, als ob sie uns noch nicht entdeckt hätten. Das Feuer blendet sie natürlich. Und wir kommen von Westen, aus der Dunkelheit, und der Landwind verhindert, dass sie unsere Riemenschläge hören.

Ich blicke mich nach Sveins *Boðvarr* um. Sie kommt an Steuerbord auf. Im grauen Dämmerlicht sehe ich ihn auf dem Achterdeck stehen. Er hebt beide Arme in der unmissverständlichen Geste: Was nun? Was ist dein Befehl?

Ich zögere noch, während wir uns dem Strand nähern, lausche dem Geschrei, das der Wind herüberträgt. Die brennenden Hütten erhellen den Strand fast so, als wäre es Tag. Sigurds Leute haben Männer und Frauen voneinander getrennt und ihnen, wie es aussieht, die Hände gefesselt. Ein Dutzend von ihnen tragen Ballen und Kisten zu den beiden Schiffen, die mit dem Kiel auf dem Sand liegen. Vermutlich kostbare Handelsware, reiche Beute. Verfluchte Scheiße! Und die *Fálki* hätte ich natürlich auch gern wieder.

»Harald, was ist?«, höre ich Thorkel neben mir. In seiner Stimme liegt Ungeduld. Auch Ragnar starrt mich erwartungsvoll an. Das ganze Schiff wartet auf meinen Befehl.

Das Meer in der Bucht ist ruhig. Der Wind kräuselt die Oberfläche. Die Wellen, die sanft auf den Strand auflaufen, kann man bis hierher hören. Unsere Riemenschläge haben sich auf meinen Befehl hin verlangsamt. Wir schleichen näher. Aber jetzt entdeckt uns doch einer an Land und deutet in unsere Richtung.

Sofort lassen Sigurds Männer alles stehen und liegen und greifen zu den Waffen, bilden eine Schildwand am Strand. Sie können nicht ahnen, ob wir als Freund oder Feind kommen. Jeder in dieser Ecke der Welt kann ein Feind sein. Es sind gute Kämpfer, das wissen wir aus Erfahrung. Ich denke, wir können sie überwinden, aber wenn wir sie angreifen, wird es Tote geben. Viele Tote. Und wozu? Wegen ein paar Kisten Silber? Oder wegen unseres verletzten Stolzes?

Meine Wut legt sich. Nicht ganz so schnell, wie sie zuvor hochgekocht ist, aber sie legt sich. Wir kämpfen schließlich auf der gleichen Seite. Für Byzanz. Die Flottenführung würde es nicht verzeihen, wenn wir hier eine Schlacht anzetteln.

Ich schüttele den Kopf. »Nein, kein Angriff. Wir haben alle heute Morgen gepennt. Ich auch. Es ist unsere eigene verdammte Schuld, dass wir zu spät kommen. Grünauge Sigurd hat uns überlistet, das muss man ihm lassen. Nehmen wir's wie Männer. Ohne Schaum vor dem Mund.«

Meine Entscheidung findet wenig Anklang, das lässt sich an den Mienen um mich herum erkennen. Alle hatten sich auf Kampf eingestellt. Aber sie fügen sich, stecken widerwillig die Waffen weg und hängen ihre Schilde zurück an die Bordwand. Ragnar flucht, dass einem die Ohren weh tun, aber auch er sieht ein, dass Sigurd einfach schneller gewesen ist. Besser, wir zahlen es ihm auf andere Weise heim. Beim nächsten Mal.

Wir nähern uns langsam dem Ufer. Zuletzt heben sich die Riemen aus dem Wasser, und mit einem knirschenden Geräusch laufen unsere beiden Schiffe auf den flachen Strand auf. Sigurds Schlachtreihe hat sich gelockert, aber nicht aufgelöst. Wir ernten misstrauische Blicke. Nur Sigurd ist sein unbekümmertes Selbst.

Er trägt keinen Schild. Nicht einmal einen Helm. Der Wind spielt in seinem roten Haar. Und er grinst übers ganze Gesicht.

»Harald, mein Freund. Du kennst das alte Sprichwort: Früher Vogel fängt den Wurm!« Er lacht sich halbtot.

Ich springe als Erster von Bord und sehe mich um. Die Hütten brennen immer noch. Eine Menge toter Araber liegen herum. Ihr Blut hat dunkle Flecken auf dem Sand hinterlassen. Die überlebenden Piraten hocken auf Knien, Hände hinter dem Rücken gefesselt. Darunter auch Verwundete. Einige blicken ängstlich zu uns herüber, die meisten aber mit trotzigen Mienen. Ich denke, sie wissen, was ihnen blüht.

Etwas abseits eine Gruppe jammernde Weiber. Auch ihnen hat man Fesseln angelegt und sie mit einem Strick aneinandergebunden. Die sind für den Sklavenmarkt bestimmt.

»Du weißt doch, dass wir diese Bucht entdeckt haben?«

»Mag sein«, sagt er. »Aber wir waren zuerst da.«

»Zumindest sollten wir die Beute teilen. Das wäre gerecht.«

Ich sage das zwar, habe aber wenig Hoffnung, damit durchzukommen, denn Sigurds Männer hieven schon die letzten Kisten und Ballen an Bord ihrer Schiffe.

Sigurd zuckt mit den Schultern. »Ihr habt vielleicht die Bucht entdeckt, aber wer gekämpft hat, das waren wir. Und wir haben Verluste erlitten.«

»Was für Verluste?«

»Verwundete.«

Er deutet auf zwei seiner Kerle, die auf dem Strand hocken und sich verarzten lassen. Einer hat einen Schnitt im Gesicht, der andere eine Armwunde.

»Lächerliche Kratzer«, sage ich.

Sigurd tut, als ob er nachdenkt. »Hör zu«, sagt er. »Ich überlasse dir die drei *Dhaus* und die Weiber. Wir nehmen nur, was wir gerade verladen haben. Und ihr erledigt den Rest hier.«

Ich weiß natürlich, was er mit dem Rest meint. »Was war das gerade, was ihr verladen habt?«

»Geht dich, verdammt nochmal, nichts an!«, knurrt er, plötzlich nicht mehr so umgänglich. Vermutlich haben sie einen großartigen Fang gemacht. »Ich rate dir, darüber keinen Streit vom Zaun zu brechen. Das würde blutig ausgehen.«

Ich nicke. Ja, das würde blutig ausgehen. »Also gut. Verpisst euch!«

Inzwischen ist es heller geworden. Über den Bergkämmen leuchtet der Himmel blass rosa. Er befiehlt seinen Männern, an Bord zu gehen. Und wir schauen grimmig zu, wie sie die beiden Schiffe ins Meer schieben und sich dann über die Bordwand hieven. Nur Sigurd ist noch zurückgeblieben.

»Das soll ich dir aushändigen«, sagt er und reicht mir eine dieser Hüllen aus hartem Leder, in denen Botschaften versandt werden.

»Was ist das?«, frage ich erstaunt.

»Befehl von Maniakes. Du sollst mit deinen Schiffen auf dem schnellsten Weg nach Ephesos zurückkehren. Ich wurde beauftragt, dich zu finden und dir den Befehl zu übergeben. Das ist hiermit getan. Und viel Spaß bei deinem neuen Kommando.« Er lässt wieder sein spöttisches Lachen hören.

Ich breche das Siegel auf und ziehe das Pergament aus der Hülle. Inzwischen sind mir Lesen und Schreiben geläufig. Zumindest auf Griechisch. Ich überfliege den Inhalt des Schreibens, das Maniakes' Siegel trägt. Darin befiehlt er mir, die erlauchte Theodora, Schwester der Kaiserin, die zurzeit in Ephesos weilt, nach Palästina und Jerusalem zu begleiten.

»Nach Jerusalem?« Ich sehe auf. »Was weißt du darüber?«

»Sie befindet sich auf Pilgerreise. Ihre *Dromone* liegt in Ephesos. Eines der Begleitschiffe ist leckgeschlagen. Und auf dem anderen ist irgendeine Seuche ausgebrochen. Deshalb sollst du jetzt Kindermädchen spielen und für ihre Sicherheit sorgen.« Er nickt mir grinsend zu, watet ins Wasser und lässt sich von seinen Männern an Bord helfen.

»Viel Vergnügen bei deiner Pilgerreise«, ruft er noch herüber und lacht. »Wir werden uns derweil noch ein bisschen mehr Beute schnappen!«

Seine Kerle legen sich ins Zeug, die Riemen beißen, und die beiden Schiffe gleiten rückwärts vom Strand weg, drehen und entfernen sich langsam. Einige winken uns höhnisch zu. Und einer zieht sich die Hosen runter und zeigt uns zum Abschied den nackten Arsch.

»Verdammte Scheißer«, flucht Ragnar. »Ich wünsche diesem Sigurd die Krätze an den Hals und dass endlich sein mickriger Schwanz abfault.«

Auch Halldors Schiff ist inzwischen am Strand angekommen. Ich sage ihm, sie sollen das brennende Dorf durchsuchen, ob da noch was Wertvolles zu finden ist. Nicht, dass ich viel Hoffnung habe.

Ich seh mir die Gefangenen an. Es sind mindestens fünfzig, die vor mir auf dem Sand knien und mich anstarren. Manche flehentlich, andere zornig, die meisten in ihr Schicksal ergeben. Söhne Mohammeds. Dunkelhäutig und dunkelhaarig, mit verfilzten Bärten. Barfuß und halbnackt, als habe man sie brutal aus dem Schlaf gerissen. Ein paar Graubärte darunter. Die meisten aber jung. Einige bluten aus Schnittwunden. Das sind die, die sich wie ihre toten Kameraden gewehrt haben. Ich seufze und gebe den Befehl, zu tun, was wir tun müssen. Den Rest erledigen, wie Sigurd es genannt hat.

Zwei große Kerle, einer davon ist Bjorn Skallagrimsson, ziehen ihre Schwerter und machen sich daran, die armen Schweine zu enthaupten, einen nach dem anderen. Köpfe purzeln von den Schultern, Blut schießt aus den zusammenbrechenden Leibern und ergießt sich in den Sand.

Die Frauen, die zuschauen müssen, kreischen und heulen vor Entsetzen. Aber das ist, was wir tun, wenn wir ein Piratennest erobert haben. Wir schneiden ihnen die verdammten Köpfe ab und spießen sie auf Pfähle, die wir am Strand aufgepflanzt zurücklassen. Zur Abschreckung. Damit andere wissen, was ihnen blüht, wenn sie geschnappt werden.

Manche Gefangenen wimmern, flehen um Gnade. Aber die meisten beten zu ihrem Gott, während sie darauf warten, dass wir sie in ihr verdammtes Paradies schicken. Eine Handvoll sind schon tot, gleich darauf ein Dutzend, während sich die beiden Scharfrichter an der Reihe entlangarbeiten.

Ich starre in ein Gesicht vor mir, in die blassgrünen Augen eines jungen Kerls, sein Bart nur ein dünner Flaum auf makelloser, olivbrauner Haut. Ein Kind fast noch. Und plötzlich kotzt mich das Ganze an. Ich habe genug von diesem sinnlosen Abschlachten, von dem ewigen Blutvergießen. Als ob es etwas ändern würde. Als ob es deshalb weniger Piraten gäbe.

»Hört auf damit«, rufe ich. Verwundert halten Bjorn und sein Kamerad inne. Von ihren Klingen rinnt Blut in den Sand. »Lasst die verfluchten Kerle am Leben«, sage ich.

Svein starrt mich verwundert an. »Aber unser Befehl …«

»Scheiß auf unseren Befehl!«

»Du willst sie laufenlassen?«

»Hackt ihnen meinetwegen die Finger der rechten Hand ab. Dann können sie kein Schwert mehr halten.«

»Wie du willst«, meint Svein und gibt Anweisungen, die Weiber an Bord zu bringen. Es sind kaum mehr als ein Dutzend. Aber ein paar von ihnen hübsch genug, um einen guten Preis auf dem Sklavenmarkt zu erzielen.

»Die Frauen lassen wir auch hier«, unterbreche ich ihn scharf. »Nehmt ihnen die Fesseln ab. Sie können sich um ihre Verwundeten kümmern. Wir nehmen nur die drei *Dhaus* mit. Die bringen auch noch einiges an Silber.« Die Männer starren mich an, als ob ich den Verstand verloren hätte. Ich lasse mich aber nicht beirren. »Wer was dagegen hat, soll es mir ins Gesicht sagen. Aber der kann dann auch gleich hierbleiben.«

Sie murren. Aber sie gehorchen.

Die Grabeskirche in Jerusalem

Wir landen in Jaffa. Die Schiffe ankern unterhalb der Burg, die über dem Hafen thront. Es ist ein wolkenverhangener Tag, ungewöhnlich für die Gegend, in der um diese Jahreszeit meist die Sonne scheint. Ich gehe mit einigen meiner Männer an Land, um Theodora und ihr Gefolge anzukündigen und um für Pferde und Maultiere zu sorgen.

Dies ist Feindesland, *Serkland*, wie wir es nennen, Land der Muslime. Einst war es römisch, aber seit Jahrhunderten fest in arabischer Hand. Doch dem Basileus Mikhaél ist es im vergangenen Jahr gelungen, mit dem Kalifen Moustansir-Billah Frieden zu schließen und ein Abkommen zu treffen, das es christlichen Pilgern erlaubt, die Heilige Stadt zu besuchen. Der Kalif ist zwar gerade mal sechs Jahre alt und erst vor kurzem zum Oberhaupt aller Muslime gekürt worden, doch die Verhandlungen hatten schon einige Zeit vorher begonnen und sind schließlich mit Hilfe der Mutter des jungen Kalifen zum Abschluss gebracht worden.

Das Übereinkommen ist eine große Sache für die Byzantiner. Es hat dem Basileus begeisterte Zustimmung eingebracht, denn für jeden Christen ist es das Allererstrebenswerteste, einmal im Leben die heiligen Stätten ihres Glaubens zu besuchen. Überhaupt scheint dieser Mikhaél, der Vierte seines Namens, trotz seiner Jugend und bescheidenen Herkunft – sein Vater ist ein einfacher Silberschmied – ein fähiger Herrscher zu sein. Aber ich denke, es steckt der kluge Eunuch Johannes dahinter, obwohl der Mann selbst höchst unbeliebt ist. Vielleicht nimmt Mikhaél die beim Volk beliebten Entscheidungen für sich in Anspruch, während er die unangenehmen dem Minister zuschiebt.

Der Hafenmeister, ein schon etwas älterer, in Turban und weiten Roben gekleideter Araber mit der Miene eines Mannes, den nichts im Leben mehr beeindrucken kann, mustert mich mit einem abschätzenden Blick, als frage er sich, was, bei Allah, dieser zu groß geratene *væringi* hier zu suchen hat. Im Gürtel trägt der Mann einen krummen Dolch, dessen Scheide mit Edelsteinen verziert ist. Im Hintergrund stehen schwerbewaffnete Krieger. Sie gehören zur Besatzung der Burg, die den Hafen bewacht. Es sind *Ghulam*-Sklaven, habe ich mir sagen lassen, die man von Kindesbeinen an zum Kriegsdienst ausgebildet hat. Sogar ein paar pechschwarze Kerle sind darunter.

Zum Glück ist ein Übersetzer zur Stelle. Mit dessen Hilfe erkläre ich dem Araber, wer wir sind und wohin wir zu reisen gedenken, und lasse ihn einen Blick auf das beeindruckende Pergament des Basileus werfen, das uns hier alle Türen öffnen soll. Dann übergebe ich ihm einen gewichtigen Beutel mit byzantinischen Goldmünzen. Als vorauseilende Anerkennung für seine freundliche Unterstützung. Und mit dem Versprechen auf mehr bei unserer Rückkehr, sollte alles zu unserer Zufriedenheit verlaufen.

Das Geschenk verändert sein Benehmen schlagartig. Plötzlich setzt er ein äußerst zuvorkommendes, wenn auch etwas öliges Lächeln auf, lässt mich wissen, dass man dem hohen Besuch jede erdenkliche Hilfe zu gewähren bereit sei, und verspricht, für die Damen Sänften und Träger zur Verfügung zu stellen und natürlich eine bewaffnete Begleitmannschaft für den langen Weg nach Jerusalem.

Auf beides verzichte ich. Meine Krieger sind Schutz genug. Und die edle Theodora möchte reiten, hat sie mir mitgeteilt. Schließlich sei sie nur eine arme Nonne und nicht altersschwach. Im Grunde sollte sie zu Fuß gehen, das gehöre sich für eine gottesfürchtige Pilgerin, aber davon habe ich sie, zur Erleichterung der übrigen Mitglieder der kaiserlichen Reisegesellschaft, abbringen können.

Ich bitte deshalb um ein Dutzend Pferde und genügend Maultiere für Zelte und Gepäck und um einen ortskundigen Führer. Und natürlich benötigen wir einen Lagerplatz für die Ruderbesatzung der *Dromone* und für den Teil meiner Männer, den wir zurücklassen, um die Schiffe zu bewachen.

Alles wird für den nächsten Tag versprochen. Wir legen am Kai an, und Theodora, ihre jüngere Schwester Eudocia, dazu eine entfernte Verwandte mit Namen Maria sowie zwei Mönche, eine Nonne aus Theodoras Kloster, ein paar Diener und eine Handvoll Leibwachen begeben sich an Land, wo wir ihre Zelte errichten. Nicht die verblichenen und geflickten Planen meiner Männer, sondern prachtvolle, hohe Zelte aus doppelt genähter Rohseide, innen mit weichen Teppichen und Kissen ausgelegt. Eine arme Nonne mag sie sein, aber Theodora scheint auch die Bequemlichkeiten nicht zu verachten, die ihr Stand ihr ermöglicht.

Das kaiserliche Gold hat den Hafenmeister bewogen, am Abend ein üppiges Abendmahl auffahren zu lassen. Zumindest für die Ehrengäste. Es ist das erste Mal, dass ich Gelegenheit habe, arabische Küche zu genießen. Anders als das, was wir gewohnt sind, aber durchaus empfehlenswert, selbst für verwöhnte byzantinische Gaumen.

Früh am nächsten Morgen ist alles bereit. Ein Dutzend Pferde für die hohen Gäste stehen zur Verfügung. Wir beladen die Maultiere mit dem Nötigsten, und dann helfe ich Theodora in den Sattel.

Die Mönche, die übrigen Damen und ich selbst steigen ebenfalls auf. Ich nehme etwa zweihundert Mann als Begleitschutz mit. Die Hälfte von ihnen marschiert voraus. In der Mitte folgt die kaiserliche Reisegesellschaft samt ihren Leibwachen und

Dienern. Zur Sicherheit auch ich selbst mit einigen ausgesuchten Kriegern. Darunter Thorkel und der einäugige Bjorn Skallagrimsson. Hinter uns der Maultiertross, dann folgt der Rest der Männer.

Unser Führer ist ein junger Mann, auch er ganz in jene wallenden Gewänder der Araber gekleidet. Zum Glück ist er des Griechischen mächtig. Svein, ebenfalls zu Pferde, übernimmt mit ihm die Führung. Wir brechen auf.

Die Wolkendecke ist über Nacht verschwunden, und es wird schnell ziemlich warm. Wir reiten über flaches, zum Teil bewirtschaftetes und mit einem Netz von schmalen Gräben durchzogenes Land. Ich staune über die von Eseln betriebenen Pumpen, die das Wasser aus der Tiefe holen und über die Felder fließen lassen.

Man muss es den Arabern lassen: Sie stehen in vielem den Byzantinern nicht nach und wissen, wie man das Beste aus dem sonst so trockenen Boden holt. Dabei sind die meisten Bauern nicht einmal Araber, sondern Menschen, die hier seit Ewigkeiten leben, viele zum Islam übergetreten, aber auch Christen, Juden, gelegentlich Beduinen, die sich angesiedelt haben. Die Araber selber stellen die Oberschicht, den Adel und die Großgrundbesitzer. Und natürlich das Heer.

Nach zwei Stunden Marsch schließe ich zu Theodora auf, die mit ihrer jungen Verwandten reitet, um mich zu erkundigen, ob alles in Ordnung ist, ob es ihr an irgendetwas mangelt.

»Einen Schluck Wasser könnte ich vertragen«, sagt sie und bedankt sich für meine Fürsorge.

Wir halten kurz an, und ich winke einen Diener heran, der einen Lederbecher mit Wasser aus einem Schlauch füllt und ihr reicht. Ich betrachte sie, während sie schlückchenweise trinkt und in die sonnendurchglühte Landschaft blickt. Sie sieht älter aus als ihre Schwester Zoë und ist doch um einige Jahre jünger.

Es sind die Falten um Mund und Augen, die schmalen Schultern und der leicht gebeugte Rücken, die diesen Eindruck vermitteln. Sie trägt ein schmuckloses schwarzes Nonnengewand und die dazugehörende Haube, so dass nicht mehr als Gesicht und Hände zu sehen sind. In der Rechten hält sie einen kleinen Schirm gegen die Sonne.

Sie blickt mich an, und ein warmes Lächeln erscheint auf ihrem schmalen, etwas blassen Gesicht. »Zu denken, dass wir die Gnade erfahren, durch dieses heilige, von Gott gesegnete Land zu reisen«, sagt sie. »Es ist die Krönung unseres Lebens, nicht wahr?« So, wie sie mich anschaut, ist sie auch für mich glücklich, dass ich an dieser Erfahrung teilhaben darf.

»Ganz gewiss, Hoheit«, sage ich deshalb.

Das Heilige Land. Ich habe das schon öfter gehört. Ich frage mich, warum ausgerechnet dieses Land so heilig und von Gott gesegnet sein soll und nicht irgendein anderes? Was soll so besonders an diesem heißen, halb vertrockneten Stück Erde sein? Um das so oft und so erbittert gekämpft worden ist, wenn man dem greisen Priester glauben will, der Theodora begleitet.

Ich habe mich unterwegs ein wenig mit ihm unterhalten. Er heißt Matthias und ist schon recht gebrechlich. Ich frage mich, ob er die Reise überhaupt überstehen wird, so vornübergebeugt und wackelig, wie er im Sattel sitzt. Neben ihm reitet die edle Eudocia. Sie macht ein unglückliches Gesicht und scheint mehr als andere unter der Hitze zu leiden. Kein Wunder bei ihrer Leibesfülle und den Gewändern aus schwerem Tuch, in die sie sich gehüllt hat. Und dann diese aufwendige Kopfbedeckung. Vielleicht schön bei Hofe, aber nicht hier.

Theodora reicht dankend den Becher zurück. »Man denke, auf diesem heiligen Boden ist unser Herr Jesus Christus gewandelt. Schon die Luft, die uns hier umgibt, fühlt sich anders an. Sie hat etwas Erhabenes, Göttliches. Findest du nicht, Araltes?«

Ich spüre nichts, außer dass ein heißer Wind von den Bergen her weht. Aber ich will sie nicht enttäuschen und nicke lächelnd.

»Bemüh dich nicht, Tante«, sagt die junge Maria neben ihr. Anscheinend hat sie mich durchschaut. »Der Mann ist ein ungehobelter Heide. Was weiß der schon von Christus?«

Sie ist mir ganz offensichtlich nicht gewogen. Schade, denn sie ist hübsch und ähnelt ein wenig der Kaiserin Zoë. Oder bilde ich mir das ein? Jedenfalls hat sie die gleiche, etwas längliche Nase und ausdrucksvolle Augen, mit denen sie mich von oben herab mustert. Was für eine eingebildete Schnepfe, denke ich. Für die bin ich nur ein bezahlter Söldner, dem man möglichst wenig Beachtung schenken sollte.

Ich will mich abwenden, aber Theodora legt mir ihre Hand auf den Arm. »Verzeih unserer lieben Maria«, sagt sie. »Sie meint es nicht so.«

Ich denke schon, dass sie es so meint. Besonders nach dem hochmütigen Blick, mit dem sie mich mustert. Soll sie mir doch gestohlen bleiben! Meine Aufgabe ist, mich um die Sicherheit zu kümmern, und sonst nichts.

»Möchtet Ihr eine Weile ausruhen, Hoheit?«, frage ich Theodora. Und mit einem Blick auf den alten Priester hinter uns füge ich hinzu: »Bruder Matthias könnte vielleicht eine Rast vertragen …«

»Kommt nicht in Frage!«, lässt sich seine krächzende Stimme vernehmen. »Ich bin vielleicht alt, aber nicht hinfällig. Also macht voran. Ich kann es nicht abwarten, nach Jerusalem zu kommen.«

Theodora lacht über die Bemerkung. Also marschieren wir weiter. Aber nach einer weiteren Stunde, inzwischen leiden alle unter der Mittagshitze, droht der alte Mann aus dem Sattel zu fallen, und als wir ein Pinienwäldchen erreichen, ordne ich seiner Proteste ungeachtet eine längere Rast an.

Die Damen und ihre Begleitung finden ein schattiges Plätzchen. Ich hocke etwas abseits bei meinen Kameraden. Ein paar Bauern tauchen auf und bieten süße Melonen zum Verkauf an, die sie auf einem Esel zu uns gebracht haben. Wir lassen es uns schmecken.

»Diese Maria lässt dich nicht aus den Augen«, meint Thjodolf zu mir und grinst bedeutsam.

»Du spinnst«, sage ich. »Die kann mich nicht ausstehen.«

»Ach was. Die tut nur so hochmütig. Ich bin sicher, die kannst du pflücken. Glaub mir, ich kenn mich mit den Weibern aus. Und hübsch genug ist sie. Nimm die Gelegenheit wahr.«

»Was redest du da?«, weist Thorkel ihn zurecht. »Die gehört zum Hochadel und zur kaiserlichen Familie. Die will doch mit einem wie uns nichts zu tun haben. Und selbst wenn, handelt man sich nur einen Riesenärger ein.«

Ich nicke. »Und darauf kann ich gern verzichten. Außerdem irrst du dich, Thjodolf. Für Frauen wie diese Maria sind wir nur Barbaren aus dem Norden. Sie verachten uns. Wir sind hier, um sie zu beschützen, und mehr nicht.«

Für die Nacht findet sich eine Karawanserei. Dort können die Damen einigermaßen bequem übernachten. Ich stelle Wachen rund um das Gebäude auf und schlafe bei meinen Männern. Eine Bettrolle genügt, denn es ist nicht kalt unter freiem Himmel. Ich liege lange wach und betrachte den Sternenhimmel über uns. Ein ungehobelter Heide! Was weiß der schon davon? Die Bemerkung hat mich mehr geärgert, als ich mir eingestehen will. Und was weißt du dummes Küken schon von mir und den Meinen?

Am Morgen versuche ich, die Reisegesellschaft möglichst früh in Bewegung zu setzen. Bevor es zu heiß wird. Aber das Ankleiden der Damen zieht sich hin. Besonders Maria und Theodoras Schwester Eudocia scheinen zu klagen, dass sie nicht die richtige Kleidung mitgebracht haben. Diener müssen wiederholt im Gepäck wühlen, um Passendes zu finden. Das eine Gewand ist zu unschicklich für die Reise, das andere zu warm. Und dann zieht sich das verdammte Morgenmahl auch noch ewig hin. Als wir endlich marschbereit sind, ist der halbe Vormittag dahin. Jetzt verstehe ich, was Sigurd mit Kindermädchen spielen gemeint hat.

Wir kommen nicht besonders schnell voran. Zu oft müssen wir nun doch anhalten und eine Rast einlegen. Es ist heiß, und das Fleisch einiger Mitreisender ist schwächer als der Wille. Am Nachmittag beginnt die staubige Straße auch noch anzusteigen, was das Fortkommen beschwerlicher macht. Wir lassen die Felder und kleinen Dörfer hinter uns und marschieren an Hängen mit Olivenbäumen vorbei.

Später lösen Pinien und Steineichen die Olivenhaine ab, und Krüppelkiefern bedecken zunehmend die steiler werdenden Hügel. Zikaden zirpen ohne Unterlass. Das Gras ist trocken und vergilbt. Mehr als ein paar Schafen bietet die Gegend keine Nahrung. Dennoch scheint die sich zwischen Hügeln dahinschlängelnde Straße beliebt zu sein, denn immer wieder begegnen wir Wanderern. Die meisten bleiben stehen und beäugen uns neugierig, während wir an ihnen vorbeimarschieren. *Væringjar* wie wir haben sie anscheinend noch nie gesehen. Oft sind Kaufleute mit Maultieren oder Kamelen darunter oder bewaffnete Araber auf stolzen Rössern. Sogar auf einige christliche Mönche stoßen wir, mit denen Theodora unbedingt reden will. Aus Bethlehem seien sie. Eine Auskunft, die Theodora mit ungeheurer Freude entgegennimmt.

»Bethlehem. Stell dir vor, mein lieber Araltes!«, sagt sie, wischt sich mit dem Handrücken den Schweiß vom Gesicht und strahlt. Sie scheint mich in ihrem Glaubenseifer noch nicht aufgegeben zu haben. »Wenn wir in Jerusalem sind, musst du dich unbedingt nach dem Weg dorthin erkundigen. Bethlehem dürfen wir auf keinen Fall auslassen.«

»Bethlehem?« Ich frage mich, was an diesem Ort so besonders sein soll.

Maria lächelt spöttisch über meine Unwissenheit. Und auch Theodora schüttelt nachsichtig den Kopf. Ob ich denn nicht weiß, dass unser Heiland dort geboren wurde? Und dann erzählt sie mir die Geschichte von Joseph und seiner hochschwangeren Maria, die in der Nacht eine Unterkunft suchen und in irgendeinem dreckigen Stall landen, wo sie ihr Kind gebiert, das aber gar nicht seines ist, sondern angeblich Gottes Sohn. Theodoras Gesicht glüht vor Eifer – oder ist es die Hitze? –, als sie mir von Engeln und der Verkündigung erzählt, von Hirten und von Königen, die aus fernen Landen kommen, immer dem Stern folgend, um kostbare Geschenke zu bringen.

Ich höre mir das alles artig an und wundere mich. Ein Kind als Erlöser der Welt, in einem armseligen Stall geboren, und Könige, die es mit Edelsteinen beschenken? Das hört sich alles ziemlich verworren an. Aber ich will nicht darüber urteilen, denn auch wir Nordleute glauben an seltsame Dinge, ohne sie zu hinterfragen.

»Christus hat uns die Botschaft der Liebe gebracht, Araltes. Er ist für uns am Kreuz gestorben und hat alle unsere Sünden auf sich genommen. Auch deine.«

Auch meine? Ich frage mich, ob sie weiß, was wir im Namen ihres Heilands tun. Wie viele Piratenköpfe ich schon abgeschnitten habe. Auf Befehl ihres christlichen Basileus.

Und dann durchfährt mich plötzlich der Schreck. Auf der nächsten Hügelkuppe vor uns ist eine breite Reihe von bewaffneten Reitern aufgetaucht. Sie scheinen auf uns zu warten und sehen ziemlich bedrohlich aus. Vielleicht haben die hier noch nichts vom Friedensabkommen des Kalifen gehört. Ich rufe

Svein zu, sicherheitshalber eine doppelreihige Schildwand zu bilden. Dann schaue ich mich um, ob sich auch hinter uns feindliche Krieger zeigen. Vielleicht sind wir in eine Falle geraten. Aber da ist nichts zu sehen. Also ordere ich weitere fünfzig Mann nach vorn, um die Schildwand zu verstärken. Der Rest soll den Tross beschützen.

»Was ist los?«, höre ich Maria ängstlich fragen. Sie ist blass geworden.

»Wollen die uns angreifen?«, fragt Theodora, aber nicht in Panik. Ich habe das Gefühl, diese Frau lässt sich nicht so schnell einschüchtern.

»Warten wir's ab«, erwidere ich und gebe meinem Pferd die Fersen, um mich zu Svein und seinen Männern zu gesellen. Ich sehe, dass auch unser Führer besorgt ist.

»Mindestens zweihundert Mann«, sagt Svein. »Das heißt, wenn sich nicht noch mehr hinter der Hügelkuppe verbergen.«

»Verdammt!« Ich ärgere mich über meine eigene Nachlässigkeit. »Wir hätten Kundschafter vorausschicken sollen.«

Die Reiter auf dem Hügel tragen runde Schilde. Ihre Helme und Speere blitzen im Sonnenlicht. Ich hoffe bei Oðin, dass es nicht zum Kampf kommt. Ich habe keine Befürchtung, dass wir überrannt werden. Auf meine Männer ist Verlass, auch gegen Reiter. Zumindest, wenn es nicht noch mehr sind. Aber in dem Durcheinander könnte einer meiner Schützlinge aus der kaiserlichen Gesellschaft zu Schaden kommen. Das darf ich nicht zulassen. Ich überlege fieberhaft, wie wir Theodora und ihr Gefolge am besten schützen können.

In diesem Augenblick tauchen noch mehr Reiter auf. Und Banner, die im Wind fliegen. Grüne Banner mit dem Glaubensbekenntnis der Moslems darauf, wie unser Führer uns jetzt freudig erklärt. »Keine Angst«, sagt er, selbst ziemlich erleichtert, »das sind Truppen des Kalifen.«

Drei Reiter lösen sich aus ihren Reihen und kommen langsam den Hang herunter auf uns zu. Unser Führer reitet ihnen entgegen und kehrt dann nach wenigen Worten zurück. Er grinst übers ganze Gesicht, als er sich wieder bei uns einfindet.

»Es ist Anushtakin al-Dizbari höchstpersönlich«, sagt er. »Das ist unser Statthalter von ganz Syrien und Palästina. Er hat von der Ankunft der erlauchten Theodora gehört und ist gekommen, um sie zu begrüßen und nach Jerusalem zu begleiten.«

Der Hafenmeister muss einen Boten geschickt haben. Jedenfalls bin ich erleichtert, dass sich die vermeintliche Bedrohung in Wohlgefallen aufgelöst hat. Der Statthalter erscheint bald darauf mit einigem Gefolge. Der Mann sitzt kerzengerade im Sattel und scheint mit seinem Araberhengst verwachsen zu sein. Er trägt einen Kettenpanzer unter einem weiten Umhang, sein Helm ist mit Gold verziert, wie auch der Knauf seines Schwerts.

Aber es ist nicht das Äußere, das mich beeindruckt, sondern seine selbstsichere Haltung und die klugen Augen in dem wettergegerbten Gesicht. Das Gesicht eines Kriegers und eines Herrschers. Später werde ich erfahren, dass er Turkmene ist, einst *Ghulam*-Sklave war und aufgrund seiner Fähigkeiten aufgestiegen ist. Er erinnert mich an Maniakes, genauso hart, obwohl weniger groß und wesentlich höflicher.

Anscheinend gibt es Beduinen-Aufstände im Land, weshalb er selbst mit seinen Reitern gekommen ist, um uns sicheres Geleit anzubieten. Nach langen Begrüßungen, gegenseitigem Vorstellen und herzlichen Bekundungen von Brüderlichkeit und Gastfreundschaft ziehen wir endlich weiter. Diesmal reiten Anushtakins Reiter voraus, während er sich mittels Übersetzer mit den Damen unterhält. Meine Männer und ich halten uns zurück und marschieren als Nachhut.

Einmal müssen wir noch übernachten, dann, am späten Nachmittag des dritten Tages, erreichen wir endlich Jerusalem. Das

Licht der westlichen Sonne lässt die Stadt auf ihren Hügeln leuchtend weiß erstrahlen. Man erkennt die Stadtmauer, die Türme der Befestigungen und die runde Kuppel der großen Moschee, die auf den Fundamenten des ehemaligen jüdischen Tempels steht. Nicht weit davon die Ruine der Grabeskirche Christi, die leider im Jahre 1009 unter Kalif Al-Hakim bi-Amr Allah von muslimischen Eiferern zerstört wurde, wie man uns erklärt. Dennoch ist Theodora völlig ergriffen vom Anblick der Stadt und lässt anhalten, um sich daran zu weiden. Und um in Dankbarkeit zu beten.

Zwei Wochen bleiben wir in der Heiligen Stadt. Sie ist nicht nur den Christen heilig, sondern auch den Moslems. Die Al-Aqsa-Moschee zieht Pilger aus allen Ländern des Islams an. Und seit dem Friedensvertrag kommen auch Christenpilger aus Grikaland oder von noch weiter her. In der Stadt leben Menschen des christlichen, islamischen und jüdischen Glaubens, anscheinend friedlich nebeneinander. Man begegnet Beduinen, Arabern, Juden, Kurden und Armeniern. Die Märkte sind bunt, es wird gehandelt und gefeilscht, und in den Straßen klingen Gelächter und Musik.

Männer mit Turbanen und langen Gewändern sitzen am Straßenrand, schlürfen mit Honig gesüßten Minzaufguss und beobachten das Treiben in den Gassen. Manche rauchen Haschisch. Es gibt Vieh- und Sklavenmärkte, Handwerksstuben aller Art, Weinschenken, obwohl den Moslems dieser Genuss angeblich verboten ist. Und in dunklen Ecken lauern Huren auf ihre Gelegenheit.

Die Grabeskirche ist schwer beschädigt, aber man kann sie noch besuchen. Der christliche Patriarch von Jerusalem zelebriert hier an Sonntagen trotz der Schäden die Messe. Zurzeit laufen Verhandlungen zwischen dem Basileus und dem Kalifen, um die Kirche instandzusetzen und in neuem Glanz erstrahlen zu lassen. Doch bisher haben die Bauarbeiten noch nicht begonnen.

In den ersten Tagen unseres Besuchs sind Theodora und ihr Gefolge fast täglich in der Kirche zu finden. Deshalb halte ich mich fern, denn ich möchte die Herrschaften in ihrer Andacht nicht stören. Und wenn ich ehrlich bin, habe ich genug von Theodoras wohlmeinenden Bekehrungsversuchen und Predigten.

Doch ich bin auch neugierig, denn die Kirche, wenn auch halb Ruine, steht über dem Kreuzigungsort und dem Grab ihres sogenannten Erlösers. Gegen Ende der zweiten Woche also entschließe ich mich, den heiligen Ort zu besuchen. Er besteht aus einer römischen Basilika, von der nicht viel mehr als die Reste der Außenmauern stehen. Immerhin gibt es eine Kapelle mit Altar über dem Felsen Golgatha, wo Jesus angeblich gekreuzigt wurde. Dahinter ein rundes Bauwerk mit einer beschädigten Kuppel, in dessen Mitte eine weitere Kapelle über Jesu Grab steht, eine kleine aus dem Fels gehauene Höhle. Dorthin sollen sie ihn nach seinem Tod gelegt haben. Und von dort soll er auferstanden sein.

Ich habe Glück, es ist niemand da. Vielleicht, weil es sehr früh am Morgen ist und die Pilger in ihren Herbergen das Morgenmahl einnehmen. Ich betrachte die Grabeskapelle. Sie ist mit heiligen Darstellungen, Ikonen genannt, geschmückt, es brennen Kerzen, aber viel ist nicht zu sehen. Ich bin etwas enttäuscht, denn dies hier ist nichts im Vergleich zu der gewaltigen Hagia Sophia in Miðgarð. Oder selbst jener in Kiew.

Ich will mich schon abwenden, als ich in einer Altarnische eine Frauengestalt knien sehe, tief in ihrer Andacht versunken. Sie muss von Adel sein, denn sie trägt ein langes Gewand aus edlem Stoff und einen dunklen Seidenschal über dem Haar. Etwas an ihr kommt mir bekannt vor. Ich trete näher.

Vielleicht ist ihr Gebet beendet, oder sie hat mich gehört, denn plötzlich dreht sie den Kopf und blickt über die Schulter.

Es ist Maria. Als sie mich erkennt, erhebt sie sich rasch und wendet sich mir zu.

»Du hier?«, flüstert sie gereizt. »Spionierst du mir etwa nach?«

»Natürlich nicht.« Ich lächle sie an. »Aber ich freue mich, dich zu sehen.«

Sie runzelt die feinen Brauen und wird plötzlich rot bis an die Haarwurzeln. Es muss ihr peinlich sein, denn sie senkt den Blick, als hätte ich sie bei etwas Schlimmem ertappt. Doch dann blickt sie wütend auf und geht zum Angriff über.

»Was hast du hier zu suchen? Du bist doch Heide.«

Ich muss sie einen Augenblick lang unverhohlen angestarrt haben. Sie hat bernsteinfarbene Augen, die jetzt vor Zorn funkeln. Aber nicht lange, denn mein Starren scheint sie zu verunsichern. Ihre Röte ist noch dunkler geworden, und ihre Lider flattern einen Augenblick lang.

»Was glotzt du mich so an?«, höre ich sie sagen.

Ich weiß nicht, was mich überkommt, aber ich trete einen Schritt näher, ziehe sie an mich und küsse sie auf die Lippen. Sie erstarrt in meinen Armen, versucht, sich zu befreien, doch dann erschlafft ihr Widerstand, sie wehrt sich nicht länger, öffnet sogar die Lippen zum Kuss und schmiegt sich mit einem leisen Stöhnen an mich.

Doch mein Sieg ist nur von kurzer Dauer, denn schon kommt sie wieder zur Besinnung und stößt mich von sich. Im Zorn ist sie noch schöner als sonst. Aber ehe ich mich's versehe, schlägt sie mir mit der offenen Hand ins Gesicht, so fest, dass es von den Wänden hallt und mir die Tränen in die Augen schießen.

»Was fällt dir ein?«, faucht sie, rafft den Rock ihres Gewandes mit beiden Händen und eilt davon, als wären tausend Teufel hinter ihr her.

DER PALASTBOTE

Es ist Winter. Und ein ziemlich kalter sogar. Nach dem christlichen Weihnachtsfest ist ein eisiger Sturm über die Stadt hergefallen und hat Straßen und Plätze unter Schneemassen begraben. Nichts Besonderes für mich. Doch die Griechen jammern und stöhnen unter der Kälte, als sei das Ende der Welt gekommen. Nur wer es nicht vermeiden kann, geht vor die Tür. Und dann in dicke Umhänge gehüllt, mit wollenen Tüchern um Kopf und Hals gewickelt, die Hände unter die Achseln geklemmt, als würden sie sonst abfallen. Sämtliche militärischen Unternehmungen sind buchstäblich auf Eis gelegt. Meine Schiffe liegen im Hafen, mit Planen für den Winter gesichert. Wir sind ohne Arbeit, sozusagen.

Man hat mir ein Haus zur Verfügung gestellt, nicht weit von der Kirche der heiligen Apostel auf einem der sieben Hügel von Miðgarð. Thorkel und Thjodolf haben ebenfalls Quartier bei mir bezogen. Das Haus ist nicht groß und liegt in einer belebten Gasse. Aber für meine Bedürfnisse ist es mehr als genug. Ich habe einen Haussklaven und einen Koch. Und täglich am Nachmittag erscheint ein Hauslehrer, um unser Griechisch und unsere Schriftkenntnisse zu verbessern. Hauptsächlich meine, denn die beiden anderen nehmen nur gelegentlich an dem Unterricht teil.

Thorkel verbringt trotz des Wetters viel Zeit mit den Männern auf dem Übungsplatz. Die Kälte stört weder ihn noch die anderen. Sie veranstalten Wettkämpfe so wie damals am Ladogasee. Thjodolf liebt vor allem meinen Weinkeller und lässt sich regelmäßig volllaufen, während er an seinen Versen schmiedet. Er versucht, in alter nordischer Tradition unsere Abenteuer für die Nachwelt festzuhalten. Ich weiß nicht, ob der Wein seine

Geschichten besser macht, auf jeden Fall aber wilder und heldenhafter, als ich sie selbst in Erinnerung habe.

Und wenn er nicht dichtet, trifft er sich mit irgendwelchen Weibern. Thjodolf ist ein gutaussehender Bursche und hat Glück bei den Frauen. Mit keiner hält er es lange aus, aber die Stadt ist groß, und er findet immer wieder ein Mädel, das ihn für ein paar Tage in Atem hält.

Was mich angeht, so nutze ich die Winterpause, um zu lernen. Nicht nur die Sprache. Ich versuche auch, mehr über die Fertigkeiten der byzantinischen Handwerker und Baumeister in Erfahrung zu bringen. Könnte ja mal nützlich werden. Ihre Wasserleitungen und Zisternen sind bewundernswert. Sie versorgen die riesige Stadt mit frischem Wasser für jede Familie.

Und dann das griechische Feuer, dessen genaue Zusammensetzung geheim ist, aber hauptsächlich aus einem natürlichen Öl besteht, das im Osten Syriens an manchen Stellen aus dem Boden quillt. Schwefel gehört sicher auch dazu. Das Zeug ist flüssig und wird mit einer Pumpe auf feindliche Schiffe gesprüht und beim Austritt aus der Spritze durch eine Fackel entzündet. Es richtet verheerende Verwüstungen an und brennt sogar unter Wasser. Und schließlich ist da auch noch dieser Zement, der ebenfalls unter Wasser verwendet werden kann. Damit bauen sie ihre Hafenanlagen und Molen. Er besteht aus Sand und gebranntem Kalk, was immer das nun wieder ist. Ich muss es noch herausfinden.

Seit ich lesen kann, hat sich mir eine neue Welt eröffnet. Mein Hauslehrer hat mir den Zugang zu einigen Bibliotheken ermöglicht. Da vertiefe ich mich in Werke über die Vergangenheit der Welt, über die Geschichte der Griechen und Römer. Besonders der große Alexander hat es mir angetan. Ich versuche, in Gedanken die Schlachten nachzustellen, die ihn so berühmt gemacht haben. Auch er hat sich auf seine Schildwand verlassen, nur

nannte man sie damals *phálanx*. Aber er hat auch Reiterei ein-
gesetzt. Etwas, das wir nicht tun. Ich weiß, dass Normannen zu
Pferde kämpfen. Und auch die Byzantiner haben gepanzerte
Reiter. Vielleicht sollte ich mich damit vertraut machen.

Heute, trotz des kalten Wetters, bin ich unterwegs, um mir
erneut die Hagia Sophia anzuschauen. Es zieht mich immer
wieder dorthin, denn neben der Rennbahn ist sie für mich das
vollkommenste Bauwerk der Welt. Ich stapfe durch den dreckigen Schnee in den Gassen. Mein Bärenfell hält mich warm, auch
wenn die Leute mir deshalb seltsame Blicke zuwerfen. Eine
Hure tritt aus einem Hauseingang und öffnet ihren Mantel, um
mir eine magere, blaugefrorene Brust zu zeigen. Ich schüttele
den Kopf und haste weiter, während sie mir grobe Schimpfwör-
ter nachruft.

Ich habe schon lange keine Frau mehr gehabt und muss
unwillkürlich an Maria denken und den Kuss vor einigen
Monaten in Jerusalem. Ich hätte das nicht tun dürfen. Das war
respektlos. Schließlich ist sie nicht irgendeine Dirne.

Ich hatte erwartet, dass man mir Vorhaltungen machen würde
oder dass mir sonst welche Unannehmlichkeiten entstehen
würden. Doch anscheinend hatte Maria den Vorfall für sich
behalten, denn Theodora hatte ihr freundliches Verhalten mir
gegenüber nicht geändert. Maria aber hatte seit jenem Morgen
hartnäckig jeden Blickkontakt mit mir gemieden. Und nach
unserer Rückkehr habe ich sie nicht mehr gesehen. Was nicht
verwunderlich ist, schließlich verkehre ich nicht im kaiserlichen
Palast. Und auch mein Haus ist recht weit vom Palast entfernt.

Wer dort aber seit einiger Zeit täglich Dienst tut, ist mein
alter Widersacher Sigurd Erlingsson. Dank seiner Erfolge bei
der Piratenjagd hat er es mit ein paar Dutzend seiner Männer in
die eigentliche Palastwache, die *Excubitores*, geschafft. Sie sind
an ihren konischen Helmen zu erkennen und an der *rhomphaia*,

dem traditionellen einschneidigen Schwert, das sie bei Zeremonien auf dem Rücken tragen. In ihre Reihen werden fast ausschließlich nordische *væringjar* aufgenommen, die sich bewährt haben.

Warum *væringjar*? Weil wir Fremde sind und uns die Politik der mächtigen Familien gleichgültig ist, solange der Sold pünktlich bezahlt wird. Und der ist besonders gut bei der Palastwache. Im Volksmund werden sie des Kaisers »Weinschläuche« genannt, weil wir Nordleute uns so gern besaufen. Trotzdem ist es eine große Auszeichnung, zu der Schutztruppe des Basileus zu gehören. Besonders als einer der Truppenführer, so wie Sigurd. Fast bin ich neidisch.

Allerdings ist bei diesem Dienst keine Beute zu holen. Außer wenn ein Kaiser stirbt. Dann kommt es vor, dass der Palast von Wachen und Dienern geplündert wird, bevor der neue Kaiser ausgerufen wird. Das ist natürlich nicht rechtens, aber schon praktisch Tradition, habe ich mir sagen lassen, die bis zum alten Rom zurückreicht. Vielleicht hofft Sigurd auf eine solche Gelegenheit, denn der Basileus ist trotz seiner Jugend krank, wie man hört. Er soll an *epilepsis* leiden, der Fallsucht, und auch sonst schwächlich sein.

Ich betrete die große Kirche. Im Innern der Hagia Sophia ist es kaum wärmer als draußen. Daran ändern auch die wenigen Feuerschalen nichts, die rundum aufgestellt sind. Ich war schon so oft hier, dass ich alle Einzelheiten kenne. Das beeindruckende Mosaik des Christus Pantocrator wie auch die Darstellung von Maria mit dem Kind, umgeben von zwei Kaisern, der große Altar mit dem gewaltigen Kreuz darüber.

Ich bin natürlich nicht allein hier. Wie immer gibt es Besucher. Die meisten sitzen still da oder verharren kniend im Gebet. Priester und Mönche reden leise miteinander. Heute will ich nur auf einer der Bänke sitzen und das Gesamte auf mich wirken lassen. Vor allem die riesige, unglaubliche Kuppel, die über allem schwebt, als würde sie von Engelsflügeln getragen. Das wunderbare Licht, das durch die hohen Fenster fällt. Selbst jetzt im Winter. Die vielen kleinen Echos, die sich in diesem gewaltigen Inneren fortpflanzen, von Stimmen, Schritten und Geflüster. Hier wirkt alles Menschliche klein und unbedeutend. Man wird von einer ehrfürchtigen Stimmung erfasst, als spüre man den Hauch der Ewigkeit. Es ist wie unter einem Sternenhimmel in klarer Nacht. Man fühlt sich dem Unendlichen preisgegeben, aber auch seltsam geborgen. In Gottes Hand, wie die Christen sagen würden.

Ich glaube nicht an Jesus Christus. Und doch ist in seinem Namen dieses Wunderwerk erschaffen worden. Zehntausend Sklaven sollen daran gearbeitet haben. Die Christen, besonders hier in Grikaland, das gebe ich unumwunden zu, sind uns weit voraus. Wir im Norden haben die besten Schiffe der Welt. Aber die Griechen haben Maschinen, Hebekräne, Lastenaufzüge, *ballistae*. Sie bauen Festungen, die uneinnehmbar sind, wie hier in Miðgarð. Sie haben Bücher, in denen das Wissen verewigt wird, und Ärzte, die besser heilen als unsere Kräuterfrauen. Wir müssen von ihnen lernen.

Vielleicht hatte Olaf recht, wenn er das Christentum verbreiten wollte. Nur ist er nicht sehr geschickt dabei vorgegangen. Andererseits sind es gerade die Traditionen, die ein Volk ausmachen und Zusammengehörigkeit vermitteln. Dafür sorgen nicht zuletzt die Götter. Was sind wir denn noch ohne unsere Götter, ohne Blutopfer und ohne unsere Sagen? Wollen wir halbe Griechen werden wie die Rus? Ich denke nicht.

Doch wer kann schon den Fortschritt aufhalten? Nachdem ich das alles hier gesehen habe, zweifle ich nicht mehr daran, dass der Christenglaube auch bei uns bald einziehen wird. Besonders wenn Eiferer wie Bischof Grimkell Olaf zum Heiligen machen und allen erzählen, nur mit Christus könnten sie ihr Seelenheil finden. Die Menschen wollen glauben. An eine Welt ohne Furcht, an das Versprechen ewigen Lebens. Selbst Aila wollten sie zur Märtyrerin machen. Der *hvítakristr* wird sich auf lange Sicht wohl durchsetzen. Und vielleicht ist es ja auch gut so.

Wieder daheim, erwartet mich ein Bote. Eine Einladung in den Palast, teilt er mir zu meiner Verwunderung mit. Aber erst heute Nacht. Er werde mich zur rechten Zeit abholen. Und strengste Verschwiegenheit sei geboten. Natürlich bin ich neugierig und versuche, mehr zu erfahren, aber er gibt mir keine Antworten, weder wer mich dort erwartet, noch um was es geht.

Sehr seltsam. Wer könnte mich zu nächtlicher Stunde in den Palast bestellen? Sofort denke ich an Maria. Aber das ist natürlich lächerlich. Das würde sie niemals tun. Außerdem hasst sie mich. Und wahrscheinlich wohnt sie nicht einmal dort. Ihre Familie ist unendlich reich und besitzt andere Paläste.

Könnte es eine Falle sein? Vielleicht steckt Sigurd dahinter, und ich sollte mich in Acht nehmen. Leider darf ich keine Waffe bei mir tragen. Das ist streng verboten. Ich versuche mich zu beruhigen. Sicher ein Geheimauftrag des Eunuchen Johannes. Deshalb soll niemand davon erfahren. Am Abend, meine Kameraden sind in irgendeiner Taverne unterwegs, ziehe ich eine saubere Tunika an und verstecke einen Dolch im Stiefel. Für alle Fälle.

Der Bote erscheint wie angekündigt, und wir machen uns gemeinsam auf den Weg. Er ist ausgesucht höflich, beantwortet aber auch jetzt keine Fragen, sondern marschiert schweigend durch die nächtliche Stadt neben mir her. Es ist frostig in der Nacht, und im Schein der Fackeln dampft unser Atem. Wir erreichen das Konstantinforum, doch er führt mich nicht zum

Haupttor des Kaiserpalastes, sondern durch eine Seitenstraße, die zum hinteren Ende des Hippodroms führt, dann vorbei an einigen Villen und Gärten bis zur Mauer des Bukoleon-Palastes, der Residenz der kaiserlichen Familie. Wir überqueren eine kleine Brücke und erreichen eine schwere, eiserne Pforte in der Mauer. Hier stehen Wachen und stampfen mit den Füßen auf, um sich warm zu halten. Aber sonst ist niemand zu sehen.

Die Wachen tasten mich kurz nach Waffen ab und lassen uns dann ohne ein Wort passieren. Offensichtlich ist ihnen mein Begleiter bekannt. Ich bin inzwischen völlig verwirrt. Was, zum Teufel, habe ich im Bukoleon-Palast verloren? Aber dann erinnere ich mich an meine erste Ankunft in dieser Stadt. Auch da wurde ich zum Bukoleon-Palast gerufen, um meine Abordnung zur Flotte entgegenzunehmen. Es muss sich also um etwas Ähnliches handeln. Zweifellos ein Treffen mit dem Eunuchen. Vielleicht ist er mit der Verwaltung des großen Reiches so überarbeitet, dass er nur spätabends Zeit für mich hat.

Wir durchlaufen einige mit Marmor ausgelegte Gänge, in denen in Abständen Öllampen brennen, steigen eine nur von Dienstboten benutzte Stiege in den zweiten Stock hinauf, noch ein paar Gänge, und wir betreten ein geräumiges Gemach.

»Wartet hier, Herr«, raunt der Bote mir zu. Und lässt mich dann allein.

Ich sehe mich um. Drei Fenster, die wahrscheinlich den Blick auf die Meerenge gewähren, jetzt aber wegen der winterlichen Kälte mit pergamentbezogenen Rahmen abgedichtet sind. Bequeme Möbel mit seidenen Kissen laden zum Verweilen ein, der Boden ist von mehreren geknüpften Teppichen bedeckt. Öllampen an den Wänden spenden ein sanftes Licht, und die Kohlenglut in zwei Feuerschalen sorgt für angenehme Wärme.

Irgendwie, so will es mir scheinen, hat der Raum etwas Weibliches, vielleicht wegen der Spiegel aus poliertem Silber an der

Wand oder den Beistelltischen mit Honigleckereien, goldenen Kelchen und Wein in einer funkelnden Glaskaraffe. Wie das Arbeitszimmer eines fleißigen Beamten sieht der Raum jedenfalls nicht aus. Kein Schreibtisch, keine Schriftrollen oder Folianten, kein Schreibgerät.

Ich setze mich und warte.

Allerdings nicht lange. Schon bald öffnet sich die Tür, und zwei junge Frauen betreten das Gemach. Sie sind von ansehnlicher Gestalt, edel gekleidet und tragen ihr Haar nach der neuesten, höfischen Mode. Man könnte meinen, adelige Damen vor sich zu haben. Und doch sind es nur Dienerinnen. Sie lächeln freundlich, nehmen mir meinen Umhang ab und bieten mir Wein an. Ich bedanke mich und habe kaum den ersten Schluck aus einem der kostbaren Kelche genommen, da fragen sie, ob ich bereit sei. Bereit zu was?

Statt einer Antwort tauschen sie untereinander einen kurzen, vielsagenden Blick aus und lächeln geheimnisvoll. Dann nimmt mich eine der beiden bei der Hand, während die zweite einen Vorhang im hinteren Teil des Raumes zur Seite zieht. Dahinter lässt sich ein offener Durchgang erkennen. Eine weitere Kammer. Sie führen mich hinein.

Auch dieses Gemach ist wie das andere äußerst bequem ausgestattet. Lampen aus polierter Bronze an den Wänden, dicke Teppiche und zwei wärmende Kohlebecken. Doch zu meinem Erstaunen steht in der Mitte ein enormes, von vier gedrechselten Pfosten getragenes und mit einem Himmeldach versehenes Bett. Ich sage, das müsse wohl ein Irrtum sein, und wende mich zum Gehen. Denn wo, zum Teufel, bin ich hier gelandet? In einem kaiserlichen Freudenhaus? Und wenn ja, wieso ausgerechnet ich? Es muss sich um eine Verwechslung handeln.

Doch die beiden jungen Damen halten mich zurück und grinsen belustigt über meine verstörte Miene. Eigentlich sollte mein Verstand mir in diesem Augenblick raten, mich schleunigst davonzumachen. Doch es siegt der Hochmut, schließlich bin ich kein Feigling und will auch nicht als solcher erscheinen. Besonders nicht vor diesen beiden hübschen Weibern. Und dann natürlich meine Neugierde, die inzwischen voll entfacht ist. Irgendjemand treibt einen Spaß mit mir, und ich muss herausfinden, wer und wieso und wohin das führen soll.

Leider wollen die beiden mich nicht aufklären. Wenn ich es nicht wüsste, dann wollten sie auch nichts verraten, sagen sie mit schalkhaftem Augenzwinkern. Aber es habe alles seine Richtigkeit, beruhigen sie mich, ich müsse nur ein wenig Geduld haben. Und dann fangen sie an, an meiner Tunika zu nesteln. Ich soll mich entkleiden. Hier, vor diesen beiden unbekannten Frauen? Ich weigere mich. Eigentlich bin ich nicht schüchtern, aber das ist mir denn doch zu viel. Erst will ich wissen, was gespielt wird.

Allerdings schmollen sie jetzt mit mir. Schließlich mache ich ein letztes Zugeständnis und ziehe mir die Stiefel aus, wobei peinlicherweise der Dolch herausfällt, den eine der beiden erstaunt an sich nimmt. Ich lege mich aufs Bett, aber vorsichtshalber nur halb sitzend und gegen die vielen Kissen gelehnt. Sie bringen Wein und süße Kuchen und legen noch etwas Holzkohle in die Feuerschalen. Dann blasen sie alle Lampen aus, außer einer in der hinteren Ecke. Prompt fällt das Gemach in ein angenehmes Halbdunkel, fast mehr vom rötlichen Schein der Kohlen erhellt als von der einsamen Lampe. Ich höre, wie sie, nicht ohne unterdrücktes Kichern, mir eine gute Nachtruhe wünschen. Dann bin ich allein. Und nur das leise Knistern in den Kohlebecken leistet mir Gesellschaft.

Ich überlege, wer hinter dieser seltsamen Einladung stecken könnte. Womöglich doch Maria? Oder eine der anderen adeligen Hofdamen, die mich vielleicht auf dem Augustaion bei einer der Festlichkeiten und Paraden gesehen hat. Man hört von solchen Geschichten. Trotz der ständig zur Schau getragenen Frömmigkeit in dieser Stadt herrscht in jeder dunklen Ecke das Laster. Ganze Viertel werden von Banden kontrolliert. Es gibt Kaschemmen, in die man sich besser nicht trauen sollte, wenn einem das Leben lieb ist. Taschendiebe treiben ihr Unwesen auf öffentlichen Plätzen, Huren und Strichjungen bieten für jeden Geschmack das Passende. Es wird von Orgien geflüstert, selbst in den reichsten und vornehmsten Häusern. Vor allem Morde sind nicht selten. Gelegentlich treiben morgens Leichen im Wasser des Goldenen Horns.

Bei dem Gedanken schlägt mein Herzt schneller. Bin ich vielleicht doch in eine Falle geraten? Ich taste schon nach meinen Stiefeln, als mich ein Geräusch aufblicken lässt. Jemand schiebt den Vorhang am Eingang der Kammer beiseite, und eine dunkle Gestalt schlüpft herein. Aber es ist kein Mörder, sondern eine Frau. Man hört Seide rascheln, als sie näher tritt und sich vorsichtig zu mir aufs Bett setzt.

»Araltes«, sagt sie und lächelt verschämt. »Du bist gekommen.«

Es ist die Kaiserin Zoë.

* * *

Mehr als vier Wochen sind seit jener Nacht im Palast vergangen. Der ersten Nacht, denn es folgten weitere. Natürlich immer sehr geheim und zu später Stunde. Die Wachen kennen mich schon und lassen mich ohne Umstände in den Palast. Sie ist anhänglich wie ein Kätzchen geworden, meine kleine Kaiserin, und hat mir schon nach dem ersten Mal gedroht, mich ins Gefängnis zu werfen, wenn ich nicht gleich in der nächsten Nacht wiederkäme.

Die Worte fielen zwar ganz beiläufig aus einem kindlichen Schmollmund, während sie zusammengerollt und mit dem Kopf auf meiner Brust an meiner Seite lag. Und sie waren vielleicht auch nicht ernst gemeint, aber, verdammt nochmal, sie ist die in Purpur geborene Kaiserin dieses mächtigen Reiches. Sie hat mehr Macht als ihr Mikhaél. Ein Wort von ihr, und ich bin Vergangenheit.

Hätte man mir vor Wochen vorgeschlagen, mit einer Frau in diesem Alter zu schlafen, ich meine, sie muss an die sechzig sein, ich hätte es empört von mir gewiesen. Es wäre mir vorgekommen, als würde ich mit meiner eigenen Mutter ins Bett steigen. Umso überraschter war ich, wie anders und unerwartet angenehm die Stunden mit Zoë waren. Trotzdem bin ich froh, dass es jetzt vorbei ist, denn Mikhaél, ihr Gemahl, ist zurückgekehrt. Aber in gewisser Weise bedaure ich es auch.

Vielleicht ist sie wirklich eine Mörderin und hat diesen Romanos, ihren ersten Ehemann, aus Liebe zu Mikhaél vergiftet. Leidenschaftlich genug dazu ist sie, wie ich inzwischen aus eigener Erfahrung weiß. Und doch, da ich sie nun näher kenne, kann ich mir das nicht wirklich vorstellen. Es muss vielmehr dieser hinterlistige Eunuch Johannes gewesen sein, der seinen jungen Bruder zum Kaiser machen wollte und Zoë nur als Werkzeug benutzt hat. Denn sie ist auf eine kindliche Weise gutgläubig. Oder sie tut nur so. Endgültig habe ich mich da noch nicht entschieden.

Natürlich redet man miteinander in solchen Nächten und kommt sich näher. Sie hat es nicht immer leicht gehabt in ihrem Leben. Als junges Mädchen war sie Otto, dem Kaiser der Deutschen, versprochen worden. Doch als sie schon auf dem Weg zu ihm war, ist der Mann verstorben. Danach musste sie den Großteil ihres Lebens im Kloster verbringen. Ihre Schwester Theodora hat darin eine Aufgabe, ja, ihre Bestimmung gefunden, doch nicht Zoë. Sie hat jeden Tag ihres Klosterlebens gehasst. Vielleicht stammt daher ihr verspäteter, unstillbarer Hunger nach Leben und nach Liebe. Leider war der alte Romanos in dieser Beziehung eine Enttäuschung. Anscheinend kaum noch in der Lage, seine ehelichen Pflichten zu erfüllen.

Auf die Frage, was denn mit Mikhaél sei, den sie doch angeblich so blind geliebt habe, weicht sie aus. Sie sagt, es sei nicht mehr wie zu Anfang. Er sei leider krank. Wenige wissen es, aber es stehe nicht gut um ihn. Es sei auch mehr als nur seine *epilepsis*. Die Beine schwellen ihm an, und er habe oft Schmerzen am ganzen Leib. Deshalb ist ihr Ehebett seit langem verwaist. Sie meint, sie sollte sich eigentlich in ihr gottgegebenes Schicksal fügen. Das ist auch der Rat ihrer Schwester Theodora. Aber in Wirklichkeit sei es ihr unmöglich, ganz ohne Mann zu leben, auch wenn das, was sie tut, eine Sünde ist. Sie sagt das so aufrichtig und treuherzig, vergießt sogar Tränen, dass man mehr Mitleid mit ihr als mit ihrem kranken Mann hat.

All dies erfahre ich bereits in der ersten Nacht. Und dann schmeichelt sie mir. Schon bei unserer ersten Begegnung hätte ich Eindruck auf sie gemacht. Ihre Finger spielen in meinem Haar. Sie liebe die goldene Farbe. Ich sei so anders als die griechischen Männer. So stark. Sie fühle sich geborgen in meinen Armen. Ihre Schwester habe viel Gutes über mich berichtet. Wie fürsorglich ich mich um sie und die anderen Damen auf der Reise gekümmert hätte. Schließlich habe sie sich nach langem Zögern entschlossen, nach mir zu schicken. Ob ich es ihr nachsehen könne, fragt sie und küsst mich dabei zärtlich.

Als ob ich eine Wahl hätte.

Zoë hat Humor. Das gefällt mir. Sie macht sich über den Eunuchen Johannes lustig. Wir lachen auch über andere Dinge. Und schließlich will sie alles über meine Heimat und meine

Familie erfahren. Ich erzähle ihr von Olaf und Magnus. Von Stikla Stad. Sie berührt zärtlich die Narbe an meiner Seite und liebkost die Stelle mit ihren Lippen. Kann es sein, dass sie sich in mich verliebt hat? Ich weiß es nicht. Vielleicht holt sie sich öfter junge Männer ins Bett. Denn so, wie sie sich mir hingibt, muss sie weit mehr Erfahrung haben, als sie mit ihrem unfähigen Romanos und dem kranken Mikhaél machen konnte.

Aber es ist mir gleich, denn sie verführt mich auf sanfte, aber sehr geschickte Weise. Seltsamerweise scheint ihr Alter dabei keine Rolle zu spielen. Im Halbdunkel der Nacht sieht man nicht ihre Falten. Ihr Fleisch ist natürlich nicht mehr das eines jungen Weibes, aber ihre Brüste sind groß und immer noch fest, überhaupt ist ihr weicher Leib nicht ohne Reize. Sie ist geschickt mit Händen und Zunge. Und vor allem ist sie eifrig bei der Sache, hingebungsvoll und leidenschaftlich. Bald gebe auch ich mich ihr ganz hin und vergesse, dass ich eine Kaiserin vögele. Und eine Frau, die meine Mutter sein könnte.

Nein, ich bereue es nicht. Ich kann nur hoffen, dass es kein unangenehmes Nachspiel für mich gibt, denn heute hat man wieder nach mir gesandt. Diesmal aber ist es ein Bote des Eunuchen. Kann es sein, dass der Kerl etwas erfahren hat? Soll ich vielleicht in Haft genommen werden? Auch wenn Zoë die Kaiserin ist, der Eunuch ist mächtig, und Ehebruch ist Ehebruch. Sie wird mich sicher fallenlassen, falls es herauskommt. Denn im Grunde traut der Basileus ihr nicht.

Mir ist inzwischen zu Ohren gekommen, dass er befürchtet, sie könnte ihn vergiften wie seinen Vorgänger Romanos Agyros, und dass er sich deshalb von ihr fernhält. Aber das traue ich ihr nicht zu. Ich glaube, es ist die Gier nach Macht, die ihn und seinen Bruder Johannes gegen alle Welt misstrauisch macht. Und wenn er erfährt, dass ich … dass die Kaiserin vielleicht mich vorziehen könnte. Auf einmal wird mir klar, wie gefährlich es ist, sich mit den Mächtigen einzulassen. Ich betrete den Palast mit einem Knoten im Magen. Die Wachen lassen mich durch, und ich wandere durch die endlosen Gänge. Auch vor dem Arbeitszimmer des Eunuchen halten sich bewaffnete Wachen auf. Ein schlechtes Omen?

Schließlich stehe ich vor diesem höchsten Beamten des Reiches. Er sitzt zurückgelehnt hinter einem gewaltigen, mit Folianten und Pergamenten übersäten Schreibtisch. Er mustert mich durchdringend aus kalten Augen. Ganz so, als sähe er mich zum ersten Mal. Es ist natürlich eine Weile her, seit wir uns das letzte Mal begegnet sind. Dieser Mann hat alle Macht des Reiches in der Hand. Er kann einen Kerl mit der Bewegung seines Daumens retten oder brechen. Ich versuche mir nicht anmerken zu lassen, dass mir das Herz bis zum Hals schlägt und meine Hände feucht geworden sind.

»Araltes«, sagt er schließlich in einem Ton, der trotz seiner hohen Stimme streng klingt. Und herablassend. Ich erwarte eine Anklage, eine Bestrafung meines gotteslästerlichen Verbrechens. Doch dann lächelt er, auch wenn es nur ein dünnes, kaltes Lächeln ist.

»Man hört Gutes über dich.«

»So«, sage ich unsicher. »Das freut mich.«

»Ihre kaiserliche Hoheit, die Prinzessin Theodora, hat sich lobend geäußert. Auch die anderen Damen ihrer Gesellschaft.«

Sofort fällt mir Maria ein, und ich kämpfe damit, nicht rot zu werden. Noch so eine Untat von mir. »Ich bin froh, wenn alles zu ihrer Zufriedenheit verlaufen ist.«

Er nickt gnädig. »Aber das ist nicht der Grund, warum ich dich habe rufen lassen.« Er hält inne und blickt einen Augenblick in unbestimmte Ferne, wie um sich zu sammeln. Jetzt kommt's, denke ich. Jetzt wird er den wahren Grund seiner Vorladung benennen. »Der Basileus hat beschlossen, dich nach

Sizilien zu schicken«, sagt er schließlich. »Du wirst dort gegen die Moslems eingesetzt.«

Ich erschrecke. Das ist es also. Sie haben alles erfahren und wollen mich jetzt loswerden, indem sie mich auf ein Todeskommando schicken. Ja, das wird es sein. So können sie mich erledigen, ohne Zoës Zorn zu wecken. Das kann sich nur dieser kluge Eunuch ausgedacht haben.

»Nach Sizilien?«, sage ich und lecke mir die trockenen Lippen.

»Ganz recht. Du weißt, die Insel gehörte immer zum Reich der Römer. Das heißt, bis diese verdammten Moslems sie uns gestohlen haben. Und immer noch sind dort mehr als die Hälfte des Volkes gute Christen. Wir schulden es ihnen, die Araber zu vertreiben und die Insel wieder ganz christlich zu machen. Deshalb sind wir dabei, ein großes Heer aufzustellen. Mein Bruder Stephanos wird natürlich die Flotte befehligen, und Georgios Maniakes wurde ausersehen, das Heer anzuführen. Dazu wollen wir ihm noch eine große Abteilung *varangoi* mitgeben, um den Strand zu erobern und so die Landung unserer Truppen vorzubereiten. Und um auch später die Vorhut des Heeres zu stellen. Als Speerspitze sozusagen. Für diese Aufgabe haben wir dich ausgesucht.«

»Mich?«, frage ich überrascht.

Varangoi ist der griechische Name für uns *væringjar*. Wie man hören kann, haben sie unser Wort entlehnt. Ich bin mehr als erleichtert. Keine Rede von Ehebruch. Es geht also gar nicht um mich, sondern sie planen tatsächlich einen großen Feldzug.

»Warum Maniakes dich will und keinen anderen?« Johannes zuckt mit den Schultern. »Er hat darauf bestanden.«

»Aber er kann mich nicht ausstehen.«

»Das mag sein, aber er behauptet, du seist der Beste. Zu deinen eigenen Männern geben wir dir noch weitere zweihundert Nordmänner dazu. Damit steht dir eine schlagkräftige Truppe zur Verfügung. Im Frühjahr geht's los. Du hast bis dahin Zeit, dich und deine Leute vorzubereiten. Und natürlich brauchst du für diese Aufgabe die entsprechende Befehlsgewalt. Deshalb wirst du befördert. Ab sofort ist dir als Offizier der römischen Armee der Rang eines *manglavites* verliehen. Dies berechtigt dich, die scharlachrote Uniform zu tragen. Weitere Einzelheiten kannst du mit Maniakes besprechen. Das wär's von meiner Seite. Noch Fragen?«

Ich schüttele benommen den Kopf. »Nicht fürs Erste.«

»Gut«, sagt er. »Dann darfst du wegtreten.«

DER TRIUMPH DES KAISERS

Seit meinen nächtlichen Treffen mit der Kaiserin sind vier Jahre vergangen. Meines Wissens hat niemand davon erfahren. Zumindest nicht der Basileus oder sein Bruder, der oberste Eunuch Johannes. Sonst säße ich wohl längst in einer Kerkerzelle. Wie Georgios Maniakes, der so dumm war, sich mit Johannes' Bruder Stephanos anzulegen. Ein Schicksal, das mich jederzeit treffen könnte. Schlimmer noch. Schließlich war ich so töricht, mit der Gemahlin des Basileus ins Bett zu steigen. Ich kann nur hoffen, dass es nicht eines Tages doch noch rauskommt.

In diesen letzten vier Jahren waren wir fast ständig im Einsatz. Zuerst der große Feldzug in Sizilien, dann Kämpfe in Apulien und zuletzt gegen die aufständischen Bulgaren. Nur selten hatten wir Gelegenheit, uns in Konstantinopel auszuruhen. Während der kurzen Aufenthalte war kaum Zeit, das Stadtleben zu genießen. Wir waren viel zu beschäftigt, neue Rekruten einzuweisen, die Schiffe instand zu setzen und mit Waffen und Proviant zu beladen, um alsbald wieder in See zu stechen. Selbst in den Wintermonaten mussten wir wichtige Hafenstädte und Festungen sichern, um das im Sommer Gewonnene nicht zu verlieren.

Was nicht immer gelang. Ganz besonders nicht in Sizilien. Ein Jammer. Wir hatten die Insel fast vollständig erobert, als Maniakes' zügellose Wutanfälle alles wieder zunichtemachten. Erst musste er sich mit unseren normannischen und lombardischen Verbündeten über die Verteilung der Beute anlegen, bis sie genug von ihm hatten und sich zurückzogen. Besonders der Verlust der normannischen Reiter war kaum zu verschmerzen gewesen. Und dann ist er auf Stephanos mit der Reitpeitsche losgegangen, weil dessen Flotte den Heerführer der Moslems, Emir Abdallah, dummerweise hatte entkommen lassen. Stephanos hat sich daraufhin bei seinem Schwager, dem Basileus, beklagt, und seitdem sitzt Maniakes im Kerker. Die Nachfolger, die man uns geschickt hat, waren leider unfähige Tölpel, so dass wir innerhalb eines Jahres alle Eroberungen in Sizilien wieder verloren haben.

Danach ging es in Italien weiter. Dieselben Normannen, die Brüder Hautevilles, die in Sizilien unsere Verbündeten gewesen waren, hatten sich inzwischen einem lombardischen Aufstand angeschlossen. Auch hier mussten wir Verluste hinnehmen. Meist aufgrund schlechter Entscheidungen der unfähigen Heerführer, die der Eunuch Johannes uns schickte. Dem Kerl geht es seit Jahren nur darum, seine Macht auszubauen, indem er Verwandte oder Speichellecker befördert, statt fähige Männer zu beauftragen. Wir im Heer müssen es dann ausbaden. In Apulien konnten wir zumindest die wichtigen Küstenstädte verteidigen.

Was haben wir in diesen Jahren nicht alles erlebt! Marschieren bis zum Umfallen, Entbehrungen, Siege und Niederlagen, Plünderungen, brennende Dörfer, Gemetzel unter den Bewohnern, alle Arten von Grausamkeiten. Besonders Maniakes war ein Meister im Foltern Unschuldiger.

Eigentlich dürfte das Erlebte für ein ganzes Leben reichen. Dabei bin ich erst siebenundzwanzig. Aber vier Jahre Krieg dieser Art zehren an den Kräften. Ich sehne mich nach etwas Abstand vom Kriegerleben, nach besserem Essen statt dem ewigen Soldatenfraß, nach einem weichen Bett mit einer willigen Magd darin, nach Frieden und Muße, um mich mit anderen Dingen zu beschäftigen als mit Kampf, Belagerungen und Feldschlachten. Vor allem Zeit genug, um die Bilder zu vertreiben, die mich nach den zahllosen Kämpfen im Traum verfolgen. Zeit, der toten Kameraden zu gedenken.

Es hat uns alle sehr geschmerzt, als unser Freund Svein Langhaar in Sizilien sein Leben verlor. Eine Lanze traf ihn tödlich
unter der Achsel. Er und seine Männer waren gute Kameraden,
haben tapfer an unserer Seite gekämpft. Jetzt wird er nie mehr
seinen verschollenen Sohn wiederfinden oder sein Weib in die
Arme schließen können. Und die beiden, falls sie noch am
Leben sind, werden nichts über Sveins letzte Jahre erfahren, nie
wissen, wo er bestattet liegt.

Überhaupt sind es viel zu viele, die von uns gegangen sind.
Mehr als ein Viertel meiner ursprünglichen Gefährten haben
in der Fremde den Tod gefunden. Auch Gunnar, Sveins Steuermann, ist in Sizilien verschollen. Er war ein mutiger Kerl
und ein besonnener Anführer. Mit Sicherheit sitzen die beiden jetzt in Oðins Halle beim Bier, erzählen sich ihre Abenteuer und lachen über unsere Mühen hier auf Erden. Ja, ich
bin kriegsmüde. Wie die meisten meiner Leute. Aber vielleicht
kommen wir jetzt ein wenig zur Ruhe. Denn erst vor wenigen Wochen konnten wir einen großen Sieg für Byzanz erringen.

»Sieh dir nur diese Massen an.« Thorkel blickt immer wieder
verwundert um sich. »Die ganze Stadt scheint auf den Beinen
zu sein.«

Wir reiten auf der breiten Mese im Triumphzug des Basileus. Das heimkehrende Heer wird begeistert empfangen.
Überall, an den Straßenrändern, auf den Plätzen, von Fens-
tern und Terrassen herab, jubeln die Menschen uns zu, während wir an ihnen vorbeimarschieren. Es ist, als ob unser
Erfolg nach den Niederlagen der vergangenen Jahre doppelt
zählt. Immer wieder rufen die Massen begeistert den Namen
des Kaisers und preisen den Allmächtigen, der ihm diesen Sieg
geschenkt hat. Einen Sieg über die wortbrüchigen Bulgaren.
Kinder laufen neben uns her, Mütter halten ihre Säuglinge

empor, junge Frauen werfen uns Kusshände und Blumenkränze zu.

Ragnar hinter uns versucht, den Lärm der Menge zu übertönen. »Jungs! Heute Abend werdet ihr euch vor Weibern nicht retten können. Die reißen euch die Kleider vom Leib.«

Thjodolf lacht ausgelassen. »Dann besauf dich nicht gleich wieder, bevor du was zustande kriegst.«

Byzantinische schwere Reiterei und die langen Reihen der Fußkämpfer marschieren, nach Einheiten geordnet, zum Hippodrom, wo das Volk den siegreichen Kaiser ehren wird. Meine *væringjar* sind ganz vorn mit dabei, gleich hinter der Schutzstaffel des Kaisers. Bjorn Skallagrimsson trägt das schon ein wenig zerfledderte Rabenbanner vor mir her. An meiner Seite reiten Thorkel und Snorri. Hinter mir Halldor, Thjodolf und Ulfr. Und natürlich Ragnar, der Unverwüstliche. Ihnen folgt meine ganze Truppe, manche noch mit blutigen Verbänden, obwohl wir uns vor dem Einzug in die Stadt bemüht haben, einigermaßen ansehnlich aufzutreten. Auch ich habe eine Wunde am linken Arm, aber nichts Schlimmes.

Es war ein harter, grausamer Feldzug. Der Kaiser hatte es sich trotz seiner Krankheit nicht nehmen lassen, höchstpersönlich das Heer nach Norden zu führen, durch Makedonien bis in die Siedlungsgebiete der Bulgaren, um den Aufstand niederzuschlagen. Anscheinend wollten die Bulgaren nicht länger die Steuerlast tragen, die der Eunuch Johannes ihnen aufgebürdet hat. Die Kämpfe waren heftig, der Widerstand verbissen. Doch am Ende konnten wir siegen, die Provinz befrieden und die Rädelsführer, die heute, in Ketten gelegt, das Heer begleiten, gefangen nehmen.

Thorkel deutet nach vorn, wo der Kaiser reitet. »Lange hält der sich nicht mehr auf dem Gaul.«

Ich habe es selbst schon bemerkt. Seit einer Weile sitzt seine kaiserliche Hoheit, der Basileus Mikhaél, ziemlich unsicher im

Sattel. Er wankt geradezu, und eine seiner Leibwachen reitet dicht neben ihm, um ihn zu stützen. Auf dem Feldzug hatten wir ihn die meiste Zeit in einer Sänfte herumgetragen. Für den Triumphzug hat er jedoch darauf bestanden, hoch zu Ross ins Hippodrom einzureiten. Aber der lange Marsch durch die Stadt war wohl zu viel für ihn. Ein Wunder, dass er bis jetzt durchgehalten hat.

Die Krankheit hat sich in letzter Zeit sehr verschlimmert. Als ob das Leben im Felde den körperlichen Verfall noch beschleunigt hätte. Der Leib des Kaisers ist bis zur Unförmigkeit aufgeschwemmt. Unter dem Panzer, den er trägt, quillt das kranke Fleisch hervor. Besonders Beine und Arme, ja sogar die Hände sind unglaublich angeschwollen und, so hört man, voll eitriger Schwären. Das einst hübsche Gesicht ist aufgedunsen und mehr grau als bleich. Es riecht unangenehm in seiner Nähe, als hätte er schon zu faulen begonnen. Der Ritt muss eine Qual für ihn sein. Aber er scheint es verbissen durchstehen zu wollen. Alles, um sich von seinem Volk bejubeln zu lassen.

Und das tut es. Jeder Sitz- und Stehplatz in der gewaltigen Rennbahn ist besetzt. Als wir einreiten, donnern hunderttausend ihm ihre Begeisterung entgegen. Klatschen, trampeln, Pfiffe, Johlen, Gesänge sogar. Ein ohrenbetäubender Lärm. Der Basileus lässt sich vom Pferd helfen und schafft mit Mühe die wenigen Schritte bis zur Sänfte, die man für in bereitgestellt hat. Ich blicke hoch zur kaiserlichen Loge. Ganz vorn an der Brüstung steht eine reglose Gestalt, die auf uns herabblickt – die Kaiserin Zoë. Was empfindet sie bei diesem Trubel? Freut sie sich? Oder hasst sie den Anblick des kranken, unförmigen Gemahls, der zu ihr zurückgekehrt ist?

Der Basileus winkt mich zu sich und lächelt schwach. »Araltes, ich will, dass du mit in die Loge kommst. Du hast es verdient.«

Ich bedanke mich, denn es ist eine Ehre für einen Anführer fremder Söldner wie mich. Eine Anerkennung dafür, dass meine Männer und ich eine entscheidende Rolle in diesem Feldzug gespielt haben. Aber der Basileus mag mich auch so. Und zu meiner Überraschung schätze ich ihn ebenfalls. Er ist kein Dummkopf. Er hört auf seine Berater und Heerführer, bevor er sich entscheidet. Ich wünschte, wir hätten ihn in Italien dabeigehabt.

Sklaven erscheinen und tragen seine Sänfte durch eine schwer bewachte Pforte bis ins Innere des Hippodroms. Dort befördert ihn ein per Flaschenzug betriebener Aufzug hinauf in die kaiserliche Loge. Die anderen Befehlshaber des Heeres sind ebenfalls von den Pferden gestiegen und folgen ihm.

Ich wechsele ein paar Worte mit Thorkel, denn unsere Männer sollen eine kleine Darbietung veranstalten. Ich händige ihm Schwert und Sax aus, Waffen sind in der Loge nicht erlaubt, dann begebe ich mich ebenfalls ins Innere des Gebäudes. Hier ist der Lärm der Menge ein wenig gedämpft. Ich steige die Treppe hinauf, die über mehrere Ebenen nach oben führt. Die Loge, als ich sie betrete, ist schon voll besetzt mit Würdenträgern und den Edlen des Reiches. Einige blicken mich erstaunt an. Ich weiß, was in ihren Köpfen vorgeht. Was hat ein *varangoi* hier zu suchen, einer dieser rüden Barbaren aus dem Norden?

Nun, ich werde mich nicht vordrängen. Denn auch von den hinteren Plätzen, die wie Stufen in einem Amphitheater angeordnet sind, hat man einen guten Blick über das lange Oval der Rennstrecke und die vollen Zuschauertribünen. Der Basileus sitzt zurückgelehnt in einem bequemen Sessel direkt an der Brüstung. Tausende Gesichter unten in den Rängen sind ihm zugewandt. Ab und zu zwingt er sich, den Arm zu heben, was jedes Mal mit begeistertem Jubel beantwortet wird. Ich glaube, er ist sehr erschöpft.

Ich blicke zur Kaiserin hinüber, sehe ihr Gesicht jedoch nur im Halbprofil. Sie ist prächtig ausstaffiert, steht aber mindestens zehn Schritte vom Stuhl des Basileus entfernt, von Hofdamen umgeben. Darunter auch ihre Schwester Eudocia. Der Kaiser würdigt sie keines Blickes. Es ist also wahr, was man sich erzählt, dass sie sich nicht ausstehen können.

Statt mit seiner Gemahlin redet er mit seinem Bruder Johannes, dem fetten Eunuchen, der neben ihm sitzt. Und mit seinem Neffen, dem Sohn des inzwischen verstorbenen Flottenführers Stephanos. Der ist in meinem Alter und heißt wie der Kaiser ebenfalls Mikhaél. Angeblich wurde er vom Basileus und von Zoë adoptiert und ist deshalb ausersehen, der nächste Kaiser zu werden. Ein weiterer Schachzug des Eunuchen, um die Macht in der eigenen Familie zu sichern. Ich kenne den jungen Mann nur flüchtig, aber die kalten Augen und der grausame Zug um den Mund lassen nichts Gutes ahnen.

Die illustre Gesellschaft, die sich hier in der Loge drängt, beeindruckt mich. Da ist der Patriarch von Konstantinopel, Alexios Studites, in prächtigem Kirchengewand. In seiner Begleitung befinden sich Klostervorstände, Bischöfe und andere kirchliche Würdenträger. Den Thron des Basileus umschwärmen in edle Roben gekleidete Mitglieder des Hochadels beiderlei Geschlechts. Schimmernde Seide in allen Farben, goldene Geschmeide, geschminkte, fröhliche Gesichter. Etwas abseits steht die Kaiserin, eher ernst, umgeben von ihren Damen, zumeist adeligen Jungfrauen auf der Suche nach einem standesgemäßen Ehemann. Heerführer und Befehlshaber verschiedener *Themen* im Gespräch mit hohen Beamten der Verwaltung. Diese Leute gehören zur Elite des byzantinischen Reiches. Mit meinem Kampfpanzer am Leib und dem Helm unterm Arm fühle ich mich fehl am Platz. Dennoch weiß ich die Ehre zu schätzen, auch wenn niemand sich herablässt, mit mir zu reden.

Unten in der Arena hört man Thorkel Befehle brüllen. Sofort bilden meine Männer zwei Schlachtreihen, die sich dicht an dicht gegenüberstehen, jeweils vier Reihen tief. Die großen, runden Schilde überlappen sich zu einer soliden Wand, aus der nur die Speere ragen. Auf erneuten Befehl verwandelt sich jede der Schlachtreihen in eine *skjaldborg*. Die vorderen Männer knien mit den Schilden vor dem Leib, die zweite Reihe deckt die Mitte ab, und die dritte schützt die Köpfe. Eine für Pfeile undurchdringliche Mauer. Die vierte Reihe dahinter tritt einen Schritt zurück, bereit, Speere auf den Feind zu schleudern. Diese Übung soll den Leuten zeigen, wie wir Nordmänner kämpfen.

Jetzt nehmen beide Gruppen wieder Aufstellung in Schlachtordnung an und rennen mit Gebrüll aufeinander los, lassen die Schilde zusammenkrachen. Sie stemmen sich lange gegeneinander, bis eine Seite langsam weicht. Das Ende der kleinen Darbietung wird mit großem Beifall belohnt, und meine Männer verteilen sich gleichmäßig rund um die Bahn, als wollten sie die Tribünen bewachen.

Als Nächstes reitet ein Regiment schwerer, gepanzerter Reiterei ein, die berühmte *Tagmata*, und dreht im vollen Galopp eine ganze Runde. Unter dem Donnern der Hufe verwandelt sich das Hippodrom in einen Hexenkessel der Begeisterung. Da ihre Ausrüstung unglaublich teuer ist, sogar die Pferde sind gepanzert, sind diese Krieger fast ausschließlich adelige Söhne von reichen Landbesitzern in Anatolia. Der Anblick der schweren, galoppierenden Rösser reißt die Menschen von den Sitzen. Sie jubeln ihnen zu, obwohl das Rückgrat jedes Heeres eigentlich die Fußtruppen sind. Aber ich gebe zu, die Reiter sind beeindruckend.

Nun folgt eine ausgesuchte Heeresabteilung byzantinischer Fußsoldaten. Auch sie gepanzert, mit rechteckigen Schilden bewehrt. Sie kommen im Laufschritt, bleiben auf Kommando abrupt stehen und wenden sich wie ein Mann der kaiserlichen Loge zu, um ihren Feldherrn zu grüßen. Ihr Ruf hallt durch die Arena. Die meisten von ihnen sind keine Griechen, sondern Turkmenen, Kurden, Armenier, Tscherkessen, Petschenegen. Söldner wie wir. Und obwohl sie sich hier so diszipliniert präsentieren, ist es mehr Schau als wahre Kampfkraft. In der Schlacht könnten meine Nordmänner sie jederzeit schlagen, davon bin ich überzeugt.

Und schließlich der Höhepunkt der Parade. Man führt ein gutes Dutzend in Ketten gefesselter Gefangener in die Arena. Das sind die Rädelsführer des Aufstands, darunter Petros Delyanos, ihr Anführer. Ein Pfeifkonzert hebt an, die Menge tobt und buht sie aus, verlangt nach ihrem Tod. Die Gefangenen blicken sich unsicher um, einige starren vor sich auf den Boden. Nachdem die Menge sie gebührend verhöhnt hat, werden sie mit glühenden Eisen geblendet. Ihre Schreie gehen im Applaus des Volkes unter. Danach schleppt man sie aus der Arena. Ich frage mich, was mit ihnen geschieht. Vielleicht erwürgt man sie in ihrer Zelle. So war es im alten Rom, hab ich mir sagen lassen.

Während eine Abteilung Bogenschützen einmarschiert, berührt mich jemand am Arm. Ich blicke zur Seite, und da steht zu meiner Überraschung Maria.

»Du hier?«, frage ich.

»Wundert dich das?« Sie blickt schräg von der Seite zu mir auf. In ihren Augen blitzt ein schalkhaftes Lächeln. Gar nicht mehr so hochmütig und kratzbürstig wie in Palästina.

»Es ist lange her«, sage ich.

»Viel zu lange«, antwortet sie.

Viel zu lange? Was, zum Teufel, meint sie damit?

»Hör zu«, sage ich verlegen. »Es ist wirklich überfällig …«

»Was denn?« Sie sieht mich erwartungsvoll an.

»Mich zu entschuldigen. Für mein ungebührliches Benehmen damals.«

Sie wendet sich ab und starrt hinunter in die Arena, ohne etwas zu sagen. Vielleicht hätte ich sie nicht an diesen Vorfall erinnern sollen, aber dann sehe ich, wie verdächtig es um ihre Mundwinkel zuckt. Sie dreht den Kopf ein wenig in meine Richtung und wirft mir wieder so einen schalkhaften Blick zu.

»Vielleicht musst du dich gar nicht entschuldigen.«

»Muss ich nicht?«

»Vielleicht war es mir gar nicht so unangenehm, wie du denkst.« Es dauert einen Augenblick, bis die Worte bei mir einsinken. Dabei lacht sie über mein verdutztes Gesicht, beugt sich vor und berührt kurz meinen Arm. »Komm mich bei Gelegenheit besuchen«, raunt sie mir zu und wendet sich zum Gehen.

»Und wo wohnst du?«

Sie lächelt geheimnisvoll. »Ich bin sicher, du wirst es herausfinden.«

Damit mischt sie sich wieder unter die Leute auf der Loge. Ziemlich verwirrt starre ich hinter ihr her. Es sind mehr als vier Jahre vergangen, seit wir uns zuletzt gesehen haben, aber sie hat sich kaum verändert. Immer noch die schlanke Gestalt, obwohl etwas fraulicher als zuvor, so kommt es mir vor. Auch ihre Gesichtszüge sind ein wenig reifer geworden, was sie aber noch anziehender macht. Während ich sie in der Menge beobachte, fange ich einen forschenden Blick aus dunklen Augen auf – den der Kaiserin Zoë.

Sie muss mein Gespräch mit Maria beobachtet haben. Auch sie hat sich wenig verändert. Aber vielleicht ist es die Schminke, die sie verwendet, um sich jünger zu machen. Ich nicke ihr höflich zu. Aber sie schaut sofort weg und beachtet mich nicht weiter. Was soll man davon halten? Hat mein kurzes Gespräch mit Maria sie verärgert? Denn ihre Miene ist nicht gerade freundlich gewesen. Bin ich in Ungnade gefallen, ihr lästig oder gar peinlich geworden? Ich hoffe, Letzteres, denn ich habe wenig Lust, die gefährliche Beziehung mit ihr zu erneuern.

Ich beschließe zu gehen, mich um meine Truppe zu kümmern. Als ich mich bis zur Logentür durchzwänge, steht Sigurd davor und grinst mich spöttisch an. »Sieh da, sieh da«, knurrt er. »Der siegreiche Held. Ich wette, du hast dir wieder einen Haufen Beute unter den Nagel gerissen.«

Er trägt die zeremonielle Uniform eines *spartharokandidatos*, eine weiße, goldverbrämte Tunika mit einem Halsreifen aus purem Gold, der sich besonders gut von seinem feuerroten Bart absetzt. Es ist ein hoher Offiziersrang, der dem Befehlshaber einer Heeresabteilung gleichkommt.

»Ich sehe, man hat dich befördert«, sage ich.

Er nickt selbstzufrieden. »Ganz recht. Mir untersteht die gesamte Palastwache.«

»Gut für dich.«

»Aber weniger gut für dich, mein Freund.«

»Und wieso?«

»Jetzt wirst du dich nicht mehr so leicht einschleichen können.«

»Einschleichen? Wovon, zum Teufel, redest du?«

»Tu nicht so unschuldig. Mir sind da gewisse Dinge zu Ohren gekommen.«

Ich runzele die Stirn. »Ich kann mir nicht vorstellen, was das sein soll. Du musst dich verhört haben.«

Er lacht gehässig. »Ist sie nicht ein bisschen alt für dich?«

Es überläuft mich heiß. Kann es sein, dass der verdammte Kerl etwas weiß? Aber woher? »Geh mir aus dem Weg!«, knurre ich ungehalten und dränge mich an ihm vorbei.

Ich bin schon fast auf der Treppe, als ich ihn rufen höre: »Zumindest hab ich dich gewarnt.«

Ich bin beunruhigt. Kann es sein, dass er etwas weiß? Aber was genau? Beweise oder nur Gerüchte? Und wenn er davon weiß, wer noch? Natürlich die Wachen damals, die mich eingelassen haben, der heimliche Bote. Aber auch sie können nur vermuten, warum ich des Nachts im Palast war. Aber dann sind da auch noch die beiden Dienerinnen. Verdammte Scheiße!

Sigurd ist alles andere als mein Freund. Sollte er zu Johannes gehen, kann es sein, dass man die Wachen und besonders die Dienerinnen verhört und ihnen Folter androht, wenn sie nicht aussagen. Ich verstehe mich gut mit dem Basileus, aber was ist, wenn er die Wahrheit erfährt? Schon für kleinere Verfehlungen sind Leute stillschweigend beseitigt worden. Davon zeugen Leichen, die des Öfteren im Bosporus treiben.

Vielleicht wird es Zeit, dass ich aus Miðgarð verschwinde. Im Grunde bin ich es leid, für diese Byzantiner Kriegsdienste zu leisten. Wenn ich schon mein Leben aufs Spiel setze, dann wenigstens für meine eigenen Zwecke. Für meine Heimkehr nach Norðvegr. Dafür habe ich in den Jahren Beute zusammengerafft, Gold- und Silberbarren, Säcke voller Münzen und Hacksilber, Edelsteine, goldene Kelche. Alles mit Blut erkämpft. Meine Jagd auf die Piraten war äußerst erfolgreich. Auch Sizilien hat uns viel beschert. Neben den anderen wertvollen Dingen besitze ich einen wahren Schatz an arabischen Golddinaren. Einiges habe ich schon nach Holmgarð schicken können, mehr noch ist versteckt. Und unten in meinem Tross vor dem Hippodrom wartet die Beute aus dem Bulgarenfeldzug, auf Maultieren verpackt und gut bewacht. Am besten werde ich mich gleich darum kümmern.

* * *

Die Begegnung mit Sigurd, vor allem seine Andeutungen haben bei mir ein nagendes Gefühl der Unruhe hinterlassen. Sigurd als Hauptmann der Palastwache hat mehr Macht und Einfluss als ich. Ein geflüstertes Wort ins rechte Ohr könnte mich ins Unglück stürzen. Auf einem Feldzug, umgeben von meinen Männern, fühle ich mich sicher. Aber es ist Spätherbst geworden, kein Feldzug in Sicht. Hier in der Stadt oder in meinem Haus könnten mich kaiserliche Häscher jederzeit aufgreifen. Vielleicht wird es wirklich Zeit, meine Schiffe zu beladen und mich aus dem Staub zu machen.

Andererseits, warum sollte Sigurd mich anschwärzen? Was hätte er davon? Es ist wahr, dass er mich vor Jahren umbringen wollte. Sogar meine ganze Familie. Aus Rache. Weil Olaf angeblich seinen Vater hinterrücks erschlagen hat. Dabei war es einer von Olafs Männern gewesen, ein Tölpel, der gemeint hatte, meinem Bruder damit einen Gefallen zu tun. Im Grunde war es ein Missverständnis, ein ungewollter Unfall gewesen. Aber Sigurd hatte mir Blutrache geschworen. Warum ausgerechnet mir, kann ich nicht sagen. Ich war damals viel zu jung und meilenweit vom Ort des Geschehens entfernt gewesen. Vielleicht weil Olaf tot, Sigurd aber so gefangen in seinem Hass war, dass er ein anderes Opfer brauchte.

Aber mit den Jahren, denke ich, hat sich sein Hass verwandelt. Es geht ihm schon lange nicht mehr darum, mich zu erschlagen. Denn dazu hätte er mehrfach Gelegenheit gehabt. Es ist eher so etwas wie ein Wettkampf geworden. Vielleicht, weil ich das Gegenteil von ihm bin. Ich glaube, er hält mich für den verwöhnten Sohn einer berühmten Familie. Einen, dem alle Türen offen stehen, in Svearíke, bei den Rus und anderswo. Der überall geehrte Halbbruder eines Königs, ausgerechnet des Mannes, der seinen Vater auf dem Gewissen hat.

Er dagegen ist das ausgestoßene schwarze Schaf seiner eigenen Familie. Wer weiß, was er daheim angestellt hat, um das zu verdienen. Warum er sich auf eigene Faust durchschlagen muss, sich nimmt, was ihm gefällt, ohne Rücksicht auf andere. Bei den Rus hat er sogar den Großfürsten bestohlen und sich darüber zum Gesetzlosen gemacht.

Ich glaube, er will beweisen, dass er mir ebenbürtig ist. Mehr noch, dass er der bessere Mann ist, schlauer, hinterlistiger, erfolgreicher. Ich konnte den Triumph in seinen Augen sehen, als er sich mir in seinem neuen Offiziersrang zeigen konnte. Er hat das Bedürfnis, mich auszustechen. Ein paarmal ist es ihm ja auch gelungen. Besonders in der Zeit, als wir auf Piraten angesetzt waren und er mir einige Male die Beute vor der Nase wegschnappen konnte.

Da fällt mir ein, hatte er nicht etwas über Beute gesagt? Wie viel ich mir diesmal wieder unter den Nagel gerissen hätte. Wer ist nicht gierig auf Beute? Nur so kann ein Krieger zu Wohlstand kommen. Und ich muss zugeben, dass mir seit Ailas Tod nichts anderes mehr wichtig ist. Weder Frauen noch Familie. Ich bin nach Byzanz gekommen, um Reichtümer anzuhäufen. Mein Schwert für den Basileus im Tausch gegen Gold und Silber. Nur damit werde ich eines Tages eine bedeutende Rolle in der Heimat spielen können. Wer kein Land besitzt, keine Bauern zum Kriegsdienst verpflichten kann, der braucht Gold, um Söldner anzuwerben.

Sicher geht es Sigurd ähnlich. Vielleicht will er mich gar nicht beim Eunuchen anschwärzen, sondern sich irgendwie meines Schatzes bemächtigen. Ja, das würde ich ihm eher zutrauen. Nur, wie er das anstellen will, ist mir nicht klar. Aber Sigurd ist nicht zu unterschätzen. Das habe ich inzwischen lernen müssen. Mein erster Eindruck eines unbeherrschten, gewalttätigen Muskelprotzes war falsch. Manchmal führt er sich so auf, aber dahinter steckt ein einfallsreicher, gewiefter Kopf.

Ich muss also vorsichtig sein. Ich habe meinen Hort natürlich versteckt. Nur Thorkel und Bjorn Skallagrimsson wissen, wo, denn sie haben mir dabei geholfen. Auf die beiden kann ich mich verlassen. Thorkel ist mein ältester und bester Freund. Und Bjorn ist eine einfache, aber treue Seele, ein Mann, der eher stirbt, als einen Kameraden zu verraten.

✻　✻　✻

Meine Befürchtungen erhalten neue Nahrung, als ich zehn Tage nach dem glorreichen Triumphzug zum Palast beordert werde. Ich ahne schon das Schlimmste. Doch der Bote überreicht mir ein mit kaiserlichem Siegel versehenes Pergament. Darin wird mir mitgeteilt, dass ich aufgrund meiner Verdienste während des Bulgarenfeldzugs nun ebenfalls den Rang eines *spatharokandidatos* erhalten soll. Mir fällt ein Stein vom Herzen. Nicht ohne schadenfrohe Genugtuung muss ich an Sigurd denken. Es wird ihn nicht freuen, dass ich ab sofort den gleichen Rang bekleide.

Der Bote schärft mir ein, auf jeden Fall pünktlich zur Verleihungszeremonie im Chrysotriklinos, dem großen Thronsaal, zu erscheinen. Schließlich sei ich nicht der Einzige, der an diesem Tag geehrt und befördert werden soll. Er erklärt mir, welche Schneider vom kaiserlichen Hof ermächtigt sind, eine dem neuen Rang entsprechende Uniform anzufertigen. Besser, nicht damit zu warten, rät er mir, denn es ist zwingend, in korrekter Kleidung zu erscheinen.

Tatsächlich muss ich tagelang bangen, ob die verdammte Uniform rechtzeitig fertig wird. Ich habe zwar einen willigen Schneider gefunden, aber der Mann hat so viel zu tun, dass meine neue Offizierstunika erst Stunden vor der Zeremonie bereit ist. Sie passt einigermaßen, und ich bestelle gleich zwei weitere. Dann mache ich mich auf den Weg zum Palast. Thorkel und Thjodolf wollen mich unbedingt begleiten, aber man lässt sie nicht ein. Nur ich allein darf mich in den Thronsaal begeben.

An den hohen Flügeltüren des Chrysotriklinos stehen breitbeinig ein Dutzend *væringjar* Wache in ihren scharlachroten Uniformen, den glänzend polierten, konischen Helmen, ihre zeremoniellen Schwerter auf dem Rücken. Zwei von ihnen nicken mir unmerklich zu. Sie scheinen mich zu kennen. Und dann durchfährt es mich. Diese beiden hatten vor vier Jahren an der hinteren Pforte zum Bukoleon-Palast Wachdienst. Sie waren es, die mich damals eingelassen hatten. Haben sie Sigurd davon berichtet? Ich versuche mir nichts anmerken zu lassen und betrete mit weiteren Geladenen den Saal.

Auf der anderen Seite der Flügeltüren, ich hätte es mir denken können, steht Sigurd. Auch er in weißer Tunika. Er schenkt mir ein säuerliches Grinsen, als er meine neue Ausstattung sieht. »Ich sehe, der Basileus hat einen Narren an dir gefressen«, spottet er. Dann beugt er sich vor. »Aber freu dich nicht zu früh«, raunt er mir zu. »Denn wie es aussieht, lebt er nicht mehr lange. Und sein Nachfolger wird andere Saiten aufziehen, das schwöre ich dir.«

Es passt zu ihm, dass er mir meinen Ehrentag vergällen will. Aber ich lasse mich nicht beeindrucken. »Erstens lebt er noch«, sage ich betont ruhig, »und zweitens glaube ich kaum, dass sein Nachfolger ausgerechnet dich in seine Pläne einweiht. Also lass die dummen Sprüche!«

Doch er grinst gehässig. »Wart's ab.«

»Versuchst du, mir zu drohen?«

In gespielter Entrüstung hebt er die Hand. »Aber nein. Nichts liegt mir ferner. Wo du doch jemandes Liebling bist.« Er macht eine obszöne Geste.

Unwillkürlich balle ich die Fäuste. Am liebsten würde ich ihm sein freches Maul stopfen. Er weiß das natürlich und lacht über meine zornige Miene. Und dieses Lachen ist schwerer zu ertragen als die versteckten Drohungen. Wütend lasse ich ihn stehen und reihe mich unter jene, die heute geehrt werden sollen. Einige kenne ich vom letzten Feldzug. Auch die drei Offiziere, die heute ebenfalls befördert werden. Der Rest der Männer soll Ehrenauszeichnungen erhalten.

Wir stehen etwas verloren inmitten der großen, mit Marmor ausgelegten Halle. Der riesige Raum mit den hohen Säulen, Mosaiken und Kandelabern ist so gewaltig, dass er fast einschüchternd wirkt. Was natürlich Absicht ist.

Wir sind nicht allein. Um uns herum sind Edle des Reiches zusammengekommen, um der Zeremonie beizuwohnen. Fast nur Männer. Sie beachten uns kaum, sondern unterhalten sich leise. Ihr Tuscheln und Raunen und ein gelegentliches Lachen hallen von den Wänden wider.

Ich habe mich daran gewöhnt, aber es ist schon seltsam, wie diese byzantinischen Edlen sich kleiden. Lange, bis auf den Boden fallende Seidengewänder. Kurze Haare und sorgfältig gestutzte Bärte. So manches Kinn dagegen ist glatt rasiert. Nicht selten geschminkte Augen, Wangen und Lippen. Sie sehen, verdammt nochmal, wie Weiber aus. Und was ihre Weiber betrifft: Die tragen enganliegende Roben, so hoch geschnürt, dass oben die Brüste herausquellen. Dazu riesige, mit Perlen bestickte Hauben auf dem Kopf. So ist die Mode in Byzanz.

Es ist Nachmittag, und durch eine Reihe von Fensteröffnungen hoch oben in der Außenwand fallen herbstliche Sonnenstrahlen herein. Sie beleuchten an der Rückwand der Halle zwei große, goldene Thronsessel, die Seite an Seite auf einer erhöhten, marmornen Plattform stehen. Darüber eine überlebensgroße Darstellung des Christus. Die Plattform besteht aus zwei

Ebenen. Auf der unteren hat man zu beiden Seiten des Doppelthrons einige ebenfalls reich verzierte Stühle hingestellt, die sich aber im Vergleich zu den Thronsesseln des Basileus und seiner Gemahlin bescheiden ausnehmen.

Vor diesem Podium befinden sich ein paar Tische. Darauf liegen Schreibzeug und Folianten, Dokumente und verschiedene Medaillen und Abzeichen. Beamte mit unbeweglichen Gesichtern mustern die Menge im Saal. Unter ihnen Demetrios Chrysanthopoulos. Unsere Blicke kreuzen sich kurz. Aber er scheint mich nicht zu erkennen. Oder er tut nur so.

Eine Seitentür öffnet sich. Die Wachen nehmen Haltung an. Der Eunuch Johannes betritt den Thronsaal. Sein umfangreicher Leib ist wie immer in weite, golden schimmernde Gewänder gekleidet. Ihm folgen sein Neffe, der Thronerbe Mikhaél, und der alte Patriarch Alexios Studites in einem besonders prächtigen Kirchenornat. Er geht etwas gebeugt, beide Hände in die reich bestickten Ärmel geschoben.

Sofort wird es still in der Halle. Johannes scheint noch dicker geworden zu sein, als ich ihn in Erinnerung habe. Er bewegt sich würdevoll, aber schwerfälligen Schrittes. Ächzend erklimmt er die zwei Stufen der unteren Plattform und lässt sich auf einen der Stühle sinken. Erstaunlich, dass der nicht unter ihm zusammenbricht. Der Patriarch Alexios setzt sich neben ihn und lächelt den Versammelten zu. Der Thronerbe aber steigt zur obersten Plattform und lässt sich zu aller Erstaunen auf dem Thron des Kaisers nieder, als gehörte er dort schon hin. Johannes bemerkt es, runzelt ärgerlich die Stirn, lässt ihn aber gewähren.

Er hebt die Hand. Auch das letzte Geflüster erstirbt. »Unser erlauchter Herrscher ist heute leider verhindert«, sagt er mit seiner Fistelstimme.

Diese Ankündigung führt zu einigem Getuschel in der Halle. Man fragt sich, ob es mit seiner Krankheit zu tun hat und wie schlimm es um den Basileus steht. Und ob man die eigenen politischen Bündnisse überdenken sollte.

Johannes räuspert sich und fährt fort: »Aber er lässt alle, die heute geehrt werden, herzlich grüßen und dankt ihnen für ihre Tapferkeit und Treue. Solchen mutigen und verdienstvollen Männern ist es zu danken, dass unser römisches Reich seit weit mehr als tausend Jahren Bestand hat. Applaus für die Helden des Vaterlands.«

Er klatscht ein paarmal in die fetten Hände, woraufhin der ganze Saal höflich, aber wenig begeistert applaudiert. Wahrscheinlich haben die Herrschaften solche Worte schon hundert Mal gehört.

»Seine Hoheit, der Thronerbe Mikhaél, wird nun die Ehrungen vollziehen«, sagt er abschließend und nickt Demetrios zu, der von einem Stapel das erste Pergament nimmt, trocken hüstelt und dann einen Namen aufruft.

Ein Mann tritt vor, ein Schreiber notiert den Namen in einem dicken Folianten, Demetrios verliest den Grund der Ehrung und händigt dem Mann, einem jungen Offizier, das Pergament aus, gratuliert ihm. Es entsteht ein peinlicher Augenblick, als alles auf den Thronerben blickt und wartet. Der bequemt sich schließlich, die Stufen herabzusteigen und dem jungen Mann, der jetzt vor ihm kniet, eine ihm zuvor ausgehändigte Medaille um den Hals zu hängen. Da es sich nur um den Thronerben handelt, der ihm die Auszeichnung verleiht, ist eine vollständige *proskynesis* nicht nötig. Der Patriarch schlägt ein Kreuz und murmelt seinen Segen. Danach tritt der Geehrte mit einer tiefen Verbeugung zurück. Im Saal klingt dünner Applaus auf, dann wird der nächste Name aufgerufen.

So geht es weiter. Es ist ein irgendwie herzloses, abgestandenes Ritual. Die anwesenden Adeligen scheren sich wahrscheinlich einen Dreck um uns Krieger und sind nur gekommen, um sich bei Hofe zu zeigen und den neuesten Klatsch auszutauschen. Besonders den Thronerben scheint die ganze Sache zu langweilen. Er lächelt nicht, murmelt kaum ein Wort zu den Geehrten. Für ihn scheint es nur eine lästige Pflicht zu sein, die er möglichst schnell hinter sich bringen will.

Ganz zuletzt bin ich an der Reihe. Bei mir, wie auch bei meinen drei Vorgängern, handelt es sich um eine Beförderung zu einem hohen Offiziersrang. Hier gibt sich Mikhaél etwas mehr Mühe. Er schüttelt mir sogar die Hand und zwingt sich zu einem unaufrichtigen Lächeln. Für einen kurzen Moment blicke ich ihm in die Augen. Sie stehen etwas zu eng beieinander und sind so schwarz, dass die Pupillen darin verschwinden. Er hat eine scharfe, leicht gebogene Nase über einem schmallippigen Mund, dessen überheblich heruntergezogene Mundwinkel in einem dichten Bart verschwinden.

Das also ist Mikhaél Kalaphates, der Kalfaterer, wie ihn das Volk nennt. Weil sein Vater Stephanos einst diesen Beruf ausübte, bevor er das Glück hatte, die Schwester des Eunuchen Johannes zu ehelichen und zum Befehlshaber der Flotte aufzusteigen. Ich versuche, etwas in diesen Augen zu lesen, aber sie sind so dunkel, dass sie mir wie die eines Toten vorkommen. Dies ist kein Mann, für den ich mich erwärmen könnte.

Doch dann überrascht er mich. »Mein lieber Araltes. Ich habe von dir gehört.« Seine Stimme klingt herablassend, fast streng, als sei es nichts Gutes, was ihm da zu Ohren gekommen ist. »Wie viele Feldzüge hast du schon auf dem Buckel?«

Ich überlege. »Mindestens fünf oder sechs, Hoheit. Und dazwischen noch andere Aufgaben.«

»Ja, du hast meine Tante nach Jerusalem begleitet.« Er lächelt plötzlich. Man sieht kurz seine Zähne zwischen den dünnen Lippen aufblitzen. Es ist kein wirklich warmes Lächeln, eher das eines Fuchses. »Und du bist als Krieger schon eine halbe

Legende, hab ich mir sagen lassen.« Er wendet sich an die übrigen Anwesenden. »Was wäre Byzanz, wenn wir nicht unsere tapferen Barbaren hätten …«

Man antwortet mit höflichem Schmunzeln und Kopfnicken. Kalaphates nimmt den goldenen Halsring entgegen, den Demetrios ihm reicht. Ich beuge das Knie. Er legt mir den Ring um den Hals und sichert den Verschluss. Ich höre den Patriarchen seinen Segen murmeln und blicke auf. Kalaphates steht immer noch vor mir.

»Ich hoffe, du wirst mir ebenso treu dienen wie meinem Oheim«, sagt er.

»Selbstverständlich«, erwidere ich und erhebe mich.

Man applaudiert, und dann ist alles vorbei. Johannes, Mikhaél und der Patriarch verlassen den Saal durch dieselbe Seitentür. Ich wechsele ein paar Worte mit den anderen Offizieren, dann begebe ich mich ebenfalls zum Ausgang. Von Sigurd ist nichts zu sehen. Dagegen fängt mich draußen im Flur ein schmächtiger Mann ab. Es ist derselbe, der mich vor vier Jahren zur Kaiserin gebeten hat. Er zieht mich zur Seite.

»Ihre kaiserliche Hoheit wünscht dich zu sprechen«, raunt er mir zu.

»Zoë?«

»Wer sonst?«

»Ich glaube, das ist keine gute Idee.«

Er reißt die Augen auf. Eine solche Antwort hat er nicht erwartet. Sich einer Aufforderung der Kaiserin zu widersetzen, das passt überhaupt nicht in seine Vorstellungswelt. »Aber sie besteht darauf«, murmelt er erschrocken.

»Du weißt, warum es nicht gut wäre.«

Er starrt mich mit gerunzelter Stirn an, dann versteht er endlich und lächelt beruhigend. »Du musst dir keine Sorgen machen«, sagt er. »Der Basileus weiß es längst.«

Ich erschrecke. »Er weiß es?«

»Ihn kümmern ihre Liebhaber nicht.«

Der Kerl wartet nicht auf meine Antwort, sondern geht einfach voraus, sicher, dass ich ihm folgen werde. Ich zucke mit den Schultern und tue es. Was bleibt mir anderes übrig? Er führt mich in den Bukoleon-Palast und dort ins *gynaikeion*, einen abgetrennten Bereich, wie er mich unterwegs aufklärt, der den Frauen der kaiserlichen Familie vorbehalten ist. Ich betrete ein verschwenderisch eingerichtetes Gemach, zugestellt mit Möbeln, Tischchen und gepolsterten Diwanen. Ein Feuer brennt in einem sogenannten *caminus*, einer gemauerten Feuerstelle mit Rauchabzug, eine Neuerung, die ich noch nirgendwo anders als in Konstantinopel gesehen habe. Es ist fast unerträglich warm im Raum. Auf einem bequemen Sessel thront die Kaiserin, umgeben von jungen Damen, die mich erstaunt anstarren. Ich falle auf ein Knie und beuge das Haupt.

»Araltes!«, ruft sie entzückt. »Steh sofort auf. Vor mir musst du dich nicht verbeugen. Wir sind doch gute Freunde.«

Verlegen erhebe ich mich, unsicher, warum ich hier bin und wie ich mich benehmen soll. Zoë verscheucht mit einer Handbewegung die Damen, die mir noch einmal neugierige Blicke zuwerfen, bevor sie sich zurückziehen. Nicht ohne unterdrücktes Kichern und anzügliches Grinsen.

Zoë streckt mir beide Arme entgegen. »Komm, umarme mich, mein Lieber!«

»Ich weiß nicht. So am helllichten Tag? Was werden die Leute denken?«

»Ach was!« Sie springt von ihrem Sessel auf, kommt auf mich zu und wirft sich mir an die Brust. »Sollen sie denken, was sie wollen. Es zählt überhaupt nur einer. Das ist mein werter Gemahl. Und dem ist es völlig gleichgültig, was ich tue und wen ich empfange.«

Das beruhigt mich. Aber nur ein wenig. Sie überrumpelt mich. Mit ihrer Umarmung, mit ihren feuchten Küssen, mit dem wohligen Stöhnen, mit dem sie sich an mich schmiegt. Ihr Leib ist weich, sie hat zugenommen, ihr Busen erdrückt mich fast. Es sind wahrscheinlich die Honigküchlein, die sie so liebt. Ich versuche, mich sanft zu befreien, ohne ihre Gefühle zu verletzen.

Sie versteht sofort. »Ich bedränge dich«, sagt sie schuldbewusst. »Ich bin einfach zu überschwenglich. Wie immer. Aber du hast mir gefehlt. Komm, setz dich zu mir.« Ich lasse mich auf einem Hocker gegenüber ihrem Sessel nieder. Sie streichelt meine Hand. »Mein Gott, es ist so lange her«, sagt sie und himmelt mich an.

»Vier Jahre.«

»Wirklich schon vier Jahre? Wie die Zeit verfliegt. Aber du siehst wunderbar aus, Araltes. Wie immer mein Held. Und nun sogar in diesem schönen Offiziersgewand. Ich bin sicher, du hast es dir verdient. Ich habe Geschichten über dich gehört. Du musst mir später natürlich alles erzählen.« Dann bemerkt sie, dass ich einen Verband am linken Arm trage. »Jesus!«, ruft sie. »Bist du verwundet?«

»Ein Kratzer nur. Nichts von Bedeutung.«

Ihre Miene ist besorgt. »Du musst vorsichtig sein. So was kann sich entzünden. Womöglich wirst du noch krank. So wie Mikhaél.«

»Ist es wahr, dass er … ich meine, dass ihr …«

»Dass wir nichts gemeinsam haben? Meinst du das?« Sie legt die Hand auf ihre üppige Brust und seufzt. Ihre Miene wird traurig, und sie schweigt einen Augenblick. »Gott weiß, dass ich ihn geliebt habe«, flüstert sie. »Aber er? Er hasst mich. All die Jahre wollte er nichts von mir wissen. Ich darf ihn nicht einmal besuchen. Er verweigert sich. Wenn ich nur wüsste, warum.«

Ich denke, ich weiß es. Weil er glaubt, dass du Romanos Argyros vergiftet hast, und er fürchtet, du könntest ihm das Gleiche antun.

Während sie eine Träne wegwischt, sehe ich sie mir genauer an. Die Freude, mich wiederzusehen, hat ihr Gesicht jung und fröhlich aussehen lassen. Aber nun merke ich, dass sie alt geworden ist. Immer noch hübsch auf ihre Art, sorgsam geschminkt und hergerichtet. Aber das weiche Fleisch der Wangen, die Falten um Mund und Augen und die braunen Flecken auf den Händen lassen sich nicht so leicht verbergen. Vielleicht ist sie eine Hexe und hat Romanos tatsächlich vergiftet. Trotzdem mag ich sie. Trotzdem ist sie mir teuer. Und es ist nicht nur, weil ich ihr Bett geteilt habe.

Ich greife nach ihren Händen. »Wie geht es ihm?«

»Nicht gut, nach dem, was ich so höre. Man lässt mich ja nicht zu ihm. Aber sie sagen, er zeigt erste Anzeichen von Wundbrand. Und dann sind da auch noch diese epileptischen Anfälle. Schrecklich! Ich glaube, er wird bald sterben.«

»Ja. Das ist offensichtlich.«

Ihr Griff an meinen Händen wird plötzlich fester. »Und was ist dann? Was wird aus mir?« Ihre Stimme klingt wie die eines verängstigten Kindes.

»Du bist die Kaiserin«, sage ich. »In Purpur geboren. Niemand kann dir das nehmen. Du bist die mächtigste Frau im Land. Ach, was sag ich? Die mächtigste Frau der Welt.«

Sie schüttelt traurig den Kopf. »Wenn es nur so wäre. Dieser verlogene Eunuch hat alles in der Hand. Ich hasse ihn. Sie haben mich gezwungen, seinen verfluchten Neffen zu adoptieren.«

»Kalaphates?«

Bei dem Namen lacht sie bitter auf. »Ein guter Spitzname für den Bastard. Stell dir vor, genau das war sein Vater. Ein elender Kalfaterer auf den Werften. Einer, der Pech in die Fugen der

Schiffswände schmiert. Mit so einem Pack muss ich mich herumschlagen. Und ausgerechnet so einer wird der neue Basileus. Es ist nicht zu fassen.«

Ich sage nichts. Denn es ist ihre eigene Schuld. Sie musste ja unbedingt Johannes' Bruder heiraten. Beide stammen aus einer unbedeutenden Familie von Silberschmieden. Und die Schwester hat diesen Kalfaterer geheiratet. Nein, ich sage nichts. Ich streichle ihr nur über die Wange. »Lass sie machen, Zoë. Das Volk liebt dich, hält dich in Ehren. Und es geht dir doch gut.«

Plötzlich hat sie Tränen in den Augen. »Gut soll es mir gehen? Ich habe Angst, dass sie mich wieder in ein Kloster stecken.«

»Aber warum sollten sie das tun? Du wirst die ehrenhafte Kaisermutter sein. Man wird dir huldigen, dir jeden Wunsch von den Augen ablesen.«

»Ich weiß nicht. Ich habe kein gutes Gefühl. Ich traue dem Eunuchen nicht. Und noch weniger diesem Kalaphates. Lieber sterbe ich, als dass ich mich in ein Kloster stecken lasse.«

Wieder diese kindliche Stimme. Und ehe ich's verhindern kann, sitzt sie mir plötzlich auf dem Schoß. »Ach, Araltes, wie hab ich mich nach dir gesehnt.« Sie legt mir die Arme um den Hals, schmiegt sich an mich wie ein Kätzchen. »Du bist so groß, so stark. Ich habe von dir geträumt.«

Ich lege meine Arme um sie. Was soll ich anderes tun? Sie küsst mich. Lang und innig. Ich denke, wieso küsse ich diese alte Frau? Aber ihr Kuss ist nicht unangenehm. Und sie riecht gut. Es erinnert mich an unsere gemeinsamen Nächte. Doch schließlich drehe ich den Kopf zur Seite und löse ihre Arme von meinen Schultern. »Besser nicht, Zoë.«

»Aber warum nicht?« Sie schmollt.

»Es gibt zu viele Augen im Palast. Neider und Feinde. Auch ich habe Feinde. Es ist gefährlich für mich. Das musst du verstehen.«

»Gefährlich?« Sie lächelt schelmisch verspielt. »Wie zauberhaft! So ein bisschen Gefahr bin ich dir doch sicher wert, oder etwa nicht, mein tapferer Held?«

»Ich meine es ernst, Zoë.«

Schlagartig verschwindet das Lächeln. Nun steht eine Falte zwischen den sorgfältig gezupften Brauen, und in den Augen blitzt es zornig auf. »Ich bin dir wohl zu alt. Dabei kann ich mich immer noch sehen lassen. Aber ihr verdammten Kerle giert nur nach jungen Weibern. So wie deine Maria. Ich hab euch beobachtet. Ich wette, hinter der bist du her.«

Ich schüttele den Kopf. »Aber nein. Ich hab sie seit dem Triumph des Basileus überhaupt nicht mehr gesehen.«

»Wirklich?«

»Ich schwöre es.«

Das scheint sie zu versöhnen. Sie schmiegt sich erneut an mich. »Lass mich nicht betteln«, flüstert sie. »Erniedrige mich nicht. Nur eine Nacht wünsche ich mir. Nur diese Nacht. Dann lass ich dich für immer gehen. Ich verspreche es.«

※　※　※

»Bist du noch zu retten?« Thorkel ist wütend. »Wie kannst du dich wieder mit der Kaiserin einlassen?« Er wandert auf und ab und schüttelt den Kopf.

»Nur ein einziges Mal. Sie hat mich überrumpelt.«

»Scheiße, Harald. Ausgerechnet du musst es ihr machen? Daraus können sie dir einen Strick drehen.«

»Sie sagt, Mikhaél schert sich einen Furz darum, was sie tut. Sie reden seit Jahren nicht miteinander. Außerdem hat er, verdammt nochmal, andere Sorgen. Der Mann liegt im Sterben.«

Thorkel unterbricht kurz seine Wanderung. »Sei nicht dämlich!«, fährt er mich an. »Die Frau kann dir viel erzählen. Siehst du nicht, dass der Eunuch dich damit in der Hand hat? Er kann dich jederzeit drankriegen, wenn er will. Diese Byzantiner vögeln wie die Karnickel. Aber um Ehebruch machen sie gro-ßes Geschrei. Besonders, wenn's um die liebe Gemahlin geht.«

»Ich weiß, ich weiß. Aber wenn du dabei gewesen wärst, würdest du verstehen. Ich konnte ihr in dem Moment nicht nein sagen. Sie ist die Kaiserin. Ihren Zorn kann ich genauso wenig gebrauchen.«

Aber er hört gar nicht zu. »Wer weiß noch davon?«

Ich zucke mit den Schultern. »Bedienstete, Hofdamen. Ihr Bote. Wachen. Was weiß ich?«

Genervt verdreht er die Augen. »Ich sage dir, Harald, das wird dir noch übel vor die Füße fallen.«

»Und Sigurd«, füge ich kleinlaut hinzu.

»Was sagst du da?«, fragt er entsetzt.

»Der ahnt zumindest etwas. Er hat Andeutungen gemacht. Wahrscheinlich haben die Wachen gequatscht, dass ich vor Jahren nachts im Palast war. Vielleicht hat er noch andere befragt und sich den Rest zusammengereimt.«

Thorkel flucht ausgiebig vor sich hin. »Du weißt, wie gefährlich der Bastard ist. Der sucht doch nur nach Gelegenheiten, dich fertigzumachen.«

Was soll ich sagen? Zweifellos hat Thorkel recht. Er nimmt seine Wanderung wieder auf. Eine Weile lang schweigen wir. Jeder ist mit den eigenen Gedanken beschäftigt. Dann bleibt er stehen und starrt mich an.

»Sie ist sehr beliebt«, sagt er. »Das Volk verehrt sie. Was ist, wenn sie behaupten, du hättest ihre geliebte Kaiserin genötigt, schlimmer noch, sie vergewaltigt?«

»Blödsinn! Sie wird es abstreiten.«

»Und damit öffentlich zugeben, dass sie Ehebruch begangen hat?«

Ich verstehe, was er meint. »So weit würden sie nicht gehen.«

»Wer weiß? Aber nur angenommen, sie tun es. Das gäbe einen Volksaufstand, ist dir das klar? Der Patriarch würde dich verdammen. Ganz Konstantinopel ginge auf die Straße. Man würde verlangen, dass man dich kreuzigt. Am besten auf dem Augustaion, damit alle es sehen können. Und vorher würden sie dir noch die Eier abschneiden und die Haut vom Leib reißen.«

»Spinnst du? Warum sollten sie das tun? Wem sollte das nützen?«

Thorkel zuckt mit den Schultern. »Weiß der Teufel. Bei Hofe geht es doch dauernd um irgendwelche Machtspiele. Dieser Mikhaél Kalaphates scheint es faustdick hinter den Ohren zu haben. Könnte doch sein, dass ihm so was gerade recht kommt.«

»Ach was. Du übertreibst. Immer siehst du alles schwarz.«

»Mein Schwarzsehen hat dir schon öfter den Hals gerettet. Du bist einfach zu unvorsichtig. Jahrelang haben wir uns im Dienste dieser Griechen abgemüht, um in Ehren und mit Gold beladen heimzukehren. Willst du das alles aufs Spiel setzen?«

»Natürlich nicht.«

»Dann müssen wir etwas unternehmen. Dass dieser verdammte Erlingsson Wind von der Sache bekommen hat, ist das Schlimmste, was uns passieren konnte. Der wird es ausnutzen, da kannst du sicher sein.«

»Und? Was willst du dagegen tun?«

»Wir lauern ihm auf und bringen ihn um.«

Ich sage nichts, sehe ihn nur an.

»Du musst dir nicht die Hände schmutzig machen«, fährt er fort. »Bjorn und ich erledigen das. Eine Leiche mehr oder weniger im Bosporus wird nicht auffallen.«

»Er haust im Palast. Von Wachen umgeben.«

Thorkel grinst. »Auch ich habe meine Späher. Es gibt da eine dieser feinen Huren, die er gern besucht. Fast jeden zweiten Tag lässt er sich bei ihr blicken.«

Ich denke nach. Der Gedanke ist verlockend. Wird Zeit, den Bastard loszuwerden. Töten ist uns schließlich nicht fremd. Unmöglich, all die Männer zu zählen, die wir in den Jahren ins Reich der Toten befördert haben. Aber das war im Kampf. Nicht hinterrücks. Da sträubt sich etwas in mir. Sigurd hat Olaf beschuldigt, seinen Vater hinterhältig erschlagen zu haben. Und nun soll gerade ich so etwas in Auftrag geben?

»Nein. Es wird nichts nützen, Thorkel«, sage ich. »Er ist schließlich nicht der Einzige, der davon weiß. Wachen, Dienerinnen. Sie alle können plappern.«

Er starrt mich schweigend an. Seiner Miene sieht man an, dass er nicht einverstanden ist. Ich weiß, was er denkt. Dass Sigurd Erlingsson schon viel zu lange ein Dorn in meiner Seite ist. Dass es Zeit ist, den Dorn zu ziehen. Und sicher hat er auf seine Weise recht.

»Nein, ich will das nicht! Kein Mord, hast du gehört?«

Thorkel schüttelt den Kopf und seufzt. »Eines Tages wirst du es bereuen, das schwöre ich dir.«

»Dann ist es eben so«, sage ich. »Aber kein hinterhältiger Mord. Versprich es mir.«

»Also gut, ich verspreche es. Aber dann sollten wir uns schleunigst aus dem Staub machen. Du hast genug an Schätzen angehäuft. Und mir fehlt ganz ehrlich die Heimat. Ich denke, den Männern geht's ähnlich. Es sind jetzt mehr als zehn Jahre, seit wir Hringaríke verlassen haben. Ich frage mich, wer daheim überhaupt noch lebt und wer gestorben ist. Segeln wir endlich nach Hause, Harald.«

Ich nicke. »Hab schon dran gedacht. Aber jetzt sind die Flüsse zugefroren. Im Frühjahr können wir uns auf den Weg machen. Bis dahin müssen wir warten.«

Natürlich meint Thorkel es gut. Aber ich bin froh, dass ich ihm die Sache mit Sigurd ausgeredet habe. Außerdem sieht er alles zu schwarz. Ich stehe auf. »Ich muss mir mal die Beine vertreten. Und meinen Kopf frei bekommen.«

Ich bin schon an der Tür, als er hinter mir herruft: »Und lass bitte auch die Finger von dieser Maria.«

»Was, zum Teufel, hast du gegen Maria?«

»Die gehört doch auch zu einer dieser hochadeligen Familien. Das Gleiche in Grün.«

»Verdammt, Thorkel, langsam reicht's mir mit deiner Unkerei. Siehst du hinter jedem Baum einen Mörder?«

Unsere Blicke kreuzen sie. Wir sind beide erregt und zornig. Aber nur einen Augenblick lang. Dann holt er tief Luft und atmet langsam aus. »Ich will mich nicht mit dir streiten, Harald. Aber warum das Schicksal herausfordern? In dieser Stadt gibt's doch Weiber genug. Dazu die besten und feinsten Huren der Welt. Und du bist reich genug, dir jeden Tag eine andere ins Bett zu holen. Deshalb beschwöre ich dich. Halt dich von diesen adeligen Frauen fern. Und besonders von Zoë. Das stürzt dich sonst ins Unglück.«

»Ist das dein Rat? Ich soll mich mit Huren abgeben?«, knurre ich ungehalten und schlage die Tür hinter mir zu.

✳ ✳ ✳

Inzwischen sind seit dem Streit einige Wochen vergangen. Es ist Dezember geworden, wie die Christen den Monat nennen, in dem wir Nordleute das Julfest feiern. Und bisher hat mich niemand gefangen genommen. Im Gegenteil, ich werde zu einigen Treffen der obersten Heeresführung geladen, um die kommenden Sommerfeldzüge zu besprechen. Die Petschenegen scheinen sich wieder zu rühren. Und gewisse Turkvölker im Osten, die sich Seldschuken nennen. Das ist auch so ein Reitervolk aus der weiten Steppe. Nur, was mich und die Kaiserin betrifft, herrscht völlige Stille. Niemand äußert einen Verdacht. Selbst von Sigurd höre ich nichts. Es ist, als ob die Sache vergessen wäre.

Nur Zoë hat mich nicht vergessen. Schon zweimal ist ihr Bote erneut bei mir erschienen. »Die Kaiserin verlangt nach dir«, sagt er jedes Mal.

»Tut mir leid, aber du musst sie enttäuschen.«

»Du wagst es, ihre Einladung auszuschlagen?«

»Ich wage es.«

»Sie ist die Kaiserin. Sie wird dir zürnen.«

Ich drücke ihm einen Beutel Silber in die Hand. »Das ist für deine Mühen. Und sag ihr, dass ich sie liebe und verehre. Aber dass ich sie nicht besuchen kann. Sie weiß, warum.«

Ich tue also, was Thorkel mir geraten hat. Was ich selbst natürlich auch für das Beste halte, denn sosehr ich Zoë zugetan bin, so sehr bin ich auch froh und erleichtert, ihren liebenden Armen zu entkommen. Mehr als erleichtert. Ich kann nur hoffen, dass mir aus der Zurückweisung kein Ungemach erwächst. Frauen können verdammt rachsüchtig sein.

Thorkels Rat, was Maria betrifft, habe ich allerdings in den Wind geschlagen. Sie wohnt im Palast ihres alten Oheims, da ihre Eltern vor einer Weile verstorben sind. Dort durfte ich sie einige Male besuchen. Ihr Oheim betrachtet unsere Freundschaft mit einigem Misstrauen. Ein nordischer Barbar in seinem Haus? Der Gedanke behagt ihm nicht. Er ist höflich, aber äußerst misstrauisch, lässt mich keinen Augenblick allein mit ihr. Er war selbst hoher kaiserlicher Offizier, und so muss ich ihm haarklein von all meinen Kriegserlebnissen berichten. Maria sitzt dabei und langweilt sich.

Eines Abends hat sie genug davon. Es ist eine Stunde nach Sonnenuntergang, für Dezember also noch früh am Abend.

Meine beiden Mitbewohner sind irgendwo bei einem Gelage. Ich dagegen sitze beim spärlichen Licht einer Öllampe über dem uralten Text eines griechischen Dichters, eines gewissen Homer. Es geht um die Eroberung einer Stadt. Nicht ganz einfach, den Text zu verstehen. Viele Worte sind mir unbekannt.

Plötzlich wird die Stille des Hauses durch ein leises Klopfen unterbrochen. Als ich die Haustür öffne, steht Maria vor mir. Zuerst erkenne ich sie nicht, denn es ist dunkel draußen, und sie trägt einen Kapuzenumhang um die schmalen Schultern, der ihre Gestalt gänzlich verhüllt, und einen Schleier vor dem Gesicht. Hinter ihr in der Nacht die Fackeln der Sänftenträger, die sie hergebracht haben.

Sie hebt den Schleier und lächelt unsicher. »Lässt du mich ein?«

Ich ziehe sie ins Haus und will den Trägern zuwinken, sich zu entfernen, als sie sagt: »Ich habe ihnen befohlen zu warten. Eine Weile jedenfalls.« Ängstlich blickt sie zu mir auf, denn ich habe noch kein Wort gesagt. »Störe ich dich vielleicht?« Ihre Stimme zittert ein wenig.

Mit dem Fuß stoße ich die Tür hinter mir zu und nehme sie in die Arme. Sie ist so schlank und zierlich, dass ich fast befürchte, sie zu zerbrechen. Ihr Kopf liegt an meiner Wange. Ich atme den Duft ihrer Haare ein. »Ganz im Gegenteil«, raune ich ihr ins Ohr. »Ich bin nur überrascht.«

Es muss sie einiges an Mut gekostet haben. Eine behütete Tochter aus edler Familie, die sich in der Nacht zu ihrem Liebhaber schleicht. Noch dazu unaufgefordert. Wenn das ihr Oheim wüsste. Aber zum Teufel mit ihm! Sie schmiegt sich enger an mich. Unsere Lippen finden sich. Es ist das erste Mal seit Jerusalem, dass wir uns küssen. Und es fühlt sich wunderbar an. Noch viel besser als damals.

Der Kuss hat uns beide erregt. Sie lässt mir kaum Zeit, ihr aus dem Umhang zu helfen. »Wir haben nicht viel Zeit«, flüstert sie atemlos. »Höchstens zwei Stunden.«

Die kurzen Stunden verbringen wir auf höchst erfreuliche Weise. Maria ist noch Jungfrau. Sie hat noch nie mit einem Mann geschlafen. Ich weiß, wie hoch die Byzantiner die Jungfräulichkeit vor der Ehe schätzen, und zögere deshalb, frage, ob sie sich ihrer Sache sicher ist. Sie nickt heftig. Verschämt gibt sie zu, dass sie nicht mehr warten will, dass sie an nichts anderes mehr denken kann. Sie will bei mir sein, mich spüren und das erleben, was sie sich seit Jerusalem erträumt und ausgemalt hat. Seit unserem Kuss in der Grabeskirche.

Doch dann hat sie mit einem Mal Angst. Ich spüre, wie sie zittert, als ich ihr aus den Kleidern helfe. Aber es ist nicht die Angst vor der Liebe, sondern nur Schüchternheit. Und Furcht, ich könnte sie nicht begehrenswert finden. Dabei ist sie wunderschön. Das sanfte Licht einer Kerze schmeichelt ihren herrlichen Formen, so zart und doch so aufregend. Sie lächelt verschämt, und ihre Augen leuchten, als sie erkennt, wie sehr ich sie begehre. Sie entspannt sich, gibt sich meinen Liebkosungen hin, seufzt unter den sanften Berührungen. Ich lasse meine Hände über ihren Leib wandern, von den kleinen Brüsten bis zu den zierlichen Zehen. Nicht nur meine Hände, auch meine Lippen. Bis wir es beide nicht mehr aushalten können.

Einige Zeit später liegen wir eng umschlungen auf dem Lager. Der Duft unserer erschöpften Leiber scheint alles zu durchdringen. Seit den schrecklichen Tagen in Kiew habe ich mich nicht mehr so wohl gefühlt. Es hat durchaus Frauen gegeben. Es scheint, dass das andere Geschlecht sich zu mir hingezogen fühlt. Das war schon immer so. Und ich bin schließlich kein Mönch. Aber es sind für mich nur flüchtige Begegnungen gewesen, nichts von Bedeutung. Mit Maria ist es anders. Meine

Hand streichelt ihre samtene Hüfte. Ihr Kopf ruht auf meiner Schulter, ihr Atem fächelt meine Brust. Schlaftrunken murmelt sie etwas und lässt einen zufriedenen Seufzer folgen.

Mit einem Mal überfällt mich, was Thorkel gesagt hat. Und ich frage mich, ob es eine Dummheit war, mit ihr zu schlafen. Denn im entscheidenden Augenblick hat sie in ihrer Leidenschaft meinen Namen geschrien. Dass sie mich liebe und für immer bei mir bleiben wolle. Das hat mir einen Schrecken versetzt. Liebe? Seit Ailas Tod habe ich keine Frau mehr geliebt. Ich weiß gar nicht mehr, wie es sich anfühlt, wenn man sich verliebt. Könnte ich Maria lieben? Und wenn, hätte es überhaupt eine Zukunft? Zwei Menschen aus so verschiedenen Welten? Ich müsste sie mitnehmen in den Norden. Dabei würde ihr Oheim sie eher umbringen, als sie einem Barbaren zu überlassen. Und würde ich selbst sie überhaupt mitnehmen wollen?

Bevor ich weiter darüber nachdenken kann, hören wir Rufe in der Gasse vor dem Haus. Es scheinen viele Menschen unterwegs zu sein. Man hört ihre Schritte und Schreie und lautes Wehklagen.

»Der Basileus ist tot!«, höre ich eine schrille Frauenstimme rufen.

»Unser Kaiser ist gestorben!«

»Betet für seine Seele!«

Und auf einmal läuten alle Glocken in der Stadt.

DER VERBORGENE HORT

Marias Sänfte ist verschwunden, obwohl wir die Männer noch nicht entlohnt haben. Ich begleite sie selbst zum Palast ihres Oheims. Die Neuigkeit vom Hinscheiden des Basileus hat die ganze Stadt in Trauer, aber mehr noch in Unruhe versetzt. Trotz der nächtlichen Stunde sind überall Menschen auf den Straßen. Sie tragen Fackeln oder brennende Kerzen, stehen in Gruppen an Kreuzungen und auf den Foren, sammeln sich in Kirchen. Sie beten, tauschen Gerüchte mit den Nachbarn aus und fragen sich besorgt, was nun werden wird. Soll tatsächlich Kalaphates gekrönt werden? Der ist noch unbeliebter als der Eunuch. Oder steht ein gewaltsamer Umsturz bevor, angezettelt von einer der anderen mächtigen Familien? Auch so etwas ist schon vorgekommen.

Obwohl des Kaisers Hinscheiden nicht unerwartet kommt, ist es doch für viele ein Schock. Man fürchtet sich vor dem Unbekannten. Und dann die Fragen. Ist er wirklich eines natürlichen Todes gestorben, oder hat jemand nachgeholfen? Wäre ja nicht das erste Mal. Es wird von Verschwörung gemunkelt. Natürlich weiß niemand etwas. Doch alles scheint möglich.

Da sind solche, die jubeln, die dem Kaiser seit langem die Pest an den Hals gewünscht haben, die den Eunuchen Johannes Orphanotrophus und seine Familie verfluchen und lautstark nach Zoë und ihrer Schwester Theodora rufen. Denn die Schwestern sind die eigentlichen Erbinnen des Throns. Sie allein tragen das Blut der rechtmäßigen Kaiser in sich und nicht diese Emporkömmlinge. Vor allem nicht dieser Sohn eines Kalfaterers. Jugendliche randalieren und rennen grölend durch die Gassen. Ich fürchte, dass es zu Plünderungen kommt. Ein paarmal treffen wir auf Gesindel, finstere Gestalten, die die Gunst der Stunde nutzen. Einmal muss ich sogar mein Schwert ziehen, ehe sie uns durchlassen.

Maria wirkt besorgt. Auch sie ist kein Freund des erklärten Thronerben und befürchtet dunkle Zeiten für Byzanz. Endlich erreichen wir den Palast ihres Oheims. Einige Fenster sind erleuchtet. Die Familie hat also ebenfalls die Kunde vom Ableben des Basileus gehört. Maria wird ihre Abwesenheit nicht verbergen können und Ärger bekommen. Aber das sei ihr gleich, sagt sie und strafft entschlossen die Schultern. Sie verspricht, mir eine Nachricht zu schicken, wann wir uns wiedersehen können. Ein hastiger Kuss, dann betätigt sie den Klopfer am Tor. Ein Wachmann lässt sie ein.

Am nächsten Morgen herrscht sogar noch mehr Aufruhr in den Straßen. Eine riesige Menschenmenge hat sich vor dem Palast versammelt. In Sprechchören rufen sie nach der Kaiserin. Es kommt zu Raufereien unterschiedlicher Gruppen. Verletzte müssen versorgt werden.

Aber nun machen sich Milizen bemerkbar, die mit Knüppeln für Ordnung sorgen. Auch meine Männer werden aus den Unterkünften gerufen. Sie sollen Plätze bewachen und in den Gassen ihre Runden gehen. Alles Nötige, damit die Übertragung der Macht in Ruhe vollzogen werden kann. Schlägerbanden werden in Schach gehalten, Plünderer aufgegriffen und eilig abgeurteilt, Menschenansammlungen zerstreut. Leider kommt es immer wieder zu blutigen Zusammenstößen. Ich erfahre von mehreren Toten, die es in der Nähe des Palastes gegeben haben soll.

Am Nachmittag beginnt es heftig zu regnen. Das schlechte Wetter vertreibt schließlich auch die letzten Unruhestifter von den Straßen und Foren der Stadt. Es wird still in Konstantinopel. Eine irgendwie unheilvolle Stille. Nur die Glocken der Hagia Sophia tönen über dem Meer der nassen Dächer. Sie rufen die Gläubigen zur Andacht, um für die Seele des verstorbenen Basileus zu beten.

Schon am nächsten Tag wird die Bestattung des Leichnams begangen. Als wollte man sich seiner sterblichen Überreste so schnell wie möglich entledigen. Hunderte von Milizen und Palastwachen sorgen für Sicherheit. Eine berittene Ehrengarde der *Tagmata* begleitet den pompösen Trauerzug. Die Kaiserin, zusammen mit dem Patriarchen, geht zu Fuß hinter dem von edlen Rössern gezogenen und in Purpur geschmückten Wagen, der den Sarg trägt. Sie ist ganz in Schwarz gekleidet, das Gesicht unter einem Schleier verborgen. Viele hohe Adelige folgen ihr. Die Menschen knien am Wegrand. Auch Mikhaél Kalaphates erweist dem Leichnam seines Oheims baren Hauptes die letzte Ehre. An seiner Seite der Eunuch Johannes. Bei dessen Anblick hört man die Menge ärgerlich zischen.

Der Grablegung folgen drei offizielle Trauertage, an denen die Arbeit ruht und die Märkte geschlossen bleiben. Es treiben sich immer noch Leute in den Straßen herum, die den Eunuchen verspotten und in Sprechchören nach der Kaiserin rufen.

Dann wird Kalaphates in der Hagia Sophia zum Kaiser gekrönt. Trotz Wind und Regen hat sich eine riesige Menschenmenge vor der Kirche versammelt. Sie wird von dichten Reihen bewaffneter Krieger in Schach gehalten, darunter auch meine Männer.

Als endlich das frisch gekrönte Oberhaupt des Reiches, von adeligen Gefolgsleuten begleitet, aus dem Gotteshaus tritt, lassen die mürrischen Mienen und Schmährufe der Leute nichts Gutes ahnen. Nicht wenige sehen in Mikhaél Kalaphates die Verkörperung des Teufels und bekreuzigen sich bei seinem Anblick. Jahrelanges zügelloses Treiben in den Kaschemmen und Hurenhäusern der Stadt, sein Hochmut und seine Grausamkeiten gegen Niedergestellte haben ihm den guten Ruf für immer verdorben. Dieser Basileus ist nicht nach dem Geschmack des Volkes.

An den Tagen nach der Krönung ist es Maria noch mehrere Male möglich, sich heimlich davonzuschleichen, auch wenn wir uns immer nur für ein paar Stunden treffen können. Unsere Beziehung ist im Grunde kein Geheimnis mehr. Doch ihrer Familie ist sie es schuldig, den Anschein zu wahren.

In Liebesdingen ist sie nicht mehr so schüchtern wie beim ersten Mal. Ganz im Gegenteil. Ich gewöhne mich langsam an sie. Ich bin gern mit ihr zusammen, genieße die Stunden und unsere Zärtlichkeiten. Aber es ist nicht wie mit Aila. Ich fürchte, nach dem, was in Kiew geschehen ist, ist mein Herz erkaltet. Als könnte ich nicht mehr wirklich lieben. Kein Weib wird jemals Aila ersetzen können. Das ist schade, aber auch gut so.

Während die Christen die Geburt ihres Erlösers feiern, begehen meine Männer und ich das Julfest mit einem gewaltigen Besäufnis, das fast eine Woche dauert. So, wie es sich für Nordmänner gehört. Ganze Ochsen werden geröstet, und der Wein fließt in Strömen. Thjodolf singt seine Lieder, die Männer grölen mit. Ab und zu prügeln sich ein paar die Köpfe blutig, nur um sich bald darauf weinselig wieder zu versöhnen. Auch das gehört dazu.

Die Kameraden schwelgen in Erinnerungen an die Heimat und weinen den zurückgelassenen Liebsten nach. Mir geht es nicht anders. Ich denke an meine Mutter Åsta und an Tante Guðrun. Und an meine Schwester Ingerid. Ob sie inzwischen wohl verheiratet und selbst Mutter geworden ist? Sie hatte es sich so sehr gewünscht. Und ich denke an Guttorm, meinen Bruder, *konungr* von Hringaríke. Ich hoffe, sie alle leben noch und dass es ihnen gutgeht. Und wie das so ist, wenn man betrunken ist und rührselig wird, gedenke ich auch der Verstorbenen. Ich trinke auf Sigurd, meinen Vater. Vor allem aber auf meine gefallenen Brüder. Halfdan, der Feinsinnigste der Familie. Er wollte der Welt beweisen, dass er ein Krieger ist. Das hat ihn das Leben gekostet.

Aber vor allem gedenke ich meines Halbbruders Olaf, ehemals König von Norðvegr und von seinen Feinden gemeuchelt. Wahrlich kein Mann ohne Tadel, obwohl sie jetzt einen Heiligen aus ihm machen wollen. Aber trotz seiner Fehler bleibt er ein Vorbild für mich, einer, dem es nachzueifern gilt. Eines Tages werde auch ich König sein. Dazu bin ich fest entschlossen.

Wie das gehen soll, weiß ich nicht, denn sein Sohn Magnus hält den Thron. Und natürlich habe ich nicht meinen Schwur vergessen, ihn zu unterstützen. Trotzdem spüre ich, dass es mein Schicksal ist, über das Land unserer Väter zu herrschen. Dass meinem Blut die zukünftigen Herrscher des Nordens entstammen werden. Auf dieses Ziel habe ich während all der Jahre zugearbeitet. Ich rede darüber kein Wort. Aber Thorkel weiß es. Vielleicht auch Thjodolf und Ragnar und Halldor. Ich denke, sie erwarten es von mir. Oðin ist mir bisher gewogen geblieben. Trotz vieler Schlachten bin ich noch am Leben. Und ich habe Gold genug für das, was ich vorhabe. Es wird Zeit, heimzukehren und mein Schicksal zu erfüllen.

Ich werde Maria verlassen müssen. Sie weiß es noch nicht. Und sie hat es auch nicht verdient, dass der Mann, den sie liebt, vorhat, sie im Stich zu lassen. Überhaupt hat sie Besseres als mich verdient. Aber ich werde ihr das Herz brechen müssen.

* * *

Mikhaél Kalaphates' Herrschaft lässt sich zunächst besser an als erwartet. Erstaunlicherweise ist sein erster Schritt, seinen Oheim, den Eunuchen Johannes, zu entmachten. Obwohl es

Johannes gewesen war, der den verstorbenen Basileus überredet hatte, Mikhaél zu adoptieren und feierlich als Thronerben zu bestätigen. Im Grunde ein Verrat ohnegleichen. Aber Kalaphates scheint allein herrschen zu wollen. Er verbannt Johannes in ein Kloster und setzt gleich auch eine ganze Riege hoher Beamter ab. Alle Vertrauensleute und Verbündeten des Eunuchen werden aus ihren Ämtern gejagt. Das lähmt für eine Weile die gesamte kaiserliche Verwaltung. Aber das Volk frohlockt, so verhasst ist ihnen Johannes.

Doch schon bald bleibt den Leuten der Jubel im Halse stecken. Denn einige Wochen später erlässt Kalaphates Anordnungen, die dazu dienen, das Volk zu schröpfen. Zunächst fällt auf, dass der Silbergehalt frisch geprägter Münzen verringert wurde. Man befürchtet nicht ohne Grund, dass der Wert des Geldes dadurch leiden wird. Dann erfindet er zusätzliche Abgaben für Reiche und erhöht massiv auch alle anderen Steuern. Nicht nur solche auf Handelsware fremder Kaufleute, sondern er belegt neuerdings sogar Nahrungsmittel mit Steuern, so dass die unteren Schichten sich kaum noch ihr tägliches Brot leisten können. Proteste werden laut, aber brutal niedergeknüppelt.

Zwielichtige Gestalten füllen bald die Lücken in der Verwaltung. Männer, die wegen verschiedener Vergehen verbannt worden waren, lässt er zurückholen und setzt sie auf wichtige Posten. Darunter sein verbliebener Oheim Konstantinos, den er zum domestikos, zum Oberbefehlshaber des Heeres, ernennt.

Man hört von ausschweifenden Festen, sogar Orgien. Auch außerhalb der Palastmauern können Kalaphates' Freunde und langjährige Trinkkumpane anscheinend tun und lassen, was sie wollen. Sie schrecken brave Bürger mit ihren Gelagen und zügellosem Benehmen, stellen verheirateten Frauen nach, bedrängen sie schamlos sogar in der Öffentlichkeit. Es dauert nicht lange, und ganz Konstantinopel wünscht sich den Eunuchen zurück.

Maria berichtet, dass sogar die Edlen des Landes unzufrieden sind, auch wenn sie es vermeiden, ihr Missfallen öffentlich zu äußern. Einige wenige, die es dennoch tun, verschwinden angeblich in Kerkerhaft oder werden des Landes verbannt. Wobei Verbannung auch den Einzug ihrer Besitztümer bedeutet. Noch eine Gelegenheit für Kalaphates, sich zu bereichern.

Ich befehle meinen Männern, sich aus allem rauszuhalten, sich in keine Streitigkeiten einzumischen. Es geht uns nichts an, was der neue Basileus treibt. Wir sind seine Kampftruppe. Mehr nicht. Mit Politik haben wir nichts zu tun. Ich halte diesen Kalaphates für gefährlich. Besser, wir bleiben in unseren Unterkünften am Stadtrand und halten uns bis zum Frühjahr von allem fern. Thorkel und Thjodolf haben längst mein Haus verlassen, um bei den Kameraden unterzukommen. Ich habe meinen Koch entlassen und den Haussklaven verkauft. Eine Nachbarin macht sauber und kümmert sich um meine Wäsche. Ich ziehe das vor, denn dies ist der einzige Ort, an dem Maria und ich ungestört sein können.

Anfang Februar bekomme ich erneut Besuch von Zoës Boten. »Die Kaiserin wünscht dich zu sprechen«, sagt er.

»Meine Antwort hat sich nicht geändert.«

»An deiner Stelle würde ich mir das gut überlegen.«

»Wieso?«

»Sie ist zornig auf dich. Du solltest sie nicht herausfordern.«

Ich nehme an, der Kerl weiß, worum es Zoë geht. »Ich fordere sie nicht heraus. Warum sollte sie also zornig auf mich sein? Ich bin wie immer ihr ergebener Diener. Nur möchte ich nicht … na, du weißt schon.«

Er nickt verständnisvoll. Doch seine Miene bleibt ernst. »Es geht mich ja nichts an, aber ich möchte dich warnen. Sie weiß, mit wem du Umgang hast. Und es gefällt ihr nicht.«

Im ersten Augenblick beunruhigt mich diese Aussage. Ich erinnere mich an ihre Andeutungen bezüglich Maria. Doch dann werde ich ärgerlich. Was, zum Teufel, geht es Zoë an, mit wem ich Umgang habe?

»Werde ich etwa bespitzelt?«

Er zuckt mit den Schultern. »Kann schon sein.«

»Raus mit der Sprache. Wer steckt dahinter?«

Er tritt einen Schritt zurück und hebt abwehrend die Hand. »Ich möchte da nicht reingezogen werden.«

»Ich werde dich mit keinem Wort erwähnen. Das ist versprochen. Aber ich will wissen, was gespielt wird.«

Er senkt verlegen den Blick auf seine Stiefelspitzen. Dann sagt er: »Du hast Feinde im Palast. Aber das weißt du vielleicht schon.«

»Meinst du Sigurd Erlingsson? Der Hauptmann der Palastwache?«

Er nickt unmerklich. »Aber das hast du gesagt. Nicht ich.«

»Keine Sorge. Ich verrate dich nicht.« Ich nehme einen Beutel Silber vom Gürtel und drücke ihm den in die Hand. »Danke für den Hinweis.«

Der Beutel verschwindet in seiner Tunika schneller, als man zusehen kann. »Wenn du meine Meinung hören willst«, sagt er, »dann geh zu ihr. Sie versteht sich nicht mit Kalaphates. Und sie ist sehr allein. Sie braucht vielleicht einen Rat. Auf jeden Fall aber einen Freund.«

»Und das soll ich sein?«

Ich kaue unschlüssig auf der Unterlippe. Einerseits tut sie mir leid. Andererseits weiß ich schon, was sie erwartet, wenn ich sie besuche. Doch damit soll Schluss sein. Sie muss das verstehen. Und dass ausgerechnet Sigurd hinter mir herspioniert, macht mich besonders wütend. Jetzt will er also die Kaiserin gegen mich aufhetzen. Soll er doch, verdammt nochmal.

»Richte ihr meine untertänigsten Grüße aus, aber es bleibt dabei. Ich werde sie nicht besuchen.«

»Auch nicht, wenn sie dich festnehmen lässt?«

Ich hebe die Brauen. »Hat sie damit gedroht?«

»Nicht direkt. Aber man hätte es so verstehen können.«

Langsam reicht es mir. Was fällt ihr ein? Sie ist die Kaiserin, aber ich bin immer noch mein eigener Herr. Sie kann mich nicht zwingen, wenn ich nicht will.

»Es bleibt dabei«, sage ich. »Also geh jetzt. Und in Zukunft kannst du dir den Weg sparen.«

Später frage ich mich, ob es klug war, mich ihrer Aufforderung zu widersetzen. Die Sache ist wirklich ärgerlich. Ich bereue, dass ich mich jemals mit Zoë eingelassen habe. Thorkel hat ganz recht. Eine große Dummheit. Aber hätte ich denn wirklich anders handeln können? Und dass Sigurd uns beobachten lässt, ist mehr als ärgerlich. Dem Kerl traue ich alles zu. Ich überlege, was dagegen zu tun wäre. Thorkels Vorschlag, ihn zu ermorden, fällt mir ein. Aber das will ich nicht. Daran hat sich nichts geändert.

Ich verbringe den Abend mit Maria. Sie merkt mir meine Verstimmung an, doch ich kann ihr natürlich nicht die Gründe dafür erklären. An diesem Abend lieben wir uns nicht. Enttäuscht legt sie nach einer Stunde ihren Umhang um. Sie will nicht zu spät heimkommen. Es ist schon schwierig genug für sie, sich jedes Mal eine andere Ausrede auszudenken und trotzdem die vorwurfsvollen Blicke ihrer Tante zu ertragen. Schweigend begleite ich sie zum Palast ihres Oheims.

Dann, auf dem Rückweg, geschieht es. Fünf große, kräftige Kerle treten aus einem dunklen Torbogen und stellen sich mir in den Weg. Sie sind bewaffnet und tragen die Tunika der Palast-wache. Es sind eindeutig *væringjar*, mit Sicherheit Sigurds Männer. Sie müssen auf mich gewartet haben. Leider habe ich mein Schwert im Haus gelassen, denn in den letzten Tagen ist die Stadt wieder ruhiger geworden. Der Dolch in meinem Gür-tel ist keine Waffe gegen Speere und Äxte.

Einer der Männer packt mich am Arm. Ich hämmere ihm die Faust ins Gesicht und spüre Knorpel und Knochen brechen. Während der Mann vor Schmerzen brüllt, drehe ich mich blitz-schnell um, um das Weite zu suchen. Doch da trifft mich ein schwerer Knüppel an Nacken und Hinterkopf. Den sechsten Kerl hinter mir hatte ich nicht bemerkt. Für einen Augenblick sehe ich Funken vor den Augen und gehe in die Knie. Sofort fallen sie über mich her. Bevor ich mich's versehe, haben sie mir die Hände auf dem Rücken gefesselt. Dann zerren sie mich wieder auf die Beine.

Der Kerl mit der zertrümmerten Nase flucht. Seine Augen tränen, und eine Menge Blut rinnt ihm über Mund und Kinn. Er holt mit der Faust aus, um es mir heimzuzahlen. Seine Kame-raden halten mich fest, während ich versuche, den Kopf wegzu-drehen. Er trifft mich an der Braue, die prompt aufplatzt. Blut rinnt mir warm über Auge und Wange. Er holt zum zweiten Mal aus.

»Das reicht, Eirik«, knurrt einer, der ihr Anführer zu sein scheint.

»Was wollt ihr eigentlich von mir?«, stoße ich keuchend her-vor.

»Bist du Harald Sigurdsson?«

»Und wenn schon.«

»Du bist festgenommen.«

»Aus welchem Grund?«

»Schnauze!«, brüllt der mit der gebrochenen Nase. »Du wirst es früh genug erfahren.«

In dem Gerangel habe ich meinen Umhang verloren. Einer hebt ihn auf und legt ihn mir um die Schulter.

»Wie fürsorglich«, spotte ich.

»Sei froh, denn du wirst ihn noch brauchen.«

Sie zerren mich am Seilende entlang wie ein wildes Tier. Wir folgen dem Valens-Viadukt in Richtung Kaiserpalast. Sie reden Dänisch miteinander, obwohl einer Gothländer zu sein scheint. In zwei von ihnen erkenne ich die beiden Wachleute, die mich damals nachts in den Bukoleon-Palast eingelassen haben. Der mit der blutigen Nase macht sich ein Vergnügen daraus, mir ab und zu das Ende seines Speerschafts in den Rücken zu stoßen, um mich voranzutreiben. Den ganzen Weg über machen sie sich lustig über mich, nennen mich Zoës Hurenbock.

»Steckt etwa die Kaiserin dahinter?«, frage ich.

»Warum? Willst du es ihr wieder besorgen?«, grölt einer zu dem lauten Gelächter der anderen.

»Ich schätze, der geile Bock kann es kaum abwarten. Wie ist es denn so, die Alte zu vögeln?« Wieder unbändiges Gelächter.

»Muss was Besonderes sein, diese kaiserliche Möse«, kräht ein anderer.

»Waren ja auch schon genug Kerle drin.«

»Aber das Vergnügen haben nur wenige überlebt.«

»Der hier wird's wohl auch nicht.«

Ich zerre an meinen Fesseln. »Macht euch nur lustig, ihr Ärsche. Ich werde mir eure dreckigen Fratzen merken, darauf könnt ihr Gift nehmen. Irgendwann rechnen wir ab. Dann wird euch das Lachen vergehen.«

Das bringt mir einen so heftigen Stoß mit dem Speerschaft ein, dass ich stolpere und mich vor Schmerzen krümme. Jemand tritt mir in den Hintern, und sie zerren mich weiter in Richtung Kaiserpalast.

Sie hat es also tatsächlich getan, denke ich. Mich von diesen Hornochsen festnehmen lassen. Nur weil ich sie nicht besuchen komme. Ist das zu fassen? Ich bin so wütend, dass ich platzen könnte. Wütend auf Zoë und wütend auf mich. Ich frage mich, was sie mit mir vorhat. Wahrscheinlich wird sie sich erst einmal an meiner Erniedrigung weiden wollen, sich daran ergötzen, mich in die Knie zu zwingen für meinen Ungehorsam. Danach wird sie mich hoffentlich wieder gehenlassen. Ich fluche innerlich. Weiber!

Sie bringen mich zum Palast, aber zu meiner Verwunderung nicht in Zoës Frauengemächer, sondern sie führen mich über eine lange Treppe hinunter in ein dunkles, unterirdisches Verlies, irgendwo unter der *Scholae Palatinae*, der alten Übungshalle der Palastwache. Ein paar funzelige Öllampen an den Wänden werfen ein trostloses Licht auf vergitterte, aus dem Fels gehauene Zellen, die eher dunklen Löchern gleichen. Dahinter die Schatten von behaarten und verlausten Gestalten, deren Augen im trüben Licht neugierig funkeln. Wer sind diese Gefangenen?

Eines der Rattenlöcher ist für mich bestimmt. Ich bekomme eine eiserne Fußfessel verpasst, die mich an einen Ring in der Rückwand kettet.

»Was, zum Teufel, soll das?«, rufe ich entrüstet. »Ich dachte, ihr bringt mich zur Kaiserin.«

»Zur Kaiserin?« Ihr Anführer lacht mir ins Gesicht. »Das möchtest du wohl gern. Aber davon hat niemand was gesagt. Für die nächste Zeit wird das hier dein trautes Heim. Gewöhn dich dran.«

Sie stellen mir zwei Eimer hin. Einer mit Wasser, der andere zum Scheißen. Dann kracht das Gitter ins Schloss und wird verriegelt. Sie lassen mich allein. Allein mit meiner Wut, mit meinen wirren Gedanken, mit der feuchten, faul riechenden

Luft in diesem stinkenden Verlies, allein mit den Geräuschen der anderen Gefangenen.

Ein paar Stunden später bringt man mir ein Stück hartes Brot. Die Kette erlaubt mir nur beschränkte Bewegungsfreiheit. Ich muss mich strecken, um das Brot zu erreichen. Ich kann es immer noch nicht fassen, was mit mir geschehen ist, und bin verdammt wütend auf Zoë. Verständlich, dass sie verärgert ist. In ihren Augen habe ich vielleicht eine Strafe verdient. Aber das hier? Übelste Kerkerhaft? Ist sie verrückt geworden? Was, zum Teufel, geht in ihrem Hirn vor?

In diesem Verlies stinkt es nach verfaultem Stroh, nach Exkrementen und ungewaschenen Leibern. Zum Glück lassen sie im Gang die Öllampen brennen, so dass es nicht ganz dunkel ist. Denn Fenster gibt es hier unten nicht. Die rauhen Wände der Zelle fühlen sich feucht an. Die Rückwand ist ein Gemäuer. Darin ist der eiserne Ring verankert, an dem die Kette befestigt ist. In einer Ecke liegt vergammeltes Stroh. Aber nicht genug, um vor dem eiskalten Boden zu schützen. Ich verbringe eine miserable Nacht, kriege kaum ein Auge zu. Ab und zu raschelt etwas. Ich höre Ratten fiepen. Ein Gefangener stöhnt und jammert im Schlaf.

Am Morgen, ich vermute, es ist Morgen, denn hier herrscht kein Tageslicht, bin ich in übelster Laune. Ich fühle mich zerschlagen und wie gerädert. Meine Füße sind zu Eisklumpen erstarrt. Ich wärme mich mit Leibesübungen, soweit die Kette es erlaubt. Irgendein Gefangener brüllt Unflätiges, ein anderer kichert irre. Ein dritter keift, sie sollen das Maul halten, er wolle schlafen. In der Zelle neben mir höre ich jemanden furzen und in seinen Eimer pinkeln. Bin ich hier im Irrenhaus? Ich kann nur hoffen, dass Zoë bald ein Einsehen hat und mich hier rausholt.

Aber der Tag schreitet fort, und niemand erscheint, um mich zu befreien. Ich fange an, mir ernsthaft Sorgen zu machen. Das ist kein Spaß mehr. Mir ist kalt, ich bin übermüdet und habe Hunger. Hat das Weib mich etwa vergessen? Oder wie lange will sie das Spiel mit mir treiben?

Ich kann nur hoffen, dass die Kameraden nach mir forschen werden. Thorkel weiß von der Sache mit der Kaiserin. Vielleicht wird er sich denken, dass sie hinter meinem Verschwinden steckt, und im Palast vorsprechen. Es gibt keinen Grund, mich hier festzuhalten. Ich habe nichts verbrochen. Außerdem bin ich *spartharokandidatos*, ein angesehener Offizier des Heeres. Ich bin sicher, man wird mich freilassen und sich bei mir entschuldigen.

Aber es folgen endlose, einsame Tage in diesem kalten, feuchten Loch. Ab und zu holen sie einen der Gefangenen raus oder sperren einen anderen ein. Manche sind gut gekleidet, Adelige wahrscheinlich, die sich den Zorn des Herrschers zugezogen haben. Aber niemand kommt, um mich zu befreien. Niemand spricht mit mir. Selbst die Wachen reden nur das Nötigste. Einmal am Tag werden die Eimer ausgewechselt, und es gibt ein Stück halb verschimmeltes Brot. Als ich mich beklage, dass so was nur für Schweine gut ist, geben sie mir tags darauf gar nichts zu essen. Allmählich verliere ich den Mut. Zumal man mir nicht sagen will, warum ich überhaupt hier bin. Denn dass es immer noch Zoës Zorn ist, dem ich das zu verdanken habe, kann ich mir schon gar nicht mehr vorstellen.

Doch dann, an einem Vormittag, schließt eine der Wachen die Zelle auf, um jemand einzulassen. Ich fahre überrascht hoch. Es ist Maria. Der Wachmann hat die Zellentür noch nicht wieder verriegelt, da liegt sie schon in meinen Armen. Wir küssen uns wie ausgehungert. Dann lässt sie von mir ab. Im Licht der Ölfunzeln glänzen ihre Wangen vor Tränen.

»Oh, Araltes. Was tun sie dir nur an?«, jammert sie und fährt mir mit der Hand über den struppigen Bart. »Geben sie dir denn nichts zu essen? Du bist so dünn geworden.« Mit Schaudern sieht sie sich in meinem Zellenloch um. »Ich wollte dir Essen und warme Kleider bringen. Aber man hat es mir verwehrt.« Sie wischt sich mit dem Ärmel über die Wangen und sieht mich voller Mitleid an.

»Mit wem hast du denn geredet?«

»Einem gewissen Sigurd.« Sie spricht den Namen eher wir *Sigutes* aus.

Ich nicke grimmig. »Hab ich mir gedacht. Und wieso haben sie dich überhaupt zu mir gelassen?«

»Mein Oheim war der *strategos* einer der bedeutenden *Themen* in Anatolia. Er hat noch Einfluss am kaiserlichen Hof. Angeblich sollst du bald dem Basileus zur Verurteilung vorgeführt werden.« Ihr Blick fällt auf den eisernen Ring an meinem Fuß, und ihre Augen füllen sich erneut mit Tränen.

»Dein Oheim weiß von uns beiden?«

Sie nickt. »Es gefällt ihm nicht. Aber er und meine Tante lieben mich. Sie würden alles für mich tun.«

»Du sagst Verurteilung? Wofür?«

»Du weißt es nicht?«

»Nein. Ich habe nichts verbrochen.«

»Es heißt, du hättest den Kaiser bestohlen und Beute unterschlagen.« Ihre Stimme klingt leise und verloren wie die eines Kindes. »Ist das wahr?«

»Ich soll den Kaiser bestohlen haben?« Ich schüttele den Kopf. »Nichts davon ist wahr. Das kann nur ein Missverständnis sein.«

Sie sieht mich mit großen Augen an. Sie muss sich fragen, mit wem sie sich da eingelassen hat und ob man mich zu Recht anklagt. Ein unerhörter Vorgang in ihren Kreisen. Es muss sehr enttäuschend für sie sein, falls es denn wahr sein sollte. Das kann ich von ihrer Miene ablesen. Doch dann holt sie tief Luft und sagt: »Ich glaube dir. Es sind auch viele andere unschuldig eingekerkert worden.« Sogar ein aufmunterndes Lächeln bringt sie zustande. Tapferes Mädchen. Ich freue mich außerordentlich, dass sie hier ist, und drücke sie an mich.

»Danke, Maria. Entschuldige, ich rieche bestimmt nicht gut.«

»Ach, das ist mir so was von gleichgültig.« Sie küsst meine Hand.

»Du gibst mir Mut, Maria.«

»Aber ich fühl mich so hilflos. Gibt es denn nicht irgendetwas, das ich für dich tun kann?«

»Ja, du kannst etwas tun.« Möglich, dass es ein Fehler ist, sie darum zu bitten. Besonders, wenn Zoë eifersüchtig auf sie ist. Und vielleicht erfährt Maria dabei Dinge, die sie verletzen würden. Aber ich bin inzwischen ziemlich verzweifelt. Denn wenn es Kalaphates ist, der meine Haut will, kann mich nur die Kaiserin retten. Was habe ich also zu verlieren? Mehr als nein sagen kann sie nicht.

»Geh für mich zur Kaiserin, Maria. Sie war immer freundlich zu mir. Sie ist die Einzige, die etwas gegen falsche Anschuldigungen unternehmen kann.«

»Die Kaiserin?« Maria lässt die Schultern hängen und schüttelt den Kopf. »Sie kann dir nicht mehr helfen, Araltes. Dieser verfluchte Kalaphates hat sie gefangen genommen.«

»Er hält die Kaiserin gefangen?« Ich bin wie vor den Kopf geschlagen.

»Ja. Sie und ihre Schwester Theodora. Man hat beide irgendwo in ein Kloster eingesperrt. In der Stadt ist es bereits zu Unruhen gekommen. Du weißt doch, wie beliebt die Kaiserin ist. Die Leute verlangen, dass man sie zurückholt. Sie fordern sogar die Absetzung des Basileus. Und stell dir vor, auch den Patriarchen hat er des Amtes enthoben und ebenfalls in ein

Kloster verbannt. Genauso wie andere hohe Würdenträger. Der Kerl ist ein elender Tyrann. Der schreckt vor nichts zurück. Einige Protestler hat er öffentlich auspeitschen lassen. Aber das scheint die Unruhen nur noch mehr anzuheizen. Zwei der Palastwachen sind von der wütenden Menge erschlagen worden. Viele wagen sich kaum noch aus dem Haus. Auch mein Oheim nicht. Man muss Angst haben, dass es bald zu einem Blutbad kommt.«

»Wann genau wurde die Kaiserin denn gefangen genommen? Weißt du das?«

»Schon vor einer ganzen Weile. Sie haben es still und heimlich gemacht, noch bevor du selbst verschwunden bist. Es ist erst später bekanntgeworden. Im Palast kann man keine Geheimnisse bewahren.«

Plötzlich verstehe ich. Es war also gar nicht Zoë, die meine Festnahme befohlen hatte. Und Sigurds Männer haben erst zugeschlagen, nachdem die Kaiserin aus dem Weg war. Es muss also Sigurd sein, der dahintersteckt. Er muss mich bei Kalaphates angeschwärzt haben, denn auf eigene Faust hätte er es nicht gewagt.

Aber angeschwärzt weswegen? Wegen meiner Beziehung zu Zoë? Das kann ich kaum glauben. Es muss um etwas anderes gehen. Und plötzlich verstehe ich. Ich soll den Kaiser bestohlen haben, hat Maria gesagt. Das kann nur eines bedeuten. Sigurd ist hinter meinem Schatz her. Und wahrscheinlich lebe ich überhaupt nur noch, weil er ihn nicht hat. Weil er gut versteckt ist.

Ich packe Maria an den Schultern. »Ich bitte dich, sprich mit Thorkel. Du weißt, wer Thorkel ist?«

Sie nickt. »Das habe ich schon. Deine Freunde sind gekommen und haben deine Sachen gesichert. Alles, was in dem Haus war. Auch deine Waffen. Und sie sind sehr besorgt.«

»Sie sollen sich ruhig verhalten. Sich in ihren Unterkünften verbarrikadieren. Besonders Thorkel und Bjorn sollen nicht das Lager verlassen. Man könnte sie festnehmen und foltern. Sag ihm, Sigurd will mich bestehlen. Von ihm stammen die Anschuldigungen. Er ist hinter meinem Hort her.«

»Was für ein Hort?«

»Die Beute, die ich über die Jahre gesammelt habe. Es wurde alles nach Kriegsrecht aufgeteilt. Nichts davon gehört dem Kaiser oder irgendjemand anderem. Byzanz hat seinen Anteil längst erhalten. Aber ich kenne Sigurd. Er ist hinterlistig und gierig. Ich bin sicher, er will sich meinen ersparten Hort schnappen. Es wäre nicht das erste Mal. Vielleicht hat er dem Basileus sogar einen Teil davon versprochen. Deshalb sitze ich in diesem Loch.«

»Der Basileus will dich bestehlen?«

»Sigurd muss ihm die Sache schmackhaft gemacht haben.«

»Ist es denn so viel?«

»Ja, es ist viel. Sechs Jahre Kriegsbeute. Damit könnte man ein ganzes Heer ausrüsten und mindestens fünf Jahre lang bezahlen und verpflegen.«

Sie macht große Augen. »Und was willst du jetzt tun?«

Gute Frage. Was kann ich tun? Angekettet, wie ich bin, in diesem Verlies. Ich habe der armen Zoë unrecht getan. Nun ist auch sie nicht mehr in der Lage, mir zu helfen. In ein Kloster hat man sie gesperrt. Genau davor hat sie sich gefürchtet. Eher wolle sie sterben, hat sie gesagt. Draußen in der Stadt habe ich fünfhundert Mann unter Befehl. Kriegserfahrene Kämpfer. Aber sie können mir nicht helfen. Der Palast ist gesichert wie eine Festung. Und ich sitze als Sigurds Geisel in diesem Loch.

Maria sieht mich beschwörend an. »Ich möchte so gern helfen. Sag mir, was ich tun soll.«

»Mir fällt nichts ein, Maria. Aber bis jetzt haben sie mich noch nicht verhört. Vielleicht ist es ja gar nicht so schlimm, wie wir vermuten. Warten wir's ab.«

»Ich werde nochmal mit meinem Oheim reden. Er hat noch viel Einfluss.«

»Nein, tu das nicht. Ich will nicht, dass deiner Familie etwas passiert. Kalaphates ist ein gewissenloser Bastard. Er will die alleinige Macht und räumt alle Leute aus dem Weg, die ihm unbequem sind. Also mischt euch bitte nicht ein. Es genügt schon, wenn du mich ab und zu besuchst und ich erfahre, was da draußen los ist. Versuch, so oft wie möglich zu kommen.«

Das verspricht sie. Und nach Umarmungen und Tränen ruft sie den Wachmann und lässt mich in meiner elenden Zelle zurück.

✳ ✳ ✳

Einige Tage später stehe ich, flankiert von zwei stämmigen Wachen, mit gefesselten Händen vor Kalaphates. Es widerstrebt mir, diesen kaltherzigen Despoten *Basileus* zu nennen. Der Titel ist zu gut für ihn. Der Spitzname Kalfaterer passt besser zu ihm.

Wir befinden uns in einem Arbeitszimmer des Daphne-Palastes, des Sitzes der Verwaltung. Die Glut in zwei Feuerschalen wärmt ein wenig den großen Raum. Und meine ausgekühlten Knochen. Der Daphne-Palast liegt hinter dem Hippodrom und ein ganzes Stück vom bronzenen Chalke-Tor entfernt. Und doch dringen die Geräusche aus der Stadt bis hierher. Das Lärmen einer großen Menschenmenge. Finden etwa Pferderennen statt? Nein, es hört sich an wie Sprechchöre. Die Protestmärsche gehen also weiter.

Ich richte meine Aufmerksamkeit auf Kalaphates. Er ist in purpurne Seide gehüllt und hockt entspannt zurückgelehnt auf einem erhöhten Sessel, ein Bein über das andere geschlagen, und betrachtet mich mit einem herablassenden Lächeln.

»Na, Araltes? Wie bekommt dir unsere Gastfreundschaft?«

Scheißkerl! Ich muss wie ein Wilder aussehen. Besonders neben den übrigen Anwesenden in ihren feinen Roben. Mein Haar ist zerzaust, der Bart zu lang. Meine Kleider fühlen sich zu groß für mich an. Wahrscheinlich, weil ich tatsächlich abgenommen habe. Und sie sind schmutzig und stinken. Genauso wie ich selbst. Sie haben mich wochenlang in diesem finsteren Loch schmoren lassen, um mich zu erniedrigen und zu schwächen, um meinen Mut zu brechen. Doch ich bin entschlossen, ihnen das Gegenteil zu beweisen. So leicht lässt Harald Sigurdsson sich nicht einschüchtern.

»Ausgezeichnet«, erwidere ich mit vor Spott triefender Stimme. »Die Kammer ist bequem und die Verpflegung vom Feinsten.«

»Freut mich zu hören«, erwidert er. Dann hält er sich angewidert die Nase zu und winkt mich ein Stück zurück. »Ich bitte um ein wenig Abstand, mein Lieber. Du riechst leider etwas streng.« Er lacht gehässig, während die Wachen mich am Kragen packen und ein paar Schritte zurückzerren. »Aber das lässt sich wohl nicht vermeiden unter den Umständen. Soll da unten ziemlich muffig sein.« Er schaut sich um, ob auch alle seinen Witz zu schätzen wissen.

Sigurd, rechts von mir, tut ihm den Gefallen und lässt ein kurzes, trockenes Lachen vernehmen. Auch die Beamten, zwei Schreiber an einem Pult und ein Gerichtsdiener, beeilen sich, ihre Heiterkeit über den kaiserlichen Scherz unter Beweis zu stellen. Und dann ist da noch Demetrios Chrysanthopoulos. Der aber erlaubt sich wie gewohnt nicht einmal ein Grinsen.

Nach seiner Robe zu urteilen, scheint er im Rang aufgestiegen zu sein. Die Verbannung des Eunuchen hat ihm also nicht geschadet, eher im Gegenteil.

Wieder lassen sich Sprechchöre vernehmen, diesmal noch lauter und begleitet von dumpfen Paukenschlägen. Dann lösen sie sich plötzlich in wilde Schreie auf, die lange anhalten. Die Miliz muss mit Knüppeln dazwischengegangen sein.

Gereizt wendet Kalaphates den Kopf zur Seite und lauscht. »Verdammtes Geschmeiß«, murmelt er. »Wann hört das endlich auf?«

»Keine Sorge, Hoheit«, beeilt Sigurd sich zu sagen. »Die Miliz hat alles unter Kontrolle. Und der Palast ist von meinen Männern abgeriegelt.«

Kalaphates achtet nicht auf ihn. »Man sollte sie alle aufhängen, diese verdammten Aufrührer«, sagt er. Dann gibt er Demetrios einen Wink, die Verhandlung zu beginnen.

Der nimmt ein Schriftstück von einem der Pulte und fängt damit an, die Anklage gegen mich zu verlesen. Ich hätte mich auf unverschämte Weise bereichert, ohne den Vertretern der jeweiligen Heeresverwaltung den fünften Teil zu entrichten, wie es dem Kaiserreich zusteht. Auch um andere Gebühren hätte ich betrogen.

Demetrios sieht mich an. »Erkennst du dein Vergehen an?«, fragt er dünnlippig.

»Das sind verdammte Lügen«, sage ich. »Ich habe alle Abgaben und Gebühren nach Vorschrift entrichtet. Schon während der Feldzüge habe ich das Nötige dem jeweiligen Befehlshaber übergeben, wie es üblich ist. Aber vielleicht hast du nicht genug Schmiergeld von mir bekommen, du schleimiger Bastard. Vielleicht ist das mein Verbrechen?«

»Ich bin nicht derjenige, der dich der Unterschlagung bezichtigt«, erwidert Demetrios ungerührt. »Es ist der hier anwesende

Sigurd Erlingsson, Befehlshaber der Palastwache, den du ja gut kennst. Er bezeugt das genaue Gegenteil von dem, was du behauptest.« Er fordert Sigurd auf, sich zu äußern.

Der vermeidet meinen Blick und räuspert sich kurz, bevor er das Wort an den Basileus richtet. »Das ist richtig, erlauchte Hoheit. Während des Einsatzes gegen die Piraten hat der Angeklagte nur zweimal die Gebühr für gekaperte Schiffe entrichtet. Obwohl es viele, viele mehr waren. Und überhaupt hat er nur die Hälfte seiner Beute angegeben. Das kann ich bezeugen. Schließlich waren meine Männer und ich im selben Gebiet im Einsatz.« Er wirft mir einen hastigen Blick zu und leckt sich kurz über die Lippen, als ich ihn zornig anstarre. Vielleicht ist er ja doch etwas verlegen, so dicke Lügen gegen mich vorzubringen.

»Du weißt, dass das völliger Unsinn ist«, sage ich. »Woher nimmst du Scheißkerl die Frechheit für solche Verleumdungen?«

Einer der Wachmänner boxt mir in den Rücken. »Keine Ausfälligkeiten vor seiner Hoheit«, knurrt er.

»Es ist die reine Wahrheit«, behauptet Sigurd und grinst mir frech ins Gesicht. Dann wendet er sich wieder an Kalaphates. »Erlauchte Hoheit, ich weiß, dass der Angeklagte irgendwo ein beträchtliches zusammengeraubtes Vermögen versteckt hat. Vermutlich hier in der Stadt, aber wo genau, das wissen wir nicht. Und dieses Gold gehört im Grunde dem byzantinischen Reich.«

Wieder dringt der Lärm von aufgeregten Menschenmassen bis hierher. Man muss sich fragen, ob die Miliz wirklich alles unter Kontrolle hat. Der Kaiser blickt sich kurz um und lauscht gereizt, dann dankt er Sigurd und nickt Demetrios ungeduldig zu, weiterzumachen.

»Es gilt hiermit als erwiesen«, sagt Demetrios in trockenem Ton, »dass der Angeklagte schon zur Zeit des Piratenfeldzugs große Summen unterschlagen hat.«

Ich will protestieren, bekomme aber eine schwere Faust in den Rücken. »Du bist nicht gefragt«, zischt der Wachmann.

»Wir kommen nun zum Feldzug in Sizilien«, fährt Demetrios fort. »Wache! Erlaubt dem zweiten Zeugen einzutreten.«

Es ist wie erwartet ein abgekartetes Spiel. Trotzdem bin ich neugierig, wen sie da aufgetrieben haben, gegen mich auszusagen. Eine mächtige Gestalt betritt den Saal, größer noch als ich und breiter. Georgios Maniakes. Der hat mir gerade noch gefehlt.

»Was will denn der hier?«, frage ich. »Ich dachte, der büßt eine Strafe ab. Hat er nicht deinen Vater, den Befehlshaber der Flotte, verprügelt?«

»Maniakes hat ein aufbrausendes Temperament«, erwidert Kalaphates. »Aber er ist einer unserer besten Strategen. Wir brauchen Männer wie ihn. Ich habe ihn deshalb begnadigt. Er wird uns diesen Sommer wieder in Italien dienen, um endlich gegen die Normannen aufzuräumen.«

Maniakes' Schweinsaugen funkeln mich böse an. »Schade, dass du mir nicht länger zugeteilt sein wirst«, dröhnt sein gewaltiger Bass. »Ich würde dich sonst zwirbeln, bis dir das Wasser im Arsch kocht.«

»Ich denke, einem Schinder wie dir wird es an Opfern nicht mangeln.« Ich wende mich an Kalaphates. »Ich weiß schon, was der Bastard sagen wird. Dabei ist es genau andersherum.« Ich zeige auf Maniakes. »Er ist nämlich derjenige, der anderen ihre wohlverdiente Beute stiehlt. Möchte nicht wissen, was er sich alles unter den Nagel gerissen hat. Bei mir hat er es mehrmals versucht. Bei anderen war er erfolgreicher. Genau deshalb haben uns damals nämlich die Normannen verlassen. Das war dann der Anfang unserer Verluste in Sizilien.«

Maniakes sieht aus, als ob er mich zwischen seinen Pranken zerquetschen will. Nur die Anwesenheit des sogenannten Basileus hält ihn davon ab. Der aber zeigt sich unbeeindruckt von meinen Worten. Ich weiß nicht, warum ich mir überhaupt die Mühe mache. Es ist ja alles schon entschieden.

»Sind die Zeugenaussagen notiert?«, fragt Kalaphates gelangweilt. Die Schreiber nicken. »Gut, dann erfolgt jetzt mein Urteil.« Er richtet sich auf, stützt die Hände auf die von purpurner Seide bedeckten Knie. »Dein unentschuldbares Vergehen gegen die kaiserliche Hoheit ist durch die Aussagen zweier Zeugen bestätigt worden und somit erwiesen. Unterschlagung kaiserlicher Gelder ist ein schweres Verbrechen und fast so schlimm wie Hochverrat. Es verdient ein Höchstmaß an Strafe. Ich verurteile dich deshalb zum Tode durch Enthaupten. Und zwar öffentlich. Zur allgemeinen Abschreckung.«

Mein Mund ist plötzlich staubtrocken geworden. Ich bin völlig vor den Kopf geschlagen. Die wollen mich enthaupten? Ich will protestieren, bin aber wie gelähmt und bekomme das Maul nicht auf. Öffentlich enthaupten? Kalaphates grinst zufrieden, als er an meiner Miene ablesen kann, dass ich alles erwartet hätte, nur nicht das.

Er lässt mich eine Weile zappeln und weidet sich an meinem Gesichtsausdruck. »Das heißt, du hast die Wahl. Hängen, enthaupten oder kreuzigen«, meint er mit diesem hinterhältigen Grinsen, bei dem man die Zähne sieht, einem Grinsen, das mich an einen Fuchs erinnert. »Ich empfehle dir enthaupten. Das geht schnell und schmerzlos. Die Hinrichtung wird in einer Woche stattfinden. Überleg es dir bis dahin.«

Ich will protestieren, aber er hebt die Hand, um noch etwas hinzuzufügen. »Ein harsches Urteil, ich gebe es zu. Aber wir leben in schwierigen Zeiten. Da muss man hart durchgreifen.«

Endlich finde ich Worte. »Es ist alles gelogen«, brülle ich. »Und ihr verfluchten Bastarde wisst es.«

Das bringt mir einen Faustschlag des Wachmanns ein.

Kalaphates schweigt einen Augenblick und mustert mich mit einem belustigten Grinsen. »Es gäbe allerdings eine Möglichkeit, diesem Schicksal zu entgehen«, sagt er, »und das Urteil, na, sagen wir, in lebenslange Verbannung umzuwandeln. Aber dazu müsstest du uns natürlich verraten, wo du das geraubte Gold versteckt hast. Du hast also die Wahl: Entweder gibst du deinen gestohlenen Schatz auf, oder du wirst auf dem Augustaion in einer Woche hingerichtet.«

Ich fange einen listigen Blick von Sigurd auf. Er wartet gespannt auf meine Antwort. Ich hatte also recht. Sie stecken unter einer Decke, wollen mich berauben. Und jetzt soll ich ihnen meinen Hort übergeben? Warum, zum Teufel, lebe ich seit zehn verdammten Jahren in der Fremde, habe unzählige Kriegszüge auf mich genommen, mich Gefahren ausgesetzt? Alles nur, um genug Gold und Silber zusammenzutragen, damit ich mit einem Heer im Gefolge heimkehren kann. Mit einem Heer, das groß genug ist, um mir in der Heimat Respekt zu verschaffen und am Ende den Platz einzunehmen, der mir gebührt. Und das wollen sie mir jetzt stehlen? Dann können sie mich auch gleich umbringen. Dann hat mein Leben keine Bedeutung mehr.

»Was für ein Schatz?«, frage ich trotzig.

»Das Gold, das du versteckt hast.«

»Es gibt kein Gold. Ich habe nichts gestohlen. Und von meiner rechtmäßigen Beute habe ich alles ausgegeben.«

»Du hast alles ausgegeben? Das glaube ich nicht.«

»Das Leben ist teuer in Konstantinopel.«

Kalaphates' genüssliches Grinsen schwindet langsam. »Versuch nicht, uns zu verscheißern, Araltes. Das wird dir schlecht bekommen. So oder so finden wir es heraus. Wir werden dich brechen, das schwör ich dir, bis du das Maul aufmachst.«

In seinem Gesicht steht jetzt kalter Zorn. Und Verachtung. Dieser Kerl geht über Leichen, das hat er schon bewiesen. Er denkt, die Götter halten ihn für ihren Liebling und erlauben ihm, andere nach Gutdünken in den Staub zu treten. Er meint, sich nehmen zu dürfen, was ihm gefällt, ohne zu fragen oder Rechenschaft abzulegen. Einer wie der wird mich kaltschnäuzig umbringen, ob ich ihm nun meinen Hort aushändige oder nicht.

Bei dem Gedanken festigt sich der Widerstand in mir. Nichts sollen sie kriegen. Und wenn sie mich töten, dann kann wenigstens Thorkel etwas Sinnvolles mit dem Gold anfangen. Er weiß, wo es versteckt ist.

Ich hebe meine gefesselten Hände hoch und starre Kalaphates wütend in die pechschwarzen Augen. »Dann bring mich doch um, du Sohn eines stinkenden Kalfaterers und einer dreckigen Hafenhure. Aber einen Schatz, den gibt es nicht.«

Der Wachmann, der hinter mir steht, will mich wieder schlagen, aber ich bin schneller und ramme ihm den Ellbogen in die Kehle. Röchelnd geht er in die Knie. Weitere Wachen stürzen auf mich zu und halten mich fest.

Jetzt habe ich den sogenannten Basileus wütend gemacht. Meine Worte haben ihn an einem wunden Punkt getroffen, seiner niederen Herkunft. »Verprügelt den Kerl und werft ihn dann wieder in sein Loch«, schreit er die Wachen an. Seine Stimme klingt schrill und überschlägt sich fast. »Und du, Sigurd, sieh endlich zu, dass er das Maul aufmacht. Sonst kannst du ihm gleich Gesellschaft leisten.«

»Keine Sorge, Hoheit, er wird uns alles verraten.«

»Und macht endlich mit den Aufrührern da draußen Schluss! Ich kann ihr verdammtes Geschrei nicht mehr hören. Wahrscheinlich muss erst Blut fließen, bevor sie klein beigeben.«

Sie schleppen mich zurück zum Verlies. Sigurd selbst begleitet mich auf dem Weg dorthin. Ich versuche mir meine Wut über ihn nicht anmerken zu lassen. Aber in mir kocht es. Der verdammte Kerl ist ein hinterhältiger Verräter. Wie sein Vater, der meinem Bruder ebenfalls die Treue gebrochen hat. Ich hätte auf Thorkel hören sollen. Der hätte dem Bastard einen Dolch in sein schwarzes Herz gestoßen und seine stinkende Leiche in den Bosporus geworfen.

Als wir uns der *Scholae* nähern, sind die Rufe und Sprechchöre besser zu verstehen. Sie schreien: »Nieder mit Kalaphates!« Und die Menge ruft immer wieder nach Zoë, ihrer Kaiserin.

»Da draußen ist ja einiges los«, knurre ich.

Sigurd stößt ein unflätiges Geräusch aus. »Das Gesindel wird schnell verschwinden, wenn wir eine Truppe Krieger mit Äxten und Speeren rausschicken.«

»Was hat das Schwein dir eigentlich versprochen?«, frage ich wütend. »Die Hälfte von meinem Gold?«

»Genug, um zusammen mit meiner eigenen Beute deinen Neffen Magnus zu vertreiben und den Thron von Norðvegr zu erobern. Dann herrschen endlich die Erlingssons über unser Land.«

Ich bleibe abrupt stehen, so dass einer der Wachleute fluchend gegen mich stolpert. »Das ist dein Plan? Du willst König von Norðvegr werden? Ausgerechnet du? Ein Dieb und Gesetzloser?«

Er funkelt mich an. »Meinst du, du bist besser als ich? Denkst du, meine Familie ist weniger wert als deine? Wir haben genauso viel Anspruch auf den Thron wie dein elender Neffe oder du.«

Jetzt wird mir einiges klar. Darum geht es also die ganze Zeit. Der Kerl hat ehrgeizige Pläne. »Und deshalb willst du mich aus dem Weg räumen?«, sage ich und gehe weiter. »Mit der Hilfe dieses Tyrannen? Meinetwegen töte mich im ehrlichen Kampf. Aber so?«

»Hör zu«, sagt er, plötzlich doch etwas verlegen. »Das mit der Hinrichtung war nicht meine Idee. Aber du solltest, verdammt nochmal, lieber das Maul auftun und deinen Hort rausrücken. Ich bin sonst gezwungen, andere Maßnahmen zu ergreifen.«

»Glaubst du wirklich, ich sage dir, wo mein Gold ist?«

»Wäre aber besser für dich. Ich kann ziemlich unangenehm werden.«

»Du willst mich foltern? Geh zum Teufel, Sigurd! Von mir erfährst du nichts. Und ob ich das Maul auftue oder nicht, ihr werdet mich ohnehin umbringen.«

»Warum sollte ich dich umbringen? Ich will nur dein Gold. Sei vernünftig, Harald. Was ist ein bisschen Gold und Silber im Tausch gegen dein Leben? Überleg es dir.«

»Mach dir nichts vor. Kalaphates wird nicht nur mich, sondern auch dich umbringen. Glaubst du wirklich, dieses Schwein will mit dir teilen? Der will alles für sich. Im Grunde bist du jetzt schon ein toter Mann, genauso wie ich. Wir sind beide wandelnde Leichen. Statt mich zu foltern, solltest du mir lieber hier raushelfen.«

Ich weiß nicht, ob meine Worte überhaupt in seinen dicken Schädel dringen. Zumindest machen sie ihn wütend. Er ordnet an, mich auszupeitschen. Sie schleppen mich in die alte *Scholae*, reißen mir die Tunika vom Rücken und fesseln mich an ein hölzernes Gerüst. Dreißig Hiebe mit der Peitsche auf den nackten Rücken. Das Ding hat drei lederne, mit Knoten versehene Stränge, die tief ins Fleisch beißen. Es brennt wie Feuer. Ich spüre, wie nach den ersten zehn Schlägen die Haut an mehreren Stellen aufplatzt. Blut rinnt mir über den Rücken und tropft auf den Boden. Es tut höllisch weh, aber ich beiße mir eher die Zunge ab, als dass ich schreie.

»Das war nur ein Vorgeschmack«, zischt Sigurd mir am Ende ins Gesicht. Sein Weinatem weht mich an, und ich kann jede Pore auf seiner Nase und jedes Äderchen in seinem Augapfel sehen, so dicht steht er vor mir. »Du hast eine Woche Zeit, es dir zu überlegen. Aber ich warne dich, wir werden jedes Mal die Schlagzahl erhöhen. Bis du keine Haut mehr auf dem Rücken hast und dir wünschst, du wärest nie geboren.«

»Fick dich!«, stoße ich hervor.

※　※　※

Mein Rücken schmerzt. Nur wenn ich still sitze, ist es einigermaßen erträglich. Doch der Stoff meiner halbzerrissenen Tunika klebt im trocknenden Blut der offenen Wunden, reißt den frischen Schorf bei jeder Bewegung wieder auf. Das fühlt sich dann an, als ob man mir die Haut abzieht. Dabei war das nur die erste der angekündigten Züchtigungen.

Mir ist klar, solange ich nichts verrate, werden sie mich weiter foltern, bis von meinem Rücken nichts als eine Masse rohen, blutenden Fleisches übrig ist. Bis ich kein Mann mehr bin, sondern nur noch ein schreiendes, wimmerndes Opfer der Peitsche. Wenn ich überleben will, muss ich irgendwie raus aus diesem Loch, und zwar so schnell wie möglich.

Aber wie? Ich bin nicht nur eingesperrt, sondern auch noch an diesen elenden Mauerring gekettet. Es ist hoffnungslos. Vor lauter Frust zerre ich an dem Ding, auch wenn mein Rücken dabei höllisch brennt und die Anstrengung mir von neuem die Wunden aufreißt. Ich weiß nicht, warum ich mir das antue, denn es ist natürlich sinnlos. Der eiserne Ring ist gut im Mauerwerk verankert. Und selbst wenn ich ihn lösen könnte, säße ich immer noch hinter Gittern. Trotzdem spanne ich alle Muskeln an, allein aus Wut über meine Lage, und zerre an dem Scheißding, bis mir der Schweiß aus den Poren bricht.

Nach einer Weile halte ich keuchend inne. Mein Atem beruhigt sich wieder. Lange sitze ich still auf dem kalten Boden. Mit einem Mal überfällt mich Panik. Bin ich bisher trotz allem noch einigermaßen zuversichtlich gewesen, bricht nun die Aussichtslosigkeit meiner Lage über mich herein. Denn am Ende werden sie mich umbringen und meinen Leichnam ins Meer werfen, ganz gleich, ob ich ihnen sage, was sie wissen wollen, oder nicht. Sie müssten sonst meine Rache fürchten.

Mein Schicksal hat sich gnadenlos gewendet. Wer glaubt schon an seinen eigenen frühen Tod? Das passiert doch nur anderen. Aber nun weiß ich, ich werde hier sterben. Denn ich kann keinen Ausweg erkennen. Tränen der Verzweiflung rinnen mir über die Wangen. Meine eigene Dummheit und die Gier nach Gold sind mir zum Verhängnis geworden. Schätze aufzuhäufen war mir das Wichtigste in den vergangenen Jahren. Aber was nützt mir jetzt der verfluchte Hort? Ich kann ihn nicht nach *Valhöll* mitnehmen.

Ich hocke an die Wand gelehnt, mutlos und mit hängenden Schultern. Dies ist die Strafe der Götter für meinen Hochmut. Alles ist mir bisher gelungen. Ich habe Stikla Stad überlebt, für Jarisleif kostbare Pelze eingesammelt, die Petschenegen besiegt. Ich habe den Piraten Schätze abgejagt, Moslems im *Serkland* bekriegt, gegen Lombarden gekämpft und überall Beute gemacht, sogar bei den Bulgaren. Kaum ein Gegner konnte mir widerstehen. Und vielleicht ist mir das alles zu Kopf gestiegen. Ich habe mich für unbesiegbar gehalten. Aber nun haben die Götter beschlossen, mich aufs rechte Maß zurückzustutzen. Loki hat mir diesen grausamen Streich gespielt, Loki, der Böse, der hinterlistige Gestaltwandler. Einen Streich, aus dem kein Entrinnen möglich ist.

Zwischendurch gibt es Momente, da will mein Geist es nicht hinnehmen. Haben die Nornen, die meinen Lebensfaden spinnen, wirklich vor, mich in diesem elenden Loch verrecken zu lassen? Fern der Heimat? Fern von allem, was mir teuer ist?

Allmählich beruhige ich mich. Es ist nicht meine Art, mich lange in schwarzen Gedanken zu suhlen. Mehrmals atme ich tief durch. Ich darf mich nicht unterkriegen lassen. Es muss doch einen Ausweg geben, auch wenn er mir noch nicht bewusst ist.

Ich zermartere mein Hirn, komme aber zu keinem Schluss. Wütend zerre ich wieder an der Kette. Es ist sinnlos, aber ich kann nicht einfach trostlos herumsitzen und mich bemitleiden. Meine Muskeln spannen sich an, ich zerre und zerre. Meine Wunden platzen auf und brennen. Ich brülle vor Wut. Wut auf Kalaphates, auf Sigurd, auf das Schicksal, das mich hierhergeführt hat. Die anderen Gefangenen brüllen zurück, fast so, als wollten sie mich anfeuern. Ich stemme die Füße gegen die Wand und zerre an dem Scheißding, beide Fäuste um die Kette gekrallt, bis mir die Adern auf der Stirn zu platzen scheinen.

Und dann spüre ich plötzlich einen winzigen Ruck. Kann das sein? Hat sich da was bewegt, oder täusche ich mich? Mein Herz schlägt wie wild. Ich betaste die Halterung des Rings in der Mauer. Tatsächlich. Da ist ein winziger Spalt. War ich das mit meinem Gezerre? Oder war der schon vorher da?

Mit neuem Mut versuche ich es gleich nochmal, ziehe wild an der Kette, bis mir das Blut aus den Augen zu springen droht. Den Schmerz der blutverkrusteten Striemen auf meinem Rücken spüre ich schon gar nicht mehr. Im Gegenteil, er feuert mich eher noch an. Und wieder ruckt es ein bisschen. Ich bin sicher, der Spalt ist größer geworden. Ein wildes Gefühl der Hoffnung packt mich, gibt mir neue Kraft. Die Mauer ist uralt, die Steine verwittert und mit Schimmel bedeckt. Vielleicht ist der Mörtel nicht mehr so fest.

Wieder stemme ich die Füße gegen die Mauer und zerre mit aller Macht, bis mir fast schwarz vor Augen wird. Mein Schrei hallt durch die Gänge. Und plötzlich reißt es das verdammte Ding aus der Mauer. Ein Backstein fliegt mir entgegen, und ich lande schmerzhaft auf dem harten Boden. Bei Thors Nüssen! Denn er muss es gewesen sein, der Loki besiegt und mir seine Kraft geliehen hat. Ich befingere dankbar das Amulett, das ich immer noch um den Hals trage. Das Amulett meiner Mutter. Thors Hammer.

Ich überlege fieberhaft. Es ist jetzt später Nachmittag. In einer Stunde kommt für gewöhnlich der Wachmann, der das Brot bringt und die Eimer austauscht. Nicht nur für mich, auch für die anderen Gefangenen. Er ist fast immer allein und hat einen kleinen Handkarren dabei. Da ich normalerweise angekettet bin, schließt er auf und muss nicht fürchten, dass ich ihm etwas antun könnte. Aber jetzt ist die Lage anders. Jetzt bin ich die verdammte Kette los und weiß endlich, wie ich hier rauskomme. Es ist vielleicht nur ein verzweifelter Versuch, aber was habe ich zu verlieren?

Ich hocke im Halbdunkel der Zelle und warte ungeduldig. Dabei muss ich immer wieder tief durchatmen, um mich zur Ruhe zu zwingen. Vom Gang her schallen die Stimmen meiner Mitgefangenen herüber. Sie sind hungrig, grölen nach dem Wachmann, beschimpfen ihn unflätig als Hurensohn und vaterloses Schwein. Aber ich höre nicht auf sie. Ich lausche auf die Schritte des Mannes und das rumpelnde Geräusch, das die Räder des Karrens machen.

Und dann ist es so weit. Ich höre ihn das Verlies aufschließen und in den Gang treten. Er öffnet die erste Zellentür am Anfang des Ganges und tut dort seine Pflicht, dann das Gleiche in der nächsten Zelle. Dort wechselt er ein paar Worte mit dem Gefangenen, einem alten Mann, der Stimme nach zu urteilen. Er verriegelt dessen Zelle wieder und kommt zu mir, schließt die Gittertür auf und wirft einen kurzen Blick auf mich. Ich sitze ruhig an der Rückwand, das Bein mit der eisernen Fußfessel ausgestreckt. Das andere angewinkelt, aber so, dass ich schnell aufspringen kann. Das Loch in der Mauer ist hinter meinen Schultern nicht zu sehen. Ich habe die Eimer etwas weiter zurückgestellt, damit der Kerl näher zu mir kommen muss. Er bückt sich, hebt die beiden Eimer hoch und wendet mir den Rücken zu, um sie auf den Karren zu stellen, der im Gang steht.

Das ist der Moment für mich. Ich erhebe mich lautlos, springe auf ihn zu und schlinge ihm von hinten die Kette um den Hals. Dann zerre ich ihn mit einem Ruck an meine Brust und ziehe an der Kette, so fest ich kann. Er lässt die Eimer fallen, greift nach der Kette, bekommt aber die Finger nicht darunter, will schreien, doch aus seinem gequetschten Kehlkopf dringt nicht mal ein schwaches Röcheln. Seine Arme rudern in der Luft, er versucht, sich zu drehen, nach mir zu greifen oder zu treten. Ich ziehe noch härter. Mein Rücken brennt, doch ich lasse nicht locker. Es dauert länger als gedacht, aber endlich strampeln seine Beine im Todeskampf, und schließlich erschlafft sein Körper. Ich halte ihn noch eine Weile im Würgegriff, um sicherzugehen, dann lasse ich ihn langsam zu Boden gleiten.

Ich lausche. Nur die üblichen Geräusche. Niemand scheint etwas gemerkt zu haben. Jetzt muss es schnell gehen. Ich nehme dem Toten den scharlachroten Umhang ab und werfe ihn mir selbst um die Schultern. Dann setze ich mir seinen Helm auf. Der ist ein wenig eng, aber es geht. Der Kerl trägt kein Schwert, aber ein breites Messer, nicht ganz so lang wie ein Sax. Das muss reichen. Ich stecke es mir in den Gürtel.

Auch seine Schlüssel nehme ich an mich, drei große eiserne Dinger an einem Ring. Dann schlüpfe ich aus der Zelle, verschließe die Gittertür und gehe betont gemächlich den düsteren Gang entlang. Keiner der anderen Gefangenen schlägt Alarm. Im schlechten Licht der trüben Funzeln halten sie mich für den Wachmann.

Am Ende des Ganges befindet sich ein weiteres Gitter. Aber jetzt habe ich den Schlüssel dazu. Ich schließe auf, die Tür quietscht in den Angeln. Als ich sie hinter mir wieder verschließe, höre ich eine der anderen Wachen etwas rufen und dann lachen. Er hat mich zwar gehört, hält mich aber für seinen Kameraden. Sehen kann er mich nicht, denn er sitzt in der winzigen Wachstube unterhalb der Treppe, die nach oben führt.

Ich brumme eine unverständliche Antwort und ziehe das lange Messer aus dem Gürtel, verstecke es hinter dem Rücken. Der Mann muss mich kommen hören, denn ich gehe ganz normal, aber er denkt sich nichts dabei. Erst als ich in die Wachstube trete und er hochblickt, reißt er erschrocken die Augen auf.

Doch bevor er schreien kann, habe ich schon zugestoßen und ihm die Kehle aufgeschlitzt. Seine Hände fliegen zum Hals, Blut quillt zwischen den Fingern hindurch. Entsetzt starrt er mich an. Ich stoße nochmal zu und durchtrenne die Halsschlagader.

Sofort spritzt eine Blutfontäne aus der Wunde und pumpt im Rhythmus seines Herzschlags. Mit zitternden Fingern versucht der Kerl, das Blut irgendwie aufzuhalten, während er mich immer noch ungläubig anstarrt. Dann flattern seine Lider, er wankt auf seinem Stuhl, und ich fange ihn auf und lasse ihn sanft zu Boden gleiten. Dabei besudelt mich sein Blut, ist zum Glück aber auf dem roten Umhang kaum zu sehen.

Rasch schaue ich mich nach einer besseren Waffe um. Der Tote hat sein Schwert samt Gürtel zur Seite gelegt. Ich ziehe es kurz aus der Scheide, prüfe die Schärfe. Gut genug. Dann lege ich mir den Schwertgürtel um, halte aber den Umhang darüber geschlossen, damit man nicht meine zerschlissene Tunika sieht, und mache mich auf den Weg. Ich muss zur *Scholae* hinauf und dort nach einem unbewachten Ausgang oder einem Fenster suchen und hoffen, dass mir niemand über den Weg läuft. Aber vielleicht habe ich Glück, denn es ist die Stunde des Abendmahls. Auch Palastwachen müssen essen.

Beim Verlassen der Wachstube tritt mir ein anderer Wachmann entgegen. Zuerst lässt er sich von meinem Umhang täuschen, aber dann blickt er mir ins Gesicht und erkennt mich. Seine Augen öffnen sich weit. Doch bevor er um Hilfe rufen kann, ramme ich ihm das lange Messer in den Leib und halte ihm den Mund zu. Die Klinge dringt unter dem Brustbein nach oben und findet sein Herz. Er bäumt sich auf, hält sich an meinen Schultern fest und stirbt dann in meinen Armen. Seinen Leichnam schleife ich zu dem anderen Toten in der Wachstube.

Rasch steige ich die Treppe empor. An der Tür zur *Scholae* sehe ich mich vorsichtig um. Niemand zu sehen. Aber außerhalb der großen Übungshalle sind aufgeregte Männerstimmen zu hören. Dann Schritte von vielen Soldatenstiefeln, die vorbeieilen und sich entfernen. Irgendetwas ist da draußen los, denn das Gebrüll einer wütenden Menschenmenge dringt bis hierher.

Dann dröhnen auf einmal dumpfe, unregelmäßige Donnerschläge durch den Palast. Es dauert einen Augenblick, bis mir klarwird, was das ist. Die aufgebrachte Meute da draußen schleudert Steinbrocken gegen das bronzene Palasttor. Dann hören die donnernden Schläge wieder auf, ersetzt durch Kreischen und gellende Schreie. Da draußen wird gekämpft, so viel ist klar. Die Menge scheint den Palast stürmen zu wollen, und die Wache, alles erfahrene Kämpfer, hält mit Axt und Schwert dagegen. Sie werden den Ansturm mühelos zurückschlagen und Tote und Verwundete zurücklassen. Aber für mich ist die Ablenkung gut.

Ich sehe eine dunkle Türöffnung am Ostende der Halle. Ein Ausgang? Ich weiß nicht, wohin der führen könnte, aber das Ende der Halle muss auch das Ende des Gebäudes sein. Dahinter kann sich nur noch der Palastgarten befinden, der zum Ufer des Bosporus führt.

Eilig durchquere ich die Halle, erreiche die Tür und schlüpfe hindurch. Niemand scheint mich gesehen zu haben. Ein kurzer Gang führt nach links und öffnet sich zu einer weiten Terrasse. Im letzten Licht der Abenddämmerung ist auch hier kein Mensch zu sehen. Von unterhalb der Terrasse hört man das Meer an die Felsen schlagen. Ein wunderbares Geräusch in meinen Ohren. In jedem Fall besser als das Geschrei des Aufruhrs, das an dieser Stelle zwar schwächer, aber immer noch zu vernehmen ist. Erleichtert atme ich die frische Seeluft ein, trete an die Brüstung und wage einen Blick nach unten.

Vor mir die kaiserlichen Gärten. Zum Glück hält sich zu dieser Stunde dort niemand auf. Rechter Hand das Tzykanisterion, ein mit kurzgeschnittenem Gras bedeckter Platz, auf dem die beim Adel so beliebten Reiterspiele ausgetragen werden. Und gegenüber, hinter der Palastmauer, spiegelt die Meerenge den Himmel wider, der noch heller ist als die im Dämmerlicht liegende, hügelige Landschaft gegenüber, auf der vereinzelt winzige Hausdächer zu erkennen sind. Auf dem Wasser segeln ein paar Boote. Eine Fähre rudert zum asiatischen Ufer hinüber.

Ich starre über die Brüstung. Unter mir, vielleicht fünfzehn oder achtzehn Fuß tiefer, wuchert dichtes Gestrüpp. Dahinter fällt das Gelände weiter zum Garten ab. Leider führt nirgends eine Treppe hinunter. Der einzige Weg ist über die Brüstung. Ich müsste mich fallen lassen und hoffen, mir dabei nichts zu brechen. Ich überlege, ob ich den Umhang in Streifen reißen soll, um so etwas wie ein Seil zu machen. Aber hier oben ist nichts, woran ich es befestigen könnte.

Während ich nachdenke, höre ich im Gang, durch den ich gekommen bin, Stimmen und die Schritte von genagelten Stiefeln. Das muss eine Wache sein, die ihren Abendrundgang macht. Gleich werden sie mich entdecken. Was bleibt mir anderes übrig, als zu springen?

Ich schwinge mich bäuchlings auf die Brüstung und lasse mich nach unten gleiten, bis ich mich nur noch mit den Fingern festhalte. Dann hole ich tief Luft und lasse mich fallen.

Mit knackendem Krachen rausche ich durchs Gebüsch und lande mit einem Bein hart auf dem Boden, das andere hängt an einem Ast fest. Ich muss mir auf die Lippe beißen, um nicht laut aufzuschreien, denn einen Arm hat es mir fast ausgerenkt, und etwas Spitzes hat sich mir in den wunden Rücken gebohrt. Mein Kopf dröhnt. Wenigstens sitzt er mir noch auf den Schultern, vermutlich nur dank des schützenden Helms.

Mein Sturz muss Lärm gemacht haben, denn ich höre zwei Kerle fast direkt über mir. Einer meint, er habe etwas krachen hören. Die beiden sind dänische *væringjar*. Wahrscheinlich beugen sie sich gerade über die Brüstung und halten Ausschau. Aber es ist schon dunkel. Außerdem hänge ich so tief im Gestrüpp, dass sie mich nicht sehen können. Der zweite meint, es war wohl nur ein verdammtes Tier. Sie streiten darüber, während ich mich nicht zu rühren wage, obwohl mich ein Krampf im Bein plagt.

Schließlich sind ihnen die Vorgänge draußen vor dem Palast wichtiger als irgendein blödes Geräusch unterhalb der Mauer. Zumal nichts zu sehen ist. Trotzdem dauert es eine Ewigkeit, bis sie sich endlich entfernen. Ich gebe ihnen noch etwas Zeit, dann versuche ich mich langsam aus den Fängen der Büsche zu befreien.

Mein linker Fuß schmerzt, wenn ich auftrete. Ich sehe mich um, ob mich jemand beobachtet, und folge dann einem Pfad durch den Garten nach Norden. Der Fuß tut weh, aber ich kann ihn belasten. Nichts Schlimmes also.

Bald liegt die alte *Scholae* hinter mir. Linker Hand eine Mauer, vermutlich grenzt sie das Augustaion ab. Darüber leuchtet die Kuppel der Hagia Sophia im Licht des Mondes, der inzwischen aufgegangen ist. Die Geräusche des Aufruhrs dringen herüber, doch hier im Garten ist es still. Nur das Meer ist zu hören. Ich schleiche am *Magnaura* vorbei, dem alten Senatsgebäude, und erreiche die Außenmauer des Palastes und eine Stiege, die zum Wehrgang hinaufführt.

Oben angekommen, beuge ich mich über die Zinne und blicke hinunter. Noch so eine Höhe, bei der man sich den Hals brechen kann. Aber ich muss es versuchen. Unter mir Geröll und Gestrüpp, Brachland bis zum Meeresufer. Ich suche nach einer geeigneten Stelle, die nicht ganz so hoch ist, klettere über die Zinne und lasse mich fallen. Unten schlage ich hart auf, aber es gelingt mir, mich abzurollen. Ich rutsche über Steine und Dornen. Mein wunder Rücken bringt mich fast um, aber zum Glück breche ich mir nichts.

Vorsichtig humpele ich weiter, denn mein Fuß tut immer noch weh. Die Felsen weiter unten am Strand bilden einen dunklen Kontrast gegen die hell schimmernden Wellen, die sich an ihnen brechen. Ich muss mich über Steinbrocken mühen und durch Sträucher zwängen. Nicht ganz einfach in der Dunkelheit. Näher am Wasser wird das Gehen leichter.

Wenig später habe ich die Mündung des Goldenen Horns erreicht und folge dessen Ufer nach Westen. Links über mir die hohe Stadtmauer. Ich komme an einem mächtigen Steinklotz vorbei, einem Gehäuse aus wuchtigen Quadern, in dem die eiserne Kette verankert ist, mit der man das Goldene Horn gegen feindliche Schiffe verschließen kann.

Einige hundert Schritte weiter betrete ich den ersten der Handelshäfen. Hier sind Lastenträger immer noch bei der Arbeit. Bei Fackellicht laufen sie hin und her, schleppen Ballen auf dem Rücken oder schieben Karren am Kai entlang. Ich trage noch Helm und Umhang der Palastwache. Ein gewohnter Anblick für jeden in Konstantinopel. Niemand schert sich deshalb um mich.

Wenig später stoße ich auf ein weiteres, von einer langen Mole geschütztes Hafenbecken, ein Kriegshafen. Hier liegen Seite an Seite auch meine eigenen Schiffe.

Noch nie war mir der Anblick meiner geliebten *Bloð-hrafn* willkommener als in diesem Augenblick. Genauso wie die freudig überraschten Gesichter der Kameraden der Schiffswache, die mich in Empfang nehmen und überschwenglich umarmen. Wieder hat mein Schicksal eine Wendung genommen. Die guten Nornen haben mich leben lassen. Fürs Erste bin ich den Bastarden entkommen.

✳ ✳ ✳

Thorkel hilft mir aus der Tunika. »Wir waren alle krank vor Sorge«, sagt er. »Wir konnten uns dein Verschwinden nicht erklären. Dann hat Maria herausgefunden, wo du warst, und uns berichtet. Aber wir konnten uns nicht einigen, was wir tun sollten.«

Er versucht mir das Kleidungsstück über den Kopf zu ziehen. Ich verziehe das Gesicht vor Schmerz. »Scheiße, das tut weh. Der Stoff klebt in den Wunden.«

Er nickt. »Wir müssen den Schorf aufweichen.« Er ruft nach warmem Wasser und sauberen Leinenbinden. »Du hast wirklich Glück gehabt«, meint er.

»Ich hab einen verdammten Eisenring aus der Mauer gerissen. Nennst du das Glück?«

»Die Maurer müssen schlecht gearbeitet haben.« Er lacht, als ich ihm einen bösen Blick zuwerfe.

Wir befinden uns im Lager meiner Männer, das am Rande der Stadt liegt, aber noch innerhalb der Mauern. Als ich in der Nacht so unerwartet bei ihnen aufgetaucht war, waren alle sofort aus den Unterkünften gekommen, um mich zu begrüßen. Fröhliche, vor allem erleichterte Gesichter um mich herum. Ulfr, Halldor, Ragnar und all die anderen bedrängten mich, wollten wissen, wie es mir ergangen war. Erst nachdem ich die vielen Fragen beantwortet und das Nötigste erzählt hatte, war es Thorkel gelungen, die Menge zu beruhigen und sich mit mir in meine Stube zurückzuziehen, um ein wenig Ruhe zu finden.

Eine der Sklavinnen, die für die Männer waschen und kochen, bringt eine Schüssel mit dampfendem Wasser. Sie will mir helfen, den im Schorf verklebten Stoff von meinem Rücken zu lösen, aber Thorkel besteht darauf, es selbst zu tun.

Ich zucke ein paarmal zusammen, als er an den Fetzen zupft, aber er macht es gut. »Wusste gar nicht, dass du so sanfte Hände hast.«

Er grinst. »Meine verkannte Gabe als Krankenpfleger.« Er löst vorsichtig einen weiteren Teil des Stoffes ab. »Als wir endlich wussten, wo sie dich festhielten, waren Halldor und Ulfr drauf und dran, den Palast stürmen. Ich hab sie nur mit Müh und Not daran hindern können.«

»Gut so. Der Palast ist zu gut gesichert. Das hätte nur Tote gegeben.«

»Genau meine Rede. Aber viel länger hätte ich sie nicht mehr zurückhalten können. Besonders Ulfr war zu allem bereit. Der Kerl würde sich für dich in Stücke hauen lassen. Und natürlich Bjorn. Wir sind alle heilfroh, dass dir nicht Schlimmeres passiert ist. Dass du wieder bei uns bist.«

Ich kann mir nicht helfen, aber meine Augen werden feucht. Glücklich ist der Mann, der Freunde hat. Auch Thorkel scheint es zu spüren, dieses Gefühl von Wärme und brüderlicher Nähe.

Ganz besonders zwischen uns beiden. Seit unserer Kindheit sind wir zusammen und immer noch unzertrennlich. Er wirft mir einen kurzen, fast scheuen Blick zu und lächelt. Dann macht er sich wieder daran, das verkrustete Blut aufzuweichen.

»Halt still«, sagt er. »Es ist gleich geschafft.«

»Stell dir vor, es hatte überhaupt nichts mit der Kaiserin zu tun. Die Bastarde sind einfach nur hinter meinem Hort her.«

»Maria hat so was angedeutet.«

»Es war Sigurd, der Kalaphates angestiftet hat, mich festzunehmen und das Versteck aus mir herauszuprügeln. Es gab so eine Art Gerichtsverhandlung. Dabei wurde behauptet, ich hätte Abgaben unterschlagen. Sigurd und Maniakes haben gegen mich ausgesagt. Alles Lügen natürlich. Kalaphates' Urteil war, mich öffentlich enthaupten zu lassen.«

Thorkel hält entsetzt inne. »Ist der Kerl verrückt?«

»Verrückt ist er nicht, aber gewissenlos. Er würde mir die Enthauptung ersparen, hieß es dann, wenn ich den Mund aufmache.«

»Und? Hast du?«

»Auf keinen Fall. So wie ich den Scheißkerl einschätze, hätte er mich ohnehin umgebracht. Inzwischen werden sie meine Flucht bemerkt haben. Wir sollten das Lager sichern. Kann gut sein, dass sie uns angreifen.«

»Ist schon geschehen. Die Wachen sind verstärkt und die Männer kampfbereit. Wein und Bier bis auf weiteres untersagt.«

Thorkel entfernt vorsichtig das letzte Stück Stoff und zieht mir die Tunika über den Kopf. »So, jetzt bist du befreit von deinen Lumpen.« Er wirft das ruinierte Stück in eine Ecke. Seine Miene wird grimmig. »Also wieder mal Sigurd, der verfluchte Hundsfott. Fast hätte man es sich denken können. Du hättest auf mich hören sollen. Oder besser, wir hätten den Bastard schon in Kiew nach *Valhöll* befördert.«

»Da hat er uns geholfen.«

»Trotzdem. Der Kerl verdient ein Schwert zwischen die Rippen, wenn du mich fragst. Und wenn du's selbst nicht bald tust, bring ich ihn um, das schwör ich dir. Aber was den Hort angeht, musst du dir keine Gedanken machen. Der ist sicher.«

»Immer noch da, wo wir ihn …«

Er nickt. »An derselben Stelle. Vor drei Tagen erst haben Bjorn und ich nachgesehen. Nachts natürlich. Alles unberührt und in bester Ordnung.«

Erleichtert atme ich auf. »Na, wenigstens etwas.«

Thorkel wäscht mir vorsichtig die Wunden aus, trocknet sie und bedeckt sie mit einer Kräutersalbe. Dann legt er mir einen Verband um den Oberkörper an.

»Und was machen wir jetzt?«, erkundigt er sich.

Das ist die Frage, die wir bisher vermieden haben. Dabei ist uns beiden klar, wie gefährlich die Lage geworden ist. Im Palast werden sie sich denken können, dass ich nach der Flucht aus dem Verlies bei meinen Kameraden untergekommen bin, einer fünfhundert Mann starken Kampftruppe. Zunächst bin ich hier also sicher. Aber wir sind natürlich nicht die einzigen Krieger in Konstantinopel.

Da sind die *Tagmata*, die berittene Schutzstaffel des Kaisers, und die urbane Miliz. Nicht zu vergessen die Palastwache. Insgesamt mehr als dreimal so viele Kämpfer wie wir, auch wenn die Miliz kaum zählt. Kalaphates kann es sich jedenfalls nicht leisten, mitten in der Stadt eine feindliche Kampfeinheit unter meiner Führung zu dulden. Er wird sich etwas überlegen müssen, um uns auszuschalten. Und Sigurd wird weiter hinter meinem Gold her sein. Auch der wird nicht aufgeben. Besonders nicht, da er den Kaiser hinter sich hat. Nur eine Frage der Zeit, bis sie etwas gegen uns unternehmen.

Ich ziehe mir eine saubere Tunika über. »Sag mir erstmal, was in der Stadt los ist. Da scheint ja ein Aufruhr zu toben.«

»Das geht schon seit Tagen so. Das Volk ist wütend. Sie wollen Kalaphates loswerden. Ganz Byzanz verlangt nach der Kaiserin.«

»Ist sie immer noch gefangen?«

»Sieht so aus. Auf einer Insel im Marmarameer, wird gemunkelt. Der Eunuch war ja schon verhasst, aber sein Neffe übertrifft alles. Er hat es einfach zu weit getrieben. Seine Anwesenheit auf dem Thron scheint die Volksseele bis aufs Blut zu reizen. Selbst der Adel verachtet diese Familie von Emporkömmlingen. Und Kalaphates besonders.«

»Der Mann ist ein menschenverachtendes Schwein.«

Thorkel nickt. »Seit Wochen gehen die Leute überall auf die Straße. Ich habe noch nie so aufgebrachte Massen gesehen. Sie rotten sich auf den Plätzen zusammen, reden sich in Rage, protestieren, rufen in Sprechchören und belagern den Palast. Zuletzt ist die Miliz mit blanker Waffe dazwischengegangen. Dabei hat es Tote gegeben. Das hat die Stimmung natürlich noch mehr aufgeheizt, und die Miliz musste sich zurückziehen. Heute haben die Aufständischen angefangen, vor dem Palast Barrikaden zu errichten. Meist junge Kerle, die sich mit Heugabeln und Küchenmessern bewaffnet haben. Aber es sind viele. Auch Handwerker und Kaufleute sind dabei. Sogar Weiber machen mit. Sie schleudern Steine und Brandsätze und verlangen Kalaphates' Absetzung und Tod. Ich denke, die Miliz ist überfordert.«

»Warum greift die *Tagmata* nicht ein? Das sind erfahrene Krieger. Oder andere Truppen des Kaisers?«

»Die halten sich zurück. Warum, ist mir nicht klar. Im Augenblick haben die Aufständischen die Oberhand. Man sollte meinen, dass Chaos herrschen würde. Aber nicht wirklich. Die Leute unterstützen sich gegenseitig, wild entschlossen, den Basileus zu stürzen und die Kaiserin wieder auf den Thron zu setzen. Aber die Lage kann natürlich jederzeit kippen. Sollte die *Tagmata* sich auf Kalaphates' Seite stellen und mit der Palastwache gemeinsame Sache machen, dann wird es ein Blutbad geben. Der Aufstand würde schnell in sich zusammenfallen.«

Thorkel beendet seinen Bericht. Ich antworte nicht gleich, denn ich muss nachdenken. Was bedeutet das alles für uns? Der Aufstand ist natürlich ein Vorteil. Im Palast ist man mit anderen Dingen beschäftigt als mit mir. Das sollten wir nutzen. Und zwar schnell, bevor die Lage umschlägt.

»Ich denke, die Gelegenheit ist gekommen, Konstantinopel den Rücken zu kehren. Es wird Zeit, heimzukehren, Thorkel, bevor kaiserliche Truppen den Aufstand blutig niederschlagen.« Ich sehe ihn an. »Heimkehren. Das wünschst du dir doch schon seit langem, oder?«

Er nickt. »Besser heute als morgen. Obwohl der Dnjeper vielleicht noch nicht eisfrei ist.«

»Hauptsache, wir verschwinden erstmal aus der Stadt.«

»Vielleicht wollen nicht alle mitkommen.«

»Auf wie viele können wir zählen, was meinst du?«

»Zwei Schiffsmannschaften kriegen wir schon zusammen. Vielleicht auch mehr. Die alten Kameraden hauptsächlich.«

»Wir müssen meinen Hort bergen und möglichst unbemerkt auf die Schiffe bringen.«

»Das wird nicht so einfach sein. Im Goldenen Horn ankern ein paar voll besetzte Dromonen. Die könnten uns Schwierigkeiten machen.«

In diesem Augenblick fliegt die Kammertür auf, und Maria stürzt herein. Hinter ihr Bjorn und Thjodolf. Sie müssen sie begleitet haben. Kaum hat sie mich erblickt, da läuft sie mit einem kleinen Schrei auf mich zu und wirft sich mir in die Arme. »Oh, du lebst«, stöhnt sie und küsst und umarmt mich leidenschaftlich.

»Vorsicht, mein Rücken«, protestiere ich lachend.

Sie fährt erschrocken zurück. »Bist du verletzt?«

»Nein, aber man hat mich ausgepeitscht. Keine Sorge, das heilt schon wieder. Aber woher weißt du, dass ich hier bin …?«

»Thorkel hat Männer geschickt, um mich zu holen.«

Ich werfe ihm einen Blick zu. »Das hat er gar nicht erwähnt.«

»Und während du im Kerker warst, hat er mir die ganze Zeit Mut gemacht. Ich weiß nicht, ob ich es ohne ihn ausgehalten hätte.« Sie schenkt ihm ein strahlendes Lächeln. »Danke, Thorkel. Danke!«

»Wofür? Ich hab ihn nicht befreit, wenn du das meinst. Das hat er ganz allein fertiggebracht.«

Maria setzt sich zu uns und hört atemlos zu, während ich ihr erzähle, was sich zugetragen hat. Ihre Augen funkeln vor Zorn über Sigurds Habgier und das Todesurteil, das Kalaphates über mich verhängt hat. Als ich von meiner Züchtigung berichte, hat sie Tränen in den Augen.

»Du bist nicht der Einzige, mit dem er so verfahren ist«, sagt sie. »Viele seiner Gegner hat er festnehmen lassen, ihr Vermögen eingezogen und ihre Frauen und Kinder ins Elend geschickt. Ohne ersichtlichen Grund. Nur weil sie nicht mit ihm einverstanden sind. Der Kerl ist ein Ungeheuer.«

»Weiß dein Oheim eigentlich, dass du hier bist? Wirst du keine Schwierigkeiten bekommen?«

Sie schüttelt den Kopf. »Er weiß es. Und er richtet dir Grüße aus. Er wäre selbst gekommen, wenn es nicht zu gefährlich für ihn wäre. Meine Familie hat sich im Haus verbarrikadiert. Und ohne den Schutz deiner Männer hätte er mich nicht gehen lassen. Er sagt, du bist jetzt die einzige Hoffnung für Byzanz.«

»Ich? Wieso ich?«

»Er hat erfahren, dass Kalaphates Boten ausgesandt hat, um Truppen von den Grenzen abzuziehen. In etwa einer Woche ist ein größeres Heer aus Makedonien zu erwarten. Dann wird er die Aufständischen niedermetzeln lassen und jeden Widerstand beenden. Das muss unter allen Umständen verhindert werden. Die Führung der *Tagmata* ist zerstritten und wird nicht eingreifen, so wie es aussieht. Aber du könntest die Zeit nutzen, den Palast erobern und uns von diesem Monster befreien. Mein Oheim bittet dich darum. Er und die meisten adeligen Familien würden dir äußerst dankbar sein. Ach, was sage ich, das ganze Volk.«

Ich runzele die Stirn und schüttele den Kopf. »Maria, es tut mir leid, aber ich werde mich nicht in die Angelegenheiten des Reiches einmischen. Wir sind hier nur Söldner. Wir machen keine Politik. Das kann nur böse enden. Der Aufstand ist schon schlimm genug. Wenn wir eingreifen, wird ein Bürgerkrieg daraus.«

»Das ist es doch jetzt schon.«

Sie lässt nicht locker. Stunden später, nachdem wir uns auf meinem engen Lager geliebt haben, fängt sie von neuem an, mich inständig um Unterstützung für den Aufstand zu bitten. Ich bin wahrlich nicht in der Stimmung, darüber zu reden, befinde mich noch ganz im Zauber ihrer leidenschaftlichen Liebkosungen und Küsse. Es ist wahr, ich liebe sie nicht so, wie ich Aila geliebt habe. Und doch bereitet es mir Schmerzen, sie verlassen zu müssen. Ein Leben mit ihr wäre durchaus vorstellbar. In ihre vornehme Familie einzuheiraten wäre eine Ehre gewesen. Doch es geht nicht. Und ich habe auch nicht vor, den Palast anzugreifen. Im Gegenteil, wir werden uns so bald wie möglich aus Byzanz zurückziehen.

Sie missdeutet mein Schweigen als Unschlüssigkeit. »Die ganze Stadt wird es dir danken«, flüstert sie in der Dunkelheit der Kammer und schmiegt sich an mich. »Du wirst unser Held sein. Und man wird dich reich belohnen.«

»Nein, Maria, ich brauche keine Belohnung. Ich habe Gold genug. Das heißt, wenn es mir überhaupt gelingt, meinen Hort aus der Stadt zu schaffen. Der Palast ist viel zu gut gesichert. Ich kenne Sigurd. Er ist schlau und ein guter Krieger. Bei einem Sturm auf den Palast würden wir uns nur blutige Köpfe holen. Viele Kameraden würden sterben.«

»Aber es werden noch mehr Menschen sterben, wenn du es nicht tust. Denn wenn das Heer hier eintrifft und den Aufstand niederschlägt, dann wird Kalaphates ein schreckliches Strafgericht abhalten. Niemand wird mehr seines Lebens sicher sein.«

Ich hasse es, sie enttäuschen und ihr die Bitte abschlagen zu müssen. Wie kann man einer liebenden Frau, die bereit ist, alles für einen aufzugeben, denn ich glaube, dass sie dazu bereit wäre, ein kaltes Nein ins Gesicht schleudern? Es fällt mir schwer, mich dazu durchzuringen, aber im Grunde ist der Augenblick gekommen, ihr die Wahrheit zu sagen. Über mich, über meine Pläne, über uns.

»Hör zu, Maria. Ich habe zwar all die Jahre für Byzanz gekämpft, aber in Wirklichkeit gehöre ich nicht hierher. Es war immer klar, dass ich eines Tages heimkehren würde, in meine Heimat. Ich habe die Umstände und den Zeitpunkt nicht gewählt. Aber nun ist der Moment gekommen. Ich kann nicht länger bleiben. Ich will meine Familie wiedersehen, mein Land, meine Berge, die weite See. All das hat mir gefehlt. Und ich habe Pläne, die ich nur dort verwirklichen kann.«

Ihr Kopf liegt auf meiner Brust. Sie hört zu, ohne mich zu unterbrechen. Aber ich spüre ihre Tränen auf meiner Haut. »Ich weiß das«, flüstert sie und schnüffelt wie ein Kind. »Ich habe es schon immer gewusst.«

»Du hast es gewusst?«

»Und du hast auch nicht vor, mich mitzunehmen.«

Ich schweige verlegen. So wunderbar Maria ist, ich kann mir eine verwöhnte byzantinische Adelige einfach nicht am Herdfeuer meiner Mutter vorstellen. Und das im kalten Hringaríke.

Eine junge Frau, die ein Leben im Überfluss gewohnt ist? Was soll sie dort tun? Etwa Garn spinnen und Wollsocken stricken? Sie würde nur unglücklich werden. Und damit will ich mich nicht belasten.

»Siehst du, du antwortest nicht«, flüstert sie. »Ich habe also recht. Ich mache dir keine Vorwürfe, denn ich habe von Anfang an gewusst, dass es so kommt. Aber ich war verrückt nach dir, vom ersten Augenblick an.«

Sie wischt sich die feuchten Wangen und seufzt. »Ich hätte dich gern geheiratet und deine Kinder geboren. Aber das wird nie geschehen. Du bist ein Mann des Nordens, und dorthin wirst du zurückkehren. Ich verstehe das. Und was mich betrifft, ich gehöre zu Konstantinopel. Dies hier ist meine Stadt, mein Leben. Ich würde dich nicht begleiten, selbst wenn du mich darum bätest.«

Sie küsst mich. Ich schmecke das Salz der Tränen auf ihren Lippen und bin erleichtert. »Trotzdem liebe ich dich, wie ich noch nie jemanden geliebt habe«, flüstert sie. »Du wirst für immer in meinem Herzen sein.«

Sie liegt in meinen Armen. Ich spüre ihren Leib, ihre Haut, den Duft, der aus ihren Haaren aufsteigt. Ihr Atem fächelt meine Brust, ihre Hand streichelt mein Gesicht. Ja, ich bin erleichtert, aber auch beschämt, ich weiß nicht, was ich ihr antworten soll.

»Maria ...«

Sie legt mir den Finger auf die Lippen. »Sag nichts, Geliebter. Es gibt nichts zu sagen. Wir haben uns gefunden, wir haben uns geliebt. Und es war wunderschön. Ich möchte es nicht missen. Das ist alles, was zählt.«

Ich ziehe sie enger an mich. In diesen Augenblicken ist sie mir sehr nah, und ich empfinde tatsächlich so etwas wie Liebe für sie. Aber ich weiß auch, dass dieses Gefühl nicht stark genug ist, dass es beim Licht des Tages wieder vergeht. Ist es Aila, die mich daran hindert, sie zu lieben? Ganz gleich, was der Grund ist, Maria hat mehr verdient. Mehr, als ich ihr geben kann.

»Wenn nicht für Byzanz, dann tu es für mich«, flüstert sie, nachdem wir eine Weile ineinander verschlungen dagelegen haben. »Du weißt, was ich meine. Als Abschiedsgeschenk. Du allein bist in der Lage dazu. Ich weiß, du kannst Kalaphates besiegen und uns alle von den Schrecken seiner Tyrannei befreien. Du wirst einen Weg finden.«

Ich würde es für sie tun, wenn es nur mich beträfe. Eher für Maria als für irgendeinen anderen Menschen. Aber ich kann nicht das Leben meiner Kameraden aufs Spiel setzen, nur um ein Liebesversprechen einzulösen.

Natürlich bemerkt Maria mein Zögern. Doch sie ist noch nicht bereit, aufzugeben. »Gut, dann eben nicht für mich. Das ist wohl zu viel verlangt. Aber was ist mit Sigurd? Der hat dich verraten, falsch beschuldigt, dich auspeitschen lassen. Hast du nicht wenigstens vor, dich an ihm zu rächen?«

»Eines Tages werde ich mich rächen. Aber nicht jetzt. Jetzt gibt es wichtigere Dinge als meine Rachegefühle.«

»Aber Araltes! Was kann es denn Wichtigeres geben als die vielen armen Menschen, die Kalaphates' Opfer sein werden, wenn ihn niemand aufhält? Denk an die, die jetzt auf den Barrikaden stehen, unter denen er ein Blutbad anrichten wird. Vor allem denk an ihre Frauen und unschuldigen Kinder. Und denk vielleicht auch an Zoë, unsere Kaiserin.«

»An Zoë?«

»Ich weiß, sie steht dir nah.«

Ich frage mich, ob sie etwas weiß von der Kaiserin und mir. Das wäre mir peinlich. »Ja, sie war immer freundlich zu mir.«

»Dann tu es für sie. Unsere arme Kaiserin ist die Einzige, die das Recht hat, hier zu herrschen. Sie ist eine gute Frau. Sie hat es nicht verdient, ihres Erbes beraubt zu werden und in Gefangenschaft zu leben.«

Zoë eine gute Frau? Ich sehe sie vor mir. Ihr hübsches, alterndes Gesicht. Ihre Unsicherheit, ihr Hunger nach Liebe, ihr flatterhafter Geist. Benutzt und ausgenutzt von gewissenlosen, machthungrigen Kerlen. Sie tut mir leid. Ich wünschte, ich könnte ihr helfen.

Aber den Palast stürmen, das würde zu viele Leben kosten. Für etwas, das nicht unsere Sache ist. Und das außer Blutvergießen nichts erreichen wird. Überhaupt, was, zum Teufel, geht mich Byzanz an? Warum soll ausgerechnet ich dieses Reich retten? Was habe ich mit den Machtspielen bei Hofe zu tun? Den korrupten Beamten? Mit der Gier der Eunuchen, den Ränken und dem pompösen Getue der großen Familien? Nichts habe ich damit zu tun. Meine Männer und ich haben hier gedient und im Tausch gegen Sold und Beute unseren ehrlichen Beitrag geleistet. Mehr kann man nicht verlangen.

Maria hat sich auf den Ellbogen gestützt. Sie scheint mir die Gedanken vom Gesicht abzulesen und ist enttäuscht. »Kämpfst du denn nur für Gold?«, fragt sie leise. Die Bitterkeit in ihrer Stimme ist nicht zu überhören. »Ist es das Einzige, was für dich zählt? Wie viel sollen wir dir zahlen, damit du uns hilfst? Was ist dein Preis?«

»Es geht mir hierbei nicht um Gold.«

Sie setzt sich auf. Die Kerze neben dem Bett wirft einen Lichtschein auf ihr Gesicht. Ihre Augen blitzen. Sie ist sichtlich aufgeregt. »Um was geht es dir dann? Hast du keinen Sinn für Ehre und Gerechtigkeit? Besonders, nachdem Kalaphates dich hat auspeitschen lassen? Soll ein Kerl wie der über uns herrschen und weiter ungeschoren seine Verbrechen begehen? Soll das Böse in der Welt siegen?«

Ihre Worte kränken mich. »Das Böse siegt meistens, Maria. Ziemlich oft, meiner Erfahrung nach.«

»Mag sein, dass ich blauäugig bin. Aber ich glaube immer noch an das Gute.«

Das Gute in der Welt? Gibt es das? Seit Ailas Tod und der grausamen Art, wie Khan Badur sie gequält und umgebracht hat, kann ich nicht mehr daran glauben. Seltsam, wie es Menschen wie dem Khan gelingt, Macht über andere zu erringen. Weil sie nicht wie Maria an das Gute glauben, weil sie kein Gewissen haben, rücksichtslos grausam sind. Bei den einen entfachen sie Gier, bei anderen verbreiten sie Furcht. Kalaphates ist auch so einer. Kann man sich überhaupt gegen solche Männer wehren?

»Du bist nicht naiv, Maria. Aber das Böse regiert schon lange in Byzanz. Vielleicht schon immer. Zu viel Reichtum verdirbt die Seelen, macht hungrig nach noch mehr, immer mehr. Jahrelang hat dieser korrupte Eunuch Johannes das Reich beherrscht. Er hat die Adeligen bestochen, überall seine Verwandten in wichtige Ämter gebracht. Das Volk beraubt und sich bereichert. Hat irgendjemand ihn daran gehindert? Sogar die Kaiserin hat er bestochen, ihr die Liebe seines Bruders Mikhaél vorgegaukelt. Falsche Liebe im Tausch gegen Macht. Und ihr alle habt es zugelassen. Nun hat ein noch Böserer als der Eunuch seinen Platz eingenommen. Und dein Oheim will ihn loswerden. Aber er selbst und die anderen mächtigen Adeligen sind schuld daran, dass es so weit gekommen ist. Und jetzt soll ich meine Männer opfern, um es wiedergutzumachen? Nein danke. Ich habe Besseres zu tun.«

»Du hast also nichts im Sinn, als deinen Hort zu sichern und dich davonzumachen.« Ihre Augen funkeln wütend. Meine bittere Erklärung hat sie nicht überzeugt. »Einfach davonsegeln und uns im Stich lassen, ohne wenigstens den Versuch gewagt zu haben?«

Ich hole tief Luft und seufze. »Ich habe Kalaphates nicht erschaffen. Ihr habt das getan. Zumindest es zugelassen.«

»Nein, du hast ihn nicht erschaffen.« Sie starrt mich vorwurfsvoll an. »Aber für was stehst du eigentlich? Was ist dir heilig? Ich weiß, du bist kein Christ. Aber du warst oft genug in einer unserer Kirchen, hast die Priester gehört. Irgendetwas von ihrer Botschaft muss doch bei dir angekommen sein. Von Nächstenliebe, meine ich.«

»Was mir heilig ist?« Nun bin ich irritiert. »Warum fragst du das? Willst du mich beschämen? Mir ist eine ganze Menge wichtig und heilig. Vor allem denke ich an meine Männer, für deren Wohl ich verantwortlich bin. Und vergiss nicht, wir haben geschworen, den Basileus, wer auch immer er sein mag, zu schützen. Vor allem, ihn nicht abzusetzen oder gar umzubringen. Auch Eide sind mir heilig.«

»Dieser Eid ist wertlos. Kalaphates selbst hält sich nicht daran.«

»Vielleicht hast du recht. Aber ich wiederhole: Bei dem Versuch, den Palast zu stürmen, würden nicht wenige meiner Leute umkommen. Möglicherweise ich selbst. Besonders, wenn die Sache danebengeht. Ist es das, was du willst?«

Sie starrt mich mit großen Augen an. »Nein, natürlich nicht«, flüstert sie.

»Sollte der Versuch fehlschlagen, was sehr wahrscheinlich ist, dann bringen sie uns alle um. Was denkst du? Nordische Söldner, die sich gegen ihren Herrn aufgelehnt haben? Ich sage dir, keiner von uns würde dem Strafgericht entkommen. Unsere abgeschlagenen Köpfe würden die Mauern zieren.«

Ich glaube, sie ist bleich geworden, auf jeden Fall wendet sie sich ab. »Ich verstehe«, murmelt sie niedergeschlagen. »Du kannst das besser einschätzen als ich. Verzeih mir. Ich will natürlich nicht, dass dir etwas geschieht. Wahrscheinlich habe ich unrecht, so etwas von dir zu verlangen.« Sie steht auf und greift nach ihren Kleidern. »Ich sollte jetzt wohl besser gehen.«

Ich will nicht, dass sie mich in dieser Stimmung verlässt, und halte sie am Arm fest. »Warte! Setz dich wieder. Und lass mich nachdenken.« Sie lässt sich auf der Bettkante nieder, vermeidet aber, mich anzusehen.

Am meisten hat mich die Frage getroffen, ob ich nur für Gold kämpfe. Als wäre ich ein Mann ohne Ehre und Gewissen. Kaum besser als die Piraten, die wir aufgestöbert und gerichtet haben. Und wofür ich eigentlich stünde in meinem Leben.

Wenn ich ehrlich bin, weiß ich das im Grunde selbst nicht. Ich habe mich immer für einen aufrechten Kerl gehalten. Aber bin ich das wirklich? Geht es mir nur um den eigenen Vorteil? Wenn man die letzten Jahre betrachtet, könnte man das meinen. Ich bin in vielerlei Hinsicht kalt und berechnend geworden. Ich habe gekämpft, aber immer mit meinem Beuteanteil im Blick. Meine Familie habe ich seit vielen Jahren nicht gesehen. Sie müssen mich für tot halten. Und ich denke nur noch selten an sie. Ich habe keine Kinder. Auch kein Weib. Ich bin ein Kerl ohne Bindung. Nur meine Kameraden bedeuten mir etwas. Ansonsten muss man sich fragen, wem ich eigentlich nütze, außer mir selbst. Auch von Maria habe ich mehr genommen, als ich ihr gegeben habe. Und wie immer gilt der erste Gedanke meinem verdammten Hort. So ist es schon seit langem.

Byzanz bedeutet mir nichts. Doch ohne Byzanz hätte ich kaum die Gelegenheit gehabt, so viel von diesem verdammten Hort zusammenzutragen. Ohne dieses Byzanz, und dazu muss man auch die Menschen zählen, die hier leben und an die ich mich gewöhnt habe, wäre ich nicht mehr als der überzählige Sohn eines Kleinkönigs aus Hringaríke. Ohne Byzanz würde ich den Rest meines Lebens Rinder zählen und Elche jagen, statt mit einem Heer entschlossener Männer heimzukehren. Diese Möglichkeit hat allein Byzanz mir gegeben. Und schulde ich nicht auch Maria etwas, ihrem verständnisvollen Oheim, den Menschen auf der Straße, die für ihre Freiheit kämpfen? Und meiner zärtlichen Kaiserin Zoë, die lieber sterben würde, als im Kloster dahinzusiechen?

Ich sehe Ailas geschundenen Leib vor mir. Es war gut, ihren Peiniger zur Strecke zu bringen. Aber gilt das nicht auch für Kalaphates? Wenn sein Heer eintrifft, werden all die jungen Männer, die jetzt so tapfer ihre Barrikaden verteidigen, hingemetzelt werden. Er wird seine Krieger in die Häuser der Adeligen schicken und ehrbare Männer festnehmen und hinrichten lassen, nur weil sie ihn nicht unterstützt haben. Nicht auszudenken, was sie ihren Weibern antun. Und den Kindern.

Ich habe gegen Khan Badur gekämpft. Vielleicht ist es an der Zeit, dem gewissenlosen Ehrgeiz auch dieses Emporkömmlings Grenzen zu setzen und für Gerechtigkeit zu sorgen. Zeit, den Bastard zu stürzen. Nicht zu vergessen Sigurd. Für den gilt das Gleiche.

»Was hat nochmal dein Oheim gesagt? Wann wird ein Heer erwartet?«

Sie hebt den Kopf und sieht mich erstaunt an. Ein Funken Hoffnung glimmt in ihren Augen. »In einer Woche. Vielleicht auch etwas später.«

Es bleibt uns also eine Woche. Bis dahin müssen wir die Sache erledigt oder uns rechtzeitig aus dem Staub gemacht haben. Sieben Tage. Besser, nur mit fünf Tagen zu rechnen, um nicht überrascht zu werden. Ich schüttele den Kopf. Thorkel wird mich einen verdammten Idioten nennen. Aber besser ein Idiot als einer, der vor dem Schicksal kneift. *Urðr*. Ich höre schon die Nornen ihren Faden spinnen.

»Also gut. Wir werden es versuchen.«

Anmerkungen des Autors

Wir reden von Wikingern. Dabei bezeichnete das Wort *vikingr* eigentlich nur die Männer, die auf Beutefahrt gingen. Heute würde man sie vielleicht Piraten nennen. Für Skandinavier damals eine durchaus ehrenwerte Weise, als Seekrieger zu Ruhm und Reichtum zu gelangen. Manchmal waren sie in einzelnen Schiffen unterwegs, manchmal im Verband ganzer Flotten. Nicht selten wurden auch einfache Kaufleute zu Wikingern, wenn sich ihnen eine Gelegenheit bot. Ansonsten waren die Wikinger hauptsächlich kluge Händler, die mit ihren Schiffen alle Meere bereisten.

Die Hochzeit der Wikinger datiert zwischen dem achten und dem elften Jahrhundert. Haralds abenteuerliches Leben fällt also bereits ins Ende der klassischen Wikingerzeit. Das Reich der Rus war im Grunde eine Wikinger-Gründung. Schwedische Abenteurer begannen schon im neunten Jahrhundert, die Flüsse Russlands hinaufzurudern auf der Suche nach kostbaren Pelzen. Sie errichteten erste Handelsposten, drangen ins Landesinnere vor, in die unendlichen Wälder Russlands, unterwarfen die Ureinwohner und verpflichteten sie zu jährlichen Tributzahlungen in Pelzen.

Aldeigjoborg (Staraja Ladoga), Holmgarð (Nowgorod) und Kiänugard (Kiew) entstanden. Besonders die beiden letzteren Orte wurden zu wichtigen Handelsstädten. Denn die Rus hatten schon im neunten Jahrhundert die Wasserscheiden, wie im Roman beschrieben, überwunden und ein weites Handelsnetz über Dnjeper und Wolga vom Baltikum bis zum Mittelmeer geflochten. Es gab Handelsbeziehungen bis nach Arabien. Bernstein, Erze und Pelze aus dem Norden gegen Silber, Seide, Wein und Luxusgüter aus dem Süden.

Mit der Zeit passten die Rus sich den lokalen Gegebenheiten an. Sie wurden zu Slawenfürsten, nahmen die Sprache an, ließen sich von byzantinischen Mönchen zum Christentum bekehren, früher als in Skandinavien selbst. Trotzdem hielten die Großfürsten der Rus engen Kontakt zu den Nordländern, verheirateten ihre Töchter mit skandinavischen Königen und beschäftigten skandinavische Söldner, die berüchtigten *væringjar*, um ihre Kriege für sie zu führen.

Der Ruf dieser Krieger war bis nach Konstantinopel gedrungen. Und so wurde eine Schutztruppe des Basileus gegründet, die ausschließlich aus nordischen Warägern bestand und im Laufe der Zeit zu mehreren Eliteeinheiten ausgeweitet wurde, die überall im byzantinischen Reich zum Einsatz kamen.

Haralds Zeit bei den Rus ist nur mit wenigen Einzelheiten belegt. Man weiß, dass er für Jaroslaw unterwegs war, um Tribut einzutreiben, dass er sich auf mehreren Feldzügen als Anführer seiner Truppe bewährt hat. Und auch, dass er versprochen hat, Jaroslaws Tochter Elisif (Elisabeth) zu heiraten. Jarl Eilif Ragnwaldsson hat es in Aldeigjoborg gegeben. Dass er aber ein Pelzräuber gewesen sein soll, ist von mir frei erfunden.

Es ist auch richtig, dass die Petschenegen versucht haben, Kiew zu erobern, und dass dies im letzten Augenblick von Jaroslaws Heer verhindert wurde. Harald war tatsächlich in Kiew für die Verteidigung des Schlangenbollwerks zuständig. Deshalb habe ich ihn an diesen Kämpfen gegen die Petschenegen teilnehmen lassen, obwohl er zu diesem Zeitpunkt in Wahrheit schon nach Konstantinopel unterwegs war.

Ansonsten haben sich alle geschichtlichen Ereignisse so zugetragen, wie ich es hier erzählt habe. Besonders auch Haralds Abenteuer rund um das Mittelmeer und die dramatischen Ereignisse in Konstantinopel vor und nach dem Tod des Basileus Michael IV. entsprechen den historischen Überlieferungen. Dass Harald ein Verhältnis mit der Kaiserin Zoë hatte, ist allerdings nicht belegt, es gab jedoch Gerüchte. Belegt ist, dass sie eine attraktive Frau war, die die im Buch genannten Ehemänner hatte und darüber hinaus diverse Liebhaber.

Glossar

Æsir = Asen, Götter der Germanen
Aldeigjoborg = Staraja Ladoga (Dorf, südlich des Sees)
bóndi = Freibauern, Freisassen
borg = Burg, Feste, Fort
brynja = Leibschutz, *hringa-brynja* = Kettenhemd
chougan = Pferdesport, Ursprung des heutigen Polospiels
dísir = weibliche Gottheiten
draugr, *haugbúi* = Geist, Untoter
drepa = töten
dromone = byz. Ruderschiff mit 300 Mann Besatzung
dróttning = Königin
eyrir = Unze Silber
Freya = Göttin der Fruchtbarkeit, der Liebe, der Magie
Freyr = Gott der Fruchtbarkeit und des Wetters
Garðarike = Russland
goði = Priester
goroda = (slawisch) befestigter Handelsposten
hirð = Gefolgschaft (Bootsmannschaft)
hirðman (-men) = Gefolgsmann, -männer
holmgang = Zweikampf, Duell
Holmgarð = Nowgorod
húskarl, -ar = zum Haushalt gehörende Söldner
hvítakristr = der Weiße Christ (abfällig)
Kalaphates = (gr.) der Kalfaterer
Kiänugard = Kiew
konungr = König
kyrtill = Tunika bis zum Knie
Loki = Gott der List, der Gestaltwandler und Betrüger
Miðgarð = Konstantinopel
mjøðr = Met, Honigwein

mjölnir = Thors Hammer (oft als Amulett)

monoxylon = (gr.) Einbaum

Njördr = Gott des Ozeans

Norðvegr = Norwegen (der Nordweg)

Oðin = Allvater der Götter

Orkneyjar = die Orkneys, Robbeninseln

proskynesis = (gr.) Kniefall mit Stirn auf dem Boden

Rán = Göttin des Meeres, Mutter der Wellentöchter

sax = Kurzschwert oder langes Kampfmesser

seiðkona = Zauberweib, Hexe

seiðr = Magie, Zauber, Zauberbann

serkland = Land der Muslime

skjaldborg = Schildwall

skjaldmær = Schildmaid

spartharokandidatos = (gr.) höherer Offiziersrang

tafl oder *hnefatafl* = Brettspiel, Strategiespiel

taufr = Talisman

Thor = Gott des Donners, des Kampfes

Tschuden = mit Finnen verwandte Volksgruppe

Tyr = Gott des Krieges, des Sieges

urðr = Schicksal, Name einer der Nornen

væringi, væringjar = Waräger, nordische Söldner

valhöll = Walhall, Himmel der Helden

valkyrjar = Walküren

vikingr = Seeräuber

völva = Seherin, Zauberin

PERSONEN

Liste aus Band I, um neue Personen erweitert. Jahreszahlen für Geburt und Tod, wo ich sie ermitteln konnte.

Harald und seine Familie (historisch)

Harald Sigurdsson (1015–1066), genannt Hardrada, jüngster Sohn eines Kleinkönigs aus Hringaríke, Abenteurer, Söldnerführer bei den Kiewer Rus, Waräger-Offizier im Dienste Byzanz, später König von Norwegen

Sigurd Syr Halfdansson (?–1018), Haralds Vater und Kleinkönig von Hringaríke, ein bodenständiger und weithin respektierter Herrscher

Åsta Gudbrandsdóttir (980–1030), Haralds Mutter, verheiratet in erster Ehe mit Harald Grenske, König Olafs Vater, in zweiter Ehe mit Sigurd Syr, dem sie fünf Kinder gebar. Ich habe sie länger leben lassen als überliefert.

Olaf Haraldsson (995–1030), König von Norwegen und Åstas erstgeborener Sohn aus der Ehe mit Harald Grenske, begann als Wikinger, kämpfte in England, machte sich zum König von Norwegen, später der heilige Olaf genannt

Guttorm, Haralds ältester Bruder, später Kleinkönig von Hringaríke

Gunhild, Haralds älteste Schwester

Halfdan (1012–1030), Haralds mittlerer Bruder, fiel bei Stikla Stad

Ingerid, Haralds Schwester

Magnus Olafson (1024–1047), Olafs unehelicher Sohn mit Alfhild

Andere historische Personen

Alexios Studites (?–1043), Patriarch von Konstantinopel

Alfhild, König Olafs Sklavin und Mutter des kleinen Magnus

Anund Jakob Olofson (1010–1050), König von Schweden und Astrids Halbbruder

Astrid Olofsdóttir (?–1042), uneheliche Tochter König Olofs Skötkonung von Schweden und König Olafs Ehefrau

Eilif Ragnwaldsson, Jarl von Aldeigjoborg

Einar Thambarskelfir Eindridesson (980–1050), ein bedeutender Jarl von Westnorwegen, Gegner Haralds

Elisif von Kiew (1025–1067), Fürst Jarisleifs und Ingegerds Tochter, ich habe sie etwa 4 Jahre älter gemacht

Eudocia, Zoës und Theodoras jüngere Schwester

Finn Arnason (?–1065), Kalfrs jüngerer Bruder, Olafs Gefährte, blieb ihm treu und unterstützte auch Harald

Georgios Maniakes (?–1043), bedeutender byzantinischer General, führte unter anderem den Feldzug in Sizilien gegen die Araber, erhob sich gegen Kaiser Konstantinos und fiel dabei im Kampf

Grimkell, Bischof, Vertrauter König Olafs, Betreiber der Christianisierung Norwegens

Halldor Snorrason, ein isländischer Abenteurer und einer von Haralds Anführern

Harald Grenske, Kleinkönig von Vestfold in Norwegen, Åstas erster Ehemann und König Olafs Vater

Hrane der Weitgereiste (?–1030), Åstas Gefolgsmann, begleitete Olaf auf dessen Wikingerfahrten in England, zur Zeit des Romans war er Haralds Berater und Lehrer, fiel bei Stikla Stad

Ilya, Prinz von Kiew (?–1036), Jarisleifs Sohn aus erster Ehe, Mutter wurde entführt. Über Ilya ist wenig bekannt.

Ingegerd Olofsdóttir (1001–1050), Jarisleifs Ehefrau, Tochter König Olofs Skötkonung von Schweden, Astrids Halbschwester

Jarisleif der Weise (978–1054), Großfürst und Herrscher der Rus, sein Vater war Wladimir, der das Christentum einführte, aber mit unzähligen Frauen viele (eheliche und nichteheliche) Söhne zeugte. Gegen die, besonders gegen Swiatopolk und Mstislaw, musste Jarisleif sich in jahrelangem, blutigem Kampf durchsetzen.

Johannes (?–1035), Erzbischof und Metropolit von Kiew

Johannes Orphanotrophus (?–1043), Eunuch und höchster Beamter des byzantinischen Reiches, Bruder von Mikhaél IV. und Oheim von Mikhaél V.

Kaiserin Zoë (978–1050), *porphyrogenita* (in Purpur geboren), Thronerbin von Byzanz, verheiratet mit Kaiser Mikhaél IV. und Adoptivmutter von Mikhaél V., hatte selbst keine Kinder

Kalfr Arnason (990–1051), bedeutender norwegischer Adeliger, ehemals Olafs Freund, wurde dann zu seinem entscheidenden Gegenspieler, Anführer der *bóndi*

Mikhaél IV. (1010–1041), Kaiser von Byzanz durch Ehe mit Zoë, jüngerer Bruder des mächtigen Johannes Orphanotrophus

Mikhaél V. Kalaphates (1015–1042), Sohn des Stephanos Kalaphates und Neffe von Mikhaél IV. und des Johannes Orphanotrophus, Thronerbe durch Adoption

Ragnwald Brusason (?–1046), König Olafs und auch Haralds Gefolgsmann, Magnus' Ziehvater, stammt von den Orkneys

Sigríð Storråda (die Hochmütige), Gemahlin von König Erik dem Siegreichen von Schweden, später von König Svein Gabelbart von Dänemark, laut Sage Harald Grenskes Mörderin

Sigurd Erlingsson, Jarl Erlings jüngster Sohn und Haralds Gegenspieler. Über sein Leben ist nichts bekannt, im Roman habe ich ihm eine wichtige Rolle zugedacht.

Stephanos Kalaphates, der »Kalfaterer«, Schwager des Eunuchen Johannes, Flottenführer von Byzanz und Vater des Mikhaél V.

Theodora (980–1056), *porphyrogenita* (in Purpur geboren), Zoës jüngere Schwester, verbrachte die meiste Zeit ihres Lebens im Kloster

Thjodolf Arnorsson (1010–1066), isländischer Skalde (Dichter, Sänger), Haralds langjähriger Gefährte und Freund

Thorberg Arnason, jüngster der drei Arnason-Brüder, blieb Olaf ebenso treu und unterstützte Harald

Thorer Erlingsson, Sigurds Bruder

Ulfr Ospaksson, Haralds Vertrauter und einer seiner Anführer

Wladimir von Nowgorod (1020–1052), Ingegerds ältester Sohn und Prinz von Nowgorod. Weitere Kinder sind Anastasia, Isjaslaw, Swjatoslaw, Wsewolod.

Fiktive Personen

Æðelind, Åstas hübsche Sklavin

Aila und Impi, Zwillinge, König Olafs tschudische Sklavinnen, Impi kam bei Stikla Stad ums Leben.

Arne Aslaksson, Pelzräuber, Jarl Eilifs Komplize, getötet

Athanasios, griechischer Mönch von Kiew

Badur, Khan der Petschenegen

Bjorn Skallagrimsson, Haralds Bannerträger in Band II

Bogdan, ein Rus, einer von Haralds Schiffsführern

Borgunna, die Hexe vom Randsfjorden

Borislaw, Rus und Hauptmann der Druschina

Demetrios Chrysanthopoulos, kaiserlicher Beamter

Dragan, Rus und Anführer der *húskarlar* des Palastes von Kiew. Sein Oheim Darko wurde von aufständischen Söldnern wegen Soldunterschlagung ermordet.

Eirik, Thorkels Vater, fiel bei Stikla Stad

Ejulf, Jäger, Snorris und Sigríðs Vater

Enni, Haussklavin

Folkbjorn, genannt Photios, Norweger im Dienste des Basileus

Guðrun, Åstas verwitwete Schwester und Seele des Haushalts

Gunnar Karlsson, Sveins Schiffsführer

Ivar Kjeldsson, erst Sigurds, später Haralds Steuermann

Kauko, ein tschudischer Jäger aus Ailas Dorf

Ketil Kolbjörnsson, Pelzräuber, Jarl Eilifs Komplize, hingerichtet

Kolbjorn, ein Rus und Befehlshaber des Schlangenbollwerks

Maria, eine junge Griechin aus dem byzantinischen Adel

Ragnar, Haralds Gefährte und Steuermann

Rorik, Anführer der *húskarlar* auf Åstas Wallburg und ihr Geliebter

Sigríð Ejulfsson, Ejulfs Tochter und Thorkels Geliebte

Snorri Ejulfsson, Haralds Gefährte und Bogenschütze

Svein Langhaar Hákonsson, Abenteurer und Haralds Gefährte

Thorkel Eiriksson, Haralds Jugendfreund und treuer Gefolgsmann während all seiner Reisen und Abenteuer

Toke Björnsson, Haralds Bannerträger, fiel bei Stikla Stad

Wie alles begann …

Leseprobe aus

Thors Hammer

HERRSCHER DES NORDENS

AUF DER FLUCHT

Oktober, AD 1027

Es ist kalt, grau und feucht. Einer jener Tage, an denen man sich lieber hinterm Herdfeuer verkriecht, als draußen im Herbstnebel herumzulaufen.

Das heißt, jeder außer mir. Ich stehe mit nacktem Oberkörper im eisigen Wind hinter einem Vorratsschuppen und hacke Holz, was das Zeug hält. Und warum? Weil mir die Geschichten des alten Hrane, den sie den Weitgereisten nennen, den Kopf verdreht haben. Geschichten, die einen Jungen wie mich von schlanken Drachenschiffen träumen lassen, von fernen Welten und Heldentaten. Hrane behauptet, neben Rudern auf einem Langschiff gäbe es nichts Besseres als Holzhacken, um die Muskeln an Armen und Schultern zu stärken. Und deshalb stehe ich hier in der Kälte und hacke Holz, dass mir der Schweiß herunterläuft.

Der Schuppen gehört zum großen Gehöft meiner Familie in Hringaríke, einer Gegend südlich von Oppland. Das Anwesen liegt gut gesichert in einer engen Schleife der Begna nicht weit vom rauschenden Wasserfall entfernt, den man Hønefoss nennt. Entlang des Flusslaufs und in den Seitentälern zwischen bewaldeten Hügeln liegen die Felder unserer Bauern. Um diese Jahreszeit schon lange abgeerntet.

Im Grunde ist es weit mehr als ein Bauernhof, eher eine aus mehreren Gebäuden bestehende, durch Graben und Palisaden gesicherte Wallburg mit einer Besatzung kampferfahrener *húskarlar*. Mein Vater Sigurd Halfdansson war, ebenso wie sein Vater vor ihm und auch dessen Vater, König von Hringaríke, bevor er im Alter von achtundvierzig Jahren erkrankte und kurz darauf starb. Bei seinem Tod war ich erst drei Jahre alt gewesen und habe deshalb keine Erinnerungen an ihn, außer daran, was mir andere erzählt haben.

Dabei redet meine Mutter Åsta nur wenig über ihn. Ich vermute, sie hängt immer noch ihrem ersten Mann nach, Harald Grenske, in den sie sich mit fünfzehn Jahren verliebt hatte. Der war sechs Monate nach der

Hochzeit einem Brandanschlag zum Opfer gefallen, unter seltsamen Umständen, über die niemand spricht, am wenigsten meine Mutter.

Jedenfalls ist sie danach als junge Witwe hochschwanger zur Familie ihres Vaters Gudbrand in Vestfold zurückgekehrt, wo sie meinen Halbbruder Olaf zur Welt brachte. Drei Jahre später hat sie dann auf Drängen der Verwandten meinen Vater Sigurd geheiratet, eine vorteilhafte Verbindung für die Familie, aber für Åsta eher eine Vernunftehe. So jedenfalls wird getuschelt. Wenn man in einem Haushalt wie dem unseren aufwächst, besonders mit älteren Geschwistern, Mägden und Knechten, bleibt einem wenig verborgen. Auch wenn die Erwachsenen glauben, Kinder hören nicht zu, und einem noch nichts zutrauen, wenn man zwölf ist, so bin ich schließlich weder schwerhörig noch dumm. Wenn meine Mutter denkt, dass niemand ihre Geheimnisse kennt, dann irrt sie sich.

Die Leute erinnern sich an meinen Vater als einen eher friedfertigen, etwas behäbigen Mann, den wenig aus der Ruhe brachte und der oft ein humorvolles Zwinkern in seinen blauen Augen hatte. Jedenfalls war er kein Krieger, nicht wie Åstas erster Gemahl Grenske, sondern ein besonnener Mann der Scholle, dem das Wohl seiner Bauern am Herzen lag sowie die friedliche Mehrung seines Besitzes. Angeblich war er sich auch nicht zu schade, gelegentlich selbst den Ochsenpflug zu führen. Weshalb er sich den scherzhaften Beinamen Sigurd Syr einhandelte, die Sau, die unermüdlich mit dem Rüssel im Boden wühlt. Nicht gerade ein Bild, das geeignet ist, die ehrgeizigen Träume meiner Mutter zu beflügeln. Sie hatte immer mehr im Sinn gehabt als das hinterwäldlerische Hringaríke, in das es sie verschlagen hatte.

Und doch sollte sie sich nicht beklagen, denn Sigurd ist ihr in aller Hinsicht ein guter Ehemann gewesen. Er hat Olaf bereitwillig wie einen eigenen Sohn erzogen und in allem unterwiesen, was ein Mann fürs Leben braucht. Trotzdem waren meine Eltern anscheinend so verschieden, dass es Jahre dauerte, bevor sie sich wirklich näherkamen und eine richtige Ehe führten. Denn mein Bruder Guttorm, Åstas zweites Kind, wurde erst zwölf Jahre nach der Vermählung geboren. Es zeugt vom geduldigen Wesen meines Vaters, dass er es mit meiner oft spröden Mutter so lange ausgehalten hat, bevor sie ihn endlich in ihr Bett ließ. Danach aber folgten in regelmäßigen Abständen meine Geschwister Gunhild, Halfdan und Ingerid. Zuletzt ich selbst als Nachkömmling.

Nach Sigurds Tod hat Mutter sich um die Herrschaft über unser kleines Reich gekümmert, denn Guttorm war damals noch viel zu jung. Sie nimmt ihre Verantwortung ernst, ist gerecht zu jedermann, lässt es jedoch nicht an Härte fehlen, wenn man das Recht bricht, unseren Besitz bedroht oder sich ihrem Willen widersetzt. Die zwanzig Krieger, die sie in der Wallburg unterhält, wie auch die wehrhaften Bauern, die wir jederzeit zu den Waffen rufen können, stehen ihr dabei zur Seite. Und sie ist durchaus fähig, die Männer erfolgreich zu führen, wenn es nottut. Eine wahre Löwin, meine Mutter. Das sagt jeder von ihr. Klar, sie ist nur eine Frau und doch in gewisser Weise mein Vorbild. Besonders was Ehrgeiz, Zähigkeit und Entschlossenheit betrifft. Wer sollte schließlich sonst mein Vorbild sein? Außer Hrane natürlich. Doch der ist alt. Oder Olaf. Aber der ist fast nie hier. Ich hab ihn seit Jahren nicht mehr gesehen.

Heute Morgen waren die Felder weiß vor Frost, obwohl an den Bäumen noch gelbbraunes Herbstlaub hängt. Der Tag zeigt sich als Vorbote des Winters, unfreundlich und mit klirrender Kälte. Und jetzt am Nachmittag liegen die Wolken so tief über den Hügeln, dass man die bewaldeten Kuppen kaum erkennen kann. Von den nahen Stromschnellen des Hønefoss steigt feiner Nebel auf, und vereinzelt taumeln Schneeflocken vom Himmel. Früh für die Jahreszeit.

Am Vormittag haben die Leibeigenen Schweine geschlachtet und die blutigen Abfälle vors Tor geworfen. Seitdem ist die Luft erfüllt vom Gebell der Hunde und dem Gezeter der Krähen und Raben, die sich um die besten Stücke streiten. Der Anblick der schwarzgefiederten Vögel erinnert mich an Oðins weise Raben Huginn und Muninn, die allmorgendlich in die Welt hinausfliegen, um alles zu erkunden und ihm zu berichten. Vielleicht sind sie gerade da draußen vor dem Tor und zanken und balgen sich mit den anderen Krähen und machen den Hunden die Beute streitig. Oðins Raben sehen alles in der Welt. Und vielleicht berichten sie sogar von mir. Bei dem Gedanken läuft mir ein Schauer über den Rücken.

Christen – ja, es gibt ein paar in Hringaríke – halten diese Dinge für Aberglauben. Eigentlich bin ich auf Befehl meiner Mutter sogar getauft worden, wie viele andere in der Gegend. Nicht weit von der Burg gibt es sogar einen Christenschrein am Wegrand, aber die allermeisten glauben nicht wirklich an *hvítakristr*, den Weißen Christ, wie er von den Leuten abfällig genannt wird. Unser tägliches Leben ist viel zu sehr mit den alten Göttern verbunden und mit den gewohnten Opfern und Riten, mit denen wir sie beschwichtigen und wohlwollend stimmen. Es gibt nichts Schlimmeres, als Götter zu verärgern oder gar die Aufmerksamkeit des hinterlistigen Loki zu erregen. Frauen lassen an heiligen Bäumen kleine Gaben für Freya zurück, damit sie fruchtbar sind und ihre Kinder gesund bleiben. Krieger beten zu Tyr oder noch besser zu Oðin, dem Gott der Schlachten und des Chaos. So hat Hrane es uns Jungen beigebracht.

Der Gedanke an Oðin befeuert meine Anstrengungen. Ich will eines Tages ein mächtiger Krieger werden. Das treibt mich an. Seit Stunden schon bin ich hier zugange, grob zersägte Holzblöcke in Feuerholz zu verwandeln. Schweiß läuft mir über Gesicht und Brust. Trotz der Kälte habe ich mich meiner Wolljacke und sogar des Hemdes entledigt. Zuerst hatte ich noch Hilfe von meinem besten Freund Thorkel. Aber nach einer Stunde ist seine Mutter aufgetaucht und hat ihn an den Ohren weggezerrt. Was ihm einfiele, die Arbeit von Leibeigenen zu verrichten? Meine Mutter dagegen lässt mich gewähren, denn sie weiß, warum ich mir die Mühe mache, und billigt meinen Ehrgeiz.

Etwas später leistet mein Bruder Halfdan mir kurz Gesellschaft. Nicht ohne spöttische Bemerkungen über meinen Eifer. Aber dann ist es ihm zu kalt, und er verzieht sich ins warme Haus. Inzwischen habe ich schon einen beachtlichen Berg an Scheiten geschlagen. Der Duft des frisch gespaltenen Holzes mischt sich mit dem Blutgeruch der Schweinehälften, die nebenan im Vorratsschuppen hängen. Aus der großen Halle im Haupthaus dringen gedämpfte Stimmen. Das sind die Männer, die beim Bier sitzen.

Eine Magd hastet vorüber und bleibt kurz stehen, als sie mich sieht. Ich ernte einen belustigten Blick von ihr. Einen von Åstas Söhnen mit nacktem Oberkörper beim Holzhacken anzutreffen, muss ihr mehr als seltsam erscheinen. Noch dazu bei der Kälte.

»Du wirst dir den Tod holen, Harald«, ruft sie mit einem verstohlenen Blick auf meine schon recht kräftigen Schultern, da ich aufgrund meiner Körpergröße älter als zwölf Jahre wirke. »Setz dich lieber zu den anderen in die Halle, wo es warm ist.«

Æðelind ist nicht älter als siebzehn und eine Sklavin aus dem fernen Wessex in Engaland. Sie behauptet, die Tochter eines sächsischen *ealdorman* zu sein, obwohl ihr das niemand abnimmt. Mein Halbbruder Olaf hat sie vor Jahren bei einer seiner Fahrten erbeutet und unserer

Mutter geschenkt. Sie ist gewitzt. Und nachdem sie von Anfang an gelehrig war, ist sie zu Åstas persönlicher Magd aufgestiegen.

»Kümmere dich lieber um deinen eigenen Kram, Æðelind!«, sage ich und lege mir das nächste Holzstück zurecht, hebe die Axt und teile es mit einem Hieb in zwei Stücke.

»Wie du willst«, erwidert sie schnippisch und hastet kopfschüttelnd weiter.

Verstohlen blicke ich ihr nach, bis sie durch den Nebeneingang des Haupthauses verschwunden ist. Sie trägt das Haar kurz geschnitten, wie es sich für eine Sklavin gehört, dennoch bietet sie einen bemerkenswerten Anblick, selbst von hinten, denn in den letzten Jahren sind ihr die nötigen Rundungen gewachsen, geeignet, einem halbwüchsigen Jungen wie mir den Schlaf zu rauben. Auch wenn ich mir lieber die Zunge abgebissen hätte, als dies zuzugeben.

Dass auch die übrigen Männer der Burg sie mit hungrigen Blicken verschlingen, weiß die hübsche Æðelind gut für sich zu nutzen. Dennoch ist sie klug genug, sich mit niemandem einzulassen. Schon allein, um nicht den Zorn meiner Mutter heraufzubeschwören. Schließlich ist sie Sklavin, und Åsta duldet keine Hurerei auf dem Anwesen.

Ich greife nach einem neuen Holzklotz und lege ihn auf den Hackblock. Zu groß, um ihn allein mit der Axt zu bearbeiten. Ich treibe deshalb Eisenkeile mit einem schweren Hammer ins Holz. Die Anstrengung lässt mich keuchen, bis der Klotz endlich in zwei Teile bricht. Mein Atem bildet Wölkchen in der kalten Luft. Langsam habe ich genug von der stundenlangen Plackerei. Æðelind hat recht. Es ist Zeit, für heute Schluss zu machen.

Die Hunde müssen sich satt gefressen haben, denn der Tumult vor dem Tor hat sich beruhigt. Oder sie haben den Kampf mit dem gefiederten Gegner aufgegeben. Doch dann kommt mir die plötzliche Stille seltsam vor. Als ich zum Tor hinüberblicke, sehe ich einen ganzen Schwarm Krähen und Raben auffliegen und sich in die nahen Bäume am Waldrand flüchten, wo sie ein entrüstetes Gezeter anstimmen. Auch die Hunde lassen wieder von sich hören. Diesmal aber klingt ihr Bellen anders, lauter und wütender. Irgendetwas muss sie aufgeschreckt haben.

Und dann höre ich es auch. Hufschläge. Kein einzelnes Pferd, sondern eine ganze Reiterschar, die sich rasch zu nähern scheint. Neben dem Stampfen der Hufe und dem Schnauben der Tiere vernehme ich zu meinem Schrecken das Klirren von Zaumzeug und Waffen. Ein Trupp Krieger? Werden wir angegriffen? Das Tor steht weit offen und ist völlig ungeschützt. Von den Wachen ist keiner zu sehen.

Bevor ich mich vom Fleck rühren kann, strömen die Reiter durchs Tor, umgeben von unseren aufgeregt kläffenden Hunden. Zu meiner Erleichterung merke ich, dass sie die Schilde auf dem Rücken tragen und keine Waffen in den Händen halten. Die Flanken der Gäule triefen vor Schweiß, und die Männer machen einen erschöpften Eindruck wie nach einem langen, zehrenden Ritt.

Und dann erkenne ich meinen Halbbruder Olaf. Prächtig sieht er aus auf seinem hochbeinigen Rappen, mit dem silberverzierten Helm auf dem Kopf und einem kostbaren Schwert an der Seite. Unter dem lose über den Schultern hängenden Mantel ist sein blankpolierter Ringpanzer zu sehen. Die buschigen Brauen und der blonde Bart lassen ihn wie den Kriegsgott Tyr persönlich wirken.

Er schaut sich stirnrunzelnd um. »Schaff mir einer die verdammten Köter vom Hals!«, höre ich ihn rufen. »Die verschrecken die Gäule.«

Am liebsten wäre ich gleich zu ihm gerannt, denn Olaf ist mein Held. Er war früher Seefahrer und *vikingr*. Jetzt ist er ein erfolgreicher Kriegsherr und seit Jahren König von Norwegen. Und er ist mein Bruder. Bisher hat er sich immer Zeit für mich genommen, wenn er uns hier besucht. Leider viel zu selten. Aber irgendetwas scheint ihm an mir zu gefallen. Ich bin also ganz aufgeregt. Aber statt ihn freudig zu begrüßen, bleibe ich steif neben dem Hackblock stehen, etwas verlegen und zu scheu, meine Gefühle zu zeigen.

Während Olaf aus dem Sattel steigt, fällt mir auf, dass viele der erschöpften Pferde alte Klepper sind oder schlecht zugerittene Ackergäule, als hätte man in Eile zusammengetrieben, was sich gerade finden ließ. Jedenfalls sind es keine Reittiere, wie sie den Gefährten eines Königs gebühren. Manchen fehlt es sogar an Sätteln und vernünftigem Zaumzeug. Und dann fallen mir die blutdurchtränkten Verbände und zerhauenen Schilde auf. Vor allem aber die erschöpften und düsteren Mienen der Männer. So sehen keine Sieger aus. Etwas Schicksalhaftes, fast Verhängnisvolles scheint sie zu umgeben. Ein kalter Wind streicht in diesem Augenblick über meinen schweißnassen Rücken. Wie ein Hauch aus der Göttin Hels eisiger Unterwelt. Irgendetwas stimmt nicht.

Endlich sind auch unsere *húskarlar* munter geworden. Eine Handvoll von ihnen kommt mit Waffen in den Händen aus der Halle gelaufen. Sie entspannen sich aber sofort, als sie sehen, wer es ist, der ihre Nachmittagsruhe gestört hat.

»König Olaf!«, brüllt einer. »Ruft alle zusammen. Der König ist hier!« Knechte kommen aus den Unterkünften, verscheuchen die Hunde und nehmen den müden Reitern die Gäule ab. Mägde stehen und gaffen die fremden Krieger an. Der ganze Hof ist plötzlich voller Leute. Noch mehr von unseren *húskarlar* zeigen sich. Einer wischt sich noch Bierschaum von den Lippen. Unter ihnen nun auch Rorik Svendson, ihr Anführer, ein erfahrener Krieger.

»Was ist hier eigentlich los?«, schnauzt Olaf ihn an. »Wo sind deine Wachen? Ein ganzes Heer könnte einmarschieren, bevor ihr Kerle es merkt. Lass sofort die Wehrgänge besetzen.«

Rorik ist ein gutaussehender, selbstbewusster Kerl. Fast zu selbstbewusst für meinen Geschmack, denn er genießt das besondere Wohlwollen meiner Mutter. Aber jetzt schaut er verlegen drein. Es muss ihm mehr als peinlich sein, bei einer Nachlässigkeit erwischt worden zu sein, ausgerechnet vom König. Obwohl man zu seiner Entschuldigung sagen kann, dass es in der Gegend seit Jahren friedlich gewesen ist. Er muss sich also fragen, was in Olaf gefahren ist, die Wehrgänge zu besetzen. Erwartet er einen Angriff?

Rorik will etwas entgegnen, aber Olaf winkt ungeduldig ab und trägt einem seiner Gefährten auf, ein paar Männer auszuwählen, um die Wachen zu verstärken. Dann wendet er sich von beiden ab, denn er hat endlich mich entdeckt, der immer noch etwas linkisch und mit der langen Axt in der Hand neben dem Hackblock steht. Ein fröhliches Grinsen breitet sich auf seinem blondbärtigen Gesicht aus.

»Harald!«, ruft er und kommt mit ausgebreiteten Armen auf mich zu. »Komm, lass dich umarmen, Junge! Wir haben uns lange nicht gesehen.«

Olaf ist jetzt knapp über dreißig Jahre alt. Er ist nicht der Größte, dafür aber breit und stämmig, mit einem Nacken wie ein Stier. Olaf der Dicke nennen ihn manche hinter seinem Rücken. Dabei ist kaum Fett an ihm, eher purer Muskel. Das bekomme ich gleich zu spüren, als er mich rauh an den Schultern packt und an seine Brust quetscht. Der Kettenpanzer drückt sich schmerzhaft in meine Haut, und ich rieche Olafs Schweiß und den seines Gauls. Er fährt mir durch die Haare und küsst mich auf die Stirn. Dann lässt er mich los und mustert mich mit einem schalkhaften Augenzwinkern.

»Was mühst du dich mit der Axt ab, Junge? Und dann auch noch halbnackt in dieser Kälte. Hat Mutter nicht genug Knechte, um für Brennholz zu sorgen?«

Außer zwei Goldreifen am Arm und dem goldverzierten Schwertknauf an der Seite unterscheidet ihn wenig von seinen Männern. Breitbeinig steht er vor mir mit diesem fröhlichen, leicht spöttischen Grinsen im Gesicht, selbstsicher und stark wie ein Eber, so unbekümmert, als könne ihm nichts in der Welt etwas anhaben oder gar seinen Platz streitig machen.

Ich grinse verlegen, während ich die Axt weglege. »Es ist nur eine Ertüchtigung, Olaf.«

»So, eine Ertüchtigung, sagst du.« Er mustert mich eingehend von oben bis unten. »Wie alt bist du jetzt, Harald?«

»Fast dreizehn.«

Er lacht. »Immer noch zwölf also, du Schlingel. Machst dich wohl gern älter, als du bist.« Er packt meinen rechten Oberarm, wie um die Muskeln zu prüfen. »Aber ich sehe, du bist kräftig geworden. Wenn man dich so anschaut, kommst du einem tatsächlich älter vor.« Er dreht sich um. »He, Sigvat! Komm mal her. Wie alt schätzt du den Bengel?«

Der Mann, den er Sigvat genannt hat, tritt näher. Er hat langes, helles Haar und wasserblaue Augen, die mich mit einem sanften Ausdruck betrachten. »Weiß nicht, Olaf. Sechzehn, würde ich sagen. Und gut gebaut dazu. Kommt das vom Holzhacken?« Er lacht gutmütig.

»Das ist Harald, mein Halbbruder. Und der Bursche ist erst knapp dreizehn. Aus dem wird mal ein guter Krieger, Sigvat.« Seine Hand ruht besitzergreifend auf meiner Schulter. »Du willst doch Krieger werden, Harald, oder nicht?«

Ich nicke, viel zu verlegen, um etwas zu erwidern.

Olaf nimmt den Helm ab und reicht ihn seinem Gefährten. Die blonden Haare kleben ihm schweißnass auf der Stirn. »Das hier ist mein Freund Sigvat Thordsson. Merk dir seinen Namen, denn er ist der beste Skalde, den es gibt. Eines Tages wird er auch deine Taten besingen, da bin ich mir sicher.« Er fährt mir durch die Haare.

Ich zucke mit den Schultern und grinse. »Wenn du meinst.«

»Klar meine ich das. Aber was quatsche ich die ganze Zeit, während du armer Kerl frierst.« Er reißt sich den Mantel von den Schultern und hängt ihn mir fürsorglich um. »Wir wollen doch nicht, dass du an Lungenfieber verreckst, bevor was aus dir wird.« Er lacht schallend, legt den gepanzerten Arm um meine Schultern und zieht mich mit zum Eingang der Halle, ohne den Blick von mir abzuwenden. In der Menge der *húskarlar* und Leibeigenen erkenne ich meinen Freund Thorkel, der mir zunickt, aber nicht wagt, sich zu nähern.

»Hör zu«, raunt Olaf mir zu, plötzlich ernst. »Ich bin hier, um Mutter zu besuchen und euch Lebewohl zu sagen.«

»Lebewohl? Aber wo gehst du denn hin?«

»Zuerst nach Schweden. Und dann übers Meer. Ins Land der Rus.«

Ich erschrecke. Von den Rus habe ich gehört, Garðarike heißt ihr Land. Ich kann mir aber nichts darunter vorstellen. Außer dass es dort Monster gibt und Auerochsen und ewigen Schnee.

»Aber was willst du denn da?«

»Das erklär ich dir später.« Er drückt mich kurz an sich. »Wo ist sie eigentlich, unsere gute Mutter? Warum begrüßt sie mich nicht?«

Ich deute auf den Eingang zur Halle. »Da steht sie doch.«

Tatsächlich ist zwischen den buntbemalten und mit geschnitzten Tierköpfen verzierten Türpfosten die hochgewachsene, schlanke Gestalt unserer Mutter, Ásta Gudbrandsdóttir, aufgetaucht. Trotz ihrer achtundvierzig Jahre und der sechs Kinder, die sie geboren hat, ist sie immer noch eine außergewöhnlich schöne Frau. Ihr helles, kaum von Silber durchzogenes Haar ist auf traditionelle Art hochgebunden und lässt Stirn und Nacken frei. Über den Schultern trägt sie einen kostbaren, von einer silbernen Spange gehaltenen Pelz. Darunter ein schlichtes Gewand. Sie lächelt kaum merklich, doch ihre Augen leuchten vor verhaltener Freude, während sie ihren ältesten Sohn betrachtet. Wie alle bei uns zu Hause wissen, ist Olaf ihr ganzer Stolz.

»Mutter!«, ruft er gutgelaunt und tritt rasch auf sie zu.

Mit einem halb unterdrückten Stöhnen küsst sie ihn innig und lässt dann den Kopf an seine Schulter sinken. So verharrt sie einige Augenblicke, als wollte sie die Umarmung noch ein wenig auskosten. Dann löst sie sich von ihm und tritt einen Schritt zurück, um auch meinen Geschwistern Gelegenheit zu geben, den Bruder willkommen zu heißen.

Da ist Guttorm, der inzwischen zwanzig ist und, wie die Leute behaupten, meinem Vater Sigurd nicht nur körperlich ähnelt; meine älteste Schwester Gunhild, groß und hager mit einem Blick wie ein Falke; mein Bruder Halfdan mit dem verschmitzten Grinsen, das er selten ablegt, und schließlich die sanfte Ingerid, nur zwei Jahre älter als ich selbst.

Åsta steht still lächelnd und mit feuchten Augen daneben, während Olaf sie alle begrüßt und umarmt. Auch meine Geschwister sind sichtlich erfreut und benehmen sich dennoch etwas unbeholfen und schüchtern. Schließlich ist er der König. Olaf aber gibt sich alle Mühe, ihnen die Befangenheit zu nehmen, und hat für jeden einen Scherz auf den Lippen oder ein freundliches Wort. Auch für jene Leibeigenen, die er noch von früher kennt und die sich nun ebenfalls näher drängen.

»Genug!«, stöhnt er schließlich. »Habt Erbarmen mit einem durstigen Mann. Ich brauche jetzt ein volles Horn von deinem Bier, Mutter.«

Doch Åsta hat einen Augenblick lang nicht zugehört, denn ihr prüfender Blick ist zu den Männern im Hof gewandert, zu Olafs Gefährten, und ihre Miene wird besorgt. Sie ist eine kluge Frau, meine Mutter, der nur wenig entgeht. Ihr ist bewusst geworden, was auch ich schon bemerkt habe. Dass es nicht zum Besten um Olaf steht. Ungeduldig schiebt sie eine alte Magd zur Seite, die mit Tränen in den Augen vor ihm steht und seine Hand hält.

»Warum bist du hier, Sohn?«, fragt sie. »Was ist passiert?« Ihre Stimme klingt plötzlich scharf.

Olaf, der sonst weder Tod noch Teufel fürchtet, wird unter ihrem strengen Blick verlegen wie ein kleiner Junge. »Nun, wir hatten Schwierigkeiten, Mutter«, sagt er leise.

Alle sehen ihn erschrocken an. Uns sind keine Einzelheiten seiner letzten Feldzüge bekannt, nur dass er seit Monaten mit dem großen Dänenkönig im Krieg liegt. Einen Augenblick lang herrscht angespannte Stille, während Mutter ihrem Ältesten forschend in die Augen blickt.

»Hat Knut dich besiegt?«, fragt sie fast tonlos, wobei es ihr nicht gelingt, ein Zittern in der Stimme zu unterdrücken.

Olaf lässt den Kopf sinken und starrt auf seine Füße. »Sieht ganz so aus, Mutter«, murmelt er. »Der verfluchte Bastard hat mir das Reich geraubt.«